FRIEDHO

Antonia Michaelis wurde in Kiel geboren und ist in Augsburg aufgewachsen. Sie hat in Greifswald Medizin studiert und unter anderem in Indien, Nepal und Peru gearbeitet. Heute lebt sie mit Mann und zwei Töchtern gegenüber der Insel Usedom im Nichts, wo sie zwischen Seeadlern, Reet und Brennnesseln in einem alten Haus lauter abstruse Geschichten schreibt. Im Dorf gibt es nur sechs Häuser, aber mindestens vierzig streunende Katzen und ebenso viele streunende Geschichten. Wie die Katzen lassen sie sich zwar füttern, aber nicht ganz zähmen …

ANTONIA MICHAELIS

FRIEDHOFSKIND

KRIMINALROMAN

emons:

Bibliografische Information der Deutschen Bibliothek
Die Deutsche Bibliothek verzeichnet diese Publikation
in der Deutschen Nationalbibliografie; detaillierte bibliografische
Daten sind im Internet über http://dnb.d-nb.de abrufbar.

© Hermann-Josef Emons Verlag
Alle Rechte vorbehalten
Umschlagmotiv: Olaf Matthes
Umschlaggestaltung: Tobias Doetsch
Gestaltung Innenteil: César Satz & Grafik GmbH, Köln
Druck und Bindung: CPI – Clausen & Bosse, Leck
Printed in Germany 2014
ISBN 978-3-95451-286-7
Originalausgabe

Unser Newsletter informiert Sie
regelmäßig über Neues von emons:
Kostenlos bestellen unter
www.emons-verlag.de

Für Yasmin
und die Musik, die bleibt,
wenn die Nacht kommt

Und dort der Wind,
in meinen Worten.
Weit draußen liegt das Wasser, grau.
Und steht ein Kind,
steht eben dorten,
unsichtbar, immer blau vor blau,
so mag das zwischen Trug und Schein
auch nur ein Traum im Traume sein.
Und ein Orkan
in meinen Sätzen!
Weit draußen brennt die weiße Gischt.
Von ferne nahn
unter den Fetzen
der Welt, die Licht mit Schatten mischt,
schon neue Bilder rasch heran,
denen ich nicht entkommen kann.
Und dort am Steg,
dort bei den Bäumen,
dort zwischen Schilf und Uferschlick
beginnt mein Weg
zwischen den Träumen.
Und es gibt keinen Weg zurück.

0

Was wird das Letzte sein, das ich denke?

Wenn ich keine Luft mehr bekomme, wenn das Wasser meine Lungen füllt, dann, ganz zum Schluss? Wenn niemand kommt, der mir hilft? Vielleicht spuckt die Nacht einen Menschen aus, wenn ich nur fest genug daran glaube. Einen Helfer, einen Retter.

Und wenn nicht?

Was wird das Letzte sein, das ich denke?

Die Nacht war schwarz, und das Boot war sehr klein.

Ein Ruderboot, alt und hölzern. Niemand sah, wie die Wellen es hin und her warfen; niemand sah die Person darin, niemand sah ihre Hände, die sich um die Ruder krallten. Sie fragte sich, wie lange sie schon hier draußen war. Minuten? Stunden?

Der nasse, kalte Atem des Meeres bedeckte ihr Gesicht mit einem feinen Film, und der Mond hatte sich in den Fetzen der Wolken verfangen wie in einem Netz. Sein Licht brach nur manchmal hervor, um die Gischt auf den Wogen zu glänzenden Perlschnüren zu machen, die langsam heranrollten, sich in die Höhe schwangen und wieder in die Tiefe warfen.

Sie sah ihre Schönheit. Sie sah die Schönheit der Gischt und des Sturms und der Nacht.

Sie wünschte, *er* hätte sie mit ihr sehen können, aber er war nicht da.

Sie sah seine Augen noch vor sich, seinen Blick, sein Gesicht, ganz nah. Zuletzt hatte sie Angst vor ihm gehabt. Aber nur ein wenig, wirklich nur ein wenig. Ihre Zuneigung war größer gewesen als ihre Angst.

Der Plan war, die Bucht zu erreichen und dort auf dich zu warten, weißt du, auf dich und den Morgen. Es wäre so wunderbar gewesen. Ich hätte mich zwischen die Felsen und den Sanddorn gekauert, und du wärst mit dem ersten Morgenlicht aufgetaucht ...

Aber sage mir, ist das wahr? War der Plan nicht ein ganz anderer?
Der Plan war, zu leben. Der Plan war, zu lieben.
Was denn nun?

Ab und zu tauchte der Steg im Mondlicht auf, unerreichbar fern, und sie sah, wie das Schilf sich in den Böen bog, als streichelte eine riesige Hand die Halme, um sie gleich darauf auszureißen und durch die Luft zu werfen.

Sie spürte, wie die Kraft aus ihren Armen wich; sie würde die Ruder loslassen müssen.

Wie sehr sie wünschte, er hätte dort auf dem Steg gestanden, mitten im Chaos der Elemente, und gewinkt! Er stand nicht dort. Sie war ganz allein – allein mit der Nacht und dem Boot und dem Sturm.

Und dann rollte eine weitere Welle heran und hob das kleine Ruderboot hoch – für Momente sah sie in einer Pfütze vergossenen Nachtlichts die Datschen, die Hecken, die Gärten, den Weg zum Dorf – und sie glaubte, dort einen Schatten zu erkennen, der näher kam.

Sie versuchte, zu rufen. *Komm! Komm und hilf mir!*

Der Sturm riss ihr die Worte vom Mund.

Und die Welle schleuderte das Boot zurück in die Tiefe. Sie spürte, wie es kippte, oben war unten, und unten war oben, und sie öffnete die verkrampften, schmerzenden Hände. Gab die Ruder frei. Endlich.

Das Schwarz unter den Wellen nahm sie auf wie eine neue, stille Heimat.

Sie befand sich unter dem Boot.

Sie musste auftauchen, musste atmen, musste sich befreien – aber sie konnte es nicht.

Um ihren Körper lag ein rauer Strick, und der Strick hielt sie fest. Die Leine war nicht lang genug, um mit ihr unter dem Boot hervorzutauchen. Hatte sie sich irgendwo verheddert oder war sie nie lang genug gewesen? Sie versuchte panisch, den Knoten an ihrer Hüfte zu lösen … es musste möglich sein!

Es war nicht möglich.

Nicht, solange sie nichts sah. Unter dem Wasser regierte absolute Dunkelheit, noch absoluter als draußen in der Nacht. Sie hatte die Welt der Farben und des Lichts verlassen.

Sie dachte an den Schatten auf dem Weg, einen Schatten, der näher gekommen war. Eine letzte, winzige Hoffnung. Oder hatte sie sich den Schatten nur eingebildet?

Auf dem Grund des Meeres lauerte ein großes, kaltes Ding und rief nach ihr.

Manche Leute nannten es den Tod.

Was wird das Letzte sein, das ich denke?

Wenn ich keine Luft mehr bekomme, wenn das Wasser meine Lungen füllt, dann, ganz zum Schluss?

Ich möchte an etwas Schönes denken. Alles hier ist schwarz, ich möchte die Farbe Weiß denken.

Apfelblüten sind weiß.

Im Mai, hast du gesagt, blüht der Apfelbaum auf dem Friedhof, und seine Blüten sind weiß wie Schnee ... Ich möchte an dich denken, wie du da stehst, unter dem Apfelbaum, mitten im weißen Wirbeln der Blüten. Das wird das Letzte sein.

1

Was war das Erste?

Das Erste, an das sie sich später erinnerte, war das weiße Wirbeln der Blüten.

Apfelblüten, die vor dem Blau des Himmels durch die Luft segelten, von einem Windstoß erfasst, um sich leise ins Gras zu legen wie Flocken. Die Schatten lagen zwischen den Flocken wie die schwarzen Bleistege von Glasfenstern.

Sie lächelte und hob eine Handvoll Blüten auf. Sie waren so leicht, als existierten sie gar nicht.

Schließlich legte sie den Kopf in den Nacken und sah zu der kleinen Kirche empor.

Natürlich stimmte es nicht; das Erste, was sie vom Dorf gesehen hatte, waren nicht die Blüten gewesen, sondern die unbefestigte Sandstraße mit dem Ortsschild, aber die Blüten würden ihr erster Eindruck bleiben, sie fühlte es.

Sie streute sie zurück in den Wind, dem sie gehörten, atmete tief ein und zog ihren Schal ein wenig enger. Die Mailuft war scharf wie eine Fotografie des Winters.

»Hey«, sagte sie laut. »Hier bin ich. Ich. Bin. Hier.«

Die Kirche antwortete nicht, die Grabsteine des alten Friedhofs schwiegen, und nur der Wind sang in den Zweigen über ihr. Sie watete durch die weiße Gischt aus Blüten und legte eine flache Hand auf das alte Holz der verschlossenen Kirchentür. Dort, wo die Sonne auf das Holz fiel, begann es, sich kaum merklich zu erwärmen.

»Hey«, sagte sie noch einmal – zu der Kirche, zu den Gräbern, zum Wind. »Mein Name ist Siri. Siri Pechton. Ich werde bis zum Herbst hierbleiben.« Es war bisweilen notwendig, die Dinge laut zu sagen, um sich sicher zu sein. »Ich bin gekommen, um die Fenster zu machen. Neue Fenster. Für die Kirche. Da sind eine Menge Schatten in diesem Dorf. Aber ich habe keine Angst vor Schatten. Ich mache Fenster. Fenster sind dazu da, das Licht hereinzulassen.«

Sie sah das Licht an. Es hatte sich auf dem Ärmel ihres geblümten Regenmantels niedergelassen wie ein Schmetterling. Den geblümten Regenmantel machte es schön, schön wie die weißen Apfelblüten. Es machte auch ihre roten Gummistiefel schön und vielleicht sogar ihr kurzes mausbraunes Haar. Sie strich durch dieses Haar, als könnte sie das Licht anfassen.

Würde das Licht auch ihre Kirchenfenster schön machen?

Die Kirche war winzig und alt, eine Kirche ohne Turm; die Mauern aus großen, groben Feldsteinen zusammengesetzt. Die Glocke hing in einem klobigen hölzernen Glockenstuhl neben dem Gebäude. Die runde Fensteröffnung über der doppelflügeligen Tür war mit Spanplatten zugenagelt.

Siri zog ein Foto aus der Tasche des geblümten Regenmantels. Darauf war das ehemalige Fensterglas noch zu sehen, aber das Foto war schwarz-weiß, und die Farben würden für immer ein Geheimnis bleiben. Es war außerdem unscharf und an mehreren Stellen beschädigt. Es war über dreißig Jahre alt. Vielleicht war es älter als Siri selbst.

Und nicht nur die Farben blieben ein Geheimnis. Auch das Bild, das das Fenster gezeigt hatte. Das Foto war, um ehrlich zu sein, sinnlos.

Siri steckte es wieder ein und zuckte die Achseln.

»Ich werde die Leute fragen«, flüsterte sie. »Ich werde schon herausfinden, was auf den Fenstern war.« Sie atmete tief ein und verschränkte die Arme. Die aufgedruckten Blumen auf ihren Ärmeln strahlten im Licht wie ein privater Garten; ein Garten auf dem weißen Grund des Regenmantels; Blüten im Schnee.

Auf einmal kam sie sich beobachtet vor. Es hatte etwas Merkwürdiges, sich auf einem Friedhof beobachtet vorzukommen. Sie stellte sich etwas gerader hin. Sie wusste, dass sie klein war, sehr klein und sehr dünn für eine erwachsene Person. Es war daher wichtig, gerade zu stehen.

Natürlich war es Unsinn; niemand beobachtete sie. Die Gräber waren alle hübsch geschlossen und bewachsen, wie es sich gehörte, keine Geister, Untoten oder andere Spukgestalten zu sehen.

Sie lachte; schüttelte den Kopf über sich selbst.

Durch das schmiedeeiserne Friedhofstor sahen nur die Scheinwerferaugen des uralten Golf 1 herein, der Siri hergebracht hatte: ein Auto, das auf der Farbskala irgendwo zwischen braungrau und graubraun rangierte. Nicht einmal das kalte, klare Licht konnte dieses Auto schön machen, aber es beruhigte sie, es in der Nähe zu wissen. Der Golf war wie ein freundliches stummes Haustier. Er hatte sie und ihr Gepäck klaglos bis hierher getragen, und nun stand er vor der Kirche und wartete darauf, dass es Herbst wurde, damit sie wieder abfahren konnten.

Sie würde ihn umparken, ihn vor der Ferienwohnung abstellen. Vor der Kirche störte er. Man kann ein Auto nicht überallhin mitnehmen wie einen Talisman, es ist einfach zu unhandlich.

Sie kam sich noch immer beobachtet vor.

Sie wandte den Kopf.

Und da sah sie etwas auf der Friedhofsmauer – etwas Blaues. Ein kleines Mädchen in einem blauen Kleid. Aber als sie noch einmal genauer hinsah, war kein kleines Mädchen dort.

Auf der Mauer stand ein Mann.

Siri schloss die Augen und öffnete sie wieder, verwirrt. Der Mann stand immer noch da, oben auf der Mauerkrone. Er sah sie an, völlig reglos.

Dann sprang er hinunter. Die Mauer war an die drei Meter hoch. Beinahe war es, als spürte sie den Schmerz des Aufpralls in ihren eigenen Sohlen.

Warum hatte er auf der Mauer gestanden?

Es wirkte wie ein Spiel, das Spiel eines Kindes: Anschleichen an eine Fremde im Dorf.

Vielleicht war der Mann nicht ganz richtig im Kopf. Er kam jetzt über die Wiese auf Siri zu. Seine Schritte waren so lang wie sein Schatten; er war groß, sehr groß, beunruhigend groß, und sie ballte ihre Hände zu Fäusten und überprüfte ihre absolut gerade Haltung.

Sie konnte sein Alter nicht schätzen, er war in jedem Fall älter als sie, in seinem Haar gab es erste graue Strähnen. Seine Stiefel waren ebenfalls grau – und vielleicht so alt wie er selbst. Sein Hemd war grau, das verknotete Tuch um seinen Hals war grau, seine Hose war irgendetwas, das Grau zumindest nahekam.

Sogar seine Augen waren grau. Grau wie die Grabsteine.

Als er vor ihr stand und auf sie hinuntersah, überragte er sie um mehrere Köpfe, er war ein Turm. Seine Gesichtszüge wirkten grob, wie abgeschliffen vom Wind: das Gesicht eines Menschen, der oft im Freien ist, aber nicht zu seinem Vergnügen. Auch dieses Gesicht machte ihr ein wenig Angst.

Sie beschloss, keine Angst zu haben.

Auf den Ärmeln des geblümten Regenmantels saß noch immer das Licht, und das Licht schützte sie. Der Mann sah das Licht nicht an.

»Was machen Sie hier?«, fragte er schroff.

»Ich … ich bin wegen der Fenster da«, sagte Siri. »Die Kirche bekommt neue Fenster. Aber das wissen Sie sicher? Morgen fange ich an. Sie wollten, dass ich die Skizzen … dass ich sie vor Ort mache. Ich muss die Leute nach den alten Fenstern fragen. Die Fotos sind schlecht.«

»*Sie? Sie* wollten?«

»Die Leute vom … Kirchenverein?«

Er schüttelte den Kopf. »Mir hat keiner was gesagt. Aber mir sagen sie nie irgendwas über irgendwas. Denken, es geht mich nichts an. Ich hätte nur gerne gewusst, wer zwischen meinen Apfelbäumen herumläuft.«

»Zwischen *Ihren* Apfelbäumen?«, fragte Siri. »Wer … *sind* Sie?«

»Das Friedhofskind«, antwortete er und schnaubte, ein Laut zwischen Verachtung und Lachen, ein unangenehmer Laut. »Das ist es jedenfalls, was die Leute Ihnen erzählen werden.« Dann deutete er plötzlich eine kleine abstruse Verbeugung an, die durch seine enorme Größe noch abstruser wirkte. »Ich bin der Totengräber hier.«

Siri ließ ihren Blick noch einmal über den kleinen Friedhof gleiten, über die winzige, uralte Kirche, die Feldsteinmauer. Vor dem Tor sah man den unbefestigten Weg draußen, und hinter der Schnauze des alten Golfs ein paar geduckte, reetgedeckte Häuser.

»Totengräber? Es gibt nicht viele Tote zu begraben in diesem

Dorf«, sagte sie. »Um ehrlich zu sein … es sieht so aus, als gäbe es nicht mal viele Lebendige.«

Er schüttelte den Kopf. »Ich bin für die ganze Gegend zuständig. Kümmere mich um alles: Beete, Rasenmähen, Heckenschneiden … und eben die Gräber. Wenn sie mich auf den anderen Friedhöfen brauchen, holen sie mich.«

»Und dies ist … Ihr Heimatfriedhof?«

Es klang, fand Siri, als führte sie ein höfliches Gespräch mit einem Vampir.

Er nickte knapp. »Wie lange bleiben Sie?«

»Eine Weile. Ich habe die Ferienwohnung bei Frau Hartwig, im Keller … daneben gibt es einen Raum, der sich als Werkstatt eignet. Es sind sechs Fenster, immerhin. Nicht in der Kellerwohnung. In der Kirche. Ich muss die Skizzen machen, die Schablonen … die Gläser bestellen und zuschneiden, sie zusammenfügen … und sie am Ende einsetzen.«

»Das machen *Sie*? Nicht irgendein Handwerker?«

Sie kniff die Augen zusammen und musterte ihn.

»Ich bin«, sagte sie, »ein Handwerker. Es *gibt* weibliche Handwerker.«

Er nickte wieder. »Beeilen Sie sich mit den Fenstern. Wenn einer hier auf dem Friedhof rumläuft, ist das mehr als genug.«

Einen Moment lang schien er nachzudenken, dann streckte er die Hand aus, als wäre ihm eben eingefallen, dass es das ist, was Fremde tun, die es nicht vermeiden können, sich kennenzulernen.

Seine Hand war schwielig vom Arbeiten. Siri ertappte sich dabei, wie sie nach dunklen Rändern unter den Nägeln suchte. Aber natürlich grub ein Totengräber nicht mit den Händen in der Erde, er benutzte eine Schaufel, und vielleicht nicht einmal das, dachte Siri, vielleicht gab es heutzutage hochtechnische Geräte zum Ausheben des Erdreichs, die den Boden später auf Knopfdruck mit einer Rüttelplatte verdichteten, Düngemittel und Rosensamen in vorgestanzte Löcher spritzten …

Sie zuckte zusammen, als der Mann ihre Hand schüttelte. Seine Hand war so viel größer als ihre.

»Fuhrmann«, sagte er. »Lenz Fuhrmann.«
»Siri«, sagte sie. »Siri Pechton.«
Keiner von ihnen sagte »Angenehm«.

Siri ging einmal um die Kirche herum und machte ihre eigenen
Fotos von den Fensteröffnungen. Nur die Stirnfenster waren mit
Brettern vernagelt, die vier schmalen Seitenfenster waren durch
einfaches Glas ersetzt worden. Zwischen den Gräbern saßen zwei
dicke Kaninchen und grasten. Hieß es bei Kaninchen »grasen«? Aus
irgendeinem Grund fiel Siri das Wort »gründeln« ein.

Die Sonne lag im Gras, Siri fand einzelne violette Krokusse und
bückte sich, um über ihre zarten Blätter zu streichen. Es war hübsch
hier, wirklich, ein hübscher Friedhof in einem hübschen Dorf. Idyl-
lisch.

Aber sie spürte den grauen Steinblick des Totengräbers; er
verfolgte jeden ihrer Schritte, während er die Rosen an der Mauer
hochband. Und sie spürte genau, wie sehr es ihm missfiel, dass sie
hier war.

»Also dann«, sagte sie, als sie an ihm vorbeiging, zum Tor zurück.
Er nickte ihr zu, ohne seine Rosen zu verlassen.

»Eins noch. Bitte …« Siri zögerte. »Weshalb waren Sie auf der
Mauer? Zuerst dachte ich, ich würde ein Kind dort sehen …«

»Es wird kühl«, sagte er schroff. »Das ist der Wind. Sie sollten
machen, dass Sie in Ihre Ferienwohnung kommen.«

Sie trat durch das Tor nach draußen und legte ihre Hand auf die
Kühlerhaube des alten Golfs. Das Metall war warm von der Sonne,
warm und freundlich, aber es stimmte: Der Wind im Dorf war kalt.
Ein Stück weit entfernt lag etwas. Etwas Schwarzes.

Schuhe, dachte Siri, Kinderschuhe. Sonntagsschuhe, Vorzeige-
schuhe, steif und unbequem. Die Schnürbänder kringelten sich im
Sand wie kleine bissige Schlangen. Siri hatte solche Schuhe besessen,
als sie sechs oder sieben Jahre alt gewesen war. Sie verstand gut, dass
das Kind die Schuhe ausgezogen hatte.

Aber wo war das Kind?

Sie ging außen an der Friedhofsmauer bis zu den Schuhen.

Es waren keine Schuhe da.

Neben der Mauer lagen nur zwei große dunkle Steine, und was Siri für Schnürbänder gehalten hatte, war nichts als der Schatten einer Efeuranke.

†††

Er trat erst ans Tor, als sie fort war.

Doch die Erinnerung an sie hing noch auf der Straße wie ein vergessenes Bild: die kleine, magere Gestalt in dem geblümten Regenmantel, die Füße in roten Gummistiefeln, das kurze mausbraune Haar ein Zufluchtsort für das Sonnenlicht des Frühlingstages.

»Siri«, sagte er leise. »Siri Pechten.«

Er sah ihr Gesicht noch vor sich, das zu ihm aufblickte. Er wischte die Erinnerung an ihr Gesicht fort. Sie war nur irgendeine Frau mit irgendeinem Gesicht. Einem zu spitzen Gesicht übrigens, um es hübsch zu nennen. Sie würde wieder gehen. Bald.

Hoffentlich.

Er schüttelte den Kopf und ging zurück auf den Friedhof. Der Apfelbaum rief ihn, und er stellte sich unter seine knorrigen Äste und schloss die Augen.

Denn dies war *der Tag*.

Er hatte es gleich gewusst, als er auf die Mauer geklettert war, er hatte es gespürt – und als die fremde Frau mit dem Gesicht und dem Namen plötzlich vor der Kirche gestanden hatte, da hätte er am liebsten auf einen Knopf gedrückt, der sie einfach löschte. Er konnte keine Fremden in seinem Leben brauchen, an diesem Tag am allerwenigsten.

Dies war der Tag, an dem die Apfelblüten fielen.

Lenz spürte ihr schwereloses Weiß auf seinem Gesicht. Er öffnete die Augen wieder; sah den Blütenblättern nach, die sich sanft auf seine Schuhe legten; graue abgewetzte, erdige Stiefel, die Schnürsenkel mehrfach gerissen und wieder verknotet. Man sah sie kaum noch im weißen Wirbeln der Blüten, sie bedeckten das Grau wie Flocken.

Er lächelte und hob eine Handvoll Blüten auf. Sie waren so leicht, als existierten sie gar nicht. Maiblüten. Der Mai, dachte Lenz, war der März der Gegend, das Frühjahr begann später hier, es kam mit einer kleinen, aber entscheidenden Verzögerung ans Ende der Welt, genau wie alles andere. Der Strom war später gekommen, die Wasserleitungen waren später gekommen, und die letzten dicken Oberleitungen spannten sich noch immer durch die Luft wie seltsame Kunstwerke. Selbst der Krieg war damals später gekommen, und die Wende hatte zwischen '92 und '93 stattgefunden. Wenn überhaupt.

»Lenz!«

Er fuhr herum, und dann hörte er ein Lachen, ein helles Kinderlachen.

Sie war also da. Wie jedes Jahr. Sie tauchte immer am ersten Tag des Frühlings auf. Er fühlte, wie die Freude über ihr Auftauchen sich in ihm ausbreitete, hell und leicht.

»Wo bist du?«, rief er und drehte sich um seine eigene Achse. Nur zwei Kaninchen liefen zwischen den Grabsteinen hindurch. »Wo?«

Da trat sie aus einer Nische in der Mauer, aus den Efeuschatten, und in ihren Augen blitzte der Schalk.

»Hast du mich nicht gesehen?«, rief sie. »Blindfisch! Komm!«

Und dann stieß sie sich von der Mauer ab und rannte – an ihm vorbei, durch das niedrige hintere Friedhofstor, über die Felder, in Richtung Meer. Ihr blaues Kleid hatte die Farbe des Himmels. Es flog in leichten Falten um ihre dünnen Beine, als sie weiterrannte. Einmal blieb sie stehen und winkte ihm mit ihrer kleinen, blassen Hand: Kinderlachen, Kinderbeine, Kinderhand.

Sie war sechs oder sieben Jahre alt, ganz sicher war er sich nie.

Er war jetzt einundvierzig.

Er holte sie erst beim Steg unten ein. Sie saß dort, ganz vorne, und ließ ihre bloßen Zehen ins Wasser hängen.

»Brrr«, sagte sie und schüttelte sich. »Eisig. Du bist langsam. Der Winter war zu lang, was? Hast du die ganze Zeit vor dem Ofen gesessen und deine Knochen einrosten lassen?«

»Nein«, sagte er. »Aber er war zu lang, der Winter, das stimmt.«

Auch er zog Schuhe und Strümpfe aus. Seine Beine waren so viel länger als ihre. Er krempelte die Hosen hoch.

»Wo bist du gewesen?«, fragte er. Er fragte sie jedes Jahr von Neuem. »Ich habe an dich gedacht … wo bist du gewesen?«

Sie legte nur mit einem Lächeln den Kopf schief und sah ihn an, ihre Augen blau wie ihr Kleid.

»Jetzt bin ich da«, sagte sie, »das ist wohl genug.«

Sie nahm seine Hand; er spürte ihre zerbrechlichen Kinderfinger in seinen, und sie blickten gemeinsam in die Frühlingswolken hinauf. Ja, er war einundvierzig, aber wenn er mit ihr um die Wette rannte, mit ihr auf Mauern balancierte, mit ihr am Steg saß und in die Wolken sah, war er wieder ein Kind. Jedes Jahr von Mai bis Oktober.

Lenz fragte sich, ob die Fischer draußen ihn hier sitzen sahen. Natürlich sahen sie ihn.

Da sitzt er, sagten sie zueinander, schau an, die Apfelblüten sind also vom Friedhofsbaum gefallen, der Frühling hat angefangen, und jetzt kann man ihn wieder mit diesem irren Ausdruck in den Augen herumlaufen sehen, als könnte er hinter den Dingen eine Welt sehen, die uns verborgen bleibt.

Nein, dachte er, das sagten sie nicht zueinander, das fühlten sie nur. Sagen taten sie »Guck!« Und »Dort!« Und »Ach so. Das Friedhofskind.«

Und sie schüttelten sich, wenn sie das sagten. Denn sie hatten Angst. Sie hatten immer Angst vor ihm gehabt. Es gab Momente, da dachte er, dass sie vielleicht recht damit hatten, sich zu fürchten. Er erinnerte sich ungern, er schob die Erinnerung gewöhnlich von sich fort. Er hatte sie dreißig Jahre lang fortgeschoben.

Sie lehnte sich an ihn, und er spürte das sachte Kitzeln ihres langen hellen Haars an seinem Hals. Sie roch nach einer Mischung aus Seife, frischem Gras und – aus irgendeinem Grund – Tomatensoße.

»Da oben möchte ich mal fliegen«, flüsterte sie. »Mit diesen Wolken.«

»Ja«, wisperte er. »Ganz weit weg von all diesem Kram hier unten.«

»Aber du musst immer zurück zu dem Kram«, sagte sie voller Kinderernst.

»Sieht so aus.«

Sie saßen lange so da, auf dem Steg, so lange, bis sie froren, und da drückten sie sich eng aneinander und saßen noch ein Weilchen länger so.

»Da ist eine fremde Frau«, sagte Lenz. »Im Dorf.«

»Ja«, sagte sie. »Ich habe sie gesehen.«

»Sie macht neue Fenster«, sagte er und sah zum wässrigen Horizont hinaus, »für die Kirche. Weiß der Teufel, aus welchem Ärmel der Kirchenverein sie gezogen hat. Sie hat keine Ahnung, wie die alten Fenster ausgesehen haben. Sie wird die Leute fragen, hat sie gesagt.«

»Hast du Angst?«

»Angst? Ich?« Er schüttelte den Kopf, lachend, aber er merkte selbst, dass sich das Lachen nicht ganz echt anhörte. »Es ist nur … gestern gehörte der Friedhof mir noch allein. Mir und den Toten. Die Besucher waren immer nur auf Besuch. Aber diese Frau wird da herumlaufen, herumschnüffeln, herumsuchen …«

Er spürte den forschenden Blick der blauen Kinderaugen auf sich.

»Du hast *doch* Angst«, sagte sie, und natürlich hatte sie recht, denn irgendwann würde die fremde Frau auf die Vergangenheit stoßen, die er seit dreißig Jahren verdrängte.

Sie stand auf und strich ihr blaues Kleid glatt.

»Iris …«, begann er.

Aber sie schüttelte den Kopf. »Nenn mich nicht so.«

»Du heißt so.«

»Ich weiß«, sagte sie, »aber ich mag es nicht, wenn ich heiße. Wenn du mich beim Namen nennst, ist das wie ein Abschied. Ein endgültiger Abschied. Wer noch da ist, braucht keinen Namen.«

Und dann drehte sie sich um und rannte über den Steg davon. Als er den Weg erreichte, der zum Dorf zürückführte, war sie verschwunden. Wie so oft.

Sie würde zurückkommen. Er durfte nur ihren Namen nicht zu laut sagen.

2

Die Ferienwohnung lag unter der Erde wie ein Kaninchenbau.

Man betrat sie über eine kleine Treppe, deren Betonstufen an den Kanten abbröckelten, und wenn man in dem engen Flur stand, gab es nichts als Schwärze; dichte, fassbare Schwärze, Schwärze wie ein atmendes Lebewesen.

Der Lichtschalter befand sich links, und die Lampe flackerte zuerst, wenn man sie anmachte.

»Früher hat mein Mann das gemacht mit den Lampen und so«, sagte Frau Hartwig. »Aber der ist seit sieben Jahren unter der Erde. Manchmal kommt der Umbrich vorbei und repariert was brauchen Sie Bettwäsche da drüben ist die Tür zu dem zweiten Raum wozu brauchen Sie den?«

»Als Werkstatt«, antwortete Siri. »Danke. Ich habe Bettwäsche. Ich komme jetzt alleine klar.«

»Alleine. So«, sagte Frau Hartwig und fügte plötzlich Punkte und Kommata in ihre Rede ein, Kommata und Punkte schlecht verborgener Enttäuschung. »Ich sag Ihnen eines, junge Frau: Ganz alleine … ganz alleine kommt keiner klar.«

Aber sie ging.

Siri stand einen Moment in dem schmalen Kellerflur und atmete die abgestandene Luft ein, eine Sorte Luft voll ungedachter Gedanken. Dann begann sie, ihre Sachen die Treppe hinunterzutragen. Frau Hartwig hatte ihre Augen oben hinter einem Fenster platziert, um sie zu beobachten. Die Spitzenvorhänge bewegten sich leicht, und Siri winkte ihnen.

Sie trug einen Karton mit Geschirr an Frau Hartwigs Augen vorbei, einen großen Rucksack und einen Arm voll Tulpen, die sie auf dem Weg hierher gekauft hatte. Eine halbe Stunde später saß sie auf dem Bett und sah sich um.

Der Raum war ein anderer geworden.

Auf dem Sperrholzschrank thronte eine bauchige weiße Teekanne mit blauen Blümchen, die Tassen und Teller um sich geschart hatte wie eine Glucke ihre Küken. Das Bett verbarg sich unter einem bestickten Überwurf, auf dem Tisch standen in einer Glasvase die Tulpen, und auf den Brettern der halb unter der Erde liegenden Fensterschächte lag eine Sammlung an weißen Muscheln. Unter der Matratze verbarg sich ein unauffälliger kleiner Vorrat schwarzer Schokolade.

Siri atmete den Duft der Tulpen tief ein. Sie war angekommen.

Dann ging sie noch einmal nach draußen, um die beiden Koffer hereinzutragen, die ihre Werkstatt enthielten. In dem größeren, sehr schweren, befand sich der Brennofen, eigentlich gemacht für Emaillierungen von Schmuckstücken. Die Hitze, die er entwickelte, um die bemalten Einzelgläser zu brennen, war tödlich. Aber sie blieb gut gesichert hinter der Tür mit dem Sichtfenster … Siri pfiff vor sich hin, gab der Kühlerhaube des alten Golfs einen freundschaftlichen Klaps – und hielt inne.

Da klemmte etwas unter dem Scheibenwischer.

Etwas, das noch nicht dort geklemmt hatte, als sie die Teekanne und die Tulpen geholt hatte. Ein gefaltetes Stück Papier. Sie sah die Straße hinauf und hinab, die Straße, die nicht mehr war als ein Sandweg voller Schlaglöcher. Es war niemand da. Irgendwo hinter ihr warteten Frau Hartwigs Augen. Vielleicht war der Zettel von ihr. Vielleicht stand etwas darauf wie: *Brauchen Sie noch Handtücher?* Siri befreite den Zettel. Die Schrift sah eilig aus; Tinte, ein wenig verschmiert …

Gehen Sie nach Hause.
Keiner wird Ihre Fragen beantworten. Die Vergangenheit schläft.
Lassen Sie sie schlafen.
Gehen Sie nach Hause, solange Sie noch können.
Wer mit dem Friedhofskind spricht, lebt gefährlich.

Da war keine Unterschrift.

Sie atmete tief ein und ging die Stufen zur Ferienwohnung hinunter. Die schwere Dunkelheit war in den Flur zurückgeschwappt.

Wer hatte das Licht ausgemacht? Siri machte es wieder an. Sie betrat ihr Zimmer, schloss die Tür sorgfältig und setzte sich aufs Bett. Dann legte sie den Zettel auf ihr Kissen. Daneben legte sie das alte Foto von dem vordersten Kirchenfenster.

Und dann zerriss sie beides in winzig kleine Fetzen.

»Ich werde *doch* fragen«, flüsterte sie. »Feiglinge. Wer einen Zettel schreibt, kann auch mit mir sprechen.«

Sie merkte, dass ihre Stimme ein wenig zitterte. Wer hatte den Zettel geschrieben? Lenz Fuhrmann? Oder einer von den anderen aus dem Dorf?

»Ich verstehe es nicht«, flüsterte sie. »Ich habe euch nichts getan. Ich bin lediglich hergekommen, um eurer Kirche neue Fenster zu geben. Es ist ein Auftrag. Ich mache nur meine Arbeit.«

Gehen Sie nach Hause, solange Sie noch können.

Aber war dies überhaupt die Botschaft eines Menschen, der keine Fremden mochte? Vielleicht war es etwas ganz anderes. Vielleicht stammte der Zettel von jemandem, der ihr helfen wollte. Sie warnen.

Wer mit dem Friedhofskind spricht …

Plötzlich roch sie unter dem Duft der Tulpen wieder die dumpfe alte Dunkelheit des Kellers. Den Geruch von kalten Schatten, von Linoleum, Einlegeware und Misstrauen. Sie holte einen braunen Wollschal aus ihrem Rucksack und verbarg ihre Nase darin. Dann wickelte sie sich den Schal um, griff nach dem roten Telefon, das zur Ferienwohnung gehörte, und wählte.

Als sie sich rückwärts aufs Bett fallen ließ, quietschten die Bettfedern, und sie spürte Frau Hartwigs lauschende Präsenz in der Wohnung über sich.

»Hey«, sagte sie in den altmodischen Hörer. »Ich bin's. Ich bin angekommen.«

Sollte Frau Hartwig lauschen.

»Es ist … nett hier. Ein wenig seltsam vielleicht. Als ich mir die Kirche angesehen habe, stand dort ein Mann auf der Mauer. Ein großer Mann, beinahe ein Riese. Noch größer als du. Er wollte wissen, was ich hier mache. Und dreimal darfst du raten, was dieser Mann von Beruf ist.« Sie lachte. »Totengräber. Ich wusste nicht einmal, dass es diesen Beruf noch gibt. Und es passt ihm überhaupt nicht, dass ich hier bin.« Sie hörte eine Weile zu, schweigend.

Und ich habe einen Zettel gefunden, unter dem Scheibenwischer. Sie sagte es nicht.

»Ja, natürlich«, sagte sie stattdessen. »Ich passe auf mich auf. Ich habe keine Angst vor Totengräbern. Es ist nur ein Job. Ich mache die Fenster und verschwinde wieder. Der Job dauert, aber er dauert nicht ewig. Ich finde schon heraus, wie die Fenster ausgesehen haben. Und ... warum sie kaputtgegangen sind. Im Krieg? Nein, das war viel später. Vor ungefähr dreißig Jahren, haben die Typen vom Kirchenverein gesagt. Sie wollten mir nicht sagen, was passiert ist. Immerhin, das ist mal ein interessanter Auftrag. Ich habe lange genug winzige Glasstücke an Kirchen in Großstädten ausgebessert. Es ist interessanter, die Wahrheit über die Geschichte dieser Fenster herauszufinden. Die Wahrheit ...« Eine Weile lauschte sie wieder in den Hörer. »Da hast du recht«, sagte sie schließlich. »Die Wahrheit liegt im Auge des Betrachters.«

Dann drückte sie den Hörer einen Moment lang ganz fest ans Ohr. »Ich habe deinen Schal mitgenommen«, flüsterte sie. »Damit ich ab und zu daran riechen kann. Ich hoffe, das ist in Ordnung?«

Als sie auflegte, hörte Siri, wie Frau Hartwig über ihr wieder begann, herumzulaufen.

Siri ging noch einmal hinaus, um die beiden Koffer in den Raum am Ende des Flurs zu schleppen. In den Koffern war das Licht. Bisher bestand es aus Zangen und Messern und Schneiderädern, aus schwarzem Blei und Brettern und Skizzenpapier. Aber sie würde es zusammensetzen, nach und nach.

Die Vergangenheit schläft. Lassen Sie sie schlafen.

Nein, dachte Siri. Sie würde sie wecken, ganz behutsam.

Das Dorf, hatte der Mann vom Kirchenverein gesagt, ist ein wenig trostlos. Da ist eine Menge Dunkelheit. Aber die Leute treffen sich bei der Kirche. Nehmen Sie das Glas, und geben Sie dem Dorf eine neue Seele. Eine Seele aus Licht. Wenn die Kirche erst neue, bunte Fenster hat, werden auch mehr Touristen kommen.

Siri trat zurück und besah sich ihre Werkstatt. Neben dem kleinen

Ofen gab es nicht nur Dosen mit Farben, Gummi arabicum und Pinsel, sondern auch spitze Stahlfedern, um Spuren in die Farbe zu kratzen. Dort stand der Behälter mit der ätzenden Flusssäure, da waren die Messer und Schneidegeräte, die Handschuhe, die Atemschutzmaske.

Für jemanden, der nichts davon verstand, sah der Raum aus wie ein mittelalterlicher Folterkeller. Es war wie mit den Glasfenstern. Wie mit der Wahrheit.

Es kam auf den Standpunkt des Betrachters an.

†††

Lenz befreite die Gräber an diesem Tag vom dunklen schützenden Tannengrün, eines nach dem anderen; er kniete auf der Erde und legte unendlich vorsichtig eine grüne Spitze nach der anderen frei. Bei dem Grab mit dem steinernen Schneehuhn fand er die ersten Triebe der Maiglöckchen. Er verjagte das Kaninchen, das daran schnupperte.

»Karnickel fressen keine Maiglöckchen«, knurrte er. »Scher dich weg, sonst endest du in der Pfanne.«

Das würde es ohnehin, dachte er, es war eines von Aljoschas Kaninchen. Sie hatten sich nie sonderlich um Aljoschas Zaun geschert, aber sie waren dumm genug, jedes Mal zurückzukommen und sich von Aljoscha umbringen zu lassen. Aljoscha tötete sie, indem er sie an den Hinterbeinen hielt und mit dem Kopf gegen die Hauswand schlug. Manchmal musste er mehrmals ausholen, weil sie beim ersten oder zweiten Mal nicht ganz tot waren. Lenz hatte es als Kind gesehen. Später, zu Hause, hatte er sich übergeben.

Das Schneehuhn hatte Moos angesetzt. Er fuhr mit dem Finger darüber und fühlte, wie weich und freundlich es war, und er erlaubte dem Schneehuhn, seinen lebendigen Mantel zu behalten.

Er dachte an die fremde Frau, während er an den Beeten arbeitete.

Siri Pechten. Welcher vernünftige Mensch, bitte, hieß Siri? Welcher vernünftige Mensch kam in ein gottverlassenes Dorf, um neue Fenster für irgendeine gottverlassene Kirche zu machen?

Die Gewissheit, dass die fremde Frau jeden Moment hier auftauchen konnte, legte ihm einen Ring aus Eisen um die Stirn, und sein Kopf pochte schmerzhaft, als hätte er zu lange einen Punkt fixiert – so wie Winfried, wenn er stundenlang dasaß und eine Buchseite anstarrte, ohne umzublättern.

Winfried starrte nur mit dem linken Auge. Das rechte sah seit Langem nichts mehr, es war aus Glas.

Lenz brach eine Rosenknospe ab, um sie Winfried mitzubringen.

Es war Winfried natürlich unmöglich, zuzugeben, dass er Rosen mochte. Es war ihm mit den Jahren unmöglich geworden, zuzugeben, dass er überhaupt etwas mochte. Manchmal fragte sich Lenz, ob er irgendwann so werden würde wie Winfried, ob er, mehr noch, *Winfried* werden würde, wenn Winfried eines Tages starb.

Winfried hatte sich um den Friedhof gekümmert, ehe er den Schlaganfall gehabt hatte.

Damals war er der Totengräber gewesen und Lenz nichts als ein kleiner Junge, der ihm überallhin folgte wie eine hungrige Katze. Hunger hatte er genug gehabt in seinem Leben, aber heute war alles umgekehrt, die Armen waren dick und die Reichen dünn, und zweimal die Woche fuhr der Konsum-auf-Rädern durchs Dorf. Die alte Speisekammer neben der Küche hatte an Wichtigkeit verloren, weil sie nie mehr leer war.

Damals, im ersten Frühjahr, in dem er die Apfelblüten bemerkt hatte, hatten sie sich in der Speisekammer versteckt, und sie war leer gewesen. Sie hatten sich auch in der Speisekammer von Iris' Eltern versteckt, in der Datsche. Dort hatte die Speisekammer unter einer Bodenluke gelegen.

Es hatten Kartoffeln dort gelagert, das wusste er noch.

Wenn er die Augen schloss, konnte er Iris wieder neben sich spüren. Wie nah sie ihm gewesen war, damals, unter der Bodenluke! Er hatte ihren Atem auf seiner Wange gespürt und ihre verschwitzte Hand, die seine drückte. *Wenn meine Eltern uns nicht finden*, sagte diese Kinderhand, *dann ist alles gut.* Sie hatten sie natürlich gefunden.

Es war zweiunddreißig Jahre her.

Er hörte jetzt andere Stimmen und öffnete die Augen. Da kamen sie also, die Leute.

Auch sie spürten den Frühling und waren aus ihren Löchern gekrochen. Er kniete noch immer in der duftenden, schwerschwarzen Erde, als sie über den Friedhof ausschwärmten.

Er sah sie Gießkannen füllen und Gräber gießen, sah sie ein paar Kaninchen fortscheuchen. Sie alle hatten ihre anverwandten, angeheirateten, angeborenen Gräber, deren Erde sie ab und zu anfallsweise gossen. Aber ohne Lenz wären die Blumen längst eingegangen.

Schließlich kamen die Leute herüber, nickten ihm zu und sagten Belangloses über das Wetter. Er sah die Distanz in ihren Augen wie einen Schleier. Sie hatten, das wusste er, Angst vor ihm.

An diesem Tag war er zum ersten Mal versucht, Fragen zu stellen. *Was ist damals wirklich passiert? Vor zweiunddreißig Jahren? Was ist es, das ihr von mir glaubt?*

Er fragte nicht.

Frau Henning schob einen Schein in die Tasche seiner alten Jacke und murmelte, wie schön er die Gräber ihres Vaters und ihres Mannes auf den Frühling vorbereitet hätte. Da war nichts zu sehen auf den Gräbern als grüne Spitzen, aber in drei Wochen würden sie ein Meer aus verschiedenen Blautönen sein, aus wippenden Glöckchen und winzigen Kelchen. Die Nächste, die kam, war Frau Hartwig. Sie drückte ihm ein paar Münzen in die Hand und huschte davon wie eine Maus. Später kamen andere.

Sie waren, dachte Lenz, wie die Kaninchen; alle gleich, alle dumm, Menschenkaninchen mit fernen Augen und Geld in den Händen. Als wäre er weniger eine Person als ein heiliger Gegenstand, vor dem man Münzen hinterlässt, um die Naturgewalten gnädig zu stimmen. Als die Letzten gegangen waren, stand er alleine in einer violetten Frühjahrsdämmerung und spürte einen unbestimmten Schmerz in sich.

Die fremde Frau war nicht zurückgekommen. Ein Teil von ihm wünschte sich, sie käme. In ihrem Blick war kein Schleier gewesen, keine Entfernung, kein Sicherheitsabstand. Da war etwas Suchendes, etwas, das in ihn hineinsehen wollte wie durch ein Kirchenfenster. Etwas, das Fragen stellen wollte.

Ihre Augen, dachte er, waren vom exakt gleichen Blau wie Iris' Augen.

Später saß er am offenen Fenster und sah zu, wie das Licht in den Wassergräben zwischen den Feldern versank. Er fror, aber es war gut, in der Frühlingsluft zu frieren. Bis gestern hatte er die Singschwäne gehört. Sie waren nur im Winter da. Jetzt, wo der Frühling gekommen war, waren die Schwäne fortgezogen.

Von unten, aus der Küche, drang das Gemurmel des Fernsehers; ein Indiz dafür, dass Winfried da und wach war, obwohl Lenz nicht sicher war, ob er dem Fernseher jemals zuhörte. Es war die theoretische Möglichkeit, alle Kanäle der Welt zu empfangen, die Winfried brauchte. Wenn er merkte, dass er einzuschlafen drohte, machte Winfried den Fernseher aus, um Strom zu sparen.

Auf dem Weg zwischen den Feldern war jemand unterwegs. Lenz stand auf und trat an das winzige Fenster der Dachkammer. Die Figur auf dem Weg war klein und schmal, sie kam vom Meer herauf zum Dorf.

»Iris«, flüsterte er. »Kommst du mich besuchen, jetzt noch? So spät? Ist etwas passiert?«

Doch als die Gestalt näher kam, sah er, dass sie einen Regenmantel trug: weiß mit buntem Aufdruck. Und dass sie nicht so klein war, wie er gedacht hatte.

Die Fensterfrau. Er lächelte, als er das dachte: *Fensterfrau.* Er mochte das Wort.

War sie unten beim Steg gewesen, bei den stummen Fischerbooten?

»Das Meer wird Ihnen nicht sagen, wie die Kirchenfenster früher ausgesehen haben«, murmelte er. »Da müssen Sie schon die Leute fragen. Aber die Leute reden auch nicht gern. Nicht mit Fremden. Ich weiß es, ich bin einer von ihnen.« Und er lächelte still in sich hinein. »Von den Fremden.«

Die Figur im Regenmantel verschwand aus seinem Blickfeld,

tauchte mit dem Weg zwischen zwei seichte Hügel ein – das Land war hier gewellt wie das Wasser bei Sturm, Wogenland, Windland. Die Gestalt war verschwunden. Ihr Verschwinden erinnerte ihn wieder an Iris. Wie ihre Augen.

Ein Kaninchenschatten hoppelte unten über die Wiese.

Dann hörte Lenz jemanden an der Haustür klopfen. Die Fensterfrau, dachte Lenz, und sein Herz schlug schneller. Aber das war Unsinn, so rasch konnte die Fensterfrau nicht bis zur Haustür kommen.

»Sieh mal an, der junge Kaminski von der Werkstatt«, sagte Winfrieds spröde Stimme unten im Flur. »Was willst du? Wir haben kein Auto zu reparieren.«

»Ich will mit ihm reden. Mit dem Friedhofskind.«

»Kinder«, erwiderte Winfried bedächtig, »gibt es in diesem Haus keine.«

»Verdammt, du weißt genau, wen ich meine. Den jungen Fuhrmann.«

Winfried, der alte Fuhrmann, schwieg einen Moment, vielleicht sah er an Kaminski vorbei in die Ferne, wie er es oft tat, das funktionierende Auge zusammengekniffen, als blendete ihn, was er dort sah. »Hat einen Vornamen.«

Kaminski knurrte. »Lenz. Ich will mit Lenz reden. Verdammt, holst du ihn jetzt oder nicht?«

Winfried hielt sich am Treppengeländer fest, um hinaufzurufen. »Da ist wer für dich!«, rief er.

Lenz war neben das Geländer getreten. »Ich weiß«, sagte er. »Ich will nicht mit ihm reden. Ich mag ihn nicht.«

»Du kommst jetzt runter«, sagte Winfried. Es war keine Bitte, noch nicht einmal ein Befehl. Es war die nüchterne Feststellung einer Tatsache. Lenz zuckte die Schultern und stieg die schmalen Holzstufen hinunter. Er war noch immer der kleine Junge, dachte er, den der alte Totengräber in sein Haus aufgenommen hatte, weil er das Kind seines Bruders war. Hier gibt es keine Kinder, hatte Winfried gesagt, und doch behandelte er Lenz wie ein Kind. Friedhofskind. Wer hatte ihm diesen Namen gegeben? War es Winfried gewesen?

Draußen stand der junge Kaminski und hatte sein Hundeknurren eingestellt. Er stützte sich auf zwei Krücken.

»Der Hund hat eine lahme Pfote«, murmelte Lenz, so leise, dass der Hund es nicht hörte. »'n Abend«, sagte er, lauter.

Er sah den Hund schlucken. Der Hund hatte den Schwanz eingezogen. »Ich bin gekommen, um mich zu entschuldigen«, sagte er, ohne Lenz anzusehen. »Letzte Woche … auf dem Friedhof … ich war blau, ja? Völlig blau. Ich … wir … wir hätten nicht über dich lachen sollen. Ich habe keine Ahnung, was ich gesagt habe …« Seine Sätze kamen stockend. Er hatte offenbar sehr wohl eine Ahnung, was er gesagt hatte. Lenz wollte die Worte nicht wiederholen; Worte, die der junge Kaminski und seine Freunde in ihren Bierflaschen gefunden hatten, wo sie im bräunlichen Schaum vor sich hin rotteten. Ein Wort hatte ihn am meisten getroffen, ein Name: Iris.

Erzähl mal, Friedhofskind, damals, wie hast du es mit der kleinen Iris ge–

»Und warum kommst du jetzt?«, fragte er. »Und was hast du mit deinem Bein angestellt?«

»Das weißt du ganz genau.«

»Nein«, sagte Lenz.

»Du willst, dass ich es sage, hm? Ich bin vom Dach gefallen. Das Bein ist an zwei Stellen gebrochen.«

»Bist nicht so gut mit Dächern, wie dein Vater es war, was? Warum bist du da raufgeklettert? Jeder weiß, dass du nicht schwindelfrei bist.«

Kaminski sah wieder weg. »Hab was repariert.« Dann sah er sich um, und Lenz folgte seinem Blick. Auf der anderen Seite des Weges, im Schatten der Büsche, stand eine kleine, gedrungene Gestalt.

»Da wartet wer, ja?«, meinte Lenz. »Du bist nicht von dir aus gekommen.«

»Die Alte«, sagte Kaminski sehr leise, »die hat Schiss gekriegt. Hat mich hergeschickt, damit ich mich entschuldige.«

»Und du?«

»Ich? Ich hab keinen Schiss, ich nicht. Ist doch alles nur Gerede. Ich glaub nicht, dass du so was kannst.«

»Dass ich *was* kann?«

»Ich hab mich entschuldigt«, sagte Kaminski, lauter jetzt, damit seine Mutter es hörte. »Mehr kann ich nicht machen. Und ich soll noch sagen, das Grab vom Alten ... du pflegst das sehr schön.«

»Wenn du mir jetzt Geld gibst, schlag ich dir die Krücken weg.«

»*Was?*«

»Du hast mich schon verstanden«, sagte Lenz und schloss die Haustür.

»Vom Dach gefallen«, wiederholte er.

»Leute haben Unfälle«, sagte Winfried hinter ihm. »Leute, die dem Friedhofskind blöd kommen. Immer so gewesen.« Dann packte er seine Krücke und zerrte sein seit dem Schlaganfall lahmes Bein zurück in die Küche, vor den Fernseher.

Und Lenz dachte an die anderen Unfälle. Einer war ein Autounfall gewesen, lange her. Der damals hatte ihn nicht überlebt. Jung war er gewesen, jünger als Kaminski. Lenz hatte nicht um ihn getrauert. Das war die Geschichte mit Aschenputtel gewesen, Aschenputtel und dem gelben Kleid und einer Szene an einer Bushaltestelle, an die er sich niemals freiwillig erinnern würde. Er schob die Geschichte von sich weg.

Tot war tot.

✝✝✝

Siri erwachte nachts, in absoluter Schwärze, lag eine Weile still und lauschte.

Sie hatte geträumt.

Im Traum war sie auf der Friedhofsmauer entlangbalanciert, hinter sich den Totengräber, der lange Schatten seiner riesigen Gestalt war auf sie gefallen und hatte die Sonne ausgeschlossen. Sie war nicht sicher gewesen, ob er sie verfolgte oder ob sie ihn führte, im Traum sind diese Dinge unklar. Um sie herum hatte es Blütenblätter geregnet, doch dann hatte sie gesehen, dass es Glasscherben waren.

Die Scherben bunter Fenster. Sie hatte nichts mehr gesehen in diesem Scherbenregen, sie spürte noch, wie sie danebentrat, wie sie panisch mit den Armen ruderte – wie sie fiel.

Sie hatte mit dem Schal im Arm geschlafen wie mit einem Stofftier. Jetzt drückte sie ihn an sich und atmete seinen vertrauten Duft tief ein.

Aber es half nicht.

Da war etwas; etwas war hier, in der dickflüssigen Schwärze des Zimmers. Sie tastete nach dem Schalter der Nachttischlampe und fand ihn nicht. Es war eine Art unbestimmte Präsenz. Etwas Lebendiges.

»Hallo?«, flüsterte sie mit zitternder Stimme. »Ist da jemand?«

War das ihr eigener Atem, den sie hörte? Oder war da der Atem einer zweiten Person im Raum?

Die Schwärze gab nichts preis.

»Lenz Fuhrmann«, flüsterte Siri. »Verschwinden Sie. Ich lasse mir von Ihnen keine Angst einjagen.«

Aber sie hatte Angst; natürlich hatte sie Angst. Sie ahnte den Umriss der riesigen Gestalt im Raum mehr, als dass sie ihn sah. Er rührte sich nicht, stand nur da und sah auf sie hinunter.

»Ich schreie«, sagte sie. Der Satz klang kläglich. Lächerlich. Dumm.

Er antwortete nicht, atmete nur, ein und aus, im Gleichklang mit ihrem eigenen Atem. In diesem Moment ging draußen ein Licht an, und Siri erschrak so sehr, dass sie wirklich schrie. Die blasse Helligkeit der Hoflampe floss ins Zimmer, kroch über den Boden und überzog die Möbel mit einem fahlen Glanz. Auf dem Regal schlief die freundliche Teekanne mit den Streublümchen. Auf dem Tisch schliefen die Tulpen und auf den Fensterbrettern die Muscheln.

Es war niemand im Zimmer. Niemand außer ihr.

Sie schüttelte sich, versuchte, über sich selbst zu lachen, und schaffte es nicht ganz. Ihr war eiskalt. Sie griff unter ihr Kissen, brach ein Stück von der Notfallschokolade ab und steckte es in den Mund. Sie bewahrte auch zu Hause einen Vorrat schwarzer Schokolade unter ihrem Kissen auf. In dieser Nacht beruhigte die

Schokolade sie nicht. Sie schmeckte nur bitter; sie schmeckte nach der Schwärze der Nacht.

Siri sehnte sich nach einem schlafendem Körper neben dem ihren, an dem sie sich festhalten konnte.

Nach jemandem, der murmelte: »Schlaf weiter, Siri. Alles ist in Ordnung. Ich bin ja da.«

Aber niemand *war* da.

Nur ein Schal.

Schließlich stand sie auf und trat ans Fenster. Oben, auf der nächtlichen Wiese, schliefen unter knorrigen alten Birnbäumen Frau Hartwigs Hühner; die Köpfe unter die Flügel gesteckt, ohne Interesse an den Wahrheiten der Welt. Auch dort stand nirgendwo der Totengräber.

Wer hatte das Hoflicht eingeschaltet? Vielleicht hatte auch das Hoflicht einen Bewegungsmelder. In diesem Fall war die Frage, wer sich bewegt hatte. Eines der Kaninchen, die hier überall herumrannten? Hinter einem der Birnbäume ragte etwas hervor, etwas Blaues, sie sah es im Licht der Hoflampe.

Der Stamm war zu schmal, um eine Person zu verbergen. Außer vielleicht … ein Kind.

Noch etwas Blaues tauchte hinter dem Baum auf: ein Ärmel mit einer blassen Hand. Sie kniff die Augen zusammen: Winkte diese Hand? Oder entsprang auch dies ihrer Phantasie, genau wie die Anwesenheit des Totengräbers?

Jetzt war alles fort, Hand und Ärmel und Kleiderzipfel. Siri blinzelte.

»Ich bin hier, um die Kirchenfenster zu machen«, sagte sie laut in die Stille der Nacht. »Sonst nichts. Irgendetwas stimmt mit diesem Dorf nicht, irgendetwas *ist* hier. In den Schatten. Das ist es, was der Mann vom Kirchenverein mit der Dunkelheit gemeint hat, oder? Deshalb will er, dass ich etwas ändere. Aber ich werde nur so weit fragen, bis ich weiß, was ich für die Fenster wissen muss. Ich habe nichts mit den Geschichten dieses Dorfs zu tun, hört ihr? Nichts.«

3

Sie saß auf einem Grabstein, als Lenz sie das nächste Mal sah, eines von Aljoschas Kaninchen im Arm.

Er sah von seiner Arbeit auf – er war dabei gewesen, das Unkraut auf einem Grab zu entfernen – und erschrak fast zu Tode, und sie lachte. Es gefiel ihr, aufzutauchen, wenn er am wenigsten mit ihr rechnete.

»Iris«, sagte er und klopfte sich die Erde von den Händen.

Diesmal sagte sie nichts darüber, dass sie nicht heißen wollte.

Sie baumelte nur mit den Beinen und sah ihn an. Ihre schwarzen Schuhe waren voller Schlamm. Die Schuhe waren für die Stadt gemacht. Die weißen Socken waren für die Stadt gemacht, das blaue Kleid war für die Stadt gemacht, ein Süßes-kleines-Mädchen-Kleid. Sie hasste das Kleid, er wusste es.

Sie streichelte das Kaninchen, woraufhin es sich ihr entwand und weghoppelte.

»Wohin bist du gestern verschwunden?«

Sie zuckte die Schultern, kaute am Ende einer Haarsträhne. »Da war diese dünne Frau. Die mit dem geblümten Regenmantel. Ich hatte keine Lust, mir ihr zu reden.«

»Sie hätte nicht mit dir geredet.«

»Wer weiß?«, sagte Iris. »Sie war heute Morgen auch da, sie ist um die Kirche herumgegangen und hat Skizzen gemacht. Und weißt du, was sie dabei vor sich hin gemurmelt hat?«

Er stand auf und lehnte sich neben sie an den Grabstein. »Nein, ich weiß es nicht. Aber du wirst es mir sicher sagen.«

»Deinen Namen«, sagte Iris. »Sie hat deinen Namen gemurmelt. Ich glaube, sie hat es gar nicht gemerkt, sie war ja mit Zeichnen beschäftigt.«

»Du hast dich verhört«, sagte er schroff.

»Und sie hat angefangen, die Leute zu fragen. Wegen der Fenster. Heute Morgen. Frau Henning war hier und die alte Kaminski und noch ein paar Frauen. Sie haben alle die Schultern gezuckt und angefangen, über Saatgut zu reden und über Aljoschas Kaninchen, die mal wieder die Triebe abfressen. Lenz … wie lange ist es jetzt her, dass die Kirchenfenster kaputtgegangen sind?«

Er rechnete. »Zweiunddreißig Jahre? Es war an dem Tag, an dem der Wind die ersten Apfelblüten gepflückt hat.«

Sie nickte. Dann sprang sie auf, rannte über die Wiese, die er mähen musste, und kletterte auf den alten Apfelbaum. »Komm! Komm!«

Er kletterte ihr nach, natürlich, und dann saßen sie dort und ließen den blauen Himmel über sich vorüberziehen, und für Momente war alles so, wie es immer gewesen war.

»Der junge Kaminski ist vom Dach gefallen, übrigens«, sagte Lenz schließlich.

»Geschieht ihm recht«, sagte Iris. »Arschloch.«

»Dein Vater hat dir verboten, solche Worte in den Mund zu nehmen.«

»Arschloch, Arschloch, Arschloch«, sagte Iris zufrieden. »Mein Vater ist weit weg.«

Da wurde der Himmel weniger blau. »Er war hier«, sagte Lenz leise. »Im Winter. Er hat mich nicht gesehen, aber er war hier.«

»Ach was«, sagte Iris, »nach zweiunddreißig Jahren! Na, wenn er wiederkommt, grüß ihn von mir. Kannst ihm sagen, es tut mir leid, dass keiner mehr für ihn Klavier spielt und tanzt. Aber ich sitze eben lieber in den Bäumen und fange Kaninchen und mache meine Kleider schmutzig.«

Lenz wollte etwas sagen; etwas darüber, dass er niemanden grüßen würde.

Aber in diesem Moment quietschte das Friedhofstor, und die Fensterfrau trug ihren geblümten Regenmantel herein.

»Gestern Morgen gab es einen Friedhof, der mir gehörte«, murmelte er. »Friedhofskind. Wozu braucht die Kirche bunte Glasfenster? Kein Mensch geht in diese Kirche. Außer vielleicht Annelie.«

Er sah sich nach Iris um, aber sie hatte es wieder einmal vorgezogen, sich aus dem Staub zu machen. Es lag an der Fensterfrau. Verdammt, die Fensterfrau war dabei, sein Frühjahr und seinen Sommer mit Iris zu zerstören: ihre kostbare gemeinsame Zeit.

Er kletterte vom Baum, schürfte sich die Hand dabei auf und

begrüßte das Blut, das aus der Wunde lief. Es bestätigte ihn in seinem Gefühl, dass alles schlecht war. Obwohl es gerade in diesen Maitagen hätte gut sein sollen.

Annelie. Er würde zu Annelie gehen. Wenn alles schlecht war, ging er immer zu Annelie.

Er ging durch den Garten. Er war immer durch den Garten gegangen, schon als kleiner Junge.

Im Gras saßen drei Kaninchen und starrten ihn an, reglos.

Annelie selbst saß auf der Veranda.

Die Veranda war eigentlich ein Wintergarten, an allen Seiten von Glas umgeben, doch Annelie und Lenz hatten damals entschieden, dass sie das Wort »Winter« nicht mochten, nicht einmal im Zusammenhang mit dem Wort »Garten«. Es hatte auch etwas Exotisches, Veranda zu sagen, es klang nach Ferne. Nach Afrika vielleicht. Annelie besaß eine Postkarte aus Angola, die er als Kind oft angesehen hatte: eine Postkarte, die eine Veranda mit einem Schaukelstuhl zeigte. Sie hatten sich vorgestellt, wie sie dorthin reisten und Abenteuer mit den Löwen erlebten, die sie eventuell zähmen und überreden könnten, in Schaukelstühlen zu sitzen. Annelie war immer die einzige Person gewesen, mit der er lachen konnte.

An diesem Tag saß Annelie in einem Schaukelstuhl ohne Löwen.

In ihrem weißen Haar hatten sich die Sonnenstrahlen verfangen wie Lametta, und sie las ein Buch.

Sie war, dachte Lenz, vermutlich die einzige Person im Dorf, die Bücher las. Er sah ihr eine Weile durch das Verandaglas beim Lesen zu – eine Frau in einem Aquarium.

Schließlich hob er die Faust und klopfte an, zu laut. Er wusste nicht, warum seine Hände mit den jungen Trieben auf dem Friedhof so behutsam waren und nicht leiser an ein Fenster klopfen konnten. Nichts an ihm passte zusammen, das jedenfalls wusste er, er war zu stark und zu schwach, zu wenig belesen und doch stets zu sehr in Gedanken, zu groß und zu breitschultrig und zu sehr Kind; das Friedhofskind. Eine Menge Leute hielten ihn für zurückgeblieben. Lenz hatte sich nie bemüht, sie vom Gegenteil zu überzeugen.

»Der Lenz ist da«, sagte Annelie, als er durch die Verandatür trat. »Apfelblütenzeit. Setz dich.«

Eine Weile schwiegen sie durch das Glas in den Garten hinaus, wo in der Hecke die Frühjahrsvögel ihre Nester bauten.

»Iris ist wieder da?«, fragte Annelie schließlich und zupfte ihre Blusenärmel zurecht. Die Bluse war grün wie der Frühling, die Ärmel wie Knospen. Annelie war, auf gewisse Weise, ihr Garten.

»Ja«, sagte Lenz.

»Hast du sie mitgebracht?«

Er sah sich um. »Nein.«

»Schade. Ich habe Kekse gebacken.«

»Annelie«, sagte er. »Dass Iris nicht da ist … hat einen Grund. Sie ist schon zum zweiten Mal verschwunden, weil … Annelie, da ist eine fremde Frau auf dem Friedhof. Wir nennen sie die Fensterfrau. Sie macht die Kirchenfenster. Und sie bleibt vielleicht den ganzen Sommer über. Das ist mein Ort, Annelie. Diese Frau … sie sieht einem in die Augen und sucht etwas darin. Meine Augen gehen sie nichts an.«

Annelie musterte ihn aufmerksam. »Was findet sie denn in deinen Augen?«

Er sah weg. »Nichts. Und Kaminski ist vom Dach gefallen. Bei irgendeiner Reparatur.«

»Ach, so ein Pech!«, rief Annelie. »Der arme Junge. Er hat sich doch nichts gebrochen?«

Lenz sah ihr zufriedenes Grinsen.

»Er hat. Das Bein. Er ist auf Krücken unterwegs.«

»Sieh mal einer an«, sagte Annelie. »Dann wird er wohl eine Weile zu Hause bleiben müssen, anstatt mit seinen Freunden durch die Gegend zu ziehen, die so bedauernswert wenig Haare auf dem Kopf haben. Holen wir die Kekse.«

Sie stand auf, und wie immer erstaunte es ihn, mit wie wenig Mühe sie sich bewegte. Sie war vierzig Jahre älter als er, aber ihr Körper weigerte sich, diese Tatsache zu akzeptieren. Nur die Venen an ihren Händen traten Jahr für Jahr deutlicher hervor, als würde die Zeit ihre Handschrift in blauer Tinte auf Annelies Haut hinterlassen.

Lenz folgte ihr in die Küche und nahm den Teller, der dort stand, einen blauen Teller voller goldbrauner Frühjahrskekse. Einen Moment lang blieb er am Fenster stehen. Und er dachte daran, wie oft er hier gestanden hatte, als kleiner Junge. Er hatte immer darauf gewartet, dass jemand den Weg heraufkam. Nein. Nicht einfach irgendjemand.

Die verschwundenen Personen.

Sie waren nicht im eigentlichen Sinne verschwunden, natürlich, sie waren verloren gegangen oder *ihm* verloren gegangen. Doch alles, was jemals den Weg entlangkam, waren Kaninchen.

»Es gibt also nicht nur Personen, die unerwartet verschwinden«, sagte er nachdenklich, »sondern auch Personen, die unerwartet auftauchen. Gibt es einen Zusammenhang, Annelie? Zwischen den verschwundenen und den auftauchenden Personen?«

»Es gibt auf der Welt selten Zusammenhänge«, sagte Annelie nachdenklich. »Aber wenn man sich anstrengt, kann man immer welche finden.«

»Die Fensterfrau ... ihre Augen sind blau. Es ist dasselbe Blau wie bei Iris. Was denkst du, Annelie? Über die ganze Sache?«

»Ich denke«, sagte Annelie, »dass unser Friedhofskind die Fensterfrau sehr genau studiert hat.«

»Sie ist neu hier«, erwiderte er schroff. »Es ist nur deshalb.«

»Richtig.« Annelie nickte. »Sie ist neu. Sie hat nur Werkzeuge mitgebracht, keine Vorurteile. Sie weiß nicht, was die Leute über dich sagen.«

Lenz stellte den Keksteller aufs Fensterbrett, etwas zu abrupt. »Ich habe keine Ahnung, was die Leute sagen. Und ich denke, ich muss jetzt los. Auf dem Friedhof wartet eine Menge Arbeit auf mich.«

»Eine Menge Arbeit«, hörte er Annelie hinter sich murmeln. »Und eine Frau ...«

†††

Als Siri den Totengräber zum dritten Mal sah, saß er auf dem Glockenstuhl, zwei Nägel im Mund, und war dabei, dort oben etwas zu reparieren.

Beim ersten Mal hatte er sich auf einer Mauer befunden, beim zweiten Mal in einem Apfelbaum – er war, dachte sie, wie eine Katze, er bevorzugte die Höhe. Jedenfalls, wenn er ihr begegnete.

Sie versuchte, nicht an die Nacht zu denken, in der er in ihrem Zimmer gestanden hatte, ohne dazustehen.

»Guten Morgen«, sagte sie.

Er nickte wortlos, deutete auf die Nägel in seinem Mund und arbeitete weiter.

Siri ging um die Kirche herum, wo es mehr Licht gab, und breitete ihre Zeichenmappe auf der einzigen Bank aus, um sich davorzuknien. Der Boden war noch feucht, der Winter saß dem Land in den Knochen. Es dauerte keine halbe Stunde, bis ihre Jeans an den Knien durchgeweicht war, aber sie brauchte Licht. In der Ferienwohnung gab es nicht genug davon, die Farben erstickten zwischen ausgelegter Einlegeware und umgebauten Anbauwänden.

Der Wind versuchte immer wieder, Siri das Zeichenblatt zu entreißen. Sie hörte sich fluchen.

Und dann, plötzlich, streckte sich eine Hand ins Bild, eine große, grobe Hand, die vier Steine auf die Ecken des Papiers legte. Die Hand war verschmiert mit einer dunklen Flüssigkeit.

»Was«, fragte Lenz Fuhrmann über ihr, »zeichnen Sie da?«

Es gefiel ihr nicht, vor ihm zu knien und zu ihm aufzusehen, aber sie merkte, dass ihre Beine eingeschlafen waren, und sie musste sich an der Bank abstützen, um aufzustehen.

»Ich … denke über die grobe Aufteilung von Licht und Schatten nach.«

Auf dem Blatt waren die Umrisse der beiden Westfenster zu sehen und darin ein Chaos aus Linien.

»Ich erkenne nichts«, sagte er.

»Ich auch nicht«, murmelte sie. »Aber darum geht es nicht. Es geht um die Verteilung der Farben.«

»Da sind keine Farben«, sagte er.

Sie seufzte. »*Noch* nicht. Lassen Sie mich einfach machen. Sie kümmern sich um Ihre Gräber und Ihre Pflanzen, und ich kümmere mich um meine Fenster.«

Er schüttelte den Kopf und wischte seine schmierigen Hände an der grauen Hose ab. »Ich will Ihnen was sagen – Sie haben keine Ahnung, was Sie da zeichnen. Sie haben keine Ahnung, was auf den Fenstern zu sehen war. Und die Leute, die Sie fragen, antworten nicht. Die Leute interessieren sich für Saatkartoffeln. Für Angebote im Bau-Discount. Für Holzkohlepreise. Nicht für Kirchenfenster. Keiner weiß, was das für Bilder waren. Habe ich recht?«

Sie sah etwas in seinen grauen Augen blitzen, das sie verwunderte. »Und Sie?«, fragte sie. »Gehören Sie nicht zu denen? Wissen Sie mehr als die Leute?«

»Ich gehöre zu gar niemandem«, sagte er. »Und ich weiß gar nichts. Bis auf eines: So kommen Sie nicht weiter. Hören Sie zu, denn ich sage das jetzt nur einmal. Ich erinnere mich. Ich war acht Jahre alt, als die Fenster gesprungen sind. Ich erinnere mich nur an eines von ihnen. Das erste. Das rechte Westfenster.«

»Das erste? Gab es denn eine Reihenfolge? Ein erstes und ein letztes?«

»Ich habe gesagt, Sie sollen zuhören«, sagte er schroff. »Das erste Fenster, das war die Geburt Christi. Der Himmel war blau, ein sehr dunkles Blau. Und davor etwas wie … Sternenschauer. Weiß. Vielleicht ein weit entfernter Chor aus Engeln: helle Flecken in der Dunkelheit. Maria hielt das Kind fest, unten auf dem Bild, mitten in den Sternenschauern, so als ob sie es mit ihrem Körper schützen müsste vor den fallenden Sternen. Joseph ging ziemlich weit hinten, er war eigentlich kaum da … aber da waren andere. Marias Kleid war blau wie die Nacht, man sah sie nur, weil ihr Haar so hell strahlte; und natürlich der Heiligenschein. Vielleicht war es auch die Flucht nach Ägypten, vielleicht waren sie schon in Ägypten, denn die Leute sahen misstrauisch aus, so wie man misstrauisch ist gegenüber Fremden.«

Siri merkte, dass sie die Augen geschlossen hatte. »Ich sehe es«, sagte sie. »Dunkelblau und weiße Flecken. Es war auf einem der Fotos. Ich wusste nur nicht, was es bedeutete.« Sie öffnete die Augen und sah ihn an. »Warum helfen Sie mir?«

Da beugte er sich zu ihr hinunter, und auf einmal war sein Gesicht zu nah. Er kniff die Steinaugen zusammen. »Nicht aus Freundlichkeit«, sagte er leise. »Ich will, dass Sie mit diesen Fenstern fertig werden und verschwinden. Verstanden?« Auf einmal packte er sie grob am Arm. »Ich mag es nicht, wie Sie mich ansehen«, flüsterte er. »Sie sehen mich an wie … wie eine Frage. Machen Sie die verdammten Fenster und hauen Sie ab. Die Toten sind begraben und tot.«

»Ja«, wisperte sie.

Er ließ sie los, und sie taumelte, denn sein Loslassen war mehr ein Zurückstoßen.

»Gehen Sie zu Annelie Ammerland. Das blaue Haus auf dem Hügel. Fragen Sie Annelie nach den Fenstern. Aber regen Sie sie nicht auf. Ihr Herz ist nicht mehr das gesündeste. Fragen Sie nur, was nötig ist. Ich werde in der Nähe sein.«

Damit richtete er sich wieder zu seiner vollen Größe auf und studierte einen Moment lang seine verschmierten Hände.

»Maschinenöl«, sagte er. »Der Mechanismus der Glocke … ich habe die Zahnräder geölt. Nur falls Sie denken, es wäre Blut oder sonst was Gruseliges.«

Dann ging er mit langen, schweren Schritten davon.

Siri sank auf die Bank und atmete ein paar Mal tief durch.

»Arschloch«, sagte sie leise und biss sich auf die Lippen, und dann, zu sich selbst: »Herzlichen Glückwunsch. Du hast einen unmöglichen Auftrag in einem Dorf voller Saatkartoffelsammler, und der einzig kluge Mensch ist vielleicht wahnsinnig und hasst dich.«

Und etwas in ihr wollte in den Golf steigen, den Schokoladenvorrat aus dem Handschuhfach holen … nach Hause fahren. Auf ihren Ärmeln leuchteten die Regenmantelblumen, unverwelkt und wasserdicht.

Sie setzte sich gerader hin. Nein. Sie würde das hier durchziehen.

Auf der anderen Seite des Friedhofs standen drei alterslos-alte Saatkartoffelsammlerinnen und sahen zu Siri herüber. Sie hatte sie nach den Fenstern gefragt, am Vortag, und keine brauchbare Antwort bekommen. Die Frauen hatten Dauerwellen und trugen Kittelschürzen und Gießkannen. Jetzt stellte eine von ihnen ihre

Gießkanne ab und kam herüber, schwankend, hüftmüde, aber energisch. Frau Henning, richtig, so hieß sie.

»Armes Mädchen«, sagte sie, als sie bei Siri war. »Armes Mädchen, was haben Sie zu ihm gesagt?« Sie schüttelte den Kopf, und ihre Dauerwelle wippte sachte wie Sahnepudding. »Sie sind die Erste, gegen die er … ich sage mal … handgreiflich geworden ist. Die Erste! Sonst ist es sanft wie ein Lamm, unser Friedhofskind.«

Sie setzte sich neben Siri auf die Bank und beugte sich näher zu ihr, während die anderen beiden Frauen langsam herübergedriftet kamen, die Blicke voll begieriger Neugier.

»Sanft ist er«, wiederholte Frau Henning. »Aber das heißt natürlich nur, dass er selbst niemandem etwas tut. Aber wenn ihm was nicht passt, dann … sehen Sie den jungen Mann beim Tor?«

Sie sah ihn. Er lehnte außen am Gittertor, rauchte und tat so, als würde er nicht zu ihr herüberstarren. Das Frühlingslicht spiegelte sich auf seinem sorgfältig kahl rasierten Schädel, spielte auf den weißen Streifen seiner Joggingjacke. Er war jung, vielleicht Anfang zwanzig.

War auch er ihretwegen hier? Kamen sie alle, um sich die fremde Frau anzusehen wie ein Tier im Zoo? Der dort lehnte nicht am Tor, wie sie zuerst gedacht hatte. Er lehnte auf einer Krücke. Sein rechtes Bein war eingegipst. Irgendwo hinter ihm hoppelte ein Kaninchen vorüber.

»Ein guter Junge«, fuhr Frau Henning fort, »nur manchmal schlägt er über die Stränge. Ist neulich völlig blau auf dem Friedhof aufgetaucht … hat ein paar Sachen zu unserem Friedhofskind gesagt, die er besser nicht gesagt hätte. Und jetzt gucken Sie ihn sich an.«

»Haben Sie sich … geprügelt?«

»Geprügelt? Nein. Er ist vom Dach gefallen.«

»Und man fragt sich doch«, sagte eine zweite Saatkartoffelfrau, »was er da oben getan hat. Is ja kein Geheimnis, dass er nicht schwindelfrei ist, der junge Kaminski.«

»Der alte war schwindelfrei wie ein Vogel«, sagte die dritte Frau. »Hat in Dächern gemacht, der Junge sollte die Firma übernehmen, war 'n großer Streitpunkt zwischen denen beiden. Jetzt arbeitet er in der Autowerkstatt bei Werter, da muss er nirgends hochklettern, höchstens wo drunterkriechen. Passt auch besser zu ihm.« Sie lachte keckernd. »Angeblich war er auf dem Dach, um irgendwas zu reparieren. Aber jeder hier weiß, wie's wirklich war. Jemand hat ihn gelockt. Jemand hat dafür gesorgt, dass er aufs Dach steigt, damit er runterfällt. Der Alte, der ist tot und begraben. Das Friedhofskind hat Rosen auf sein Grab gepflanzt, aber der junge Kaminski hat ihm nichts gegeben nach der Beerdigung, gar nichts. Da hab ich schon gesagt, das geht nicht gut ... wen wird er wohl auf dem Dach gesehen haben, der junge Kaminski? Den Alten, ich sag es Ihnen, der Alte ist aus seinem Grab gekrochen. Und wer – wer hat ihn gerufen?«

»Sie meinen ...«, sagte Siri.

»Natürlich meine ich das«, sagte Frau Henning, und alle drei Frauen nickten synchron mit ihren wippenden Dauerwellen.

»Das Friedhofskind, das steht sich gut mit den Toten«, flüsterte eine der anderen. »Manchmal sitzt es und starrt stundenlang ins Leere. Spricht mit ihnen. Immer schon, schon mit drei oder vier, hat er da gesessen, bei den Gräbern ... sie helfen ihm, die Toten. Er ruft sie, und sie helfen ihm. Na, der alte Kaminski, der hat wohl kaum noch Überredung gebraucht, der hatte sowieso ständig Streit mit seinem Sohn.«

Sie nickten wieder alle drei, drei shakespearesche Hexen mit Dauerwelle, dachte Siri, Saatkartoffelhexen. Sie fühlte das Lachen in ihrer Kehle, aber es kratzte wie die Glasscherben eines Kirchenfensters.

Vor dem Friedhofstor lehnte immer noch der junge Kaminski auf seiner Krücke.

Siri mochte die Art nicht, wie er sie ansah. Sie mochte die Art nicht, wie sich das Licht in seiner rasierten Kopfhaut spiegelte. Er ließ sie nicht vorbei. Er streckte die freie Hand aus, und sie schüttelte sie, weil es nicht anders zu gehen schien.

»Tach«, sagte er, nicht unfreundlich. »Kaminski. Sie sind neu hier.«

Sie nickte.

»Sie sehen eingeschüchtert aus.«

»Sie sehen aus, als hätten Sie ein gebrochenes Bein«, sagte Siri.

»Ein Unfall. Sie machen die Kirchenfenster?«

»Ja. Erinnern Sie sich an die Bilder darauf?«

Er lachte. »Vor meiner Zeit. Ich kenn die Kirche nur so, wie sie ist. Aber wird sicher schön. Machen Sie alles selbst? Den Einbau auch?«

»Ja.«

»Alle Achtung. Sagen Sie ... was war das für eine Sache mit Ihnen und Fuhrmann?«

»Sache?«, fragte Siri.

»Er hat Sie festgehalten. Sagen Sie ihm, wenn er sich mit Ihnen anlegen will, kann er sich gleich mit mir anlegen. Und zwar von Angesicht zu Angesicht. Keine unerklärlichen Unfälle.«

»Ich werde es ihm bei Gelegenheit ausrichten«, sagte Siri. »Bei einem unserer freundlichen Kaffeekränzchen. Heißt das ...«, sie bemühte sich, nicht zu grinsen, »... ich stehe unter Ihrem persönlichen Schutz?«

»Wenn Sie möchten.« Kaminski zuckte die Schultern. »Ich bin nur ein anständiger Mensch, der ein bisschen aufpasst hier. Jemand sollte aufpassen. Und ich bin schlecht auf den jungen Fuhrmann zu sprechen.«

Und Sie haben keine Angst, dass Sie von noch mehr Dächern fallen?, wollte Siri fragen. Sie ließ es.

»Gibt es denn einen alten Fuhrmann?«, fragte sie stattdessen. »Oder ist der so tot wie der alte Kaminski?«

»Ansichtssache.« Kaminski kramte eine Zigarettenpackung hervor. Er hielt sie ihr hin, aber sie schüttelte den Kopf und sah stattdessen zu, wie er die Zigarette in den Mund steckte und sie umständlich anzündete, kein einfaches Unterfangen, wenn man gleichzeitig eine Krücke festhielt.

»Der alte Fuhrmann war früher hier der Totengräber«, sagte er. »Warum fragen Sie den nicht nach den Fenstern? Dahinten, den kleinen Weg zwischen den Hecken rein. Das niedrige Haus am Ende. Marodes Schilfdach, verwilderter Garten. Da wohnen sie.«

»Sie?«

»Der alte und der junge Fuhrmann. Leben seit vierzig Jahren unter einem Dach. Aber ob man dazu Leben sagen kann, na, das liegt, wie sagt man? Im Auge des Betrachters.«

Siri ging nicht zu dem Haus mit dem maroden Dach. Sie ging auch nicht zu dem blauen Haus auf dem Hügel, zu dem Lenz Fuhrmann sie geschickt hatte. Sie ging zu ihrem Golf in Frau Hartwigs Auffahrt. Darunter schien ein Kaninchen zu sitzen. Sie ließ sich auf den Fahrersitz fallen, legte den Kopf einen Moment aufs Lenkrad und atmete den Uraltkunststoffgeruch des Autos ein. Schließlich steckte sie den Schlüssel ins Schloss. Sie würde irgendwohin fahren, über die Insel – irgendwohin ans Meer. Irgendwohin, wo das Wasser nicht jenseits von Schilf und einzelnen Stegen lag, sondern blau und frei den Horizont bestimmte.

Sie war erst drei Tage hier, und das Dorf begann bereits, sie zu ersticken.

»Ich weiß noch nichts«, flüsterte sie. »Ich weiß nur, dass alles und alle miteinander ver… verwoben sind? Ineinander verkrengelt, eher.« Sie griff unter den Beifahrersitz. Dort lagen noch siebenundzwanzig Tafeln schwarzer Schokolade.

Sie hatte sich vorgenommen, das Dorf nicht vor dem Ende ihres Auftrags zu verlassen. Es gab einen fahrenden Gemischtwarenladen, Frau Hartwig hatte ihr das berichtet, und bis auf schwarze Schokolade würde sie dort alles bekommen, was sie brauchte. Sie hatte alle Verbindungen zur Außenwelt abgebrochen, sie hatte nicht mal ihr Handy mitgenommen, und sie hätte auch das rote Telefon nicht benutzt, bestimmt nicht, wenn nicht der Zettel unter dem Scheibenwischer geklemmt hätte.

Gehen Sie nach Hause.

Nein.

Sie musste dieses Dorf und seine Menschen verstehen, um die richtigen Fenster mit den richtigen Farben und den richtigen Bildern zu machen, ihre Fenster würden nicht nur Fenster sein, sie wären ein Spiegel der Seele dieses Ortes. Sie war bekannt für ihre Seelenspiegelfenster. Die Aufträge, die sie bekam, für Türen in Privathäusern, für Kapellen, für Restaurationen, waren gut bezahlt. Siri Pechton war teuer, sie war vielleicht die teuerste Ein-Mann-Glasfenstermanufaktur des Landes.

Nur jemand wie Siri konnte Licht in die Schatten dieses Ortes bringen – konnte, vielleicht, die Touristen zurücklocken.

Der Verein, der sich mit den alten Kirchen der Gegend befasste, hätte sie niemals bezahlen können. Sie hatte den Auftrag angenommen, das hatte sie ihnen gesagt, um der Hektik der Großstädte eine Weile zu entkommen. Und weil ein solcher Auftrag eine Herausforderung war.

Aber Lenz Fuhrmann hatte recht, sie hatte es sich einfacher vorgestellt.

Seit sie hier war, hätte sie ein ganzes Heft mit Tipps für das Anbauen von Zucchini, Tomaten und Bohnen füllen können, aber über die Fenster hatte ihr niemand etwas sagen können – niemand bis auf Lenz Fuhrmann.

Siri biss in die Schokolade und drehte den Schlüssel um. Ja, sie würde ein Stück fahren, am Strand entlang wandern, in einem der Seebäder einen Kaffee trinken, zwischen Menschen. Selbst der geblümte Regenmantel sah aus, als ob er Gesellschaft brauchte.

Der alte Motor röhrte, doch ehe Siri den Gang einlegen konnte, nahm sie im Außenspiegel eine Bewegung wahr.

Sie drehte sich um und sah hinter sich ein Kind über die Straße hüpfen. Ein Kind in einem blauen Kleid. Sie würgte den Motor wieder ab und sprang aus dem Wagen. Das Mädchen war fort. Dort, wo es verschwunden war, führte ein schmaler Pfad zwischen zwei sorgfältig umzäunten Gärten hindurch.

»Warte!«, rief Siri und hechtete zwischen die Zäune. »Warte doch!«

Das Mädchen wartete nicht. Siri hörte ein helles Kinderlachen am Ende der Gasse und rannte.

Hinter den Gärten lag ein graubraunes Meer aus hüfthohen Stauden und Gräsern: Brachland. Mitten darin blitzte etwas Blaues. Siri folgte dem Blau, kämpfte sich zwischen großköpfigen trockenen Disteln hindurch, scheuchte winzige Singvögel auf – rutschte aus und fiel. Als sie sich aufsetzte, war das Blau nirgends mehr zu sehen. Sie fluchte, ließ sich zurückfallen und versuchte, zu Atem zu kommen.

Über ihr schwebte der hohe Himmel wie ein riesiger Drachen, den jemand hatte steigen lassen, um den ersten Frühlingswind zu testen.

»Wo bist du?«, fragte Siri laut. »Bist du hier? Du hast gewonnen, du kannst rauskommen. Vielleicht kannst du mir erklären, was hier los ist. Als ich so alt war wie du … ich hatte auch so ein Kleid. Blaue Seide. Ein Kleid zum Herumgezeigtwerden. Ich habe das Kleid gehasst. Komm doch zurück. Wir könnten uns unterhalten.«

Der Himmel schickte weiße Wolken über das Blau. Die trockenen Distelköpfe wippten lautlos im Wind. Niemand antwortete Siri.

Das Mädchen war fort.

Siri dachte an den blauen Wirbel auf der Friedhofsmauer. Sie dachte an den Schatten, den sie im Apfelbaum gesehen hatte, zusammen mit Lenz Fuhrmann. War sie seine Tochter?

Warum tat er so, als gäbe es sie nicht? Warum wollte er nicht, dass sie mit ihr sprach?

Manchmal sitzt es da und starrt stundenlang ins Leere, hatten die Frauen gesagt. *Immer schon, schon mit drei oder vier …*

Wenn Siri die Augen schloss, konnte sie ihn sehen: den kleinen Jungen, der ganz allein zwischen den Grabsteinen hockte, den Blick auf das Kirchenfenster gerichtet, auf dem Maria ihr schutzloses Neugeborenes durch die gläserne Dunkelheit trug. Friedhofskind.

Sie öffnete die Augen. Nein, er war nicht länger ein kleiner Junge, er war ein Mann mit einem groben Gesicht und groben Händen, breitschultrig, zwei Köpfe größer als sie. Und er versuchte, ihr Angst zu machen.

»Lenz Fuhrmann«, wiederholte Siri leise. »Was stimmt nicht mit dir?«

Sie stieg nicht noch einmal in den Golf.

Sie breitete ihre Zeichenblätter auf der hartwigschen Auslegeware aus, trotz Mangel an Licht, und begann, Maria und das Kind zu zeichnen. Maria und das Kind und die Sternenschauer, die auf sie niederfielen wie Schnee.

Wie Apfelblüten.

Wie die Gischt des Meeres in einer stürmischen Nacht.

4

Der Mai schritt fort, die Maiglöckchen neben dem steinernen Schneehuhn bildeten grüne Stängel und winzigrunde weiße Knospen, und Aljoschas Kaninchen vermehrten sich explosiv.

Winfried saß vor dem Fernseher, sah mit dem gesunden Auge durch den Bildschirm hindurch und knurrte ab und zu, dass der Frühling ihm gestohlen bleiben konnte. Annelie pflanzte neue Blumenzwiebeln. Die drei Fischerboote holten volle Netze ein.

Iris fand eine alte Wäscheleine und benutzte sie als Springseil. Sie übte zwischen den Gräbern, während Lenz das Moos aus den Ritzen der Steinplatten kratzte. Und alles wäre gewesen wie immer, dachte Lenz. Ein ganz gewöhnlicher Frühling.

Wäre nicht die Fensterfrau jeden Tag auf dem Friedhof erschienen, die Hände in den Taschen des geblümten Mantels, in Gedanken versunken. Frau Hartwig erzählte, sie würde jetzt Schablonen für das erste Fenster fertigstellen. Auf den Schablonen sei nichts zu erkennen. Lauter abstrakte Formen. Aber die Schokolade unter Frau Pechtens Matratze, sagte sie, die käme aus Afrika und sähe wertvoll aus und pechschwarz. Was andere Leute essen!

Und sie höre Frau Pechten ab und zu telefonieren, mit einem Mann. Vielleicht käme er ja her, das gäbe natürlich einen Aufpreis für die Ferienwohnung.

»Die Hartwig«, sagte Iris im Apfelbaum, »wäre eine gute Spionin geworden.«

Lenz sah von dem Unkraut auf, das er aus den Beeten zog. Iris' schwarze Schuhe glänzten trotz der Erde daran. Sie glänzten, merkwürdig genug, immer. Sie sprang vom Baum, und die blonden Locken flogen um ihren Kopf wie Goldgewebe.

»Engelshaar«, sagte er lächelnd und streckte die Finger danach aus.

Da schüttelte Iris sich noch einmal, voller Abscheu.

»Brrr«, sagte sie. »Kannst du es nicht für mich abschneiden?«

»Nein«, sagte Lenz, »und das weißt du. Wir haben es versucht.«
Sie nickte, seufzend. Dann rannte sie davon, zum hinteren Friedhofstor. »Komm!«, rief sie über die Schulter. »Lass uns runtergehen
zum Wasser und Schiffchen schwimmen lassen!«

Und er ließ den Unkrauteimer stehen und folgte ihr. Er spürte
die Blicke von Frau Hartwig und den anderen Frauen in seinem
Rücken.

Das Friedhofskind geht spielen, dachte er, ja, starrt ihm nur nach.

Er wanderte alleine den Weg zwischen den Hügelfeldern entlang, wo
die Kaninchen mit aufgestellten Ohren den Wind musizieren hörten.
Iris hatte es vorgezogen, wieder für eine Weile zu verschwinden;
beim Steg unten würde er sie wiedertreffen.

Aber als er beim Steg ankam, saß dort die Fensterfrau.

Sie hockte mit angezogenen Beinen da, und auf ihrem Rücken
wuchsen die bunten Regenmantelblumen, die er inzwischen so gut
kannte. Wie real diese Blumen waren auf ihrer Plastikoberfläche, wie
viel realer als alles andere! Im kurzen braunen Haar der Fensterfrau
nistete das Licht wie ein unordentlicher – aber sehr realer – Vogel.
Sie war nicht schön. Sie war zu mager. Sie war ein greifbarer Anker
aus Wirklichkeit in allem Vagen, Dunklen, Nebulösen.

Lenz war sich nicht sicher, ob er einen Anker wollte.

Sie sprach mit Aljoscha. Er stand in seinem Boot und ließ me-
terweise Netz durch seine Hände laufen, um die kleinen silbernen
Leben herauszufischen und in einen schwarzen Eimer zu werfen, wo
sie, sich windend, elend verenden würden: zu winzig, um extra getötet zu werden. An seinem linken Handgelenk glänzte eine Kette aus
ebenso silbernen Gliedern, zweimal herumgewickelt. Ein Erbstück.
Früher, pflegte Aljoscha zu sagen, hatten die Segler goldene Ohr-
ringe getragen, damit man davon ihr Begräbnis bezahlen konnte,
wenn man sie fand. *Er* hatte die silberne Kette am Arm.

Er hatte sie schon gehabt, als Lenz ein Kind gewesen war, und
schon damals hatte sie ihn an die hilflosen Fische in Aljoschas Eimer
erinnert. Nur die größeren schlug er mit dem Kopf kurz gegen den
Rand des Steges.

Lenz duckte sich ins Schilf, seitlich des Stegs, wo sie ihn nicht sah und er sie nicht sah. Aber er hörte.

»Kovalski«, hörte er Aljoscha sagen. »Aljoscha Kovalski. So heiß ich.«

»Dann sind es Ihre Kaninchen, die überall herumlaufen?«, fragte die Fensterfrau. *Siri.*

»Meine Kaninchen.« Aljoscha nickte. »Fisch und Kaninchen, man hat sein Auskommen. Und Sie machen in Glasfenstern, ja?«

»Ja«, sagte Siri. »Sie sind allerdings nicht ganz so schwer zu fangen.«

»Wie?«

»Wie Fische und Kaninchen.«

»Ah«, sagte Aljoscha verständnislos und brachte weiter Fische um, Lenz hörte das Knacken eines brechenden Rückgrats. Glasfenster fangen … er verbiss sich ein Grinsen.

»Erinnern Sie sich, was auf den alten Fenstern zu sehen war?«, fragte Siri. »Ehe sie … aus irgendeinem Grund … kaputtgingen?«

»Auf den Kirchenfenstern.« Knack, Knack. »Ich weiß nicht. Sie waren bunt. Ich geh nich in die Kirche.«

»Auf dem Friedhof waren Sie doch aber mal?«

»Sicher, die Mutter liegt ja da«, sagte Aljoscha. Knack. »Da geh ich ab und zu hin, Blumen vorbeibringen, für sie und den Alten. Wie die Fenster gesprungen sind, da haben die noch gelebt … da war ich noch jung. Hatte gerade angefangen mit den Kaninchen, das weiß ich noch wie heute, da war die Kleine hier, die hat sie so gerne gestreichelt … einmal hat sie gesehen, wie ich eins geschlachtet hab, stand ganz still am Zaun und hat zugeguckt mit ihren großen blauen Augen, und ich hab gedacht, jetzt heult sie, hat sie aber nich … und einmal hat sie eins von meinen Karnickeln gefunden, das hatte Junge geworfen, im hohen Gras grade unter so einem Kirchenfenster … warten Sie mal! Jetzt kommt's mir … das eine Fenster … wie ich da mit der Kleinen gekniet hab, bei den jungen Karnickeln, da guckt sie hoch, und ich gucke auch hoch, und über uns ist genau dieses Fenster. Es war das zweite an der Seite zum Weg hin, glaube ich. Da war ein Kind, ein Junge, und lauter, wie heißt das, Kaufleute?

Wie beim Jahrmarkt, mit bunten Ständen … aber die Leute waren dabei, abzuhauen vor dem Jungen, und er sah aus, als würde er sie mit den Armen verscheuchen. Und das Ganze war in einem Raum mit … na? Mit lauter Säulen drin.«

»Die Vertreibung der Pharisäer aus dem Tempel«, sagte Siri.

»Keine Ahnung«, sagte Aljoscha. »Ist schön, wenn's Ihnen was helfen tut. Aber von wegen der Kirche und dem Friedhof, ich wollte Ihnen sagen …« Er verstummte. Da war kein Knacken und Brechen mehr, Aljoscha war fertig mit seinem Fang, der Eimer ein Fischfriedhof. Für Momente strich nur der Wind durchs Schilf.

»Das Friedhofskind«, sagte Aljoscha schließlich leise. »Sie haben schon mit ihm geredet, hört man, und …«

»Die Frauen haben gesagt, er spricht mit den Toten.« Lenz hörte ein leises Lachen in Siris Stimme.

»Haben sie das, soso«, sagte Aljoscha und lachte nicht. »Haben Sie ihn mal sitzen sehen? Ganz starr, stundenlang … und dann steht er plötzlich auf und geht weg. Aber jeder kann sitzen, wo er will, ist ein freies Land. Ich denk nur zum Beispiel an den jungen Kaminski.«

»Der vom Dach gefallen ist, wo der Geist seines Vaters ihn hinauf- gelockt hat«, sagte Siri. »Ich weiß nicht. Ich meine … ich persönlich habe keine Toten hier. Das Friedhofskind kann also niemanden überreden, mich zu besuchen und mich von irgendwelchen Dächern zu schubsen.«

»Sie brauchen vielleicht keine Toten hier«, sagte Aljoscha lang- sam, »damit es gefährlich wird. Ich kenn Sie nich, aber Sie sind ein nettes Mädchen … und ich würd's nich gern sehen, wenn Ihnen was zustoßen würde. Sie wissen nich, was der junge Fuhrmann getan hat. Ich meine, keiner hat's beweisen können, aber … ich würde Ihnen einfach raten, die Fenster zu machen, so schnell Sie können, und zu verschwinden.«

»Interessant«, sagte Siri. »Genau das hat er auch gesagt. Er scheint sich unbedingt mit mir streiten zu wollen.« Die beiden anderen Fischerboote kamen jetzt herangeknattert, und der Lärm ihrer Motoren übertönte die Worte am Steg beinahe.

Unbedingt mit ihr streiten?, dachte Lenz. Wie kam sie darauf? Er wollte nur, dass sie ging.

»Na ja«, sagte Aljoscha. »Gefährlicher wär es vielleicht, er würde Sie mögen.«

Lenz hörte nicht, was die Fensterfrau antwortete; die Motoren verschluckten jedes weitere Wort. Und als sie verstummten, als die Fischerboote am Steg anlegten, zupfte jemand ihn am Hemd. Hinter ihm im Schilf stand Iris. Der Morast reichte ihr bis zu den Knien.

»Was ist los?«, fragte sie. »Warum versteckst du dich hier und machst ein Gesicht wie sieben Tage Regenwürmer? Wir wollten Schiffchen schwimmen lassen! Ich habe drüben auf dich gewartet, hinter dem Schilf, auf der versteckten kleinen Sandbank … der Sand ist schon ganz warm von der Sonne.«

»Iris«, wisperte Lenz. Er lauschte einen Moment in Richtung Steg, doch dort schwammen nur noch die Stimmen der Fischer in der Luft, Stimmen, die über Netze und Fische und Gewicht und Preise sprachen.

»Iris, ich muss dich etwas fragen«, begann er. »Etwas über mich … damals …«

Sie sah ihm in die Augen. Ihr Blick war blauer als ihr Kleid, blauer als das Meer, blauer als der Himmel. Und auf einmal schüttelte er den Kopf.

»Vielleicht ist es nicht wichtig. Lass uns Schiffchen bauen.«

Und dann saßen sie im warmen Sand, und Lenz sah seinen groben Fingern dabei zu, wie sie mit der Messerspitze winzige Löcher für winzige Äste in winzige Rindenstückchen bohrten. Die Schiffe, die er schließlich aufs Wasser setzte, waren kaum größer als Iris' Hand. Das Wasser war hier knietief, die Sandbank zwischen den Schilfhalmen nicht länger als Lenz, wenn er sich hinlegte, und einen halben Meter breit.

Kleine Welt.

»Du denkst über etwas nach«, sagte Iris. »Ist es die Fensterfrau? Die du belauschst hast? Neulich hast du versucht, sie loszuwerden. Warum willst du das, Lenz? Warum willst du sie vergraulen?«

»Sie gehört nicht hierher.« Er wich ihrem Blick aus. »Du wolltest auch nicht mit ihr reden. Jedes Mal, wenn sie auftaucht, verschwindest du.«

»Das hat andere Gründe«, antwortete Iris und sprang auf. »Schau! Da kommt ein Schiffchen zu uns ins Schilf geschwommen! Ein fremdes Schiff! Es will uns besuchen!«

Das Segel dieses Schiffchens war blau, knallblau. Lenz blinzelte, als könnte er das blaue Segel samt Schiffchen wegblinzeln, doch es kam näher, ließ sich von den Wellen ans Ufer der Sandbank spülen, stieß mit einem von ihren Schiffen zusammen und wurde durch den Stoß noch näher zum Strand geschoben. Sein Mast war silbern.

»Hol es her!«, rief Iris. »Oh, Lenz, hol es für mich aus den wilden Wellen! Du musst mit mir ins Wasser waten … es ist tief …«

»Es ist nicht tief«, knurrte Lenz, und Iris schüttelte ungeduldig den Kopf: »Wir spielen doch! In unserem Spiel ist das Wasser tief und schwarz. Nur wir sehen, wie die Wogen das Boot hin und her werfen; wie die Person darin ihre Hände um die Ruder krallt … hebst du mich hoch?«

»Etwas gefällt mir nicht an diesem Boot«, murmelte Lenz, aber da hing Iris schon an ihm wie ein kleiner Affe, kletterte an ihm empor und hielt sich an seinen Schultern fest, und er watete mit ihr ins Wasser. Sie angelte von seinem Rücken aus nach dem Boot und jubelte, als sie es zu fassen bekam. Er brachte sie durch die reißenden Fluten ihrer Phantasie zurück an Land, wo sie sich beide in den Sand fallen ließen, um das kleine Fahrzeug zu betrachten.

Der silberne Mast bestand aus einem Stöckchen, um das Alufolie gewickelt war. Das blaue Segel war aus bedrucktem Papier. »Kakaoanteil siebzig Prozent«, las Lenz laut. »Jemand hat das Papier von Bitterschokolade benutzt.«

Er kniff die Augen zusammen, und dann entdeckte er sie. Sie stand nur ein paar Meter entfernt, verborgen zwischen alten braunen und neuen grünen Halmen. Der Saum ihres geblümten Mantels schwamm auf der Wasseroberfläche; ihre hochgekrempelte Jeans war trotzdem nass geworden. Für einen Moment trafen sich ihre

Blicke, und Lenz sah wieder ihre Augen, die ebenfalls blau waren, bitterschokoladenpapierblau.

»Was wollen Sie?«, fragte Lenz leise. »Gehen Sie weg.«

»Sie kann dich so nicht hören«, sagte Iris. Sie legte das Schiff in seine Hand, und da sah er, dass es eine Ladung trug: ein weiteres Stück Schokoladenpapier, zu einem Päckchen gefaltet.

»Eine Botschaft«, flüsterte Iris.

Als er es entfaltete, fiel ein Riegel schwarzer Schokolade heraus. Und auf dem Papier stand keine Botschaft. Dort stand: *Was hätten Sie denn lesen wollen?*

Er knüllte das Papier zusammen, ärgerlich, und wollte es ins Wasser werfen.

»Nein!«, flüsterte Iris. »Denk an die Singschwäne, die im Winter da sind. Sie möchten vielleicht kein Schokoladenpapier in ihrem Wasser.«

Lenz knurrte und steckte das Papier ein. Er sah von Iris zurück zu der Fensterfrau, die noch immer am gleichen Fleck stand. Sie lächelte. Er verzog seine Augen zu schmalen Schlitzen. *Ist das ein Versuch, den Wilden zu zähmen?*, ließ er seine Augen fragen. *Mit Schokolade?*

»Kann ich wenigstens die Schokolade ins Wasser werfen?«, fragte er Iris, »oder stören sich die Singschwäne daran auch?«

»Idiot.« Iris pflückte ihm die Schokolade aus der Hand. »Die essen wir natürlich.«

Lenz knurrte. »Was will sie? Was will sie mit diesem Schiff?«

»Vielleicht will sie nett sein«, sagte Iris und schob ihre Hälfte der Schokolade in den Mund.

Als er zum dritten Mal hinübersah, war die Fensterfrau nicht mehr da. Wo sie gestanden hatte, stand nur noch die Erinnerung an sie – die Erinnerung an einen Mantel voller Blumen und hochgekrempelte Hosen, die Erinnerung an ihr Lächeln. Sie musste zurückgewatet sein, vielleicht zum Steg. Verdammt. Er wurde sie nicht mehr los, ihr Gesicht, ihre schmale Mantelfigur, das nichtssagende Braun ihres kurzen Haars. Und in seinem Kopf kreisten Aljoschas Worte:

Gefährlicher wär es vielleicht, wenn er Sie mögen würde.

Er drehte sich nach Iris um. Vergiss doch die Fensterfrau, wollte er sagen, im Grunde meines Herzens bin ich acht Jahre alt, ich bin ein Kind wie du. Wir haben einander, und das ist alles, was wir brauchen. Vergiss sie, ich werde sie auch vergessen.

Aber Iris war, natürlich, nicht mehr da.

Er fand Annelie in ihrem Garten. Sie kniete im Gras und zupfte Unkraut aus einem Beet, und es war schwer zu glauben, dass sie im Winter ihren einundachtzigsten Geburtstag gefeiert hatte.

»Da bist du«, sagte sie, als Lenz hinter sie trat.

»Woher weißt du, dass ich es bin?«

»Dein Schatten. Die meisten Menschen verrät ihr Schatten. Hilf mir hoch.«

Er half ihr, und sie war so winzig und so leicht, dass er erschrak. Sie gestattete ihm nicht oft, ihr zu helfen. Es hatte eine Zeit gegeben, da hatte Annelie *ihn* hochgehoben. Sie hatte ihn ins Bett getragen, wenn er auf ihrem Sofa eingeschlafen war, und ihn zugedeckt. Sie wird immer kleiner und leichter werden, dachte Lenz, bis sie eines Tages ganz verschwindet …

»Was hast du auf dem Herzen?«, fragte sie, ihre Hände in seinen, und sah zu ihm auf. Ihre Augen waren, im Gegensatz zu denen von Iris, braun und sanft, karamellbraun wie die Kekse, die sie buk. »Ist es Kaminski? Hat er dir seine Freunde auf den Hals gehetzt? Oder ist es die Fensterfrau? Nein? Einer von den anderen?«

»Du machst dich über mich lustig«, sagte Lenz leise. »Stimmt schon. Ich komme immer mit meinen Sorgen zu dir. Es ist nicht fair. Ich sollte kommen, wenn ich froh bin, nicht, wenn ich traurig bin.«

»Dann kämst du selten«, sagte Annelie ernst. »Nein, mein Junge, du kannst immer kommen, egal, ob du froh oder traurig bist. Ich bin gern für deine Sorgen da. Für was sonst bin ich da? Die Blumen kümmert es wenig, ob da Unkraut zwischen ihnen wächst oder nicht, und die Kekse scheren sich einen Dreck darum, ob ich sie backe. Komm.«

Sie hatte Klappstühle auf die Wiese gestellt und einen kleinen

Tisch, und sie setzten sich in die Sonne, wo es noch immer kühl war. Der Garten lebte und sang um sie herum. Kein Grund zur Sorge!, riefen die Amseln. Kein Grund!, antworteten die Drosseln. Alles ist wunderbar, sangen die Meisen, schau, schau!

»Tee?«, fragte Annelie. »Soll ich Tee machen? Ich hätte auch Kekse …«

»Nein!« Lenz hieb mit der flachen Hand auf den Tisch und sah Annelie zusammenzucken. »Entschuldige. Annelie, ich bin kein Kind mehr, das man mit Keksen trösten kann. Ich bin einundvierzig Jahre alt. Keiner versteht das, ich bin immer noch das Friedhofskind, für alle, auch für Winfried, auch für dich, aber …« Er brach ab.

»Ja?«, fragte Annelie, vorsichtig.

Er sah über den Garten hin, sah das Wasser in der Vogeltränke glitzern, sah die ersten blühenden Narzissen im Wind mit ihren schweren Köpfen wippen. Alles war schön. Alles war bunt. Alles war gut.

»Damals, als ich tatsächlich ein Kind war«, begann er, »Annelie … als ich acht Jahre alt war … etwas ist geschehen, damals. Jeder denkt, ich erinnere mich. Aber ich erinnere mich nicht. Ich habe nie gefragt, warum die Leute mich so ansehen. Warum sie … Angst haben. Ich wollte es nie wissen. Es sind nur die Leute, und sie sind dumm.«

»Ja«, sagte Annelie. »Es sind nur die Leute, und sie sind dumm. Sie sagen, du sprichst mit den Toten.«

»Das ist nicht alles. Die Toten sind nur ein Teil der Geschichte. Da ist noch etwas, etwas, das mit den Toten zusammenhängt.« Er blickte auf seine Hände hinab, deren Nägel schwarze Ränder hatten. Und dann sah er sie an, sah in ihr freundliches Gesicht mit den Karamellaugen.

»Annelie. *Was habe ich getan?*«

»Das«, sagte Annelie und seufzte, »weißt nur du selbst.«

Aber sie stand auf und trat hinter ihn, legte ihre schmalen, leichten Hände auf seine Schultern. Er sah in den blühenden Garten hinein wie in ein Kaleidoskop, und er spürte, dass sie mit ihm hineinsah. Für einen Moment dachte er, sie würde ihm die Wahrheit sagen. Die grünen flirrenden Flecken im Kaleidoskop würden sich legen und ein Bild ergeben.

»Die Vergangenheit ist so lange her«, wisperte sie. »Eines kann ich dir erzählen, Lenz. Es ist ein Traum. Ein Traum, den ich manchmal träume ... der Traum davon, wie alles angefangen hat. Der Traum ist wahr, natürlich. Und er ist weiß.«

»Weiß?«

Er spürte ihr Nicken. »Am Anfang ist da nichts als das weiße Wirbeln. Zwischen den Flocken sehe ich in meinem Traum den Schemen einer jungen Frau, die sich gegen den Wind stemmt. Sie sind wie Sternenschauer, die Flocken ... die Nacht ist dunkelblau. Und der Wind ist kein Wind, er ist ein Sturm, ein Schneesturm, ein Februarsturm. Der Februar ist der Dezember der Gegend. Die Bäume der Allee sind kaum auszumachen im Schneetreiben und bieten keinen Windschatten, an ihrer rissigen Rinde klebt der Schnee wie ein Tarnmantel und macht sie zu Komplizen im verwirrenden Einheitsweiß der Welt.

Die Frau weiß, dass sie keine Chance hat. Sie duckt sich, doch sie weiß, dass es ihr nichts mehr nutzt. Dass der Sturm sie nicht entkommen lässt. Es ist zu weit bis zum nächsten Haus.

Warum ist sie losgegangen? Warum hat sie die Wärme verlassen, warum ist sie hinausgetreten in die Gefahr des Winters? Und wohin geht sie – oder geht sie nirgendwohin? Läuft sie vor etwas weg?«

Annelie ging wieder zu ihrem Stuhl hinüber, setzte sich und schloss die Augen, als wäre sie auf einmal unendlich müde geworden.

»Sie duckt sich noch tiefer«, fuhr sie fort. »Man hört nur die Musik des Sturms, heulend und tosend in den Ästen der getarnten Bäume. Das Meer, das nicht weit ist, schweigt still, denn es liegt unter dem Eis begraben, und still schweigt auch das Kind im Wagen unter seiner Decke, die weiß ist von Schnee.

Die Frau kann das Kind nicht sehen, sie hat es in viele Lagen aus warmem Stoff gewickelt, aber sie sind schon lange unterwegs, eine Ewigkeit. Vielleicht ist der Schnee längst durch die Ritzen zwischen die Decken gedrungen, vielleicht liegt das Kind dort, steif wie ein

Eisklumpen, die stillen Tränen in den winzigen Wimpern gefroren zu glitzernden, durchscheinenden Kristallen, die kleinen Fäuste für immer geöffnet in einem verzweifelten, letzten Griff nach seiner Mutter.

Sie kann nicht nachsehen, sie schiebt den Wagen weiter, schiebt und schiebt und schiebt dann nicht mehr, weil der Schnee zu hoch ist, selbst auf der Straße. Die Frau lässt sich hineinfallen in diesen Schnee, vollkommen erschöpft, den Sturm in den Ohren. Sie kann nicht mehr denken, nicht mehr fühlen, sie gibt auf, und der Kinderwagen ist nur noch ein Gegenstand, der Windschutz bietet. So kauert sie mitten im Sturm, auf einer einsamen Landstraße, fern von allem, was lebt.

Das Kind im Wagen ist – oder war – vier Monate alt.

Sie versucht, sich sein Gesicht in Erinnerung zu rufen, aber auch ihre Erinnerung ist eingefroren. Sie weiß nicht mehr, wie es war, das Kind im Arm zu halten, es muss wohl einmal warm gewesen sein. Das Kind hat ihr immer vertraut, sein ganzes kurzes, winziges Leben lang. Sie schließt die Augen, legt den Kopf auf die Arme – und dann lässt sie den Wagen los, denn sie kann ihn nicht länger festhalten. Der Sturm kippt ihn um, zieht ihn hinab in eine Schneewehe. Schlaf, Kindchen, schlaf …«

Annelies Stimme verlor sich im vagen Grün des Gartens. Lenz beugte sich vor, berührte ihr Knie.

»Annelie? Das war es nicht, was ich hören wollte. Ich wollte etwas über ein älteres Kind hören, viel älter … ein Kind und ein Boot … draußen, im Sturm, auf dem Meer …«

Sie hatte die Augen noch immer geschlossen, ihr Atem ging ruhig. Auch Annelie schlief.

Da seufzte er und stand auf und ging durch den Garten davon.

†††

»Es ist seltsam«, sagte Siri. »Weißt du, ich sitze an der Skizze für das zweite Fenster … seit Tagen. Die Vertreibung der Pharisäer aus dem Paradies. Nein, Entschuldigung. Aus dem Tempel. Das Kind, das ich zeichne ... egal, wie oft ich neu anfange, es sieht einfach nicht aus wie Jesus. Ich meine, nicht dass jemand wüsste, wie Jesus als Kind ausgesehen hat. Und es weigert sich standhaft, die Leute aktiv zu vertreiben.«

Sie klemmte den Telefonhörer zwischen Kopf und Schulter und brach ein Stück Schokolade ab. Noch zwanzig Tafeln. Sie würde Nachschub besorgen müssen.

Sie hatte es geschafft, immerhin, hier zu bleiben, ihrem Vorsatz treu zu bleiben. Das Telefon war eine andere Sache, man würde ja wohl ab und zu telefonieren dürfen?

»Die Wohnung«, sagte sie in den Hörer. »Die Wohnung ist auch so eine Sache. Ich habe die Werkstatt eingerichtet und mein Zimmer ... Frau Hartwig hat sogar gesagt, es wäre schön. Sie mag das Teeservice. Man kann darin leben. Ich meine: Nicht in dem Teeservice, in dem Zimmer. Aber das Licht fehlt. Und manchmal habe ich Angst, dass jemand ... jemand plötzlich in der Wohnung auftaucht. Wie ein Geist. Ich hatte neulich Nacht ... etwas wie eine Vision. Jemand stand im Zimmer, ich konnte es deutlich spüren ... aber dann war niemand da. Nein, du brauchst dir keine Sorgen zu machen ... ich hätte das nicht erwähnen sollen ... es war sicher nur Einbildung. Jedenfalls ist es draußen zum Zeichnen auf die Dauer zu kalt. Wie? Ja, natürlich ist auch hier Mai, überall auf der Welt ist Mai, aber der Mai hier ist der März der Gegend ... Also zeichne ich doch in der Wohnung. Aber da sind Frau Hartwigs Augen. Überall. Ich kann sie fühlen. In der Tapete, in der Decke, im Boden, sie sind einfach da. Genau wie die Augen von allen Leuten im Dorf. Fischaugen. Irgendwie tot, aber doch wieder lebendig, freundlich und doch wieder bedrohlich ... wie soll ich dir das erklären? Es ist eine Art kollektives Auge ... ja. Ja, ich spinne. Danke, das weiß ich schon.«

Sie brach noch ein Stück Schokolade ab, und es brach mit dem Klirren von Fensterglas.

»Jesus? Was ist mit Jesus? Ach so, das Kind auf meinen Skizzen ... es sitzt einfach da, weißt du, ein verlorenes Kind zwischen grauen Quadraten. Und vorhin habe ich begriffen, dass die Quadrate keine

Verkaufsstände sind. Es sind Grabsteine. Die Pharisäer haben die gleichen Augen wie die Leute hier, und sie verkaufen nichts, nur ihre eigenen geflüsterten Worte. Sie fliehen auch ganz von selbst. Sie fliehen, weil sie nicht mehr ungestört über Saatkartoffeln und Sonderangebote sprechen konnten, ohne dem starren Blick des Kindes zu begegnen.«

Sie lauschte eine Weile ins Telefon.

»Ja«, sagte sie schließlich. »Ja, das werde ich tun. Ich werde hinausgehen. Du hast recht. Was? Ich dich auch.«

Und dann warf sie den Stift hin, zog den Regenmantel an und verließ die Kellerwohnung. Sie brauchte Luft. War das, was sie zeichnete, noch ein Seelenfenster? Spiegelte es auf irgendeine Weise das Dorf? Oder spiegelte es nur ihre eigenen kreisenden, gefangenen Gedanken?

Der Wind draußen warf sich ihr ins Gesicht und wollte ihr den Mantel vom Leib reißen, und sie war froh, sich gegen ihn stemmen zu können, der Wind brachte einen zurück in die Wirklichkeit. Am Rande des Dorfes, auf einer kleinen Anhöhe, thronte das blaue Haus mit dem Keramikschild, auf dem *A. Ammerland* zu lesen war. Siri hatte viermal dort geklingelt. Frau Ammerland schien – für eine alte und herzkranke Person – eine Menge unterwegs zu sein, denn sie war kein einziges Mal an die Tür gekommen.

Als der Wind sie an der schmalsten Gasse des Dorfes vorüberwehte, sah sie aus dem Augenwinkel das baufällige Haus an ihrem Ende, von dem Kaminski gesprochen hatte: ein dunkles geducktes Wesen, das Reet des Daches schwarz vom Alter, die Wände grau verputzt und nie gestrichen. Einen Moment blieb sie stehen und starrte das Haus an, und es schien zurückzustarren, mit blinden Fensteraugen, verborgen hinter altersbraunen Gardinen.

Dort wohnten sie, der alte und der junge Fuhrmann, der alte und der junge Totengräber – es war wie in einem Märchen. Sie war dort gewesen. Aber nur, wenn sie gewusst hatte, dass der junge Fuhrmann nicht zu Hause war.

Der Klingelknopf sah aus, als wäre er noch aus Bakelit, und der niedrige Zaun vor dem Haus stand windgeneigt, ein stummer Zeuge von Jahrzehnten, die sich anfühlten wie Jahrhunderte. Auch der alte Fuhrmann hatte Siri seine Tür nicht geöffnet. Die Sträucher, die um das Haus herum wucherten, wuchsen mit ihren Ästen ins Dach hinein. Es wirkte keineswegs pittoresk. Es wirkte ... verwahrlost.

Siri bog nicht in die Gasse ein, nicht diesmal, sie ließ sich vom Wind weitertragen bis durchs Friedhofstor. Hier war jede Hecke sorgsam beschnitten, jede Blume dort, wo sie hingehörte und wo sie sich wohlfühlte. Man sah, dass sich jemand Gedanken darüber machte, wie alles zu sein hatte.

Nein, dachte Siri, Lenz Fuhrmann lebte nicht in dem dunklen Haus, auch wenn er vielleicht dort schlief. Er lebte auf dem Friedhof.

Siri ging an den Reihen der Gräber entlang. Es wäre, dachte sie, tatsächlich nicht unpraktisch gewesen, mit einigen von ihnen zu sprechen. Man könnte sich einen Klappstuhl nehmen, sich vor ein Grab setzen, Kugelschreiber und Notizblock gezückt: »Und? Herr Andreas Wenzlow? Sie sind ja sicher noch zur Kirche gegangen, Sie haben Anfang des 20. Jahrhunderts gelebt, lange vor der Abschaffung der Religion, Sie müssen sie gekannt haben, die Fenster ... erzählen Sie, ich höre zu. Und Sie, Frau Erna Klotzow, verheiratete Teissen? Zwei Fenster habe ich schon, vier fehlen mir noch ...«

Aber Siri besaß weder einen Klappstuhl, noch konnte sie mit den Toten sprechen. Und sie bezweifelte, dass Lenz Fuhrmann es konnte. Menschen, die auf Parkbänken saßen und ins Leere starrten, hatte sie genug gesehen in ihrem Leben, und das einzig Tote, womit sie sprachen, waren ihre eigenen toten Träume.

Sie ging um die Kirche herum. Auf der vom Dorf abgewandten Seite stand eine Reihe einfacher alter Metallkreuze mit Daten um siebzehn- und achtzehnhundert, deren Geburts- und Todesdaten nahe beieinanderlagen: Kindergräber. Woran waren die Kinder gestorben? An einer Epidemie? Während einer Hungersnot? Einer Kältewelle? Siri versuchte, sich das Dorf vorzustellen, damals: Die Augen der Leute waren vermutlich die gleichen gewesen.

Sie dachte an das Kind Jesus im Tempel und das Kind Lenz Fuhrmann auf dem Friedhof und das Kind im blauen Kleid, das vor ihr fortgelaufen war.

Und dann flog die Kirchentür auf, und ein kleiner, untersetzter Mann in einem verwaschenen weinroten Wollpullover kam herausgestürzt, gefolgt von Frau Henning, Frau Hartwig und drei weiteren Frauen. Erst am anderen Ende des Friedhofs blieb er stehen, drehte sich um und hackte auf die Krähen ein. Das hieß, er hackte nicht; er spuckte ihnen Worte ins Gesicht.

»Wenn Sie glauben, dass Karottenkuchen zu einem Pfingstgottesdienst passt!«, spuckte er. »Aber ich werde trotz allem Glühwein machen, die Leute frieren uns ja ab in der Kirche …«

»Glühwein gehört nicht in eine Kirche!«, rief Frau Henning.

»Schon gar nicht an Pfingsten!«, rief Frau Hartwig.

»Als hätten Sie eine Ahnung von Kirchen!«, spuckte der Mann im roten Pullover. »War Pfingsten nicht die Sache mit dem Heiligen Geist? Bitte, ich kann auch Grog mit Birnengeist ausschenken, aber Glühwein kommt billiger.«

»Sie müssen sich in die Liste eintragen«, sagte eine der anderen Frauen, »egal, was Sie nun machen.«

»Ich trage mich doch in keine Kuchenliste ein, wenn ich Glühwein mache! Überhaupt ist das meine Sache! *Ich* habe den Schlüssel für die Kirche, weil ich die Verantwortung habe. Und hier auf der Liste, da steht unter ›Kuchen‹ auch ›Frisches Grün‹, was soll denn das sein, ein grüner Kuchen?«

»Unsinn. An Pfingsten muss die Kirche doch geschmückt werden …«

»Und dafür hat Frau Hartwig sich eingetragen. Dabei habe bis jetzt immer *ich* dafür gesorgt. Weihnachten der Tannenbaum …«

»Den Sie im Wald geschlagen haben, ohne den Förster zu fragen …«

Der Pullovermann verschränkte die Arme. »Ich weigere mich, auf diese Art mit irgendwem über den Pfingstgottesdienst zu reden. Dann machen Sie das Ganze doch alleine.«

»Das werden wir auch«, sagte Frau Henning und trat nach einem Kaninchen, das neben ihr eine Kleeblüte abfraß, sich aber nicht treten ließ, sondern davonhoppelte. »*Sie* waren elf Tage lang nicht da, elf! Wissen Sie, wie viele Touristen sich vielleicht in dieser Zeit die Kirche ansehen wollten? Jetzt müssen Sie auch nicht wieder auftauchen. Nur den Schlüssel brauchen wir.«

»Und den kriegen Sie nicht«, sagte der Pullovermann. »Nicht von mir. Wissen Sie, wo ich war? In der Klinik. Hab mir die Beine machen lassen. Die Blutgefäße waren alle verstopft, fast wär ich hopsgegangen, aber man kann ja im Sterben liegen, Leute wie Sie kümmert das nicht. Überhaupt gibt es im März keine Touristen.«

»Es ist Mai«, sagte Frau Henning.

»Sag ich doch«, knurrte der Mann, wandte den Frauen den Rücken zu und ging zu dem Stück der Mauer hinüber, von dem man das Meer sehen konnte. Dort holte er eine Pfeife heraus und begann, zu paffen, an die Mauer gelehnt, den Frauen den Rücken zukehrend.

»Ich kann so nicht arbeiten!«, rief Frau Henning und schlug die Hände vors Gesicht, und die anderen Frauen scharten sich um sie wie Hühner.

Siri biss sich auf die Lippen, um nicht zu lachen. Dann ging sie zu den Frauen hinüber.

»Glühwein!«, schluchzte Frau Henning, als sie bei ihnen ankam. »An Pfingsten!«

»Entschuldigung«, sagte Siri, »wann ist denn dieser Gottesdienst? Und wer hält ihn?«

»Der Pfarrer«, antwortete Frau Hartwig.

»Das ... dachte ich mir. Ich meine: *welcher* Pfarrer? Woher kommt er? Kann ich ihn wegen der Fenster fragen?«

»Ich fürchte, nein«, sagte Frau Henning und seufzte. »Er ist erst seit ein paar Jahren hier. Arbeitet in allen Dörfern abwechselnd ... der wird nichts wissen.«

»Kommen Sie übrigens nicht auf die Idee, *ihn* zu fragen«, sagte Frau Hartwig und deutete auf den Mann, der an der Mauer lehnte. »Der erzählt ihnen irgendwas, was er sich ausgedacht hat, um sich interessant zu machen. Das ... ist der Umbrich.«

Es klang, als spräche sie von einem ausgestorbenen oder hoffentlich bald aussterbenden Nagetier, aber offenbar war es nur ein Nachname.

»Der Umbrich glaubt«, zischte Frau Henning, »er sei der Küster. Aber *ich* bin die Küsterin, es gibt keinen Küster. Er verwaltet den Schlüssel – niemand weiß, weshalb – und schließt auf, wenn Touristen kommen, und dann erzählt er ihnen die verrücktesten Geschichten über die Kirche. Denkt sich Jahreszahlen aus, behauptet, er könnte Orgel spielen, klimpert rum und verstellt alles! Wenn er den Schlüssel nicht rausrückt, wie kommen wir dann an Pfingsten in die Kirche? Mit dem Kuchenbuffet? Wir machen immer ein Kuchenbuffet. Wir Frauen helfen zusammen, schon im Krieg war das so …«

Siri war ziemlich sicher, dass Frau Henning, Frau Hartwig und der Rest der Kuchenfraktion im Krieg noch kleine Kinder gewesen waren. Sie stellte sich vor, wie sie als marodierende Mädchenbande durchs Dorf rannten, um die Jungen mit ihren Springseilen zu verhauen. Es war ein erstaunlich passendes Bild.

»Pfingsten ist übrigens diesen Sonntag«, sagte Frau Hartwig. »Die Leute kommen von weit her, um Pfingsten in unserer Kirche zu feiern, weil sie so hübsch und alt ist. Kommen Sie auch?«

»Ich bin ja schon hier«, sagte Siri und lächelte.

Sie fragte den Umbrich doch.

Sie fragte ihn, nachdem die Kuchenfraktion gegangen war. Zunächst nur, ob er ihr die Kirche aufschließen konnte. Er konnte. Innen war die Kirche so klein wie außen und sehr kahl. Sie besaß eine hölzerne Orgelempore, und auf dem Altar stand eine Vase mit verwelkten Zweigen. Die Bänke schienen in den letzten Jahrzehnten hauptsächlich vom Holzwurm besucht zu werden.

»Sie können 'ne Postkarte kaufen«, sagte der Umbrich. »Hier, in dem Ständer sind welche, sehen Sie … antiker Holzschnitt von der Kirche … da hatte sie noch einen Turm, das war vor dem Dreißigjährigen Krieg.«

»Oder es war einfach eine völlig andere Kirche«, murmelte Siri.

»Wie? Ja, und hier ist ein Bild von diesem holländischen Maler, wie heißt der noch? Was mit R … der hat die Kirche auch schon gemalt. Die meisten Leute glauben, das auf seinem Bild wäre eine andere Kirche, eine aus Holland, aber sehen Sie, hier, die senkrechte Mauer? Das ist auf jeden Fall unsere Kirche. Und …«

»Wissen Sie etwas über die Fenster?«, fragte Siri. »Die alten? Ich sammle die Erinnerungen der Leute, um neue Fenster zu machen.«

»Die … Fenster?« Einen Moment schwieg der Umbrich, als müsste er über etwas nachdenken. Oder vielleicht schwieg er nur des Effekts wegen. Dann trat er einen Schritt näher und flüsterte: »Ich … hab eins.«

»Wie?«

»Damals«, flüsterte er, »wie die Fenster alle rausgesprungen sind, das war schon komisch. Die Leute haben sich nicht so recht getraut, die Reste anzufassen. Eine Woche lang hat keiner was damit gemacht, und dann waren sie verschwunden, irgendwer hat sie letztlich aufgeräumt. Aber eins hab ich mitgenommen. Ein Fenster. Na ja, ein *Stück*.«

»Warum … sind sie herausgesprungen? Ich meine … doch nicht alle auf einmal?«

»Oh doch«, sagte der Umbrich. Sein Atem roch nach Wacholder und nach etwas, in das der Wacholder eingelegt gewesen war. Etwas Hochprozentiges. »War im Mai, so wie jetzt, am ersten Tag, an dem der Frühling gekommen ist … der Wind hat die Blüten vom Apfelbaum durch die Luft geschmissen, das weiß ich noch … und da tat's mit einem Mal diesen Knall, und alle Fenster fielen aus ihren Fassungen. Die kleinen schwarzen Bleistücke von dazwischen lagen überall im Gras verstreut, das war wie bei einer Sprengung. Nur dass keiner was gesprengt hat. Ich hab dann dieses eine Stück aufgehoben. Wollen Sie's sehen? Aber … sagen Sie keinem, dass ich das hab, nachher isses noch was wert und die Henning und die Hartwig machen wieder einen Aufstand.«

Siris Herz schlug schneller, als sie hinter dem Umbrich die schmale hölzerne Stiege zur Orgel hinaufkletterte. Oben kniete er sich hin, etwas mühsam, und löste eines der Bodenbretter. »Mein Vater hat hier früher sein Saatgut versteckt«, erklärte er, leise in sich hineinlachend, »hübsch ordentlich in Säckchen eingenäht. Und

meine Großmutter das Silberbesteck, als die Russen kamen ... bitte
sehr.«

Siri beugte sich vor. Auf der Hand des Umbrich lag nichts als eine
handtellergroße Scherbe.

Sie war blau. Von einem Blau, das Siri bekannt vorkam, einem
Blau, dass sich vor ihr in einer ungemähten Wiese versteckt hatte.

Das Stück Glas, die Scherbe, das Blau war bemalt. Es zeigte eine
Figur in einem langen Gewand, die Haare hell eingeätzt und in
Silbergelb nachgezeichnet, einer Farbe aus dem 14. Jahrhundert.
War die Figur Maria? Die stets blond dargestellte Maria aus dem
Land, in dem es keine blonden Frauen gab?

»Ich hab immer gedacht«, flüsterte der Umbrich, »dass sie aussieht wie die Kleine, in die sich unser Friedhofskind damals so Hals
über Kopf verliebt hat.« Er lachte auf eine seltsame, hölzerne Art.
»Hat ja nichts anderes mehr gesehen, der Junge – von dem Moment
an, wo sie aufgetaucht ist, in ihrem blauen Kleidchen. Blau wie das
Glas hier, schon ein hübscher Anblick ...«

»Bitte, was für eine Kleine?«, fragte Siri.

»Wie war noch der Name?« Der Umbrich überlegte. »Doris ...
oder Iris ... ja, Iris. Iris Weiß. Weiß wie Schnee. Weiß wie Schwarz.
Ist mit ihren Eltern aus Berlin gekommen, nur für den Sommer,
hatten eine Datsche unten beim Wasser. Man kommt hin, wenn man
vom Steg aus den Weg weitergeht.«

»Sie ... sie ist hier«, sagte Siri. »Aber ich habe ihre Eltern nie
gesehen.«

Der Umbrich sah sie seltsam an. »Nein. Obwohl der Vater, der
Vater war hier, diesen Winter, seit Langem mal wieder. Haben uns
alle gewundert. Kaminski hat mit ihm gesprochen. Der war ja 'ne
Weile richtig weg, der Mann, Afrika oder so. Na, man kann's ja
verstehen, dass sie weg sind damals, er und seine Frau ... Das hier,
also das war das Fenster hinter dem Altar. Maria Magdalena, so hieß
die Frau, glaube ich. Sie war nur ganz winzig, ganz hinten. Aber
sie war auch in der Mitte, sodass man sie immer angucken musste.
Und Christus war auf dem Weg zu dieser Magdalena, obwohl eine
Menge Leute vorne rumstanden und nicht wollten, dass er hingeht,

so irgendwie war das.« Er machte Anstalten, die Scherbe wieder in ihr Versteck unter dem losen Brett zurückzulegen, doch dann überlegte er es sich anders und legte sie stattdessen in Siris Hand.

»Nehmen Sie sie mit«, sagte er leise. »Sie hat lang genug hier oben herumgelegen.« Er strich mit den Fingerspitzen über die Tasten der Orgel, und Siri murmelte etwas wie ein Danke.

»Ja, ja«, sagte der Umbrich und drückte eine der Tasten. Der Ton hallte durch die ganze kleine Kirche, es war ein tiefer und feierlicher Ton, und der Umbrich spielte noch einen Ton in den ersten hinein, einen höheren. Die Töne waren wie zwei Menschen, dachte Siri, wie zwei Seelen, hoch und tief, jung und alt, zwei, die nicht zusammenpassten und doch zusammenklangen, und dieser Klang erzeugte eine unerklärliche Melancholie.

»Die Henning mag das nicht, wenn ich spiele«, sagte der Umbrich. »Und die ganze Kuchenpartei. Ich kann das mit der Orgel. Tasten drücken, bisschen improvisieren, das liegt mir, tatsächlich. Obwohl ich natürlich nicht so gut spiel wie die Kleine. Ich seh das direkt noch vor mir, wie sie da sitzt, das Kleidchen ganz ordentlich über den Hocker gebreitet … sie war erst sechs oder sieben Jahre alt. Und dann diese Musik! Unten die Leute, völlig still … wenn er sich nie in sie verliebt hätte, vielleicht würde sie immer noch spielen, für uns, wer weiß?« Er schüttelte den Kopf und seufzte. »Gehen wir.«

Und dann stand Siri wieder unten vor der Kirche und blickte dem Umbrich nach, der zwischen den Gräbern davonging, ein wenig gebeugt von der Zeit, aber mit Orgeltönen im Kopf.

Ein Kaninchen floh, als er am Tor beinahe darauftrat.

Siri stellte ihn sich vor dreißig Jahren vor, wie er in einer Kirchenbank saß und das Fenster ansah, auf dem das blonde Mädchen im Hintergrund stand und doch in der Mitte. Maria Magdalena. Iris Weiß.

Iris aus der Stadt, sechs Jahre alt und mit Musik in den Fingern.

Sie war nicht Lenz' Tochter.

Siri wollte noch einmal um die Kirche herumgehen, sich das Fenster hinter dem Alter von außen ansehen, in dessen Mitte einst Maria-

Magdalena-die-Scherbe ihren Platz gehabt hatte. Sie kam allerdings nicht bis dorthin. An der Westseite der Kirche wuchsen zwei große, alte Eichen, so hoch, dass Siri sie bisher fast übersehen hatte. Jetzt spürte sie, dass jemand sie von dort oben ansah. Sie blieb stehen und legte den Kopf in den Nacken.

Er saß auf dem untersten Ast der ersten Eiche, die Knie angezogen, den Kopf daraufgelegt: Lenz Fuhrmann. Er hielt sich nicht fest.

Die Pose, in der er saß, war die eines Kindes, und sie dachte wieder, dass er die Höhe bevorzugte, wie eine Katze, wie ein Lebewesen, das sich auf der Erde klein fühlt und angreifbar. Eine seltsame Einstellung für einen nicht mehr ganz jungen Mann von knapp über zwei Metern.

Einen Moment sahen sie sich nur an. Dann hielt sie ihm die Scherbe entgegen und sah, wie seine Augen schmal wurden.

»Der Umbrich hat ein Stück von einem der Fenster aufbewahrt!«, rief Siri.

»Ach was«, sagte Fuhrmann. Er rief nicht, sie verstand ihn auch so ganz gut, und sie kam sich lächerlich vor, weil sie gerufen hatte. Als wären nicht fünf, sondern fünfhundert Meter zwischen ihnen. »Und Orgel hat er auch gespielt, ja? Für Sie ganz persönlich? Wenn die Henning nicht in der Nähe ist, spielt er für jeden, der nicht schnell genug die Bäume hochkommt.«

»Sitzen Sie deshalb da oben?«

Fuhrmann lachte trocken. »Wer weiß?«

»Er hat gesagt, die Frau auf dem Glas … Maria Magdalena … dass sie ihn an jemanden erinnert. Iris.«

Fuhrmann schwieg, richtete sich aber auf seinem Ast auf. Er hielt sich jetzt fest.

»Wer ist Iris Weiß?«, fragte Siri.

»Hat er Ihnen das nicht erzählt? Der Umbrich? Haarklein? Sie reden doch so gerne, Dieleute.«

»Ja, sie reden«, erwiderte Siri. »Aber sie sagen nichts.«

»Das liegt vielleicht daran, dass sie nichts wissen. Nichts über gar nichts. Wenn Sie ihnen versichern, in den Städten hätte man jetzt herausgefunden, die Erde wäre eckig, werden sie es glauben.«

»Sie sind ungerecht«, sagte Siri. »So dumm sind die Leute hier nicht. Sie können doch nichts dafür, dass sie nie aus dem Dorf herauskommen … und was ist mit Ihnen?«

Fuhrmann sah über sie hinweg in die Ferne. »Warum wollen Sie wissen, wer Iris ist?«

Weil sie vor mir wegläuft, dachte Siri. Auf eine Art, die bedeutet, dass sie möchte, dass ich ihr nachlaufe. Sie braucht Hilfe. Ich bin mir nicht sicher, wobei.

Laut sagte sie: »Ich versuche, etwas über die Leute hier herauszufinden … sonst kann ich die Fenster nicht machen. Die Kleine … Iris … sie ist mit Ihnen befreundet?«

»Ihre Eltern haben eine Datsche in der Nähe des Stegs«, sagte Lenz, seine Stimme sachlich und distanziert, als gäbe er die Worte zu Protokoll, damit die Sache ein für alle Mal abgehakt war. »Sie kommt jeden Sommer, und wenn sie da ist, lassen wir zusammen Schiffchen schwimmen. Klettern auf Mauern. Lauter solche Sachen. Wenn sie sich nicht gerade versteckt.«

»Sie müssen ein seltsames Bild abgeben, als Paar«, sagte Siri und lächelte. »Ein erwachsener Mann und ein kleines Mädchen auf einer Mauer.«

»Kann schon sein«, sagte Fuhrmann.

»Hätten Sie …« Siri zögerte. »Hätten Sie was dagegen, wenn ich hierbliebe und die Skizze für das dritte Fenster anfinge? Es ist nicht mehr so kalt …«

»Tun Sie, was Sie nicht lassen können«, sagte Lenz Fuhrmann. »Ich wollte sowieso gerade gehen.«

Er kletterte ein Stück am Stamm hinab, sprang dann und landete direkt neben ihr. Er landete nicht wie etwas, das über zwei Meter groß ist, er landete leicht und federnd. Wie ein Kind.

Sie sah zu ihm auf und zwang sich, keinen Schritt zurück zu machen.

»Warum hat mir der Umbrich die Scherbe geschenkt?«, fragte sie leise. »Warum hat er mir von Iris erzählt?«

»Weil Sie«, sagte Lenz Fuhrmann langsam, »Iris' Augen haben.«

Siri ging an der Reihe der eisernen Kreuze vorüber, unter denen vor zweihundert Jahren die kleinen Körper toter Kinder zur Ruhe gebettet worden waren.

Die Melancholie der Orgeltöne kehrte zu ihr zurück und legte sich schwer auf ihre Schultern wie ein Mantel aus Blei. Fensterglas-Blei. Wenn ich ein Kind hätte, dachte sie, würde ich jetzt an dieses Kind denken, und vielleicht wäre die Melancholie dann nicht zu ertragen.

Aber es barg zu viele Risiken, ein Kind zu haben. Alles konnte mit Kindern passieren, immer, in jedem Augenblick. Es war möglich, dass sie eines Tages allein auf einem Friedhof saßen und ins Leere starrten, bis die Leute sie für unheimlich hielten.

Reiß dich zusammen, Siri, sagte sie lautlos zu sich selbst.

Denk an das blau-weiß geblümte Teeservice. Die Muschelsammlung auf den Fensterbrettern. Den Blumenstrauß in der Vase, den du gestern erneuert hast. Alles ist freundlich und schön um dich – Schluss mit der kitschigen Frühlingsmelancholie!

Und dann fand sie noch ein Grab, ein einzelnes Grab in der Reihe hinter den alten Kreuzen. Es war natürlich die ganze Zeit über da gewesen, aber sie hatte es nie gesehen zwischen dem Moos und den Blumen.

Oder hatte sie es nicht sehen wollen?

Drei oder vier Kaninchen grasten neben dem Grab und ließen sich nicht stören.

Der Stein war von exakt dem gleichen Grau wie Lenz Fuhrmanns Augen, und ein dickes Büschel weißer Maiglöckchen wucherte an seinem Fuß. Daneben saß ein steinernes Schneehuhn, eine freundliche rundliche Figur wie ein Kinderspielzeug. Die Inschrift auf dem Grabstein war schlicht und unverschnörkelt.

IRIS MAGDALENA WEISS

* 12.5.1973 in Berlin
† 14.10.1979

Für einen kurzen Moment verspürte Siri das Bedürfnis, sich an jemandem festzuhalten. Es war niemand da.

70

Sie hockte sich vor das Grab und streckte die Hand aus, um das Schneehuhn zu streicheln.

Der Stein war kalt, aber das Moos darauf fühlte sich warm und lebendig an.

»Iris Magdalena Weiß«, flüsterte Siri, »ist seit zweiunddreißig Jahren tot.«

Sie konnte sie nie erreichen, egal, wie schnell sie rannte. Der Schimmer blauer Seide am Rande ihres Gesichtsfeld war uneinholbar; sie war zweiunddreißig Jahre von dem Schimmer entfernt, zweiunddreißig mal dreihundertfünfundsechzig mal vierundzwanzig Stunden. Eine unüberbrückbare Zeit.

5

Die Dunkelheit vor dem niedrigen Küchenfenster war dicker als Blut und schmeckte nach Erde.

Dichte Schwarzwolken bedeckten den Frühlingshimmel. Und dann brachen sie auf, und die ersten Tropfen zerbarsten an der Scheibe, winzige Explosionen, die das wenige Licht in der Küche einfingen, ehe sie für immer in der Nacht verschwanden.

Lenz stützte die Hände aufs Fensterbrett und legte die Stirn gegen das kühle Glas.

»Junge? Warum stehst du da? Ist wer draußen?«

Für einen Moment glaubte Lenz, zwischen den Tropfen und der Dunkelheit eine Bewegung wahrzunehmen. Einen Schatten, den Saum eines Kleides. Aber da war nur der Regen.

»Junge«, sagte Winfried. »Die Suppe wird kalt.«

Lenz seufzte und setzte sich Winfried gegenüber an den Küchentisch. Die Suppe sah aus wie ein Teller voll Regen. Winfried sah sie mit dem linken Auge an, ein wenig misstrauisch, als könnte die Suppe, die er selbst gekocht hatte, sich als etwas anderes entpuppen.

»Wo warste denn?«, fragte er. »Ham se woanders auf der Insel wieder jemand zu verscharren gehabt?«

Lenz nickte.

»Schön«, sagte Winfried. »Kommt Geld rein.«

»Sie bezahlen mich immer«, sagte Lenz. »Auch, wenn ich niemanden begrabe. Es ist nicht wie damals, kapier es endlich. Ich habe eine reguläre Arbeit.«

»Einen regulären Scheiß hast du«, knurrte Winfried. »Das ist ein Ein-Euro-Job, und du weißt es.«

»Es ist ein Job.«

»Red dich nicht raus. Mit jedem Grab gibt's Geld extra«, sagte Winfried. »Sie geben immer was.« Er nickte zu der Blechdose neben der Spüle. Sein Nicken war ein Befehl.

Lenz griff stumm in die Tasche und holte eine Handvoll Münzen heraus. Dann stand er sehr langsam auf, ging hinüber und ließ die Münzen in die Blechdose regnen. Ich bin noch immer fünf Jahre alt, dachte er.

Sie aßen schweigend weiter, im niedrigen Gelblicht der alten Lampe. Lenz sah Winfried an. Er verzog den Mund auf seltsame Art zur Seite, wenn er den Löffel hineinsteckte, die Symmetrie in seinem Gesicht war nach dem Schlaganfall verloren gegangen. Sie hatte auch vorher nicht ganz gestimmt, wegen des Glasauges, das sich nicht mitbewegte. Lenz erinnerte sich nicht, wie Winfried vor dem Glasauge ausgesehen hatte.

Er war immer groß gewesen, das war das Einzige, was Lenz sicher wusste. Wenn er an seine Kindheit dachte, dachte er an Winfried nur als Winfried-von-unten-aus-betrachtet. Dann war er eines Tages größer gewesen als Winfried, hatte Winfried-von-oben-aus-gesehen, eine magere, gebeugte Gestalt, die immer eine gewisse Distanz wahrte, egal, wie nah man ihr war. Es hatte, dachte Lenz, kein Zwischenstadium gegeben; keine Zeit, in der er mit Winfried auf Augenhöhe gewesen wäre.

Er schob den Suppenteller weg und legte seine Hände auf den Holztisch, dessen Oberfläche zerklüftet war von hineingeschnitzten Kerben und Buchstaben.

»Winfried«, sagte er leise. »Wann ... wann habe ich damit angefangen? Mit dem Tisch?«

»Warum willst du das wissen?«

»Ich versuche«, sagte Lenz langsam, »mich zu erinnern. Aber es gelingt mir nicht. Ich versuche, Dinge herauszufinden über mich und über ... damals.«

Winfried seufzte, und als Lenz aufsah, stand er da, auf seine Krücke gelehnt, und sah ihn an. In seinen Augen lag etwas beinahe Weiches.

»Du warst vier«, sagte Winfried. »Es war ein schlimmer Winter. Schnee seit November, der Pflug kam nicht durch. Wir haben mit der Schneeschaufel unsere Wege gegraben wie Gänge, das weiß ich noch, wie die Maulwürfe. Der Wind hat den Schnee über die Felder gefegt, die Schneewehen waren so hoch wie die Häuser. Ein paar Tage hast du mit der Nase am Fenster geklebt, und dann warst du weg. Einfach weg. Erst hab ich dich gesucht, dachte, du versteckst dich irgendwo im Haus. Dann hab ich gewartet, dass du von selber wieder aus deinem Versteck auftauchst.«

»Aber ich bin nicht aufgetaucht.«

»Nein. Ich weiß noch, dass ich gedacht hab: Das ist wie der Winter, in dem Charlotte gestorben ist, wie der Winter, in dem der Junge zu mir gekommen ist. Die Schneestürme waren die gleichen. Als ob uns jemand erinnern wollte, an Lotte.« Er verstummte, verloren in Erinnerungen wie im Schnee.

»Und dann? Wo hast du mich gefunden?«

»Wo schon?« Winfried, aus anderen Erinnerungen gerissen, schnaubte.

»Da, wo du immer gesteckt hast. Ich hab mir den Mantel angezogen und bin raus, war kein Vorankommen da mit dem Wind und dem Schnee, ich hab ewig gebraucht. Und da warst du, hattest dich irgendwie bis zum Friedhof vorgekämpft und hast da gesessen, ganz allein. Bei ihren Gräbern. Hattest angefangen, sie aus dem Schnee auszugraben, diese beiden. Hast dann wohl aufgegeben, hattest dich im Windschatten von Charlottes Grabstein zusammengekauert. Du warst völlig steif. Als ich dich aufgehoben hab, war ich sicher, du bist tot. Jetzt ist das also auch zu Ende, hab ich gedacht, aber begraben kann ich ihn nicht, nicht bei dem Wetter. Der Boden war ja vollkommen gefroren. Ich hab dich also zurückgetragen, hab dich hier auf den Fußboden gelegt, vor den Ofen, hab das Feuer gefüttert und dir die Sachen vom Leib gepellt, und da hast du noch geatmet. Das war's. Am nächsten Morgen hast du die Augen aufgemacht. Du warst den ganzen Winter krank, aber sterben wolltest du nicht. Ich musste die Tür abschließen, die Fenster waren sowieso zugefroren. Wenn nicht, wärst du vielleicht wieder raus. Und dann hast du angefangen, mit dem Messer Sachen in den Tisch zu schnitzen. Hat gedauert, bis ich kapiert hab, dass das unser Friedhof ist, den du schnitzt. Du hattest dir jedes einzelne Grab gemerkt. Die ersten Namen hab ich dazugeschrieben, hab gemerkt, dass es gar nicht unpraktisch ist, man nimmt seinen Arbeitsplatz mit nach Hause …« Er schüttelte den Kopf.

»Warum hast du mich nicht liegen lassen?«, fragte Lenz. »Wenn du doch dachtest, ich wäre längst erfroren? Ein Esser weniger. Erzähl mir nicht, dass du ein Kind bei dir haben wolltest.«

Winfried machte das gesunde Auge schmal und starrte Lenz einen Moment lang an.

»Schon wahr«, sagte er. »Ist nicht so, dass ich laut hier geschrien hätte, als es ein Baby zu gewinnen gab. Aber du warst das Kind von Jens, und Jens war eben mein Bruder. Und du warst das Kind von Charlotte. Es war, als hätt ich's ihr versprochen.«

»Hast du nicht. Du hättest mich da draußen lassen können.«

»Undankbares Arschloch«, knurrte Winfried. »Wenn's dir so lieber ist, bitte, dann denk ich nächstes Mal dran. Nächstes Mal lass ich dich verrecken.«

Er wollte sich dem Fernseher zuwenden, aber Lenz hielt ihn auf.

»Warum ist Lotte erfroren?«, fragte er. »War es meine Schuld?«

Winfried antwortete nicht, starrte ihn nur mit dem gesunden Auge an. Das Glasauge blickte in eine eigene geheime Glaswelt, die es nicht preisgab. Vielleicht, dachte Lenz, sah er mit dem Glasauge Lotte, so wie sie ausgesehen hatte, als sie noch am Leben war: hübsch und jung.

»Junge«, sagte Winfried schließlich, »halt endlich den Mund. Ich bin müde.«

Lenz nickte. Er griff in die Tasche, holte sein Messer heraus und schnitzte sechs neue schmale Kerben in die Mitte des Tisches, an den Rand eines glatten rechteckigen Feldes.

»Sechs neue Gräber?«, fragte Winfried. »Ich dachte, zum Verscharren ham se dich woanders hingeschickt.«

»Das sind keine Gräber«, sagte Lenz. »Das sind die Kirchenfenster.«

Winfried schüttelte den Kopf und stellte den Fernseher lauter.

An den letzten Tagen vor Pfingsten wurde der Friedhof zu einer hektischen Arena für Grabpflegeartisten und Harkenjongleure,

Schleifenbinder und Kuchenlistenmacher. Man erwartete Leute von außerhalb. Jetzt im Mai waren die ersten Touristen im Land, die Gottesdienste in alten Feldsteinkirchen romantisch fanden. Man wollte glänzen, und so putzte man, polierte vergessene Grabinschriften, stellte Blumensträuße in unzusammenpassenden Plastikfarben zwischen Blumen, die in zusammenpassenden Farben gepflanzt worden waren.

Lenz sah dem wahnwitzigen Treiben von außen zu, er saß auf der Eiche und schüttelte den Kopf.

»Weißt du noch«, sage Iris neben ihm, »wie wir hier oben gesessen haben und sie haben mich gesucht? Sie brauchtes jemanden, der die Orgel spielte, weil der Organist aus der Stadt krank geworden war …«

»Sie haben dich gefunden. Und du hast gespielt.«

Iris nickte. »Aber am Ende habe ich drei völlig falsche Töne eingebaut«, sagte sie zufrieden. Lenz sagte ihr nicht, dass niemand es bemerkt hatte, vermutlich nicht einmal ihr Vater. Iris' Protest war nie laut genug gewesen.

»Kannst du dir die Gräber bei Schnee vorstellen?«

Sie schüttelte den Kopf. »Ich habe sie nie gesehen. Bei Schnee.«

»Wo bist du – im Winter?«

Er wandte sich ihr zu, um sie anzusehen, aber sie saß nicht mehr neben ihm.

Und unten waren immer noch zu viele Leute, die sich plötzlich um ihre Toten kümmerten.

Sie hatten keine Ahnung von den Toten, sie kamen sonst nie hierher; sie waren lächerlich mit ihren Blumensträußen. Lenz kannte jeden einzelnen Toten. Er kannte ihre steifen weißen Hände, ihre für immer eingefrorenen Gesichtszüge; sie waren, wie die Lebenden, Individuen, und – im Gegensatz zu den Lebenden – ewig. Niemand hörte jemals damit auf, tot zu sein.

Die da unten, die Scheinheiligen, hatten keine Ahnung, sie hatten längst vergessen, wie das ausgesehen hatte, was in den Gräbern lag, was es gedacht hatte oder warum es gestorben war. Er wollte, dass sie gingen, die Grabschänder mit ihren hässlichen Sträußen.

Als Lenz in der Dämmerung schließlich von der Eiche kletterte, waren seine Knie steif.

Er wanderte über den Friedhof bis zu zwei Grabsteinen, die in einer Reihe von anderen an der Mauer lehnten: Grabsteine ohne Gräber, denn die Gräber waren aufgrund einer allgemeingültigen Anordnung nach dreißig Jahren Liegezeit eingeebnet worden. Dass das Grab mit dem Schneehuhn noch existierte, begriff selbst Lenz nicht. Er streckte die Hand aus, berührte den Stein.

Charlotte Fuhrmann, 1.6.1953–24.12.1971

Er erinnerte sich nicht an den Winterabend, an dem er hinter diesem Stein Schutz vor dem Sturm gesucht hat. Nicht an diesen und nicht an jenen anderen Winterabend, vier Jahre früher, an dem Lotte mit dem Kinderwagen in den Schneesturm hinausgegangen war – aus Gründen, die niemand je erfahren würde. Natürlich erinnerte er sich nicht, er war vier Monate alt gewesen.

»Unglückskind«, flüsterte Lenz. »Friedhofskind.«

Er ließ seine Hände von Lottes Grabstein zu dem daneben gleiten, fuhr mit den Fingern die Inschrift nach, die er so oft von Moos befreit hatte.

Jens Fuhrmann, 5.5.1945–6.1.1972

Er hatte auch an seinen Vater keine Erinnerung. In jenen ersten eisigen Januartagen war Jens Lotte nachgegangen, hinaus ins weiße Nichts, und nicht zurückgekehrt. Als sie ihn fanden, hielt er das einzige Foto von ihr umklammert, das er besaß und das heute Winfried besaß, stark beschädigt, aber noch erkennbar: Es zeigte Lotte auf einer Schaukel, die vermutlich eine Attrappe des Fotografen war. Lotte war blond gewesen wie Iris, blond und sehr schön.

Lenz hatte nichts von ihrer Schönheit geerbt, obwohl er oft nach der Ähnlichkeit gesucht hatte. Wenn Winfried die Oberflächen der neueren Grabsteine zu irgendeinem feierlichen Anlass blank poliert hatte, hatte Lenz sich als Kind davorgestellt und sein Spiegelbild in der glatten Oberfläche betrachtet. Hatte er Lottes Augen? Ihre Ohren? Ihre Stirn?

Winfried, der einzige andere am Ort lebende Fuhrmann – vormals einer von Lottes vielen Verehrern –, hatte Lenz geerbt wie ein

Stück Land, wie ein Stück Vieh, wie eine alte Taschenuhr. Aber im Gegensatz zu einer Taschenuhr hatte er sich nicht weiterverkaufen lassen.

Er fand Iris wenig später am Zaun des roten Hauses, das am Dorfeingang stand – ein adrettes Haus mit adretten Blumentöpfen auf einer adrett betonierten Einfahrt.

»Iris«, hatte er sagen wollen, »Iris, komm mit, lass uns am Steg unten Schiffchen bauen, auch wenn es schon beinahe Nacht ist. Da ist so eine seltsame Art von Schwere in mir. Ich versuche, Dinge über früher herauszufinden, aber wenn man einmal damit anfängt, gerät man in einen ganzen Strudel aus Früher … und am Ende ist man wieder vier Jahre alt und sehr kalt und sehr allein.«

Aber all das wurde nicht gesagt, denn Iris stand am Zaun des adretten roten Hauses. Der Zaun war gute zwei Meter hoch und aus grünem plastikummanteltem Maschendraht, und dahinter gab es ein nagelneues Riesentrampolin.

Darauf sprangen Kinder, ein Kleinesmädchen und ein etwas weniger kleiner Kleinerjunge, sie sprangen im Licht einer Außenlampe, hoch und juchzend.

»Guck mal«, flüsterte Iris. »Wie hoch man in die Luft hinaufkommt! Ich möchte das auch probieren!«

»Wir könnten über das Tor klettern«, sagte Lenz leise. »Später, wenn sie schlafen.«

Iris schüttelte den Kopf. »Ich habe es probiert. Gestern. Es funktioniert nicht. Ich kann über das Trampolin gehen, ohne einzusinken. Nur du spürst mein Gewicht.« Sie zuckte die Schultern. »Aber es sieht so wunderbar aus, wie sie springen! Manchmal …« Sie sah ihn an. »Manchmal wünschte ich, ich wäre so wie diese Kinder.«

»Oh, wünsch dir das nicht«, sagte Lenz, »guck dir das Haus an, den lila Keramikfrosch und den überquellenden Aschenbecher, und wünsch dir das nicht.«

Iris antwortete nicht, sie starrte noch immer die Kinder auf dem Trampolin an.

Lenz drückte sein Gesicht gegen den Zaun wie sie. Doch, es sah verlockend aus, wie die beiden Kinder dort in die Höhe sprangen, unbesorgt und, für Momente, schwerelos.

»Wetten!«, rief der Junge. »Wetten, du traust dich nicht, einen Salto in der Luft zu machen?«

»Trau ich mich wohl!«

Lenz sah die rosa gefärbten Strähnen im Haar des Mädchens fliegen, er hörte den Jungen lachen. Wenn dieser Junge die Straße zwischen den niedrigen Häusern entlangging, dachte Lenz, kehrten ihm die Leute sicher nicht den Rücken zu, und er hörte sie nicht tuscheln, wenn er vorüber war.

Die Fenster des roten Hauses waren erleuchtet, und an einem von ihnen stand der Schattenriss einer Frau – die Mutter der Kinder, natürlich. Er kannte sie und kannte sie nicht. Sie war jung, fünfzehn oder zwanzig Jahre jünger als Lenz. Er hatte ihren Namen vergessen. Sie tat irgendetwas mit ihren Haaren, er sah ihre über den Kopf erhobenen Arme, ihre schwarze Silhouette, und fragte sich einen Moment lang, verunsichert, ob sie nackt war. Aber als sie kurz darauf aus der Haustür trat, trug sie nur ein sehr enges Oberteil. Sie rief etwas nach hinten in den Hof, sprach mit jemandem, den Lenz nicht sah. Und dann kam sie zum Zaun. Erst als sie vor ihm stand, wurde ihm klar, dass er der Grund dafür war.

Sie stand da, einen halben Meter kleiner als er, mit verschränkten Armen.

»Versuchen Sie, meinen Kindern Angst zu machen?«, fauchte sie.

Lenz trat einen halben Schritt zurück.

»Ich habe ihnen nur zugesehen«, sagte er ruhig.

Seine Ruhe schien die Gereiztheit auf der anderen Seite des Zauns noch zu potenzieren.

»Ich werd Ihnen was sagen«, zischte die Frau. »Suchen Sie sich woanders Kinder, denen sie zusehen können! Ich weiß schon, warum ich blickdichte Vorhänge im Bad habe. Wenn Sie Ihre dreckigen, erdigen Pfoten nach meinen Kindern ausstrecken, dann …«

Lenz sah seine Hände an und trat noch einen Schritt zurück.

Die Kinder standen jetzt still, das Trampolin wippte nur noch leise.

»Sie glauben, ich hab Angst vor Ihnen«, flüsterte die junge Frau. »Ich bin allein mit den Kindern, weiß ja jeder, dass mein Mann auf Montage ist. Aber er kommt wieder, der Dirk, im Juli kommt er, und dann bleibt er mal für länger. Übrigens sitzt der Andreas hinten im Hof, und der ist ganz schlecht auf Sie zu sprechen, seit der Sache mit dem Dach.«

Sie schüttelte sich und schlang ihre Arme um den schmalen Körper, wie um sich vor dem Unheimlichen zu schützen, das sie nicht verstand. Den Gerüchten darüber, warum jemand vom Dach fiel, der sonst nie Dächer betrat.

Lenz brauchte einen Moment, bis er begriff, wer Andreas war.

»Kaminski?«, fragte er. »Was tut der junge Kaminski bei Ihnen?«

»Hat mir geholfen, das Garagentor zu reparieren. Is ja 'n Freund von meinem Dirk … der Andreas ist viel hier, ich bin gar nicht so allein, wie Sie denken! Das letzte Mal, wo der Dirk weg war auf Montage, da waren es zwei Monate, jetzt sind es sechs …« Ihre Stimme verebbte. »Geht Sie einen feuchten Dreck an, wie lange der Dirk weg ist.«

»Ich habe gar nicht gefragt«, sagte Lenz.

Und auf einmal überwand sie ihre Angst, überwand den letzten Schritt, der sie noch vom Zaun trennte, und griff von innen in die grünen Plastikdrahtmaschen.

»Hauen Sie ab!«, schrie sie. »Hören Sie auf, mich so anzugucken, das ist ja, als hätte man nichts an! Jetzt gehen Sie doch endlich! Gehen Sie … dahin, wohin Sie eben hingehen … zum Friedhof … reden Sie mit ihren Toten, aber lassen Sie uns in Ruhe!«

Lenz nickte, drehte sich um und ging.

Als er sich einmal umdrehte, sah er sie noch da stehen, am Zaun, die Hände jetzt vors Gesicht geschlagen. Vom Hof her kam Kaminski, vermutlich um zu fragen, was los war, die Bierflasche in der Hand. Als er einen Arm um sie legte, trat noch jemand an den Zaun; von außen. Jemand, der hinter Lenz die Straße entlanggekommen war, vielleicht zufällig.

Die Fensterfrau.

Sie stand da, in ihrem geblümten Regenmantel und ihren roten Gummistiefeln, und wirkte drei Tonnen leichter als ihre Umgebung. Er hörte sie etwas fragen. Er konnte sich vorstellen, was es war.

»Was hat er Ihnen getan?«

Gerade die Fensterfrau. Verdammt, er spürte noch den Stoff ihres Regenmantels unter seinen Fingern, als er sie gepackt und festgehalten hatte. Ihr gesagt hatte, sie solle verschwinden. Er hatte sich, dachte er, genauso benommen wie die hysterische junge Frau hinter dem Zaun.

✝✝✝

Der Abend lag erstaunlich lau über dem Dorf. Vom Meer herauf wehte eine Brise, die den Geruch nach Salz und Fischen und Tang mitbrachte, die Kälte aber vergessen hatte.

Siri ließ das rote Haus mit dem hohen Zaun hinter sich und wanderte den Sandweg entlang, eine Tafel schwarze Schokolade in der Tasche. Der Regenmantel hatte große Taschen, sehr geeignet für Schokoladentafeln.

Sie aß die Schokolade im Gehen und dachte über den hohen Zaun nach und über die hysterische Frau und Kaminski und das Trampolin.

»Das Friedhofskind«, hatte die hysterische Frau gesagt, zwischen zwei Schluchzern. »Haben Sie gesehen, wie es gestarrt hat? Es taucht einfach auf und starrt! Sie sind neu hier, und Sie sind allein, eine Frau allein in einer Ferienwohnung. Schließen Sie bloß die Tür gut ab, nachts! Der Typ ist nicht ganz normal. Der ist imstande und steht plötzlich bei Ihnen im Zimmer.«

»Ich habe ihr gesagt, dass sie sich vorsehen soll«, hatte Kaminski gesagt. »Komm. Nimm die Kinder mit rein.«

Er hatte Siri zugenickt, ein Nicken, als würden sie sich gut kennen, ehe er sich umgedreht hatte. Sie sah noch seinen breiten Beschützerrücken vor sich, sah, wie er sie alle ins Haus scheuchte und die Tür schloss.

Siri schüttelte den Kopf und betrat den Friedhof. Er lag still in der Dämmerung, jetzt grub niemand mehr Beete um, die Hektik des Tages war vergessen und die Luft auf schwerelose Weise still.

Nur die Tür der Kirche war noch angelehnt, jemand musste vergessen haben, sie abzuschließen.

»Der junge Fuhrmann ... er hat doch gar nichts getan«, flüsterte Siri. »Nichts. Er hat nur am Zaun gestanden, das ist alles. Ich habe es gesehen, von Weitem.«

Sie dachte an die unbestimmte Präsenz in der Dunkelheit der Ferienwohnung und an ihre Angst, aber die Angst war verschwunden. Das Adjektiv, das ihr in den Sinn kam, wenn sie an Lenz Fuhrmann dachte, war *hilflos*. Seine große Gestalt vor dem Zaun oder auf der Eiche: Er wirkte immer ein wenig hilflos, ein wenig verloren. Sein einziger Freund war ein Kind, das vor zweiunddreißig Jahren gestorben war.

Vielleicht war er nicht ganz normal.

Sicher war er nicht ganz normal.

Aber sie konnte sich nicht vor ihm fürchten.

Sie spürte die Glasscherbe in ihrer Tasche, neben der Schokoladentafel.

Die Kirchentür stand einen Spaltbreit offen. Vielleicht, dachte Siri plötzlich, gab es noch mehr Scherben. Vielleicht lagen unter den Dielen der Orgelempore mehr Figuren in gläsernen Kleidern, die der Umbrich ihr nicht sofort gezeigt hatte, damit er länger etwas davon hatte, interessant zu sein.

Es schadete nichts, nachzusehen.

Sie schlüpfte durch den Türspalt ins Innere der kleinen Kirche, wo es nach Putzmittel, Staub und Zigaretten roch. Irgendwo musste es einen Lichtschalter geben. Sie machte ein paar Schritte in die Dunkelheit, dorthin, wo sie die Treppe vermutete und wo es vielleicht einen Lichtschalter gab. Sie fand keinen Schalter. Die Tür fiel hinter ihr zu. Es war wirklich verdammt dunkel.

Und dann spürte sie es: Jemand war hier. Jemand oder etwas.

Es war wie mit der unbestimmten Präsenz in der Nacht in der Ferienwohnung. Sie stand still und lauschte. Und die Angst, die sie geglaubt hatte überwunden zu haben, schwappte zurück wie eine eiskalte Welle.

Sie hörte ein Atmen. Es atmete ganz nah. Mühsam. Leise pfeifend.

Sie machte einen Schritt zurück, streckte die Hand aus – und fand die Tür nicht mehr.

Ruhig, sagte sie sich, ganz ruhig. Du bildest dir das Atmen nur ein. Die Tür ist da, natürlich ist die Tür da. Das Wichtigste ist es, sich jetzt nicht der Panik hinzugeben. Aber die Panik war wie ein Liebhaber. Komm, komm, lockte sie, komm zu mir! Verlier die Fassung, mal dir *Das Schreckliche* aus, gib dich auf. Was da ist, ist keine Einbildung, es ist wirklich da, viel wirklicher als der Schatten neben deinem Bett. Und meinst du nicht, Siri Pechton, dass es auf dich gewartet hat? Schrei, flüsterte die Panik, renn!, säuselte die Panik, flieh. Versuch, zu fliehen. Es wird natürlich bei dem Versuch bleiben. Du wirst über deine eigenen Füße stolpern und fallen ...

Sie haben dich alle gewarnt.

Etwas ist in diesem Dorf geschehen, vor langer Zeit – etwas, das mit allem zu tun hat, auch mit der atmenden Präsenz in der Dunkelheit.

Siri machte noch einen Schritt zurück, oder vielleicht eher zur Seite – und stieß gegen etwas. Etwas, das auf dem Boden lag, etwas Großes und Schweres; etwas Weiches. Ein undefinierbares ... Ding. Sie hörte ihren eigenen Schrei, kurz, halb erstickt, und öffnete die Augen, ohne etwas zu sehen.

Ihre Hände tasteten blind und vergeblich durch die Schwärze, hektisch, unkontrolliert. Es gab keine Tür, noch nicht einmal eine Wand, nur das Atmen auf dem Boden. Es war das Ding, das atmete; auf diese mühevolle, pfeifende Art.

Dann drang ein Stöhnen aus seiner Tiefe, ein schmerzhafter, gequälter Laut – und in diesem Moment fand Siris Hand endlich die Tür. Sie fuhr über das alte Holz, um nach der Klinke zu fassen, merkte, wie sich ein langer Splitter in ihre Handfläche fraß, und sog die Luft ein vor Schmerz.

Die Klinke, da war die Klinke.

Sie riss die Tür auf. Mondlicht und vages Straßenlaternenlicht fluteten durch die Öffnung. Siri machte einen Schritt ins Licht, wollte die Tür hinter sich zuschlagen und rennen. Lauf!, sagte die Panik. Aber sie lief nicht. Sie drehte sich um.

Das Ding lag am Fuß der steilen Treppe, die zur Orgelempore hinaufführte.

Es war kein Ding, natürlich nicht. Es war ein Körper. Aber die Stellung seiner Arme und Beine wirkte wie ein merkwürdig arrangiertes Stillleben. Es gelang ihr, mit zitternden Fingern den zweiten Flügel der Kirchentür zu öffnen, um mehr Licht hereinzulassen. Das Zerbrochene bewegte sich.

»Oh Gott«, flüsterte Siri.

Sie erkannte jetzt, wer da auf dem Boden lag.

Es war der Umbrich. Er hob den Kopf, eine Bewegung wie in Zeitlupe, und ihr erster Gedanke war: Er ist betrunken, er schläft hier seinen Kater aus. Aber er roch nicht nach Alkohol. Er roch nach etwas Erdigem und Metallischem. Etwas Feuchtem und Rotem.

Sie kniete sich vor ihn hin und streckte die Hand aus, wagte aber nicht, ihn zu berühren.

»Herr Umbrich?«, wisperte sie. »Können Sie mich hören? Ich bin es, Siri Pechton. Was … was ist passiert?«

Der Umbrich schüttelte den Kopf und öffnete den Mund, wie um etwas zu sagen. Ein dunkles Rinnsal lief aus seinem Mundwinkel. Siri spürte, wie ihr schwindelig wurde.

Da war ein Wort: »Ich.« Das Wort quoll mit dem Rinnsal aus dem Mund des alten Mannes und tropfte auf den Boden. *Ich.* Und weiter: *bin.* Er schüttelte den Kopf. Dann hob er, ganz langsam, eine Hand und zeigte auf die Treppe. Über seinem linken Auge war es so dunkel wie das Tropfende, das aus seinem Mund kam.

Siri sah die Stufen an. »Sind Sie gefallen?«, flüsterte sie.

Der Umbrich sah sie mit dem rechten Auge an, während das linke die dunkle Flüssigkeit nicht wegblinzeln konnte. Er sah sie an, als suchte er die Antwort auf diese Frage bei Siri.

Schließlich war da etwas wie ein Nicken.

»Himmel«, flüsterte Siri. »Wie lange liegen Sie schon hier?«

Sie hatte Angst, ihn anzufassen, aber sie musste es tun, sie griff unter seine Achseln und zog ihn hoch, und er gab einen unterdrückten Schmerzenslaut von sich.

»War wohl … weg«, murmelte er und griff mit einer zittrigen Hand an seine Schläfe. Die Hand war voller Blut, das noch immer aus der Wunde über dem Auge zu sickern schien, die Wunde war feucht wie ein Sumpf, feucht wie etwas Vages, Unerklärtes.

Siri kämpfte ihre Übelkeit gewaltsam nieder. »Sie brauchen einen Arzt«, sagte sie.

Der Umbrich nickte. »Aber …«, flüsterte er.

Sie beugte sich näher über ihn, um seine Worte zu verstehen. Jetzt waren da mehr Worte, sie bahnten sich einen Weg an dem Blut in seinem Mund vorbei und krochen in die Nacht wie kleine eilige, ängstliche Insekten. »… gerade erst in der Klinik«, wisperte er. »Wegen den Beinen. Ich will da nicht schon wieder hin. Ich will … nach Hause.«

Dann schloss er die Augen und atmete wieder seinen pfeifenden Atem. Sammelte seine Kraft, um aufzustehen. Siris Augen hatten sich jetzt ans Halbdunkel gewöhnt, und sie sah, dass er den einen Arm offenbar nicht bewegen konnte.

»Wie konnte das denn passieren?«, flüsterte sie. »Waren Sie im Dunkeln da oben, bei der Orgel? Sind Sie ausgerutscht? Oder war es noch hell und Sie haben nur so lange hier gelegen? Was …?« Sie verstummte.

Der Umbrich antwortete nicht, er hatte die Augen geschlossen und konzentrierte sich aufs Atmen.

Erst nach einer Weile wanden sich mehr Wortinsekten aus seinem Mund.

»Jemand«, sagte er. »Jemand hat …«

Siri schwieg. Wartend. Es war unfassbar kalt in der Kirche.

»Die Stufen. Jemand hat mich …«

»Gestoßen?«

Der Umbrich führte mühsam eine Hand zum Mund und wischte das Blut ab. Sie war sich nicht sicher, ob er genickt hatte.

»Nicht so viel erzählen«, flüsterte er. »Ich hab zu viel erzählt.«

»Wer hat das gesagt?«, flüsterte Siri. »Fuhrmann?«

»Hab … die Stimme nicht erkannt«, wisperte der Umbrich. »Jeder kann … seine Stimme verstellen. War … dunkel. Der Strom war weg. Sie … sie sagen, der Fuhrmann hetzt die Toten auf einen …« Er klammerte sich an Siris Arm und legte seine blutige Stirn gegen ihre Schulter, erschöpft von zu vielen Worten. Er sagte noch etwas, und sie verstand ihn jetzt kaum noch.

»Was?«

»… kein Toter«, wiederholte er, dicht an ihrer Schulter, die feucht und warm wurde von Blut und Speichel. Der Umbrich holte tief Luft, der Atem pfiff durch seine Lungen wie der Wind. »Tote … haben keine Pistolen.«

»Wie?«, fragte Siri, ungewollt laut.

»Helfen … helfen Sie mir«, flüsterte der Umbrich. »Nach … Hause.«

»Natürlich«, sagte Siri, bemüht ruhig. »Ich bringe Sie hin. Und da erzählen Sie mir alles noch mal ganz in Ruhe. Ich verstehe nicht …«

»Ich … auch nicht«, wisperte der Umbrich. »Aber erzählen … tu ich nich mehr. Hab die Warnung verstanden.«

✝✝✝

Die Narzissen und Krokusse, Tulpen und Hyazinthen in Annelies Garten hatten ihre Blüten geschlossen und ihre Farben im Tageslicht zurückgelassen; die Vögel schliefen in den Ästen.

Lenz ging lautlos über das taufeuchte Gras und klopfte an die Glaswand der Veranda.

Es dauerte einen Moment, bis er drinnen etwas hörte, und einen weiteren Moment, bis Annelie zur Verandatür kam, in Nachthemd und Bademantel.

»Junge, hast du mich erschreckt«, sagte Annelie. »Was ist passiert? Komm rein.«

»Warst du schon im Bett?«

»Ja. Aber ich habe noch gelesen.«

Sie schloss die Verandatür hinter ihm, schloss die kühle Nachtluft aus.

Er sah, dass sie dennoch fror. Das Nachthemd war dünn und der Bademantel nicht besonders lang, er sah Annelies Beine darunter, zwei dünne und altersfleckige Unterschenkel, blass, von Adern durchzogen und dennoch zäh und muskulös wie die einer jüngeren Frau. Sie war barfuß, und aus irgendeinem Grund verlieh ihr das etwas beinahe Mädchenhaftes.

Sie schlang den Bademantel enger um sich, zitternd.

»Geh zurück ins Bett«, sagte Lenz. »Du darfst dich nicht erkälten. Wenn man über achtzig ist, sollte man sich nicht erkälten. Tut mir leid, dass ich dich gestört habe.«

Annelie musterte ihn einen Moment, ernst.

»Wir machen es so: Ich werde zurück ins Bett gehen, und du setzt dich zu mir und erzählst, was du auf dem Herzen hast.«

Annelies Schlafzimmer lag im ersten Stock; er half ihr die Treppe hinauf. Das Haus war zu groß für Annelie. Sie hatte immer eine Familie haben wollen, einen Mann und Kinder, aber sie hatte nie den Richtigen gefunden. Für die Leute aus dem Dorf las sie zu viel, wusste und dachte zu viel, sie hatte in der Stadt gearbeitet, früher, sie war Sekretärin in der Fischkonservenfabrik dort gewesen …

Seit er sie kannte, lebte sie alleine in dem zu großen Haus, alleine mit ihren Blumenzwiebeln, ihren Keksrezepten und ihren Büchern.

»Wir sind alle auf unsere eigene Art einsam«, murmelte Lenz und dachte an die Frau hinter dem Zaun. Und dann saß er auf dem Stuhl neben Annelies Bett und sah zu, wie sie den Bademantel auszog, ihr zu dünnes weißes Nachthemd sehr sorgfältig glatt strich und schließlich die Decke über sich zog.

»Musste es gerade die Fensterfrau sein, die vorbeikam?«, fragte er, zusammenhanglos. »Ich weiß, was sie denkt. Ich weiß, was sie alle denken, aber die anderen haben es immer schon gedacht …«

Dann zog er die Beine an, wie Kinder es tun, und erzählte Annelie von dem hohen grünen Zaun, hinter dem sie die Schwerelosigkeit auf einem Trampolin gefunden hatte.

»Iris wollte den Kindern unbedingt beim Trampolinspringen zusehen«, schloss er. »Manchmal wünscht sie sich, so zu sein wie andere Kinder.«

»Genau wie du«, antwortete Annelie und lächelte und legte ihre Hand auf seine. »Genau wie du damals.«

»Das ist lange her«, sagte Lenz. »Iris … wenn sie hier ist, im Sommer … ich frage mich, ob sie unglücklich ist. Sie hat mich, aber nur mich. Sie kann niemals auf einem Trampolin springen wie das Mädchen mit den rosa Haarsträhnen …«

»Das kann sie nicht«, sagte Annelie. »Und eines Tages wird sie vielleicht gehen.«

»Nein«, sagte er, sehr rasch und sehr entschlossen.

Annelie sagte nichts.

»Damals, Annelie … damals ist sie auch gegangen. Ich habe dich schon einmal gefragt, was passiert ist. Du wolltest nicht antworten.«

»Lenz … ich weiß nicht, was passiert ist. Niemand war dabei, niemand außer dir. Die Wahrheit liegt immer im Auge des Betrachters. Du hast dreißig Jahre lang nicht gefragt …«

»Richtig. Dreißig Jahre sind genug. Jetzt will ich es wissen.«

Sie nickte, zögernd. »Mach das Licht aus«, sagte sie dann, sehr leise. »Meine Augen sind müde.«

Lenz gehorchte. In der Dunkelheit war er ihr näher.

Vor dem Fenster stand, kaum auszumachen in der Nacht, eine magere Gestalt in einem geblümten Regenmantel. Lenz wusste, dass er sie sich nur einbildete, und blinzelte sie weg. Sie hatte sich in seinem Herzen festgesetzt, die Gestalt im Regenmantel, und das machte ihm Angst. Sie war zu sehr wie Iris. Es waren nicht nur ihre Augen.

Gefährlicher wär es vielleicht, hatte Aljoscha gesagt, *er würde Sie mögen …*

»Es begann im Frühling«, flüsterte Annelie. »Der Wind trug die ersten Blütenblätter der Apfelbäume zum Meer hinunter, als das

Auto die Straße entlangfuhr. Ein Auto mit einem Berliner Kennzeichen. Der Mann am Steuer war *wichtig*. Es hieß, sie würden ins Ausland gehen, aber diesen einen Sommer hatte man ihnen noch geschenkt, einen Sommer auf dem Land. In einer eigenen Datsche, unten am Wasser. Na, von dem Mann und der Frau hat man nicht viel gesehen. Er war zwischendurch oft in Berlin, und sie saß hinter ihrem Zaun und hat gelesen, versteckt hinter einer großen Sonnenbrille. Aber das Mädchen, Iris ... Iris war überall. Sie wirbelte durchs Dorf wie ein Lichtfleck, es war gerade so, als wäre sie selbst ein Blütenblatt. Am Anfang war sie noch fein angezogen, eine richtige kleine Dame. Die Mutter steckte ihr gern die Haare auf. In der Stadt hatte sie getanzt und Klavier gespielt, sie war talentiert ... und hier sollte sie auf der Orgel üben, in der Kirche. Und sie hat geübt, brav und alleine.

Aber draußen auf dem Friedhof saß ein abgerissener kleiner Junge. Ein Junge, der nicht spielen konnte. Wenn er alleine war – und das war er oft –, legte er Muster aus Kieselsteinen auf die Grabsteine und sprach vor sich hin. Die Leute sagten, er spräche mit den Toten.

Und dann habt ihr euch getroffen, Iris und du, und es hat nicht lange gedauert, da war es aus mit dem Orgel-Üben und aus mit dem Alleinsein. Ihr wart von Anfang an eine Einheit, wie zwei Hälften, die sich endlich gefunden haben. Wenn ihr still saßt, saßt ihr zusammen still, manchmal stundenlang, vor einem Grab oder in einem Baum. Aber wenn ihr nicht still saßt, ranntet ihr über die Felder wie die Wilden. Und aus war es mit dem damenhaften Auftritt. Iris' Mutter machte ein paar Versuche, Frisur und Kleider zu retten. Dann gab sie es auf und zog sich hinter ihre Sonnenbrille und ihre Bücher zurück. Und Iris und du, ihr wart glücklich. Ich habe dich zum ersten Mal wirklich glücklich gesehen ... manchmal seid ihr zu mir heraufgekommen; ihr hattet eine Schaukel am Pflaumenbaum, und ich ließ euch schaukeln und wild sein. Wir haben Feuer im Garten gemacht ... erzähl mir nicht, dass du das alles vergessen hast.«

»Nein«, murmelte Lenz. Er verließ den unbequemen Stuhl und

streckte sich auf dem weichen Teppich neben Annelies Bett aus, war wieder ein Kind. »Erzähl weiter. Wenn du es erzählst, ist es wie ein Märchen ...«

»Aber es ist ein trauriges Märchen«, sagte Annelie. »Denn der Sommer ging zu Ende, und Iris wusste, dass sie ebenfalls gehen würde. Sie würde fortgehen, ins Ausland, und nie wieder kommen. Es war irgendein Land in Afrika. Der Vater war irgendetwas in der Industrie, glaube ich. Iris wollte nicht gehen. Sie mochte den Friedhof so sehr wie du, er war wie ein Spielplatz für euch. Und dann sagte sie, wenn sie irgendwann stirbt, möchte sie dort begraben werden. Es war ein kindlicher Satz, nur so dahingesagt; ich habe es nicht gehört, aber ein paar von den Leuten im Dorf, die schon. Sie haben den Satz nicht vergessen. Und dann kam der Tag, an dem sie nach Berlin zurückfuhren.«

Lenz nickte. Und auf einmal sah er wieder vor sich, wie Iris in das Auto stieg. Das Auto war ein schwarzer Wartburg, und Iris trug wieder ein adrettes, sauberes Kleid. Die ersten Bäume verloren ihre Blätter, der Wind wirbelte sie durch die Luft wie die Apfelblüten.

Lenz stand auf dem Sandweg und wusste, dass er Iris nie wiedersehen würde.

In seinem Rücken spürte er die kühlen Schatten des Friedhofs. Er würde wieder alleine dort sitzen. Er würde seinen Eltern erzählen, wie Iris in das Auto gestiegen war.

Die Türen schlossen sich, er sah Iris' Gesicht am Fenster ... und dann erhoben sich die Herbstblätter in einer plötzlichen Windbö und wirbelten alles mit sich fort: das Auto und die Fensterscheibe und Iris' Augen ... als die Blätter sich legten, war der Sandweg leer. Zu Lenz' Füßen aber lag, mitten im Herbstlaub, ein Foto. Er hob es auf, in der Hoffnung, darauf Iris zu finden.

Aber das Foto war alt, schwarz-weiß, verblichen und zerkratzt: Es war das Bild von Lotte, die auf der Schaukel saß und in die Kamera lächelte.

»Lenz«, sagte jemand hinter ihm. »Du siehst ihr ja ähnlich ... wie ähnlich du ihr siehst!«

Die Stimme gehörte der Fensterfrau, und da wusste Lenz, dass er träumte. Er spürte Annelies Schlafzimmerteppich unter sich und glitt in einen tiefen, dunklen Schlaf.

»Lenz? Lenz?« Jemand rüttelte ihn sanft an der Schulter, und er blinzelte.

Der Raum, in dem er sich befand, roch nach Frühling, hell und leicht und sauber.

»Annelie?«, murmelte er, noch nicht ganz wach. Er war mit Iris über die Felder gerannt ... er hatte sie in ein Auto steigen sehen ... Und statt der Frage »Wo bin ich?« lag ihm eine andere Frage auf den Lippen. *Wann* bin ich? Oder besser: wie *alt*?

Annelie kniete vor ihm, bereits angezogen, sie trug eines der Frühlingskleider, die sie jünger wirken ließen: aprikosenfarbene Seide.

»Lenz? Wir haben Besuch. Sie hat schon fünf Mal geklingelt, und diesmal kann ich nicht so tun, als wäre ich nicht da. Sie hat mich gesehen. Am Badezimmerfenster.«

Er fuhr hoch, mit einem Mal wach. »*Sie?* Wer – *sie?*«

»Das weißt du genau«, sagte Annelie und fuhr mit zwei Fingern über seine Wange, eine rasche und flüchtige Berührung wie die eines Schmetterlings. »Soll ich sie hereinlassen?«

»Nein«, sagte er. »Verdammt. Ja. Du kannst sie nicht ewig draußen stehen lassen. Aber ...« Er rappelte sich auf. »Warte, bis ich weg bin. Ich gehe durch die Verandatür.«

»Darf sie dich denn nicht hier sehen?«, fragte Annelie verwundert – oder nicht verwundert. »Lenz ... was soll ich ihr erzählen?«

»Erzähl ihr etwas über die Kirchenfenster«, sagte er, schon auf der Treppe nach unten. »Dann kriegt sie sie fertig und geht.«

»Willst du das noch immer, ja?«, fragte Annelie. »Willst du, dass sie geht?«

Er drehte sich noch einmal um und sah Annelie an, die in ihrem Aprikosenkleid am Kopfende der Treppe stand. Das Licht in ihren weißen Haaren war beinahe zu hell.

Er wollte etwas sagen – darüber, dass er natürlich wollte, dass die Fensterfrau verschwand, oder darüber, dass er es natürlich nicht wollte. Doch dann schüttelte er nur den Kopf und beeilte sich, das Haus zu verlassen.

✝✝✝

»Mein Name ist Siri Pechton«, sagte Siri und versuchte, höflich und offiziell zu klingen. »Ich komme ... wegen der Fenster.«

»Ich habe niemanden bestellt wegen der Fenster«, sagte Frau Ammerland und zog den wollenen Strickmantel enger. Das Kleid, das sie daruntertrug, schien zu dünn für die Jahreszeit. Siri schätzte Frau Ammerland auf ungefähr siebzig, aber sie war die Sorte siebzig, die nach siebzig nicht mehr weiter alterte. »Meine Fenster sind alle heil.«

»Ich meine nicht Ihre Fenster. Ich meine ...« Siri stockte. »Sie nehmen mich auf den Arm. Sie haben mich genau verstanden.«

Frau Ammerland lächelte. »Kommen Sie herein.«

Sie hielt die Tür ein wenig weiter auf, aber nur ein wenig. »Es ist früh für einen Sonntag. Vor allem für einen Pfingstsonntag. Kaffee? Sie hoffen, dass ich Ihnen etwas darüber sagen kann, was auf den Kirchenfenstern zu sehen war.«

»Ja. Herr Fuhrmann hat gesagt, ich sollte zu Ihnen kommen.«

»Herr ... Fuhrmann ... der junge Fuhrmann?«

Siri nickte. »Den Alten habe ich bisher nicht zu Gesicht bekommen. Er scheint genauso selten zu Hause zu sein wie Sie.«

»Wir ... gehen zusammen zum Heimatgesangsverein«, sagte Frau Ammerland und zündete die Gasflamme an, um Kaffee zu kochen.

»Wie bitte?«

Die alte Dame schüttelte den Kopf. »Vergessen Sie's. Das war ... Ironie. Sie verstehen es vielleicht, *wenn* Sie ihn zu Gesicht bekommen.«

»Ach«, sagte Siri und kam sich ausgesprochen dumm vor.

Sie blieb stumm stehen, bis das Wasser kochte. Vor dem Küchenfenster führte eine schmale Straße den Hügel hinunter ins Dorf. Siri sah jemanden am Ende der Straße um die Ecke biegen.

Und dann sah sie noch etwas.

Sie sah das Mädchen im blauen Kleid.

Es kroch aus einer Hecke und lief der anderen Person hinterher, den Weg hinunter, mit fliegendem Rocksaum – das ganze Kind war nichts als Bewegung, ein Wirbel aus Farben und Schritten. Und dann war es fort.

Hinter Siri klapperte Geschirr. Es roch jetzt nach frischem Kaffee.

»Sie stehen ja da wie er!«, sagte Frau Ammerland. »Er steht auch immer am Küchenfenster. Er wartet auf die verschwundenen Personen.«

Sie drückte Siri ein Tablett in die Hand. »Sie frühstücken doch mit mir?«

Aber Frau Ammerland wartete die Antwort nicht ab, sie ging voran durch ein Wohnzimmer, in dem goldenes Sonnenlicht erwachte, bis auf eine kleine Veranda, deren Glaswände kühl und silbern leuchteten. Draußen turnten Singvögel durch die Äste gelber Forsythienbüsche. Frau Ammerland goss Kaffee ein.

»Also?«

Für einen Moment hatte Siri vergessen, weshalb sie hier war. In ihrem Kopf gab es nur einen einzigen Satz: *Sie stehen ja da wie er.*

»Ich ... ich habe den Auftrag, neue Kirchenfenster anzufertigen«, begann sie, sich zusammenreißend, »die thematisch den alten entsprechen. Aber das haben Sie sicher schon gehört ... Ich habe jetzt Beschreibungen von drei Fenstern: die Geburt Christi oder vielleicht die Flucht nach Ägypten, die Vertreibung der Pharisäer aus dem Tempel und eine Szene, in der Jesus zu Maria Magdalena geht. Ich ... bin nicht besonders bibelfest, aber ich habe die Stellen nachgelesen. Gehen Sie zur Kirche?«

»Bisweilen«, sagte Frau Ammerland. Sie nahm ihre Tasse samt Untertasse und trank ihren Kaffee in kleinen, bedächtigen Schlucken. »Vor '89 natürlich nicht. Ich war Sekretärin in der Fischfabrik, in der Stadt ... keine Stelle, die man gefährden möchte ... und nach '89 dann eher aus kulturellen Gründen. Ich meine, ich gehe aus kulturellen Gründen zur Kirche. Glauben tue ich nur an meine Blumenzwiebeln und die Keksrezepte.«

Sie lächelte, irgendwie mehr höflich als ehrlich, fand Siri.

»Sind Sie von hier?«, fragte Frau Ammerland. »Oder … wie sagt man das korrekt … aus den … alten Bundesländern?«

Siri trank einen Schluck Kaffee, ohne ihn zu schmecken. »Ich bin in Angola aufgewachsen.«

Frau Ammerland sah sie einen Moment seltsam an. Dann lehnte sie sich plötzlich vor und fragte: »Und? Gibt es Veranden?«

»Wie bitte?«

»Ach, nichts.« Sie sank wieder in ihren Stuhl zurück. »Wir haben uns das nur immer ausgemalt, dass jedes Haus in Afrika eine Veranda vor der Tür hat. Mit Schaukelstühlen. Wir haben uns immer Dinge ausgemalt …« Und, ehe Siri fragen konnte »Wer – wir?«, fügte sie hinzu: »Da war etwas mit Totenerweckung.«

»Toten…?«

»Jesus erweckt einen Toten. Das war das vierte Fenster. Wenn Sie eine Reihenfolge haben wollen, einmal um die Kirche herum. Ich erinnere mich daran, weil ich immer dachte, wie gut es zum Friedhof passt. Die Kirche an sich hat ja seit Ewigkeiten eigentlich keine Funktion mehr, nur der Friedhof wird benützt. Sterben tun die Leute auch, ohne zu glauben. Selbst die besten Sozialisten, hört man, leben nicht ewig. Man traf sich also nur zu Beerdigungen bei der Kirche, wenn der alte Fuhrmann wieder eine Grube aushob und ein Sarg hinabgelassen wurde, mit einem stillen, artigen Toten darin. Und an der Seite der Kirche, vor der die meisten Gräber sind, war dieses Fenster, auf dem Jesus genau so einen stillen Toten wieder ins Leben rief, also das Gegenteil von dem, was wir unten taten. Das war schon seltsam.« Sie schmierte Marmelade auf ein Brötchen. »Pflaume, aus dem Garten. Selbst geerntet.«

»Machen Sie das allein, mit der Pflaumenernte? Herr Fuhrmann hat gesagt, Sie wären herzkrank …«

»Sieh einer an, hat er das gesagt.« Frau Ammerland lächelte still in sich hinein wie über einen sehr privaten Witz. »Nein. Mein Herz tickt zuverlässig wie eine Uhr. Kann sein, es geht nach, zwei Monate vermutlich. Das Fenster … im Vordergrund waren Jesus und der erwachende Tote, der da auf einer Art Bahre lag, und hinten standen die Leute, erstaunte Leute und ängstliche Leute. Leute eben.« Sie nickte. »Unter dem Fenster ist ein Vorsprung in der Mauer, wegen der ungleich großen Feldsteine. Da saß unser Friedhofskind gerne, genau unter dem nicht mehr ganz toten Toten, das gab dem Ganzen etwas … Abstruses. Er ist seinem Onkel ja überallhin nachgelaufen, sobald er laufen konnte, er war auf jeder Beerdigung, und irgendwann schien er sozusagen auf dem Friedhof zu wohnen … noch Kaffee?«

Siri nickte und sah zu, wie Frau Ammerland eingoss. Ihre Hand zitterte kaum merklich, vermutlich nur deshalb, weil die Kanne schwer war.

»Warum haben Sie diesen Auftrag angenommen?«

»Es … schien eine Herausforderung zu sein«, antwortete Siri, zögernd. »Und ich musste raus. Aus der Stadt. Ich habe die letzten Jahre in Großstädten verbracht. Ein Dorf am Meer, auf einer Insel … es hörte sich so romantisch an.«

»Romantisch«, wiederholte Frau Ammerland. »Ist es das?«

»Die Landschaft ist … sehr schön«, sagte Siri. *Und die Schatten sind sehr dunkel.*

»Sie haben gesagt, ich stehe am Fenster wie er«, sagte sie leise. »Lenz Fuhrmann. Irgendetwas … hat er mit den Fenstern zu tun. Ich weiß nicht, was. Ist er … ist er oft hier?«

Frau Ammerland zuckte die Schultern. »Ab und zu besucht er mich. Als wir zum ersten Mal miteinander sprachen, war er sechs Jahre alt.« Mit einem Mal war ihre Stimme leiser geworden, leichter.

»Es war an der Bushaltestelle, unten, wo die Dorfstraße auf die Landstraße stößt. Er kam von der Schule. Ich war mit dem Rad unterwegs. Ein paar ältere Kinder schubsten ihn aus dem Bus, ich höre noch ihr Gejohle … Hier musst du aussteigen!, riefen sie, oder so ähnlich. Einem, der nicht so helle ist, muss man ja helfen, oder? Und er fiel, die Hände ausgestreckt, auf den harten Boden. Dann saß er da, ganz allein, und starrte ins Nichts. Er war damals schon groß für sein Alter und kräftig von der Arbeit im Freien, hat seinem Onkel geholfen beim Gärtnern und Gruben ausheben. Aber er hat sich nie gewehrt. Auch später nicht. Ich habe ihn aufgesammelt, da an der Bushaltestelle. Seine Knie bluteten. Er trottete hinter mir her wie ein gefundener Hund. Zu Hause habe ich ihm ein Brot geschmiert und mich mit ihm über dies und das unterhalten, nicht über die Kinder im Schulbus, sondern über die Pflanzen im Garten. Als er ging, hat er mich angelächelt. Da wusste ich, dass er wiederkommen würde. Er kommt noch immer her. Immer dann, wenn alles schiefgeht.«

Siri merkte, dass sie schluckte.

Da war es wieder, das Kind zwischen Grabsteinen. Das Kind, das sie gezeichnet hatte und das nicht aussah wie Jesus. Friedhofskind.

»Aber … seine Eltern?«

»Dritte Reihe viertes Grab.« Frau Ammerland rührte in ihrer Tasse. »Inzwischen sind die Gräber natürlich eingeebnet. Ich glaube, die Steine gibt es noch. Lenz war kein halbes Jahr alt, als seine Eltern gestorben sind. Damals hat es angefangen, das Gerede der Leute über das Unglückskind …« Sie sah Siri an, und die Tür zur Vergangenheit in ihren Augen fiel zu. »Und wie kommen Sie darauf, dass das alles etwas mit den Fenstern zu tun hat?«

Siri zuckte die Schultern. »Es ist nur so ein … Gefühl.« Und dann wagte sie einen Schuss ins Blaue. »Herr Umbrich«, sagte sie, »hat mir eine Scherbe gegeben, von einem der Fenster …«

Sie musterte Frau Ammerland aufmerksam.

Herr Umbrich, dachte Siri, liegt sein gestern Nacht im Krankenhaus. Sie wissen das, ich weiß, dass Sie es wissen, jeder hat mitbekommen, dass der Notarzt hier war, mit dem der Umbrich eigentlich nicht mitfahren wollte. *Wer hat den Umbrich die Treppe hinuntergestoßen, damit er den Mund hält? Ist hier der Zusammenhang mit Lenz Fuhrmann?*

Frau Ammerland sagte nichts. Sie drehte nur ihre leere Kaffeetasse in den Händen.

»Der Umbrich meinte, das Mädchen, das auf der Scherbe dargestellt ist … dass sie ein bisschen aussieht wie das kleine Mädchen, das mit Lenz Fuhrmann herumläuft. Iris, glaube ich? Iris … Weiß? Herr Fuhrmann sagte, die Eltern haben eine Datsche unten beim Steg, und sie kommt jeden Sommer?«

»Jeden Sommer.« Frau Ammerland nickte. »Im Herbst muss sie

fort.« Sie zögerte. »Manchmal bringt er sie mit. Sie mag meine Kekse. Ein nettes Mädchen ...« Ihre Stimme verebbte.

Siri ließ ein oder zwei Minuten verstreichen. Irgendetwas tropfte währenddessen, Wasser vielleicht, aus einem Wasserhahn, oder Zeit, die durch irgendeine Uhr rann. Oder Leben.

»Frau Ammerland«, sagte Siri schließlich. »Iris Magdalena Weiß ist tot. Sie ist seit über dreißig Jahren tot.«

Frau Ammerland schwieg und hörte der Zeit beim Tropfen zu, mit schief gelegtem Kopf. Auf einmal sah Siri, wie schütter ihr weißes Haar war; es musste eine Menge Mühe kosten, es so zu frisieren, dass die lichten Stellen durch die Dauerwelle verborgen wurden.

»Ja«, sagte sie schließlich, stellte die Kaffeetasse ab und sah auf ihre Hände: Landkarten voller Venen und Altersflecken. »Ja, das ist sie. Es war ein Unfall.«

»Ein Unfall.«

»Am Ende des Sommers. Sie ist mit dem Ruderboot hinausgefahren, ganz alleine. Sie wusste nicht, dass es Sturm geben würde. Sie war erst sechs Jahre alt; sie konnte die Zeichen auf dem Wasser nicht deuten. Keiner weiß, was sie da draußen wollte. Sie haben sie am nächsten Morgen gefunden, im Schilf. Sie trug ein altes Hemd von Lenz.«

»Das blaue Kleid, das sie anhat ...«

»Auf der Scherbe, meinen Sie? Weil der Umbrich gesagt hat, dass sie aussieht wie die Frau auf der Scherbe?«

Nein, dachte Siri. *Das blaue Kleid, das sie trägt, wenn ich sie sehe.* Aber das sagte sie nicht.

»Sie haben sie in einem blauen Kleid begraben«, sagte Frau Ammerland. »Vielleicht ist es das, woran der Umbrich sich erinnert. Sie wollte hier begraben werden, sie hatte das gesagt, irgendwann, wie Kinder eben Dinge sagen. Ihr Vater hat ihr diesen letzten Wunsch erfüllt.«

»Aber der Unfall ... die Leute glauben, Lenz Fuhrmann hatte etwas damit zu tun.«

Frau Ammerland sah auf die Uhr. »Der Pfingstgottesdienst beginnt in einer Viertelstunde. Helfen Sie mir auf? Manchmal machen die Knie nicht mehr mit.«

Siri sprang auf und reichte ihr einen Arm, und sie zog sich daran aus dem Stuhl.

»Iris … und dieser Unfall …«

»Sie war nicht die Einzige.« Frau Ammerland sah nach draußen, zu den blühenden Forsythienbüschen.

»Nicht die einzige *was*?«, fragte Siri.

»Nicht die Einzige, die man mit Lenz in Zusammenhang bringen kann … und die auf merkwürdige Art bei einem Unfall starb. Kommen Sie. Wir sind spät dran.«

6

Er stand ganz hinten in der Kirche, er saß nie; die Bänke waren nicht für jemanden geschaffen, der zwei Meter groß war, und es gab ihm ohnehin ein besseres Gefühl, zu stehen. Er konnte gehen, wenn er wollte. Er kam zu spät wie in jedem Gottesdienst, damit die Leute nicht an ihm vorbeigingen und ihn ansahen.

Da saßen sie also alle, die Leute, und lauschten dem jungen Pfarrer, der motiviert und erfüllt war von etwas, das niemand außer ihm selbst begriff. Die Leute waren nicht die Leute aus dem Dorf, aber es waren dennoch Dieleute, Dieleute waren alle gleich, sie hatten etwas Einförmiges, Breiförmiges, etwas Eingekochtes wie Annelies Marmelade. Von denen aus dem Dorf waren nur wenige da, die meisten hatten lediglich die Grabsteine poliert und sahen nun von ferne zu, wie andere kamen, um einen Gottesdienst in einer schönen alten Kirche zu erleben.

Weder die Leute aus dem Dorf noch die Leute von weit-weg wussten, wie ähnlich sie sich waren.

Beinahe musste Lenz darüber lachen.

Mitten im Einheitsbrei steckte die glückliche Familie des Professors. Der kleine Junge aß einen Keks. Vielleicht bildete er sich diese Familie nur ein, vielleicht war sie eine Art Wunschgedanke. Annelie war da, aber der Glühweinkessel, den der Umbrich am Vortag in die Kirche geschleppt hatte, stand verwaist da. Frau Henning hielt die Stellung als Abgeordnete der Kuchenfraktion. Annelie trug jetzt einen Mantel und eine Strickjacke über dem Aprikosenkleid. Die Kirche war kalt, sie war immer kalt, auch im Juli, auch im August – und während der erfüllte Pfarrer sprach, dachte Lenz darüber nach, ob alle Winter, die vergingen, ihre Kälte in der kleinen, alten Kirche zurückließen. Oder war es erst seit dem Tag so kalt in der Kirche, an dem Winfried und er Maiglöckchen auf ein kleines Grab gepflanzt hatten, dessen Anblick ihm die Kehle zuschnürte?

Er sah zu Annelie hinüber. Annelie sah in ihr Gesangbuch. Gewöhnlich hielt er sich fern von ihr, wenn sie nicht Teil ihres Hauses, Teil ihres Gartens war.

Vielleicht hatte er Angst um sie.

Ihr Haus war immer ein sicherer Hafen gewesen, zu dem er kam, wenn es nicht mehr anders ging. Wenn er nicht mehr allein sein konnte. Und dann lebte er wieder eine Weile ohne sie, bis etwas geschah und er zur ihr zurückkehrte. Aber er konnte nie ein Teil ihrer Welt aus Blumenbeeten und Keksen werden; die klebrige Dunkelheit von Winfrieds Haus haftete an ihm wie Teer. Er wollte Annelie nicht hinabziehen in den Teer.

Der Pfarrer sprach von Pfingsten. Von der frohen Botschaft. Lenz hatte keine frohe Botschaft erhalten. Das Fenster hinter dem Altar war blank und groß und farblos.

»Warum kommst du überhaupt her?«, fragte Iris, die neben ihm stand und auf den Zehenspitzen wippte. »Was willst du hier, wenn du nicht dran glaubst?«

»Gucken«, antwortete Lenz.

»Wie ich am Zaun, bei dem Trampolin?«

»Ja, vielleicht«, sagte er und merkte, dass mehrere Leute in der letzten Reihe sich umgedreht hatten, um ihn anzustarren. Er stand hier und sprach laut mit sich selbst. Na und? Er starrte zurück, und sie wandten sich wieder ab, ängstlich.

Geh aus, mein Herz, und suche Freud.

Der Pfarrer, jung und neu in der Gegend, wusste vielleicht nicht, dass sie dieses Lied auf jeder Beerdigung sangen. Sie hatten es auch damals gesungen, vor zweiunddreißig Jahren, am Rand jener kleinen Grube, aus der das Himmelblau eines Sonntagskleides strahlte.

Zu dieser schönen Sommerszeit
an deines Gottes Gaben
Sieh an der schönen Gärten Zier
und siehe, wie sie mir und dir
sich ausgeschmücket haben ... sich ausgeschmücket haben.

Er sang nicht mit. Er hatte das Lied nach Iris' Beerdigung nie mehr gesungen.

Sie – sie sangen schrecklich, er hörte jeden falschen Ton. Seit Iris auf der Orgel gespielt hatte, hörte er diese Töne. Sie sagte immer, es wäre irgendwie rührend, wie die Leute sangen. Er konnte Dieleute nicht rührend finden.

Er schloss die Augen, um durch die falschen Töne hindurch die Orgel zu hören. Die Orgel, die so selten gespielt wurde und die ihn so sehr an jenen Sommer erinnerte. Die Organistin kam für jeden Gottesdienst aus der Stadt: eine verhärmte Frau, die niemals lachte und immer fror.

»Ich will sehen, wie sie spielt«, flüsterte Iris. »Komm. Von weiter vorne sieht man über das Geländer der Empore.«

Sie zog ihn an der Hand mit sich, durch den Mittelgang nach vorne – sie gingen beide rückwärts, den Blick zur Orgelempore erhoben. Und Lenz vergaß für Momente, dass er, im Gegensatz zu Iris, sichtbar war. Es gab Tage, an denen vergaß er das.

Als das Lied versiegte, wurde es für einen Moment sehr still in der Kirche. Die Leute sahen Lenz an, der alleine und ohne erkennbaren Zweck im Gang zwischen den Bänken stand. Er zuckte die Schultern – und dann sah er die Fensterfrau.

Sie saß direkt am Gang, ungefähr in der Mitte der Kirche.

»Vielleicht … wenn Sie sich jetzt setzen würden …«, sagte der Pfarrer zu Lenz, verunsichert.

Doch es gab keine freien Plätze. Die kleine Kirche war heute tatsächlich beinahe voll. Die Masse rückte nicht, starrte ihn nur weiter an, der nachgiebige Brei wurde zu einer feindlichen Phalanx aus peinlich berührten, vielleicht auch ängstlichen Blicken.

Da hob die Fensterfrau ihre schmale Hand und winkte Lenz. Sie rutschte ein Stück zur Seite, zwang ihren Nachbarn, sich kleiner zu machen, und Sekunden später saß Lenz neben ihr, in einer unbequemen und zu kleinen Kirchenbank.

Der Pfarrer atmete auf und begann mit seiner Predigt.

Lenz hörte nicht zu. Er sah die Hände der Fensterfrau an, die jetzt in ihrem Schoß lagen, auf geblümtem Regenmantelstoff. Ihre Hände sahen so verloren aus und ihr Körper so klein.

Natürlich war sie nicht verloren, er wusste von Frau Hartwig, dass sie jeden Abend mit einem Mann telefonierte, der sie liebte, und dass sie eine Menge schöner Dinge mitgebracht hatte, in deren Mitte sie in dem Kellerzimmer lebte. Sie ruhte in sich selbst, sie besaß eine eigene, helle, bunte Welt, die sie überallhin mitnahm. Sie war klein, gut, aber sie war klein und stark. Viel stärker als er.

Wie kam es, dass er plötzlich den Wunsch verspürte, seinen Arm um sie zu legen, als wäre sie Iris?

Er schimpfte sich im Stillen einen Idioten.

Und dann, mitten in der Predigt, wurden die Kirchentüren aufgestoßen.

Lenz drehte sich um. Alle anderen drehten sich ebenfalls um. Der Pfarrer sprach weiter, sprach zu ihren Rücken, doch man merkte, wie er aus dem Konzept geriet.

»Der alte Fuhrmann«, hörte Lenz Frau Henning flüstern. »Was zum Teufel macht der hier? Der war sein Lebtag nich in der Kirche …«

Winfried ging ein paar Schritte vorwärts, auf seine Krücke gestützt, ging in den Mittelgang hinein wie zuvor Lenz. Seine Schritte waren unsicher und taumelig, wie der Flug eines zerstörten Schmetterlings. Im ersten Moment dachte Lenz, er wäre betrunken. Er hatte eine Hand vorgestreckt, tastend …

»Ist der Junge hier?«, fragte er, Panik in der Stimme.

Da begriff Lenz, dass er nichts sah. Der Pfarrer verstummte.

»Spielt doch nicht Verstecken mit mir!«, rief Winfried. »Ich hör euch atmen! Sagt mir doch, *ist der Junge hier?*«

Er machte noch ein paar Schritte vorwärts, und Lenz sah, dass sich ein dunkler, nasser Fleck auf seiner durchgewetzten Trainingshose ausbreitete. Die Leute am Gang wichen zurück. Auch Winfrieds Hemd war nass, verschmiert mit Essensresten oder Erbrochenem, sein schütteres Haar verklebt. Der Pfarrer stand stumm und blass vorne vor dem Altar.

Getuschel, Geraune und Gemurmel erhob sich von den Kirchenbänken wie das Summen von Bienen, ängstlichen und daher aggressiven Bienen.

»Es ist so dunkel!«, rief Winfried, ließ seine Krücke los und griff mit beiden Händen ins Leere. »Es ist furchtbar dunkel!« Dann holte er tief Luft und schrie, so laut, dass das Wort die ganze Kirche erfüllte: »Lenz!«

Beinahe gleichzeitig versuchte er, ohne die Krücke voranzukommen, verlor das Gleichgewicht und stürzte krachend auf den Boden zwischen die Bänke.

»Schaff ihn hier raus!«, hörte Lenz jemanden sagen, aber da stand er schon, war mit ein paar langen Schritten bei Winfried und kniete neben ihm. Winfried lag da wie ein vom Himmel gestürztes Insekt, seine aufgerissenen Augen blickten an die Kirchendecke, wo aufgemalte Holzengel schwebten, die er nicht sah. Er war gegen die Stirnseiten einer Bank gefallen, sein gesundes Bein war in einem merkwürdigen Winkel abgeknickt, und aus einer Platzwunde an seiner Stirn sickerte ein dünnes Rinnsal Blut in seinen Hemdkragen. Da war noch mehr Blut, bereits geronnenes Blut, Lenz sah es jetzt; Blut aus einer großen Schramme an Winfrieds Schulter. Die Leute, die am nächsten saßen, drückten sich aneinander, schreckstarr.

»Man muss etwas tun«, sagte jemand. Aber niemand tat etwas.

Lenz zog Winfried hoch, er war schwer; er war kleiner als Lenz, aber nicht klein.

Und dann war da noch eine Hand, die Winfried packte, eine schmale weiße Hand, und Lenz sah auf.

»Was tun Sie da?«, fauchte er.

»Ich helfe Ihnen, ihn rauszuschaffen«, antwortete die Fensterfrau.

»Lassen Sie das«, knurrte Lenz. »Sie haben nichts mit uns zu tun.«

»Aber Sie schaffen es nicht allein«, sagte die Fensterfrau, und sie hatte, ärgerlicherweise, recht.

Sie bekamen Winfried irgendwie auf die Beine, er murmelte jetzt vor sich hin, aber Lenz verstand nicht, was er sagte. Die Blicke der Leute folgten ihnen den ganzen Mittelgang entlang, und es war auf einmal ein sehr langer Mittelgang. Der junge Pfarrer holte sie bei der Tür ein, er war der Einzige, der ihnen nachkam.

»Ein Krankenwagen!«, sagte er. »Ich werde einen Krankenwagen rufen …«

Er sprach zu der Fensterfrau, nicht zu Lenz. »Kennen Sie diese beiden hier? Was ist …?«

»Wir kommen klar«, sagte Lenz sehr deutlich und etwas zu laut. Der Pfarrer zuckte zusammen. »Ich bin durchaus in der Lage, selbst einen Krankenwagen zu rufen. Gehen Sie rein und predigen Sie weiter.«

Er sah die Verwirrung auf dem Gesicht des Pfarrers. Schließlich hob er die Schultern, nicht glücklich über die Lage, und kehrte in die Kirche zurück. Frau Henning war zur Tür gekommen, um sie zu schließen.

»Nicht mal an Pfingsten«, sagte sie mit einem bitteren Blick zu Lenz. »Nicht mal, wenn fremde Leute hier sind … Touristen … nicht mal dann könnt ihr euch benehmen wie normale Menschen.« Sie schüttelte den Kopf und zog die Tür zu.

Einen Moment lang stand Lenz einfach so da, während Winfried an seinem Arm hing, und atmete die Frühlingsluft ein und aus.

»Zuerst nach Hause?«, fragte die Fensterfrau, sehr sachlich.

Lenz nickte. »Winfried? Kannst du gehen?«

Winfried versuchte, das Bein zu belasten, und knickte weg, murmelnd, fluchend.

So schleiften sie Winfried zusammen die Straße entlang, während es zu regnen begann.

»Geh aus, mein Herz, und suche Freud«, sang die Fensterfrau ganz leise. Da waren keine falschen Töne. Und in ihrer Stimme klang wieder etwas mit, das ihn verwunderte. Etwas Tapferes, aber Frierendes. Etwas Doch-nicht-so-Starkes. Einbildung.

Die Tür stand offen. In der Küche sah es aus, als hätte eine Bombe eingeschlagen. Ein Suppentopf lag in einer Pfütze auf dem Fußboden, ein Stuhl war umgestoßen, die Scherben mehrerer Teller bedeckten die Dielen.

Sie setzten Winfried auf einen Stuhl, und er stützte sich mit beiden Armen auf die zerklüftete Tischplatte. Er hatte aufgehört, zu murmeln. Lenz hob den umgefallenen Stuhl auf und schob ihn der Fensterfrau hin. Er selbst kniete sich neben Winfried auf den Boden. Es gab keinen dritten Stuhl.

»Was«, fragte Lenz, »ist passiert?«

»Ich weiß nicht«, sage Winfried leise. »Ich stand am Herd, hab in der Suppe gerührt, und dann … dann war auf einmal alles schwarz. Das gesunde Auge hat nichts mehr gesehen, ganz plötzlich, und ich hab getastet … den Herd hab ich noch ausgekriegt, ich dachte, gleich siehst du wieder was, war aber nicht, und da hab ich Angst gekriegt, richtige Angst, und ich muss den Topf … den muss ich irgendwie umgestoßen haben … bin blöd auf dem Boden gelandet, dann weiß ich nichts mehr. Wie ich aufgewacht bin, tat der Arm höllisch weh, und es war immer noch alles schwarz … aber ich hab den Wasserhahn gehört, der tropfte, und den Fernseher, da wusste ich, dass ich wach bin. Nur, dass ich immer noch nichts seh. Es ist weg. Das … das Bild ist weg.«

Die Fensterfrau stand auf und machte den Fernseher aus.

»Der Pfarrer hat recht«, sagte sie. »Wir brauchen einen Krankenwagen. Gestern Nacht waren sie ja schon da, für Herrn Umbrich … ungesundes Klima.« Ihr Lachen klang unlustig.

»Machen Sie den Fernseher wieder an!«, bellte Winfried. »Ich bin wach, ich bin bei Bewusstsein! Der Fernseher ist nur aus, wenn ich schlafe. *Ich! Schlafe! Nicht!* Noch bin ich am Leben! Kein Grund, die Grube schon auszuheben für den alten Fuhrmann, ich …«

Er hieb mit der Faust auf den Tisch, aber da war wenig Kraft in seinem Schlag.

Lenz machte den Fernseher wieder an.

»Er hatte einen Schlaganfall«, sagte er und nickte zu Winfried hin. »Vor ein paar Jahren. Seitdem hat er die Krücke.«

»Und das war der zweite«, sagte die Fensterfrau. »Wie es aussieht. Haben Sie ein Telefon?«

»Nein«, sagte Lenz und schnaubte. »Wir senden Rauchzeichen.«

»Ich geh nicht ins Krankenhaus!«, knurrte Winfried. »Vergiss es, Junge! Ich geh da nicht noch mal hin! Du musst mir nur helfen … das Bein …«

»Das Bein ist gebrochen«, sagte Lenz.

»Dann ist es gebrochen. Es wird wieder heilen. Ich kann die Zähne zusammenbeißen. Nur die Schwärze macht mir Angst …«

»Vielleicht kommt es wieder«, sagte die Fensterfrau. »Das Licht.

Trotzdem müssen Sie in die Klinik.« Und, an Lenz gewandt: »Senden Sie ein Rauchzeichen, Herr Fuhrmann.«

»Wer ist *sie* überhaupt?«, rief Winfried – oder er versuchte, zu rufen, denn auch in seiner Stimme lag keine Kraft.

»Das ist Frau Pechten«, sagte Lenz. »Sie macht die Kirchenfenster, ich habe dir das erzählt.«

»Wozu braucht die Kirche Fenster?«, knurrte Winfried. »Die Kirche *hat* Fenster. Regnet nirgends rein. Frau Pechten kann wieder nach Hause gehen. Hilf mir ins Bad, Junge, ich brauch eine andere Hose.«

Lenz sah zu der Fensterfrau hinüber. Sie stand auf. Sie war jetzt nichts als ein Bündel aus Entschlossenheit. Entschlossenheit in Gummistiefeln.

»Wo ist das Bad?«

»Auf Wiedersehen«, sagte Winfried zu der Fensterfrau. »Der Junge und ich kommen alleine klar. Sind wir immer. Da ist die Tür.«

Aber die Richtung, in die er zeigte, war die falsche.

»Über den Flur und rechts«, sagte Lenz. »Das Bad, meine ich.«

Und einen Moment lang war ihm einfach egal, wer die Fensterfrau war, dies war jenseits von Peinlichkeiten, sie war eine Person mit Armen und Händen und Muskeln, und es würde einfacher sein, Winfried mit ihr zusammen ins Bad zu bekommen.

Es war einfacher. Winfried in die Badewanne zu hieven und abzuduschen wäre alleine unmöglich gewesen, vor allem, da er sich sträubte.

»Saubere Sachen sind genug ...«, knurrte er. »Ich bin kein kleines Kind, das man baden muss ...«

»Sie sind nicht gesund«, sagte die Fensterfrau. »Halten Sie still. Wir müssen den Dreck auch aus der Wunde an Ihrer Stirn und am Arm waschen.«

Sie blieb bei Winfried, der, in ein Handtuch gewickelt, auf dem Fußboden saß, während Lenz seine Kleider aus der alten Kommode im Flur holte, und irgendwann hörte Winfried auf, zu protestieren. Sie legten ihn auf das durchgesessene Sofa in der Küche, von wo aus er den Fernseher hören konnte.

Und schließlich standen sie nebeneinander draußen vor der Haustür. Es hatte aufgehört, zu regnen.

»Siri«, sagte die Fensterfrau.

»Ich weiß«, sagte Lenz. Und dann, nach einem Moment: »Lenz.«

Sie streckte die Hand aus, und er nahm sie. Und als er in ihr Gesicht sah, war ihm die Farbe ihrer Augen wieder beinahe unheimlich.

»Warum haben Sie das gemacht?«

Sie zuckte die Schultern und sah weg.

»Wie alt ist er?«, fragte sie.

»Vierundsiebzig.«

»Er sieht aus wie neunzig«, sagte sie. »Eine Weile ist er dadrinnen jetzt ganz zufrieden, mit seinem Fernseher, oder? Eine Weile kann man ihn allein lassen. Ich muss ein Stück gehen, an der Luft«

»Gehen Sie.«

»Und Sie? Rufen Sie den Notarzt?«

»Er wird ihn nicht an sich heranlassen. Nein. Ich …«

»Wenn Sie keinen Notarzt rufen, können Sie auch mitgehen«, sagte Siri. »Spazieren.«

»Spazieren«, wiederholte Lenz. Es klang wie ein Wort aus einem Roman. Er lachte. »Spazieren gehen ist nichts, was ich tue.«

»Natürlich. Sie gehen zum Steg hinunter und über die Felder … ich habe Sie über die Felder rennen sehen. *Rennen.* Wie …«

»Wie ein Kind«, sagte er. Und das Wort schmeckte bitter auf seiner Zunge. »Das bin ich. Ich bin das Friedhofskind. Die Leute haben es Ihnen doch erklärt, oder nicht? Ich bin der, der zwischen den Grabsteinen sitzt und ins Leere starrt. Der, vor dem man vielleicht Angst haben sollte. Dem man besser ein paar Münzen zusteckt. Ich bin der, der rückwärts durch die Kirche geht, während die anderen singen, der Dorftrottel.« Er musste diese Frau loswerden. Er sah sie an, und die Tatsache, dass sie Winfried zusammen gewaschen hatten, erzeugte ein ungewohntes Gefühl von Nähe. »Gehen Sie«, sagte er schroff. »Danke für alles, aber gehen Sie.«

»Hatten wir nicht beschlossen, uns beim Vornamen zu nennen?«

»Verlangen Sie jetzt nicht, dass ich Sie duze.« Er wollte mehr sagen; darüber, weshalb sie gehen musste, aber er hatte den Faden verloren. Wie sie da stand, so viel kleiner als er, ihre Silhouette so schmal und flüchtig, sah sie selbst aus wie ein Kind. Als könnte der Wind sie im nächsten Moment aufheben und fortwehen … er schüttelte den Kopf. Er dachte schon wieder wirres Zeug. Natürlich, es war die Aufgabe eines Dorftrottels, wirres Zeug zu denken. Nichts und niemand würde sie fortwehen, sie war stark.

»Als ich durch die Kirche gegangen bin, während des Liedes«, sagte er leise. »Und als ich gerannt bin, über die Felder … es hatte einen Grund … ich war nicht allein.«

Natürlich war er allein gewesen, die Fensterfrau konnte Iris nicht sehen.

»Nein«, sagte sie. »Sie waren nicht allein. Und wenn Sie jetzt mitgehen würden … dann wären Sie auch jetzt nicht alleine.«

Damit drehte sie sich um und ging einfach, ging den schmalen Trampelpfad zwischen den unbeschnittenen Hecken entlang – und war verschwunden. Natürlich war sie nur auf den größeren Weg abgebogen, der quer durchs Dorf führte und den manche eine Straße nannten. Aber ihr Verschwinden erinnerte ihn an Iris. Ein blaues Kleid – ein geblümter Regenmantel.

Schwarze Lackschuhe – zerkratzte rote Gummistiefel.

Blonde Locken – kurzes braunes Haar.

Nichts stimmte. Wie kam er nur auf die Idee, Ähnlichkeiten zu suchen?

✝✝✝

Sie dachte an die Worte des alten Fuhrmann, als sie die Straße entlangging, den Wind im Haar. Sie dachte daran, was er zu ihr gesagt hatte, als sie einen Augenblick allein mit ihm im Bad gewesen war:

Ich habe sie gesehen. Das tote Mädchen. Iris. Sie ist ertrunken, damals … keiner weiß so genau, wie … sie stand am Küchenfenster und guckte raus. Blaues Kleid, weiße Strümpfe, schwarze Lackschuhe: die Sachen, in denen wir sie beerdigt haben. Und dann hat sie sich zu mir umgedreht. Vielleicht wollte sie was sagen. Aber da wurde alles schwarz.

Lenz holte sie ein, als sie die letzten Häuser des Dorfes schon hinter sich gelassen hatte. Sie verbarg ihr Lächeln hinter dem braunen Wollschal. Eine Weile gingen sie schweigend zwischen den Feldern entlang, wo der Weg im leisen hügeligen Land versank.

Du solltest Angst haben, sagte Siri sich. Du bist ganz alleine mit ihm. Die kleine Iris ist mit sechs Jahren ertrunken, und keiner weiß, wie. Ertrinken kann jeder immer. Und auch sonst kann jedem immer einiges passieren. Treppen herunterfallen zum Beispiel ist eine unangenehme Sache …

Der lange Schatten, der neben ihr auf den Weg fiel, war sehr dunkel. Dunkel wie das Haus, in dem der Fernseher laufen musste, damit der alte Fuhrmann wusste, dass er lebte. Vierundsiebzig, dachte Siri, er ist erst vierundsiebzig. In den Kreisen, in denen sie sich sonst bewegte, gingen die Leute mit vierundsiebzig zum Sporttraining und machten Reisen in den Himalaya. *Der Junge und ich*, hatte er gesagt, *sind immer gut alleine klargekommen.* Der Junge. Wie alt war Lenz Fuhrmann? Mitte vierzig? Nichts hier stimmte.

»Über was Sie so alles nachdenken!«, sagte er.

»Können Sie es hören? Was ich denke?« Sie lachte, ungläubig, und er schüttelte langsam den Kopf.

»Nein. Aber Sie *denken* eine Menge nach.«

»Und hier, im Dorf? Sind Sie der Einzige, der nachdenkt?«

»Sehen Sie, da drüben«, sagte er. »Die Reiher. Seit ein paar Jahren haben wir hier weiße Reiher. Alles auf der Welt ändert sich ständig. Das Wasser steigt, und die weißen Seidenreiher brüten.«

»Der Vogel auf Iris' Grab … was ist das für einer?«

Er zuckte zusammen. »Ein Schneehuhn.«

»Warum … ein Schneehuhn?«

Da hob er die Schultern. »Weil ihr Vater es sich nicht richtig gemerkt hat. Er hat sich selten etwas richtig gemerkt. Es sind die Singschwäne, die sie liebt. Ein Schneehuhn … keiner von uns hat je ein Schneehuhn gesehen!« Er musterte sie von der Seite, sie spürte seinen Blick, der keine Farbe hatte, nur grau war und aus Stein. »Sie haben also ein paar Dinge herausgefunden. Iris, das Grab, das Schneehuhn. Sie spielen Detektiv. Wer spielt, kann verlieren.«

»Was ist der Einsatz?«, fragte sie und blieb stehen.

»Das hier ist kein Pokertisch. Es ist ein Dorf.«

Siri holte tief Luft. »Waren Sie das, der den Umbrich gewarnt hat, damit er mir nicht zu viel erzählt? Er hätte tot sein können. Die Treppe ist sehr steil.«

Er schüttelte den Kopf, kaum merklich. Aber sie wusste nicht, was er genau damit meinte.

Sie konnte es sich nicht vorstellen. Sie konnte sich nicht vorstellen, wie Lenz Fuhrmann den alten Mann von der Treppe stieß. Eine Pistole … der Umbrich hatte etwas von einer Pistole gesagt. Auch das Bild von Fuhrmann mit einer Pistole in der Hand wirkte skurril. Die Waffe würde winzig wirken in seinen Händen.

»Nein, das Dorf ist kein Pokertisch«, sagte Siri. »Ich versuche nur, zu verstehen, wie es tickt. Die Fenster sollen etwas mit den Menschen zu tun haben. Mit ihren Träumen und Wünschen und ihren … Saatkartoffeln.«

Sie gingen schweigend weiter. Sie gingen in Richtung Meer. Siri spürte den Wind, der von dort kam, und steckte die Hände tief in die Taschen des geblümten Regenmantels.

»Sie wollen wissen, wie das Dorf tickt«, sagte Lenz. »Und Sie? Wie ticken Sie? Der … Mantel zum Beispiel. Sie verstecken sich darin. Sie lächeln so viel, und sie reden über das Licht in den Fenstern, und trotzdem verstecken Sie sich. Haben Sie etwas gegen Ihren Körper?«

»Unsinn«, sagte sie und lachte. »Ich mag nur den Mantel. Da, sehen Sie? Man kann das Meer von hier sehen. Am schönsten ist seine Farbe an windigen Tagen.«

»Ihre Augen«, sagte Lenz. »Das ist die Farbe Ihrer Augen. Alle Touristen mögen das Meer. Aber es ist nicht da, um schön auszusehen. Es ist gefährlich. Das Leben kommt aus dem Meer, und irgendwann kommt es und holt sich das Leben wieder.«

»Es ist trotzdem schön«, sagte Siri. »Wir könnten hinunterrennen. Bis zum Steg.«

Sie wartete nicht ab, ob er mitrannte, sie rannte alleine los, spürte, wie der Mantelsaum hinter ihr herflog, und fühlte ein Lachen in sich.

Ich benehme mich wie ein kleines Mädchen, dachte sie. Es ist gut, sich manchmal so zu benehmen.

Sie blieb erst ganz vorn auf dem Steg stehen. Keines der Fischerboote lag hier vertäut, sie waren alle irgendwo draußen auf dem Wasser.

Siri drehte sich um.

Lenz Fuhrmann kam langsam über den Steg, stellte sich neben sie. Schwieg.

»Ausgangs- und Endpunkt«, sagte Siri und nickte zum Meer hin.

»Ja. Leben und Tod. Ist das nicht merkwürdig? Wir haben hier die beiden äußersten Punkte: den alten Fuhrmann und Iris. Aber Iris, der Anfangspunkt des Lebens, ist tot, und Winfried Fuhrmann lebt.«

Lenz sagte gar nichts.

Nur der Wind strich durchs Schilf, und ein Graureiher flog lautlos über das Wasser hin.

Und plötzlich sagte Siri etwas, das sie nicht hatte sagen wollen. Etwas, das mit seiner Frage nach ihrem Körper zusammenhing.

»Als ich ein Kind war«, sagte sie leise, »hatte ich Lähmungen an den Beinen. Ich musste eine Menge Gymnastik machen. Ich weiß noch, meine Beine waren dünner und blasser als die aller anderen Kinder ... mein Vater wollte, dass ich tanze. Ballett. Er hat gesagt, es würde mir helfen, ein Gefühl für meinen Körper zu bekommen. Natürlich war das nicht der wahre Grund. Er wollte mich tanzen sehen. Er wollte sehen, wie aus dem hässlichen Entlein ein schöner Schwan wird. Es ist nicht passiert.« Sie zuckte die Schultern.

»Und die anderen Kinder haben Sie ausgelacht.«

»Möglich.«

»Ich mag keine Kinder«, sagte er.

»Ich auch nicht. Es gibt diesen Satz, den jeder so gerne sagt. Kinder sind grausam.«

»Das ist nicht wahr«, sagte er. »Erwachsene sind auch grausam. Der Satz muss heißen: Menschen sind grausam.«

»Das ist eine überflüssige Feststellung«, sagte Siri. »Das ist es, worum sich die Erde dreht ... ohne Grausamkeit gibt es keinen Umsatz und keinen Fortschritt.« Sie holte tief Luft. »Es ist zum

Glück lange her, mit meinen Beinen. Später ... ist dann ja alles besser geworden. Ich habe alles, was ich mir wünschen kann.«

Sie lauschte dem Satz nach und fuhr wieder mit den Fingern über ihren Schal. Ich werde telefonieren, dachte sie, mit dem roten Telefon. Heute Abend. Ich werde Tee in der weiß-blauen Streublümchenkanne kochen und meine Muschelsammlung ansehen und telefonieren. Frau Henning wird lauschen. Soll sie. Ich bin kein Kind mehr, das ausgelacht wird, und ich habe alles, was ich mir wünschen kann ...

Auf dem Weg vom Dorf kamen jetzt zwei andere Spaziergänger näher: ein junger Mann und eine Frau, jeder mit einem Hund an der Leine. Die Hunde waren klein und bullig, die Art schwarz-weißer Hund, die aussieht wie ein Tapir, aber nicht wie ein sympathischer Tapir. Die Frau trug eine weiße Daunenjacke und der Mann das Haar sehr kurz. Die Daunenjacke war abgesteppt und aus figurbetonendem Vollplastik, das Haar des Mannes nur am Kinn vorhanden, als lässig zusammengezwirbelter Ziegenbart. Sie spürte die Blicke der beiden.

Guck mal einer an, sagten die Blicke, das Friedhofskind und die fremde Frau. Zusammen am Steg. Aha?

»Die Schwiegertochter und der Sohn von Frau Henning«, sagte Lenz.

»Ich wusste nicht, dass sie einen Sohn und eine Schwiegertochter hat.«

»Natürlich nicht«, sagte Lenz. »Es ist Sonntag. Sie existieren nur sonntags. Außerhalb ihres Grundstücks, meine ich. An Wochentagen sind die Hunde im Zwinger. Die Menschen ... auch.« Er nickte mit dem Kopf in Richtung der beiden, und Siri sah, dass sich dort, hinter ihnen, noch etwas auf dem Weg näherte, dröhnend und Sand verspritzend: drei Quads, deren Fahrer Siri ebenfalls noch nie gesehen hatte. Auch sie hatten nicht übermäßig viele Haare.

»Es gibt mehr junge Leute hier, als ich dachte«, sagte Siri und sah zu, wie die Quads sich in einer Staubwolke näherten. »Existieren die auch nur sonntags?«

»Die existieren gar nicht«, sagte Lenz.

»Wie bitte?«

»Sie sind gewöhnlich damit beschäftigt, nichts zu tun, nichts zu denken und nichts zu sein«, sagte er leise. »Gute Freunde von Kaminski.«

Sie sah ihn an. »Der, der vom Dach gefallen ist.«

Lenz nickte. Er hatte die Hände in die Taschen der grauen Arbeitshose gesteckt und sah in die Ferne, nicht eigentlich zu den Quads, sondern an ihnen vorbei. Das graue Tuch, das er um den Hals trug, war unglaublich schmuddelig. Der festgezogene Knoten darin wirkte, als hätte er ihn seit Monaten nicht geöffnet, und seine Jacke war voller zeitverblasster Flecken. Siri versuchte, die Jacke zu lesen wie eine Karte – sie las die Flecken von Motorschmiere (der Mechanismus der Kirchenglocke) und von Erde (Blumenzwiebeln), von Kaffee (ein trostloser Morgen in der lichtlosen Küche des geduckten Reetdachhauses) und von etwas Dunklem, Neuerem, das vielleicht Blut war (das Blut des alten Fuhrmann? War es auf die Jacke gelaufen, als sie ihn nach Hause geschleift hatten? Oder war es das Blut von jemand anderem?). Sie dachte an Wasser und Seife und Licht. Und wieder an die Teekanne, weiß mit blauen Streublümchen, hell.

Ich werde jetzt zurückgehen, wollte sie sagen.

Aber sie sagte es nicht.

Sie drehten sich gleichzeitig um und gingen in die andere Richtung, weg vom Dorf, von den Quads und dem Pärchen mit den Hunden. Weg von der Ferienwohnung.

Warum tat sie das? Hatte sie sich nicht eben noch nach dem roten Telefon gesehnt? Da war ein Knoten in ihren Gefühlen, sie wusste nicht einmal, woher er kam. Vielleicht von Fuhrmanns Frage. Oder von ihrer Antwort. Das Telefon würde warten.

Hier faltete sich die Küste in die Höhe und nahm den Pfad mit in einen Wald aus windgebeugten Kiefern, doch ehe der Weg anstieg, führte er an einer Gruppe kleiner, garagenartiger Gebäude vorüber, die von ordentlich beschnittenen Hecken umgeben waren. Datschen. An den Gartentoren standen Nummern, ein Schild verbot Unbefugten das Benutzen des kleinen, sorgfältig gemähten

Stücks Wiese, das offenbar als Parkplatz diente. Jetzt standen nur zwei Autos dort. Hinter ihnen stand eine alte Schaukel, auf der ein kleiner Junge lachend in den Himmel flog. Seine Großmutter ließ die Schaukel fliegen; daneben schraubte ein älterer Herr an einem aufgebockten Motorboot herum. Im ersten Garten winkte ein rotbemützter Gartenzwerg dem Motorbootschrauber mit seiner Schaufel.

Hinter einer anderen Hecke stand ein Mann in einer teuren Windjacke über den Rumpf einer Jolle gebeugt und besserte ebenfalls irgendwelche Schäden aus.

Siri war stehen geblieben, und Lenz folgte ihrem Blick.

»Eine andere Sorte Sonntagsexistierer«, sagte er leise. »Die glückliche Familie bei der Schaukel, das ist die Familie des Professors. Die Eltern des Kleinen sind auch Ärzte, eine ganze Familie von Ärzten. Reparierer. Sie reparieren den Steg, wenn das Eis im Winter die Balken lockert.« Er lächelte, aber es war irgendwie ein trauriges Lächeln; ein Lächeln über die Dinge, die man nicht reparieren konnte. Sie fragte sich, woran er dachte. »Und der mit der Jolle«, sagte er rasch, ehe sie laut fragen konnte, »ist der Direktor. Ehemaliger Direktor der Musikhochschule in der Stadt. Er sucht die Musik in den Bäumen. Aber er findet sie nie. Nicht mal vom Wasser aus. Die Leute im Dorf lachen über ihn«

Siri sah eine junge Frau aus dem Haus treten und über die Wiese gehen, auf die Jolle und den Direktor zu. Sie hielt ein Baby im Arm.

Als sie herübersah und ihr Blick Siris traf, lächelte sie. Ihr dunkles Haar war zu einem kurzen Pagenkopf geschnitten und zurechtgeföhnt, adrett, hübsch, angenehm, es wippte hinten ein wenig auf und ab, wenn sie ging. Das Baby auf ihrem Arm war sehr klein und hatte eine sehr große Nase. Es trug einen Anzug in Dunkelblau und Weiß und ein passendes gestreiftes Mützchen. Und für Sekunden schoss etwas Warmes durch Siri, beinahe wie ein Schmerz.

Ein Kind zu haben ... wie wäre das, ein Kind zu haben?

»Seine Schwiegertochter«, sagte Lenz, »war auch Musikerin, bevor die Kleine da war. Das Baby.«

Siri nickte und ließ ihren Blick über die anderen Datschen mit ihren ordentlich gemähten Grundstücken schweifen. Sie stellte sich vor, wie die Kleine groß würde und mit dem Jungen zusammen in den Himmel schaukelte, lachend ... wie ein anderes kleines Mädchen vor langer Zeit.

»Welche Datsche ... haben Iris' Eltern gebaut?«

Lenz nickte stumm zu dem Grundstück neben dem des Direktors. Auf dem Rasen vor dem Haus saßen vier Kaninchen. Das Haus sah so ordentlich aus wie alle anderen auch. »Steht leer.«

»Seit dreißig Jahren?«

»Seit dreißig Jahren.«

»Und wer beschneidet die Hecken?«, fragte Siri. »Und hält den Rasen kurz?«

»Wenn wir hier weitergehen«, sagte er, »kommen wir an die Steilküste. Es ist schön dort. Wächst eine Menge Sanddorn.«

Siri nickte und folgte ihm langsam den Weg entlang, der jetzt in die Höhe führte. Er war schmal hier, kaum noch ein Pfad, eingebettet in Sanddornbüsche, und sie musste hinter Lenz gehen. An manchen Stellen war der Weg wie ein Tunnel, die Äste wuchsen darüber und griffen ineinander, und Siri musste in die Dornen greifen, um sie zur Seite zu biegen. Aber der Sanddorn war voller Leben, voller winziger silbergrüner Knospen, voller glühend orangefarbener Beeren vom letzten Jahr. Er schützte nur sich selbst mit seinen Dornen. Das ist es, was wir alle tun, dachte Siri; wir schützen uns selbst. Am höchsten Punkt des Weges blieb Lenz Fuhrmann stehen und wartete auf sie. Die Sonne hatte jetzt den Himmel zurückerobert, sie bemalte die Stämme des Waldes golden und ließ das Glutorange der alten Sanddornbeeren leuchten wie Juwelen. Das Hellgrün der frischen Kiefernnadeln strahlte, und das Blau des Meeres zur Linken funkelte.

Nur Fuhrmanns große graue Gestalt fing kein Sonnenlicht ein. Er stand in seiner grauen Jacke und seiner grauen Hose da wie ein Stein, ein Denkmal ... ein Grabmal. Das Mädchen, dachte Siri, Iris mit ihrem blauen Kleid, sie hätte ins Bild gepasst. Er nicht. Er passte in kein Bild.

Und vielleicht folgte sie ihm gerade deshalb den Weg oberhalb der Steilküste entlang.

Es gab ein einfaches Geländer auf der Seite, die steil abfiel. Siri ließ ihre Hand daran entlanggleiten, um das glatte Holz zu spüren, das das Sonnenlicht aufsog.

»Manchmal stürzt ein Stück Küste ab«, sagte Lenz. »Da vorn, sehen Sie? Der Weg führt jetzt um den Abbruch herum. Die Stelle, wo der alte Weg langlief, ist seit dem Winter abgesperrt.«

Sie blieben hinter der gesperrten Stelle stehen und sahen in die Tiefe. Weit unten lag ein schmaler, steiniger Strand, an den das Meer in kleinen Wellen schlug.

»Keine gute Idee, da hinunterzufallen«, sagte Siri leise. *Eine schlechtere Idee noch, als von Dächern zu fallen. Oder von Kirchentreppen.*

»Nein.«

»Hat es denn schon jemand getan? Ist jemand hinuntergefallen?«

»Nein«, sagte er, langsam, als müsste er erst darüber nachdenken. »Nein. Hier nicht. An anderen Stellen auf der Insel. Es passiert immer wieder. Das Land bricht ab und reißt jemanden mit in die Tiefe. Komisch. Die Leute hören trotzdem nicht auf, hier entlangzuwandern.« Dann hob er den Blick und richtete seine Steinaugen auf den Horizont. »Vielleicht ist es das Meer, das sie lockt. Diese Linie da draußen. Man kann über das Wasser bis ins Nichts sehen, wissen Sie? Ich stehe manchmal hier und tue das.«

»Nicht allein.«

Er sah sie von der Seite an. »Sie wollen etwas über Iris hören. Unbedingt. Sie wollen verstehen. Sie wollen endlich die richtige Schublade finden, in die Sie mich stecken können, die Schublade mit der Aufschrift *verrückt* oder *krank* oder *harmlos* oder *gefährlich*.«

»Ich …«

»Schubladen sind gut«, sagte er. »Wenn man alles in Schubladen gesteckt hat, liegt nichts mehr herum, über das man stolpern kann. Es ist nichts mehr da, was einen bedroht.«

»Und deshalb haben Sie mich auch schon in eine Schublade gesteckt«, sagte Siri. »Auf der Schublade steht: *neugierige Fremde. Schnell wieder loswerden.*«

»Natürlich«, sagte Lenz ernst.

Sie gingen schweigend weiter, und Siri hörte die Vögel in den

Kiefern singen. Die Farben des Nachmittags strahlten wie die eines Kirchenfensters, doch sie begann, die Kirchenfenster zu vergessen. Alles zu vergessen. Zu vergessen, warum sie hier war. Sie war nur eine Spaziergängerin an der Steilküste, eine Person mit Augen, die den Frühling sahen, und Ohren, die ihn hörten, eine Person in einem geblümten Mantel, die keinen anderen Grund hatte, hier zu sein, als den, dass es schön war. Sie hatte keinen Auftrag und keine Zweifel. Und keine Angst.

Lenz blieb stehen und lehnte sich an das Holzgeländer, das die Steilküste hier vom Weg trennte. Und sie lehnte sich ebenfalls daran und sah mit ihm aufs Meer hinaus: als wären sie zwei Spaziergänger, die sich zufällig getroffen haben, die nichts voneinander wissen, weder Namen noch Beruf, weder Zukunft noch Vergangenheit. Solange sie den Mann neben sich nur aus dem Augenwinkel sah, dachte Siri, konnte er alles sein. Er konnte ein Urlauber sein oder ein Vogelschutzbeauftragter auf den Spuren einer seltenen Entenart. Ein Maler auf der Suche nach dem richtigen Licht, ein Schriftsteller auf der Suche nach den richtigen Worten …

Und sie – auch sie konnte alles sein, alles, was sie wollte …

»Ich weiß nicht, wie die Dinge weitergehen«, sagte Lenz und ließ die Illusion zerplatzen. Er war er und sie war sie: der Totengräber und die Fensterfrau.

»Bis jetzt befanden sich die Dinge in einem … Fließgleichgewicht. Und jetzt … jetzt scheint sich alles zu ändern. Winfried … ich werde nach Hause gehen und ihm ins Bett helfen, und morgen werde ich ihm aus dem Bett helfen, und daran wird sich vielleicht nie mehr etwas ändern … oder doch, natürlich, eines Tages wird er sterben, und ich werde an seine Stelle treten. Ich werde den Fernseher anmachen, wenn ich zu Hause bin, und ausmachen, wenn ich gehe. Ich werde aufhören, die Gedanken zu denken, die ich denke …«

»Unsinn«, sagte Siri.

»Ja, Unsinn.« Er nickte. »Es wird vielleicht nicht so weit kommen. Das Gleichgewicht im Dorf … ich weiß nicht, ob Sie das verstehen können … es kippt. Es wird kippen, ehe Winfried überhaupt stirbt.«

»Wie meinen Sie das, das Gleichgewicht kippt?«

»*Sie* bringen es zum Kippen«, sagte er und sah sie an. Er stand sehr nah bei ihr. Seine Augen waren noch grauer, als sie gedacht hatte.

»Ich?«, fragte sie, und ihre Stimme war auf einmal sehr klein.

Er nickte. »Es ist schon einmal gekippt. Das Gleichgewicht zwischen Gut und Böse. Das, was brodelt ... es brodelt nur unter der Oberfläche. Aber wenn alles kippt, wird das Schlimmste passieren. Damals, als es kippte ... das war, als Iris kam. Und es kippte in die helle, die gute Richtung. Alle mochten Iris ... alle ... und hinterher, als sie nicht mehr da war, ist es zurückgekippt ... langsam ... aber es hat sich gefangen, ich ... keiner hat mir ...« Er flüsterte jetzt. »Ich weiß ja selbst nicht, was damals passiert ist. Ich weiß es nicht!« Er sah sie nicht länger an, er sah wieder aufs Wasser.

Und seine Hände umklammerten das Geländer mit aller Kraft. »Und jetzt sind *Sie* hier, und die Leute mögen *Sie*«, fuhr er fort, leiser. »Sie, den Farbtupfen. Den Lichtfleck. Aber Sie stehen in der Kirche auf und helfen mir, Winfried hinauszuschleifen, und die Leute sehen das. Und sie finden es nicht gut, natürlich, sie können das nicht gut finden. Wenn wir zurückgehen, vorbei an den Datschen, vorbei an den Leuten, die ihre Hunde ausführen ... auch die Quads werden uns wieder begegnen ...«

»Sie haben ja Angst«, sagte Siri.

»Natürlich«, sagte er.

Sie legte ihre Hände auf das Geländer, neben seine, nur, um irgendetwas zu tun.

»Angst ...«, sagte sie, »vor den Leuten.«

»Ja. Nein. Ich habe Angst vor dem, was geschieht. Vielleicht habe ich Angst vor mir selbst. Ich kann es Ihnen nicht sagen, weil ich zu wenig über mich weiß.«

Ihre Hände waren so winzig neben seinen! Sie wusste, dass sie jetzt fragen musste: Was wissen Sie denn nicht über sich? Erinnern Sie sich wirklich nicht daran, was passiert ist? Mit dem Mädchen? Iris? Aber sie fragte nicht. Wie seltsam: Stattdessen dachte sie über seine Hände nach. Er hatte eine Narbe an der rechten Hand, zwischen Daumen und Zeigefinger. Und eine Menge frischer, verschorfter Kratzer.

»Hatten Sie eine Auseinandersetzung mit einer Katze?«, sagte sie.

Er betrachtete seine Hand. »Nein. Mit einem von Aljoschas Kaninchen. Es hatte sich in unser Küche verirrt.«

»Ich … nehme an, Sie haben es in Richtung des … Suppentopfes … eskortiert?«

Er schüttelte den Kopf. »Ich bringe keine Kaninchen um. Ich bringe überhaupt keine Tiere um. Noch nicht einmal Spinnen. Iris würde mich hassen, wenn ich es täte. Ich habe das Kaninchen hinausgetragen. Es … es war jung, und es hatte ganz weiches Fell … weiß, es war weiß … es fühlte sich sehr hilflos an.«

Seine Stimme war weich geworden wie das Fell des Kaninchens, seine Worte, dachte Siri, waren die eines Kindes. Sie sah ihn von der Seite an, und er sah noch immer auf seine Hand. Er lächelte, die Erinnerung an das Hilflose in den grauen Augen. Sie sah ihn in der dunklen Küche stehen, in der alles mit einer dünnen Schicht von Staub und Fett überzogen war, sie sah ihn dort stehen, mit dem Kopf beinahe an die Decke stoßend, den grauen Riesen mit dem winzigen weißen Kaninchen im Arm.

»Das Kaninchen war dumm«, sagte er. »Es ist im Vorgarten sitzen geblieben. Winfried hat ihm zwei Stunden später das Genick gebrochen. Wenn Aljoscha die Viecher frei rumlaufen lässt, sagt er, muss er sich nicht wundern, wenn es anderswo Kaninchenbraten gibt. Ich … ich hab ihm nicht geholfen, es abzuziehen. Ich dachte die ganze Zeit daran, wie weich es war.«

Etwas in Siri zog sich schmerzhaft zusammen, als er das sagte.

Sie holte tief Luft – und dann streckte sie ihre Hand aus und legte sie auf seine, die kaninchenzerkratzte, ganz behutsam, als würde sie ihn nicht wirklich berühren, wenn sie es nur vorsichtig genug tat.

Warum tue ich das?, dachte sie. Versuche ich, einen erwachsenen Mann, der vielleicht ein Mörder ist, über den Verlust eines ihm fremden Kaninchens hinwegzutrösten?

Aber die Hand blieb liegen, und sie spürte, wie eine Veränderung ihn durchlief, etwas, das sich seltsam elektrisch anfühlte.

»Sie haben beinahe so kleine Hände wie Iris«, flüsterte er. »Sie wollten doch etwas über Iris hören. Sie wissen, dass ich mit ihr spreche. Und Sie wissen, dass das nicht sein kann. Sie ... Sie haben die gleichen Augen wie Iris. Das reicht, um das Gleichgewicht zu gefährden. Das Gleichgewicht im Dorf.«

Jetzt sah er sie wieder an, und sie sah, dass ihn das all seinen Mut kostete. Er war nicht mehr als ein Kind an der Schwelle zum Erwachsenwerden, ein kleiner Junge, unsicher, was diese Frauenhand auf seiner zu bedeuten hatte. *Nimm sie weg, Siri*, sagte eine warnende Stimme in ihrem Kopf. *Nimm die Hand weg. Es ist keine gute Idee, jemanden durcheinanderzubringen, der so unberechenbar ist.* Aber ein unerklärlicher Magnetismus hielt ihre Hand auf seiner fest.

»Ich? Ich habe die gleichen Augen wie Iris?«

Er nickte langsam.

Und dann machte er zwei Schritte rückwärts, kletterte auf das Geländer und balancierte von Siri fort, die Arme in der grauen Jacke ausgebreitet, dicht am Abgrund entlang.

Sie schloss die Augen und öffnete sie wieder, aber das Bild blieb dasselbe: ein zwei Meter großer Mann in grauer Arbeitskleidung, der mit ausgebreiteten Armen auf einem Geländer balancierte, in seinen ergrauenden Haaren den Wind, unter sich zweihundert Meter Steilküste.

Siri sah die Felsen dort unten und die toten Baumstämme, denen der Aufprall das Genick gebrochen hatte wie Winfried dem Kaninchen.

Dann löste sich ihre Schreckstarre. Sie rannte.

»Komm da runter!«, schrie sie. »Lenz Fuhrmann, komm da runter! Wem willst du etwas beweisen? Und was?«

In dem Augenblick, in dem sie schrie, verlor er das Gleichgewicht.

Das Gleichgewicht des Dorfs kippt, dachte sie, das Gleichgewicht zwischen Gut und Böse ... Sie sah ihn mit den Armen rudern und schlug die Hände vors Gesicht. Sie hatte das schon als Kind getan, wenn ein Teller herunterfiel, wenn auf der Straße ein Unfall passierte, wenn andere Leute sich anschrien – sie hatte stets die Hände vors Gesicht geschlagen, um das Schreckliche nicht zu sehen. Sekunden später riss das Gewicht eines fallenden Körpers sie zu Boden.

»Verdammt«, sagte Lenz Fuhrmann, rollte herum und wischte sich den Sand aus dem Gesicht. Siri rappelte sich hoch.

»Es ... hätte die andere Seite sein können!«, flüsterte sie. »Wenn du zur anderen Seite gefallen wärst ... du bist ja wahnsinnig!«

»Schön, dass das jetzt zu dir durchgedrungen ist«, sagte er, und Siri fragte sich, wann er begonnen hatte, sie zu duzen. Er sah einen Moment lang aufs Meer hinaus. »Wir balancieren oft hier«, sagte er dann, leise. »Iris und ich. Es ist nie einer von uns gefallen.«

»Iris kann nicht fallen«, sagte Siri bitter. »Sie ist tot. Sie scheint aber nicht besonders gut auf dich aufzupassen.«

Er stand auf und streckte eine Hand aus, um sie auf die Füße zu ziehen. Einen Moment lang blieben sie so stehen, nebeneinander, ihre Hand noch in seiner.

»Ich ...«, begann Lenz.

Aber ehe er mehr sagen konnte, bellte ein Hund, sehr nah, und sie fuhren beide herum. Auf dem Weg war das Pärchen aufgetaucht, das Pärchen mit den Tapirhunden. Lenz ließ Siris Hand los.

»Gehen wir zurück«, sagte er schroff.

Als Siri an diesem Tag nach Hause kam, lag hinter der Tür ein Zettel.

Siri hob ihn auf und sah die Schrift an, ohne die Worte zu lesen. Es war eine Nachricht von jemandem, der gerne Zettel irgendwo druntersteckte – unter die Scheibenwischer alter Autos, unter Türen durch ...

»Gehen Sie«, flüsterte sie, »ja, ich weiß. Ich bin noch hier. Und ich bleibe.« Sie hob die Hand mit dem Zettel, um ihn zu zerreißen – doch ihre Augen hakten sich an den ungelenken Buchstaben fest, und die Worte sickerten dunkel und klebrig in ihr Bewusstsein.

komm sie heut zum hafen. ich muss mit ihn reden. es is besser wenn jemand ihn die ganze geschichte erzählt. Aljoscha Kovalski.
(ich bin der fischer den sie am steg getroffn han, der mit der schönen silbernen kette am arm.)

Sie fluchte, zerknüllte den Zettel und warf ihn in den Papierkorb. Sie hatte genug von den Warnungen des Dorfes. Es war ein lächerliches Spiel. Sie machten sich alle nur interessant.

»Eigentlich war heute ein schöner Tag«, sagte sie später in den Hörer des roten Telefons. »Ich bin spazieren gegangen, an der Steilküste ... mit Lenz Fuhrmann. Weißt du noch? Der Totengräber. Zwischendurch war es, als würde man sich mit einem Kind unterhalten. Und dann wieder ... ach, egal.«

Sie ließ ihren Blick über die Zeichenblätter gleiten, die auf dem Boden verstreut lagen. Draußen brandete die Nacht an die Kellerfenster.

»Wie? Doch. Ich habe die Skizze zum vierten Fenster fast fertig, ich habe den ganzen Nachmittag daran gearbeitet. Die Totenerweckung. Der Tote sieht aus wie der alte Fuhrmann. Er liegt auch gar nicht in einem Sarg auf meinem Bild ... er liegt im Mittelgang einer Kirche. Seine Beine sind ein bisschen zu dünn geraten ... nein, warte, vielleicht ist das gar nicht der alte Fuhrmann.« Sie klemmte den Hörer zwischen Schulter und Kopf und hob den Bleistift vom Boden auf. Dann fügte sie ihrer Skizze ein paar Striche hinzu. »Was? Ja, ich bin noch da. Ich habe gerade ... es ist jetzt besser. Es ist ein Kind. Ein Mädchen. Das Mädchen wird auferweckt. Das da seitlich sind auch gar keine Kirchenbänke, es ist Schilf. Die Leute sehen aus dem Schilf heraus zu. Und das Mädchen ... liegt in einem Boot.«

Sie lauschte ins Telefon und malte währenddessen mehr weiche Bleistiftlinien.

»Natürlich«, sagte sie schließlich. »Sobald ich kann. Du wusstest, dass es dauern würde ... bis der Sommer vorüber ist. Das habe ich immer gesagt. Ich muss die Gläser bestellen und sie zuschneiden ... grüßt du meinem Vater von mir, falls du ihn siehst? Wie bitte? Du könntest ... *was? Herkommen?*« Sie legte den Bleistift hin. Schluckte. Malte sich aus, wie es wäre, zu zweit auf dem Bett zu sitzen, dicht beieinander, ganz vertraut, und Tee aus den weißen Tassen mit den blauen Streublümchen zu trinken. Geborgen zu sein. Vollkommen sicher.

Dann dachte sie an Winfrieds dunkle Küche, in der seit Jahrzehnten die Schatten wohnten – zusammen mit einem Kind. Dem Friedhofskind.

»Nein«, sagte sie. »Komm nicht. Ich muss erst ein paar Dinge herausfinden. Alleine. Ich muss wissen, was mit diesem Mädchen passiert ist, Iris … du musst dir keine Sorgen machen, wirklich nicht. Ich … natürlich«, flüsterte sie in den Hörer. »Ich liebe dich auch.«

Sie legte auf, löschte das Licht und legte sich mit einer Tafel schwarzer Schokolade auf das schmale Ferienwohnungsbett. Allein. Sie wickelte die Schokoladentafel nicht aus, hielt sie nur fest, bis sie zwischen ihren Fingern schmolz.

Als sie die Augen schloss, sah sie Lenz Fuhrmann mit einem weißen Kaninchen im Arm über das Geländer der Steilküste balancieren. Sie spürte seine Hand noch in ihrer. Es war, als balancierte sie mit ihm dort.

7

»Warum hat sie das getan?«, flüsterte er. »Warum hat sie ihre Hand auf meine gelegt?«

Iris zog die Beine an, legte den Kopf auf die Knie und sah ihn an, nachdenklich. Sie saß neben ihm auf dem Bett in der winzigen Schlafkammer, in dem Haus ohne Licht. Durch die winzige Dachgaube fielen nur wenige Sonnenstrahlen herein.

Der alte Kaminski hatte die Gaube irgendwann eingebaut, Winfried hatte es Lenz erzählt.

Wenn Lenz an den alten Kaminski dachte, dachte er an ihn als Toten. Er lernte sie alle erst wirklich kennen, wenn sie in einer Holzkiste lagen. Dann waren sie wehrlos und wie Neugeborene.

Der alte Kaminski hatte die Hände nicht falten wollen, das wusste er noch, sie waren immer wieder auseinandergeglitten. Es gab über sie alle solche Geschichten. Sie waren eine ganze Armee, die dort auf dem Friedhof; ein Schattendorf, das keiner sehen wollte. Dieleute hatten Angst vor diesem Schattendorf; Angst, dass die Schatten Gestalt annehmen könnten, um dem Friedhofskind zu folgen wie die Kinder dem Rattenfänger von Hameln.

»Warum hat sie ihre Hand auf deine gelegt?«, wiederholte Iris.

»Hm. Vielleicht wollte sie wissen, um wie viel deine Hand größer ist. Oder … sie mag dich.«

Lenz schüttelte widerwillig den Kopf, stand auf und trat ans Fenster.

»Die Kaninchen nehmen überhand«, sagte er. »Heute Morgen waren vier davon im Vorgarten.«

»Magst du sie denn?«

Er drehte sich um. Iris saß immer noch auf dem Bett, den Kopf auf den Knien.

»Es könnte der Beginn eines Märchens sein«, sagte sie. »Im Märchen mögen sich auch immer zwei. Wie in deinem alten Märchenbuch. Das schönste Bild war das von Aschenputtel mit dem

Prinzen … Annelie hat gesagt, du wolltest früher immer sein wie Aschenputtel. Weil die auch auf dem Friedhof war, bei ihrer Mutter. Und dann kam der weiße Zaubervogel und warf mit Ballkleidern … und irgendwas war mit dir und einem Schultheaterstück …«

»Ich wollte Aschenputtel eigentlich für eine Weile vergessen«, sagte Lenz.

Der Himmel draußen war schneidend blau. Weiße Wolkenstreifen zogen hindurch wie Buchstaben, die jemand ins Blau gemeißelt hatte. Vielleicht war der Himmel ein Grabstein.

»Es war … schön, ihre Hand zu fühlen«, flüsterte Lenz. »Ich bin vom Geländer gefallen und habe sie mitgerissen … und dann habe ich ihr hochgeholfen. Ihre Hand war warm wie ein eigenes Lebewesen – wie das Kaninchen, das ich aus der Küche getragen habe. Sie hat sich Sorgen gemacht, dass ich die Klippen hinunterfalle. Und für einen Moment dachte ich, das wäre vielleicht das Beste.«

»Das Beste wäre«, sagte Iris, »wenn du mal wieder mit der Fensterfrau reden würdest. Sonst vergisst sie nämlich, dass sie dir auf der Steilküste schon so nahe war. Es ist jetzt zwei Wochen her.«

Lenz zuckte die Schultern. »Wir haben angefangen uns zu duzen, oben auf der Steilküste, und seitdem weiß ich nicht mehr, was ich zu ihr sagen soll. Und die Leute warnen sie vor mir, andauernd. Sie sagen …« Er drehte sich um und sah Iris an. Ihre Augen waren blau wie das Himmelsgrab, jedoch ohne Inschrift.

»Iris. *Habe ich etwas damit zu tun, dass du damals mit dem Boot gekentert bist?* Ich erinnere mich nicht. Wirklich nicht.«

Sie schüttelte langsam den Kopf. »Ich mich auch nicht. Ich erinnere mich nur, wie ich in das Ruderboot gestiegen bin, das meines Vaters, das er am Steg gelassen hatte. Und das Nächste, was ich weiß, ist, dass ich unter dem Apfelbaum stehe, der seine Blüten verliert, und es ist Frühling.«

»Dazwischen … gibt es nichts?«

Sie schüttelte den Kopf, und ihre hellen Locken flogen um sie wie ein Heiligenschein. »Nein.«

Er seufzte. »Das Letzte, woran ich mich erinnere, ist, wie ich gewinkt habe. Als das Auto abfuhr. Nach Berlin. Nachmittags, glaube ich. Am nächsten Morgen haben sie dich gefunden, hier, im Wasser. Du hattest mein Hemd an. Und dann ... Iris ... dann war da die Geschichte mit der Frau, die später kam. Weißt du noch? Ich war sechzehn, glaube ich ... sie denken, ich hätte auch damit etwas zu tun gehabt. Diese Frau ... sie hat gelächelt, als wir sie begraben haben. Winfried hat gesagt, ich soll zu Hause bleiben, aber ich war da, sie haben mich nur nicht gesehen. Ich saß auf dem Dach der Kirche.«

»Das weiß ich, Lenz. Ich saß neben dir.«

»Am Abend hat Winfried eine ganze Flasche Klaren getrunken, was er sonst nie tut, und dann ist er eingeschlafen, mit dem Kopf auf dem Tisch. Am Tag danach hatte er den Schlaganfall.« Lenz ballte die Faust und hieb plötzlich gegen die Dachschräge. »Und ich erinnere mich nicht, was passiert ist! Warum erinnere ich mich nicht? Ich wollte es nie, aber jetzt ...«

Er hieb noch einmal gegen die Wand, dann stand er still und starrte seine Faust an.

»Manchmal«, flüsterte er, »möchte ich dieses ganze Haus kurz und klein schlagen ... die Dunkelheit loswerden. Iris, ich muss wissen, was passiert ist. Ich muss wissen, ob ich gefährlich für die Fensterfrau bin. Ich –«

Er drehte sich zu ihr um. Sie saß nicht mehr auf seinem Bett.

»Junge!«, schrie Winfried von unten. »Junge, wo steckst du?« Lenz hörte etwas poltern, etwas umfallen. »Mach, dass du hier runterkommst!«, brüllte Winfried, seine Stimme schwankend zwischen Wut und Panik. »Ich muss zur Toilette, und du weißt genau, dass ich es allein nicht schaffe! Beeil dich!«

»Ich komme«, sagte Lenz.

Er ging die Treppe sehr langsam hinunter. Ich bin grausam, dachte er. Kinder sind grausam. Ich hasse Winfried, aber mich selbst hasse ich mehr.

Er sah sie telefonieren. Er stand in Frau Hartwigs Garten, in den Schatten, am Abend, und sah durch das Kellerfenster hinein, und da saß sie auf dem schmalen Gästebett und sprach in den Hörer von Frau Hartwigs altem rotem Telefon. Sie sprach jeden Abend in diesen Hörer.

Auf dem Boden lagen ihre Skizzen, Kirchenfenster ohne Kirche. Wenn er ihr kurzes braunes Haar ansah, dachte er an das Fell des Kaninchens. Er hätte gern einmal durch dieses Haar gestrichen, nur, um herauszufinden, ob es ähnlich weich war.

Das Kaninchen war tot.

Manchmal sah sie von dem alten Telefon auf, doch sie sah ihn nie, er stand im Dunkeln, und sie saß im Licht, zwischen all ihren schönen Dingen. Er kannte ihr Teeservice und die Muschelsammlung inzwischen gut, er kannte ihre Bettwäsche, und er wusste, dass sie jede Woche zweimal den Strauß in der Vase auf dem Tisch erneuerte. Am Haken an der Tür hing ihr geblümter Regenmantel. Um den Hals trug sie, auch drinnen, einen braunen Wollschal – einen Männerschal. Manchmal steckte sie ihre Nase in die Wolle, um daran zu riechen.

»Siri«, sagte er, sehr leise und nur zu sich selbst. Niemand antwortete ihm; vielleicht, weil es keine Frage war.

Tagsüber wagte er es nicht, mehr zu tun, als zu nicken, wenn er sie auf der Straße sah. Er sah sie selten. Sie kam nicht mehr, um ihre Blätter auf der Bank auszubreiten und zu zeichnen, vielleicht waren die Fenster über dieses Stadium hinaus.

Ein paarmal hatte sie nach Winfried gefragt. »Wie geht es dem alten Fuhrmann? Geht es ihm besser?«

Und er hatte Nein gesagt, denn es ging ihm nicht besser. Er humpelte jetzt auf zwei Krücken durch die Gegend. Der Mann von Frau Henning hatte sich einen seiner Stützstöcke für junge Obstbäume abkaufen lassen, Lenz hatte einen Quergriff daran genagelt. Winfrieds Bein war offenbar nicht gebrochen, aber die Schmerzen im Knie quälten ihn, und er zog bei jedem Schritt eine Grimasse. Er weigerte sich nach wie vor, sich zum Arzt bringen zu lassen.

Sein gutes Auge blieb blind. Winfrieds Welt war lichtlos und schwarz geworden, die Dunkelheit des Hauses potenzierte sich in seinem Blick. Tagsüber blieb Lenz bei ihm. Aber jeden Abend, wenn er Winfrieds zerstörten Körper ins Bett gehievt hatte, stellte er sich in Frau Hartwigs Garten und sah durch das Kellerfenster.

An diesem Abend hörte er Stimmen von der Vordertür. Er blieb ganz still stehen. Frau Hartwig sprach am Zaun mit jemandem.

»Da drüben?«, fragte eine Männerstimme. »Ich sehe nichts.«

»Vielleicht ist auch nichts da«, sagte Frau Hartwig. »Aber wer weiß? Neulich war ein Zettel da. Schon zwei Wochen her ... Jemand hat ihn unter der Tür durchgesteckt. Man konnte ihn nicht zurückziehen. Na, ich frage Sie: Wer steckt Zettel unter der Tür einer Ferienwohnung durch? Ein ehrlicher Mensch könnte seinen Brief in den Briefkasten werfen und draufschreiben, dass er für Frau Pechten ist.«

»Ich war es nicht, mit dem Zettel, wenn Sie das meinen.« Die Stimme lachte, tief und voll. Werter, dachte Lenz, das war Werter. Er führte die Kfz-Werkstatt, und niemand wusste, ob Werter sein Vor- oder Nachname war oder möglicherweise beides.

»Jedenfalls«, flüsterte Frau Hartwig, »glaube ich, dass da jemand steht. Ich wäre Ihnen dankbar, wenn Sie nachsehen würden.«

»Wenn es Sie beruhigt«, sagte Werter. Lenz hörte ein Lächeln in seinen Worten.

Der Abend war lau. Die Häuser lagen friedlich unter dem Himmel. Siri sprach in den Hörer.

Lenz hörte Werters Schritte über das Gras kommen. Er schloss die Augen und bemühte sich, noch stiller zu stehen als still – wie ein Kind beim Versteckspiel.

Dann spürte er eine Hand auf der Schulter.

»Was –«, begann Werter leise.

»Ich –«, sagte Lenz und blinzelte.

»Du bist ja nicht zu retten«, sagte Werter.

Lenz sah seine vor Langem silbrig gewordenen kurzen Locken trotz der Dunkelheit; und er spürte das Gewicht seiner Hand. Werter war groß und drahtig, um die sechzig; niemand, den man nicht ernst nahm. Er führte die Werkstatt seit dreißig Jahren, der junge Kaminski lebte sicher in seinem Schatten, zwischen Hebebühnen und Schraubenschlüsseln.

Lenz ließ sich von Werters schwerer Hand zum Gartentor führen, wo es heller war. Er sah den Schreck in Frau Hartwigs Augen.

»Das Friedhofskind?«, fragte sie. »Hier?«

Werter schob ihn ins Licht der Straßenlaterne neben dem Tor. »Wir würden es begrüßen«, sagte er langsam und sehr deutlich, »wenn du es dir verkneifen könntest, vor den Fenstern weiblicher Touristen herumzulungern. Bei Karin stehst du auch gerne am Zaun und guckst, was?«

»Frau Pechten«, erklärte Frau Hartwig mit gezuckerter Liebenswürdigkeit, »telefoniert übrigens um die Zeit mit ihrem Verlobten. Vielleicht sollte dieser Verlobte mal auftauchen und ein paar Dinge klarstellen?«

»Ich bringe ihn nach Hause«, sagte Werter und zog Lenz am Arm mit sich auf die Straße, Lenz versuchte, seine Hand abzuschütteln, auf einmal entstand etwas wie ein Gerangel. Werters Griff wurde noch fester, Lenz wand sich, Werter fluchte – und sie stürzten beide zu Boden. Als Lenz sich aufrichtete, kniete Werter auf ihm und drückte seine Schultern nach unten.

»Persönlich«, zischte er zwischen zusammengebissenen Zähnen, sodass Frau Hartwig es nicht hörte, »persönlich hab ich keine Angst vor dir, merk dir das. Ich weiß, die Hartwig hat Angst, weil sie glaubt, du könntest ihren toten Mann rufen. Sie haben alle Angst. Ich nicht. Hör auf, irgendwelchen Mädchen nachzusteigen, kapiert?«

Dann holte er aus, Lenz sah seine Faust auf sich zurasen und versuchte, den Kopf zur Seite zu drehen, doch er reagierte zu spät. Ein jäher Schmerz durchzuckte ihn, und er schmeckte warmes Blut. Werter holte noch einmal aus, schlug noch einmal zu und wischte dann mit seinem Ärmel selbst das Blut aus Lenz Gesicht, angewidert.

»So«, sagte er leise. »Dann merkst du es dir wenigstens. Und was die Unfälle betrifft – Kaminski. Und der Umbrich. Mir ist schon klar, wer da nachgeholfen hat. Die Toten waren es nicht. Pass auf, was du tust. Ich lasse dich laufen, solange ich nichts beweisen kann, aber manchmal denke ich, du gehörst hinter Gitter.«

Dann zog er Lenz auf die Beine.

»Geh jetzt«, sagte er, »und lass dich nicht mehr in anderer Leute Gärten erwischen.«

Die Verandatür war offen, als hätte man auf ihn gewartet. Der Garten war ultramarinblau, die Singvögel schliefen. Unten lagen die Nebel über dem Land wie ein weißes Meer. Einen Moment blieb Lenz in der Tür stehen und dachte an Iris und an das Ruderboot. Zum ersten Mal seit über dreißig Jahren fragte er sich, was mit dem Boot geschehen war. War es ebenfalls angespült worden? Woher hatten sie überhaupt gewusst, dass Iris mit dem Boot gekentert und nicht ohne das Boot hinausgeschwommen war?

Er fand Annelie in ihrem Sessel im Wohnzimmer, ein Buch im Schoß.

»Dich sieht man ja auch selten in letzter Zeit«, sagte sie.

»Winfried braucht mich. Er kommt nirgends mehr alleine hin.«

»Ja, man hört davon.« Annelie schlug das Buch zu und legte es beiseite, behutsam. Bücher waren wertvoll, sie hatte es Lenz schon als Kind erklärt: Sie waren ein Draht nach draußen, sie waren ein Weg in die Welt. »Jetzt hast du da also einen Pflegefall im Haus.«

»Er ist blind. Das Knie wird nicht besser. Und er weigert sich, in die Klinik zu gehen.«

»Komm ins Licht«, sagte Annelie. »Irgendetwas ist doch passiert. Du kommst nur, wenn irgendetwas passiert ist.«

Es war kein Vorwurf, es war eine Feststellung, eine sanfte und freundliche Feststellung, die sich anfühlte wie die Oberfläche ihrer Strickjacke. Lenz sehnte sich einen Moment lang danach, sein Gesicht in dieser Strickjacke zu verbergen; nichts zu sehen, nichts zu hören, weder Winfrieds fordernde Rufe noch Werters Anklage.

Annelie musterte ihn einen Moment lang, und ihr Blick war noch weicher als ihre Stimme. Sie stand auf, streckte ihren Arm aus und fuhr mit dem Zeigefinger über seine Lippen.

Er spürte ihren Zeigefinger nicht.

Sie betrachtete das Blut daran.

»Das erinnert mich«, sagte sie. »Das erinnert mich daran, wie es früher war. Das hatten wir lange nicht mehr.«

Er ließ sich von ihr ins Bad führen, ließ sich auf einen Hocker setzen und sich das Gesicht waschen, und es war gut, derjenige zu sein, um den sich gekümmert wurde. Es war das Gegenteil von dem, was zu Hause geschah. Das Wasser, das in den Ausguss floss, war sehr rot.

»Es ist nur die Lippe«, sagte Annelie. »Der Riss sieht allerdings ganz ordentlich aus. Sollte vielleicht genäht ...«

»Nein.«

»Und wer ...?«

»Werter«, sagte er. »Er hat mich in Frau Hartwigs Garten gefunden, vor dem Kellerfenster, ich ... dumm von mir. Sie telefoniert jeden Abend, und ich sehe ihr zu. Das ist alles. Werter denkt natürlich andere Dinge.«

»Natürlich«, sagte Annelie und legte ihre Arme um ihn. Im Sitzen war er nicht zu groß, sich von ihr umarmen zu lassen. Er verbarg sein Gesicht doch noch in der Strickjacke. »Armer Junge«, flüsterte sie, »mein armer Junge.« Und schließlich, nach einer Ewigkeit: »Schläfst du hier?«

Er schüttelte den Kopf.

»Winfried braucht mich«, sagte er, stand auf und sah in den Badezimmerspiegel, vor dem in einem Zahnputzbecher eine weiße Tulpe blühte. Hinter der Tulpe blickte ihm sein Gesicht entgegen, sein nicht schönes Gesicht mit der aufgesprungenen, geschwollenen Lippe. Er erinnerte sich, wie er als Kind vor diesem Spiegel die Ähnlichkeit mit Lotte gesucht hatte, stundenlang.

»Bist du sicher, Lenz, dass Winfried nicht alleine klarkommt? Du brauchst nicht auf dem Boden zu schlafen, weißt du. Letztes Mal hast du auf dem Boden geschlafen, aber ...«

Er sah im Spiegel, wie sie auf ihre Hände hinabblickte und mit den Knöpfen ihrer Strickjacke spielte. Sie wirkte nervös. Es passte nicht zu Annelie, nervös zu sein, und er weigerte sich, darüber nachzudenken.

»Ich weiß«, sagte er. »Da ist das Sofa. Aber Winfried ... manchmal wacht er nachts auf und weiß nicht, wo er ist.« Er strich mit dem Zeigefinger die weißen Blütenblätter der Tulpe entlang. »Ist das nicht merkwürdig, dass ich jetzt für ihn sorge? Früher war es umgekehrt. Wie alt war ich, als ich zu ihm kam? Vier Monate? Wie hat Winfried es geschafft, mich großzukriegen? Einem Baby die Flasche zu geben, es zu wickeln, es ins Bett zu legen …«

»Ich war nie sehr weit«, flüsterte Annelie.

»Wie bitte?«

»Nichts.« Sie schüttelte den Kopf. »Wenn du gehen musst, geh.«

Sie schob ihn sanft vom Spiegel weg, von den weißen Tulpen, aus dem kleinen Bad, in dem der blutige Waschlappen noch über dem Waschbecken hing.

»Man hört«, sagte sie, als er schon auf der Treppe war, »dass der Umbrich wieder zurück ist. Aus der Klinik.«

Lenz nickte. »Er wirkt etwas schweigsam.«

»Erzählt nichts mehr über Scherben und blaue Kleider?«

»Nein.«

»Lenz … pass auf mit der Frau«, sagte Annelie. »Es gibt Schlimmeres als Geschichten über Scherben. Und es gibt Schlimmeres, als eine Faust ins Gesicht zu bekommen.«

»Ich weiß«, sagte er. »Annelie. Ich habe schon einmal jemanden geliebt.«

»Winfried?«

Es war vollkommen dunkel in der kleinen Schlafkammer. Auf das kleine Fenster hatte sich etwas Schweres und Schwarzes gesetzt und ließ das Mondlicht nicht herein.

Lenz hörte ein Atmen vom Bett her, unregelmäßig und leise pfeifend. »Winfried?« Er tastete sich bis zum Bett vor, und einen Moment lang packte ihn das seltsame Gefühl, dass etwas anderes dort lag als Winfried. Etwas Unerklärliches, ein Geschöpf der Nacht, das wahrer war als Winfried selbst – eine Art Essenz von Winfried, die Winfried hinter sich gelassen hatte.

»Sag es mir«, flüsterte Lenz, die Hand auf der Schulter des schwarzen Klumpens. »Sag mir, was passiert ist, als das Ruderboot kenterte. Ich muss wissen, ob Werter recht hat. Ob ich hinter Gitter gehöre. Eingesperrt wie … wie die Kaninchen«, fügte er mit einem bitteren Lachen hinzu. »Aljoschas Kaninchen. *Was ist passiert an dem Tag, Winfried? Am Tag, als Iris ertrank?*«

»Frag ihn doch, den Kaninchenkönig«, murmelte Winfried und drehte sich im Bett auf die andere Seite, ächzend wie ein alter Baum. »Geh und frag Aljoscha. Hat doch immer so getan, als wüsste er mehr als wir. Denkt, er wär was Besseres, der feine Herr mit der Silberkette am Arm … frag ihn und lass mich in Ruhe.«

»Ich habe ihn schon eine Weile nicht mehr gesehen«, sagte Lenz. »Winfried …?«

Doch Winfried antwortete nicht mehr. Da war nur sein gleichmäßiges Atmen und das Gefühl, dass der schwarze Klumpen Materie sich in sich selbst zurückgezogen hatte.

Es war noch nicht ganz hell, als Lenz zu Aljoschas Haus hinüberging. Es lag mit den anderen geduckten, einstöckigen Häusern an der Straße, eingebettet in ein Nest aus dörflichem Misstrauen, in das sie sich hineinkuschelten wie schnurrende Kätzchen. Lenz fragte sich, wie es kam, dass Winfrieds Haus sich ans Ende eines schmalen Pfades zurückgezogen hatte und Annelies Haus, immer ein Gegenteil, auf einen Hügel hinaufgeklettert war, um allein zu sein.

Niemand öffnete auf Lenz' Klopfen. Eine Klingel gab es nicht.

Aljoschas Briefkasten war vollgestopft mit Reklamesendungen, die oben herausquollen: *Mediamarkt: Ich bin doch nicht blöd. Aldi – Sonderangebote.* Feuchtes, labbriges, sich in Auflösung befindliches Druckwerk, das ohnehin nie einen Sinn gehabt hatte.

Der überquellende Briefkasten beunruhigte Lenz nicht. Was ihn beunruhigte, war die Abwesenheit von Kaninchen. Es waren keine Kaninchen auf der Straße vor dem Haus, es waren keine Kaninchen im Vorgarten hinter dem Zaun. Lenz ging um das Haus herum. Es waren auch keine Kaninchen in den Kaninchenställen. Gewöhnlich büchsten sie aus, bis Aljoscha sie irgendwann wieder einfing und den Draht reparierte, und dann brauchten sie wieder ein paar Tage, um einen Durchschlupf zu finden. Diesmal hatte niemand die Kaninchen gefangen und niemand den Draht repariert.

Lenz klopfte an eines der schmierigen, von innen mit Spitzenvorhängen versehenen Fenster.

»Aljoscha!«, rief er, nicht so laut allerdings, dass die Nachbarsfrauen der Kuchenfraktion aufwachten. »Aljoscha? Hier ist Lenz Fuhrmann! Ich muss mit dir reden!«

Er wartete, bis seine Worte sich gelegt hatten und in den kaninchenfreien Rasen gesunken waren. Dann holte er Luft, um noch einmal zu rufen.

»Lass es«, sagte Iris. »Er ist nicht da.«

Lenz fuhr herum. Sie saß auf einem der oberen Kaninchenställe und baumelte mit den Beinen.

»Woher weißt du, dass er nicht da ist?«

»Weil ich schon eine Weile darüber nachdenke, wo er ist«, sagte sie. »Deswegen.«

Sie stellte sich hin, da oben auf dem Dach der übereinandergestapelten Ställe, und breitete die Arme aus. »Fang mich auf!«, rief sie und sprang, und er taumelte unter ihrem Gewicht. Sie lachte. Wie kam es, dass sie plötzlich etwas wog.

Es war ihm immer normal erschienen, aber jetzt wunderte er sich darüber.

»Was glaubst du, wo ist er? Aljoscha? Ich wollte ihn etwas fragen.«

»Was denn?«

»Winfried hat gesagt, er wüsste vielleicht etwas über mich. Über damals. Über die Sache, an die ich mich nicht erinnere. Und du dich nicht. Falls das stimmt, dass du dich nicht erinnerst.«

»Es stimmt«, sagte sie. »Was soll man auch mit so vielen Erinnerungen anfangen? Sie verstopfen einem nur das Gehirn. Lass uns irgendetwas tun. Lass uns auf der Friedhofsmauer balancieren. Lass uns im Wald auf einen richtig hohen Baum klettern. Lass uns spielen, dass wir Seeräuber sind …«

Er schüttelte den Kopf. »Nicht jetzt. Ich muss Aljoscha finden.«

»Dann geh«, sagte Iris und rutschte von seinem Arm. »Geh ihn suchen. Aber vergiss mich nicht – bei deiner Sucherei nach irgendeiner Wahrheit über mich und dich.«

Winfried starrte mit leerem Blick an die Decke, als er zurückkam.

»Wird auch Zeit, Junge«, knurrte er. »Ich hab versucht, allein ins Bad zu kommen, aber das Bein macht es immer noch nicht. Hab wieder aufgegeben.«

Lenz half ihm hoch und wechselte das nasse Bettzeug schweigend. Er schwieg auch, als er mit einem alten grauen Waschlappen Winfrieds zu früh welk gewordene Haut säuberte, er schwieg, als Winfried über Ärmel und Hosenbeine fluchte. Er schwieg bis zum zerfurchten Küchentisch, auf dem die Kaffeetassen an bestimmte Stellen gestellt werden mussten, um nicht umzufallen.

Er trank seinen Kaffee sehr sorgfältig. Dann sagte er: »Aljoscha ist nicht da, Winfried. Du wirst es mir also selbst erzählen müssen.«

»Was? Was soll ich dir erzählen?«, knurrte Winfried, die Hände um seine Kaffeetasse gelegt, als würde er plötzlich, nach all den Jahren, in seinem eigenen Haus frieren.

»Was an dem Tag passiert ist, als Iris ertrank.«

Winfried fuhr mit der flachen Hand über die Krater der Tischplatte. »Ich muss hier raus. Bring mich raus.«

»Natürlich«, antwortete Lenz. »Ich bringe dich raus. Ins Krankenhaus.«

Winfried lachte auf und machte dabei eine unkontrollierte Handbewegung, die die Kaffeetasse kippen ließ. Kaffee versickerte wie Tinte zwischen den Buchstaben neben den Gräbern. Oder wie Blut. »Wie willst du mich da überhaupt hinbringen? Auf dem Gepäckträger von deinem Fahrrad? Junge, du hast noch nicht mal eine Fahrerlaubnis.«

»Notarztwagen«, sagte Lenz knapp.

»Vergiss es.« Winfried schüttelte den Kopf. »Ich will raus in die Sonne. Bring mich zum Friedhof! Ich will noch mal auf diesen Friedhof, bevor ich da unter der Erde verwese.« Auf einmal hieb er mit der Faust auf den Tisch. »Man wird ja wahnsinnig hier drin! Nichts als der verdammte beschissene Fernseher ...«

»Ich bringe dich raus, Winfried«, sagte Lenz mit erzwungener Ruhe. »Wenn du mir erzählst, was ich wissen will.«

»Verflucht.« Winfried seufzte. »Schön. Aber erst, wenn wir da sind. In der Sonne, bei den Blumen. Bei Lottes Grab. Dann erzähl ich. Sonst bringst du mich am Ende irgendwo anders hin und lässt mich da sitzen, bis ich verrecke …«

»Natürlich«, sagte Lenz, leise und sehr böse jetzt. »Ich lasse dich irgendwo verrecken. Das hätte ich schon lange tun können. Dieses Haus ist ein ebenso gutes Irgendwo wie alle anderen Irgendwos. Ich müsste hier nicht bleiben. Keine Sekunde.«

»Ach ja?«, zischte Winfried. »Und wohin würdest du gehen, Junge? Du *kannst* nirgendwohin. Das hier ist der einzige Ort, an dem du funktionierst.«

Lenz stand auf, ohne ihn anzusehen. »Gehen wir.«

†††

Der Friedhof war ein Garten, ein überschäumender Garten voll blühender Farben. Der Rasen war übersät mit sattgelbem Löwenzahn, weiße Gänseblümchen zogen sich durchs Grasgrün wie lebende Ketten, geknüpft von einem unsichtbaren Elfenkind – Siri fand sogar einen Flecken mit Schlüsselblumen. Über den Gräbern hingen violette Blumenglocken an ihren Stielen und winzige Schaumkrautkugeln, die blauen Köpfchen der Scylla bedeckten den Boden unter dem Apfelbaum, und neben den Steinplatten entrollten sich hellgrüne Büschel von Farn. Es war Juni, und der Juni war der April der Gegend, ein Monat voller Wechsel, voller Sonne und Regen, gut für alles, was wuchs.

»Nein«, flüsterte Siri. »Nein, das waren nicht Sonne und Regen. Das war er. Das Friedhofskind. Seine großen, groben, erdigen Hände. Sie haben den Garten geschaffen.«

Sie trat leise auf, als könnte sie die Farben zerstören. In der Ferne leuchtete grünblau das Meer, auf dem weiße Gischtblüten sprossen.

»Wenn ich irgendwann sterbe«, wisperte sie, »möchte ich hier begraben werden.«

Und dann erschrak sie. Es gab zwei Personen, die das gesagt hatten, so oder ähnlich, und die hier begraben worden *waren* – lange vor ihrer Zeit.

»Ach was«, sagte sie zu sich selbst. »Das waren nur Zufälle …«

Sie drehte den Kopf, um Lenz Fuhrmann zwischen den Blüten und Ranken zu finden, doch er war nicht da.

Sie hatte lange nicht mehr mit ihm gesprochen. Ihre Kommunikationsversuche, ihre Fragen nach dem alten Fuhrmann hatten nirgendwohin geführt. Und schließlich hatte sie sich in die Kellerwohnung zurückgezogen und versucht, sich auf die Zeichnungen und die Pappschablonen zu konzentrieren. Sie hatte die farbigen Gläser für vier der Fenster bestellt, in der Kfz-Werkstatt hatten sie sie telefonieren lassen.

Sie hatte, als sie das Handy zu Hause gelassen hatte, nicht daran gedacht, dass sie die Gläser würde bestellen müssen. Werter, der Chef der Werkstatt, hatte seinen silbrigen Lockenkopf geschüttelt.

Siri hatte ihn am Abend auf der Skizze der Totenauferweckung wiedergefunden, er stand jetzt ganz vorne bei den Neugierigen und lächelte auf den Betrachter des Fensters hinab, wohlwollend und in sich selber ruhend.

Die Gläser, in jedem Fall, waren bestellt.

Siri blieb vor der verschlossenen Flügeltür der kleinen Kirche stehen und legte den Kopf in den Nacken. »Bald«, flüsterte sie. »Bald wird da oben ein Sternenschauer leuchten. Dunkelblau und weiß.«

Sie hörte jemanden durch das Friedhofstor kommen und trat hinter die Ecke der Kirche zurück, um nicht gesehen zu werden. Sie hatte keine Lust, Saatkartoffelgespräche oder Kuchenrezepte an die Backe geklebt zu bekommen, nicht an diesem unglaublichen blühenden Tag.

»Da vorn«, sagte jemand beim Tor. »Ich will in die Ecke, wo ich Lottes Grab sehen kann und die anderen auch. Da wird es wohl ein Fleckchen Gras geben, wo man sich hinsetzen kann?«

Die Stimmen kamen näher.

»Du kannst sie nicht sehen«, sagte eine zweite Stimme. Lenz.

Siri atmete die Luft im Friedhofsgarten – Gartenfriedhof? – tief ein und wieder aus.

Sie folgte ihnen um die Kirche herum und lehnte sich an die

sonnenbeschienene Feldsteinwand, verborgen hinter einer anderen Ecke, nur leise atmend. Ich bin wie Iris, dachte sie. Ich verstecke mich und belausche Leute. Ob ich demnächst auf eine Mauer klettern werde?

»Kann ich sie von hier aus sehen?«, hörte sie den alten Fuhrmann fragen. »Lotte Fuhrmann, Jens Fuhrmann, Carla Berg. Kann ich sie sehen, Junge?«

»Ja. Du kannst sie sehen. Aber du weißt, dass Lotte und Jens keine Gräber mehr haben. Da sind nur noch die Steinplatten, die an der Mauer lehnen.«

»Ha! Die Steinplatten. Ja, ich weiß. Du hast sie ausbuddeln müssen. Dreißig Jahre Liegezeit, was, kein Mensch hat mehr ein Grab heutzutage, die Leute haben Liegeplätze, Verrottungsplätze, und wenn die Maden sie gefressen haben, müssen auch die Namen gehen. Wann ist das dritte Grab dran? Das Grab von der Berg?«

»Wir haben sie am 2.10.'89 begraben. Sie hat noch sieben Jahre. Aber wir sind nicht hergekommen, um über Jahreszahlen zu reden. Du hast versprochen, dass du erzählen wirst. Fang an. Ich war acht … und die Familie Weiß kam in einem schwarzen Auto aus Berlin.«

»Ha! Ja. Und aus dem Auto stieg ein Mädchen in einem blauen Kleid, und ihr wart nicht mehr auseinanderzudividieren. Iris Weiß. War schon hübsch, die Kleine, blonde Locken wie ein verdammter Kirchenengel, ein Kind wie auf einem Abziehbild. Sie hatte dauernd Ärger mit der Mutter, weil sie mit dir rumgerannt ist und sich schmutzig gemacht hat, bis die Frau es aufgegeben hat. Die lag den ganzen Tag im Liegestuhl und las, mit dieser lächerlichen riesigen Sonnenbrille im Gesicht, die war was Besseres, die war Vollzeit-was-Besseres. Aber sie hatte es mit den Nerven, vielleicht hätte sie einem leidtun sollen. Deine Mutter, Lotte, war ganz anders. Stand mit beiden Beinen auf der Erde, und trotzdem hat die Welt keine schönere Frau gesehen. Ich war natürlich nicht der Einzige, der das gemerkt hat …«

»Wir waren bei Iris.«

»Verdammt, darf man nicht erzählen, wie's einem selber passt?

138

Von mir aus, Iris. Sie ist den ganzen Sommer in deinen Sachen rumgerannt. Hat mir 'n Stück Bindfaden abgebettelt, weil deine Hosen ihr zu weit waren. Ab und zu hat die Mutter sie erwischt und gekämmt und in ein feines Kleid gesteckt, aber dann haben die Nerven sie wieder gepackt, und sie hat das Kind laufen lassen … Und der Vater, hin und her von Berlin, hat tausend letzte Dinge erledigt, weil sie weggehen wollten. Oder sollten. Nach dem Sommer. Irgendwohin zu den Negern, was war der Mann noch? Irgendwas mit Wirtschaft, Einkauf und Verkauf und sonst was, Papier, glaube ich … vielleicht waren ein paar selbst gefaltete Waffen dabei. Ha.«

»Iris. Du erzählst von Iris.«

»Iris ist im Oktober in das schwarze Auto gestiegen und weggefahren. Mit ihren Eltern. Ende.«

»Sie ist zurückgekommen.«

»Schön, sie ist zurückgekommen. Ich dachte, du erinnerst dich nicht? Ich habe sie hier begraben. Weißt du, was du gemacht hast, auf der Beerdigung? Dagestanden und geschwiegen. Von da an hast du ganze sechs Monate lang kein Wort gesagt. Die Ammerland wollte zum Arzt mit dir. Ach, lass ihn schweigen, hab ich gesagt, wenn's ihm hilft. Und wenn es nicht hilft, hat sie gesagt, willst du zusehen, wie er langsam vor die Hunde geht? Und ich hab gesagt, die Hunde möcht ich sehen, hab ich gesagt. Was einen nicht umbringt, macht einen stark. Ich hatte recht. Der Mai kam, und du hast wieder geredet. In der Schule waren sie ja gewöhnt, dass du komisch warst. Sie haben es hingenommen, dass du eine Weile geschwiegen hast, denen war das egal.«

»Es geht nicht um die Schule. Es geht um Iris. Verdammt, komm zum Punkt! Was ist mit Iris passiert?«

»Sie ist ertrunken.«

»*Das weiß ich.* Aber was ist genau passiert?«

Siri hielt den Atem an und wurde sich bewusst, dass das lächerlich war, es war eine Floskel aus Romanen.

»Himmel, du kannst einen nerven. Iris ist in dieses Auto gestiegen. Abends. Das Auto fuhr weg, aber sie hatten wohl irgendwelche Schwierigkeiten damit, das hat man später gehört, irgendwas war.

139

Deshalb sind sie nicht bis nach Berlin gefahren, sondern nur bis ins nächste Seebad, die Mutter, Frau Ich-bin-was-Besseres, die hätte den Sommer ohnehin lieber da an der Promenade verbracht ... Die Kleine muss sich nachts weggeschlichen haben, aus dem Hotel oder wo sie da gewohnt haben. Ist wohl per Anhalter zurückgefahren. Hat Glück gehabt – oder Pech –, viele Autos gab's ja nicht damals, nicht hier. Das letzte Stück Weg muss sie wohl gelaufen sein. In der Nacht war die See unruhig, wir hatten 'ne Sturmwarnung, das weiß ich noch ... ich hab die Sturmwarnung gehört, wir hatten keinen Fernseher damals, ich hab sie im Radio gehört. Ich hab dann noch mal nach dir gesehen, und du hast im Bett gelegen und geschlafen.«

»Warte. Bist du sicher, dass ich da war? Im Bett?«

»Na, deinen Pass hab ich nicht verlangt, nachts, ich hab nur aus Gewohnheit die Tür zu deinem Zimmer aufgemacht, hab geguckt, da lagst du, und also bin ich rüber in mein eigenes Bett. Ich hab ja jeden Abend nach dir geguckt ... war ich so gewohnt, von als du ein Baby warst ... und dann haben sie die Kleine am nächsten Morgen am Hafen unten gefunden, da war sie schon tot. Und das Ruderboot, das vorher am Steg gelegen hatte, war weg. Hat ihren Eltern gehört, das Boot, ihr seid den ganzen Sommer damit rumgepaddelt. Am Abend war's wohl noch da gewesen, das Boot.«

Eine Weile sagte keiner der beiden etwas.

Siri beugte sich vor, sah um die Ecke der Mauer, vorsichtig. Winfried saß im Gras, die Krücken neben sich. Lenz hatte einen Arm auf einen Grabstein gestützt. *Carla Berg*, las Siri.

Wer war Carla Berg?

Sie sah Lenz' Profil, er blickte die Grabplatten vor sich an, die an der Mauer lehnten: Jens und Lotte Fuhrmann. Wenn Frau Ammerland recht hatte, waren diese Steinplatten das Letzte, was von Lenz' Eltern geblieben war. Sie sah Lenz' Profil, und es war merkwürdig: Sein Gesicht war nicht mehr so ... unschön. Nicht mehr so grob. Es war nicht schön, aber es war auch nicht mehr hässlich. Es war etwas, das man mögen konnte.

Schließlich fragte Lenz, ganz leise: »Wer hat sie gefunden?«

Siri zog sich hinter ihre Ecke zurück, in ihr Kinderversteck.

»Gefunden? Der alte Kaminski, glaube ich, und Werter. Der Vater von dem Werter, der jetzt die Werkstatt hat. Sie waren unten zum Angeln, ganz früh schon, da hing sie im Schilf wie ein Vögelchen, das vom Himmel gestürzt ist. Ich weiß noch, so hat er's gesagt, der Vater Werter: *wie ein Vögelchen*. Das Vögelchen hatte ein Hemd von dir an. Sonst nichts. Ich hab die ganze Aufregung erst mitgekriegt, wie ich den Müll rausgebracht hab an dem Morgen, damals hatten wir noch die Grube hinten im Garten, da konnte man noch alles vergraben, wo man wollte … das ganze Dorf war auf den Beinen, und also bin ich raus und zur Straße und hab geguckt, was los ist. Du lagst noch im Bett und hast geschlafen.«

»Bist du sicher? Hast du morgens nach mir gesehen?«

»Jeden Morgen und jeden Abend. Ich sag doch, alte Gewohnheit. Als ich zurückkam, standst du angezogen in der Küche und hast aus dem Fenster geguckt. Aber geredet hast du nicht. Da nicht und noch ein halbes Jahr lang nicht.«

»Moment«, sagte Lenz. »Winfried … wann hast du mir erzählt, dass sie Iris gefunden haben? Ich meine: Habe ich erst *danach* aufgehört, zu reden? Oder war ich schon seltsam, als du hereinkamst?«

»Junge«, sagte Winfried, »du warst immer seltsam. Immer. Seit sie dich aus dem Schneesturm gepflückt haben. Seit du da in deinem umgekippten Kinderwagen lagst mit deinen vier Monaten und deinen grauen Augen. Die waren ja nie blau, hat Lotte gesagt, nicht so wie bei anderen Kindern … Aber wenn du's wissen willst: Du warst schon komisch, wie ich zur Tür rein bin an dem Morgen. Standst da am Küchenfenster, und ich dachte noch: Der weiß es schon. Sie ist schon angekommen, die Kleine, im privaten Reich seiner Toten, sie hat sich schon bei ihm gemeldet, deshalb weiß er's.«

»Winfried … glaubst du das? Dass ich mit den Toten spreche?«

»Junge, es ist mir völlig egal. Du kannst reden, mit wem du willst. Die Ammerland, die wollte dich immer ändern, und ich hab ihr gesagt: Vergiss es. Der Junge ist der Junge, und der bleibt so.«

»Winfried … was war mit dem Boot? Wo ist es?«

»Keine Ahnung. War ja sowieso nicht bewiesen, aber die meisten haben eben gesagt, sie muss mit dem Boot raus sein. Und dass der Sturm sie überrascht hat. Schwimmen konnte sie, aber in einem Sturm ist es egal, ob du schwimmen kannst. Gerade im Oktober, wenn das Wasser schon kalt ist.«

»Warum hat sie das getan, Winfried? Warum ist sie mit dem Boot hinausgerudert? Wenn sie zurückgekommen ist, ins Dorf, warum ist sie nicht zu uns gekommen?«

»Junge. Ich weiß es nicht.«

»Sie behauptet, sie würde sich nicht erinnern. Ich … ich spreche mit ihr. Von Frühjahr bis Herbst. Im Winter verschwindet sie. Aber das weißt du.«

»Frau Ammerland hat mal so was erzählt. Mir egal, wie gesagt. Du bist, was du bist. Gibt keinen Weg da raus.«

»Nein«, sagte Lenz leise. Und, nach einer Weile: »Ich liebe sie. Ich dachte, es wäre für … für den Rest der Zeit.«

Winfried lachte scheppernd auf. »Du? Liebst? Junge, was weißt du schon von der Liebe! Du warst acht. Du bist acht. Immer noch. Guck dich doch an! Man hört, dass du Schiffchen baust, unten am Wasser. Dass du auf Mauern balancierst und auf Bäume kletterst. Liebe – ha. Komm mir nicht damit.«

»Aber du«, sagte Lenz bitter, »du weißt so viel darüber, ja? Du hattest nie eine Frau.«

»Ich war nie verheiratet. Aber ich habe geliebt.«

»Wo ist sie jetzt? Die, die du geliebt hast?«

»Ich bin müde«, sagte Winfried. »Bring mich zurück nach Hause.«

»Nein«, sagte Lenz. »Antworte mir. Du wolltest herkommen, jetzt sind wir hier. Jetzt wird geantwortet.«

»Du bist … du bist ein verfluchtes grausames Arschloch.«

»Natürlich«, sagte Lenz. »Wir sind grausam zueinander. Immer gewesen. Ich hasse dich.«

»Tu das«, antwortete Winfried und lachte sein trockenes Lachen. »Hass ihn ruhig, den Mann, der dich großgezogen hat. Alle Kinder hassen ihre Erzieher, ob sie Eltern heißen oder sonst wie. Hass hält die Welt am Leben. Ich hasse auch, mein Junge, ich hasse die Tage und die Nächte, jede Minute, ich hasse das Leben. Ich weiß gar nicht, was ich hassen werde, wenn es vorbei ist, dann habe ich nichts mehr zum Verabscheuen, wird seltsam sein … aber dann fressen mich ja auch die Maden.«

»Glaubst du nicht, dass du sie wiedersiehst? Die Menschen, die hier liegen? Jens? Und Lotte?«

»Ich seh niemanden wieder. Ha, ich bin blind! Und sie werden mich blind verscharren. *Du* wirst mich verscharren. Es gibt nichts nach dem Tod. Und bild dir nicht ein, Junge, dass ich zurückkomme, um mit dir zu reden. Ich nicht. Ich pfeif im Übrigen auch drauf, einen wie Jens wiederzusehen, reiner Zufall, dass wir verwandt waren. Brüder, na ja. Was für ein Angsthase, was für ein Weichei. Ich hab ihm nicht nachgeweint, als er sein Moped um den Baum gewickelt hat in dem Winter. Er hätte sich schlechter um dich gekümmert als ich, war völlig hilflos, nachdem Lotte im Schneesturm geblieben ist. Und er war schuld. Sie haben sich gestritten, deshalb ist sie weg. Am Weihnachtsabend. Anfang Januar hat er den Unfall gehabt. Die Straße war glatt. Ha, glatte Straßen, das kannst du mir nicht erzählen. Der Lotte nach ist er, konnte ohne sie nicht. So. Und jetzt, Junge, ist Ende mit den Wahrheiten.«

Sie schwiegen eine Weile.

Schließlich sagte Lenz: »Winfried?«

»Hm?«

»Vielleicht … war es gelogen. Dass ich dich hasse.«

»Es wäre besser wahr«, knurrte Winfried. »Denn ich mach's nicht mehr lang, und heulen steht dir nicht, glaube ich.«

»Winfried … kann man denn noch einmal lieben?«

»Nein«, sagte Winfried sofort. »Man kann sich vielleicht noch einmal *ver*lieben, aber lieben – lieben kann man nur einmal. Das Gegenteil muss mir erst einer beweisen.«

»Ich werde es versuchen«, flüsterte Lenz. »Aber da ist ein rotes Telefon, und ich glaube, das ist keine gute Voraussetzung.«

Siri schnappte nach Luft, als er das sagte, und presste sich ganz dicht an die harte Steinwand. Ein rotes Telefon.

So stand sie, bis sie die beiden gehen hörte, wobei *gehen* das falsche Wort war; was sie hörte, war das Schimpfen und Stöhnen des alten Fuhrmann und das leise Fluchen von Lenz, der ihm half. Ihre Stimmen waren sehr ähnlich.

Sie wagte erst, ihnen nachzusehen, als sie das Friedhofstor quietschen hörte. Der alte Fuhrmann hatte einen Arm um Lenz' Schultern gelegt, und Lenz hatte ihn um die Hüfte gefasst, und so humpelten sie durch das Tor wie in einem abstrusen Tanz – der alte und der junge Totengräber.

Unglückskinder.

Aber sie hatten geliebt.

Habe ich jemals geliebt?, dachte Siri. Wirklich geliebt? Eine Weile stand sie zwischen den Blumen, die Lenz Fuhrmann mit seinen riesigen Händen gepflanzt hatte. Eine Million Blumen für die Toten. In wie vielen Gräbern lagen Menschen, die geliebt hatten?

Die Bank neben dem Friedhofstor war grün. Gewesen. Sie blätterte ab, Lenz würde sie streichen müssen. Siri setzte sich einen Moment auf diese Bank, um ihre Gedanken zu ordnen, aber alles, was sie vor sich sah, war Lenz Fuhrmann, der eine Bank strich.

Hinter dem Tor, auf der Straße, stritten Kinder, eine Mutter schimpfte: die hysterische Mutter mit dem Trampolin. Eine zweite Frauenstimme gesellte sich dazu: die Frau mit dem Tapirhund. Sie sprachen über irgendetwas und ließen die Kinder streiten, rauchten zusammen, verglichen ihre frisch gefärbten Haarsträhnen.

Siri lächelte. Sie dachte an das Bild der Tapirhundefrau und des Tapirhundemannes an der Steilküste, zwei merkwürdige Gestalten auf einem offensichtlich romantischen Spaziergang.

Hatten die Tapirhunde dieselbe Bedeutung wie Eheringe? Siri stellte sich den Pfarrer vor, wie er feierlich sagte: *Sie dürfen jetzt die Hunde tauschen.*

Siri fragte sich, ob alle diese Leute auf ihre Art zufrieden waren. Vermutlich. Sie rauchten, sie färbten sich die Haare, sie führten Hunde spazieren und schimpften mit Kindern, und damit war ihr Leben ausgefüllt. Sie kauften beim Konsum-auf-Rädern ein, sie fuhren manchmal mit dem Auto in die Stadt, um in die Disco zu gehen; sie waren nie in der Welt draußen gewesen und hatten die Welt gar nicht nötig.

Beinahe konnte man sie beneiden.

Siri holte eine Tafel schwarzer Schokolade aus der Tasche, schloss die Augen und hielt ihr Gesicht in die Sonne. Als sie die Augen wieder öffnete, saß jemand neben ihr.

Die alte Dame aus dem blauen Haus auf dem Hügel. Frau Ammerland. Sie hatte die Hände im Schoß gefaltet und sah den blühenden Friedhof an, als sehe sie aufs Meer hinaus.

»Sind Sie immer noch auf der Jagd nach Bildern?«, fragte sie beiläufig.

Siri nickte. »Zwei fehlen mir noch. Aber ich fange mit denen an, die ich habe. Die bunten Gläser sind schon bestellt.«

»Schön«, sagte Frau Ammerland, und dann eine Weile nichts. Ein paar Kaninchen hoppelten über die Wiese. Über den Himmel flog ein Schwarm weißer Tauben. Eine von ihnen landete auf einem Haselstrauch neben dem Grabstein mit dem Namen »Carla Berg«. *Carla Berg.*

»Ein Haselstrauch und ein weißer Vogel«, sagte Siri und lachte leise. »Wie bei Aschenputtel.«

»Es sind Kaminskis Tauben«, sagte Frau Ammerland. »Er züchtet.«

»Kaminski ... von der Kfz-Werkstatt ... züchtet *weiße Tauben*? Im Ernst?«

Frau Ammerland zuckte die Schultern. »Hat wohl eine geheime romantische Ader. Aber mit Aschenputtel haben Sie natürlich recht. Sie sind der einzige andere Mensch, der bei weißen Tauben an Aschenputtel denkt.«

»Der einzige Mensch ... außer Ihnen?«

»Nein. Außer dem Friedhofskind.«

»Lenz.«

»Ja. Er hat das Märchen immer geliebt. Es war meine Schuld, nehme ich an, ich hatte ihm das Buch geschenkt ...« Sie verstummte.

»Ihre Schuld?«, fragte Siri. »Was ... ist denn passiert?«

Frau Ammerland seufzte. »Das Bild in dem Buch war wirklich

schön: Aschenputtel, die beim dem Haselstrauch am Grab ihrer Mutter sitzt, und auf dem Strauch sitzt ein weißer Vogel, der zaubern kann. Später wirft er ihr das Ballkleid und die Schuhe herab … Lenz hat auch einen Haselstrauch gepflanzt. Auf Lottes Grab. Und die Tauben haben ihm den Gefallen getan, ab und zu darauf zu landen. Früher war das Grab seiner Mutter dort, neben dem Grab von der Berg … eine Weile lagen sie da in einer Reihe, Lotte, Jens und Carla Berg, Jens kam mir immer ein wenig eingekesselt vor zwischen den beiden Frauen …« Sie schüttelte den Kopf. »Er saß stundenlang bei seinem Haselstrauch. Lenz, meine ich. Ich glaube, er hat gehofft, es würde passieren. Eine der Tauben würde zaubern. Irgendetwas herabwerfen. Vielleicht das Glück. Es ist nicht passiert. Unglückskinder bleiben Unglückskinder. Sie haben das Märchen als Stück aufgeführt, in der zweiten Klasse. Er wollte unbedingt Aschenputtel spielen, Aschenputtel in Lumpen und Aschenputtel in ihrem Ballkleid. Und seine verdammte Lehrerin hat ihn gelassen.«

»Und dann?«

»Sie können sich vorstellen, was die Jungs gesagt haben. Vor allem die älteren. Die im Bus. Er hat das Kleid nach der letzten Probe mit nach Hause gebracht, um seine Rolle zu üben. Die Haltestelle … Sie erinnern sich an die Haltestelle … ich konnte nicht immer da sein, um ihn abzuholen. Sie haben ihn gezwungen, sich komplett auszuziehen und das Kleid anzuziehen, einer von ihnen hat es später zugegeben. Es war Februar, wir hatten minus zwanzig Grad. Ich weiß nicht mal, was sie mit den Sachen gemacht haben. Als man ihn fand, später, war der dünne goldgelbe Stoff voller dunkler Flecken, und die Rüschen waren zerrissen. Sie müssen ihn in eine Pfütze gestoßen haben oder was weiß ich? Er stand da, nur in dem Kleid, in nichts sonst, nicht einmal Unterwäsche, mitten auf der Straße, ein paar Kilometer entfernt vom Dorf. Kein Mensch weiß, wohin er wollte. Vielleicht wusste er es selbst nicht. Der alte Kaminski, der damals noch jung war, hat ihn nach Hause gebracht. Und die Lehrerin hat geschimpft, wegen des Kleides. Das war das Ende von Aschenputtel. Lenz hat zwei Wochen im Bett gelegen und gefiebert. Und eine Weile nicht geredet, ich glaube, das war das erste Mal, dass er nicht geredet hat … wir haben später nie darüber gesprochen, was genau passiert war. Vielleicht war es keine Pfütze.«

Pfützen, dachte Siri, sind bei minus zwanzig Grad gefroren.

Die Tauben kamen wieder, um auf der Friedhofsmauer zu landen, rein und weiß.

»Und dann gab es diesen Unfall«, sagte Frau Ammerland. »Die Leute haben die Verbindung erst viel später gezogen. Es war ein Jahr nach der Sache mit Aschenputtel, und Lenz war an dem Tag nicht im Bus. Die Reifen verloren auf einem vereisten Stück Straße den Halt, und der Bus fuhr gegen einen der Alleebäume. Zwei der Jungen, die bei *Aschenputtel* dabei waren, waren lange im Krankenhaus. Einer hat es nicht überlebt.«

Sie strich ihren Rock glatt und stand auf.

»Warten Sie!«, sagte Siri. »Ich … glauben Sie das? Dass es eine Verbindung gibt?«

»Es kann natürlich Zufall sein«, sagte Frau Ammerland. »Aber es ist nicht abzustreiten, dass allen, die das Friedhofskind verletzen, etwas zustößt.«

»Und – Iris?« Siri sprang auf. »Was hat Iris getan, um ihn zu verletzen?«

»Sie ist weggegangen.«

»Ich dachte, sie ist zurückgekommen.«

Frau Ammerland strich mit dem Finger eine der kleinen weißen Rosenknospen an der Mauer entlang, die noch nicht aufgeblüht waren. Dann sah sie Siri an, ehe sie sich zum Gehen wandte. Sie sah sie sehr genau an.

»Ist sie das?«

8

Das rote Telefon schien Siri anzustarren, als sie an diesem Abend die Schablone und Skizzenblätter beiseitelegte. Sie seufzte und wählte. Und erzählte dem Telefon mit vielen Worten … nichts. Sie erzählte nicht, was sie auf dem Friedhof gehört hatte, sie erzählte nicht, was sie gedacht hatte, und nichts von Aschenputtel.

»Ich vermisse dich«, sagte sie in den roten Hörer. »Es ist eine lange Zeit. Gießt du die Blumen?«

Und dann lag sie im Bett und konnte nicht schlafen.

Und dachte, seit Langem zum ersten Mal, an ihren Vater.

Alle Kinder hassen ihre Erzieher, ob sie Eltern heißen oder sonst wie.

Als sie die Augen schloss, sah sie ihn vor dem grellen Himmel eines anderen Landes. »Du wirst schön sein«, hatte er gesagt, »so schön sein wie sie … wenn du dich nur ein wenig anstrengst, wirst du schön sein und tanzen. Schau, die Mädchen warten alle. Sie freuen sich auf dich!«

Sie war sieben Jahre alt gewesen und verschüchtert. Und die Mädchen hatten hinter vorgehaltener Hand über sie gekichert. Siri hatte in den großen Wandspiegel geblickt und sich vor sich selbst gefürchtet. Dieses ungelenke Wesen im Spiegel mit den zu dünnen Beinen und den groben, abgehackten Bewegungen – es hatte ihr Gesicht. Und auch das Gesicht war nicht hübsch, nicht niedlich, war zu schmal. Wie lächerlich sie ausgesehen hatte in dem rosafarbenen Tütü. Ihr Vater hatte bei der Tür gestanden und ihr zugelächelt, in jeder einzelnen Übungsstunde. Die anderen Mädchen hatten es nicht gewagt, offen über sie zu lachen, solange er da war, und das war vielleicht das Schlimmste gewesen.

Sie waren Mädchen wie sie, weiße Mädchen unter einer dunklen Sonne, europäische Mädchen in einem falschen Land. Wie viel hätte Siri darum gegeben, mit den dunklen Sonnenmädchen draußen im Staub zu spielen!

»*Lächeln!*«, sagte ihr Vater. »Du musst *lächeln*, wenn du tanzt!«

Da merkte Siri, dass sie träumte. Aber es gelang ihr nicht, aufzuwachen. Sie war gefangen in dem Traum, gefangen in ihrem ungelenken Kinderkörper. Die anderen waren so elegant, so grazil, so schön!

Und dann, ganz plötzlich, entdeckte sie eines zwischen den Mädchen, das so ungelenk war wie sie; ein Mädchen in einem goldgelben Kleid mit weißen Rüschen. Es tanzte auf sie zu, und sie sah, dass es kein Mädchen war; es hatte kurzes Haar und das Gesicht eines Jungen. Auf dem goldgelben Kleid zeichneten sich dunkle Flecken ab, Matschflecken.

Siri sah, wie die anderen Ballettmädchen das Nicht-Mädchen anstarrten. Das Nicht-Mädchen hatte blaue Lippen. Es zitterte. Es brauchte Wärme. Dringend, sonst würde es vor ihren Augen erfrieren.

Siri nahm es an der Hand, riss die Tür des klimatisierten Ballettraums auf, zog es durch einen Flur bis zur Außentür – das frierende blaulippige Aschenputtel. Dann traten sie gemeinsam hinaus in die brodelnde, modrig süßliche, rot gewürzte Luft.

In die Wärme.

Der Türsteher, schwarzlockig, dunkelhäutig, starrte sie mit der gleichen Verwirrung an wie die Ballettmädchen. Sie nickte ihm zu und lächelte. »Alles in Ordnung«, flüsterte sie.

»Ja?«, flüsterte das Aschenputtel neben ihr, fragend, zweifelnd.

Ihre Gesichter waren jetzt ganz nah. Aschenputtel hatte auch Dreck auf den Wangen, Spritzer von Dreck und von etwas Getrocknetem, Dunklerem, Blut vielleicht.

»Ich muss dich etwas fragen«, flüsterte es. »Bitte, sag mir – gibt es Veranden? Wir haben uns das immer ausgemalt, dass jedes Haus hier eine große Veranda vor der Tür hat. Mit Schaukelstühlen. Wie die Veranda an dem blauen Haus auf dem Hügel, aber ohne Glas …«

Siri wollte antworten, doch in diesem Moment kam ihr Vater durch die Tür und zog sie zurück nach drinnen. Er wollte sie retten, so viel war ihr klar. Aber sie wusste nicht, wovor.

Das Letzte, was sie sah, ehe sich die Tür schloss, war das Gesicht des Aschenputtels im zerrissenen, schmutzigen Goldkleid. Sein Gesicht war wie eine vergebens ausgestreckte Hand.

Siri erwachte mit einem Ruck und setzte sich im Bett auf.

Ihr Nachthemd war nass geschwitzt, als wäre sie wirklich dort gewesen, dort in der Hitze. Schweißtropfen hatten sich auf ihren Wangen gebildet, einer lief hinunter, in ihren Mund, salzig wie Meerwasser. Oder wie Tränen.

Sie stand auf und zog sich leise an. Als wäre da jemand im Raum, den sie nicht wecken durfte, jemand, zu dem sie wieder unter die Decke schlüpfen konnte. Jemand, der schläfrig einen Arm um sie legen würde, wenn sie zurückkam. Sie legte eine Hand auf den Hörer des roten Telefons und blieb einen Moment so stehen.

»Ich muss diesen Traum loswerden«, flüsterte sie. »Ich werde spazieren gehen. Denk ein wenig an mich, ja? Aber mach dir keine Sorgen. Es ist nur ein Dorf.«

Die Straße war warm wie eine Straße im Sommer.

Und es würde bald Sommer sein, bald, bald …

Die Wärme hielt nur drei Schritte lang. Dann merkte Siri, dass es die Wärme aus ihrem Traum war, die sie getäuscht hatte, und sie zog den geblümten Regenmantel enger um sich. Sie hätte den Schal mitnehmen sollen; der Wind wehte scharf vom Meer herauf. Er brachte die Dunkelheit mit, die dort unter den Wellen schlief. Wie es sich wohl angefühlt hatte, dort unter den Wellen zu liegen, unendlich weit entfernt von Licht und Luft? Gar nicht, Siri, sagte sie sich selbst, denn wer dort liegt, fühlt nicht mehr.

Aber vielleicht war es ja eine große Ruhe, die man unter den Wellen fand, eine Ruhe jenseits von Träumen und goldgelben Kleidern.

Sie ging die Reihe der geduckten, schlafenden Häuser hinunter, die den Kern des Dorfs bildeten, die ungeteerte Straße entlang. Sie musste sich müde wandern, dann würde sie zurückkehren zu Frau Hartwigs Ferienwohnung und hoffentlich endlich schlafen, traumlos diesmal.

Es gelang ihr nicht, den Gedanken an ihren Vater abzuschütteln.

Beinahe war es, als gingen seine großen, breiten Schritte neben ihr durch die Nacht.

Aber ihr Vater wusste nicht einmal, dass sie hier war. Sie hatte ihm nichts gesagt.

Später, wenn sie diesen eigentlich unmöglichen Auftrag erledigt hatte – später würde sie ihm davon erzählen. Mit einem Lachen auf den Lippen. Weißt du, manchmal hatte ich Angst in diesem Dorf, aber ich habe es geschafft … Und er würde stolz auf sie sein.

Sie blieb stehen. War das nicht ein Stück von einem blauen Kleid, dort, wo die Straße vor ihr eine Biegung machte? Siri ging schneller.

»Warte doch!«, flüsterte sie. »Warte!«

Ein Kaninchen hoppelte über den Weg. Das Blaue tauchte wieder auf, und jetzt rannte Siri.

Sie sah jetzt nicht nur das Blau, sie sah das ganze Mädchen: Iris. Iris Weiß.

Sie sah die laufenden Kinderbeine und die langen hellen Mondlocken, sie sah die Hände, die Iris im Rennen zu Fäusten ballte, und dann, ganz plötzlich, sah sie Iris stehen bleiben. Sie drehte sich zu Siri um, hob den Arm und winkte, und dann bog sie nach links ab und war fort.

Erst als Siri an der Stelle angekommen war, wo sie verschwunden war, merkte sie, dass es das Tor des Friedhofs war, durch das sie verschwunden war.

Siri zog den Riegel zurück und stieß das Tor auf. Es quietschte in der Nacht.

»Du bist verrückt«, flüsterte sie. »Du willst nicht wirklich nachts auf einem Friedhof spazieren gehen, Siri. Geh zurück!«

Doch sie gehorchte sich nicht. Sie trat durch das Tor.

Der Friedhof war still. Sehr still.

Das Rascheln der nächtlichen Tiere in Sträuchern und Gras machte die Stille nur noch stiller. Hier also lagen sie alle, auch nachts, und schliefen. Warteten sie auf das Friedhofskind?

Die Toten?

»Iris?«, flüsterte Siri. »Iris? Wo bist du?«

Natürlich erhielt sie keine Antwort.

Schließlich ging sie mit sehr kleinen, sehr zögernden Schritten zwischen den Gräbern entlang, auf die Kirche zu, die schwarz und steinern inmitten der Schlafenden aufragte. Es war jenseits jeder Vernunft, aber es war auch, als riefe die Kirche sie. *Komm, komm,* wisperten die steinernen Mauern. *Irgendwo in mir liegt eine Antwort auf alle Fragen. Ich weiß, warum die Fenster alle an einem Tag herausgesprungen sind. Ich weiß, was mit Iris geschehen ist. Ich weiß, was mit dir geschehen wird.*

Das war natürlich großer Unsinn, die Kirche wisperte gar nichts, sie stand einfach da. Und der Friedhof war nur ein Friedhof.

Aber dann glaubte Siri, jemanden hinter sich flüstern zu hören, und sie blieb ganz steif stehen. Sie drehte sich langsam um, doch im Mondwolkenlicht war wenig zu erkennen. Da waren wippende Rosenranken, da war Wind im Gras, und da war der Schatten des Tores, das auf einmal aussah wie das Gitter eines Gefängnisses.

Dort, neben dem Gitter, schwebte ein heller Glutpunkt in der Luft. Siri wurde eiskalt.

Jemand war dort, jemand stand am Tor, sie konnte nicht zurück, ohne an der Gestalt vorbeizugehen. Es war kein Geist, es war jemand, der rauchte und der sie offenbar beobachtete. Und alles, was passieren konnte, war irdisch, ungeisterhaft, real.

Mach dir keine Sorgen, hatte sie gesagt, dies ist nur ein Dorf. Haha.

Denk jetzt, Siri, denk schnell! Wer von ihnen raucht? Sie rauchen alle, mehr oder weniger, alle bis auf Lenz, das Friedhofskind; Kinder rauchen nicht. Es kann jeder von ihnen sein, irgendwer ist dir gefolgt, oder ist es ein Zufall? Ein Zufall, den jemand ausnützen wird?

Sie merkte, dass sie zitterte; ihre Hände zitterten in den Taschen des geblümten Mantels. Die Glut am Friedhofstor verlosch beinahe, wurde wieder heller – jemand zog an der Zigarette. Jemand wartete, jemand hatte keine Eile. Sie würde ja doch zu ihm zurückkommen müssen, um den Friedhof zu verlassen. Und wenn sie es nicht tat, würde er zu ihr kommen.

Und wenn sie schrie, würde niemand sie hören. Und wenn

jemand sie hörte, würde dieser Jemand sein sicheres, geducktes, misstrauisches Haus nicht verlassen, um ihr zu helfen.

Sie begann, rückwärtszugehen, ganz langsam, weiter auf die Kirche zu. Das Glühen fiel zu Boden. Erlosch. Jemand hatte die Zigarette ausgetreten.

Waren dort Worte in der Nacht?

»Hey. Hey, warte. Lauf doch nicht weg.«

Sie merkte, dass sie den Kopf schüttelte, während sie noch immer rückwärtsging. Nein, sie hatte sich die Worte eingebildet. Aber kamen da nicht Schritte näher, leise, über das Gras neben dem Weg? Da war sie wieder, die süße Verlockung der Panik, und Siri drehte sich um und rannte.

Sie rannte zur Tür der Kirche, zog an den alten Griffen der beiden Türflügel und begriff, dass die Kirche ihr keine Zuflucht bot. Die Kirche war verschlossen.

Aber sie war da, als dunkles Ding, das Siri zwischen sich und den Mann mit der Zigarette bringen konnte, und sie rannte weiter, um die Ecke, zwischen Gräbern hindurch, stolperte, rappelte sich auf – dann sah sie die Gestalt, die an der hinteren Mauer lehnte; die zweite dunkle Gestalt dieser Nacht, sehr vage und vielleicht eingebildet.

»Frau Pechten?«, flüsterte die Gestalt. »Siri?«

Es war Lenz. Und seine Stimme verriet nichts als Überraschung.

Sie dachte nicht weiter nach. Sie war mit ein paar Schritten bei ihm und tat etwas, das ihr beinahe selbst unbegreiflich war: Sie klammerte sich an ihn, presste sich gegen seine Jacke wie ein verschüchtertes Kind.

Er roch nach Erde und Blättern, nicht nach Zigaretten. Der Stoff seiner Jacke war kühl von der Nacht, aber der Arm, der sich um sie legte, war irgendwo unter dem Stoff warm und lebendig.

»Was …?«, begann er.

»Psst«, flüsterte sie. »Jemand ist hier. Jemand …«

Sie lauschte in die Dunkelheit und konnte fühlen, wie er mit ihr lauschte.

»Nein«, wisperte er. »Nur wir sind hier. Nur wir und eine Armee von Schatten.«

Und nach einer sehr langen Zeit, in der sie still stand und seinen Atem spürte, begann sie, ihm zu glauben. Vielleicht hatte sie sich alles eingebildet. Vielleicht hatte nie eine Zigarette beim Tor geglüht.

»Hast du keine Angst vor ihnen?«

»Vor den Schatten? Nein.« Er lachte leise, kaum hörbar. »Die, vor denen ich Angst habe, sind die Menschen.«

»Was tust du hier? Nachts?«

»Nachdenken«, antwortete er. »Und Sie?« Er wartete nicht auf ihre Antwort. »Sie sollten nach Hause gehen«, sagte er.

»Wir waren beim Du …«

»Du solltest jetzt nach Hause gehen.«

»Ja«, sagte Siri. Aber die Nacht war kalt und der Körper, der sie noch immer mit einem Arm festhielt, war warm, und draußen in der Dunkelheit wartete das Unheimliche, das Einbildung war oder auch nicht.

»Aschenputtel«, flüsterte sie. »Ich habe von Aschenputtel geträumt. Ich musste den Traum loswerden. Deshalb bin ich hinausgegangen. Frau Ammerland hat mir die Geschichte von Aschenputtel erzählt. Von *dir* und Aschenputtel. Von …«

»Ich glaube nicht, dass ich das hören will.«

»Ich … ich hatte auch mal ein gelbes Kleid an, mit Rüschen, zum Tanzen«, flüsterte sie. »Es war weit weg, in einem anderen Land, und es war furchtbar, weil ich nie schön darin war … sie haben gelacht, alle … ich wollte nur sagen, dass gelbe Kleider vielleicht Unglück bringen und …«

Sie brach ab.

Sie dachte an ihren Traum, in dem das Gesicht des kleinen Jungen im Kleid so nah an ihrem gewesen war. Ihre Nasen hatten sich im Traum beinahe berührt. Sie streckte ihre Hand aus, tastete, fühlte weiches Haar unter ihren Fingern und zog seinen Kopf zu sich herab, sachte. Vielleicht träumte sie; noch immer? Doch, ganz bestimmt. Ihre Finger strichen über nicht sehr frisch Rasiertes. Sie stand auf den Zehenspitzen. Und dann küsste sie ihn, in einer Mischung aus Verzweiflung, Angst und Wagemut.

Er küsste nicht besonders gut; er küsste wie ein kleiner Junge, der sich mit einem kleinen Mädchen in einem Gebüsch versteckt hat und nicht sicher ist, was er da tut. Siri fuhr mit ihrer Zunge zwischen seine Lippen und versuchte, ihm klarzumachen, dass er den Mund öffnen musste. Sie fühlte sich, als würde sie versuchen, einen Minderjährigen zu verführen. Und das war wirklich absurd, er war älter als sie, oder nicht? *Du hast eine Zunge, begreifst du, Lenz? Du brauchst sie zum Küssen, es geht nicht ohne.* Und endlich verstand er. Da hörte die Kälte auf, kalt zu sein, und Siri dachte sehr kurz an das rote Telefon und an die Wohnung zu Hause in dem Berliner Vorort und an ihren Vater und an den blauen Wirbel eines Kleides und dann an nichts mehr. Das, was Lenz jetzt tat, war sehr vorsichtig und sehr zögernd und sehr, sehr freundlich.

Ist es das?, fragte er, lautlos, nur mit seiner wiedergefundenen Zunge. *Ist es das, was du von mir erwartest?*

Ja, er war wie ein Kind, das beginnt, die Welt der Erwachsenen zu erforschen, ohne zu wissen, ob es das, dauerhaft, möchte. Und die Schatten waren stumm, und der Wind ging leise durch ein verwelktes Büschel Maiglöckchen.

Friedhofskind.

Um halb fünf Uhr morgens hatte das Sonnenlicht eine Aschenputtelfarbe, ein blasses Goldgelb. Das Schleierkraut auf den nebligen Wiesen war wie Rüschen.

Siri hatte nicht geschlafen. Sie hatte den Rest der Nacht hellwach auf ihrem Bett gelegen, in der Hand eine ausgewickelte, aber unangetastete Tafel Schokolade, die längst geschmolzen war.

In ihrem Kopf stapelten sich die Gedanken durchsichtig und scharfkantig wie Fensterstücke aus farbigem Glas. Sie wünschte, sie hätte auf weniger klare Art und Weise denken können, sie wünschte sich die weiche Watte einer leisen Betrunkenheit, die man gewöhnlich spürt, wenn man verliebt ist.

Sie war nicht verliebt.

Aber ein Teil von ihr hatte begonnen, etwas zu fühlen. Etwas, das mit Verliebtheit nichts zu tun hatte, sondern mit etwas viel Schlimmerem. Ein Teil von ihr hatte begonnen zu lieben.

Sie wusste, dass sie diesen Teil loswerden musste, das wachsende Gefühl wieder abtöten, es mit Flusssäure wegätzen wie die Farbe aus Scheiben, es mit scharfen Glasschneidern und Messern entfernen wie ein ungewolltes Kind. Es würde wehtun.

Dies passte nicht in ihren Plan. Sie war gekommen, um ihren Auftrag zu erfüllen, ihre Arbeit zu erledigen und wieder zu gehen. Ihr Leben war anderswo.

Aber wenn sie die Augen schloss, fühlte sie den Stoff der alten, fleckigen Jacke noch immer unter den Händen. Ein vager Geruch von Erde und Pflanzen hing in ihrer Nase fest, ein guter Geruch: Sommer.

Lenz hatte sie durch die niedrige Pforte hinten in der Friedhofsmauer hinausgelassen, weil sie nicht am vorderen Tor vorbeigehen wollte. Sie war sich nicht sicher, ob die Zigarette wirklich Einbildung gewesen war.

Er hatte nichts gesagt, zum Abschied. Sie hatten beide geschwiegen.

Und jetzt war es also Morgen, und das Sonnenlicht lag im Dorf herum und war ein Aschenputtelkleid.

Siri steckte die Hände in die Manteltaschen, ging am Friedhof vorbei, wo niemand am Tor stand, und schließlich hinunter zum Hafen. Ein paar Kaninchen hoppelten vor ihr her und flohen dann in heller Panik ins Feld.

Denk nicht mehr an diesen Kuss, denk nicht mehr an diesen Kuss, denk nicht mehr an diesen Kuss.

Die drei Fischerboote lagen alle noch vertäut am Steg. Sie ging bis ganz vorne, zum Ende des Steges, wo man dem Horizont auch nur zehn Meter näher war. Im Schilf sangen die ersten kleinen Frühvögel. In den Spinnennetzen zwischen den Halmen hingen Tautropfen wie unnötige Anhäufungen von Swarowskikristallen.

Schließlich ging sie langsam zurück, trat vom Steg auf die betonierte Rampe, über die die Boote ins Wasser gelassen oder herausgezogen werden konnten, betrachtete einen Moment das winzige Häuschen, auf dessen Schild das Wort »Hafenverwaltung« zu lesen war, auch wenn Siri noch nie jemanden gesehen hatte, der diesen sogenannten Hafen verwaltete. Die Lamellen des herabgelassenen Rollos hinter dem Fenster waren schief und an einigen Stellen gebrochen.

Nichts an diesem Ort, in diesem Dorf, war auf irgendeine Weise heil und neu, alles war in Auflösung begriffen. Siri schüttelte den Kopf. Warum hatte sich der Kirchenverein der Insel in den Kopf gesetzt, ausgerechnet diese Kirche mit Fenstern von Siri Pechton auszustatten? Vielleicht würden drei oder vier Touristen mehr im Jahr herkommen. Sonst würde sich nichts ändern.

In diesem Dorf würde sich nie etwas ändern.

Sie wandte sich nach links, um den Weg zur Steilküste einzuschlagen, an den Datschen vorbei. Da sah sie, dass hinter dem Häuschen mit dem Schild »Hafenverwaltung« etwas im Schilf lag, nur ein paar Meter entfernt vom Ufer. Eine helle Plastikplane, aufgebläht von einer Luftblase, die sich darunter gefangen hatte. Am Tag zuvor war die Plane noch nicht da gewesen. Vielleicht gehörte sie zu einem der Fischerboote.

Etwas an der Plane war verkehrt.

Siri schüttelte den Kopf und sah genauer hin. Und schluckte. Und schluckte noch einmal.

Dann watete sie ein paar Schritte ins Wasser hinein, zwischen die Schilfhalme. Sie fror jetzt wieder, wie nachts im dunklen Seewind.

Das schmutzig Helle, Aufgeblähte besaß einen Kopf und zwei ausgebreitete Arme. Es war keine Plane. Was Siri zuerst gesehen hatte, war ein Rücken gewesen, nackt, blass, aufgedunsen. Das blaue Muster der Blutgefäße zeichnete sich deutlich unter der sich zersetzenden Haut ab. An einem der Handgelenke glänzte etwas Silbriges: eine Kette, die zweimal um den unnatürlich dicken, glasigen Arm gewickelt war.

»Aljoscha«, flüsterte Siri.

Dann ging sie langsam rückwärts, aus dem Wasser heraus.

Sie dachte, sie müsste sich übergeben, aber ihr Körper schien diese Funktion vorübergehend vergessen zu haben, so wie auch alle anderen Funktionen bis auf ein unkontrolliertes Zittern.

Aljoscha hatte ihr etwas erzählen wollen. Etwas, das er für die Wahrheit gehalten hatte.

Die Datschen lagen still und schlafend, sie schliefen einen wohlverdienten Fünf-Uhr-morgens-Schlaf, und eine, die ehemalige Datsche der Familie Weiß, schlief für immer. Die Hecken und die Beete schliefen, die Schaukel neben den Gärten schlief, kein kleiner Junge flog dort dem Himmel entgegen. Das Tor des größten Gartens stand als einziges offen. Ein sorgsam gepflegter Weg führte über den leicht abschüssigen Rasen hinauf zur Tür, vor der ein Kinderwagen stand.

Siri fand keine Klingel und hämmerte mit der Faust gegen die Tür.

Dann sah sie sich um, als könnte da jemand sein, der ihr gefolgt war. Da war niemand.

Der Mann, der ihr schließlich öffnete, sah aus, als schliefe er noch. Der Direktor. In Anglerstiefeln hatte er besser ausgesehen als in einem zerknitterten Schlafanzug.

»Ein Telefon«, sagte Siri, noch ehe er etwas fragen konnte. »Ich brauche ein Telefon. Es ist etwas passiert. Wir müssen jemanden anrufen. Ich weiß nicht, wen. Die Polizei.«

Der Direktor schüttelte langsam den Kopf und ließ sie herein. Drinnen war es warm und behaglich. Siri merkte, dass sie noch immer zitterte.

»Das Telefon ist ... hier«, sagte der Direktor und reichte es ihr. »Aber ...? Ach, hallo Lena.«

»Was ist denn los?«, fragte eine jüngere Stimme, und in der Tür tauchte die Frau auf, die Siri schon einmal gesehen hatte. Lena also. Ihr schwarz gefärbter Pagenkopf wippte so adrett auf und ab wie beim letzten Mal, und auch ihr Schlafanzug, weiß mit schmalen altrosa Streifen, war weiblich und vorteilhaft. Es war Siri unverständlich, dass jemand sich Gedanken darüber machte, wie er beim Schlafen aussah.

Spätestens, wenn man mehrere Tage im Wasser gelegen hatte, dachte sie, war es vorbei mit der Adrettheit, Schlafanzug hin oder her.

Sie merkte, dass der Boden ein wenig schwankte, und streckte die Hände aus, um sich irgendwo abzustützen, doch es gab kein Irgendwo. Es war der Direktor, der sie auffing, ehe sie fiel.

»Setzen Sie sich«, sagte er und führte sie zu einem Sessel, und sie war dankbar, nicht mehr stehen zu müssen. Sie schloss die Augen für einen Moment und konzentrierte sich darauf, einen geraden und sinnvollen Satz in ihrem Kopf zu formen. Schließlich öffnete sie die Augen wieder, sah fest auf einen imaginären Punkt zwischen den Augen des Direktors und sagte:

»Aljoscha ist tot. Er liegt am Hafen. Im Schilf. Er muss schon länger tot sein. Ich war spazieren … man muss der Polizei sagen, dass ich beim Spazierengehen einen Toten gefunden habe.«

Der Direktor wählte und sagte irgendetwas in den Hörer, er sagte möglicherweise auch noch etwas zu Siri. Siri hörte nicht zu, sie saß nur da. Um sie herum war etwas wie Nebel. Irgendwann drückte ihr jemand eine Tasse mit heißem Tee in die Hand. Sie sah auf, dankbar, und blickte ins Gesicht der jungen Frau. Sie trug jetzt einen hellblauen Strickpullover und ein weißes Seidenhalstuch.

»Sie sind so hübsch«, murmelte Siri, aber die junge Frau hörte sie nicht, denn in diesem Moment beschloss ihr Baby, aufzuwachen und zu schreien, und die junge Frau – Lena – verschwand.

Siri stand auf, mit der Teetasse in der Hand, und trat an das große Fenster. Eigentlich war es kein Fenster, sondern eine Glaswand. Das Wohnzimmer selbst war kahl, es bestand vor allem aus einem Dielenboden, drei Sesseln und einem Plattenspieler mit einem Stapel alter Platten daneben. Doch gerade durch seine Kahlheit wirkte der Raum einladend. Er lud einen ein, die Gedanken auf den Boden zu legen und sie dort herumzuschieben wie ein Puzzle. Man könnte, dachte Siri, stundenlang hier sitzen und durch die Glaswand das Meer betrachten, eine der Platten hören und alles anderes einfach vergessen.

Sie sah den Direktor draußen durch das Gartentor gehen, den Weg hinab, zum Wasser.

Er trug jetzt wieder seine Anglergummistiefel. Siri sah, wie er ins Wasser watete und sich über etwas beugte – vermutlich über das, was einmal Aljoscha gewesen war.

»Ist er wirklich tot?«, fragte Lena hinter Siri.

Sie hatte jetzt das Baby auf dem Arm, das Siri um eine Milchflasche herum ansah. Siri dachte, dass sie das Baby mochte und dass sie es wahrscheinlich deshalb mochte, weil es eine für Babys etwas zu große Nase hatte.

»Ja«, antwortete sie. »Toter kann man nicht sein.«

»Haben Sie vorher schon mal einen Toten gesehen?«

Siri schüttelte den Kopf. »Nein.«

»Ich auch nicht«, sagte Lena und schüttelte sich ein wenig, was ihren adretten Pagenkopf schaukeln ließ. Aber das Schütteln hatte etwas von Geisterbahngruseln. Lena, dachte Siri, *hatte* den Toten gar nicht gesehen. »Die Polizei müsste gleich hier sein. Sie haben ganz nasse Hosenbeine. Soll ich Ihnen eine Hose von mir leihen?«

Das Kind spuckte die Flasche aus und begann, zu strampeln, und Lena setzte sich mit ihm auf einen der Sessel.

»Es geht schon«, sagte Siri, »danke.« Und dann, ganz plötzlich: »Lieben Sie jemanden?«

Sie wusste selbst nicht, wie es kam, dass sie diese Worte sagte.

Lena starrte sie an. »Bitte?«

Das Baby lag jetzt auf dem Sessel, streckte die Beine in die Luft und lächelte um seine große Nase herum. »Ob ich liebe …«, sagte Lena leise. »Ich weiß nicht. Man denkt nicht so oft darüber nach, wenn man ein Baby hat.« Sie lachte. »Keine Zeit. Und früher hatte ich fast nur Zeit für die Musik. Klavier. Ich habe Klavier gespielt. Ich war viel unterwegs, zu Konzerten. Vielleicht habe ich die Musik geliebt. Seit die Kleine da ist, habe ich das Klavier zu Hause nicht angefasst. Wir wollten immer einen Flügel hier draußen in die Datsche stellen … es war so ein Traum …« Sie zuckte, einmal mehr, die Schultern. »Natürlich liebe ich die Kleine«, setzte sie hinzu, so als wäre ihr eben eingefallen, dass diese Aussage von ihr erwartet wurde.

»Aber … zum Beispiel … ihren Vater?«

»Ja, sicher …«, sagte Lena lahm.

Siri schüttelte den Kopf. »Vergessen Sie's. Tut mir leid, dass ich gefragt habe, ich bin … etwas durcheinander.« Sie kniete sich auf den Boden, neben den Sessel, auf dem das Kind strampelte, und das

Kind packte ihre Jacke, zog daran und lachte. Siri merkte, dass sie sein Lachen erwiderte, es war vermutlich irgendein Ur-Reflex.

»Lieben Sie denn?«, fragte Lena. »Jemanden?«

Siri schüttelte den Kopf. »Ich … ich habe keine Kinder.«

»Sie könnten welche kriegen.«

»Vielleicht«, sagte Siri. »Aber ich glaube nicht, dass es zu mir passen würde.«

Das Baby spielte jetzt mit ihrem Reißverschluss. »Dürfte ich … dürfte ich es einmal halten?«, fragte sie. Lena nickte, und Siri hob das Baby vorsichtig hoch.

»Gut, dass man dir noch nichts erklären muss«, flüsterte sie und spürte sein warmes, winziges Gewicht und sah es sein freundliches Nasengesicht runzeln. »Gut, dass du nicht alt genug bist, um zu fragen, was da unten im Schilf liegt.« Das Baby roch so gut, es roch nach Babyhautcreme und Babypuder und keinen Erinnerungen.

Sie stellte sich vor, wie der alte Fuhrmann vor vierzig Jahren mit einem anderen Baby auf dem Arm in seiner dusteren, verdreckten Küche gestanden hatte, während der Schnee leise das Dorf zudeckte, die Gräber zudeckte, die Straße zudeckte, auf der Lenz' Mutter im Schneesturm erfroren und sein Vater neben seinem Moped gestorben war.

Sie stellte sich ihre eigene Mutter vor, die mit ihr als Baby auf einer Veranda gestanden hatte. Sie war schön gewesen, ihr Vater hatte es ihr später erzählt, auf die blasse, angestrengte Art schön, Kopfweh-schön, schön in einem verdunkelten Zimmer, in dem man sie nicht stören durfte.

»Die Kleine mag Sie«, sagte Lena. »Gucken Sie! Sie versucht, Ihren Reißverschluss zu essen. Sie isst nur die Reißverschlüsse von Leuten, die sie mag.«

»Oh«, sagte Siri und fühlte sich für Sekunden glücklich.

»Da sind sie«, sagte Lena. »Die von der Polizei. Sie werden Fragen stellen.« Sie nahm ihr das Nasenbaby wieder weg, und ein kalter Fleck blieb dort zurück, wo es sie eben noch gewärmt hatte. »Wir sollten hinuntergehen.«

»Sie rennen alle zum Hafen«, sagte Iris. »Irgendetwas ist da.«

Lenz setzte sich in seinem Bett auf.

»Wie spät ist es?«

»Früh«, sagte Iris. »Und kühl. Kann ich zu dir ins Bett kommen?«

Lenz rückte ein Stück, und sie kroch unter die Decke.

»Deine Füße sind eiskalt«, sagte er.

Sie nickte, stolz. »Es sind die kältesten Füße im ganzen Dorf. Aber ich habe ganz warme Hände, fühl mal.«

Lenz nahm ihre Kinderhände in seine, und sie waren wirklich warm. »Ich verstehe manches manchmal nicht«, sagte er. »Deine Haare kann man nicht schneiden, aber du hast warme Hände. Das kann doch eigentlich nicht sein.«

»Ist aber so«, sagte Iris und kroch noch tiefer unter die Bettdecke. »Erzähl mir von gestern Nacht.«

»Gestern Nacht?« Er spürte, wie etwas durch ihn hindurchfloss, etwas Unsichtbares wie Strom.

»Gestern Nacht auf dem Friedhof«, sagte sie, drehte sich auf den Bauch, stützte den Kopf in die Hände und sah ihn an. »Mit der Fensterfrau. Du hast sie geküsst, ich weiß das. Erzähl mir, wie es war.«

Er seufzte. »Wie kann man das erzählen? Es war, wie es war. Man kann ja auch eine Farbe nicht erzählen. Ich glaube, sie war ein bisschen enttäuscht. Dass ich keine Übung habe. Wenn man in einer Großstadt lebt, Berlin oder wo, dann küsst man vielleicht jede Woche irgendwelche Leute …«

»Wirklich?«, fragte Iris mit großen Augen. »Ich habe auch mal in Berlin gewohnt. Es ist mir nicht aufgefallen. Meinst du, die rennen da den ganzen Tag lang rum und küssen sich?«

Lenz lachte. »Wer weiß?«

»Liebst du sie?«, fragte Iris. »Diese Fensterfrau?«

Er hielt ihre kleinen Hände ganz fest in seinen. »Nein. Ich liebe nur eine einzige Person auf der Welt, und das bist du.«

»Aber ich bin ein Kind«, sagte Iris. »Und du bist erwachsen. Die Fensterfrau ist auch erwachsen. Erwachsene lieben auf eine andere Weise. Oder?«

Er ließ ihre blonden Kinderlocken durch seine Finger gleiten. Ihr Kinderkörper in dem blauen Kleid war ganz nah unter der Decke und sehr vertraut. Vertraut und sonst nichts.

»Vielleicht«, sagte er.

»Lenz … hast du eigentlich Carla Berg geküsst? Ich habe dich das damals gar nicht gefragt.«

»Ich weiß nicht. Nein. Ich glaube nicht.«

»Aber du wolltest.«

»Kann sein. Auf andere Art. Das hier ist … es ist auch egal, was es ist. Sie geht sowieso am Ende des Sommers, sie hat ein Leben in Berlin und einen Freund oder einen Mann, keine Ahnung.«

»Junge!«, brüllte Winfried aus seinem Schlafzimmer. »Was ist da draußen los? Das waren doch Sirenen wie von der Feuerwehr oder der Polizei oder was! Junge! Komm! Her! Ich will aufstehen! Die rennen alle zum Hafen, ich hör das aus dem off'nen Fenster, die rennen, als gäb's da was für lau … geh hin und sieh nach!«

Lenz seufzte und schlug die Bettdecke zurück. Iris lag nicht mehr darunter. Er war allein. Er wünschte, sie hätte wenigstens einen Abdruck auf dem Laken hinterlassen.

An diesem Tag war das Dorf leer und der Hafen voller Menschen.

Lenz sah sie schon von Weitem, eine dunkle Menge im bunten Frühling – warum war der Großteil der Menschen in diesem Land dunkel angezogen? Hatten sie das Bedürfnis, sich zu tarnen? Sie standen wie die Häuser, leicht geduckt, eng zusammen. Er näherte sich ihnen von der Seite her, über das Feld, sodass sie ihn nicht kommen sahen.

Da war etwas Gefährliches an der Masse, etwas Raubtierhaftes. Die Masse hatte Angst, und Raubtiere, die Angst haben, sind unberechenbar.

Das Polizeiauto stand direkt vor dem Steg. Es hatte die Sirene und auch das Blaulicht abgeschaltet.

Zwei Polizisten luden etwas in das Auto, das auf einer Bahre lag und mit einer Plane bedeckt war. Lenz blieb stehen. Ein Arm hing unter der Plane hervor, ein weißer aufgedunsener Arm. Darum herum glänzte etwas wie lauter kleine Fischleiber.

»Deshalb die Kaninchen, die überall herumlaufen«, flüsterte er. »Deshalb die Zeitungen im Briefkasten.«

Er spürte kein Mitleid mit Aljoscha. Er fragte sich, ob er langsam gestorben war wie die zu kleinen Fische oder schnell wie die Kaninchen, wenn er ihnen das Genick brach. Wenn die Kaninchen schlau genug waren, waren sie jetzt frei. Niemand würde sie mehr einfangen und ihnen das Fell abziehen. Doch, natürlich. Das ganze Dorf. Die Kaninchen, dachte Lenz, gehörten jetzt allen, es waren mit Aljoschas Tod kommunistische Kaninchen geworden, die letzte Reminiszenz an die Zeit vor '89.

Iris schob ihre Hand in seine. Da war sie also wieder.

»Guck!«, flüsterte sie. »Da drüben! Guck, wer mit den Polizisten redet!«

»Siri«, flüsterte Lenz zurück.

Aber diesmal hatte er zu laut geflüstert, diesmal wandten sich Köpfe, und das dunkle massige Tier mit den vielen Augen sah zu ihm herüber. Es hatte die Augen des jungen Kaminski, die Augen von Werter, die Augen von zwei Tapirhunden und ihren Besitzern, die Augen einer hysterischen jungen Mutter mit roter Haarsträhne, die ihre Kinder an der Hand hielt.

Auf dem Spielplatz hatte sich die Familie des Professors versammelt und hielt gemeinsam den kleinen Jungen fest, der gerne nach unten gestürmt wäre und nachgesehen hätte, was da los war. Diesmal war auch seine Mutter dabei. Und etwas abseits standen die Polizisten und der Direktor mit seiner Schwiegertochter – und bei ihnen stand Siri. Lenz schluckte.

Siri sprach mit den Polizisten. Er sah, dass ihre Hosenbeine und der Saum des geblümten Mantels nass waren, als wäre sie ins Wasser gewatet. Sie sah übernächtigt und zerzaust aus und sehr blass; sie sah, um ehrlich zu sein, schrecklich aus.

Und jetzt sah sie ihn an.

In ihren Augen, deren Blau er auch von hier aus sah, stand etwas Beunruhigendes. Etwas Suchendes. Etwas Forschendes. Als wollte sie ihn etwas fragen, das sie mit Worten nicht fragen konnte. Etwas über Aljoschas Tod.

Er merkte, wie er ganz leicht die Schultern zuckte.

Er merkte, wie die Menge merkte, dass er die Schultern zuckte, und wie sie flüsterten, um sein Schulterzucken zu deuten. Sie traten noch ein wenig dichter zusammen, sie, die vielen, und hier stand er, ganz allein. In der letzten Nacht hatte er für Momente geglaubt, nicht mehr allein zu sein.

Iris drückte seine Hand, und auf einmal lächelte er.

Nein, er war nicht allein.

»Lass uns hier verschwinden«, wisperte er.

Aljoscha war ertrunken, die Nachricht lief durchs Dorf wie ein Kaninchen.

Aljoscha hatte eine ziemliche Menge Alkohol im Blut gehabt und war ertrunken. Es gab kein Zeichen von Fremdeinwirkung. Er würde noch eine Weile in der Pathologie in der Stadt herumliegen und irgendwann beerdigt werden.

»Friedhofskind«, sagte Werter, der bei der Kirche auftauchte, und schüttelte den Kopf. »Pass nur gut auf, was du tust.«

Lenz nickte stumm.

Werter – er spürte es – hatte jetzt auch Angst.

Aljoscha, sagten Dieleute, hatte Siri etwas sagen wollen. Frau Hartwig hatte seinen Zettel im Papierkorb der Ferienwohnung gefunden. Sie würde ja niemandem nachspionieren, sagte Frau Hartwig, aber ein Papierkorb gehörte geleert, nicht wahr? Und darin also hatte der Zettel gelegen, ein Zettel, der besagte, dass Aljoscha Frau Pechten etwas zu erzählen hatte.

Er hatte ihr aber nichts erzählt, sagte Frau Hartwig. Sie hatte Frau Pechten gefragt. Frau Hartwig brannte darauf, der Polizei von dem Zettel zu berichten, aber die Polizei fragte Frau Hartwig leider nicht. Denn sie fand den Zettel, leider, leider, erst ein paar Tage zu spät im Papierkorb, und da hatte die Polizei das Dorf bereits verlassen und beschlossen, dass dies einer der vielen Unfälle war, die passierten, wenn jemand betrunken ins Wasser fiel. Die Polizei anzurufen – das traute sich Frau Hartwig dann doch nicht.

»Unfälle, Unfälle«, hörte man Werter murmeln. »Soso.«

Aber wenn er zu Lenz sagte, er solle auf sich aufpassen, dann klang das nicht mal mehr herablassend, es klang nur dumm. Werter hatte seinen Faustschlag nicht vergessen, und er wusste, dass Lenz ihn nicht vergessen hatte.

»Der glaubt, dass er der Nächste ist, der einen Unfall hat«, sagte Winfried und lachte trocken. »Ja, dann lass ihn das mal glauben.«

»Wenn Werter also nichts passiert«, sagte Lenz zu Annelie, »wäre das der Beweis, dass ich nichts mit alldem zu tun habe?«

Annelie zuckte die Schultern. »Möglich.«

»In diesem Fall sollte ich auf Werter aufpassen«, sagte Lenz.

Sie saßen auf der Veranda; die Frühsommerluft flutete herein wie eine Melodie, und alles war schön. Aber Aljoscha war tot, und die Frühsommerluft löste keine Probleme.

»Annelie«, sagte Lenz, »glaubst du, dass ich etwas mit Aljoschas Tod zu tun habe?«

Annelie legte ihre aderndurchzogene Hand auf seine. »Es spielt keine Rolle, was ich glaube.«

»Natürlich!« Er sprang auf. »Natürlich spielt es eine Rolle! Ich –«

Er brach ab und sah sie an. Auch ihre Augen waren durchzogen von winzigen Adern. Sie sagte nichts.

»Annelie«, flüsterte er, »ich habe keine Ahnung, wie Aljoscha ins Wasser gekommen ist! Wirklich nicht! Vielleicht ist er schwimmen gegangen, einfach so, Besoffene tun das …«

Sie sagte noch immer nichts, und er floh vor ihrem Schweigen, floh durch den Garten und kroch durch das Loch in der Hecke.

»Du glaubst doch nicht, Annelie«, flüsterte er, längst außer Hörweite, »du glaubst doch nicht, dass ich etwas Schreckliches getan und es dann vergessen habe?«

Und dann begann er tatsächlich, auf Werter aufzupassen.

Es war absurd. Aber er musste ihnen beweisen, dass er nichts mit Aljoschas Tod zu tun hatte. Dass die Gerüchte nur Gerüchte waren. Er musste es ihnen beweisen, ihnen und vor allem … sich selbst.

Jeden Abend wurde er eins mit den Schatten vor der Kfz-Werkstatt, wartete auf Werter wie ein treuer Hund und begleitete ihn nach Hause, ohne dass Werter etwas davon zu bemerken schien.

Natürlich geschah nichts.

Und Lenz kam der Frage, wer er war oder was er getan hatte, nicht näher.

Winfried zog sich nach und nach in sich selbst zurück. Annelie buk zu viele Kekse.

Iris lachte nur über ihn und sprach von den Schiffchen, die sie noch bauen mussten. Sie war keine Hilfe. Siri sah er kaum. Sie schien ihm auszuweichen.

Das ganze Dorf wich ihm aus, der Juni verging, der Juli begann, und niemand besuchte Lenz auf dem Friedhof, auch nachts nicht. Vor allem nicht nachts.

Er war alleiner als je zuvor.

Und schließlich ging er hinunter zum Steg, wo Aljoschas verlassenes Boot lag, streifte seine Schuhe ab und sprang ins Wasser.

Er tauchte lange; so lange, bis seine Lungen zu bersten drohten. Die Welt unter Wasser war friedlich und grünblau, Dieleute waren weit weg. Was hatte Iris gefühlt, damals, unter dem Meer?

Schließlich kam Lenz hoch und begann, an der Küste entlangzuschwimmen. Das Ruderboot, dachte er, gab es vermutlich schon lange nicht mehr – aber der Ort, zu dem Iris und er früher gerudert waren, wartete auf ihn.

†††

»Also du bist die, die die Fenster macht?«, fragte Lena und schaukelte die Kleine auf ihren Knien. »Der Direktor spendet ab und zu für die Kirche … ich wusste nicht, dass du das bist.«

Siri saß inzwischen zum vierten Mal auf einem der blassgelben Ledersessel in dem Wohnzimmer mit der Glaswand.

Es war seltsam, denn sie wusste nicht einmal, ob sie Lena mochte oder ob Lena sie mochte, aber seit Aljoschas Tod hatte sie begonnen, Lena zu besuchen.

Eigentlich fand Siri vor allem das Baby sympathisch. Es hatte vermutlich einen Namen, aber Lena benutzte ihn nie. Manchmal war der Direktor da, der sicher auch irgendeine Art von Namen hatte. Lena nannte ihn nur *den Direktor*.

»Mein Mann arbeitet viel«, sagte sie. »Er ist bei einer kleinen Firma ... Früher sind wir immer zusammen hergekommen. Er hat mir damals das Segeln beigebracht« Sie lächelte, in Erinnerungen verloren – zuckte dann die Schultern. »Jetzt hat er nie genug Zeit, also komme ich alleine her. Mit der Kleinen. Komisch. Manchmal sehe ich mir die Familie des Professors an, wie sie alle zusammen hier sind. Die haben auch ein Kind, einen Jungen, zwei oder drei ... sie sehen so ... glücklich aus?«

Ein Schulternzucken. Lena zuckte oft mit den Schultern, was ihren dunklen Pagenkopf auf adrette Weise auf und ab wippen ließ. Die Kleine zuckte nie mit den Schultern. Das war eine ihrer guten Eigenschaften.

»Komisch, dass ich dich bisher nie gefragt habe, was du eigentlich hier tust«, sagte Lena.

»Hm«, sagte Siri.

Nein, Lena. Es ist nicht komisch. Die meisten Menschen interessieren sich ausschließlich für sich selber. Und die, die sich zu viel für andere interessieren, liegen irgendwann im Wasser, aufgedunsen und unansehnlich. Keine ästhetische Aussicht. Soll ich dir von den Alpträumen erzählen, die ich habe, seit ich Aljoscha gefunden habe? Komisch, dass du mich nie gefragt hast, ob ich Alpträume habe.

Sie sagte all dies nicht. Sie sagte: »Zwei fehlen mir noch. Zwei Bilder.«

»Der Direktor hat sie natürlich gekannt. Er und seine Frau; sie haben die Datsche schon lange ... vierzig Jahre oder so. Er hat mal davon erzählt, wie die Fenster früher waren, wie war das noch ...«

Siri lehnte sich auf dem blassgelben Sessel vor, und das Baby angelte den Schlüsselbund aus ihrer Tasche. Dass ausgerechnet Lena, die sicher nach der Zerstörung der Fenster geboren war, etwas über die Bilder wusste, war erstaunlich.

»Da war etwas mit vielen Sternen, ganz vorn, über der Tür ...

blau mit weißen Sternen. Dann irgendwas mit einer Frau, die weg-rannte ...«

»Maria Magdalena.«

»Richtig. Der Direktor hat erzählt, Jesus hätte sie geliebt ... ich kenne mich nicht aus in der Bibel. Dann noch etwas mit Vertreibung ... Vertreibung der Händler aus dem Tempel. Und dann irgendwas Gruseliges. Mit einem Toten.«

»Auferweckung des Lazarus. Habe ich auch schon.«

Siri seufzte. Das Baby begann, den Schlüssel zu Frau Hartwigs Kellerwohnung zu essen.

»Hast du das mit dem Boot?«, fragte Lena plötzlich.

»Dem Boot?«

»Ja, einem Boot in einem Sturm ...«

Sie schnappte nach Luft. »War ein kleines Mädchen in dem Boot? In einem Jungenhemd?«

»Was?« Lena schüttelte verwirrt den wippenden Pagenkopf. »Nein. Die Jünger. Jesus wandelte über das Wasser, hat der Direktor gesagt, und sie hielten ihn für einen Geist und fürchteten sich. Aber er glättete die Wellen für sie und ...«

Lenas Stimme verebbte. Siri folgte ihrem Blick. Draußen kam der Direktor den Weg herauf wie Jesus, der übers Wasser wandelt.

»Er hatte doch gesagt, dass er heute kommt«, murmelte Lena und stand auf. »Ich wollte was zum Mittagessen machen ...«

Sie hob das Baby hoch, trennte es von Siris Schlüssel und ging zur Tür – und aus irgendeinem Grund wollte sie jetzt, dass Siri ging.

»Ich könnte den Direktor selbst fragen«, sagte sie.

»Ja«, sagte Lena. »Ja, tu das. Demnächst.«

Der Direktor lächelte und nickte und grüßte höflich, als Siri auf dem Gartenweg an ihm vorbeiging. »Schön, dass Sie ab und zu vorbeikommen«, sagte er. »Machen Sie eigentlich Urlaub hier?«

»Ich –«, sagte Siri.

»Ich angle viel«, sagte der Direktor. »Sehr schön zum Angeln, die Gegend. Bis demnächst.«

Die Jünger im Boot fuhren unsichtbar übers Meer und riefen nach Siri.

Komm, komm, riefen sie, geh zur Steilküste hoch und sieh auf das Wasser hinunter! Vielleicht findest du dort die Gedanken, die du denken musst, um das fünfte Bild zu beginnen. Oder die Gedanken, die du brauchst, um Aljoschas Tod zu verstehen. Oder Herrn Umbrichs Unfall. Oder Iris' Tod.

Die Abbruchkante der Steilküste war kreidegelb wie die Sessel in der Datsche. Unten wuchs silberblättriger Sanddorn.

In Siris Kopf hing das Bild des Direktors fest, der den Gartenweg heraufkam, als käme er nach Hause. Es verwandelte sich in ihrer Erinnerung in das Bild ihres Vaters, aber Siri wollte sein ewig enttäuschtes Gesicht nicht sehen, es war ein Gesicht aus Regenwasser und Weichgummi.

Sie zwang sich, an das Fenster zu denken. Jesus auf dem See Genezareth. Jesus war über das Wasser gegangen, und die Jünger hatten ihn für einen Geist gehalten. Wer, fragte sich Siri, hielt in diesem Dorf wen für einen Geist?

Sie war sich noch immer nicht sicher, was sie eigentlich sah, wenn sie etwas sah. Und was Lenz sah. Möwen flogen vor der Sonne, weiß wie die Tauben auf dem Friedhof, kleine magische Vögel, die sich in Märchenbüchern auf Haselbüsche setzten und zaubern konnten.

Auf Haselbüsche an den Gräbern toter Mütter, dachte Siri. Sie hatte selbst eine, es gab keinen Mangel an toten Müttern auf der Welt, und sie dachte bitter, dass man sie vielleicht vergleichen und tauschen könnte wie Briefmarken.

Dann stand sie an der Stelle, an der Lenz auf dem Geländer balanciert war. Vor langer, langer Zeit. Vor Sekunden.

Sie lehnte sich gegen das Geländer und sah hinunter.

Unten lag eine schmale Bucht, weißsandig und halbmondförmig, eingerahmt von Sanddornbüschen, die überall die Steilküste zierten. Ein paar vergangene Goldbeeren blinkten dazwischen wie Glutflecken am Ende einer Zigarette in der Nacht ...

Jemand saß dort unten im Sand, jemand in grauer Arbeitshose, grauer Jacke und mit bloßen Füßen. Sie blinzelte, aber er saß wirklich da. Wie war er dorthin gekommen? Seine Sachen waren sehr dunkel. Sie waren nass. Er war geschwommen. Es war weit vom Hafen, sehr weit, aber er war geschwommen. Er musste ein verdammt guter Schwimmer sein.

Etwas bewegte sich am Rand ihres Gesichtsfeldes, und sie drehte den Kopf.

Zu ihrer Rechten, ein wenig unterhalb des Weges, blitzte es blau im Sanddornsilber. Ein Arm winkte dort. Ein Kinderarm.

»Das meinst du nicht ernst«, flüsterte Siri, ging aber folgsam ein Stück in die Richtung. Beim letzten Mal hatte dieser Kinderarm sie auf den Friedhof geführt; in eine stoffraue gewagte Umarmung … War es klug, sich noch einmal von dem Blau führen zu lassen? Es war nicht klug.

Und dann sah sie den Pfad, der dort hinunterführte, wo der Arm gewinkt hatte. Nein, keinen Pfad, eher einen Wildwechsel. Er war zu steil, es war Wahnsinn, dort hinunterklettern zu wollen.

Der Arm winkte noch einmal.

Komm, komm.

»Ich komme«, flüsterte Siri. »Zeig mir den Weg.«

9

Das Meer vor Lenz war sehr unendlich. Es leckte an seinen Füßen, als wollte es testen, ob Unendlichkeit ansteckend war.

»Eines Tages«, sagte er, »komme ich vielleicht. Finde ich dann Iris? Wenn ich immer weiter hinausschwimme, bis in die Unendlichkeit hinter dem Horizont? Und was werde ich sein, wenn ich dort ankomme? Ein Kind? Ein Erwachsener? Ein alter Mann?«

Die Unendlichkeit ließ seine Augen schmerzen; er drehte sich um, blickte die Steilküste hinauf – und schnappte nach Luft vor Schreck.

Auf halbem Weg zwischen Küstenweg und Strand war jemand dabei, die Steilwand hinunterzuklettern. Die Felsen bestanden aus weicher Kreide hier auf den Inseln, immer wieder brachen Stücke ab und stürzten ins Meer, und es kam bisweilen vor, dass unvorsichtige Touristen unter den Stücken begraben wurden. Was die Person dort in der Steilwand tat, war nicht nur unvorsichtig, es war selbstmörderisch. Und er erkannte die Person. Sie trug einen geblümten Mantel.

Er sah sie vorsichtig Fuß vor Fuß setzen, sah, wie sie sich in den Ästen des Sanddorns festhielt, trotz der Stacheln. »Siri!«, rief er. »Frau Pechten!«

Sie hörte ihn nicht. Es war auch sinnlos, weiterzurufen, dachte er, was wollte er ihr mitteilen? Dass sie wieder nach oben klettern sollte? Dazu war es zu spät.

Er rannte los, rannte über den Strand, hinüber bis zu der Stelle, an der Siri weiter oben in der Wand hing. Und jetzt sah er noch etwas, er sah das blaue Glänzen eines Kinderkleides, sah ein Winken, sah blonde Locken im Wind.

»Iris!«, flüsterte er. »Verdammt, was tust du da? Hör auf damit! Sie kann dort nicht klettern, *sie* ist der Schwerkraft unterworfen! Was hast du dir dabei gedacht, sie zu locken?«

Und plötzlich kam ihm ein beunruhigender Gedanke. Lockte Iris häufiger Leute an Orte, die nicht gut für sie waren? Jeder würde dem kleinen, bildhübschen Mädchen folgen; niemand würde ihr misstrauen. Hatte Siri sie gesehen?

Da fiel Siri.

Sie fiel erst auf dem letzten Drittel der Wand, aber sie fiel, und er sah hilflos zu, wie sie sich überschlug, durch dornige Büsche hinunterstürzte, die Arme haltsuchend ausgestreckt …

Er machte einen Satz vorwärts, streckte ebenfalls die Arme aus – und wurde von ihrem Gewicht zu Boden gerissen.

Einen Moment lang lagen sie keuchend im Sand. Es ist umgekehrt, dachte er, umgekehrt wie damals, als sie mich vor dem Fallen bewahren wollte, oben beim Geländer. Es ist nicht möglich, sich gegenseitig vor dem Fallen zu bewahren. Man kann nur zusammen fallen.

Er wollte ihr aufhelfen, doch sie ließ ihn nicht, sie fluchte leise, rollte sich zur Seite und blieb sitzen; schwer atmend.

»Was … was haben Sie sich dabei gedacht?«, fragte Lenz.

»Scheiße«, sagte Siri mit zusammengebissenen Zähnen. Sie presste die Hände auf eine Stelle an ihrem linken Unterschenkel, wo ihre Jeans von Ästen oder Felskanten zerrissen war.

»Ich … ich wollte zu Ihnen. Aber wir waren beim Du.«

»Du«, sagte Lenz. »Du bist wahnsinnig. Mach das bloß nie wieder. Kannst du aufstehen?«

»Ich würde gerne …« – sie sprach noch immer gepresst – »einen Moment einfach nur hier sitzen.«

Lenz blieb neben ihr sitzen und sagte nichts.

Ich verstehe Sie nicht, sagte er nicht. Ich meine: dich. Du bestehst auf dem verdammten Du, aber du hältst deine Distanz. Wir haben uns geküsst, auf dem Friedhof, zufällig bin ich mir sicher, dass das kein Traum war, und dann hast du eine Woche lang nicht mit mir gesprochen. Und jetzt machst du eine mörderische Klettertour, um mir in die Arme zu fallen. Ist es das, was erwachsene Frauen tun? Ist das normal?

»Ich habe übrigens das fünfte Fenster«, sagte sie. »Jesus und die Jünger auf dem See Genezareth. Ich denke, auf der Skizze wird es ein Fischerboot sein. Vielleicht mit Aljoscha an Bord.«

Er sah sie von der Seite an. Sie erwiderte seinen Blick nicht, sie blickte aufs Meer hinaus, in die Unendlichkeit, die vielleicht ansteckend war.

»Bist du hier runtergeklettert, um über Aljoscha zu reden?«

»Gibt es denn etwas zu reden?«

»Du glaubst«, sagte er langsam, »ich habe ihn beseitigt. Er war besoffen. Er hat sich ganz alleine beseitigt.«

»Ich habe nicht gesagt, dass du es warst.«

»Aljoscha wollte dir etwas erzählen. Vielleicht etwas über mich. Das jedenfalls denken Dieleute. Frau Hartwig hat den Zettel gefunden. Das ganze Dorf kann Aljoschas Zettel auswendig.«

»Schön.« Sie sah ihn an, und ihr Gesicht war viel schärfer umrissen als der nächtliche Schemen, den er geküsst hatte, kantiger, älter. Nachts war sie jünger gewesen, für Momente. Beinahe ein Kind.

»Schön«, wiederholte sie. »Hast du? Hast du dafür gesorgt, dass Aljoscha mir nichts mehr erzählen kann?«

»Nein.«

Sie sah ihn an, sie schien zu warten, dass er noch etwas sagte – aber was sollte er sagen? Schließlich blickte sie auf ihr Bein hinunter, und er folgte ihrem Blick. Zwischen ihren Fingern quoll es dunkel und zähflüssig hervor.

»Lass mich das sehen«, sagte Lenz.

Sie zuckte zusammen. »Nein. Es ist nichts. Ich kann das Bein bewegen ...«

Lenz nahm ihre Hände behutsam von der Wunde. Das Blut hatte noch nicht aufgehört, zu fließen. Er fand ein graues Stofftaschentuch in seiner Jacke und machte einen notdürftigen Druckverband aus dem Taschentuch und einem Stück Holz, während Siri wegsah und offenbar die Zähne zusammenbiss.

»Annelie ist besser mit Wunden«, sagte Lenz. »Wenn ich unter die Räder geraten bin, hat immer sie sich um die Wunden gekümmert.«

»Unter welche Räder bist du geraten?«

»Egal. Die Wunde ist wichtiger ...«

Sie schüttelte den Kopf. »Ich habe mich schon so oft geschnitten, an den Gläsern. Ein tiefer Schnitt blutet viel stärker. Erzähl.«

Er zögerte. »Es gibt nicht viel zu erzählen. Du kennst die Geschichte von Aschenputtel. Es gab mehr Geschichten. Sie sind nicht spannend; Geschichten über einen kleinen Jungen, der zu blöd dazu war, sich zu wehren, wenn sie ihn verprügelt haben. Irgendwann bin ich nicht mehr in die Schule gegangen ... nach der vierten. Aber die Geschichten haben schon ein wenig früher aufgehört. Ich habe erst vor Kurzem angefangen, darüber nachzudenken, warum. Die Leute glauben ... es ist lächerlich ... sie glauben, ich hätte etwas mit den Unfällen zu tun. Mit jedem einzelnen Unfall, der irgendwem passiert hier. Ich frage mich, ob es Annelie war, die das Gerücht in die Welt gesetzt hat. Ob sie ihnen das erzählt hat, damit sie mich in Ruhe lassen.«

»Annelie ist klug.«

»Ja. Sie wird sich auch um dein Bein kümmern.«

»Sie kann mich nicht leiden.«

»Quatsch. Wie kriegen wir dich nach Hause?«

Er sah an der Steilküste empor, wo im silbernen Sanddorn kein himmelblauer Fleck mehr zu finden war. Stattdessen stand oben jemand, oben auf dem Weg. Die Silhouette eines Jemands, nicht zu erkennen vor dem hellen Himmel. Vielleicht hatte der Jemand gesehen, wie Siri gefallen war.

Lenz las die Gedanken des stummen Beobachters klar wie die eingemeißelten Buchstaben auf einem Grabstein:

Beinahe wäre Frau Siri Pechten an diesem Nachmittag an der Steilküste zu Tode gestürzt. Und wer sitzt unten in der Bucht? Wer hat sie da hinuntergelockt? Das Friedhofskind.

Als der stumme Beobachter seinen Beobachtungsposten verließ, erkannte Lenz ihn an seinen Bewegungen: Es war der junge Kaminski.

»Du bist geschwommen, oder?«, fragte Siri, die Kaminski nicht gesehen hatte. »Ich könnte auch schwimmen, um zurückzukommen.«

Er nickte. »Es ist kalt. Aber ich fürchte, es ist die einzige Möglichkeit. Früher sind wir zusammen hergekommen. Die Bucht gehörte nur uns ...« Er schüttelte den Kopf, stand auf und zog sie auf die

Beine. Sie war so leicht im Gegensatz zu Winfrieds spannungslosem, aufgegebenem Gewicht! Fast so leicht wie Iris.

»Wollte sie zu dieser Bucht?«, fragte Siri, als sie sich bei ihm unterhakte, um die drei Schritte zum Wasser zu humpeln. »In der Nacht, in der sie ertrunken ist? Wollte Iris hierher?«

»Ich weiß es nicht«, sagte er. »Glaub mir, ich weiß es nicht.«

Er sah sie an, sah das Klare, Scharfkantige in ihrem Gesicht und zuckte die Schultern. »Tja, jetzt bist du ihm wohl ausgeliefert, dem Friedhofskind. Es wird dich vielleicht ertränken, es weiß manchmal nicht, was es tut, es ist nicht ganz normal …« Er kniff die Augen zusammen. »Hast du Angst?«

»Unsinn«, sagte sie langsam. »Nein.«

Er war sich nicht sicher, ob sie log.

»Lass den Mantel hier«, sagte er. »Er ist hinderlich beim Schwimmen.«

Diesmal war ihr Nein entschiedener und – seltsam – panischer. Sie raffte den Saum des geblümten Regenmantels mit der freien Hand an sich wie etwas, von dem ihr Leben abhing. Die Gummistiefel hingegen streifte sie achtlos von den Füßen.

»Ich habe noch andere Schuhe«, sagte sie. »Aber keinen anderen Mantel.«

Damit ließ sie ihn los und humpelte voraus ins Wasser. Nach ein paar Metern drehte sie sich um. »Komm.« Und wie sie da so im Wasser stand, um sie herum der beginnende Sommer, da war sie auf einmal ein Bild. Er vergaß alles Scharfkantige.

Er watete ihr nach ins Meer, und kurz darauf schwamm er neben ihr; neben ihr und ihrem Regenmantel, der sich im Wasser ausbreitete wie ein schwimmender Blumengarten. Oder wie eine Qualle mit Tapetenmuster.

Es war schön und etwas unwirklich, neben Siri herzuschwimmen.

Es war weit bis zum Steg.

Irgendwann sagte Siri: »Ich kriege das nicht hin, das Bein –«, und er legte einen Arm um sie.

»Beweg dich nicht«, flüsterte er. »Ich schleppe dich ab. Ich habe es tausendmal geübt.«

Die Übungen – aber das sagte er ihr nicht – hatten nur in seinem Kopf stattgefunden. Und es war immer Iris gewesen, die er gerettet hatte. Es war auch jetzt Iris. In seiner Vorstellung war es Iris.

Es war einfach, Siri abzuschleppen, das Wasser war still und glatt. Damals hatte der Sturm die Wellen zu Schluchten und Tälern aufgepeitscht ...

Der Sturm? Moment. Woher hatte er dieses Bild? Er war nicht dabei gewesen. Wenn Winfried die Wahrheit sagte, hatte Lenz im Bett gelegen, und Iris war ganz alleine mit dem Boot hinausgefahren. Woher kam diese Erinnerung an den Sturm und die Wellen? Gehörte die Erinnerung am Ende gar nicht zu Iris, sondern zu einer anderen ertrunkenen Person?

Carla Berg?

Am Steg stand ein Auto. Werters Auto.

Als sie über den Steg an Land gingen, langsam, nass, erschöpft, Siri auf seinen Arm gestützt, stieg jemand aus dem Auto.

Kaminski.

Er wartete breitbeinig, mit verschränkten Armen, bis sie bei ihm waren.

Dann hielt er die Beifahrertür auf. »Steigen Sie ein«, sagte er zu Siri. »Ich nehme Sie mit. Sie brauchen einen Arzt.«

»Ich ...«, begann Siri und ließ Lenz los.

Lenz sagte nichts, er stand nur da und fragte sich, was er hätte sagen sollen.

»Ich bin gefallen«, erklärte Siri. »An der Steilküste ...«

Kaminski nickte. »Das habe ich gesehen. Ich stand oben. Ich dachte schon, ich müsste einen der Fischer da draußen anrufen, um Sie zu holen. Oder mir Aljoschas Boot leihen. Er braucht es wohl nicht mehr, was?« Er sah Lenz an, als er das sagte.

»Er ... hat mich hergebracht«, sagte Siri und nickte zu Lenz hin.

»So«, sagte Kaminski.

Siri sah Lenz an, entschuldigend. Er sah, wie erschöpft sie war.

»Es ist vielleicht wirklich besser, mit dem Auto ...« Er nickte.

Kaminski wollte Siri auf den Beifahrersitz helfen, doch sie öffnete die Hintertür, um sich auf den Rücksitz zu setzen. Und dann fuhren sie los. Lenz sah ihnen nach. Dann bückte er sich, hob eine Handvoll kleiner Steine auf, drehte sich im letzten Moment um und schleuderte sie nicht auf das Auto, sondern ins Wasser wie eine Ladung Schrot. Ein Schwarm Enten stob aus dem Schilf auf und floh, floh vor ihm. Sie flohen alle vor ihm, sie waren immer geflohen, von Anfang an, selbst seine Eltern, so weit weg wie irgend möglich.

»Warum?«, flüsterte er. »Warum bleibt keiner je da? Muss ich denn alle zum Bleiben zwingen?«

✝✝✝

»Wir haben uns lange nicht mehr unterhalten«, sagte Kaminski, im Auto.

Wir haben uns noch nie unterhalten, dachte Siri. Sie sah durch die Heckscheibe Lenz' Gestalt kleiner und kleiner werden, kleiner und grauer. Er wurde immer grauer, je weiter man von ihm weg war. Verzeih mir, Lenz, dachte sie, aber ich hätte es nicht geschafft, mir dir ins Dorf hochzulaufen.

Das Bein war nicht gebrochen, aber es tat verdammt weh, und sie war erschöpft und eiskalt. Sie waren lange im Wasser gewesen. Zu lange.

Kaminski sah sie im Rückspiegel an.

»Wir haben uns lange nicht mehr unterhalten«, sagte er, noch einmal, etwas lauter. »Was denken Sie? Inzwischen? Über das Dorf?«

»Ich denke … dass mir noch ein Fenster fehlt«, sagte Siri.

»Ich meine nicht die Fenster«, sagte Kaminski und schaltete einen Gang hinauf und wieder herunter, nur, um zu schalten. Um den Motor von Werters Auto ein wenig aufheulen zu lassen.

»Seit wann sind Sie den Gips los?«, fragte Siri.

»Zwei Tage. Der nächste Arzt ist eine halbe Stunde entfernt. Ich springe nur bei der Werkstatt raus und sage Werter Bescheid, ist ja sein Auto. Das, an dem ich zurzeit bastle, ist noch nicht zugelassen, ich hab das alte verkauft und mach mir jetzt ein anderes schick …« Siri hörte nicht mehr zu und ließ ihn über Autos reden.

Aber als er bei der Werkstatt hielt, öffnete sie die Tür und stieg, etwas mühsam, aus dem Wagen. »Ich glaube«, sagte sie, »ich brauche keinen Arzt. Ich brauche nur Verbandszeug.«

»Kein Problem«, sagte Kaminski. »Haben wir hier. Aber sind Sie sicher?«

Siri atmete den Benzingeruch ein, lauschte dem metallenen Hämmern, das aus der Werkstatt drang, ließ das Bild des asphaltierten Hofs durch ihre Augen ins Hirn sickern: auch hier hoher Maschendraht. Dahinter die ungeteerte Straße, die Hecken, die geduckten Häuser, deren wahre Dunkelheit man nur sah, wenn man die Augen schloss. Die Praxis des Arztes wäre hell und freundlich; Teil einer anderen Welt.

Sie würde nicht zurückkehren, sobald sie in seinem Behandlungsraum saß. Besser, sie betrat den Behandlungsraum erst gar nicht.

»Ich bin sicher«, sagte sie.

Werter kroch unter der Hebebühne hervor, um Siri die Hand zu schütteln.

Er setzte sie im Büro auf eine alte Eckbank, gab ihr einen lauwarmen Maschinenkaffee und ließ sich erzählen, was passiert war. Dann begutachtete er Siris Bein und schüttelte den Kopf.

»Wenn ich das verbinden soll«, sagte er, »müssen Sie die Hose ausziehen.«

»Ich dachte, Sie leihen mir das Verbandszeug, und ich mache es selbst? Zu Hause? Ich kriege das hin.«

Werter ging vor ihr in die Knie und sah sie an, wie man ein Kind ansieht. Er sah sehr gepflegt aus für jemanden, der eben noch unter einem Auto gelegen hatte – mit seinen sorgfältig gekämmten silberweißen Locken, seinen ebenso silberweißen Augenbrauen und dem Hemdkragen, der ordentlich oben aus seinem Pullover ragte. Werter war ein durchaus gut aussehender Mann, auch wenn er vermutlich dreißig Jahre älter war als Siri.

»Sie sehen nicht aus«, sagte er, »als würden Sie im Moment sehr viel hinkriegen.«

»Nein«, sagte Siri. Er hatte recht. Sie war gekommen, um Fenster zu machen, und jetzt war sie dabei, sich in etwas zu verwickeln, das nichts mehr mit Fenstern zu tun hatte … Dann wurde ihr klar, dass er mit »im Moment« *im Moment* meinte und nicht mehr.

»Sie zittern«, sagte er. »Und Sie kippen gleich um. Lassen Sie mich den Verband machen.«

Siri nickte und begann, sich aus der nassen Jeans zu winden.

Kaminski machte einen Versuch, ihr auch den Regenmantel abzunehmen, aber sie hielt den Mantel fest. »Schon gut, schon gut«, sagte er und hob die Hände. Nur den Schal wickelte Siri ab und wrang ihn aus. Sie fragte sich, ob er seinen vertrauten Geruch behalten hatte, trotz des Wassers.

Sie ließ Werter die Wunde säubern und versuchte, Kaminskis Blicke auf ihre Beine zu ignorieren. Das Einzige, was Werter ansah, war die Wunde.

»So«, sagte er. »Und jetzt bringst du sie schön nach Hause, ja?« Kaminski nickte.

»Und … grüßen Sie mir das Friedhofskind, wenn Sie noch mal auf es fallen«, sagte Werter zu Siri, ohne zu lächeln. »Sagen Sie ihm, ich weiß, dass er mich verfolgt. Er kann also mit dem Versteckspiel aufhören.«

»Versteckspiel?«

Werter nickte. »Er steht jeden Abend vor der Werkstatt und folgt mir nach Hause.«

»Warum?«

»Fragen Sie ihn doch«, sagte Werter.

Kaminski brachte Siri bis vor die Tür. Bis genau vor die Kellertür zu ihrer Wohnung. Er stieg mit ihr die Treppe hinunter, und offenbar glaubte er, sie würde ihn mit hineinnehmen.

»Danke. Auf Wiedersehen«, sagte Siri. »Und … Sie sollten sich ein paar Haare wachsen lassen.« Sie nickte zu seinem kahl rasierten Kopf hin.

Er steckte die Hände in die Taschen der Bomberjacke und musterte sie von oben herab, die Augen leicht zusammengekniffen. »Gefällt es Ihnen nicht, wie ich herumlaufe?«

»Nein, doch«, sagte Siri, auf einmal war ihr unbehaglich. »Das ist Ihre Sache.«

»Das will ich meinen«, sagte Kaminski. Dann beugte er sich ganz nah zu ihr. Er roch nach Aftershave, Motoröl und Zigaretten. »Was ist das für eine Sache mit Ihnen und dem Friedhofskind?«

»Sache?«

»Böse Zungen sagen, Sie laufen manchmal zusammen herum. Böse Zungen werden sagen, dass Ihr Unfall bei den Klippen kein Unfall war. Aber egal, warum Sie da runtergeklettert sind … es hätte schlimmer ausgehen können. Begreifen Sie nicht? Er ist gefährlich. Er hat Aljoscha umgebracht. Jeder weiß das. Und damals Carla Berg. Und Iris Weiß vermutlich auch.«

»Mir ist wirklich kalt«, sagte Siri. »Ich würde jetzt gerne reingehen.«

Kaminski sah sich um. Die Straße war leer.

»Hören Sie wenigstens zwei Sekunden zu«, flüsterte er. »Die Berg, das war die Letzte, mit der er was hatte. Sie hat Urlaub gemacht hier, alleine, das Friedhofskind war achtzehn oder neunzehn, so was um den Dreh. Sie hat auch bei der Hartwig gewohnt. Und sie ist auch mit dem Friedhofskind herumgelaufen. Sie haben lange Spaziergänge gemacht, sind zusammen geschwommen; war ein warmer Sommer. Sie war älter als er, zwanzig Jahre vielleicht. Irgendwann hat sie gesagt, sie würde später gern auf dem Friedhof hier liegen, nur so dahingesagt, der Umbrich und ein paar andere Leute haben das gehört. Und dann hatte sie einen Badeunfall. *Bade-Unfall*. Trieb da draußen vor dem Steg. Nackt. Sie ist wirklich hier begraben worden. Sie wollte nur ein paar Wochen bleiben, verstehen Sie, und dann ist sie für immer geblieben. Ihr Mann hatte nichts dagegen, dass sie hier begraben wird … er ist später nicht mehr oft hier gewesen … Herr Dr. Berg. Sie war hübsch, die Berg, hatte pechschwarzes Haar. Meistens hat sie ihr schönes Gesicht hinter einer Sonnenbrille versteckt. Gab ihr was Geheimnisvolles. Keiner weiß, was sie an dem jungen Fuhrmann gefunden hat. Ich hätt ja gern mal Mäuschen gespielt bei den beiden im Bett … war wohl ein Abenteuer für sie. Ein zu gefährliches Abenteuer. Jetzt liegt sie unter der Erde und hat nichts mehr davon.«

Siri atmete tief ein und wieder aus.

»Wie alt waren Sie damals?«, fragte sie und drehte den Schlüssel in der Tür der Ferienwohnung um.

Kaminski hakte die Daumen in die Gürtelschlaufen seiner Jeans und schien zu überlegen.

»Ein Jahr? Zwei?«

»Für einen Zweijährigen hatten Sie ein rasches Auffassungsvermögen, was«, sagte Siri und schloss die Tür auf. Sie ärgerte sich auf einmal so sehr, dass sie vergaß, Angst vor Kaminski zu haben.

»Was?«, fragte er verständnislos.

»Ich meine: Sie haben die ganze Geschichte doch nur gehört. Von irgendwem. Von den Leuten. Danke fürs Mitnehmen.« Damit schlüpfte sie durch die Tür, schloss sie so, dass man es nicht gerade als Zuwerfen bezeichnen konnte, und lehnte sich auf der Innenseite dagegen.

Sie ließ sich auf den Fußboden gleiten, legte das Gesicht auf die bloßen Knie, ignorierte den Schmerz in der Wunde und schloss die Augen. Und merkte, dass sie heulte.

Sie wollte nicht, dass Lenz irgendjemandem umgebracht hatte, weder Carla Berg noch Iris noch Aljoscha. Sie wollte, dass sie alle unrecht hatten, die Leute, die Saatkartoffeldiskutierer, die Kuchenfrauenfraktion, die Bewohner der dunklen misstrauischen Häuser.

Sie wollte es zu sehr. Sie wurde irrational.

Sie stand auf, zog eine trockene Hose an und kochte Tee in der Streublümchenkanne.

»Alles ist schön, und alles ist gut«, flüsterte sie. »Schau – die Welt ist voll von Kannen mit Streublümchen, bunten Fensterbildern. Muschelsammlungen. Blumensträußen. *Hör doch auf, zu heulen, Siri.*«

†††

Zwei Tage später rief der Pfarrer im Haus Fuhrmann an. Aljoscha würde, rasch jetzt, endlich bestattet werden. »Wird Zeit, dass der arme Kerl unter die Erde kommt«, sagte der Pfarrer in einem Versuch, jungdynamisch und unbekümmert zu klingen. »Ich habe der Familie geraten, ihn einäschern zu lassen ... wenn einer so lange im Wasser gelegen hat, na ja ... aber sie waren dagegen ...«

»Was ... hat die Pathologie gesagt?«, fragte Lenz vorsichtig. »Woran ist er gestorben?«

»Wissen Sie das nicht?« Der Pfarrer klang erstaunt. »Ertrunken, unter Alkoholeinfluss. Passiert wohl häufig in der Gegend.«

»Die Leute hier sagen, es hätte vielleicht jemand nachgeholfen.«

»Ihm geholfen, zu trinken?« Der Pfarrer lachte, aber sein Lachen war weniger sorglos, als es vielleicht sein sollte. »Die Umstände helfen natürlich. Er war Fischer, oder? Vielleicht lief der Verkauf schlecht ...«

»Nein«, murmelte Lenz. »Nichts lief schlecht. Er hatte die Kaninchen ...«

»Herr Fuhrmann, ich will ganz ehrlich sein. Ich weiß wenig über Aljoscha Kovalski. Nichts, eigentlich. Seine Schwester hat mit mir gesprochen, sie wollte, dass ich bei der Beerdigung etwas sage. Aber sie wohnt nicht am Ort ... hat ihn selber schon lange nicht mehr gesehen. Wo wir schon bei den Kaninchen sind ... können Sie mir etwas mehr über ihn sagen? Etwas, das ich in meiner Ansprache verwenden könnte?«

»Nein«, sagte Lenz und legte auf.

Winfried hieb auf den Küchentisch, als er von der Sache erfuhr, grimmig und seltsam zufrieden. »Jetzt wird sie also wieder angeworfen, die große Verrottungsmaschine.« Er fuhr mit seinen Händen über die Tischplatte, seine Finger liebkosten die Kerben darin wie ein zärtlicher Liebhaber. »Hätte nicht gedacht«, sagte er heiser, »dass noch einer vor mir da begraben wird. Ha.«

»Du stirbst nicht so schnell«, sagte Lenz.

»Nein, sieht nicht so aus, verdammt«, sagte Winfried. »Und du hast mich am Hals. Junge, auf Aljoschas Beerdigung will ich was Anständiges anziehen, ja? Da hängt noch das Jackett im Schrank, das ich bei Carlas Beerdigung anhatte, das schwarze mit den goldenen Knöpfen.«

»Sie waren nie golden«, murmelte Lenz. »Nichts in deinem Leben war golden, Winfried.« Aber er sagte es nicht laut.

Lenz sah Siri nicht in den Tagen bis zur Beerdigung.

Er hob die Grube am Morgen aus, allein. Aber er wusste, dass eine Menge Augenpaare ihn beobachteten, von jenseits des Tores, jenseits der Mauer, jenseits. Der Spaten stach tief ins dunkle Erdreich, er trat mit dem Stiefel darauf und zerstach Gras und Wurzeln mit der scharfen Kante, hörte die lebende Masse der Pflanzen unter dem Spaten reißen und zuckte zusammen bei dem Geräusch. Es war eine Zerstörung in kleinstem Ausmaß, eine erlaubte Zerstörung, und gerade das ließ ihn schaudern. Wer bestimmte denn, welche Zerstörungen erlaubt und welche verboten waren?

Dieleute, natürlich, immer Dieleute. Aber wer gab ihnen die Autorität?

Warum war es weniger schlimm, die Wurzeln unschuldiger Gräser und Blumen zu zerquetschen, das Leben von Käfern und Würmern zu beenden als das eines Mannes, der seine Fische im Eimer verenden lassen und Kaninchen mit dem Kopf gegen die Wand geschlagen hatte, um sie zu töten? Sie alle, alle, die hier lagen, waren schuldig an diesem oder jenem, es gab keinen, der nicht schuldig war. Nicht einmal Lotte, vermutlich. Nicht einmal Carla.

Dies war das Letzte Gericht, die letzte Verurteilung, die Strafe eine ewige: Die, die er unter die Erde brachte, würden für immer unter der Erde bleiben. Es gab kein Entkommen und kein Zurück. Kein Leben nach dem Tod, kein Paradies, nicht einmal die Feuer einer Hölle.

Das ewige Nichts, die ewige Stille in dunkler Erde, erschien ihm schlimmer. Ewig hier zu bleiben, hier im Dorf, nie mehr die Chance zu haben, es zu verlassen … wenn er den Boden über ihnen festtrat, war es, als besiegelte er ihre Strafe dafür, gelebt zu haben. Natürlich gab es Ausnahmen. Iris … Iris war zurückgekommen. Vielleicht kamen die Unschuldigen zurück.

†††

Siri hatte nicht zur Beerdigung kommen wollen.

»Ich wünschte, du wärst hier«, hatte sie in den roten Telefonhörer gesagt. »Ja, ich weiß, ich habe gesagt, du sollst nicht kommen, aber jetzt wünschte ich, du wärst hier. Ich mag keine Beerdigungen, sie sind eine so triste schwärzliche Angelegenheit. Ja, natürlich wäre eine Beerdigung praktisch, um die Leute wegen dieser Sache zu fragen, von der Kaminski erzählt hat. Diese Frau, Frau Berg. Aber ich will die Leute gar nicht fragen, und ich will auch nicht an einem Grab herumstehen und über den Tod nachdenken ...«

Und dann stand sie am offenen Friedhofstor und lächelte auf einmal.

Der Friedhof war wieder ein Garten, er war schön heute, schön wie ein Friedhof in einem Film, in dem eine Beerdigung vorkommt. Unter den Bäumen im Gras hatte man mehrere lange Tische aufgestellt, die hellen Tischtücher wehten im Wind, und darauf standen Teller mit Kuchen und belegten Broten bereit. Frau Henning und Frau Hartwig liefen herum und ordneten letzte Dinge, die geordnet werden mussten. Frau Henning besaß eine neue Jacke, eine helle Daunenjacke mit aufgedruckten farbigen Flecken, die vielleicht Blumen sein sollten. Ein wenig sah die Jacke aus wie ein Sofabezug.

»Ich gestehe es«, sagte Frau Henning zu Siri, als sie einmal mit einer Kuchenplatte vorbeieilte und ihren Blick auffing, »ich habe Ihnen den nachgekauft. Den Mantel. War ein Sonderangebot in der Stadt, bei der Kaufhalle, und ich konnt nicht dran vorbeigehen. Bringt so ein schönes Licht ins Dorf, Ihr Mantel, dacht ich ...«

»Ja«, sagte Siri höflich. »Steht Ihnen. Sieht ... genauso aus wie meiner.«

Die Jacke sah überhaupt nicht aus wie ihr Mantel. Höchstens vielleicht von sehr weit weg im Nebel.

Papierservietten flogen über den Friedhof, wurden eingesammelt und mit kleinen Steinen beschwert. Eine andere Frau der Kuchenfraktion stellte einen Blumenstrauß zwischen die Kuchenteller. Der Umbrich stritt mit Frau Henning über irgendetwas. Die Frau mit den beiden Kindern – Karin? Hieß sie so? – stand bei der Frau mit dem Tapirhund und rauchte, während die Kinder und der Tapirhund versuchten, zu entkommen. Der Mann, der den anderen Tapirhund an der Leine hielt, rauchte mit Kaminski, der einen Anzug trug. Der Friedhof blühte bunter als je zuvor. Der Sommer ersetzte den Frühling nach und nach. Eine Handvoll Kaninchen hoppelte über die Wiese.

»*Une partie à la campagne*«, sagte jemand neben ihr. Frau Ammerland. »Das Bild«, fügte sie hinzu. »Die Leute sehen aus wie auf dem Bild. Kommen Sie mit herein.«

Siri nickte und folgte Frau Ammerland. Der Sarg stand neben dem Grab, hell glänzend, sonnig. Sein Deckel war geschlossen. Der Pfarrer lächelte Worte auf irgendwelche Angehörigen herab.

»Wo ist Lenz?«, fragte Siri.

Frau Ammerland deutete auf das Tor, aber sie sah nicht das Tor an, sie sah Siri an. *Lenz?*, sagte ihr Blick. Sie sind also beim Vornamen angekommen.

Die Menge auf dem Friedhof verstummte, als die letzten Gäste, die keine Gäste waren, durch das Tor kamen. Sie kamen zu zweit, ein merkwürdiges Paar: Winfried, dessen massiger blinder Körper in einem zu engen, stockfleckigen Jackett steckte, dessen Knöpfe in der Sonne glänzten, als hätte er sie poliert. Und Lenz in seiner gewöhnlichen grauen Arbeitskleidung, der Winfried halb schleifte, halb trug. Er setzte Winfried bei der Bank am Tor ab.

»Können wir?«, fragte der Pfarrer unsicher.

Unter dem hellen Holz des Sarges lagen zwei Seile im Gras. Der Pfarrer bückte sich und nahm ein Seilende, Lenz nahm das andere. Kaminski und Werter fassten die Enden des zweiten Seils. Dann hievten sie den Sarg zur Grube hinüber und ließen ihn langsam hinab.

Der Pfarrer räusperte sich und begann seine Rede.

»Ich bin gebeten worden, heute hier zu sprechen, obwohl dies keine Predigt ist. Aljoscha Kovalski war kein gläubiger Mensch, und deshalb sind wir heute auch nicht in der Kirche versammelt, sondern in der … in der freien Natur. Aber der Herr nimmt alle seine Schäfchen zu sich auf, ganz gleich, ob sie Gläubige waren oder nicht. Der Herr ist gütig und verzeiht alles. Aljoscha Kovalski war ein Fischer, und wie ein Fischer in seinem Netz wird der Herr seine Seele zu sich holen ...«

Siri hörte nicht weiter zu. Sie versuchte, Lenz' Blick aufzufangen, doch er sah noch immer nicht zu ihr herüber. Er war dabei, die beiden dicken Seile aufzurollen, ein Schlangenbändiger in Grau. Er stand jetzt wieder ein wenig abseits von den anderen.

Und schließlich warf eine der Anverwandten Kovalskis die erste Handvoll Erde auf das Grab, die anderen traten zurück, und Lenz trat vor. Als dürften sie sich nie begegnen, der eine und die anderen. Niemand sprach, während er das Grab zuschaufelte.

»So«, sagte Frau Henning endlich, »und nun gibt es Kaffee und Kuchen für alle. Aljoscha hätte sich gefreut.«

»Er hätte sich mehr über ein Glas von was Richtigem gefreut«, murmelte der Umbrich, und die Männer lachten.

»Kommen Sie«, sagte Frau Hartwig und drückte Siri auf einen Stuhl, und sie sah sich nach Lenz um, der auf Aljoschas Grab kniete, ganz allein, und mit bloßen Händen Blumen aus einem schwarzen Eimer darauf pflanzte. Seine großen Hände fassten die Blumen mit ihren Wurzelballen so vorsichtig wie ein Neugeborenes. Dann schoben sich Gesichter und Fragen zwischen Siri und dieses Bild, lächelnde Münder und einladende Augen.

»Nehmen Sie doch ein belegtes Brot!«

»Der Kuchen ist sehr gut!«

»Aber dieser ist besser.«

»Haben Sie sich denn schon eingewöhnt?«

»Geht es gut mit den Fenstern?«

»Wie geht es Ihrem Bein? Der junge Kaminski hat erzählt, Sie hätten sich verletzt ...«

»Bleiben Sie denn noch ein Weilchen?«

»Ist die Gegend nicht wirklich schön?«

»Hier gibt es noch eingelegte Gurken, ich habe sie selbst eingelegt ...«

»Erdbeerkuchen, dies ist Erdbeerkuchen. Die Kleinen, obendrauf, das sind richtige Walderdbeeren, sie wachsen oben bei den Klippen, unter den Kiefern ...«

»Ein Glas?«

»Wirklich? Walderdbeeren, Frau Hartwig?«

»Sicher, noch wachsen sie, Sie können nachsehen, Frau Henning ... den Puderzucker fürs Bestäuben muss man erst gründlich sieben ...«

»Nehmen Sie das feine Mehl oder das grobe?«

»Trinken Sie doch mit uns, Frau Pechten, bei so viel Kuchen braucht man einen Verdauungsschluck, was, und man muss auf die Toten trinken. Trinken Sie!«

Siri dachte daran, dass Aljoscha ertrunken war, weil er mit zu viel Alkohol im Blut schwimmen gegangen war, aber sie sagte es nicht. Sie trank. Es blieb ihr nichts anderes übrig. Neben ihr saß Karin, die hysterische Mutter. Die Trampolinkinder rannten irgendwo über den Friedhof.

»Nächste Woche kommt er übrigens wieder«, sagte Karin. »Mein Mann. Er ist immer auf Montage ...«

»Auf alle Männer, die auf Montage sind!«, rief Kaminski.

»Auf alle Männer, die zum Fischen rausfahren!«, rief einer der anderen Fischer.

»Auf die Lebenden und die Toten!«

Der Schnaps brannte in Siris Kehle. Um sie herum wurden die Gesichter röter und die Geschichten, die über den Tisch schwirrten, hitziger. Sie sah, dass jemand Winfried an den Tisch geholt oder er sich selbst herübergeschleppt hatte, jedenfalls saß er da, in seinem knopfglänzenden Jackett, und trank mit ihnen. Die beiden Frauen, die mit Aljoscha verwandt waren, verschwanden irgendwann, und auch der Pfarrer war fort, als Siri sich nach ihm umsah. Frau Ammerland war vielleicht nie da gewesen, sie erinnerte sich nicht, sie am Tisch gesehen zu haben.

Der Umbrich goss Siri nach. Sie war eingeklemmt in diesem Gewirr aus Stimmen, sie versuchte, einzelne Gesprächsfetzen aufzuschnappen und herauszufinden, ob sie etwas mit ihnen anfangen konnte, aber es gelang ihr nicht. Sie spürte den Schnaps im Blut. Die bewegten Schatten der Äste, die auf Gläser und Tischtuch fielen, verwirrten sie jetzt, die Stimmen der beiden Geschwister, die irgendwo unter dem Tisch verstecken spielten, waren nicht eindeutig zu orten, Papierservietten flatterten über den Tisch wie weiße Tauben.

»So, und nun rückt mal ein bisschen«, hörte sie Frau Henning sagen. »Das Friedhofskind soll sich endlich zu uns setzen. Holt ihn doch mal her.«

»Es ist kein Platz mehr am Tisch«, sagte Kaminski, lehnte sich zurück und verschränkte die Arme. »Und ich bin ein anständiger Mensch. Ich sitz mit keinem Mörder am Tisch.«

»Halt den Mund«, sagte Werter knapp. »Aljoscha war betrunken. Das war alles.«

»Betrunken war er vielleicht schon«, flüsterte Karin. »Aber jemand hat ihn gelockt.«

»Ins Wasser gelockt«, wiederholte Frau Henning. »Jemand hat ihn gerufen.«

»Ach, Unsinn, warum sollte er ins Wasser gehen, wenn das Friedhofskind ihn ruft?«, sagte der Mann mit dem Tapirhund.

»Er hat ihn vermutlich nicht selbst gelockt«, sagte irgendwer. »Das war einer von denen, die er begraben hat.«

»Einen Grund hatte er jedenfalls«, flüsterte Frau Hartwig. »Aljoscha wusste irgendwas ... über damals ...«

»Wir rücken jetzt alle«, sagte der Umbrich und nickte den anderen bedeutungsvoll zu. »*Ich* will nicht morgen da draußen im Wasser liegen und übermorgen unter der Erde.«

Er schob seinen Klappstuhl zurück und ging zu Aljoschas frischem Grab hinüber, wo Lenz sich die Erde von den Knien klopfte. Siri sah, wie der Umbrich Lenz am Arm nahm, es wirkte grotesk, weil er so viel kleiner war als Lenz. Lenz ließ sich zum Tisch hinüberführen, widerstrebend. Kaminski saß noch immer mit verschränkten Armen da und starrte vor sich hin.

Der Umbrich goss Lenz ein Glas Schnaps ein. Seine Finger zitterten leicht.

»Auf Aljoscha!«, rief Frau Henning.

»Auf Aljoscha!«, riefen alle.

Und Lenz sah sie an, der Reihe nach, und in seinem Blick stand etwas wie Verachtung. Dann hob er das Glas und trank. Er trank es in einem Zug leer, stellte es ab und setzte sich auf den Stuhl, auf den Herr Umbrich deutete. Sie redeten jetzt weiter, redeten wieder durcheinander, aber auf eine irgendwie vorsichtigere Art als zuvor. Siri versuchte, Lenz' Blick noch einmal aufzufangen, sie wollte einen Blick nur für sich, einen, in dem keine Verachtung lag. Aber warum, dachte sie, sollte mir so ein Blick überhaupt zustehen? Ich bin jetzt, in diesem Augenblick, eine von ihnen, von den Leuten, ich sitze in ihrer Mitte und esse ihren Kuchen und trinke ihren Schnaps.

Sie sah ihn das Glas heben, trinken, stumm.

Und dann geschah etwas Merkwürdiges.

Ein Kaninchen kam über den Rasen gerannt, im Zickzack, blieb sitzen und starrte die Kuchen-Schnaps-Gesellschaft an. Es war ein schwarzes Kaninchen mit einem weißen Fleck ums rechte Auge.

»Na, wollen wir mal sehen, wem du jetzt gehörst, was«, sagte Kaminski. Er stand auf und ging ganz langsam auf das Kaninchen zu, und die wenigsten bemerkten überhaupt, dass er das tat, sie waren zu beschäftigt mit ihren eigenen Gesprächen. Nur Siri und Werter folgten Kaminskis Bewegungen mit den Augen. Er streckte die Arme aus, ging leicht in die Hocke und spreizte die Finger. »Komm, mein Schönes!«, lockte er. »Ich hätte einen Platz frei für dich in unserer Pfanne!«

Und Siri begriff oder glaubte zu begreifen, dass dieses Kaninchen der Ersatz war. Der Ersatz für Lenz. Kaminski war noch immer wütend, dass die anderen Lenz an den Tisch geholt hatten, aber er konnte nichts dagegen tun.

Er trat noch einen Schritt auf das Kaninchen zu. Es sah ihn an, aufmerksam, aber nicht scheu. Und dann machte Kaminski einen Satz und schnappte sich das Kaninchen. Er hielt es am Nackenfell hoch, und jetzt sahen alle am Tisch zu ihm. Sie lachten. Das Kaninchen strampelte.

»Dein Besitzer ist tot«, sagte Kaminski. »Ja, guck nur, dumm gucken kannst du ja.«

»Kann ich es mal haben?«, rief das kleine Mädchen, das mit ihrem Bruder von unter dem Tisch aufgetaucht war.

»Nein«, sagte Kaminski. »Dieses nicht. Dieses habe ich. Das wird ein Abendessen.«

Und dann griffen seine Finger auf andere Weise ins schwarze Fell, so, dass er dem Kaninchen den Hals besser umdrehen konnte.

Siri legte die Hände vors Gesicht. Es ist nur ein Kaninchen, sagte sie sich, Kaninchen sind dazu da, getötet und gegessen zu werden, es hatte ein schönes Leben, es hat einen schnellen Tod – sie wollte trotzdem nicht zusehen. Als sie die Augen wieder öffnete, stand Kaminski mit leeren Händen da. Das Kaninchen hatte den Besitzer gewechselt. Es war jetzt Lenz, der es am Nackenfell hielt, er stand neben Kaminski. Das Kaninchen strampelte noch immer.

»Das ist mein Kaninchen«, sagte Kaminski.

»Hol dir ein anderes«, sagte Lenz, drehte sich um und ging.

»Junge?«, rief Winfried. »Junge, gehst du? Warte! Was ist mit mir?«

Siri sah Lenz stehen bleiben, mit dem Rücken zu ihnen, und hörte, wie er zwischen zusammengebissenen Zähnen fluchte. Dann kam er zurück, packte Winfried am Arm und zog ihn von seinem Stuhl hoch.

Siri stand ebenfalls auf. Sie merkte, dass sie etwas wackelig auf den Beinen war. Aber bis zu Winfried und Lenz waren es nur ein paar Schritte. Sie streckte die Hand aus, und Lenz verstand.

Einen Moment lang schien er mit sich zu ringen. Dann sagte er: »Nimm das Kaninchen.«

Dieser Satz, dachte Siri, fasste so ungefähr alles zusammen: alles, was sie tun konnte, um Lenz zu helfen, und all ihre Grenzen. *Nimm das Kaninchen.*

Das warme schwarze Leben in ihren Händen war weich wie eine Erinnerung an Sonnenschein. Es hatte jetzt aufgehört, sich zu wehren, doch sie fühlte sein kleines Herz rasen. Lenz legte sich Winfrieds Arm über die Schultern, und so verließen sie den Friedhof. Siri drehte sich nicht um.

Sie konnte auch so hören, was die skurrile Sommergesellschaft hinter ihnen zueinander sagte.

»Man sollte ihr sagen, wie unvernünftig sie ist!«, sagte Frau Hartwig.

»Man sollte sie zurückholen«, sagte Frau Henning. »Das arme Mädchen weiß ja nichts.«

»Sie weiß schon«, sagte Kaminski grimmig.

»Lasst sie gehen«, sagte Werter.

Sie ließen das Kaninchen hinter dem Haus der Fuhrmanns frei, und Lenz scheuchte es davon.

»Warum tust du das?«, fragte Siri eine halbe Stunde später, als Lenz Winfried zur Toilette gebracht und ihn danach der Obhut des Fernsehers übergeben hatte. »Warum rettest du Kaninchen?«

»Warum stehst du in unserer Küche?«

Siri sah sich um. Sah den Tisch mit den Kerben an, die ein Friedhof waren, das verwitterte Holz der Möbel, die Dunkelheit. »Weil ich sie so schön finde«, antwortete sie.

Dumme Frage. Weil ich auf dich warte.

Er schob sie zur Tür hinaus, ins Licht.

»Ich verstehe dich nicht«, sagte er und schüttelte den Kopf. »Du hast mir zum zweiten Mal geholfen, und manchmal lässt *du dir* helfen, und dann steigst du zu Kaminski ins Auto und trinkst mit den Leuten. Was willst du? Auf welcher Seite willst du sein?«

Sie zuckte die Schultern.

»Wir könnten ein Stück gehen. Ich merke die Wunde am Bein fast nicht mehr.«

»Schön. Gehen wir ein Stück. Wie damals. Als Winfried in die Kirche kam. Da sind wir auch ein Stück gegangen. Was nützt es, zu gehen?«

»Nichts«, sagte sie. »Komm.«

Sie gingen den gewöhnlichen Weg, durch das gewellte Land mit seinen Feldern und Entwässerungsgräben, mit seinen Alleen aus rauschenden Pappeln und Linden und seinem weiten Horizont. Einmal sah Siri die weißen Tauben durch den blauen Himmel fliegen, ein rauschender Himmelsbogen aus hellen Federn, der schon wieder vorüber war, sobald man ihn bemerkt hatte. Kaminskis Tauben.

»Ich bin betrunken«, sagte Siri.

»Das war ihr Ziel.«

Sie blieb stehen und sah sich um. »Es ist eigentlich gar nicht so schlecht, betrunken zu sein«, sagte sie. »Man wird ... ich weiß nicht ... leichter. Neulich habe ich gedacht, dass ich gerne einmal die Kontrolle verlieren würde, unsinnig sein ... wir könnten einfach den Weg verlassen ... quer über die Felder gehen ...« Der Weg schnitt hier tief ins Wellenland ein, und sie war mit ein paar Schritten oben auf der Böschung. »Von hier oben sieht man viel mehr!«, rief sie zu Lenz hinunter, und einen Moment später stand er neben ihr.

»Ich weiß«, erwiderte er. »Ich gehe selten auf den Wegen.«

»Lass uns rennen«, sagte Siri. Sie rannte voraus, über ein riesiges kohlgrünes Feld; die Erde blieb in großen, schweren Klumpen an ihren Schuhen kleben, doch Siri fühlte sich noch immer leicht, sie flog, und ihr offener Regenmantel war wie ein Gewand aus Schwingen. Die Wunde tat jetzt wieder weh, sie spürte, dass sie aufgegangen war und suppte. Es war egal. Als sie sich umdrehte, sah sie Lenz hinter ihr laufen, er hätte sie leicht überholen können, aber er war es gewohnt, mit jemandem über die Felder zu laufen, der kürzere Beine hatte als er. Ein Regenmantelvogel und ein grauer Vogel flogen über das Feld, weniger schön als die weißen Tauben, aber auch weniger kitschig. Am höchsten Punkt des unendlichen Feldes stand ein Strommast, und erst dort hielt Siri an.

Man konnte das Meer sehen von hier und die Stromleitungen, die den Himmel zerschnitten, als wäre er Buntglas.

Siri lehnte sich keuchend an den Fuß des Strommastes, und Lenz holte sie ein und lehnte sich ebenfalls daran. »Wir könnten weitertrinken«, sagte er, als er wieder zu Atem kam, und holte eine Flasche aus der Tasche seiner Jacke. Eine kleine, schmale Flasche, die eine klare Flüssigkeit enthielt.

»Ich dachte, Winfried braucht diese Flasche nicht«, sagte Lenz. »Sie stand im Küchenschrank.«

Siri schüttelte den Kopf, ertappte sich bei einem Grinsen und dachte: Ich bin wieder jung. Sechzehn vielleicht, höchstens achtzehn. In dem Alter, in dem man Schnaps aus dem Schrank seiner Eltern klaut.

»Von mir aus«, sagte sie. »Jetzt ist es auch schon egal. Heute kriege ich nichts mehr zustande. Mit den Fenstern. Und der Alkohol betäubt das verdammte Bein.«

Lenz reichte ihr die Flasche, und sie trank, und was sie trank, war scheußlich, irgendwelcher Kornbrand. Sie schüttelte sich, und er trank und schüttelte sich ebenfalls.

»Verstehst du, warum man das trinkt?«, fragte Siri.

»Ja«, sagte Lenz. »Es macht auf die Dauer blind.«

»Und warum möchte man blind sein? Guck dich doch um! Es ist schön hier. Das Meer dahinten … und der Himmel und die Felder …«

»Mach die Augen zu«, sagte Lenz. »Wenn du blind bist, kannst du noch viel mehr sehen. Alles, was du willst. Die Wüste. Afrika. Die Südsee. Aber die Häuser im Dorf und die Saatkartoffelleute, die brauchst du nicht zu sehen. Winfried hat Glück.«

Siri öffnete die Augen wieder. »Ich glaube, ich sehe lieber das, was da ist. Und wenn es nur ein Kohlfeld ist.«

Sie tranken weiter aus der Flasche, während sie den sanft abfallenden Hang auf der anderen Seite der Stromleitung hinunterwanderten. Siri humpelte. Er sagte nichts dazu. Sie sprachen kaum, sie tranken und wanderten und wanderten und tranken, und jeder von ihnen dachte seine Gedanken. Und es war gar nicht schlecht, so nebeneinanderher zu wandern, ohne sich in die Quere zu kommen. Wenn Jesus über das Wasser geht, zum Boot seiner Jünger, im Sturm, vielleicht sollte er nicht alleine gehen. Vielleicht sollte er, auf dem Kirchenfenster, noch jemanden bei sich haben, der neben ihm hergeht, um mit ihm zu schweigen.

Irgendwann kamen sie an einen Graben, einen der vielen Entwässerungsgräben, die das Land durchzogen, bewachsen mit Schilf und erst aus der Nähe zu bemerken. Siri setzte sich auf die Böschung und sah der Dämmerung zu, die über das Land sank, transparent violett an den Rändern. Lenz setzte sich neben sie. Die Luft war noch immer lau. Die Flasche war leer.

»Erzähl mir«, bat sie. »Erzähl mir von Carla Berg.«

»Carla.« Er zögerte. »Es ist lange her. Über zwanzig Jahre.«

»Was hat sie hier gemacht?«

»Das ... das weiß eigentlich keiner, glaube ich. Sie war eines Tages da und blieb, und irgendwann wollte sie wieder gehen, nehme ich an ... sie hat bei Frau Hartwig gewohnt wie du. Als ich sie zum ersten Mal sah, stand sie ganz vorne auf dem Steg und sah aufs Wasser hinaus. Sie hat sich umgedreht und mich angesehen, das weiß ich noch, auf eine seltsame Art. Wir haben angefangen, uns zu unterhalten ... über alles Mögliche. Nur nicht über sie selbst. Sie hat eine Menge Fragen gestellt, so wie du. Ich weiß nicht, warum sie sich so für mich interessiert hat. Ich war achtzehn oder neunzehn ... sie hat gesagt, sie würde mich mitnehmen. Wenn ich wollte.«

»Wohin?«

»Keine Ahnung. Raus. Weg aus dem Dorf. Sie kam aus irgendeiner Stadt, Dresden, glaube ich, obwohl sie nicht so sprach. Niemand wusste, was sie mit mir wollte. Sie war die Einzige, die mich je gefragt hat, was ich tun will. Mit meinem Leben.«

»Was hast du geantwortet?«

Er zuckte die Schultern. »Dass ich es noch nicht weiß. Ich hatte nie darüber nachgedacht. Ich hatte nie daran gedacht, dass es möglich wäre, wegzugehen. Aus dem Dorf. Es war auch nicht möglich. Kurze Zeit später habe ich Winfried ersetzt. Und das Leben ging weiter wie immer.«

»Und ... Carla Berg?«

»Ist ertrunken. Aber das weißt du schon, nehme ich an. Ein Badeunfall. Sie ist alleine rausgeschwommen.«

»Nachts?«

»Ich weiß nicht. Vielleicht. Wir waren ein paarmal in der Dämmerung zusammen schwimmen, sie und ich ... an dem Abend war ich nicht bei ihr. Vielleicht ist sie alleine in der Dämmerung schwimmen gegangen. Die Fischer haben sie am Morgen gefunden.«

»Gab es damals auch ... einen Sturm? Wie bei ... Iris?«

Er schüttelte den Kopf. »Nein. Ich erinnere mich nicht, aber Winfried sagt, das Wasser war ruhig. Niemand weiß, warum sie ertrunken ist. Sie haben sie hier begraben, weil sie gesagt hatte, dass sie das wollte. Vorher. Nur so gesagt, ohne sich etwas dabei zu denken. Ihr Mann war da, Dr. Berg. Er hat nicht mit mir gesprochen. Er konnte nicht mit mir sprechen. Ich saß auf dem Dach der Kirche, mit Iris. Winfried hat Carla begraben. Danach hat er eine ganze Flasche Schnaps ausgetrunken, allein, und dann hatte er den ersten Schlaganfall. Seitdem bin ich der Totengräber.«

Siri ließ sich zurück ins Gras fallen.

»Hast du sie geliebt?«

»Carla?« Er dachte nach, ließ sich neben sie ins Gras fallen, und so lagen sie zusammen auf dem Rücken im Gras und sahen in den Himmel, der leise schwankte. »Nein. Sie war interessant, natürlich … sie war so viel älter als ich … sie war schön. Als wir das erste Mal zusammen schwimmen waren, in der Dämmerung, das weiß ich noch, da hat sie sich einfach ausgezogen und ist ins Wasser gesprungen. Sie war die erste Frau, die ich nackt gesehen habe.«

»Außer … Iris?«

»Iris ist keine Frau. Sie ist ein Kind.«

»Aber ihr habt … Carla und du …«

»Wir haben eine Menge Sachen getan zusammen.«

Siri wollte sich auf den Bauch drehen, aber sie kam auf der Böschung ins Rutschen, vielleicht lag es am Alkohol. Sekunden später landete sie unten zwischen den Schilfhalmen im Wasser. Und für Sekunden spürte sie Panik in sich aufsteigen. Sie dachte an Iris, die sie im Schilf gefunden hatten, ein verheddertes gestrandetes Vögelchen. Sie dachte an Aljoschas aufgedunsenen Körper zwischen den Halmen …

Aber der Graben war nicht tief, das Wasser reichte ihr nur bis zur Hüfte, und auf einmal musste sie über sich selber lachen – über ihre schlammverschmierten, mit Entengrütze verzierten Jeans und die Vorstellung, was für ein dummes Gesicht sie vermutlich machte. Auch der Graben schwankte leicht.

»Komm!«, rief sie. »Es ist schön hier unten! Schön schlammig!«

Dann ließ sie sich rückwärts ins Wasser fallen, noch immer lachend. Es war sowieso schon egal. Lenz schüttelte den Kopf. »Du bist ja verrückt«, sagte er.

»Nein«, antwortete Siri aus dem Graben. »Nur betrunken.«

Da zog er die Jacke aus, rutschte die Böschung hinunter und landete neben ihr im Graben. Und einen Moment lang wurde Siri ein Kind. Sie war sechs Jahre alt, so alt wie Iris, als sie starb, sie spritzte das andere Kind im Graben mit beiden Armen nass, bekam Entengrütze in den Mund, spuckte sie aus und konnte nicht aufhören, zu lachen. Sie tauchte das andere Kind unter. Sie ließ sich untertauchen. Sie vergaß Carla und Iris und Aljoscha. Sie war so schlammig wie noch nie, sie tauchte und holte den Schlamm herauf und warf damit, und das Wasser war beinahe warm, und es war beinahe Sommer. Schließlich krabbelten sie ans Ufer, zwei dreckige Kinder, zitternd, so warm war es doch nicht. Die Sonne ging unter; ein zerquetschter roter Ball im Westen über dem Land, aus dem die Farbe auslief wie der Saft einer Blutorange und den Himmel schlierig färbte.

Siri streifte ihre nassen Kleider ab. Carla Berg war nackt vom Steg gesprungen. Und?

»Wir haben nur ein einziges trockenes Kleidungsstück«, sagte sie, bibbernd jetzt. »Deine Jacke. Wir könnten sie als Handtuch benützen. Besser, man wird das nasse Zeug los.«

Lenz war neben ihr aus dem Graben geklettert. Sein Gesicht war schlammverschmiert. Er sah sie einen Moment an, zweifelnd, dann nahm er die Jacke und legte sie um ihre Schultern. Und dann begann er, langsam, sich aus seinen verdreckten Kleidern zu schälen.

Wir könnten auch einfach nach Hause gehen, dachte Siri, wir waren beim letzten Mal genauso nass, und wir sind in den nassen Kleidern nach Hause gegangen … andererseits …

Sie rubbelte ihre Haut mit der grauen fleckigen Jacke ab, bis es wehtat, um warm zu werden, gab die Jacke Lenz zurück und sah zu, wie er sich ebenfalls abtrocknete.

Es war seltsam, ihn nackt vor sich zu sehen, im roten Abendlicht. Ohne die graue Arbeitskleidung, ohne die erdigen Stiefel, ohne all die Dinge, die ihn zum Totengräber machten wie eine Uniform. So war er nur ein Mann. Sehr groß, natürlich.

Sie sah in sein Gesicht und versuchte, die Hässlichkeit darin wiederzufinden, die groben Züge, die sie zu Anfang gesehen hatte. Sie fand sie nicht. Sie fand ein Gesicht, das sie inzwischen kannte, das Gesicht eines Menschen, der schwarze Kaninchen rettete und nicht zugeben konnte, dass er einmal eine Frau geliebt hatte, die zwanzig Jahre älter gewesen war als er. Das Gesicht eines Menschen, der nicht mehr jung war und trotzdem ein Kind, der nicht war wie andere Menschen, der einfacher war als andere Menschen und trotzdem klug: auf allen Ebenen ein Paradoxon.

Die grauen Augen des Paradoxons musterten sie so, wie sie ihn musterte. Nein, noch genauer. Von Kopf bis Fuß.

Und auch er, der Mensch, das Kind, der Mann … hatte nicht nur ein Gesicht.

Siri trat einen Schritt auf ihn zu und streckte die Hand aus.

Lenz ließ die Jacke fallen.

Sie legte die Hand auf seine Brust und ließ sie abwärtsgleiten, und auf einmal war ihr warm. Der nasse geblümte Regenmantel lag ganz nah, lag direkt zu ihren Füßen.

Du kannst das tun, sagte sie sich, du kannst das tun, du kannst das tun. Es ist notwendig.

»Was ist mit dem Telefon?«, fragte er heiser. »Dem roten Telefon?«

»Was soll damit sein?«, sagte Siri. »Es gehört Frau Hartwig.«

»Aber …«

Sie trat noch einen Schritt näher. Und ihre Hand lag jetzt genau zwischen ihnen, genau im Zentrum. Die Welt drehte sich leicht, behutsam, dann schneller – einen Moment lang war es, als könnte Siri sie von außen sehen, aus der Vogelperspektive, aus der Perspektive der weißen Tauben: zwei nackte Menschen in der Abenddämmerung auf irgendeinem gottverlassenen Feld. Es war völlig klar, was jetzt geschehen musste. Sie schloss ihre Finger um die Mitte dieser Zwei-Personen-Welt, eine trotz der Kälte durchaus erektile Mitte.

»Aber«, sagte er noch einmal. »Siri. Du hast einen Mann. Irgendwo … in Berlin. Du trägst seinen Schal …«

»Sch, sch. Ja. Das stimmt. Aber man kann das hier tun, ohne dass es mehr bedeutet als ... als das, was es ist. Und andere Leute müssen nichts davon wissen, oder?«

»Aber«, sagte er ein drittes Mal. Es war nur noch ein sehr leises Aber.

»Ich nehme die Pille. Du musst keine Angst haben, dass ...«

»Davor habe ich keine Angst«, sagte Lenz und lachte. Sein Lachen war ein wenig unsicher.

Und jetzt, dachte sie. Jetzt bist du dran. Jetzt ziehst du mich hinunter auf die Wiese und tust, was auch immer du möchtest, wie auch immer du es möchtest, tu es einfach.

Er tat nichts. Sie war es, die ihn hinunterzog, auf alle viere, aber auf dem Boden wurde nichts klarer. Ich kann das nicht, dachte sie, ich bin nicht der Typ Frau, der führt ... und du bist so viel größer und stärker als ich ...

»Mit Carla«, flüsterte sie, »wie war es mit Carla?«

»Carla hat nichts damit zu tun«, flüsterte er zurück.

Und dann lag sie unter ihm, spreizte die Beine und klammerte sich an den großen, atmenden Körper über ihr, sie fror jetzt wieder. Sie wollte nichts sagen müssen, nicht einmal »Ich friere«.

Lenz versuchte, sie zu küssen, aber sie wollte auch nicht geküsst werden, nicht in diesem Moment, sie wollte, dass er tat, was getan werden musste, sie versuchte, ihn mit ihrer Hüfte zu lenken, aber es funktionierte nicht.

Verdammt, es funktionierte nicht.

Alles war richtig, alles hätte funktionieren sollen.

»Ich ... ich habe Angst«, flüsterte Lenz. »Ich will dir nicht weh-tun.«

»Ich werd's überleben«, flüsterte sie zurück und versuchte, zu lachen. »Bitte – wer weiß, ob wir ewig hier alleine sind – mach einfach.«

»Ich kann das nicht!« Er klang jetzt verzweifelt. »Bitte, Siri, ich ...«

Sie ließ ihre Hand wieder nach unten wandern, aber es war nicht einfach, einen Weg zwischen ihren beiden Körpern zu finden; sie machte noch einen Versuch, ihn zu führen, und auch dieser Versuch scheiterte. Vielleicht lag es an ihr. Ihr war jetzt zu kalt, viel zu kalt, ihr Körper verschloss sich, und er hätte ein wenig Gewalt gebraucht, nur ein wenig, um ihn zu öffnen, aber er wagte es nicht, sie kämpften eine Weile gemeinsam dafür, dass alles doch noch funktionierte – dann erstarb seine Erektion unter ihren Fingern, und was sie auch tat, sie schaffte es nicht, sie zurückzugewinnen. Auf einmal war die ganze Sache nur noch peinlich, und Siri wünschte sich weit, weit weg.

Sie musste jetzt etwas Freundliches sagen, etwas wie »Nicht so schlimm«, aber sie bekam nichts heraus. Lenz setzte sich auf, zog sie mit sich hoch und nahm sie in die Arme. Sie zitterten gemeinsam, der Wind hatte aufgefrischt. Aber Siri wollte nicht umarmt werden, nicht jetzt, nicht so.

Was sie gewollt hatte, war etwas Schnelles und Unkompliziertes gewesen, und diese Umarmung bedeutete zu viel.

Am liebsten hätte sie sehr laut geflucht.

Sie riss sich von ihm los und sammelte ihre nassen Sachen ein.

»Es tut mir leid«, sagte Lenz.

»Schon gut«, murmelte sie. Die nassen Sachen weigerten sich, angezogen zu werden, sie waren schlammverklebt und schrecklich, aber sie konnte schlecht nackt zurück zum Dorf gehen.

Sie sah, wie er ebenfalls mit seinen Kleidern rang.

»War es mit Carla so viel anders?«, fragte sie, während sie ihren Pullover auswrang und überstreifte.

»Mit Carla?« Er schüttelte den Kopf. »Siri … du hast das falsch verstanden. Ich habe nicht mit Carla geschlafen.«

»Bist du dir sicher?«

»Natürlich bin ich mir sicher. Ich habe noch nie mit einer Frau …«

»Nein. Sag das jetzt nicht, bitte.«

»Dann sage ich es nicht«, sagte er bitter. »Wenn es nur darauf ankommt.«

Damit ließ er sie stehen und ging, nein, er rannte, er rannte in seinen nassen grauen Kleidern über die Wiese davon. Er floh.

Ein Kind.

Vielleicht fand er Iris, irgendwo auf der anderen Seite der Wiese, vielleicht würden Iris' Kinderhände ihm die Scham aus den Augen wischen und ihn trösten. Sie war es, Iris, die sechsjährige Iris von damals, die zu ihm gehörte. Nicht die Siri von jetzt.

Kaminski hatte keine Ahnung, wie unrecht er gehabt hatte mit Carla Berg.

Siri hob den Mantel auf und ging langsam in die Richtung, in die Lenz gelaufen war. Dort lag, hoffentlich, das Dorf. Sie brauchte eine heiße Dusche. Dringend. Sie brauchte eine Tafel schwarze Schokolade. Oder zwei. Sie wollte sich auf ihr Bett legen und die vertraute Decke über den Kopf ziehen und vergessen, was an diesem Abend geschehen war.

10

»Du schläfst ja nicht«, sagte Iris. »Was tust du?«

»Nichts«, sagte Lenz.

Sie kniete neben seinem Bett, wo er mit offenen Augen auf der Seite lag und ins Leere starrte.

»Es ist beinahe Morgen«, sagte Iris. »Du siehst nicht aus, als hättest du überhaupt geschlafen. Was ist passiert?«

Er schlug die Decke zurück, stand auf und zog sich schweigend an. Iris sah ihm zu. Sie wartete auf eine Antwort. »Du weißt es doch«, sagte er, »du weißt, was war. Oder nicht? Warst du nicht da? Hast du nicht zugesehen?«

»Ganz bestimmt nicht«, sagte Iris und schüttelte den Kopf. Er sah ihr blondes Haar fliegen wie Goldstaub. »Hast du dich wieder von irgendwem verprügeln lassen?«

Er schüttelte den Kopf, bückte sich dann und hob sie hoch, sodass ihre Gesichter auf einer Höhe waren. Beinahe stießen ihre Köpfe an die Dachschräge. »Ich wünschte, ich könnte es dir erzählen. Aber es ist etwas, dass nur Erwachsene … verstehen, fürchte ich.«

»Ach was«, sagte Iris. »Und seit wann bist du so verdammt erwachsen?« Sie legte ihre Hände auf sein Gesicht, malte Kreise um seine Augen herum, nachdenklich. »Es hat mit der Fensterfrau zu tun, stimmt's? Frau Pechten? Du fängst an, die Dinge anders zu sehen.«

Ihr Kindergesicht war so ernst, wie er es selten zuvor gesehen hatte. »Ich werde dich verlieren«, flüsterte sie. »Und dann werde ich ganz allein sein.«

»Nein«, flüsterte er und drückte sie an sich. »Nein. Du verlierst mich nicht, und ich verliere dich nicht. Es klappt sowieso nicht mit der Fensterfrau, nichts klappt … ich weiß nicht mal, was sie will. Gestern Abend, da wusste ich, was sie will, und das konnte ich ihr nicht geben … aber im Großen und Ganzen bin ich mir unsicher.«

Er spürte, wie Iris die Schultern zuckte. Ihr Haar kitzelte ihn dabei am Hals. Die Wange, die seine streifte, war feucht. Feucht vor Tränen.

»Also, wenn es dich irgendwie interessiert … sie ist da draußen«, flüsterte sie.

»Wie? Wo?« Einen Moment glaubte er wirklich, Siri stünde vor der Haustür, sie wäre gekommen, um irgendetwas zu ihm zu sagen, etwas Freundliches. Um ihn erklären zu lassen.

»Sie ist in Richtung Wasser gegangen«, sagte Iris und wischte die Tränen fort. »Ich denke, sie wird den Weg gehen, den sie immer geht. An der Steilküste lang.«

Er setzte Iris ab, behutsam, aber mit Nachdruck. »Ich werde nachsehen, ob ich sie finde«, flüsterte er. »Ich wünschte … ich wünschte, ich könnte mit ihr reden. Du und ich, wir sehen uns später. Ich komme zurück, spätestens um sieben, wenn Winfried gewöhnlich aufwacht. Lass mich Siri alleine finden.«

Damit ließ er sie stehen und betrat die schmale, dustere Stiege. Als er sich umsah, stand sie noch immer mitten in der winzigen, dunklen Schlafkammer. Sie stand in dem einzigen Lichtstrahl, der durch das kleine, staubige Fenster fiel – stand da in ihrem blauen Kleid und hatte eine Hand ausgestreckt, als wollte sie ihn noch halten. Sie sah so einsam aus, so verlassen, dass es ihm das Herz brach.

»Ich komme zurück«, wiederholte er.

Der Morgen war in Dunst getaucht, die Konturen der Bäume und Hügel ungewiss. Das Land lag verborgen unter weißen Nebeln. Verborgen, dachte Lenz, wie die Wahrheit – die Wahrheit über alles. Über Siri Pechten. Über Iris Weiß. Über Carla Berg. Über Jens und Lotte Fuhrmann. Und über das Friedhofskind. Hier wanderte es, das Kind, das sie alle verlassen hatten, hier wanderte es ganz alleine durch die Nebel, zwei Meter groß und einundvierzig Jahre alt.

Und keiner wusste, was es getan hatte.

Der Hafen war leer, die drei Fischerboote lagen stumm am Steg vertäut. Lenz schlug den Weg ein, der an den Datschen vorbeiführte, aufwärts, immer aufwärts, und schließlich oben an der Steilküste entlang. Der Nebel verbarg auch die grünen Hecken der Feriensiedlung, verbarg die silbrigen Blätter des Sanddorns, verbarg die Kiefern oben am Hang, unter denen irgendwo vielleicht winzige rote Walderdbeeren wuchsen, die man als Dekoration für Kuchen verwenden konnte. Sie waren dicht, die Nebel, dicht wie Suppe.

Er befand sich noch auf dem schmalen Stück Weg, das zwischen dem Sanddorn hinaufführte, als er die Gestalt vor sich sah. Zuerst dachte er, es wäre Siri. Er glaubte, die Blumen auf ihrem Mantel zu sehen, ihr kurzes Haar, ihre Turnschuhe. Doch dann war er sich nicht mehr sicher; die Gestalt erschien ihm zu plump, und vielleicht war das, was er zuerst für kurzes Haar gehalten hatte, eine braune Mütze. Die Person verschwand hinter einem Busch, tauchte wieder auf, verschwand abermals und blieb verschwunden. Er stieg schneller.

»Siri?«, rief er. Doch niemand antwortete ihm. Jetzt, jetzt hatte er den Weg dort oben erreicht, den Weg vorn an der Abbruchkante. Er fuhr mit der Hand das Geländer entlang und tastete sich durch den Nebel, halb blind. War es so für Winfried?

Er rief noch einmal, doch der Nebel dämpfte seine Stimme, dämpfte seine Schritte und auch die der Person vor ihm. Vielleicht hatte er sich diese Person nur eingebildet; vielleicht hatte Siri einen ganz anderen Weg eingeschlagen, vielleicht saß sie auch längst wieder in Frau Hartwigs Ferienwohnung und aß zum Frühstück eine Tafel schwarze Schokolade. Falls sie noch welche hatte. Er merkte, dass er lächelte, als er das dachte.

»Ich möchte in einer Welt leben«, hörte er sich flüstern, »in der es niemanden gibt außer dir und mir und einem Laden, in dem ich schwarze Schokolade kaufen kann, um sie dir mitzubringen. Es wäre eine Welt ohne Meer, ohne Ruderboote und gänzlich ohne Menschen – bis auf uns. Es gäbe auch keine Schneestürme in dieser Welt, keine Kinderwagen. Vermutlich keine Grabsteine. Keine Pflanzen und keine Mauern, an denen Pflanzen entlangwachsen. Sie wäre ein wenig kahl, diese Welt …«

Er wanderte lange durch den Frühnebel, so lange, bis er die Sonne eidotterfarben am Horizont heraufglühen sah, so lange, bis der Nebel sich schließlich auflöste und den Kiefernwald freigab. Wirklich, es gab wilde Erdbeeren hier. Er kniete sich ins Moos. Die Erdbeeren waren dunkelrot und kaum so groß wie der Nagel seines kleinen Fingers; man musste unendlich behutsam sein, um sie nicht zu zerquetschen. Er hatte keine Probleme mit dem Behutsamsein, es war vielleicht das Einzige, dachte er, was er konnte. Er stellte sich vor, wie er mit Iris wiederkommen und ihr die Erdbeeren zeigen würde. Sie mussten sich in den letzten Jahren selbst ausgesät haben, sie konnten noch nicht lange hier wachsen, und sie waren genau die Sorte neuer Sache, über die Iris jubelte. Der Saft der Erdbeeren drang in die Ritzen seiner Haut, ließ sich nicht mehr abwischen und färbte seine Finger rot, als hätte er in Blut gegriffen. Er schüttelte irritiert den Kopf.

Und schließlich machte er kehrt und ging zurück, denn der Morgen schritt voran, und Winfried würde bald aufwachen. Er konnte ihn nicht so lange allein lassen, nicht morgens, wenn Winfried beim Aufwachen ohnehin desorientiert war. Manchmal vergaß er über Nacht, dass er blind war oder dass seine Beine ihm nicht mehr gehorchten, und am Morgen packte ihn die Verzweiflung darüber mit einer Macht, die ihn und Lenz gemeinsam zu Boden schleuderte, wenn er um sich schlug und sich nicht helfen lassen wollte – für Sekunden rasend vor Wut. Danach saß er wieder zusammengesackt in seinem Sessel vor dem Fernseher, und sein Gesicht war dunkler als zuvor.

Als Lenz an der Stelle vorbeikam, an der Siri versucht hatte, hinunterzuklettern, blieb er stehen. Jetzt, wo die Nebel sich verzogen hatten, sah er ihre Spur; er sah, wo sie die Blätter, Erde und Stücke der Kreide mit sich gerissen hatte, als sie hinuntergerutscht war. Aber die Abbruchkante jenseits des Geländers war frisch, die Kreide, die dort in die Tiefe gestürzt war, hatte sich erst vor Kurzem gelöst. Es musste eine Art Erdrutsch gegeben haben, an einem der letzten Tage.

Lenz trat näher ans Geländer, lehnte sich dagegen und sah hinunter.

Hinunter in die schmale, halbmondförmige Bucht, in der Iris und er sich so oft getroffen und gespielt hatten, sie wären Piraten oder gestrandete Seeleute, Auswanderer oder Flüchtlinge.

Dort unten lag etwas. Auf den Felsen direkt hinter dem Sand. Etwas Helles mit bunten Flecken.

Er kniff die Augen zusammen. Es war eine Daunenjacke. Weiß oder hellblau, mit aufgedruckten Blumen.

Lenz krallte seine Hände um das Rundholz des Geländers.

Jemand trug diese Daunenjacke, natürlich. Ein Arm der Person war ausgestreckt, und ihre Hand hielt etwas fest, das in der Sonne glänzte.

Eine Plastiktüte.

Ein paar winzige dunkelrote Flecken leuchteten auf den Steinen, und zuerst dachte Lenz, es wären Tropfen von Blut. Aber es waren kleine rote Früchte: Walderdbeeren.

Die Person in der Daunenjacke hatte Walderdbeeren gesammelt.

Und dann erkannte er sie.

»Frau Henning«, flüsterte er. »Aber warum Frau Henning? Warum?« Er konnte nicht aufhören, den Kopf zu schütteln. Frau Henning hatte mit nichts etwas zu tun.

War sie tatsächlich … von selbst abgestürzt? Hatte sie im Nebel die Orientierung verloren? Unsinn, sagte er sich, das Geländer war nicht zu übersehen, und selbst, wenn man es übersah, so würde man es doch ertasten können. Man musste sich bücken und unter dem Geländer hindurchschlüpfen, um die Steilküste hinabzuklettern. Jemand hatte dafür gesorgt, dass Frau Henning das getan hatte.

Er stand ganz steif, reglos, versteinert und versuchte zu denken. Logisch und der Reihe nach.

Und schließlich begann er, etwas zu begreifen.

Es war – vielleicht – eine Verwechslung gewesen, eine Verwechslung im Nebel oder in der Dämmerung. Jemand hatte Frau Hennings geblümte Jacke für einen geblümten Mantel gehalten. Siri war hier gewesen – oder nicht hier gewesen, aber jemand hatte geglaubt, sie wäre hier gewesen. Falls es vorhin Siri gewesen war, die er gesehen hatte …

Aber es konnte genauso gut sein, dass Frau Henning schon die ganze Nacht hier lag, seit gestern Abend.

Jemand hatte geglaubt, Siri zu verfolgen, zu irgendeinem Zeitpunkt zwischen Aljoschas Beerdigung und heute Morgen. Jemand hatte versucht, sie zu beseitigen.

Und er wusste, was die Leute sagen würden. Er wusste, auf wen sie zeigen würden.

In seinem Kopf breiteten sich, scharf und schmerzhaft, Fragen aus, die er sich besser selber stellte, bevor andere sie stellten: *War ich gestern Nacht schon einmal hier? Oder habe ich vorhin irgendwo die Zeit aus den Augen verloren – ein Stück davon gelebt und sofort wieder vergessen? Habe ich, vielleicht erst vor Minuten, einen Menschen in die Tiefe gestoßen?*

Er musste jemandem Bescheid sagen. Jemand musste den Körper bergen. Aber wem sollte er Bescheid sagen, ohne sich selbst verdächtig zu machen? Er drehte sich um und rannte.

»Lenz? Wie lange sitzt du schon hier? Lenz?«

Er sah zu Annelie auf, aber irgendwie fand er keine formbaren Worte in sich. Vielleicht wartete er schon zu lange, und die Worte waren in ihm eingerostet, verklemmt wie eine Tür.

»Lenz?«

Sie sah besorgt aus.

Im Garten vor den Verandafenstern lag helles Mittagslicht. Er blinzelte. Die Hintertür war offen gewesen, er hatte sich einfach in den Schaukelstuhl gesetzt und gewartet; nicht gerufen, nur gewartet. Annelie benutzte immer die Hintertür, sie würde, hatte er gedacht, irgendwann aufstehen und durch die Hintertür in den Garten hinausgehen. Sie war lange nicht gekommen.

Zu Hause saß Winfried vor dem Fernseher, er hatte ihm beim Aufstehen geholfen und ihn ins Bad gebracht und ihn vor den Fernseher gesetzt wie jeden Morgen, ehe er hergekommen war. Man konnte nicht aufhören, Alltagsdinge zu tun, nur weil man eine Leiche fand oder nur weil an einem Wassergraben irgendwo auf einem Feld ein Abend zerbrochen war. Er hatte immer weiterfunktioniert, egal, was passiert war. Nur geredet hatte er nicht immer. Und jetzt war sie wieder da, die Wortsperre; er wollte reden, er war gekommen, um zu reden, aber es gelang ihm nicht. Es erschien so sinnlos. Niemand würde ihm glauben.

Selbst Annelie glaubte, dass er etwas mit Iris' Tod zu tun hatte, er war sich sicher, dass sie das glaubte. Sie verurteilte ihn nicht, sie würde ihn immer schützen, aber sie glaubte, dass er etwas damit zu tun hatte.

Und vielleicht hatte sie recht.

»Lenz? Sprich mit mir. Was ist passiert?«

Sie kniete jetzt vor ihm, und plötzlich erinnerte sie ihn an Iris, die auf die gleiche Weise vor seinem Bett gekniet hatte, auf einer Antwort bestehend. Nicht, dass sie Iris ähnlich sah. Annelie sah niemandem ähnlich außer sich selbst. Er hob den Kopf und sah sie an und versuchte sich zu erinnern, wie sie ausgesehen hatte, als sie jung gewesen war.

Sie musste einmal hübsch gewesen sein. Sie war es immer noch, auf ihre eigene Weise. Ihr Schneehaar fing das Licht wie stets, ihre Augen zwischen den tausend winzigen Fältchen waren hell und klar, und die Sonne glänzte auf den weichen Falten des goldgelben Tuchs, das um ihren Hals lag. Sie war ein lebendes Symbol für das Helle, das Schöne, die Hoffnung.

Auf dem Tisch neben dem Schaukelstuhl stand ein Strauß gelber Blüten.

Sie streckte die Hand aus und fuhr über seine Wange, über seine Stirn, durch sein Haar. Ihre Berührungen waren leicht wie immer, leicht wie ein Windhauch.

»Verprügelt hat dich diesmal niemand«, sagte sie. Er schüttelte den Kopf. »Aber du hast Ringe unter den Augen. Du hast nicht geschlafen. Egal, was passiert ist, und egal, was noch passiert, du musst schlafen. Komm.«

Er stand aus dem Schaukelstuhl auf und folgte ihr, willenlos wie das Kind, das er war. Sie führte ihn nach oben in ihr Schlafzimmer.

»Du kannst mein Bett haben«, sagte sie. »Eine Weile kommt Winfried da drüben alleine klar.« Sie deckte ihn mit ihrer Decke zu, und er atmete ihren Geruch von Aprikosenseife und frisch gebackenen Keksen ein. Sie hatte recht, er war müde, unendlich müde.

»Und wenn du aufwachst, sprichst du mit mir«, sagte Annelie.
Er nickte.

Aber weder Annelies Bett noch ein paar Stunden Schlaf noch der
Geruch von frischen Keksen würden irgendeines seiner Probleme
lösen. Er schloss die Augen, er wollte daran glauben, dass alles gut
wurde, aber es gelang ihm nicht.

Und dann schlief er ein.

Er erwachte von geflüsterten Worten, rührte sich nicht, blieb
liegen und lauschte.

»Hörst du mich? Lenz? Hörst du mich oder schläfst du? Sie
haben sie gefunden. Ich weiß jetzt, was passiert ist. Der Direktor
hat sie gefunden, unten bei den Klippen. Und es heißt, er hätte dich
dort gesehen, heute Morgen, ganz früh. Aber ich verstehe nicht …
warum Frau Henning?« Er öffnete die Augen nicht. »Hat dich jemand gesehen?«

Er hörte sie im Zimmer auf und ab gehen, sich wieder neben das
Bett setzen.

»Ich wünschte, ich könnte dich verstehen«, wisperte sie. »Schlaf
nur, schlaf … ich wünschte, ich könnte begreifen …« Ihre Finger
fuhren wieder über seine Stirn, spielten mit seinem Haar, dem schütter werdenden grauen Haar, wie man mit dem Haar eines kleinen
Kindes spielt.

»Wenn Lotte nicht in den Sturm hinausgegangen wäre, wäre alles
anders gewesen«, flüsterte Annelie. »Lotte! Du wolltest immer so
aussehen wie sie … du hast sie immer geliebt … Aschenputtel am
Grab der Mutter … aber sie hat dich alleingelassen, sie ist mit dir
in den Sturm hinausgegangen und hat dich alleingelassen. Warm
eingepackt hat sie dich, damit du nicht frierst, eine gute Mutter war
sie, und dann hat sie dich der Welt übergeben, so warm eingepackt,
und das war es mit Muttersein. Ich glaube, sie dachte, du wärst
nicht mehr am Leben. Sie dachte, du wärst vor ihr erfroren. Sonst
kann ich mir nicht vorstellen, warum sie das getan hat. Sie hat den
Kinderwagen stehen lassen, Lenz, dich und den Kinderwagen, sie
ist weggegangen, weil es ohne den Wagen leichter war, wegzugehen, sie hat versucht, zu überleben … sie haben ihre Spuren nicht

gefunden. Als sie erfroren ist, war sie ganz allein, sie war nicht bei dir, sie war ganz allein irgendwo da draußen, sie hat die Häuser im Schneetreiben nie erreicht, sie muss daran vorbeigegangen sein. Sie hätte bei dir bleiben sollen. Weißt du, wer dich gefunden hat, Lenz? Das war ich. Ich habe es dir nie erzählt. Es spielt ja auch keine Rolle … ich war verrückt genug, da draußen herumzulaufen, aber ich war auch klug genug, ein Dutzend warme Sachen übereinander anzuziehen, und klug genug, die Skier zu nehmen. Der erste und der zweite Weihnachtsfeiertag … das sind die einsamsten Tage im Jahr, wenn man keine Familie hat … da lagst du, ganz allein, in deinem Kinderwagen. Er war gekippt, aber du warst nicht herausgefallen. Der Sturm hatte sich gelegt, es schneite nicht mehr, die Welt war sehr klar, das weiß ich noch, und ich habe dich aus dem Wagen genommen und mit ins Warme. Es war ein Wunder, dass du lebtest. War schwierig, an Milch zu kommen. Alles war schwierig in dieser Zeit, in diesem Winter. Ich hatte dich zwei Tage lang bei mir. Und dann kam dein Vater, von drüben aus dem nächsten Ort, und sagte mir, deine Mutter wäre da draußen erfroren, und er wusste nicht, was er mit dir tun sollte, aber haben wollte er dich trotzdem, natürlich, und ich habe mich gesorgt … und dann hörte ich, dass er ihr nachgegangen ist, seiner Lotte, das war kein Unfall, mein Junge, er hat das mit voller Absicht getan. Und du kamst wieder zu uns ins Dorf, nur diesmal war es Winfried, der dich besaß, sie haben dich herumgereicht wie ein Stück Vieh. Aber ich war nie sehr weit weg, mein Junge, ich war nie sehr weit weg. Manchmal hat Winfried sich helfen lassen, manchmal nicht. Meistens nicht. Dann habe ich gewartet, bis er außer Haus war oder bis er schlief, und habe mich zu euch hineingeschlichen, um nachzusehen, ob du noch lebst. Wie viele Male habe ich dich heimlich gefüttert, Flaschen gewärmt und mit zu euch hinübergenommen! Dich heimlich gewickelt, gewaschen, dein Bett gemacht! Winfried hat sich Mühe gegeben, er wollte sich gut um dich kümmern, aber er konnte es nicht, und er konnte nicht zugeben, dass er es nicht konnte. Als du ein Jahr alt warst, bin ich nicht mehr zu euch gegangen. Winfried hatte angefangen, Verdacht zu schöpfen, und du warst aus dem Gröbsten heraus. Du würdest, dachte ich, überleben. Du hast überlebt, mein Junge. Du hast überlebt. Aber später, als wir uns zum zweiten Mal kennengelernt haben, an der Bushaltestelle … da wusste ich, dass alles ein schrecklicher Fehler war.«

Sie machte eine Pause, und er dachte, sie würde nichts mehr sagen, doch dann wisperte sie: »Lotte … sie haben Lotte nie gefunden, weißt du das? Ihr Grab war leer. Ein Gedenkgrab. Vielleicht haben die Tiere sie gefunden, in dem Winter, und nichts mehr von ihr übrig gelassen. Aber ich habe es ihr immer übel genommen, dass sie dir nicht einmal einen Körper dagelassen hat. Du hast Aschenputtels Haselnussbaum neben ein leeres Grab gepflanzt. Vielleicht kommt es daher, dass du Geister siehst, vielleicht hat ja ein Teil von dir immer geglaubt, sie wäre irgendwo da draußen unterwegs. Wenn das alles nicht passiert wäre … ich frage mich … wäre Frau Henning dann noch am Leben? Und Aljoscha? Wann hat alles angefangen, aus dem Ruder zu laufen?«

Lenz bemühte sich, ganz ruhig zu atmen, und irgendwann ging Annelie fort.

Er stand auf und sah aus dem Fenster.

Unten vor dem Haus standen Leute. Der Direktor. Werter. Ein Polizist. Er brauchte Zeit, um über Annelies Worte nachzudenken, doch die Leute dort unten hatten keine Zeit.

»Geh jetzt nicht da hinunter«, sagte jemand hinter ihm, und er fuhr herum.

»Iris!«

Sie saß mit gekreuzten Beinen auf Annelies Bett, auf den zerwühlten Decken, zwischen denen er eben noch gelegen hatte. Ein blauer Farbfleck auf aprikosenfarbener Bettwäsche, schön und hell.

»Du bist nicht hier«, sagte Iris. »Annelie hat ihnen gesagt, dass du nicht hier bist. Keiner weiß, wo du bist, aber hier nicht.«

»Aber irgendwann kriegen sie mich ja doch!«, sagte Lenz. »Irgendwann stellen sie ihre Fragen.«

»Dann solltest du verschwunden bleiben, bis Irgendwann vorüber ist.«

Er ging zu ihr, wollte sie an den Schultern nehmen und schütteln und ließ es dann. »Nein, Iris. So funktioniert die Welt der Erwachsenen nicht. Das ist kein … kein Spiel! Das ist nicht Räuber und Gendarm! Und Irgendwann ist nie vorüber.«

✝✝✝

Siri presste den Hörer des roten Telefons so fest an ihr Ohr, dass es wehtat. Mit der anderen Hand zerknüllte sie das allerletzte Papier der allerletzten Tafel schwarzer Schokolade. Es war keine mehr da. In der Streublümchenkanne stand ein letzter, lange schon kalt gewordener Rest Tee. Die Muschelsammlung auf den Fensterbrettern war dabei, einzustauben und ihre makellose Weißheit zu verlieren, und die Blumen in der Vase ließen die Köpfe hängen. Sie musste neue pflücken, dringend. Sie musste die Geborgenheit erhalten, die Behaglichkeit des Zimmers, sie durfte die Kälte nicht hereinlassen …

»Wo warst du?«, flüsterte sie in den Hörer. »Ich versuche seit zwei Tagen, dich zu erreichen. Du hast nicht abgehoben. Ja, ja natürlich hast du auch deine Arbeit … alles überschlägt sich hier. Ich werde zurückkommen, früher, als ich dachte. Ich habe die Gläser jetzt, sie sind geliefert worden, und ich bin dabei, sie zuzuschneiden. Ich habe die letzten beiden Tage gearbeitet wie eine Wahnsinnige. Meine Hände sind wund. Ich muss das fertig kriegen, ich muss hier weg. Es ist noch jemand gestorben … gestorben worden … eine der Frauen aus dem Dorf. Sie ist die Klippen hinuntergestürzt, ganz nah bei der Stelle, wo ich einmal hinuntergeklettert und abgerutscht bin … ja, natürlich, das kann sein, und es war frühmorgens, es war nebelig … aber es kann genauso gut sein, dass jemand nachgeholfen hat. Sie hatte eine helle Jacke an. Ähnlich wie mein Mantel. Sogar mit etwas wie Blumen darauf. Jemand hat uns verwechselt, ich bin mir sicher. Nein, ich bin nicht paranoid. Jemand hat versucht, mich da hinunterzustoßen. Und dreimal darfst du raten, wer seitdem untergetaucht ist. Wie? Ganz genau. Lenz Fuhrmann. Das Friedhofskind.«

Sie lauschte eine Weile ins Telefon, lachte einmal kurz auf, spielte mit der altmodisch gekringelten Telefonschnur. »Die Sache ist«, sagt sie schließlich, »ich war da. Verstehst du? Ich bin an dem Morgen bei den Klippen spazieren gegangen. Im Nebel. Ob ich …« Sie lachte wieder, aber sie hörte selbst, dass es nicht fröhlich klang. »Klar, natürlich, ich habe Frau Henning umgebracht. Sonst habe ich auch nichts zu tun. Hör mal, darüber macht man keine Witze. Du nimmst mich nicht ernst. Du bist wie mein Vater. Dabei bin ich seinetwegen hier … was? Nein, das erkläre ich euch, wenn ich wieder zurück bin.« Sie strich mit dem Zeigefinger über den Körper des roten Telefons, malte eine Spur in die klebrige Staubschicht. »Ja. Vielleicht ist es gut, nicht ernst genommen zu werden. Besser als zu ernst. Ja. Ich dich auch.«

Aber als sie den Hörer auflegte, war so vieles nicht gesagt worden.

»Ich habe versucht, mit ihm zu schlafen«, flüsterte sie, vergewisserte sich, dass der Hörer wirklich aufgelegt war, und atmete auf. »Es hat nicht funktioniert, weißt du. Es war … lächerlich. Peinlich. Aber deshalb geht er nicht hin und versucht, mich umzubringen.«

Sie ging in die Werkstatt hinüber und kniete sich zwischen die Gläser auf den Fußboden. Die Werkzeuge waren scharf, sie sah ihre Schneiden und Spitzen glänzen. Ein Werkstattkeller voller tödlicher Klingen.

Sie setzte nur die einzelnen kleinen Teile der Fenster hier drinnen zusammen. Die Fenster selbst würde sie draußen zusammenfügen müssen, vielleicht direkt bei der kleinen Kirche, auf dem Friedhof. Das Friedhofskind würde ihr nicht dabei zusehen.

Das Friedhofskind war verschwunden.

Sie war beim Haus der Fuhrmanns gewesen. Winfried hatte vor dem Fernseher gesessen. Nein, hatte er gesagt, er brauche nichts. Annelie käme jetzt ab und zu vorbei, um ihm zu helfen. Und er wisse auch nicht, wo Lenz sei. Vielleicht nicht mehr im Dorf. Warum sie das wissen wolle?

Sie arbeitete bis zum Abend, und die Wunde am Bein, auf der sie kniete, schmerzte so lange, bis sie die Schmerzen nicht mehr bemerkte.

Dann floh sie aus der Kellerwerkstatt, rannte den Weg entlang und fand sich zwischen den Grabsteinen wieder. Vor dem Grab mit dem steinernen Schneehuhn blieb sie stehen, bückte sich, fuhr über den bemoosten Körper des kleinen Vogels.

»Ein Singschwan«, sagte sie laut und lachte beinahe. »Du hättest ein Singschwan sein sollen, Iris mochte die Singschwäne so gerne. Aber Iris' Vater hat nicht genau zugehört ...« Dann stand sie auf und ballte die Fäuste. »Bring ihn mir zurück!«, wisperte sie. »Es tut mir leid. Es war dumm, was an dem Abend passiert ist. Er hat ja recht, es kommt nicht darauf an. Und ich glaube nicht, dass er versucht hat, mich von den Klippen zu stoßen. Ich will es nicht glauben. Bring ihn mir doch zurück, Iris! Ich ... ich vermisse ihn.«

Sie drehte sich um die eigene Achse, suchte das Grün des Friedhofs nach einem blauen Kleid ab, nach einem Wirbel blonder Locken, nach der Bewegung schwarzer glänzender Lackschuhe in der Abenddämmerung.

Aber Iris tauchte nicht auf.

Da legte Siri die Hände an den Mund und rief ihren Namen, rief und rief, bis sie heiser war.

Und schließlich quietschte das Friedhofstor. Siri erwartete, sie hindurchkommen zu sehen, die kleine Gestalt mit dem hellen Haar, doch es war nicht Iris.

Es war ein Mann. Es war jetzt ganz dunkel.

»Lenz?«, flüsterte sie. »Bist du das?«

»Ich glaube nicht«, sagte Kaminski.

Siri fühlte, wie sich alles in ihr versteifte.

»Was machen Sie hier?«, fragte Kaminski. »Nach wem rufen Sie?«

»Ich ... nichts, ich ...« Sie verschluckte sich an ihren Worten.

Kaminski kam auf sie zu und streckte ihr etwas entgegen: »Zigarette?«

»Danke. Ich rauche nicht.«

Er griff in die Tasche der Bomberjacke und streckte ihr etwas anderes entgegen. »Schokolade?«

»Wie bitte?«

»Es ist dunkle Schokolade. Ich habe sie für Sie gekauft.«

»Das ist ... sehr nett von Ihnen«, sagte Siri und stand da, mitten auf dem Friedhof, mit einer Tafel Schokolade in der Hand. Mit einem Mann, mit dem sie nicht dort stehen wollte.

»Wissen Sie, die Sache ist«, sagte Kaminski, »ich mag Sie. Ich mache mir Sorgen. Ich bin nicht der Einzige. Ich weiß, Sie können mich nicht leiden. Sie mögen meinen Haarschnitt nicht und vielleicht meine Einstellungen … aber Sie irren sich. Sie kennen mich nicht, mich und meine Freunde. Alles, was wir wollen, ist für Recht und Ordnung sorgen.«

Sie schwieg. Was hätte sie sagen sollen?

»Und solche Typen wie das Friedhofskind, verstehen Sie mich richtig, solche Typen hätte es früher nicht gegeben. Frau Pechten, egal, wer ich bin oder wer Sie sind, hier läuft ein Mörder frei herum. So funktioniert unser Staat, man kann nichts beweisen, man kann ihn nicht finden, und er läuft weiter frei herum. Ich frage Sie: Ist das richtig? Unser Staat ist krank. Todkrank. Man kann sich ja als ehrlicher Mensch nicht mehr auf die Straße trauen.«

»Was hat das alles mit mir zu tun?«

»Ich denke, Sie gehören zu den ehrlichen Menschen. Sie sind die Nächste, der etwas passieren wird, da möchte ich wetten.« Er nickte zum Friedhofstor hin. Und Siri sah, dass dort noch mehr Gestalten in der Dunkelheit standen, drei oder vier, wie verdichtete Schatten in der Nacht.

»Meine Freunde«, sagte Kaminski, beugte sich zu ihr hinunter und legte einen Arm um ihre Schultern. »Ein paar von ihnen sind aus dem nächsten Ort. Frau Pechten … Sie müssen keine Angst vor mir haben oder vor … vor uns. Wir beschützen Sie. Deshalb sind wir hier. Es darf nicht noch ein Mord geschehen. Es darf gar nichts mehr geschehen. Es reicht.«

»Ich dachte, die Polizei ist dazu da …«

»Die Polizei, die Polizei!« Kaminski schnaubte. »Die Polizei glaubt an einen Unfall. Bei Aljoscha und bei Frau Henning. Und der Umbrich … davon weiß die Polizei nicht mal was. Soll ich Ihnen sagen, warum die Polizei an Unfälle glaubt? Weil es Leute im Dorf gibt, die ihnen gesagt haben, es wären Unfälle gewesen. Leute, die Angst vor dem Friedhofskind haben. Angst, dass es die Toten wieder zu Hilfe ruft.«

»Und Sie … glauben nicht daran.«

»Oh, es gibt eine Menge Dinge, die unerklärlich sind. Ich habe versucht, nicht daran zu glauben, aber ich gebe zu ... na ja. Der Plan, Frau Pechten, hat sich geändert. Wir finden seine Schwachstelle. Wir finden heraus, wo er verwundbar ist. Wann er seine Freunde aus den Gräbern nicht rufen kann. Es muss eine Schwachstelle geben. Und wenn wir die finden, ist er dran, verlassen Sie sich drauf. So lange ... so lange passen wir auf Sie auf.«

Er schob sie sanft mit sich zum Friedhofstor, und sie ging mit, weil sie es nicht wagte, sich zu sträuben. Er war nicht so groß wie Lenz, aber er war sehr viel größer als sie. Es war nicht schwierig, sehr viel größer zu sein als sie.

Der Schal, der um ihren Hals lag, schützte sie vor nichts, und das rote Telefon war weit weg.

Vor dem Friedhofstor nickten ihr Kaminskis Freunde einen stummen Gruß zu.

»Wir bringen Sie nach Hause«, sagte Kaminski. »Nur bis zur Tür. Und in Zukunft laufen Sie nicht mehr alleine im Dunkeln rum.«

Als Siri schließlich auf dem schmalen Bett lag, schüttelte sie den Kopf über sich selbst und die Welt. Sie riss das Papier von der Tafel Schokolade und schüttelte noch einmal den Kopf.

»Ich werde von einer Horde Rechter beschützt«, flüsterte sie und unterdrückte ein völlig irrsinniges Lachen. »Ich werde vor einer Horde Rechter vor einem Menschen beschützt, der verschwunden ist und den ich so sehr vermisse wie niemanden zuvor. Skurriler kann es nicht werden.«

Lenz blieb verschwunden.

Der Sommer lief durch das unsichtbare Großglas der Zeit wie Sand durch eine Sanduhr, der Juli verwandelte sich in August, wobei der August natürlich der Juni der Gegend war, und noch immer gab es Walderdbeeren oben an der Steilküste. Siri ging manchmal dorthin, tagsüber und sehr vorsichtig. Sie war so lange vorsichtig, bis sie sich dumm vorkam. Die Polizei kehrte nicht ins Dorf zurück. Manchmal ging Siri auch den Pfad zwischen den Hecken entlang zum Haus der Fuhrmanns, und manchmal war Frau Ammerland dort.

»Sie glaubt, sie müsste mir helfen«, knurrte Winfried. »Aber ich komm schon alleine zurecht. Ich krieg den alten Körper schon irgendwie herumgeschleift auf den Krücken, verschwindet ihr bloß alle und lasst mich in Ruhe.«

»Bitte«, sagte Frau Ammerland und zuckte mit den Schultern. »Dann gehe ich. Wenn du so gut alleine zurechtkommst, brauchst du den Jungen ja nicht. Dann muss er ja nicht zurückzukommen in dieses Loch von einer Wohnung.«

»Ist er bei dir?«, knurrte Winfried. »Schick ihn her. Natürlich brauche ich ihn. Schick ihn her, verdammt.«

»Er ist *nicht* bei mir«, sagte Frau Ammerland.

»Aber du weißt, wo er ist«, murmelte Winfried. »Du weißt es doch.«

»Ich wüsste auch gerne, wo er ist«, sagte Siri leise. Niemand erwiderte etwas darauf.

Sie arbeitete weiter an den Fenstern. In Ermangelung eines Bleitisches fügte sie die Scheiben auf dem Betonboden zusammen, arbeitete mit Holzleisten, Hammer und Nägeln, bog Bleistücke zurecht und kniete stundenlang auf dem Boden, um die Verbindungsstellen zu verlöten. Frau Hartwig war nicht begeistert von der Vorstellung, dass Siri in ihrem Keller kniete und mit einem offenen Lötkolben und flüssigem Lötzinn hantierte. Da könne doch, sagte sie, sicher etwas Feuer fangen? Beton, hatte Siri argumentiert, brannte im Allgemeinen eher schlecht. Man weiß nie, hatte Frau Hartwig gesagt. Sie hatte die Miete angehoben. Wenn der Beton teurer war, schien er brandfester zu sein.

Ungefähr zwei Wochen nach Lenz' Verschwinden geschah etwas Seltsames: Die blauen Gläser brachen.

Es waren nur die blauen, aber sie hatte viel Blau verwendet in ihren Skizzen: blaues Meer, Maria Magdalenas oder Iris' blaues Kleid, blauer Himmel. Manche der Gläser brachen beim Zuschnitt, manche sprangen erst hinterher, wenn sie schon dabei war, sie einzufügen, und manche hielten so lange, bis sie sie fertig eingepasst hatte, um dann beim Einfügen der Nachbargläser plötzlich zu zerspringen. Siri fluchte. Sie beschwerte sich am Telefon über die Gläser, aber es half nicht.

Und dann, eines Nachmittags, stand Lena vor der Tür. Sie hatte bei Frau Hartwig geklingelt, und Frau Hartwig brachte sie zu Siri. Frau Hartwigs Gesicht war ein einziges großes Hörrohr, als sie sie verließ. Siri bedankte sich und schloss die Tür hinter Lena, was Frau Hartwig ganz offensichtlich nicht gefiel. Vielleicht legte sie sich oben in ihrer eigenen Wohnung auf den Fußboden und lauschte nach unten.

»Das werden also ... die Fenster«, sagte Lena und ließ ihren Blick über das geordnete Chaos auf dem Boden schweifen. Siri nickte. Lena hatte das Baby im Tragtuch mitgebracht, und es sah Siri mit weit aufgerissenen Augen an. Sie merkte, dass sie auch das Baby vermisst hatte – seinen erstaunten Blick und seine große Nase.

»Setz dich«, sagte sie und merkte, dass es nichts gab, worauf man sich setzen konnte, nicht einmal einen freien Platz auf dem Boden, jeder Quadratzentimeter neben dem Brennofen war belegt mit sorgfältig geordneten Werkzeugen oder Glasstücken, über die sich die feinen Linien der Schwarzlot-Bemalung zogen. Sie führte Lena hinüber in das Kellerschlafzimmer, dort gab es immerhin das Bett. Siri blieb zwischen auf dem Fußboden ausgebreiteten Skizzenblättern stehen und sah zu, wie Lena sich auf die Bettkante setzte, das Baby aus dem Tragetuch nahm und auf ihren Knien wippen ließ. Lena sah müde aus und nicht glücklich.

»Ich ... ich war eine Weile nicht da«, sagte sie. »Ich konnte nicht ... ich wollte weg. Das mit dem Fischer und dann mit dieser Frau bei den Klippen, das war alles zu viel. Ich habe gesehen, wie sie rausgefahren sind, mit einem der Fischerboote ... der Direktor ist mitgefahren ... ich habe gesehen, wie sie sie an Land gebracht haben. Ich dachte an den anderen, diesen Fischer ... und dann wollte ich nichts mehr sehen. Da bin ich zurückgefahren, in die Stadt, zu meinem Mann. Er war aber nicht viel da, er war meistens in der Firma ... manchmal habe ich in letzter Zeit das Gefühl, die Kleine und ich würden viel mehr hier draußen wohnen ... ich mag es, wenn ich das Meer durch die Fenster sehen kann. Jedenfalls sind wir heute früh wieder hier rausgefahren, und ...« Sie hatte die ganze Zeit die

Skizzenblätter auf dem Boden angesehen. »Das ist ja wirklich eine richtige Werkstatt, die du da drüben eingerichtet hast.«

»Hm.«

»Was ist das dort?«

»Ein Achtel des ersten Fensters. Da bin ich gerade dabei, drüben ... Ich setze sie in Achteln zusammen. Was du dadrauf siehst, sind die Sternenschauer. Es ist die Nacht, in der Maria und Joseph sich mit dem Kind auf den Weg nach Ägypten machen ...«

»Sieht aus wie ein Schneesturm«, sagte Lena.

Siri nickte. »Ja. Auch. Vielleicht war da ja ein Schneesturm. Als sie ... untertauchen mussten. Wer weiß?«

»Untertauchen ...«, wiederholte Lena. Dann hob sie auf einmal den Kopf und sah Siri an.

»Ich wollte dir etwas sagen. Ich meine, der Totengräber ... der junge Fuhrmann ... er ist nicht wieder aufgetaucht, oder? Hat der Direktor gesagt.«

Siri schüttelte den Kopf und drehte den Bleischneider zwischen den Fingern, den sie in der Hand gehalten hatte, als Lena gekommen war.

»Er war es nicht«, sagte Lena. »Er hat die Frau nicht die Klippen hinuntergestoßen. Ich ... ich dachte, dass dich das vielleicht interessiert. Deshalb ist die Polizei nicht wieder aufgetaucht. Weil ich ... weil ich es ihnen gesagt habe. Ich habe es gesehen.«

Siri ließ den Bleischneider fallen, und er fiel mitten in den Schneesturm, zwischen die Sternenschauer, in die Flucht nach Ägypten, mitten in die papieren vorgezeichnete Nacht von Palästina.

»Was hast du gesehen?«

»Wie sie gestürzt ist. Ich war da. Es war nebelig, natürlich.«

Siri stieg über die Nacht und setzte sich neben Lena auf die Bettkante. Das Baby griff nach ihrem Halstuch und begann, an den Fransen zu lutschen. Als wären die Fransen von Siris Halstuch, sein Geruch und Siris Nähe etwas, das es inzwischen gewöhnt war. Sie spürte die Wärme in sich, die das Lächeln des Babys verbreitete.

»Ich habe der Polizei gesagt, dass sie ganz von alleine gestürzt ist. Sie hat einen Schritt zurückgemacht und dann noch einen, und dann ist sie gestürzt. Aber das ist nicht unbedingt wahr.«

»Wie?«

»Da war noch jemand, Siri. Ich war da draußen, ich bin früh spazieren gegangen, weil die Kleine gezahnt hat und geschrien, da hab ich sie umgebunden und bin raus, das lenkt sie ab, im Tuch schläft sie meistens wieder ein … da war jemand im Wald. Jemand hat dafür gesorgt, dass diese Frau … Frau … Hasche? … dass sie rückwärtsgegangen ist. Jemand war ganz nah. Hat mir ihr gesprochen. Hat sie vielleicht bedroht, ich weiß nicht, da war jemand, im Nebel, zwischen den Bäumen, bei dem Steilküstenweg. Aber es war nicht der junge Fuhrmann. Oder jedenfalls glaube ich nicht, dass er es war …« Sie klang einen Moment lang unsicher. »Nein. Er war kleiner. Ich habe das der Polizei nicht gesagt. Dass da noch jemand war. Ich will nicht mit reingezogen werden in diese Sache, ich will nicht, dass der, der das war, weiß, dass ich ihn gesehen habe. Bitte, Siri … sag niemandem, dass ich es dir erzählt habe, ja? Aber ich dachte, ich sollte es dir erzählen. Du … und der junge Fuhrmann …«

Sie verstummte.

»Manchmal kommen die Gerüchte vom Dorf zu uns herauf, zur Feriensiedlung«, sagte sie schließlich leise. »Der Direktor redet gern mit den Fischern. Fährt auch manchmal mit ihnen hinaus, wenn er hier ist an den Wochenenden.«

Lena nahm dem Baby die Schalfransen weg, womit es nicht einverstanden war.

»Lass es«, sagte Siri. »Es kann den Schal ruhig essen.«

Sie sahen eine Weile gemeinsam durch die offene Tür in die Werkstatt hinüber, wo das gläserne Gegenstück zu der Skizze der Sternennacht auf dem Boden glänzte. Es war, als sähe man durch eine Tür aufs Meer hinaus.

»Du bist dir sicher«, sagte Siri dann, »dass er es nicht war?«

»Ja.«

»Das ist …« Siri merkte, wie sich ein Lächeln auf ihrem Gesicht ausbreitete, vielleicht sogar ein Strahlen, das sie nicht unter Kontrolle hatte. Womöglich sah es ein wenig irre aus. »Das ist gut.«

»Ich fürchte, ich habe eine romantische Ader«, sagte Lena ernst. »Du magst ihn sehr, oder? Den jungen Fuhrmann?«

»Lenz.«

»Seid ihr …?«

Siri schüttelte den Kopf. »Nein. Es ist alles nicht so einfach.«

Lena streifte ihre Sandalen ab, rutschte auf dem Bett bis an die Wand, um sich anzulehnen, und schlug die Füße unter.

»Erzähl mir von ihm«, bat sie. »Ich höre schrecklich gerne Geschichten über Dinge, die nicht so einfach sind. Ich … wenn man ein Baby hat … die Romantik ist irgendwann dahin. Mein Mann arbeitet zu viel, und ich schlafe zu wenig, außer hier draußen, wenn der Direktor da ist. Der guckt nachts nach der Kleinen … ich meine, nicht dass ich sie nicht lieb hätte, die Kleine ist wunderbar, es ist nur … erzähl. Alles, was romantisch ist, ist wunderbar.«

»Es ist nicht romantisch«, sagte Siri. »Ich meine … ich kann versuchen, etwas Romantisches für dich zu erfinden.« Sie schlug die Beine ebenfalls unter, streichelte dem Baby über den Kopf und überlegte. »Er rettet Kaninchen«, sagte sie und merkte, dass sie wieder strahlte. »Das ist nicht erfunden, das stimmt. Wenn es eine Welt gäbe, in der es nichts gäbe außer …«

»Außer Kaninchen?«

»Ja. Nein. Eine Welt, in der es nichts *Wichtiges* gäbe außer Kaninchen … eine Welt, in der ich irgendjemand wäre, ohne Geschichte, ohne Hintergrund, und er auch irgendjemand wäre … dann würde ich Lenz Fuhrmann einmal in die Waschmaschine stecken und die alte graue Jacke verbrennen und ihm ein neues Hemd schenken und …«

»In der Welt mit nur Kaninchen«, sagte Lena, »gäbe es aber keine Geschäfte für Hemden. Und keine Waschmaschinen.«

Siri nickte. »Ja. Wahrscheinlich ist das auch besser so. Die graue Jacke gehört ja zu ihm. Sie hat die gleiche Farbe wie seine Augen. Die gleiche Farbe wie die Grabsteine. Er hat immer nur in der Vergangenheit gelebt, und noch dazu in der Vergangenheit von anderen Leuten. Ich glaube, es hat für ihn nie eine Zukunft gegeben. Meine Welt, die mit den Kaninchen, sie wäre ganz aus Zukunft. Es gäbe kein Dorf darin, und Lenz hätte keinen Onkel, um den er sich kümmern müsste, und Iris …«

»Wer ist Iris?«

»Iris ist niemand. Iris war einmal jemand. In meiner Welt wäre sie verschwunden. Und ich würde mit Lenz durch diese Welt gehen, irgendwohin sehr weit weg von diesem Dorf, und es würde natürlich lächerlich aussehen, weil er ungefähr einen Meter größer ist als ich, aber es wäre egal. Ist das romantisch? Auf romantischen Buchumschlägen sieht man nur schöne und zusammenpassende Menschen.«

»Ihr wärt sehr schön«, sagte Lena leise. »Zusammen.« Sie klang, als meinte sie es ernst.

»Mein Mann zum Beispiel und ich … wir wären ganz hervorragend geeignet für so einen Buchumschlag. Das ist der Grund dafür, dass ich hier draußen bin, wenn er in der Stadt ist. Wir … kommen nicht besonders gut miteinander klar. Nicht mehr. Früher war das Schönsein und Zusammenpassen wichtig, aber das ist es nicht mehr. Jetzt wäre es wichtiger, zusammenzu… ich weiß nicht …zugehören. Aber wir haben nichts. Keine gemeinsame Ebene. Es ist mir zu spät aufgefallen.«

Siri lachte. »Zu spät? Wie alt bist du? Sicher zehn Jahre jünger als ich.«

»Kann sein. Du hast kein Kind. Es macht einen älter.«

»Nein«, sagte Siri, »ich habe kein Kind. Und ich werde nie eines haben.«

»In der anderen Welt … Lenz und du … vielleicht hättet ihr …«

»Vielleicht«, sagte Siri bitter, »hätten wir ein Kaninchen.«

Dann schüttelte sie sich, als müsste sie die andere Welt abschütteln, die es selbstverständlich nicht gab. »Lena«, sagte sie, leiser als zuvor. »Ich muss herausfinden, wer Frau Henning beseitigt hat. Und Aljoscha. Den Fischer, weißt du? Der ertrunken ist. Und …«

»Hat denn jemand den Fischer beseitigt?«, fragte Lena. »Es ist nicht so ungewöhnlich, dass Leute besoffen ins Wasser fallen und ertrinken.«

»… und Iris. Iris ist ertrunken, als sie sechs Jahre alt war. Aljoscha wollte mir etwas über die Geschichte sagen, aber er ist nicht mehr dazu gekommen. Ich bin hier in diesem Dorf, um etwas herauszufinden.«

»Wie?«, fragte Lena verwirrt. »Ich dachte, du bist wegen der Fenster hier.«

»Ja. Ja, natürlich. Ich muss es ... ich muss es wegen der Fenster herausfinden. Die Fenster sind nicht nur Fenster. Es sind ... es werden ... Seelenbilder des Dorfes. Ich muss verstehen, wie das Dorf tickt. Manchmal habe ich das Gefühl, es tickt wie ... eine Zeitbombe. Ich kann die Fenster erst wirklich fertigstellen, wenn ich weiß, was damals mit Iris Weiß passiert ist.«

»Wir könnten den Direktor fragen, wenn er nächsten Samstag kommt«, sagte Lena. »Er war schon damals hier ... Weiß ... wenn das ihr Nachname ist ... doch, davon hat der Direktor irgendwann mal erzählt. Denen hat die Datsche gehört, die leer steht, oder?« Sie zog das Baby an sich. »Es ist unheimlich dort. Manchmal habe ich Angst, allein mit der Kleinen da draußen. Die andere Familie aus der Stadt ist zu selten da ... Ich habe keine Angst vor jemandem, der Leute von den Klippen stößt. Das ist es nicht. Mit den Geschichten aus dem Dorf haben wir nichts zu tun, wir sind, ich weiß nicht, außen vor ... ich habe Angst vor etwas anderem. Vor der Melancholie im Garten der alten Datsche. Der Wind geht dort anders durch die Hecken als bei uns. Der Wind hört sich an, als ob er etwas sucht da drüben.«

»Die Wahrheit«, sagte Siri.

Sie kämpfte zwei Tage mit den blauen Gläsern. Das Wochenende schien nicht näher rücken zu wollen. Und dann gab Siri auf, sie konnte sich ohnehin nicht konzentrieren, auf gar nichts. Nicht einmal auf die Berichte, die sie dem roten Telefon von ihrem Vorankommen gab.

Es war Freitag, als sie bei Frau Ammerland klingelte.

Zu ihrer Überraschung öffnete Frau Ammerland.

»Kommen Sie herein«, sagte sie. »Ich habe auf Sie gewartet. Beim alten Fuhrmann drüben haben wir uns nie unterhalten.«

223

»Nein«, sagte Siri. »Bitte. Wissen Sie, wo er ist? Ich mache mir Sorgen. Er ist jetzt zu lange weg. Und … jemand hat mir gesagt, dass er es nicht gewesen sein kann. Die Sache mit Frau Henning. Jemand … jemand, der nicht genannt werden möchte, hat gesehen, dass da eine andere Person war. Eine Person, die erheblich kleiner war als Lenz.«

»Ah«, sagte Frau Ammerland. Sie ließ Siri in den Hausflur, doch diesmal führte sie sie nicht in die Küche. »Waren Sie diese Person, Frau Pechten?«

»Bitte? Nein.«

»Aber Sie waren da.«

»Hat er das erzählt? Ja. Ja, ich war da.«

Auf der Kommode im Flur stand ein Strauß Lilien. Orangerote Lilien, Feuerlilien, die sich nicht nur im Wandspiegel, sondern auch auf ihrer bestickten Strickjacke widerzuspiegeln schienen. Der Flur war kein dunkler Flur wie im Fuhrmannhaus, er war hell und voller Licht. Frau Ammerland fuhr mit dem Finger den hellgrünen Stil einer Lilie entlang.

»Jetzt ist Sommer …«, sagte sie. »Aber wenn der Sommer vorüber ist, werden Sie gehen, nicht wahr? Haben Sie je darüber nachgedacht, was dann aus Lenz wird? Nehmen wir an, Sie finden ihn. Nehmen wir an, es wird etwas daraus … aus ihm und Ihnen. Was ist, wenn Sie gehen?«

Siri zuckte die Schultern.

»Sehen Sie«, sagte Frau Ammerland. »Lenz Fuhrmann ist ein Mensch, Frau Pechten. Er ist kein Ding, das man kaufen und dann zurückgeben kann. Vielleicht sieht man Beziehungen anders, wenn man in der Stadt lebt … oder … wenn man einfach … wenn man viele davon hatte und noch viele haben wird. Bei mir war es nicht so. Ich weiß, wie wertvoll Beziehungen sein können.«

»Es ist nicht so«, flüsterte Siri, »dass alle Leute, die in der Stadt leben, jede Woche ihren Partner wechseln. Was hat das überhaupt mit der Stadt zu tun? Das ist ein Klischee, genau wie … wie … dass es auf dem Dorf nur Kühe gibt.«

Siri lachte, es war ein so dummer Vergleich, und auch Frau Ammerland lachte plötzlich. Sie sah in den Spiegel, doch sie sah nicht sich selbst an in ihrer bestickten Strickjacke, sie sah Siri an.

»Ich kann verstehen, was er in Ihnen sieht«, sagte sie. »Sie sind ja hübsch, wenn Sie lachen.« Sie sah Siris Spiegelbild so lange an, bis Siri nervös wurde.

Dann streckte sie ihre Hand aus, die achtzigjährige Hand, die leise zitterte, und berührte Siris Haar.

»War es … einmal blond?«, murmelte sie. »Lang und lockig und blond?«

Siri hätte geantwortet, aber in diesem Moment klopfte es an die Haustür, sehr laut, und sie zuckten beide zusammen, als wären sie bei einer zu intimen Geste ertappt worden. Frau Ammerland zog ihre Hand zurück. Die Schritte, die sie zur Tür trugen, wirkten sehr alt, noch älter als ihre Hand.

Frau Ammerlands Versuch, in einem ewigen Sommer zu bleiben, musste letztlich misslingen. Der Herbst war längst da und der Winter nicht weit.

Und dorthin, wo sie dann hingehen würde, dachte Siri, konnte sie Lenz ebenso wenig mitnehmen, wie Siri ihn mit in die Stadt nehmen konnte.

Sie sah Frau Ammerland die Tür öffnen. Es war Kaminski, der davorstand.

»Guten Tag«, sagte er und lächelte. »Darf ich hereinkommen?«

Hinter ihm standen die drei Schatten, die tagsüber keine Schatten waren, sondern Männer in Kaminskis Alter. Einer war der Mann mit dem Tapirhund, aber er hatte den Tapirhund nicht mitgebracht. Die Männer lächelten nicht.

»Was habt ihr denn vor?«, fragte Frau Ammerland. »Wollt ihr mein Haus durchsuchen?«

»Ich dachte, wir siezen uns«, sagte Kaminski.

Frau Ammerland lachte. »Ich kenne dich, seit du geboren bist«, sagte sie, »ich kenne euch alle in Windeln. Und ich werde sicher nicht plötzlich anfangen, dich zu siezen, mein Lieber, weil du glaubst, du wärst jetzt jemand. Was bist du denn? Auf jeden Fall kein Polizist. Aber ich kann dir eins sagen: Er ist nicht hier.«

»Sie wissen also, wen wir suchen«, sagte Kaminski, verschränkte die Arme und starrte sie einen Moment lang an. Er sah Siri erst jetzt, nickte ihr einen kurzen Gruß zu und starrte weiter. »Schön. Sie lassen uns also nicht herein.«

»Natürlich ist er hier!«, rief einer der anderen.

»Wenn er nicht hier ist, lassen Sie uns doch nachsehen!«, rief der neben ihm.

»Tut mir leid«, sagte Kaminski und trat einen Schritt vor. »Wir haben lange genug darauf gewartet, dass er von selber wieder auftaucht. Wir wollen nur mit ihm reden. Frau Henning wird jetzt endlich begraben. Nächsten Montag. Es ist Zeit, über ein paar Sachen zu reden.«

Er streckte einen Arm aus und schob Frau Ammerland beiseite, und Siri wollte dem alten Instinkt folgen und die Hände vors Gesicht schlagen wie immer. Nicht hinsehen, Kind sein. Sie tat es nicht.

Frau Ammerland ließ sich beiseiteschieben, sie achtete darauf, nicht gegen die Kommode zu stolpern, um den Lilienstrauß dort nicht umzustoßen.

»Tretet eure Schuhe ab«, sagte sie.

»Unsere Schuhe sind sauber.« Kaminski drehte sich nach ihr um, und war Frau Ammerland jetzt so nahe, dass er direkt von oben auf sie herabsehen konnte. Seine Stimme war leise und nicht freundlich. »Sauberer als Ihr Haus, wenn Sie einen Mörder verstecken. Sauberer als Ihre ganze Vergangenheit. Sie haben ihn ja schon öfters versteckt. Damals …«

»Entschuldigung«, sagte Frau Ammerland, »aber wenn du schon in mein Haus einbrechen willst: Es gibt das Wort öfters nicht. Etwas geschieht entweder oft oder nicht oft. Sprich anständiges Deutsch mit mir.«

Kaminski hob die Hand, vergaß das Sie. »Und du!«, brüllte er, »unterbrich mich nicht!« Seine Hand hing einen Moment in der Luft, als wollte er die alte Dame schlagen, aber er tat es nicht. Und Siri dachte: Ich bin feige ich bin feige ich bin feige. »Dieses Deutschland hat andere Probleme als seine Sprache! Dieses Deutschland ist völlig … verkommen. Wir sind hier, um wieder für Recht und

Ordnung zu sorgen. Wir sind hier, damit die Mütter kleiner Mädchen wieder ruhig schlafen können, ohne dass ein Perverser am Zaun steht und zu ihnen hereinglotzt. Wir sind hier, damit die Straßen im Dorf wieder sicher sind für ehrliche Bürger.«

Kaminski winkte den anderen, und sie folgten ihm in den Flur. Aber sie traten sich tatsächlich die Stiefel ab. Siri hörte die schweren Schritte ihrer Stiefel in die Küche gehen. Frau Ammerland blieb ganz still im Flur stehen, und Siri blieb neben ihr stehen. In der Küche wurden Schubladen und Schränke aufgerissen.

»Lächerlich«, sagte Frau Ammerland. »Als könnte er sich in einem Schrank verstecken.«

»Was werden sie tun, wenn sie ihn finden?«, flüsterte Siri.

Die Stiefelschritte waren nun im Wohnzimmer angekommen. Schließlich machten sie auf der Veranda halt. Frau Ammerland nahm eine der Feuerlilien aus der Vase und schien einen Moment lang versunken in den Anblick ihrer rot geflammten Blütenblätter. Dann polterten die Stiefel die Treppe hinauf. Frau Ammerland fasste die Blume fester, wie eine Waffe. Siri folgte den Stiefeln und ihr ins erste Stockwerk.

Am Kopf der Treppe blieben die vier einen Moment lang stehen, unschlüssig, wohin sie sich zuerst wenden sollten, und es gelang Frau Ammerland, an ihnen vorbeizuschlüpfen. Sie stellte sich vor eine der Türen, und Kaminski wandte sich ihr zu und lächelte.

»Gut, dass Sie uns zeigen, wo wir nachsehen müssen.«

»Dies ist mein Schlafzimmer«, sagte Frau Ammerland fest. »Ich wünsche nicht, dass ihr mit euren sehr sauberen Schuhen hier hereinkommt. Es geht euch nichts an, wie das Schlafzimmer einer älteren Dame aussieht.«

Kaminski lachte, und sein Lachen setzte sich fort, auch die anderen lachten, wenngleich unsicher.

Das Fenster, dachte Siri. Wenn er es schafft, aus dem Fenster zu klettern … er ist dort. Er muss dort sein.

»Lassen Sie uns vorbei«, sagte Kaminski.

»Nein«, sagte Annelie.

Sie hielt noch immer die Lilie in der Hand. Siri dachte an die

Filme, all die Filme, in denen uniformierte Männer Häuser durchsuchten, Filme, in denen die Sucher immer, immer fanden. Aber die Filme waren aus einer Zeit, die lange zurücklag …

Kaminski packte Frau Ammerland am Arm und zog sie von der Tür weg, aber Frau Ammerland wehrte sich, sie schlug ihm die Lilie ins Gesicht, eine Geste, die in einem Comic lustig gewesen wäre. In der Realität war sie nicht lustig. Kaminski knurrte und hob die Faust. Siri schlug die Hände vors Gesicht.

Sie hörte den Schlag, sie hörte einen Körper fallen, sie hörte die Stiefel ein Zimmer betreten, die Schritte stockend, als müssten sie über etwas steigen. Kaminski fluchte. Siri stand noch immer ganz still, dicht an die Wand neben der Schlafzimmertür gedrückt, hörte, wie mehr und mehr Türen aufgerissen und wieder zugeworfen wurden. Und dann packte jemand sie am Arm.

»Machen Sie die Augen auf«, sagte Kaminski. Der Ausdruck auf seinem Gesicht schwankte zwischen Wut und Scham. »Kümmern Sie sich um die Alte«, knurrte er. »Holen Sie einen Arzt.«

Damit ließ er Siri los, und die stiefeltragende Einheitsmasse der Männer verschwand die Treppe hinunter. Die Haustür fiel ins Schloss. Siri fiel auf die Knie, neben Frau Ammerland, die in der offenen Tür des Schlafzimmers lag. Sie musste mit dem Kopf gegen den Türrahmen gefallen sein, Blut färbte den Ansatz ihrer sorgfältig frisierten weißen Haare rot. Sie sah Siri an und lächelte.

In einer Hand hielt sie noch immer die Lilie, verknickt jetzt und zerquetscht. Einer der Stiefel war auf die Blüte getreten.

Im Schlafzimmer war das Bett zur Seite und nicht wieder ganz richtig an die Wand gerückt worden, ein Bett mit aprikotfarbenen Seidenbezügen. Die kleine Kommode stand schräg mitten im Zimmer, der Teppich war zerwühlt. Es war niemand dort. Das Fenster war geschlossen.

»Er war nie hier«, flüsterte Siri.

»Nein«, flüsterte Frau Ammerland. »Nicht in den letzten beiden Wochen.«

»Aber warum das ganze Theater? Warum haben Sie so getan, als wäre er …?«

Frau Ammerland lächelte noch immer. »Sie werden nicht wagen«, flüsterte sie, »wiederzukommen. Deshalb. Oder vielleicht aus Prinzip.«

Siri schob einen Arm unter ihren Nacken und setzte sie auf. »Das war es nicht wert«, sagte sie.

»Das Prinzip ist es immer wert«, sagte Frau Ammerland. »Das Bad … das Bad ist da drüben. Können Sie mir ins Bad helfen? Verbandszeug liegt in der obersten Schublade.« Sie lächelte weiter, sie lächelte die ganze Zeit, sie lächelte, während Siri die Wunde an ihrer Schläfe säuberte, sie lächelte Siri im Spiegel an.

»Gebrochen ist nichts, glaube ich«, sagte sie. »Stabile Knochen. Trotz des Alters. Wissen Sie … es kommt mir seltsam vor. Sonst war es immer der Junge, den ich verbunden habe. Aber seit Sie im Dorf sind, ist das Gleichgewicht aus den Angeln gehoben.« Sie streckte eine zitternde Hand nach Siri aus, die sich zu ihr hinablehnte, und berührte noch einmal ihr Haar.

»Wo ist er?«, flüsterte Siri. »Wo ist Lenz?«

»Ich weiß es nicht. Ich wünschte, ich wüsste es.« Sie fuhr mit zwei Fingern durch Siris Haar.

Siri schüttelte den Kopf. »Warum haben Sie gefragt, ob es einmal blond war?«

»Ich bin müde«, sagte Frau Ammerland. »Sehr, sehr müde. Würden Sie mich nach drüben bringen, zu meinem Bett? Ich fühle mich ein wenig schwach auf den Beinen.«

11

Es war seltsam, dachte Lenz, sie waren auf gewisse Weise nicht mehr da. Sie waren stumme Beobachter geworden, Iris und er gleichermaßen. Iris hatte immer nur durch ihn an den Dingen teilgenommen, nun nahm sie, an seiner Seite, nicht mehr teil.

Manchmal kamen sie nachts heraus, zusammen mit den Mardern, den Mäusen, den Holzkäfern, – die Nacht war die Zeit der Schädlinge –, und sie wanderten ihren Mondschatten nach durchs Dorf, an den Häuserklumpen vorbei, Hand in Hand. Er fragte sich zum ersten Mal, wie es kam, dass Iris einen Schatten hatte.

Ihre kleine Hand lag immer noch vertrauensvoll in der seinen, doch wenn sie jetzt etwas am Wegesrand rascheln hörte, zuckten sie gemeinsam zusammen.

Sie besuchten den Friedhof im Dunkeln, saßen zusammen auf der Bank oder auf der Eiche und sahen die Nachtwolken vorüberziehen. Die Nächte waren nicht mehr kalt. Manchmal schlich Lenz Werter noch immer nach. Er hatte die Entdeckung gemacht, dass Werter nachts spazieren ging, lang und alleine, die Hände tief in den Taschen vergraben, wie in Gedanken. Aber im Grunde, dachte Lenz, war es unsinnig geworden, Werter zu schützen, um seine eigene Unschuld zu beweisen.

»Es könnte so bleiben, weißt du«, sagte er eines Nachts, als sie wieder auf der Eiche saßen. »Ich könnte sein wie du. Niemand würde mich sehen, obwohl ich da wäre. Ein interessanter Gedanke. Niemand könnte mich mehr misstrauisch ansehen, und ich würde nie mehr vor die Fäuste von irgendwem geraten, gegen den ich mich dann doch nicht wehre. Niemand würde mich mehr irgendeiner Sache beschuldigen … vielleicht würden sie mich sogar vergessen, auf die Dauer.«

Iris lehnte sich an ihn und sah zum Mond auf, der zwischen den Ästen der Eiche hing. »Das kannst du nicht«, flüsterte sie. »Nicht für immer. Du bist ein Mensch, und du brauchst die Menschen.«

»Warum?«

»Erstens«, sagte Iris und lachte, »weil du essen musst. Winfried merkt irgendwann, dass du Essen aus der Küche mitnimmst.«

»Das glaube ich nicht. Es wird ja nicht weniger. Annelie hat angefangen, mit seinem Geld bei dem fahrenden Laden für ihn einzukaufen ...«

»Da hast du zweitens. Die Menschen selbst. Annelie. Und Winfried natürlich.«

»Ich brauche weder Annelie noch Winfried. Ich habe dich.«

Iris legte die Arme um ihn. »Ja, schon. Trotzdem ... und dann gibt es noch drittens.«

»Drittens? Auch noch?« Er schüttelte den Kopf. »Wenn du älter geworden wärst, wärst du Mathematikerin geworden, was?«

»Drittens befindet sich hinter einem Kellerfenster, durch das du schon vier Mal versucht hast, durchzugucken, ohne dass ich es merke.«

Lenz sah hinauf ins grüne Laub der Eiche. Er antwortete nicht.

»Erzähl mir, was du denkst, wenn du an sie denkst. Ich würde so gern etwas Romantisches hören. Mama hat immer romantische Bücher gelesen, früher ... sie hat ihre Augen hinter dieser Sonnenbrille versteckt, damit niemand es gemerkt hat, wenn sie weinen musste ... ab und zu hat sie mir von dem erzählt, was in den Büchern stand. Damals fand ich es langweilig. Jetzt ... vermisse ich es manchmal. Erzähl. Alles, was romantisch ist, ist wunderbar.«

»Es ist nicht romantisch«, sagte Lenz. »Ich meine ... ich kann versuchen, etwas Romantisches für dich zu erfinden. Sie mag Leute, die Kaninchen retten. Wenn es eine Welt gäbe, in der es nichts gäbe außer ...«

»Außer Kaninchen?«

»Ich glaube«, sagte Lenz, »das ist ein unsinniges Gespräch.«

Zwei Wochen nach dem Beginn seiner schattenhaften Nichtexistenz im Dorf fand Iris einen Weg, an das Trampolin hinter dem mannshohen Maschendrahtzaun zu kommen.

»Die Hintertür im Zaun schließt nicht mehr richtig«, sagte sie.

»Jedenfalls steht sie jetzt immer einen Spalt weit offen. Es gibt immer überall eine Hintertür, nicht nur in der Friedhofsmauer.«

»Du brauchst keine Hintertür, um durch den Zaun zu kommen«, sagte Lenz.

»Nein«, sagte Iris. »Aber du. Ich habe dir gesagt, dass das Trampolin bei mir nicht funktioniert. Es spürt mein Gewicht nicht. Aber ich würde es immer noch schrecklich gerne ausprobieren. Ich habe gedacht, wir könnten zusammen darauf hüpfen, es ist groß genug. Ich setze mich auf deine Schultern, und du hüpfst.«

Er schüttelte den Kopf, doch sie nahm seine Hände in ihre und sah ihn mit ihren Blauaugen an, den Kopf schief gelegt, das ganze kleine Gesicht eine Bitte.

»Ich habe vielleicht nicht mehr lange«, sagte sie leise. »Wenn du mit dieser Frau gehst … wenn du anfängst, Dinge zu verändern … werde ich irgendwann fort sein.«

»Unsinn«, sagte er. Aber er folgte ihr zur Hintertür im Maschendrahtzaun. Und später gab es Momente, in denen er dachte, dass alles natürlich anders gekommen wäre, wäre er nie durch diese Tür gegangen. Dass die Dinge an diesem Punkt angefangen hatten, wirklich schiefzugehen. Aber natürlich hatten sie schon vorher begonnen, schiefzugehen; vor zweiunddreißig Jahren, in einem Unwetter unweit der Küste. Oder vielleicht noch früher, vor einundvierzig Jahren, in einem Schneesturm. Das Unglück ist wie ein Hund: Wem es sich einmal an die Fersen geheftet hat, dem folgt es treu.

Die Tür im Maschendrahtzaun stand tatsächlich offen, sie sah grotesk aus in dem überdimensionierten Zaun, wie die Hintertür zu einem Tennisplatz. Der Vater der beiden Kinder, der so oft auf Montage war, hatte alles getan, um seine Familie in dieser Zeit zu schützen; es gab nichts an Wert in seinem Haus, aber alles, was er besaß – die Frau, die Kinder, der alte Rasenmäher in der Garage –, war sorgsam verwahrt.

Iris zog Lenz an der Hand in den Garten und auf das Trampolin, das ebenfalls mit einem hohen Sicherheitsnetz umgeben war. Dann kletterte sie auf seine Schultern, und er stieg auf die wackelige Membran. Im Haus brannte kein Licht. Nur der Mond beleuchtete ihren auf und ab springenden Doppelschatten. Iris lachte hell auf Lenz' Schultern.

»Das ist genau so, wie ich dachte!«, rief sie. »Nein, noch besser! Höher! Höher!«

»Sch, sch«, machte er, doch sie lachte noch lauter; übermütig.

»Sie hören mich nicht, Lenz. Nur du kannst mich hören. Höher!«

»Und wenn du …«, keuchte er, »wenn du … fällst? Du warst immer schon … zu wagemutig. Genau wie damals … damals mit dem Boot … ich … habe dir gesagt … dass der Plan Unsinn ist …«

Er blieb stehen, auf dem Trampolin wippend, Iris' Knöchel mit den Händen umfassend.

»Moment«, sagte Iris. »Hast du nicht gesagt, du erinnerst dich nicht?«

»Nein. Nein, das tue ich nicht.« Er horchte in sich hinein. »Ich weiß nicht, warum ich das eben gesagt habe. Woher kam das?«

Ehe sie antworten konnte, sah er eine Bewegung beim Haus, und Iris, die sie auch sah, wand sich von seinen Schultern herunter. Er setzte sie ab.

»Weg hier«, zischte sie.

Beim Haus war jetzt etwas zu hören, jemand öffnete die Tür, eine Hintertür, es gibt immer überall eine Hintertür. Sie saßen einen Moment lang geduckt auf dem Trampolin und lauschten. Da waren Schritte, doch sie kamen nicht vom Haus. Sie kamen von draußen, von außerhalb des umzäunten Gartens. Sie gingen auf die Hintertür im Zaun zu. Es gab nur ein einziges Versteck: Iris zog Lenz wortlos mit sich unter das Trampolin. Das Trampolin war hoch – immerhin war es ein Riesentrampolin –, doch das Gras hier war ebenfalls hoch; niemand schien bis ganz ans Trampolin heranzumähen. Lenz und Iris kauerten in einem so intensiven Geruch nach Sommer, nach Grün, nach nachwachsender, immer wieder vergehender und entstehender Biomasse, nach einem Exzess an Leben, dass es Lenz schwindelte.

Jemand rief jetzt bei der Hintertür.

»Karin! Karin?«

Vom Haus näherten sich die Schritte einer Frau.

Sie traf den Besitzer der Stimme an der Hintertür.

»Du bist spät dran«, sagte sie vorwurfsvoll.

»Ja«, sagte Kaminski. »Tut mir leid. Wir hatten noch ein paar Dinge zu besprechen ...«

»Ihr wart bei Frau Ammerland.«

Lenz spürte, wie Iris seine Hand drückte.

»Ja. Waren wir. Er war nicht da.«

»Hat sie euch reingelassen?«

»Nein. Wir haben sehr höflich gebeten, aber man war nicht höflich zu uns. Wenn man für Recht und Ordnung sorgt, muss man manchmal grob sein. Es ist notwendig. Wir sind dann rauf, haben überall nachgesehen, sogar im Schlafzimmer. Die alte Ammerland hat sich vor die Tür gestellt, es war lächerlich, mit einer Blume in der Hand. Was wollte sie mit der Blume? Letztendlich haben sie uns aber nicht wirklich daran gehindert, keine von ihnen.«

»Ihnen?«

»Frau Pechten war bei ihr. Die mit den Kirchenfenstern. Ich weiß nicht, was sie da wollte. Ich hab ihr gesagt, sie soll sich um die Alte kümmern, als wir weg sind, obwohl, mehr als ein paar blaue Flecken hat sie sich sicher nicht geholt ... am Ende mach ich mir dann doch wieder Sorgen ... man ist ja zu weich. Alte Frauen und kleine Kinder, sie stehen da und sehen dich an, und schon wirst du weich.« Er schüttelte den Kopf; sie standen jetzt direkt vor dem Trampolin, und Lenz sah sein Kopfschütteln schemenhaft durch die durchsichtige Kunststoffmembran.

Annelie, dachte er. Annelie, Annelie, Annelie. Ein paar blaue Flecken. Alles in ihm drängte darauf, aus seinem lächerlichen Versteck zu kriechen und sich auf Kaminski zu stürzen. Iris' Hand hielt ihn zurück. Er spürte, was sie dachte; sie wusste so gut wie er, dass er dies nicht konnte: Du wärst doch nur ein kleiner Junge, sagte der Druck ihrer Hand, acht Jahre alt, ein wütender kleiner Junge, der sich auf einen Mann stürzt, ohnmächtig. Zwei Meter groß und trotzdem ohnmächtig. Du hast keine Ahnung, wie man das macht. Wie man wütend wird, wenn man erwachsen ist, und wie man sich unter Erwachsenen prügelt. Du hast es nie gelernt. Und so kauerte er weiter mit Iris in dem lächerlichen Versteck.

»Die Ammerland mit ihrer Blume … die geht mir nicht aus dem Kopf. Der alte Fuhrmann hatte nicht solche Probleme damit, dass wir uns in seinem Haus umgesehen haben. Ein dusteres Dreckloch, ich kann dir sagen …«

»Das will ich gar nicht hören.«

»Der alte Fuhrmann, der hat keine Ahnung, wo unser Friedhofskind sich verkriecht, dem nehm ich das ab. Die Ammerland, die ja. Die weiß doch, wo er ist! Irgendwie werden wir's aus ihr herauskriegen müssen … aber wie grob willst du sein? Alte Frauen sind zerbrechlich.«

»Junge auch«, sagte Karin, und sie sagte es in einem seltsamen Ton, den Lenz zunächst nicht zu deuten wusste. Sie sagte es, als spräche sie über etwas Weiches, Süßes. Etwas wie Pudding mit künstlichem Vanillegeschmack. »Warst du denn sehr grob?«

»Soll ich dir zeigen, wie grob ich sein kann?«, fragte Kaminski, und auch sein Ton passte nicht zum Inhalt des Satzes, auch seine Stimme war wie etwas, das schmolz. Lenz sah durch die Membran, wie nahe die beiden jetzt zusammenstanden, Karin und Kaminski, und auf einmal schlug das Gespräch um wie der Wind, der im Frühjahr von Nordosten und gegen Herbst aus Südwesten über das Wellenland ging.

»Ich kann Leute festhalten, wenn ich grob bin«, flüsterte Kaminski. »Sehr fest.«

Und er hielt sie fest, die Frau neben sich, er hielt sie mit einer Hand und streifte ihr mit der anderen die Bluse ab, und dann drückte er sie hinunter auf die Fläche des Riesentrampolins, mit dem Gesicht nach unten. Sie wehrte sich nicht.

»Bist du nicht vielleicht noch ein bisschen gröber?«, flüsterte sie.

»Vielleicht«, flüsterte er zurück. Er ließ Karin für Sekunden los, öffnete ihren BH und kurz darauf den Verschluss ihrer engen Jeans, und dann lag sie vollkommen nackt mit dem Oberkörper über dem Trampolin, Zentimeter entfernt von Lenz. Sie sah ihn nur deshalb nicht, weil es unter dem Trampolin dunkel war. Vielleicht auch, weil sie die Augen geschlossen hatte.

Er sah sie sehr gut, er sah, wie sich ihre Brustwarzen gegen die Membran des Trampolins drückten, und wich zurück; halb entsetzt, halb fasziniert. Neben ihrem Körper sah er noch immer Kaminski, der sich sein eigenes Hemd mit einer ungeduldigen Bewegung vom Leib riss und den Gürtel seiner Hose löste.

»Dirk kommt zurück«, flüsterte Karin. »In zwei Wochen.«

»Ach was. Er wollte im Juni schon hier sein …«, knurrte Kaminski und fuhr mit der Hand ihren Rücken entlang, als streichelte er eine Katze.

»Sie haben den Auftrag verlängert. Jetzt kommt er wirklich.«

Kaminski schnaubte. »Und dann bleibt er eine Woche oder zwei, allerhöchstens einen Monat. Und dann ist er wieder weg. Ich werd dir eins sagen, deinen Dirk kümmerst du einen Dreck, du und die Kinder, dem ist es doch egal, ob da draußen ein Verrückter herumläuft, der die Leute umbringt …«

»Red nicht so über ihn.« Seltsam, das Weiche war immer noch in ihrer Stimme. »Er ist dein Freund.«

»Ich rede, wie ich will!«, rief Kaminski, und jetzt riss er die Katzenfrau vom Trampolin hoch, die Nackte, die nächtlich Mondbeleuchtete, und hielt sie auf Armeslänge von sich ab, seine Finger gruben sich ins Fleisch ihrer bloßen Oberarme; Lenz sah, wie sie sich wand.

»Sch, sch«, machte sie. »Nicht so laut. Das Kinderzimmerfenster steht auf Kipp … sch … sch …« Sie wand sich weiter, ja, wie eine Katze, die sich sträubte, und er hielt sie weiter fest. Doch auch der Kampf zwischen den beiden schmeckte nach Vanillepudding. Lenz wandte den Kopf und sah Iris an, und in ihren Augen lag das gleiche Befremden. Er wünschte, er hätte mir ihr sprechen können, aber er wagte nicht, zu flüstern, hielt nur ihre Hand fest und ließ seinen Blick zurück zur Fläche des Trampolins wandern, sie zog seine Augen magisch an.

Natürlich wusste er, was jetzt kam.

Die Katzenfrau ließ sich nach hinten auf das Trampolin fallen, sie lag auf dem Rücken, ausgeliefert, und Lenz sah ihre gespreizten Beine sehr deutlich und sehr nah. Er sah alles, was geschah, sehr deutlich und sehr nah, wie in einem Lehrbuch und doch verschwommen durch die Membran des Trampolins, in winzige Karos unterteilt durch die Kunststofffasern, sodass die Szene wirkte, als fände sie auf einem Bildschirm statt. Als gäbe es dort einzelne Pixel.

Er sah Kaminskis Oberschenkel – auch er war jetzt nackt –, er sah ihn mit einer Hand zwischen seine Beine greifen, sah in überdeutlicher Nähe das Licht auf der gespannten Haut seines Penis, ein glänzendes Nachtlicht, und sah das Licht in die Katzenfrau eindringen, er führte es mit einer Hand; es war eine rasche und geübte Bewegung, hinter der die notwendige Kraft stand, eine zielgerichtete Kraft, selbstsicher, eine Art von Gewalt, die nicht in Frage gestellt wurde. Und dann sah Lenz die Auf- und Abwärtsbewegungen der beiden Körper auf dem Trampolin, schlimmer noch, er roch die Körper, so nah waren sie, und jede Abwärtsbewegung war eine neue Art von dosierter Gewalt.

So also, dachte Lenz, auf diese Art … so soll es sein? Aber warum denn?

Schließlich hörten die Bewegungen abrupt auf, Kaminski trennte sich für einen Moment von der Katzenfrau, glitt aus ihr heraus und drehte sie um, um sie an den Hüften hochzuziehen, sodass sie auf dem Trampolin kniete. Dann wiederholte er den Akt der zielgerichteten Gewalt, und diesmal sah Lenz das Eindringen undeutlicher, aber er hörte es, es war seltsam, er hätte das Geräusch nicht beschreiben können. Was einfacher zu beschreiben war, war der Laut, den die Frau jetzt von sich gab, es war ein Laut, der stärker an Katzen erinnerte als alles zuvor; eine Art halb melodiöses Jammern, ein Flehen, ein Winseln. Lenz hörte die beiden über ihm atmen, schwer, keuchend, er sah die Bewegungen rascher werden, sah die Katzenfrau in ihren eigenen bloßen Oberarm beißen, und dann fiel sie auf den Bauch, oder Kaminski ließ sie fallen, er schrie, während sie fiel, auf eine seltsam unterdrückte Art. Und lag still. Beide Körper lagen still. Es geschah so plötzlich, dass die Stille lauter wirkte als das Atmen zuvor.

Eine Weile geschah nichts. Lenz drehte den Kopf zu Iris. Iris saß nicht mehr neben ihm. Er kauerte ganz allein unter dem Trampolin. Er horchte in sich hinein, und das einzige Gefühl, das er dort fand, war eine sehr große Distanz, die Art Distanz, die ein Gefühl ist. *Wie merkwürdig*, dachte er, *ich habe aus wenigen Zentimetern Entfernung zugesehen, wie zwei erwachsene Menschen, Entschuldigung, ficken, anders ist dies nicht zu beschreiben, und es berührt mich überhaupt nicht.* Sein Körper war absolut unbeteiligt. Vielleicht mussten die Dinge so ablaufen, vielleicht war es das, was Menschen wie die Katzenfrau erwarteten. Vielleicht stimmte wirklich etwas nicht mit ihm, denn das, was er gesehen hatte, war nichts, was er wollte. Ein Teil von ihm fühlte sich an, als müsste er heulen, ein Kleiner-Junge-Heulen. Ein anderer Teil spürte eine seltsame, kalte Distanz in sich wachsen, eine Distanz zum Rest der Menschheit, die dosierte Gewalt gegeneinander ausübte. Dann eben nicht, sagte der andere Teil, dann ist das eben nichts, was du je tun wirst. Wenn es das ist, was Siri will, wird sie es nicht bekommen, und dann ist es in Ordnung, wenn sie am Ende des Sommers geht.

Er sehnte sich nach Iris' unverfänglichem, gewaltlosem und an Gewalt uninteressiertem Körper neben sich im Bett, nach der Behutsamkeit, mit der sie seine Hand nahm, wenn sie ihm etwas sagen wollte.

Die Membran des Trampolins zitterte wieder, Kaminski war aufgestanden, gab die Katzenfrau frei. »Zieh dir was an«, sagte er. »Es wird kühl.«

Sie schlüpfte in ihr Oberteil, und dann saßen sie zusammen auf der Kante des Trampolins und rauchten.

»Wie ist Dirk – dabei?«, fragte er zwischen zwei Zügen.

»Geht dich nichts an.«

»Er hat immerhin zwei Kinder hingekriegt. Aber sonst? Für dich?«

»Geht dich nichts an.«

»Freust du dich denn, dass er wiederkommt?«

»Geht dich nichts an«, sagte sie und rückte ein Stück von ihm ab. »Hast du noch 'ne Zigarette?«

In diesem Moment geschah das, was nicht geschehen durfte.

Das Päckchen Zigaretten fiel herunter, und Kaminski fluchte leise und bückte sich danach. Seine Hand suchte einen Moment im Gras, seine Augen suchten mit der Hand, dann suchten die Augen unter dem Trampolin. Und trafen Lenz' Augen.

Sie starrten sich gegenseitig an. Kaminski brauchte einen Moment, um zu begreifen. Auch um zu begreifen, wem die Augen gehörten. Sein Gesicht durchlief eine ganze Reihe von Ausdrücken in einer einzigen Sekunde – Schrecken, Überraschung, Unbehagen, Scham, Erkennen, Unglauben –, und schließlich stand nur noch eines in diesem Gesicht: eine unbändige, unbezähmbare, zügellose Wut.

Lenz glitt rückwärts unter dem Trampolin hervor, war mit einem Satz bei der Hintertür im Maschendrahtzaun und draußen.

Er hörte Kaminskis Schrei hinter sich, einen unartikulierten, unheimlichen Schrei. Als er sich umdrehte, mitten im Rennen, sah er ihn am Maschendrahtzaun stehen, nackt, einen Arm erhoben, die Hand zur Faust geballt, das Gesicht zu einer Grimasse verzogen. Karin, die Katzenfrau, stand hinter ihm und hielt ihn am anderen Arm fest, und er folgte Lenz nicht, nicht sofort, nicht nackt.

Drinnen im Haus ging ein Licht an, eines der Kinder war aufgewacht, und Lenz wandte sich ab und konzentrierte sich aufs Rennen. Er hatte Kaminskis Schrei verstanden, auch ohne Worte.

Warte nur. Warte nur! Jetzt erst recht.

Als er sehr viel später, nach einer Menge Hakenschlagen und Umwegen, auf die alte Matratze sank, auf der er seit zwei Wochen schlief, rannte sein Herz noch lange ohne ihn weiter. Es rannte wie eines der weichen, warmen Kaninchen, die sich an ihn schmiegten. Die Kaninchen kamen stets zu ihm, ohne dass er sie lockte, sie kamen einfach, es war merkwürdig; sie bildeten eine lebende Pelzdecke. Sie wärmten ihn, wenn die Nächte kühl wurden, sie leisteten ihm Gesellschaft, wenn er zu allein war. Die Kaninchen waren das einzig Lebendige, das ihm vollkommen vertraute.

Er schloss die Augen und vergrub seine Nase in ihrem Fell.

Kaminski, dachte er, würde ihn umbringen, wenn er ihn je zu fassen bekam. Kaminski war jünger als er und zu viert, wenn es darauf ankam. Aber vielleicht, dachte Lenz, bin ich ein Mörder, wenn es darauf ankommt. Falls es wahr ist, was sie alle denken – dass ich Iris umgebracht habe und Aljoscha und Frau Henning, falls es wahr ist –, dann hat Kaminski nicht mehr viele Gelegenheiten, die Katzenfrau auf dem Trampolin zu ficken.

Er hasste das Wort und das Bild.

»Aber wenn ich Kaminski umbringe«, flüsterte er. »Dann will ich mich wenigstens später daran erinnern, hört ihr? An jede einzelne Sekunde. Ich muss endlich aufhören, Dinge zu vergessen.«

Er fand Iris am nächsten Morgen am Hafen, auf Aljoschas Boot, als das frühe Licht noch wässrig orange ins Hellblau der Wolken verlief, der Himmel ein unfertiges und möglicherweise gerade misslingendes Aquarell. Jemand hatte zu viel Wasser benutzt.

Iris' Mutter hatte Aquarelle gemalt, er erinnerte sich an diesem Morgen wieder daran; wenn sie sich nicht hinter ihrer Sonnenbrille und hinter ihren Büchern versteckt hatte, hatte sie gemalt. In blassen Pastellfarben, zart, sanft … unentschlossen. Sie war eine in allem unentschlossene Person gewesen, zurückhaltend, zögernd. Passiv. Als er Iris an diesem Morgen ansah, wie sie auf der Kajüte des kleinen Fischerbootes saß und mit den Beinen baumelte, versuchte er, ihre Mutter in ihr zu finden. Er fand sie nicht; ihr Äußeres vielleicht, ihr Haar war das gleiche, aber das war alles.

Er erinnerte sich an einen Nachmittag, an dem Iris ihn mitgenommen hatte durch das Gartentor der letzten Datsche der Feriensiedlung, hinein in das Idyll der sorgsam beschnittenen grünen Hecken. Ihre Mutter hatte sich nicht einmal dazu entschließen können, ihn hinauszuschmeißen, sie hatte ihm ein dünnes Lächeln und eine Handvoll Bonbons geschenkt und gehofft, er würde von selbst wieder gehen, aber Iris wollte nicht, dass er ging, sie wollte, dass er mit ihr Verstecken spielte, in der Datsche, es gab eine Menge guter Verstecke dort. In der winzigen Ferienhausküche gab es sogar eine Luke im Boden, die zu einer Art ebenso winzigem Kartoffelkeller führte, und Iris ließ Lenz eine geschlagene halbe Stunde suchen, ehe sie die Luke öffnete, als er direkt danebenstand, und über sein verblüfftes Gesicht lachte. Später spielten sie Ball zwischen den Hecken. Lenz vergaß Iris' Mutter beim Ballspielen. Es war seltsam, sich jetzt zu erinnern, dass man jemanden vergessen hatte.

Und dann war der Ball natürlich in die verkehrte Richtung geflogen, in ein Fenster der Datsche. Es war zu klassisch, um nicht zu passieren. Er erinnerte sich daran, wie der Ball an Iris' Mutter vorbeigesaust war, in einem vollendeten Bogen. Sie hatte nichts getan, um ihn aufzuhalten. Sie hatte ihr Buch fallen gelassen, die Hände vors Gesicht geschlagen und eine Zeit lang ganz still da gesessen, während die letzten Scherben in Zeitlupe aus dem Loch in der Scheibe brachen.

Iris hatte danach drei Tage lang brav auf der Kirchenorgel geübt und war dann zu ihren Spielen außerhalb der gemähten Gärten zurückgekehrt, in den Wald, ans Wasser, zur Friedhofseiche.

Wenn Iris ihn danach mitgenommen hatte, hatten die Erwachsenen nie etwas davon gewusst, es war leicht gewesen, sich an ihnen vorbeizuschleichen. Sie hatten nie mehr Ball gespielt, aber noch oft Verstecken.

Jetzt drehte sie sich zu ihm um und winkte von Aljoschas Boot aus. Sie winkte ihn zu sich.

Sehr weit draußen auf dem Wasser schwammen die beiden Fischerboote bereits in einem weißen Nebelschleier, beinahe unsichtbar. Niemand war am Hafen. Lenz löste sich aus den Schatten und ging über die alten Bretter des Stegs zu Iris hinaus, und dann sah er, dass doch jemand da war. Jemand war im Wasser.

Es war das kleine Mädchen vom Haus mit dem Trampolin, die Tochter der Katzenfrau, und sie saß auf einer Luftmatratze, die dort unweit des Steges auf den seichten Wellen schaukelte. Sie trug einen rosa Badeanzug, kehrte ihnen den Rücken zu und starrte auf die Wasseroberfläche, und gerade, als Lenz zu Iris an Bord des Fischerboots geklettert war, tauchte dort ein Kopf auf: der Kopf eines Jungen.

»Und?«, fragte er außer Atem. »Wie lange war ich unter Wasser? Hast du gezählt?«

»Klar hab ich gezählt«, antwortete das kleine Mädchen. »Bis zwanzig.«

»Zwanzig Sekunden? Ach was, das war länger. Mindestens eine Minute!«

»Ich kann aber nur bis zwanzig zählen«, sagte das kleine Mädchen trotzig. »Danach habe ich aufgehört und gewartet.«

»Amy, du bist die blödeste Schwester, die es geben kann«, sagte der Junge und machte einen Versuch, ebenfalls auf die Luftmatratze zu klettern.

»He, nein, geh weg!«, rief Amy. »Das ist meine Luftmatratze!«

»Ist es überhaupt nicht«, sagte der Junge. »Du hast sie lange genug gehabt, los, runter da.«

Amy landete im Wasser, kreischend und protestierend, und ihr Bruder legte sich längs auf die Matratze und begann, mit den Händen zu paddeln. »Komm doch! Hol dir die Matratze!«

»Arschloch!«

»Arschloch darf man nicht sagen! Wetten, du holst mich nicht ein? Wetten?«

»Warte! Jackiiie! Warte!«

Jackie wartete nicht, und seine Schwester folgte ihm heulend. Das Wasser, durch das sie watete, reichte ihr bis zur Hüfte.

»Das erzähl ich Mama!«, schrie sie. »Und Papa, wenn er zurückkommt. Ganz bald, dann ist er wieder da ...«

Jackie wendete die Matratze und paddelte zurück. »Du erzählst Papa gar nichts. Komm rauf hier, wenn es sein muss. Und lern endlich schwimmen.« Er zog sie zu sich, die Matratze kippte beinahe, aber nur beinahe, und Jackie hielt seine Schwester fest, damit sie nicht fiel.

»Wenn Papa wieder da ist«, sagte sie, »kann er es mir beibringen. Schwimmen. Oder?«

»Glaub schon«, meinte Jackie vage. »Kommt drauf an, wie lange er da ist. Er wollte mir auch beibringen, wie man richtig Holz hackt. Falls er danach noch Zeit hat, kann er dir Schwimmen beibringen. Vielleicht muss er aber auch gleich wieder nach Afrika.«

»Was macht er da noch mal?«

»Sachen zusammenschrauben. Die Afrikaner sind zu blöd, ihre eigenen Sachen zusammenzuschrauben. Komm, wir paddeln raus zu der roten Boje.«

»Nein! Da draußen ist es zu tief! Wenn ich runterfalle …«

Jackie ließ sich von der Matratze gleiten und tauchte weg. »Jackiiiee!«, schrie Amy wieder, doch Jackie war nur noch ein Schatten unter Wasser. Bei der roten Boje tauchte er auf, winkte und tauchte abermals ab. »Jackiiie!«

Diesmal tauchte er bis zum Steg. Tauchen, das musste man ihm lassen, konnte der Junge. Er zog sich mit einem Klimmzug auf den Steg und schüttelte sich.

»Ich geh nach Hause!«, rief er. »Frühstücken.«

»Nein! Warte! Ich kann doch nicht allein an Land!«

»Amy«, sagte Jackie und zog seine nasse Badehose aus. »Du kannst da draußen noch *stehen*. Stell dich nicht so an.« Er fischte seine Sachen aus dem Haufen, der am Ende des Stegs lag, streifte sie über und rannte los.

»Arschloch, Arschloch, Arschloch«, sagte Amy, die immer noch auf der Matratze saß. »Mit dir kann man überhaupt nicht spielen.«

»Mit mir könnte sie spielen«, sagte Iris.

Lenz schüttelte den Kopf, er lehnte neben ihr an der winzigen Kajüte von Aljoschas Boot und versuchte sich zu erinnern, wie es gewesen war, als Iris und er zusammen geschwommen waren. Sie hatten alles zusammen getan, hinausschwimmen und von Luftmatratzen fallen und tauchen – da war nie einer gewesen, der etwas besser konnte.

Iris ließ sich vom Dach der Kajüte gleiten und landete im Wasser. Er sah sie zu Amy hinausschwimmen, ihr blaues Kleid zu einer Qualle aufgebläht wie der geblümte Mantel von Siri, als er sie durchs Wasser gezogen hatte. Einen Teil der Strecke tauchte sie, die blaue Qualle im grünblauen Meer, wie ein weiteres Aquarell, ihre blonden Haare folgten ihr wie Seetang und waren nicht länger blond, als sie neben der Luftmatratze auftauchte, sie waren jetzt dunkel vor Nässe, lagen am Kopf an wie ein brauner Helm, als wären sie plötzlich kurz, und als sie sich nach Lenz umdrehte und ihn mit ihren Himmelaugen anstrahlte, sah er einen Moment lang jemand anderen.

Er schüttelte sich.

Iris winkte kurz, drehte sich um und legte ihre Arme auf Amys Matratze.

»Ich bin hier«, sagte sie. »Ich kann dir zeigen, wie man schwimmt. Ich konnte immer gut schwimmen, weißt du?«

Amy verzog das Gesicht zu einem ärgerlichen Weinen und versuchte, mit den Händen zu paddeln wie zuvor ihr Bruder, aber die Matratze kam nicht recht voran.

»Er hat recht, du kannst hier stehen«, sagte Iris. »Du bist ungefähr so groß wie ich. Guck, ich kann auch stehen.«

Sie stellte sich neben die Matratze und breitete die Arme über dem Wasser aus, und die Sonne glänzte auf ihrem nassen Haar. Amy sah an ihr vorbei zum Ufer, paddelte weiter, sinnlos, aber sehr verbissen.

Lenz sah, wie Iris unter der Matratze durchtauchte, Fischmädchen, Nixenmädchen, sie kam auf der anderen Seite hervor und wollte der Matratze einen Schubs in Richtung Ufer geben, aber die Matratze bewegte sich nicht. Es war wie mit dem Trampolin. Die Dinge der materiellen Welt spürten Iris' Körper nicht, ihre Kraft, ihr Gewicht, all das existierte nur für Lenz. Sie versuchte es noch einmal, sie war so grimmig entschlossen wie Amy und genauso erfolglos.

»Du musst mich sehen«, sagte Iris eindringlich zu Amy. »Wenn du mich siehst, geht es. Wenn du glaubst, dass ich da bin …«

Lenz sah die Verzweiflung auf Iris' Gesicht, und er spürte die gleiche Verzweiflung in sich.

Iris, dachte er, versuchte – in diesem Sommer zum ersten Mal – zu entkommen. Sie ahnte, dass Lenz nicht für immer ihr Spielgefährte sein würde, und sie suchte einen neuen, ein Kind; jemanden, der dafür sorgen konnte, dass sie weiterlebte. Der Gedanke brannte hinter seinen Augen.

Er wollte rufen: Lass es, Iris, du musst das nicht! Komm zurück zu mir! Ich bleibe doch, ich bleibe!

Aber er rief nicht. Er duckte sich hinter die Reling. Es war besser, wenn Amy ihn nicht sah.

Schließlich ließ sie sich von der Luftmatratze ins Wasser fallen, strampelte einen Moment mit Armen und Beinen, als wollte sie schwimmen, und merkte dann, dass sie natürlich noch immer stehen konnte. Sie watete an Land, die Matratze im Schlepptau, verbissen, frierend und sehr ärgerlich. Iris watete neben ihr her. Sie waren wirklich gleich groß, obwohl Amy ein oder zwei Jahre jünger war; Iris war immer klein gewesen für ihr Alter. Sie legte einen Arm um Amys Schultern, doch Amy spürte den Arm nicht, und da gab Iris auf und tauchte weg wie zuvor Jackie.

Ihr blaues Kleid verschwand, als löste es sich im Wasser auf. Lenz winkte ihr nach, doch sie kam nicht zu ihm, um sich trösten zu lassen, sie blieb verschwunden, und er blieb in Aljoschas Boot allein zurück – mit einem Gefühl der Leere.

Amy schaffte es erst nach ein paar Versuchen, sich auf den Steg zu ziehen. Sie rollte den nassen rosa Badeanzug herunter und suchte in ihren Sachen, fand ihr T-Shirt und drückte es zitternd an ihr Gesicht. In dem Augenblick, in dem sie das T-Shirt sinken ließ, sah sie Lenz. Es war zu spät, um sich wieder hinter die Kajüte zu ducken. Sie sahen sich an, so wie Kaminski und er sich in der Nacht angesehen hatten, und der Moment war genauso seltsam.

Doch in Amys Augen stand nur ein einziges Gefühl: Angst.

Sie sah an sich hinunter, als versuchte sie, ihren nackten Kinderkörper mit seinen Augen zu sehen. Er wollte etwas sagen, etwas Beruhigendes, er streckte die Hand aus, über das Dach der niedrigen Kajüte hinweg, alles ist gut, wollte er sagen, ich tue dir nichts.

Er musste ihr erklären, dass sie ihn nicht verraten durfte, sie durfte ihn nie gesehen haben.

»Geh! Weg!«, schrie Amy. Ihre Stimme erinnerte ihn auf einmal an die der Katzenfrau. Aber sie war nicht ihre Mutter, sagte er sich, kein Mensch ist seine Mutter. Sie war ein Kind. Vielleicht verstand sie ihn.

»Bitte«, sagte Lenz. »Nein. Amy. Komm her. Ich will nur mit dir reden.«

Amy drückte das T-Shirt an ihre Brust, an der es nichts zu verbergen gab, sie konnte nicht älter sein als sechs. Dann bückte sie sich, sammelte ihre Sachen auf und rannte; noch immer nackt, panisch.

»Warte!«, rief Lenz.

Doch er ließ sie rennen, er folgte ihr nicht, es hätte alles nur noch schlimmer gemacht.

Er glitt mit dem Rücken an der Kajüte hinab und saß einen Moment ganz still, den Kopf auf den Knien. Aber er wusste, dass er nicht lange so sitzen bleiben durfte. Sie würden kommen, um ihn hier zu suchen. Die Dunkelheit, die Sicherheit rief ihn; die Schatten unter der Erde und die Erinnerung an Iris' Geruch dicht neben sich.

✝✝✝

Sie würde die blauen Gläser ersetzen müssen. Alle. Neu bestellen. Bei einer anderen Firma. Verdammt.

Sie würde nach Berlin fahren, die Gläser selbst abholen. Sie würde also doch fahren. Sie bat bei Werter in der Werkstatt darum, das Telefon benutzen zu dürfen. Kaminski war nicht da.

Sie rief die Firma an. Blau? Natürlich. Blau. Blaue Gläser. Ja, sagte man ihr, sie könnte vorbeikommen. In zwei Tagen, dann hätten sie genug von der Sorte, die Siri brauchte. Blau war kein Problem. Sollte Blau denn ein Problem sein?

»Es war mir auch neu«, sagte Siri. »Wasser ist blau, wissen Sie. Man kann darin ertrinken. Das ist ein Problem. Dann der Himmel. Hier. Über Angola ist der Himmel nie blau, nicht einmal über den Veranden. Wussten Sie das?«

Sie rief ihren Vater an.

»Ich komme«, sagte sie. »Übermorgen. Kurz. Vielleicht können wir uns treffen. Auf einen Kaffee.«

»Siri«, sagte er. »Wo bist du? Du warst seit Ewigkeiten nicht erreichbar. Ich war bei deiner Wohnung. Ich habe mir Sorgen gemacht. Bist du in Schwierigkeiten?«

»Ja«, sagte sie.

»Warum? Was ist passiert?«

Sie holte tief Luft, um dem alten Herrn irgendeine Art von Wahrheit zu sagen.

»Es ist so …«, begann sie langsam. »Weißt du … das blaue Glas bricht. Seltsam, was? Ich habe mein Leben lang mit blauem Glas gearbeitet, und jetzt bricht es, wenn ich nur hinsehe.«

»Bitte? Ich fürchte, ich verstehe nicht …«

»Brauchst du nicht«, sagte sie freundlich. »Hast du nie«, fügte sie hinzu, sehr leise. »Ich rufe dich noch mal an, wenn ich in der Stadt bin. Übermorgen«, sagte sie und legte auf.

Werter sah sie lange an, als sie ihm das Geld für die Telefonate in die Hand drückte.

»Unsinn«, sagte er dann und gab es zurück. »Frau Pechton … Pechton, oder? Sie haben eine hübsche Internetseite. Ich habe mal nachgesehen. Auf der Seite sieht es aus, als wäre Pechton nur der Name der Firma.«

Siri sagte nichts.

»Frau Pechton … wissen Sie, wo das Friedhofskind ist?«

»Nein.«

»Sie sind sich ganz sicher?«

Siri nickte.

Werter wischte sich die öligen Hände an einem Lappen ab und trat einen Schritt näher. Seine weißen Locken waren so gepflegt wie immer, sein Gesicht ernst.

»Sie wissen, dass sie ihn suchen. Der junge Kaminski sagt, Sie waren dabei. Bei Frau Ammerland. Ich war heute da, habe mit ihr gesprochen. Der Junge fängt an, rotzusehen. Nicht schön, was da passiert ist.«

Es dauerte einen Moment, ehe Siri begriff, dass er nicht von Lenz sprach. Er sprach von Kaminski.

Oder?

»Ich kann nicht meine Hand über alle halten«, sagte Werter. »Ich halte meine Hand über das, was ich als das Recht betrachte. Verstehen Sie das?«

»Ich …«, begann Siri unsicher.

»Ich werde versuchen, zu verhindern, dass Kaminski und seine

Freunde Dummheiten machen«, sagte Werter. »Aber ich werde auch nicht zulassen, dass jemand hier herumläuft, der Frauen und Kinder gefährdet.«

Sie sah ihn an, und er nickte, weil er begriff, dass sie immer noch nicht verstand.

»Gehen Sie mal zum Friedhof, Frau Pechton«, sagte Werter. »Wir haben keine Kneipe hier im Dorf, aber wir haben den Friedhof. Sie werden sie alle dort finden.«

Und Siri fand sie. Sie standen vor der Kirche herum und rauchten und redeten, jetzt, da kein Friedhofskind sie mehr daran erinnerte, dass dies ein Friedhof war. Sie sah die Fischer unter ihnen, die Fischer waren nicht draußen, sie waren hier, um zu rauchen und zu reden. Einen Augenblick lang hatte Siri Angst, es wäre ein weiterer Unfall passiert. Aber der Mittelpunkt des Rauchens und Redens war die junge Frau, die hinter dem hohen Maschendraht wohnte. Sie saß auf der Bank beim Tor und hielt ihre Tochter auf dem Schoß, und es sah aus, als säßen sie schon eine Weile dort. Sie hielt ihre Tochter sehr fest, sie hielt sie, als wäre sie ein kleineres Kind. Oder als wäre sie ein großes Kind, dem etwas zugestoßen ist. Das Kind selbst wand sich ein wenig, es wollte losgelassen werden, es wollte mit seinem Bruder herumrennen und nicht mehr still sitzen, aber seine Mutter gab es nicht frei.

Siri stellte sich zu ihnen, den Saatkartoffelspezialisten, den Kuchenfrauen, den Fischern. Auf der anderen Seite der Bank standen die Kaminskifreunde mit Kaminski.

»Frau Pechten!«, sagte Frau Hartwig. »Wir waren dabei, alles für die Beerdigung morgen zu besprechen … es weiß ja nun keiner, wer überhaupt die Grube aushebt … bringt kein Glück, eine Grube auszuheben auf einem Friedhof, ich würd es nicht machen, wenn ich ein Mann wär und einen Spaten hätte, ich nicht … und da dachte ich noch bei mir, wenn man wüsste, wo er steckt, dachte ich … aber jetzt das …«

»Sie weiß doch gar nicht, wovon Sie reden, die Arme«, sagte der Umbrich und klopfte Siri auf die Schulter. »Kann ja noch gar nichts gehört haben, ist ja dauernd am Arbeiten, mit den Fenstern, die werden sicher schön, nicht wahr? Maria Magdalena, die hab ich ihr gezeigt, die auf dem Fenster in der Mitte, dem wichtigsten … mit dem blauen Kleid …«

»Es ist nämlich wieder aufgetaucht, unser Friedhofskind«, sagte Frau Hartwig. »Die kleine Amy hier, sie hat ihn gesehen, den jungen Fuhrmann. Heute Morgen, am Steg. War baden …«

»Und war sich am Umziehen«, setzte der Umbrich hinzu. »Da stand er auf Aljoschas Boot und hat sie beobachtet. Hat versucht, sie herzulocken, aber sie ist gerannt. Kam hier im Dorf an, völlig aufgelöst.« Er nickte bekräftigend.

»Sie sind sofort los, aber sie haben ihn nicht mehr gefunden«, sagte Frau Hartwig. »Er ist wieder verschwunden …«

Siri ließ sie weiterreden und sah durch die kleine Menge hindurch, sah hinüber zu Kaminski. Er hatte durchaus bemerkt, dass sie da war. Jetzt legte er eine Hand auf die Schulter der Frau, die auf der Bank saß. Danach kam er zu Siri hinüber.

»Sie schützen einen Perversen«, sagte er leise. »Jemanden, der da draußen herumläuft und kleinen Mädchen auflauert. Nackten kleinen Mädchen. Die Kleine, die damals ertrunken ist, man sagt, sie war auch nackt, bis auf ein Jungshemd. Sie sind doch eine kluge Frau. Eine gebildete und schöne Frau. Sie sollten uns helfen.«

»Ich weiß nicht, wo er ist«, flüsterte Siri. »Werter hat mich auch schon gefragt … ich weiß es nicht! Ich schütze niemanden!«

Schützen, dachte sie, war ein Lieblingswort von Kaminski. *Wir werden Sie beschützen, Frau Pechten.*

»Die kleine Amy könnte jemanden gebrauchen, der sie beschützt«, sagte Kaminski und nickte zu dem Kind hinüber, das mit einem rosa Plastikding spielte, einer Art Telefon oder Tamagotchi, Siri konnte es nicht erkennen. Das Kind hatte noch nasse Haare vom Schwimmen, aber es sah allenfalls gelangweilt aus. Die Panik, die es vom Steg mitgebracht hatte, stand jetzt in den Augen der hysterischen Mutter.

»Er hängt ja schon länger dauernd am Zaun bei denen rum und starrt«, murmelte Kaminski. »Weiß genau, dass der Vater seit Ewigkeiten auf Montage ist. Afrika oder wo. Hat sie immer beobachtet, der junge Fuhrmann. Karin hat gleich gesagt, dass er ihr unheimlich ist, so wie er ihre Kinder anguckt durch den Zaun. Na, unheimlich hin oder her, Tote hin oder her, egal, mit wem er spricht … man muss etwas tun. Wir waren überall. Wir waren noch einmal beim alten Fuhrmann, wir waren in der leer stehenden Datsche, die der Familie Weiß gehört. Er war nicht dort. Aber wir werden ihn finden.«

»Ja«, sagte Siri.

Übermorgen – übermorgen nach Berlin. Siri hätte früher fahren können, sofort fahren, sie konnte nichts tun ohne die blauen Gläser. Sie fuhr nicht. Sie lief herum, ohne Ziel, und versuchte, mit sich ins Reine zu kommen. Versuchte, sich die kleine Amy am Steg vorzustellen. Nackt. Sie war nur ein Kind; ein Kind, das mit rosa Plastikspielzeug spielte, das auf einem Riesentrampolin sprang, das in einem Haus hinter Maschendrahtzaun lebte, mit einer hysterischen Mutter und einem abwesenden Vater. Ein Kind wie Iris damals.

War Lenz wirklich da gewesen, auf Aljoschas Boot, hatte er sie beobachtet? Hatte er gewollt, dass sie zu ihm kam? Warum? Was hatte er von ihr gewollt? Nein, dachte sie, nicht das, nicht das Offensichtliche. Nicht Lenz. Der Gedanke war absurd.

Aber war es weniger absurd, dass er Kaninchen rettete? War Lenz Fuhrmann einfach eine absurde Person?

»Was ist«, sagte sie zu sich selbst, »wenn Kaminski recht hat? Man kann ein Arschloch sein und trotzdem recht haben. Es wäre zu einfach … zu einfach, wenn es immer die Arschlöcher auf der Welt wären, die unrecht hätten. Vielleicht ist Lenz ein Monster. Mehr als ein Mörder. Und vielleicht … vielleicht nicht.«

Gegen Nachmittag begann es zu regnen, und Siri lief noch immer durch die Landschaft und hatte kein Ziel. Sie wünschte den Abend herbei, den nächsten Tag, die unvermeidliche Henning-Beerdigung, den nächsten Abend. Den Morgen, an dem sie nach Berlin fahren *musste*.

Es regnete nicht stark. Sie lief über die Felder. Sie spürte das Gewicht ihres Mantels. Es regnete stärker. Es regnete durch die Nähte des Regenmantels. Es würde aufhören. Sie ging weiter, sie würde zu Frau Hartwigs Kellerwohnung zurückkehren, wenn die Dämmerung hereinbrach. Sie wollte erschöpft sein, wenn sie dort ankam, sie wollte sich hinlegen und sofort einschlafen, das rote Telefon nicht einmal mehr ansehen, nicht mehr denken.

Und schließlich regnete es so sehr, dass sie nicht mehr wusste, ob die Dämmerung hereingebrochen war oder nicht. Sie stand im Wald. Irgendwo im Wald, irgendwo zwischen hohen Buchen, weit fort vom Steilküstenweg, wo die wilden Erdbeeren jetzt im Matsch ertranken. Da senkte sie den Kopf, besiegt vom Regen, und ging endlich zurück. Wie merkwürdig, auf ihrem Gesicht schmeckte der Regen salzig.

In der Welt mit ausschließlich Kaninchen, dachte sie, gäbe es wohl keinen salzigen Regen. Es gäbe keine kleinen Mädchen, die Geschichten von Männern erzählten, und es gäbe keine Zweifel. In der Welt mit ausschließlich Kaninchen würde sie Lenz treffen, zufällig, irgendwo, zwischen den Kaninchen, und zu ihm sagen: Du bist sehr, sehr seltsam. Ganz anders als alle, die ich bisher getroffen habe. Halt mich ein bisschen fest … Nein, das hörte sich falsch an, falsch und kitschig und dumm. In der Welt mit ausschließlich Kaninchen wären keine Worte notwendig.

Sie sah das blaue Kleid in dem Moment, in dem sie eigentlich nichts mehr sah, weil der Regen zum Sturm wurde. Das Blau leuchtete, als würde es angestrahlt, oder eher, als wäre es in das Bild hineingeschnitten, eine Collage im laufenden Film. Sie sah die Collage verschwommen, was am salzigen Regen in ihren Augen lag. Die Collage hob den Arm und winkte.

Siri blieb stehen. »Du läufst ja doch wieder weg«, flüsterte sie. »Du bist nicht einmal ein Geist, dies ist keine Geistergeschichte … Du bist nur eine Erinnerung. Eine, die ich nicht einmal besitze, weil ich dich nie gesehen habe.«

Das Mädchen winkte noch einmal. Siri wischte sich das Wasser aus den Augen. Sie sah das blasse Gesicht zwischen den Bäumen jetzt deutlich; die Haare, die vom Regen schwer und nass waren, nicht länger blond und lockig. Sie sah, wie die Lippen des Mädchens sich bewegten, wie sie ein Wort formten: *Komm.*

Da begann Siri zu rennen. Sie rannte auf das Mädchen zu, und das Mädchen wandte sich ab und rannte ebenfalls, aber diesmal verschwand sie nicht; sie ließ Siri ein Stück aufholen. Ich werde dich trotzdem verlieren, dachte Siri, hier, mitten im Regen; der Sturm war zu stark, er peitschte ihr das Regenwasser ins Gesicht, machte den Untergrund schlüpfrig und ließ sie nicht vorankommen.

»Wohin?«, rief Siri. »Wohin führst du mich? Was willst du von mir?«

In dem Moment, in dem sie aufgeben wollte, stehen bleiben, Luft holen – in diesem Moment streckte das Mädchen die Hand aus und griff im Rennen nach Siris Hand. Und sie spürte sie. Sie spürte, wie die Finger des Kindes sich in ihre schoben, warm und wirklich.

»Iris«, flüsterte Siri. Der Regen schluckte den Namen.

Und Iris zog sie mit sich weiter, zog sie mit sich durch den Sturm.

Sie wünschte, sie hätte die Szene von außen beobachten können, sich, die Erwachsene – und das Mädchen im blauen Kleid. Sie wünschte, sie hätte sehen können, wie sie durch den Wald liefen, sich unter den Böen hinwegduckten, gleich nass, gleich schlammig, gleichermaßen dem Sturm ausgeliefert – und gleich entschlossen jetzt, ihn dennoch zu besiegen.

Und dann, ganz plötzlich, blieb Iris stehen. So plötzlich, dass Siri beinahe gefallen wäre. Sie hatten den Rand des Waldes erreicht, vor ihnen lag nichts mehr, nichts und Meer. Dies war der Weg an der Steilküste. Für Sekunden stand sie ganz nahe am Abgrund, ihre Hand noch immer in Siris.

»Ich war es«, sagte Iris, ihre Worte verwaschen vom Regen, halb übertönt vom Geräusch brechender Äste hinter ihnen im Wald. »Ich wollte zu dem Mädchen. Amy. Deshalb waren wir am Steg. Aber sie hat mich nicht gesehen. Sie hat nur Lenz gesehen. Ich dachte nur, es ist besser, wenn du das weißt. Er wartet auf dich.«

Siri wollte tausend Dinge sagen, tausend Dinge fragen, jetzt, da die Chance dazu endlich gekommen war. Doch sie sagte nur ein einziges Wort.

»Wo?«

Iris hob den Arm und zeigte den Weg entlang.

»Im Dorf?«

Sie schüttelte den Kopf. Dann betrat sie den Weg, und Siri sah das Absperrband hinter ihr: An dieser Stelle war Frau Henning gestützt.

»Nein!«, rief Siri. »Warte! Erklär mir … sag mir … weißt du, wer ich bin?«

Iris antwortete nicht. Sie duckte sich unter dem Absperrband hindurch und trat einen Schritt zurück. Siri machte einen Satz vorwärts, griff nach ihr – griff ins Leere. Sie blickte in den Abgrund und erwartete, das blaue Kleid zu sehen, das durch den Regen fiel, aufgebläht wie ein Schirm. Aber sie sah nichts. Da war kein Kleid, kein kleines Mädchen; da war nichts als Regen.

Sie atmete ein paarmal tief durch. »Einbildung«, murmelte sie. »Alles Einbildung.«

Schließlich ging sie den Weg zurück, in die Richtung, in die der Kinderarm gewiesen hatte. Sie ging vorsichtig, auch hier war der Boden rutschig vom Regen. Sie merkte, dass sie zitterte. Sie war zu nass und zu kalt, um überhaupt noch zu denken. Die Datschen am Ende des Steiluferweges waren dämmerige, geduckte, hässliche Schemen in der anbrechenden Nacht. Bei der ersten Datsche, am Tor in der hohen Hecke, lehnte jemand. Lena, dachte Siri, Lena oder der Direktor. Aber was tat Lena hier draußen, im Regen?

Nein, dachte sie, als sie näher kam, nein, es war das falsche Gartentor, dies war die leer stehende Datsche, die Kaminski und seine Leute heute früh noch durchsucht hatten. Und natürlich war es nicht Lena, dort am Tor.

Es war ein viel größerer Mensch, ein Mensch wie ein Baum.

Siri blieb stehen und ließ den Regen über ihr Gesicht laufen, einfach so. Und er stand da und ließ den Regen über sein Gesicht laufen. Sie standen sich gegenüber, in der Dunkelheit, wortlos, und um sie wütete noch immer der Sturm und warf mit Ästen.

»Sie sind … sehr nass!«, rief Lenz schließlich, er musste rufen, der Sturm war zu laut.

Siri nickte.

Da öffnete er das Gartentor, und sie trat ein.

Es war der perfekte Zeitpunkt, dachte Siri, für eine Leerzeile. Aber im wirklichen Leben gab es keine Leerzeilen, Dinge gingen weiter, sie mussten irgendwie weitergehen.

Sie folgte Lenz über die ungemähte Wiese. Sie hörte die Tür hinter sich ins Schloss fallen; vielleicht war es auch ein Ast, der irgendwo im nahen Wald brach. Schließlich öffnete Lenz eine weitere Tür, die Tür zur leer stehenden Datsche der Familie Weiß, die seit zweiunddreißig Jahre nicht hier gewesen war. Siri schluckte, ehe sie über die Schwelle trat.

Und drinnen, jenseits von Regen und Sturm, war es auf einmal sehr still. Es war auch sehr dunkel. Für Sekunden hatte sie Angst. Dann hörte sie das Zischen eines Streichholzes, und dann sah sie Lenz' Gesicht im Schein einer Kerze, die er in einen alten Aschenbecher geklebt hatte.

»Es gibt keinen Strom.«

»Dann kann er wenigstens nicht ausfallen«, sagte Siri, ihre Stimme ein wenig zitterig.

Sie sahen einander an, sie auf der einen und er auf der anderen Seite der Kerze, deren Licht sie trennte und zugleich verband. Lenz' Gesichtszüge wirkten seltsam in diesem Licht, sie wirkten, als wäre er tatsächlich ein Ding aus Stein, grob behauen, ein Grabmal seiner selbst. Er sah nicht aus, als hätte er in den letzten beiden Wochen viel gegessen. Er sah auch nicht aus, als hätte er sonderlich viel geschlafen, und gleichzeitig sah er aus, als schliefe er – als befände er sich in einem permanenten Traum, aus dem es kein Erwachen gab.

»Ich habe sie nicht umgebracht«, flüsterte er. »Die Henning. Ich war da, ich hab sie gesehen. Aber ich habe sie nicht umgebracht.« Er sah sie an, forschend, fragend: Glaubte sie ihm? Und nach einer Weile, in der sie nicht geantwortet hatte, sah er weg und fügte, leiser, hinzu: »Glaube ich.«

Die Datsche war leer. Auf dem Fußboden des einzigen Raums lagen zwei zusammengefaltete alte Wolldecken. Das Einzige, was es außer den Wolldecken gab, waren Kaninchen. Sie saßen in den Ecken des Raums, zusammengekauert zu großen Klumpen, still, schlafend, ihre Nasen leise bebend beim Träumen.

»Ich weiß nicht, warum, aber sie kommen alle zu mir«, sagte Lenz. »All diese Kaninchen, die Aljoscha jetzt nicht mehr schlachten wird. Ich kann … ich kann Tee machen? Es gibt einen alten Herd, in der Flasche ist noch Gas … sie haben es damals wohl vergessen … und Sie müssen … du musst … etwas Trockenes anziehen. Komm.«

Siri folgte ihm in die winzige Küche, als wäre dies ein Besuch in einem Studentenwohnheim. Lenz gab ihr ein Hemd und eine Hose, und sie hielt sie einen Moment in der Hand, unentschlossen. Im Regal neben dem Gasherd saß ein Kaninchen. Daneben standen ein paar Konservendosen und eine Packung Toastbrot. Er hantierte mit einem Topf.

»Ich verstehe nicht … sie haben dich gesucht. Kaminski und seine Leute. Sie haben auch hier gesucht …«

»Manchmal bin ich unsichtbar«, sagte Lenz und lächelte. »Zieh das Zeug an. Bitte. Du wirst krank.«

Siri legte den Mantel auf den Fußboden.

»Und du?«

»Ich bin nicht so nass. Ich war nur kurz da draußen. Ich dachte, ich hätte Iris gesehen … aber da warst nur du.«

»Ja«, sagte sie leise. »Da war nur ich.«

Dann begann sie, im Licht von Kerze und Gasflamme ihre nassen Sachen abzustreifen, und dachte daran, wie sie sich schon einmal aus nassen Sachen geschält hatte, am Ufer eines Entwässerungskanals. Es schien sehr lange her zu sein. Als sie das Hemd ausgezogen hatte und aufblickte, hatte Lenz sich umgedreht. Er wollte sich wieder abwenden, ertappt. Doch sie schüttelte den Kopf.

»Es ist okay«, sagte sie. »Guck ruhig. Es gibt nichts Neues zu sehen.«

Er stand vor dem Herd, das Wasser aus der Jacke tropfte auf den verblassten Flickenteppich, und sah ihr zu, wie sie sich auszog, ernst und still, und sah ihr zu, wie sie sich wieder anzog. Sein Hemd reichte ihr bis zu den Knien. Die Hose hielt nicht. Sie fädelte ihren Gürtel durch die Schlaufen. Es half wenig. Sie konnte die Farben im Kerzenlicht nicht erkennen. Aber sie ahnte, dass die Kleider, die sie jetzt trug, grau waren.

»Ist alles, was du besitzt, grau?«

Er zuckte die Schultern. »Kann sein.«

»Warum?«

»Ich weiß nicht. Es ist mit der Zeit grau geworden. Die wenigsten Leute können Farben sehen. Sie sehen die Welt einfach. Schwarz und weiß. Und grau. Du, du siehst die Farben. Du machst die Glasbilder ... ich habe sie gesehen, die Stücke, durchs Kellerfenster ... da ist eine Menge Farbe. Da ist eine Menge ... Blau.«

»Ja«, sagte Siri. »Und das Blau ist gebrochen. Alle blauen Gläser brechen.«

Er nickte, als habe er das erwartet, nahm sie bei der Hand und führte sie zurück in den Wohnraum. Holte den Topf mit dem Tee. Und zwei Tassen. Kindertassen. Plastiktassen. Auf einer war ein verblassender kleiner Maulwurf aufgedruckt, auf der anderen ein Hase. Oder ein Kaninchen.

»Iris und ich haben sie benützt, früher«, sagte er. »Wir haben sie hier versteckt. Es ist Lindenblütentee. Der war auch noch da. Von früher. Und Zucker. Man muss sparsam sein mit dem Zucker.«

So saßen sie zusammen mitten in dem großen, leeren Raum, dessen Ecken mit Kaninchen ausgelegt waren, saßen auf den Wolldecken und tranken Lindenblütentee aus Kindertassen. Neben ihnen stand die Kerze. Sie machte ihre Schatten groß und unstet; Monster an Wänden. Lenz hob die Hand und ließ den Schatten der Hand einen Hund werden, eine Ziege, einen Vogel: Kinderspiele.

Und Siris Herz gab ein kleines, hilfloses Weinen von sich, das niemand hörte außer ihr selbst.

»Ich habe geträumt«, wisperte sie, »ich habe von einer Welt geträumt, in der es nichts gab als Kaninchen ...«

»Man träumt die komischsten Sachen«, sagte Lenz. Er saß so nah bei ihr, dass sie sich beinahe, aber nur beinahe, berührten.

»Ja«, flüsterte Siri. »In der Welt mit ausschließlich Kaninchen gehörten wir zusammen. Du und ich.«

»Wir könnten so tun, als gäbe es diese Welt«, sagte Lenz, und jetzt flüsterte auch er, als könnten sie die echten, ungeträumten Kaninchen wecken, wenn sie zu laut sprachen.

Siri stellte die Maulwurfplastikkindertasse ab und legte ihre Arme um ihn, und es war ein seltsamer Moment, weil er wieder nicht wusste, wie er darauf reagieren sollte. Sie musste ihn zu sich ziehen, fast mit Gewalt, er war noch immer zu ungeschickt. Und dann beugte er sich doch hinunter und küsste sie. Und sie dachte, dass er auf jeden Fall mehr Übung hatte als beim ersten Mal. Auf seiner Zunge fand sie den Lindenblütentee und den Zucker und die Erinnerung an den Sommer vor zweiunddreißig Jahren. Die Welt, in der es nichts gab außer Kaninchen, umhüllte sie mit all ihrer Seltsamkeit; der Dunkelheit, dem Kerzenlicht, dem kahlen Raum und der Deckeninsel in seiner Mitte – die Welt schützte sie und gab der äußeren, wirklichen Welt nichts preis.

Und sie küssten sich lange.

»Kann ich hierbleiben?«, fragte sie schließlich. »Ich will nicht zurück in die Kellerwohnung von Frau Hartwig. Ich will …«

Er fuhr mit der Hand durch ihr Haar, etwas, das er noch nie getan hatte.

»Iris hat damals beinahe das Gleiche gesagt«, flüsterte er, »ich will nicht zurück, hat sie gesagt …«

Er breitete die Decke über sie beide; die andere Decke brauchten sie, um darauf zu liegen, denn der Boden war hart und kalt. Sie lagen ganz dicht beieinander, wie die Kaninchen, ihr Rücken an seine Brust gedrückt. Sie hatte die Hose, die ohnehin viel zu groß war, ausgezogen, aber das Hemd angelassen.

»Das hier ist alles«, sagte er leise. Sie spürte seinen Atem in ihrem Nacken, wenn er sprach. »Sonst nichts. Nichts wird geschehen. Kannst du damit leben?«

»Ich glaube«, sagte sie und drängte sich ein wenig enger an ihn. Und dann schlief sie ein.

Das Letzte, was sie dachte, war: Ich trage nichts als ein Hemd von Lenz. So haben sie Iris gefunden. Sie trug nichts als ein Hemd von Lenz.

Dennoch oder gerade deswegen fühlte sie sich vollkommen geborgen.

Der geblümte Regenmantel lag neben den Decken auf dem Boden, zum Trocknen ausgebreitet. Aber sie wäre nicht herangekommen, wenn sie den Arm ausgestreckt hätte.

Siri träumte.

Was sie im Traum sah, war wie eine Postkarte. Schön, wunder-schön, wunsch-schön.

Auf der Karte war eine Frau in einem Café, an einem Tisch, mit einer ganzen Kanne heißer Schokolade vor sich. Sie saß an einem Tisch am Fenster und sah auf etwas hinaus, das weit und weit weg war. Das Meer, natürlich. Und die Frau, die Frau war sie selbst.

Sie saß ganz allein dort, doch sie sah jemanden in der Ferne, in einem Ruderboot ... Lenz.

Er stand im Boot, es sah wackelig aus, sie sprang auf von ihrem Cafétisch und wollte rufen: Vorsicht! Das Boot wird kippen! Siehst du denn die Wellen nicht? Das Meer da draußen ist tief und kalt ...

Sie rief nicht, denn er konnte sie ja nicht hören, da war eine Scheibe zwischen ihnen, und Siri begriff, dass der Raum nicht zu einem Café gehörte, sondern das Wohnzimmer der Datsche war, die dem Direktor gehörte.

Und vielleicht war sie nicht so allein, wie sie dachte, vielleicht würden sie gleich hereinkommen, der Direktor, Lena, das Baby, Leute, zu denen sie passte, weil es die-Welt-gesehen-habende Men-schen waren, studiert-habende Menschen.

Lenz hatte sie jetzt entdeckt, er stand da und winkte, und das Boot schwankte, schwankte ... hör doch auf zu winken! Er nahm ein Blatt Papier aus der Tasche seiner grauen fleckigen Jacke; es war blau, das Papier, himmelblau, und sie sah ihn ein Schiffchen daraus falten, das ließ er schwimmen. Er schickte es zu ihr. Und bückte sich und hob ein Paddel vom Boden des Bootes auf, aber er konnte mit dem Paddel nicht paddeln; es war kein Paddel, es war ein Spaten.

Sie setzte sich wieder. »Tu es nicht«, flüsterte sie. »Tu es nicht, paddle nicht zu mir! Das Boot wird kippen. Paddle, wenn über-haupt, von mir weg. Das hier, das mit uns, das kann nicht gut gehen. Flieh, mein Kind, mein Friedhofskind. Flieh, solange du kannst!«

Siri erwachte davon, dass jemand sie ansah.

Sie öffnete die Augen. Sie brauchte einen Moment, um das Gesicht zu erkennen, das Gesicht eines älteren Mannes, den sie schon gesehen hatte, aber nicht wirklich kannte … der Direktor. Er kniete vor ihr auf dem Boden und musterte sie sehr aufmerksam.

Sie setzte sich auf und sah sich um. Der Raum war noch leerer als zuvor. Die Kaninchen waren fort.

»Guten Morgen«, sagte der Direktor. »Was … tun Sie hier?«

»Ich … habe geschlafen …« Siri brach ab. »Wo ist der Mantel?«

»Der Mantel mit den bunten Blumen, der hier auf dem Boden lag? Ich habe ihn aufgehängt. Er war nass.« Der Direktor deutete hinter sich, wo der Mantel an der vorhanglosen Vorhangstange hing. »Vielleicht ist er jetzt schon trocken. Die Sonne muss die ganze Zeit darauf geschienen haben. Es ist ein paar Stunden her, dass ich ihn aufgehängt habe. Sie haben so fest geschlafen … ich dachte nur, ich komme noch mal vorbei, um nach Ihnen zu sehen.«

Siri schüttelte sich, versuchte, den Schlaf loszuwerden, den Traum.

»Wie spät ist es?«

Der Direktor stand auf und sah auf die Uhr, eine altmodische Armbanduhr. »Gleich zehn.«

»Wo ist Len…«, begann sie und biss sich auf die Lippen. »Lena?«

»Lena? Drüben, mit der Kleinen. Ich habe ihr nicht gesagt, dass Sie hier sind. Ich hatte das Gefühl, ich sollte zuerst herausfinden, *warum* Sie da sind. Wie sind Sie reingekommen? Ich meine, das Tor zu diesem Grundstück ist … war … verschlossen. Seit damals. Seit die Familie Weiß weggegangen ist.«

»War es? Gestern Nacht stand es offen. Ich war spazieren, allein, weit … und dann kam der Sturm und der Regen … ich war so nass …«

Sie ließ sich zurück auf die Decken fallen und fluchte lautlos. *Ich wollte nicht so aufwachen*, dachte sie. *Lenz. Lenz? Ich wollte neben dir aufwachen. Wo bist du? Habe ich auch den Abend nur geträumt, genau wie das Paddelboot? Warst du nie hier?*

»Kommen Sie doch mit zu uns rüber, zum Frühstücken«, sagte der Direktor.

Seltsam, Siri nannte ihn in Gedanken immer nur den Direktor. Vielleicht, weil Lena ihn so nannte. Bei Lena klang es vertraut, wie ein Kosename. Der Direktor besaß natürlich einen Nachnamen, und sie versuchte krampfhaft, sich an ihn zu erinnern, doch es gelang ihr nicht. Er lächelte ein freundliches, nachsichtiges Direktorenlächeln.

»Ich habe Brötchen geholt. Im Dorf, beim Konsum-auf-Rädern. Lena freut sich immer, wenn ich Brötchen hole … sie hat es nicht leicht, wissen Sie, die Kleine schläft immer noch nicht durch, und wenn sie mit ihr in der Stadt ist, hilft ihr niemand. Mein Sohn ist zu selten zu Hause … der hat seine eigenen Baustellen im Leben mit der Firma … sie kommt nicht mal mehr dazu, zu spielen. Die Musik ist ihr verloren gegangen.« Er schien zu merken, dass er von Dingen sprach, die nichts mit Brötchen zu tun hatten. »Kommen Sie«, wiederholte er. »Trinken Sie einen Kaffee mit uns.«

»Ich … ich komme gleich nach«, sagte Siri. »Gehen Sie doch schon voraus.«

Sie schlüpfte in die Hosen und ging einmal durch die ganze Datsche. Lenz war nicht da. Es gab nur den Wohnraum, die Küche und das Bad, und in keinem der Räume fand sie auch nur seine Spuren. Die Regale in der Küche waren leer. Der Topf, in dem er Tee gekocht hatte, stand nicht mehr in der Spüle. Sie fand einen Topf – sie war sich nicht sicher, ob es der Topf war – in einem der Schränke. Sie fand eine Schachtel mit Lindenblütenteebeuteln, deren Verfallsdatum im Jahr 1982 gewesen war. Sie fand auch die Kinderplastiktassen mit dem Hasen und dem Maulwurf. Hatte sie sie schon gestern Abend gefunden, allein? Hatte ihre Phantasie in Regenkälte und Erschöpfung den Rest zu der Geschichte dazugedichtet?

Da war kein Staub an den Tassen. Andererseits standen sie in einem Schrank, also war die Abwesenheit von Staub nicht weiter verwunderlich. Sie ging ins Bad, hielt ihr Gesicht unter das eiskalte Wasser, das zögernd und in unregelmäßigen Spritzern aus der alten Leitung kam, und versuchte, endlich wach zu werden. Kleine schwarze Sommermücken schmückten die weißen Wände wie delikate Muster. An der Tür klebte ein Stück fast blinde Spiegelfolie. Siri sah hinein und musterte sich selbst in den zu großen Kleidern.

Die Kleider! Waren die Kleider ein Beweis? Oder war es möglich, dass sie sie hier gefunden hatte?

»Nein«, flüsterte sie. »So verrückt bin ich noch nicht. Ich kann nicht nur geträumt oder erfunden haben, dass ich Lenz getroffen habe.«

Sie ließ die Kleider von ihrem Körper gleiten, um sich mit dem kalten Wasser zu waschen, und einen Moment lang stand sie nackt vor der Spiegelfolie. Die Unschärfe des Bildes war gnädig, doch ihre Augen sahen zu genau hin und fanden alle Makel ihres knochigen, lange nicht mehr jugendlichen Körpers hinter der Unschärfe wieder.

Hier, vor dem Folienspiegel, ohne die Augen des Dorfes, ohne eine lauschende Frau Henning, konnte sie ehrlich zu sich sein.

»Gib das Spiel jetzt auf«, flüsterte sie. »Das Spiel von der fröhlichen jungen Frau in dem bunt geblümten Mantel. Von der starken Siri Pechton. Du bist nicht selbstbewusst. Du bist nicht schön. Du bist nicht sie. Sie … sie wäre ganz anders gewesen.«

»Er war also da, ja?«, fragte Lena eine halbe Stunde später und goss Siri Kaffee nach. Auf ihrem Schoß saß das Baby und versuchte mit großem Ernst, seine Hand in eine Joghurtschüssel zu stecken.

»Er war drüben, in der verlassenen Datsche? Das ist seltsam. Ich meine, sie haben ihn da drüben gesucht, Kaminski und seine Freunde.«

»Wer?«, fragte Siri. »Wer war da?«

Lena sah sie an und grinste.

»Gut«, sagte Siri und verbarg ihr Gesicht in der Kaffeetasse. »Er war da. Aber jetzt ist er fort, und ich weiß nicht, wo er ist. Er hat alles mitgenommen. Sogar … lach mich jetzt nicht aus … sogar die Kaninchen. Gestern Nacht war die ganze Datsche voller Kaninchen.«

Sie sah von der Kaffeetasse zu dem großen Fenster, von dem sie geträumt hatte. Jetzt hingen ihre Sachen dort über einem Stuhl, um zu trocknen; sie hatte sie mitgebracht, weil es hier wärmer war. Und weil Kaminskis Leute, wenn sie die leer stehende Datsche noch einmal durchsuchten, nicht unbedingt ihre Kleider dort finden mussten.

Durch das Fensterglas schien das Meer wie eine blaue Sonne. Doch es war kein Ruderboot darauf unterwegs. Es war gar kein Boot dort.

»Die Fischer sind gar nicht draußen …«, murmelte Siri, eigentlich, um vom Thema abzulenken.

»Das liegt wahrscheinlich daran, dass sie auf Frau Hennings Beerdigung sind«, sagte der Direktor.

Siri zuckte zusammen. »Frau Hennings … wann ist sie? Die Beerdigung?«

Der Direktor sah auf die Uhr. »Müsste in einer halben Stunde beginnen.«

Siri schob ihren Stuhl zurück. »Ich sollte …«

»Warten Sie.«Der Direktor nahm das Baby, um es auf seinen Schoß zu setzen und ihm das Joghurt von der großen Nase zu wischen. »Lena, du könntest ihr eine von deinen Hosen leihen. Diese hier wird Frau Pechten verlieren. Und es ist vielleicht nicht gerade klug, da unten im Dorf in Sachen von Lenz Fuhrmann herumzulaufen. Wenn sie im Dorf wirklich denken, er hätte diese Frau umgebracht.«

»Was ist mit Ihnen?«, fragte Siri. »Was denken Sie denn?«

Das Baby gluckste. Der Direktor wiegte nachdenklich den Kopf. Siri sah, wie Lena ihre Hand auf seine legte.

»Wir haben nichts gegen Lenz. Ich nicht, die Kleine nicht und der Direktor auch nicht.«

»Ich denke«, sagte der Direktor bedächtig, »dass jeder selber wissen muss, was er denkt. Wissen Sie, ich habe diese Datsche schon lange, Sie wissen das. Es zieht mich immer wieder hier raus … Aber mit dem Dorf hatte ich nie viel zu tun. Manchmal kommt es mir sehr … wie soll ich sagen … sehr dunkel vor. Dunkel und eng. Lenz Fuhrmann ist ein Teil dieser Dunkelheit und ein Teil dieser Enge. Damals, als er ein Kind war, war ich selbst noch jung. Wir hatten die Datsche gerade erst bekommen, meine Frau und ich … sie ist vor ein paar Jahren gestorben.« Er lächelte, ein Erinnerungslächeln. »Damals waren wir vielleicht so alt wie Sie jetzt. Wir haben nicht sehr auf das geachtet, was im Dorf passierte, wir waren nur an den

Wochenenden da, nur an manchen sogar, und wir hatten unser eigenes Leben, noch keine Kinder … es gab all diesen Aufruhr mit dem ertrunkenen Mädchen, aber der Aufruhr, verstehen Sie, fand in einer anderen Welt statt, nicht in unserer. Später, ich weiß noch … da war er vielleicht sechzehn … da habe ich ihn einmal im Wald getroffen, den jungen Fuhrmann. Er saß auf einer Kiefer, oben an der Steilküste, und schnitzte an einem Ast herum und sprach mit sich selbst. Ich dachte, er wäre zurückgeblieben, es gibt ja genug von der Sorte hier auf den Dörfern. Es hat gedauert, bis ich begriffen habe, dass er das nicht ist. Er ist ein Kind. Ich habe die Geschichten natürlich gehört, die sie sich erzählen. Wenn man zum Konsum-auf-Rädern geht, um einzukaufen, erzählen die Leute gerne Geschichten. Und ich denke … sie haben ihn nie erwachsen werden lassen. Er ist das Friedhofskind für sie, er wird es immer bleiben. Es ist ein Ausdruck der Enge, verstehen Sie? Sie kann einen Menschen so sehr einengen, dass er zu dem wird, wofür sie ihn halten.« Er schüttelte den Kopf. »Armer Kerl.«

»Mein lieber Direktor«, sagte Lena, stand auf und trat hinter ihn, um die Arme um ihn zu legen. »Du denkst zu abstrakt. Man könnte ja glauben, du wärst Philosoph und nicht Musiker! Lenz Fuhrmann ist kein Symbol. Er ist ein Mensch.« Sie lächelte Siri zu, und in ihren Augen stand der Satz *Erzähl mir eine romantische Geschichte*. »Er ist auch kein Kind, ganz bestimmt nicht. Siri weiß das.«

Siri merkte, dass sie rot wurde. Doch, dachte sie. Doch, Lena. Er hat recht. Lenz ist ein Kind. Er ist acht Jahre alt. Jedenfalls manchmal.

»Aber was denken Sie über diese andere Sache?«, fragte Siri. »Ist er … ist er ein Mörder?«

»Gott.« Der Direktor schüttelte sich. »Das fragen Sie mich? Sie kennen ihn besser, wenn ich das richtig verstehe.«

»Nein«, murmelte Siri. »Ich kenne ihn überhaupt nicht. Und ich muss es herausfinden. Ob er jemanden umgebracht hat.«

»Ja«, sagte der Direktor. »Glauben Sie es denn?«

»Ich … wäre dankbar für eine geliehene Hose«, sagte Siri und stand auf. »Allein schon, weil diese rutscht.«

Sie hatten einander ihre Fragen nicht beantwortet, der Direktor und sie.

Als sie die Datsche verließ, in Lenas Hose und mit dem noch immer feuchten geblümten Mantel über Lenz' Hemd, fiel ihr etwas ganz anderes ein. Sie blieb in der Tür stehen.

»Lena meinte, Sie könnten etwas über die Kirchenfenster wissen?«, sagte sie. »Ich habe alle zusammen bis auf das letzte. Können Sie sich erinnern, was auf dem letzten Fensterbild zu sehen war? Wenn man so zählt, dass das erste das vordere war, meine ich … die Flucht nach Ägypten … und wenn man dann einmal um die Kirche herumgeht …«

»Das letzte Bild?« Der Direktor lächelte. »Das ist einfach. Das letzte Bild war natürlich die Kreuzigung. Es war das letzte in der Reihe, aber es war das erste, das man sah, wenn man durch das Friedhofstor kam.«

Über die Felder läuteten jetzt die Glocken der kleinen Kirche.

»Danke«, sagte Siri. »Ich muss los.«

Als sie nach ein paar hundert Metern zurückblickte, standen die beiden vor dem Gartentor ihrer Datsche und sahen ihr nach: Lena und ihr Schwiegervater. Lena hielt das Baby wieder auf dem Arm. Der Direktor hatte einen Arm um ihre Schultern gelegt, und sie schien sich ganz sachte an ihn zu lehnen.

Sie rannte. Sie rannte den Weg entlang durch das Wellenland, durch den August, der ein Juni war, sie rannte, ohne zu wissen, warum. Rannte sie vor etwas weg oder auf etwas zu? Oder rannte sie nur, um das Blut in ihren Ohren rauschen zu hören; um zu wissen, dass sie lebte, im Gegensatz zu Frau Henning und Aljoscha? Oder rannte sie, damit sie nicht mehr denken musste? Erst, als sie wirklich nicht mehr weiter konnte, ging sie langsamer.

In dem Moment, in dem sie bei der Kirche ankam, spuckte die doppelflügelige Tür die kleine Beerdigungsgesellschaft auf den Friedhof. Diesmal hatte es einen Gottesdienst gegeben; Siri hatte ihn verpasst. Sie stellte sich zu dem Grüppchen und nickte Herrn Umbrich zu, dem Pfarrer, Werter, Frau Hartwig.

»Sie waren nicht da, letzte Nacht«, flüsterte Frau Hartwig und stellte sich neben sie. »Ich habe mir Sorgen gemacht.«

»Doch, doch, ich war da«, flüsterte Siri zurück, »ich bin nur sehr spät nach Hause gekommen und sehr früh wieder losgegangen …« Sie sah in Frau Hartwigs Augen hinter der runden Brille, dass sie ihr nicht glaubte.

Sie sah die Blicke von anderen kurz zu ihr gleiten und auf ihr ruhen, in ihren Augen eine aufflackernde Frage. Frau Hartwig hatte natürlich allen erzählt, dass Siri Pechten in dieser Nacht nicht in ihrem Bett geschlafen hatte. Aber die Flackerblicke galten nicht nur ihr, sie wanderten zurück zu etwas anderem, das mit Verwirrung betrachtet wurde. Zuerst dachte Siri, es wäre der Sarg, in dem Frau Henning lag.

Sie hatte sich gut gehalten, mehrere Wochen tiefgekühlt in der Pathologie. Wenn es stimmte, was Siri hatte flüstern hören, hatte ein Streit in der Verwandtschaft zu der Verzögerung geführt. Vermutlich war es darum gegangen, wer die Kuchenrezepte erbte. Siri wollte über diesen Gedanken lachen, aber irgendwie blieb ihr das Lachen in der Kehle stecken. Frau Henning trug keine Kittelschürze mehr, sondern ein langes weißes Kleid, das ihre Füße bedeckte, und Siri fragte sich, ob es das Kleid war, in dem sie geheiratet hatte. Es war ein merkwürdiger Gedanke, dass diese ältliche, misstrauische Person mit ihren strikten Ansichten über Blumenzwiebelzucht und Saatkartoffeln einmal ein junges Mädchen gewesen war, voller Weiße-Kleider-Romantik, voller Hoffnung auf irgendeine Zukunft. Vielleicht sogar voller Hoffnung, das Dorf zu verlassen. Das Dorf war zu eng und zu dunkel, der Direktor hatte recht. Man klemmte darin fest, dachte Siri, wie in einer Falle. Und je mehr man strampelte, desto mehr verhedderte man sich. Man konnte nicht einfach gehen.

Aber es war nicht Frau Henning, die die Leute anstarrten. Es war die Grube.

Eine perfekte rechteckige, glattwandige Grube, exakt ausgehoben mit sicheren Spatenstichen. Am Rand, neben der Grube, stand ein Eimer voll frischer Blumenknollen bereit.

»Wer hat das Grab … gegraben?«, wisperte Siri, während der jungmotivierte Pfarrer die ausgebreiteten Hände erhob und Worte sprach, denen niemand lauschte.

»Das wissen wir auch nicht«, wisperte der Umbrich. »Es war heute Morgen einfach da. Der junge Kaminski hat gesagt, wenn keiner gräbt, gräbt er. Aber dann war das Grab da. Und der alte Fuhrmann, gucken Sie, dahinten sitzt er auf der Bank beim Tor … da saß er schon heute Morgen. Irgendwer wird ihn wohl zurück in sein Haus schleppen müssen. Hat keinem gesagt, wie er hergekommen ist.« Er nickte bedeutungsschwer. »Aber jemand muss ihn zum Friedhof gebracht haben, was?«

Siri sah sich um. Bis auf das Grüppchen am Grab und den alten Fuhrmann auf der Bank war der Friedhof leer.

Sie wandte sich wieder dem Sarg zu, der jetzt verschlossen wurde, sie setzten den Deckel auf Frau Hennings Leben und ihre Hoffnungen … und ihre Kuchen. Dann nahmen vier Männer die Enden der Seile und ließen den hölzernen Seelenkäfig in die Erde hinab. Siri reihte sich in die Schlange der Menschen ein, die am Grab standen, um Hände voll Erde hineinzuwerfen. Schließlich folgte sie Frau Hartwig zu der Kuchentafel, die unter den Bäumen aufgebaut war. Die beiden Kinder der hysterischen Mutter rannten um die Tische; Kuchen wurden verglichen, die weißen Tauben zogen Kreise am Himmel. Frau Ammerland war da und nickte Siri zu, ging aber früher als die anderen. Die Schnapsflasche wurde herumgereicht. Die Servietten flogen weg. Alles war wie bei Aljoschas Beerdigung.

Siri fühlte sich leicht schwindelig – würde dies immer wieder und wieder passieren? Das gleiche Ritual, die gleichen Tischdecken, die gleichen Thermoskannen, die gleichen Kaffeetassen, die gleichen Gespräche? Würde sie im Dorf bleiben und Beerdigung für Beerdigung erleben, Schnapsglas um Schnapsglas leeren, Kuchenstück um Kuchenstück essen, ohne jemals die Fenster fertigzustellen, jemals die Außenwelt wieder zu erreichen? Sie sah von ihrer Kuchengabel auf und merkte, dass der Umbrich jetzt starr über ihre Schulter blickte. Da drehte sie sich um.

Hinter ihr, abseits von der Kaffeetafel, schaufelte jemand das Grab zu.

Sie krallte die Finger um die Gabel.

Lenz.

Er trug seine graue Jacke wie stets, das verblichene Halstuch, die klobigen Schuhe. Er arbeitete gewissenhaft und ohne Eile, und am Ende kniete er sich hin, um die Blumen aus dem Eimer auf das Grab zu pflanzen. Er sah kein einziges Mal auf, sah nicht zu ihr oder überhaupt zu den Leuten an der Tafel hinüber. Nichts an ihm gab ihr einen Hinweis darauf, dass er wirklich in der Nacht zuvor mit ihr unter einer Wolldecke gelegen hatte, in einer Welt, die ausschließlich aus Kaninchen bestand. Nichts an ihm ließ vermuten, dass er jemals in einem leeren Raum eine durchnässte Frau geküsst hatte. Aber ihr wurde unnatürlich warm, als sie ihn ansah. Sie sah auf ihren Kuchenteller.

Und dann merkte sie, wie die Leute begannen, den Pfarrer hinauszukomplimentieren.

Er müsse sicher gehen, sagte der Tapirhundemann, er hätte ja so viele Verpflichtungen, sagte die Tapirhundefrau. All diese kleinen, winzigen, kaum erwähnenswerten Gemeinden, sagte Frau Hartwig. Eine Schande, so viel Arbeit für einen einzigen Pfarrer, sagte die hysterische Kindermutter. Er könne noch Kuchen mitnehmen, sagte Kaminski. Natürlich, von jeder Sorte ein Stück, sagte irgendeine andere Frau der Kuchenfraktion, er könne zu Hause entscheiden, welcher Kuchen der beste sei, die Erdbeerzeit sei nun ja leider vorbei, aber es gebe Kirsch- und Schokoladenkuchen, Torte mit eingelegten Pfirsichen und Vanilleschnitten …

Der Pfarrer ging, die Taschen voller Kuchen.

Kaminski und der Tapirhundemann begleiteten ihn bis zum Auto. Als das Motorengeräusch sich entfernte, kamen sie zurück.

Alle Kaffeetrinker hatten sich zur Kirche umgedreht.

Dort, vor der Kirchentür, stand Lenz, groß, breitbeinig und doch, dachte Siri, acht Jahre alt. Mit dem Rücken gegen das Holz der Türflügel gepresst. Die Kirche war wieder verschlossen, der Umbrich hatte den Schlüssel, sie alle wussten es. Aber es änderte nichts, ob die Kirche offen oder verschlossen war. Es hätte ihm nichts genutzt, in die Kirche zu fliehen.

Kaminski, der Tapirhundemann und ihre beiden Freunde näherten sich ihm ganz langsam. Die beiden Fischer, deren Namen Siri noch immer nicht kannte, standen ebenfalls auf und schlossen die Reihe. Dass Lenz vor der Tür zur Kirche stand, hatte etwas Symbolisches, es war, als wollte er sie daran erinnern, dass dies geweihter Boden war. Heiliger Boden. Gottes Eigentum.

Aber Gott war fremd in der Gegend.

Kein Einziger der Kaffeetrinker und Kuchenesser glaubte an irgendeine Art von Heiligkeit.

»So«, sagte Kaminski und krempelte seine Ärmel hoch. Nur noch drei oder vier Meter trennten die Reihe seiner Freunde von Lenz. Siri sah etwas Seltsames in seinem Nacken blitzen, etwas wie eine Kette, die er vorher nicht getragen hatte. Etwas baumelte um seinen Hals, ein kleiner, dunkler Gegenstand, sie konnte ihn nicht erkennen; es sah lächerlich aus. Kaminski sagte nichts mehr, »So« schien auszureichen.

Lenz sah ihm entgegen, ohne sich zu rühren.

Siri stand auf. Der Klappstuhl, auf dem sie gesessen hatte, fiel um, und einen Moment lang zögerte Kaminski, abgelenkt von dem Geräusch. Aber Siri wusste nicht, wozu sie aufgestanden war. Was sie tun wollte. Sie hatte keine Ahnung. Kaminski ging noch einen Schritt vorwärts, und da tat Siri, was sie immer tat: Sie presste beide Hände vor die Augen. Am liebsten hätte sie sich die Ohren zugehalten. Sie konnte ohnehin nichts tun, sie waren zu sechst. Sie konnte Lenz nicht helfen. Sie wollte, dass es vorbei war, was auch immer sie vorhatten.

Sie wollte, dass jemand die Zeit vorstellte, dass es Stunden später war, der Friedhof leer, die weiß eingedeckten Tische verschwunden und sie allein, wenn sie die Hände wieder von den Augen nahm.

Sie wollte keine dumpfen Schläge hören und keinen Schrei und keine Geräusche eines ungleichen Kampfes und kein schweres Atmen und keine Tritte und kein Flehen und kein Verstummen.

Und all diese Geräusche waren auch gar nicht da.

Sie hatte sie sich eingebildet, für Sekunden. Es war ganz still.

Sie nahm die Hände wieder vom Gesicht. Zwischen Lenz und der Reihe der Männer stand jemand.

Es war Werter.

Er stand ganz ruhig da, die Arme in die Seiten gestützt, und fixierte Kaminski, oder jedenfalls glaubte Siri, dass er das tat.

»So«, sagte er, aber es war eine andere Art von »So« als die von Kaminski. Es war ein »So«, das keine Schadenfreude ausdrückte, keine Zufriedenheit – das jedoch auch keinerlei Widerspruch zuließ. Kaminski und seine Leute traten einen Schritt zurück. Siri sah Lenz' Blick von einem zum anderen gleiten, er hatte die Augen leicht zusammengekniffen, alles andere als entspannt.

Werter sprach sehr leise, als er sprach, aber jedes seiner Worte stand gestochen scharf in der klaren Luft des Sommernachmittags über dem Friedhof.

»Wenn du deinen Job in der Werkstatt behalten willst, lässt du schön deine Hände von ihm«, sagte er zu Kaminski. »Wenn irgendjemand hier für Recht und Ordnung sorgt, dann seid das nicht ihr. Nicht ihr allein. Wir haben alle etwas mitzureden. Es gibt keinen Bürgermeister, weil wir Teil der nächsten Gemeinde sind. Also bin ich nur einer von vielen. Aber ich werde nicht zulassen, dass ihr Jungs hier irgendwelche Entscheidungen fällt.«

Kaminski knurrte. Aber er sagte nichts.

»Bevor wir jemanden verurteilen, müssen wir mit Sicherheit wissen, was er getan hat«, fuhr Werter fort. »Und es gibt keine Beweise. Setzt euch jetzt auf eure Plätze.«

Die sechs drehten sich stumm und verbissen um und setzten sich tatsächlich, wenngleich widerstrebend. Werter trat ganz nah an Lenz heran, der sich nicht gerührt hatte.

»Denk nicht, dass ich dich schütze, Junge«, sagte er. »Ich schütze die Gerechtigkeit. Die junge Mutter aus der Stadt hat gesagt, Frau Henning wäre von alleine gefallen, aber niemand glaubt das wirklich. Jemand hat nachgeholfen, wie auch immer. Sie sagen, du hast Frau Henning da runtergestoßen. Ist das so?«

»Nein«, sagte Lenz.

Kaminski und ein paar andere begannen zu murren, aber Werter hob die Hand, und sie verstummten.

»Es gibt keinen Grund«, sagte Lenz.

Werter nickte. »Eine Menge Leute sagen, es wäre eine Verwechslung gewesen. Es hätte jemand anderen treffen sollen, der eine ähnliche Jacke anhatte. Frau Henning wollte Walderdbeeren pflücken. Morgens, im Nebel. Angeblich. Keiner glaubt das. Sie ist losgegangen, weil sie gesehen hat, dass jemand anderer im Nebel spazieren gegangen ist. Eine Menge Leute jedenfalls denken das. Eine Menge Leute denken, sie wollte mit Frau Pechton reden. Sie waren doch auch da, oder? An dem Morgen?«

»Ich …«, begann Siri.

Werter winkte ab. »Das wäre also ein Grund«, fuhr er fort, »dafür, dass sie sterben musste. Frau Henning wollte Frau Pechten etwas sagen, was sie nicht sagen sollte. Es gäbe noch einen anderen Grund: Es war eine Verwechslung. Herr … Fuhrmann, jemand hat Sie wegrennen sehen. Sind Sie gerannt?«

Lenz nickte. »Ich habe sie unten liegen sehen. Die Henning. Das war alles. Danach bin ich gerannt.«

Wieder erhob sich ein Murren an der Kaffeetafel, und ein zweites Mal hob Werter die Hand.

»Ist jemand schuldig«, fragte er, »weil er wegrennt?«

»Die Frage ist«, rief Kaminski, »rennt jemand weg, der unschuldig ist?«

Er löste eine Lawine aus Beifall und Lachern am Tisch aus, aber Werter schüttelte den Kopf.

»Es ist nichts klar«, sagte er. »Nichts bewiesen und nichts nicht bewiesen. Solange das so ist, haltet eure Fäuste still. Ich seh euch, Jungs. Ich seh euch.«

Dann trat auch er zurück, und Lenz blieb ganz alleine vor der Kirchentür stehen.

Er sah sich um, unsicher, ob er gehen konnte oder ob jemand ihn aufhalten würde.

»Es … es gibt keinen Grund, und es ist keine Verwechslung!«, rief jemand, und Siri war erstaunt, als alle sie ansahen. Sie war es, die gerufen hatte. »Ich meine … warum sollte er mich denn die Klippen runterstoßen wollen?«, fragte sie laut. »Wozu denn?«

Und dann ging sie quer über das Stück Wiese zwischen Kaffeetafel und Kirchentür und streckte eine Hand aus. Sie fühlte sich schrecklich, als sie die paar Schritte über die leere Fläche machte, alles in ihr kribbelte, so unangenehm war es ihr, die Person zu sein, der nun alle Blicke folgten. Sie fühlte sich ausgeliefert, wehrlos, nackt – viel ausgelieferter, als sie es im Wasser gewesen war mit der klaffenden Wunde an ihrem Bein. Und der Weg war weit. Unendlich weit.

Als sie am anderen Ende der Unendlichkeit ankam, nahm Lenz ihre Hand.

Sie zog ihn zu sich, weg von der Kirche, die ihn doch nicht eingelassen hatte. Sie hielt seine Hand ganz fest. »Komm«, sagte sie. Und er folgte ihr.

Hinter ihrem Rücken hörte sie die Leute flüstern.

Sie muss ja wissen, was – man kann ihr nicht helfen, wenn sie – aber sie versteht einfach nicht – wie lange wird das – armes Mädchen.

Sie hatte keine Hand und keinen Gedanken für Winfried frei, nickte nur kurz, als sie an ihm vorbeigingen. Aber natürlich sah er das Nicken nicht.

Sie führte Lenz durch das Tor auf die sandige Straße, und dort blieben sie stehen. Er sah sie einen Moment an, prüfend. Dann sah er etwas hinter ihr, in der Ferne, sie konnte beobachten, wie seine Augen einen Punkt dort fokussierten. Und dann zog er seine Hand weg und rannte. Er rannte wie ein befreites Tier, wie ein losgelassenes Kind, rannte den Weg entlang in Richtung Wasser.

Siri ballte die Fäuste und blieb einen Moment ganz still stehen. In ihren Augen hatte sich Ostseewasser gesammelt. Sie blinzelte es wütend weg. Es war wie ein Rückfall, die Art Rückfall, die einen tiefer fallen lässt als zuvor. Er hatte sich immer wie ein Kind benommen, aber dieses Losreißen und Fortrennen war kindlicher als alles, was er zuvor getan hatte. Er hatte angefangen, erwachsen zu werden, dachte sie, und jetzt hatte er beschlossen, es doch nicht zu werden.

»Vor was rennst du denn weg?«, flüsterte sie. »Vor mir?«

Sie stapfte zwei Schritte auf die Kellerwohnung zu, auf ihr Auto zu, in dem keine Schokoladentafeln mehr lagen, weil alle aufgebraucht waren. Auf den Werkstattraum mit den zerbrochenen blauen Glasplatten zu und das rote Telefon, dessen altmodische Wählscheibe auf die Berührung ihrer Finger wartete.

»Nein«, sagte sie dann, drehte um und stapfte in die andere Richtung, die Hände in den Taschen des geblümten Mantels. »Nein, vergiss es. Ich lasse dich nicht. Ich lasse dich nicht zurückfallen in das, was vorher war. Du bist mit Iris gerannt, du hast sie gesehen, natürlich. Aber ich überlasse dich Iris nicht mehr.«

Als das Dorf hinter ihr lag, drehte sie sich einmal um, nur kurz. Wie geduckt es dalag, gleich einem schwarzen Klumpen am Fuß der Kirche! Aber es gab keinen Gott in dieser Kirche, und der Klumpen der Häuser suchte kein höheres Prinzip, keine Gerechtigkeit, sondern lediglich Windschutz. Und der Friedhof, dachte Siri, war kein Garten. Er war die ewige Kaffeetafel der Frau Hennings und Herrn Umbrichs und der Kaminskis und sonst nichts.

Sie sah eine kleine Gestalt vor der Kulisse des Häuserklumpens, eine zerbrechliche Gestalt mit einem wehenden sonnenfarbenen Schal und weißem Haar. Sie ging langsam, ein wenig mühsam. Auch Frau Ammerland, dachte Siri, hielt es nicht immer aus in ihrem blauen Haus auf dem Hügel. Auch sie befand sich auf einem Spaziergang durch die Felder, der eigentlich eine Flucht war. Ein ewig missglückter Flucht*versuch*.

Das eiserne Gittertor der leer stehenden Datsche war ins Schloss gefallen; Siri kletterte hinüber. Die Tür war nicht verschlossen, die Räume leer wie am Morgen. Sie trat beinahe auf ein Kaninchen. Nein, dachte sie mit einem Lächeln und bückte sich, um es zu streicheln. Nein, die Datsche war nicht so leer wie am Morgen. Die Kaninchen waren zurückgekehrt. Sie hockten in ihren Ecken und musterten Siri ängstlich.

»Er ist hier«, flüsterte sie. »Er ist doch hier. Sagt mir, wo er ist.«

Die Kaninchen antworteten nicht, was sie wenig verwunderte. Kaninchen sind trotz ihrer Flauschigkeit dickköpfige Tiere. Die

Kaninchen dachten vermutlich, sie käme, um Lenz etwas zu tun. So wie die meisten anderen Menschen, die nach ihm suchten. Siri stand einen Moment lang in der Küche, starrte die leeren Regale, den Topf, das verblasste Linoleum auf dem Fußboden an. Auf dem Regal lag ein altes, stumpfes Küchenmesser.

»Ich weiß, dass du hier bist.«

Nichts geschah.

»Ich weiß«, fuhr Siri fort, »dass du mich hörst.«

Nichts.

Sie sah aus dem winzigen Fenster. Frau Ammerland war nirgends mehr zu sehen. Dafür kam in der Ferne ein bekanntes Auto näher.

»*Shit*«, sagte Siri, laut und zu sich selbst. »Kaminski.« Sie hatte keine Lust, Kaminski zu begegnen, vor allem nicht hier. Sie kniete sich hin, um vom Küchenfenster aus nicht gesehen zu werden; sie konnte hier nicht so hocken bleiben, sie wusste es, es war lächerlich, aber sie fühlte sich einen Augenblick selbst wie ein Kind, das sich versteckt. Der Küchenfußboden bestand aus altem, sich wellendem Linoleum; an einer Stelle hatte das Linoleum nicht gereicht, ein zweites Stück war angeflickt worden, am Boden festgenagelt; um die Nägel herum schwarz verfärbt vom Dreck, der sich mit den Jahren angesammelt hatte. Sie fuhr mit dem Fingernagel die Spalte zwischen den Linoleumstücken entlang. Draußen verstummte das Motorengeräusch.

Die Spalte lief um die Ecke … um noch eine Ecke, kaum sichtbar im braungrau verwischten Muster des brüchigen Kunststoffs. Und auf einmal verstand sie etwas. Die Spalten kamen nicht daher, dass das Linoleum nicht ausgereicht hatte und angeflickt worden war. Sie sah auf, und ihr Blick fiel auf den Löffel. Sein flacher Metallstiel ließ sich in die Spalte schieben, der Löffel funktionierte als Hebel. Und dann sprang die Luke im Boden auf, und Siri blickte in tiefe, schwarze Schatten.

Der Raum unter dem Boden der Küche war winzig. Sie dachte an das Haus ihrer Großeltern, die einen solchen Raum gehabt hatten, um dort, in Dunkelheit und kühlfeuchter Erde, ihre Kartoffeln zu lagern. Vielleicht war es das: die Miniaturausgabe eines Kartoffelkellers. Aber sosehr sie auch versuchte, das Wort *Kartoffel* zu denken, sie dachte das Wort *Grab*.

Lenz sah sie an, ohne zu blinzeln. Das Grau seiner Augen war nur Teil von dem Grau unter dem Küchenboden, wo kein Licht hinfiel, um im Auge Farben wachzurufen.

»Fuhrmann?«, rief Kaminski draußen, auf dem Weg über die Wiese. Er musste über das Tor geklettert sein wie zuvor Siri. Ohne nachzudenken, nahm sie den Löffel, stieg in das schwarz klaffende Loch hinunter und zog die Luke über sich zu. Die Dunkelheit war eine alles umfassende, absolute, eine Dunkelheit jenseits von Nacht. Der Geruch nach Erde und Schimmel hüllte sie ein. Sie fand eine Hand in der Dunkelheit, und diese Hand drückte ihre. Aber da war nicht nur die Hand. Es war eng in dem Grab, dem Verlies, dem Kartoffelkeller, zu eng für zwei Personen. So saßen sie dicht beieinander und teilten die schimmelige Luft.

Irgendwo über ihnen klappte die Haustür.

»Warum versteckst du dich?«, flüsterte Siri. »Werter hat gesagt, dir wird nichts passieren …«

Lenz legte ihr einen Finger auf die Lippen. Oben gingen Kaminskis Schritte in der leeren Datsche auf und ab.

»Es ist ein Spiel«, wisperte er, kaum hörbar, seine Lippen ganz nahe an ihrem Ohr. Er roch nach der Lebendigkeit der Blumenknollen auf Frau Hennings Grab. »Es war immer ein Spiel. Schon mit Iris. Solange wir hier sind, existieren wir nicht. Solange man uns nicht sieht.«

»Fuhrmann?«, rief Kaminski. »Bist du hier?«

»Aber wenn du hinaufgehen würdest …« Sie sprach an seinem Finger vorbei, der auf ihren Lippen lag, und das war seltsam. »Er ist alleine. Er ist einen Kopf kleiner als du.«

»Wenn Kaminski etwas passiert«, wisperte Lenz, »dann haben sie den Beweis. Dass ich bin, was sie glauben. Und das weiß Kaminski ganz genau. Dass ich ihm nichts tun kann. Ich bin auch nicht gut darin, jemandem etwas zu tun. Ich ziehe es vor, ab und zu nicht zu existieren.«

»Wie Iris«, flüsterte Siri. »Iris existiert auch nur ab und zu …«

Er verstärkte den Druck seines Fingers auf ihren Lippen. Still jetzt, still. Und sie schwieg. Aber er ließ seinen Finger, wo er war, er vergaß ihn dort, und er war sehr nah, und ihr wurde sehr warm in dem Kartoffelgrab unter der Erde.

»Fuhrmann? Bist du hier?«

Kaminskis Stimme kam jetzt näher.

»Nur für den Fall, dass du mich hörst und ich dich nur nicht sehen kann!«, rief er. »Egal, wie du das machst! Hör zu! Ich bin nur gekommen, um dir eines zu sagen.«

Siri hörte seine Schritte dort oben, unruhig, suchend.

»Hör zu!«, wiederholte er. »Wir haben nicht länger Angst vor dir! Ich und meine Leute nicht! Deine Toten nützen dir nichts mehr. Es gibt ein Mittel dagegen. Ich habe lange gesucht, und es gibt eine Menge Quatsch und Humbug, aber eines funktioniert wirklich, scheint's ... die Hasenpfoten. Ha! Man braucht nur die Pfote eines schwarzen Kaninchens, es reicht, sie um den Hals zu tragen, an einer Silberkette, und die Toten können einem nichts mehr. Irre, Karin hat die Info ausgegraben, Dirk war lange genug auf Montage bei den Negern, und eins haben sie da in Afrika, was wir nicht haben, eine Menge schwarze Magie, er hat ihr davon erzählt und auch mal ein Buch mitgebracht ... ich lass mich von keinem mehr aufs Dach locken, ich nicht. Stimmt schon, dass ich den Alten da oben gesehen hab, dachte, der will was von mir ... konnte mich noch nie leiden, der Alte ... war immer sauer, dass ich die Firma nicht übernommen hab und in Dächern gemacht hab ... na, ich lass mir von keinem Toten mehr was befehlen. Auch wenn viele sicher sagen, dass das Unsinn ist. Ich hab ihn gesehen, den Alten, natürlich hab ich ihn gesehen, und da bin ich aufs Dach, und dann gefallen, natürlich, aber das passiert mir nicht noch einmal. Du hast es gesehen, oder? Bei der Kirche. Dass wir die Dinger tragen. Eins von Aljoschas schwarzen Kaninchen hat ausgereicht, haben ja vier Pfoten, die Dinger ... ha ... und weißt du, wo wir es gefangen haben? Im Garten vom alten Fuhrmann, saß da, als würd es auf dich warten ... kann doch sein, was? Die Karnickel, die ham was für dich übrig ... hat sich kaum gewehrt, das Biest ... weißt du noch? Das Karnickel, was ich mir gefangen hab, und du wolltest es unbedingt retten? Vielleicht war's ja das. War sowieso meins. Die Kette taucht man in das Blut von dem Vieh, Silber muss sie sein, und dann können einen die Toten kreuzweise. Verrückt. Aber warum nicht?«

Lenz' Finger zog sich von Siris Lippen zurück, und es war, als versuchte er, sich überhaupt zurückzuziehen, obwohl dafür nicht genug Platz war. Sie streckte ihre eigene Hand aus und fand sein Gesicht neben sich. Es war nass von Kindertränen. Er weinte um das schwarze Kaninchen. Sie begann, ihn zu streicheln, dort unten in dem Kartoffelgrab, während Kaminski oben weiter in der Datsche herumstapfte und triumphierende Halbsätze von sich gab.

Siri streichelte Lenz' Wangen, fuhr durch sein Haar, ertastete ihn wie eine Blinde. Er wich nicht zurück, jetzt nicht mehr, als wäre es ohnehin egal, nun, da sie wusste, dass er weinte, er ließ sich streicheln. Sie war sich nicht sicher, wie alt er in diesem Moment war, acht oder Anfang vierzig, ein Kind oder ein Mann. In der Dunkelheit war alles eins, alles unsichtbar, alles Äußere gleichgültig. Vielleicht war sie selbst ein Kind, denn alles war ein Spiel – ein Kind in einem Grab. Iris.

Ihre Lippen waren die eines kleinen Mädchens, und sie spielten ein neues, waghalsiges Spiel, das hieß Küssen im Dunkeln. Sie legte ihre Hände über Lenz' Ohren, um die dumpfen Schritte des Erwachsenen über ihnen auszuschließen, doch ihre Hände weigerten sich, dort liegen zu bleiben, sie glitten weiter, an einem Hals hinab, wo ein altes Halstuch im Weg war – und dann war alles doch etwas zu nah, um vernünftig zu bleiben, die ganze Situation war zu verrückt, Siris Finger lösten ganz von selbst die Knöpfe eines Hemdes, um weiter zu streicheln, weiter zu trösten, weiter zu wandern, nein, das Kinderspiel bekam wieder einen anderen Namen und hieß jetzt Körperteile raten. Sie schlüpfte aus dem Mantel, dessen sorgloses Blumenbunt man hier unten nicht mehr sah, streifte ihr T-Shirt über den Kopf – ein beinahe unmögliches Unterfangen in der Enge.

Und alles war ganz anders als am Wassergraben, es gab keine Umrisse, kein Abendlicht, keinen Wind – und, im Unsichtbaren, keinerlei Peinlichkeiten. Sie waren ganz allein in ihrem Grab.

»Fuhrmann!«, brüllte Kaminski. »Hörst du mich? Wenn ich dich jetzt nicht finde, gehe ich, aber wir sehen uns wieder. Und deine Kaninchen, die kriegen wir alle, eins nach dem anderen. Du bist verrückt, du bist ein Perverser und Mörder, ich weiß es, auch wenn's Leute gibt, die das nicht wahrhaben wollen, die Ammerland zum Beispiel, aber die ist auch nur eine senile alte Frau ... irgendwann machen wir dich fertig. Ich finde dich! Du bist hier irgendwo, draußen ... draußen im Garten ... hockst du da in der Hecke mit deinen dummen Karnickeln ...?«

Siri presste ihren bloßen Oberkörper an Lenz' bloßen Oberkörper und spürte seinen Herzschlag durch die dünne Doppelschicht aus Kinderhaut und Kinderhaut.

Das Kinderspiel bekam einen dritten Namen und hieß Mittelpunkte-Finden und war vielleicht schon einmal gespielt worden. Es war ein schwieriges Spiel, wenn man dabei nebeneinander in einem Kartoffelkeller hockte, die Beine angezogen, aber es war möglich. Es gehörte zu den Spielregeln in der Dunkelheit, mit sehr behutsamen Bewegungen weitere Kleidungsstücke zu lösen, den Gürtel einer Hose beispielsweise, obgleich es unmöglich war, sie auszuziehen.

Beinahe war Siri neu, was ihre Finger darunter entdeckten, denn sie war ein Kind – nein, sie war kein Kind. Es waren jetzt keine Kinderdinge mehr, die sie hier unten taten. Sie war vorsichtiger und weniger fordernd als damals am Kanal. Nichts war selbstverständlich. Sie spürte Lenz' Hand, die begann, ganz vorsichtig ebenfalls Mittelpunkte zu finden, die zwischen ihre Beine glitt und zögernd tastete.

Es war nur ein Spiel. Nichts musste sein, nichts musste erreicht werden. Aber das Spiel war gut. Es war wirklich, wirklich gut und sehr erstaunlich. Es wurde von einem Spiel zu einem wirklich abstrusen akrobatischen Akt im Dunkeln, denn es war notwendig, Platz zu sparen, es war kein Platz da. Irgendwie gelang es Siri, auf Lenz' Schoß zu klettern. Beinahe musste sie lachen, aber sie durfte nicht lachen, sie durfte kein Geräusch machen, gar keines. Kaminskis Schritte hatten sich nie entfernt. Vielleicht stand er immer noch über ihnen in der Küche, nur Zentimeter entfernt.

Sie hielt sich an Lenz fest und küsste ihn noch einmal, und genau in dem Moment, in dem sie das tat, spürte sie ihn in sich. Es war ein seltsam triumphaler Moment. Wenn es gleich so gewesen wäre, dachte sie, am Kanal, hätte es nie etwas bedeutet. In diesem Moment bedeutete es alles.

Damals hatte sie sich gewünscht, dass alles vorbei wäre, damit es ein Ereignis in der Vergangenheit wurde, jetzt wünschte sie sich, dass es für immer dauerte, egal, wie eng und unbequem es in dem Grab unter der Erde war. Man konnte sich nicht einmal wirklich bewegen, aber die Bewegungen, die doch stattfanden, waren unendlich sanft.

Und, wenn sie ehrlich war, hatte sie das Wort »sanft« noch nie in dieser Situation gedacht, über keinen der Männer bisher. Sie hatte nie gedacht, dass es ein Wort war, dass zu Sex gehörte.

Sie spürte ihn nicht nur in sich, sie spürte auch noch immer seine Finger, die sie streichelten, und sie spürte, durch alles hindurch, seine Erinnerung. Sie spürte das Damals, das Als-wir-hier-zusammensaßen-und-uns-versteckten, sie spürte die Kinderhoffnung Wenn-du-nie-wieder-gehen-würdest und die Kinderangst Aberwenn-du-gehst. Wie konnte sie das alles spüren?

»Wir könnten uns einfach für immer hier verstecken«, hörte sie seine Erinnerung mit Iris' Stimme flüstern.

»Wir würden verhungern oder verdursten«, hörte sie ihn antworten.

»Aber dann wären wir für immer zusammen«, flüsterte Iris.

»Für immer«, flüsterte Lenz. »Es wird nur nicht klappen. Sie werden uns finden. Deine Eltern holen ab und zu Kartoffeln herauf.«

»Wir müssen uns etwas anderes ausdenken«, wisperte Iris. »Etwas, wie wir für immer zusammenbleiben können ... wir haben doch die Bucht. Die Bucht und das Ruderboot. Weißt du noch, letzte Woche, als Sturm war und Aljoscha sagte, wir sollten nicht hinauspaddeln, wenn wir nicht lebensmüde wären ...«

»Sch, sch«, flüsterte Lenz. »Da kommt jemand.«

Siri hörte die Schritte direkt über der Klappe, und dann hörte sie die Stimme eines Erwachsenen, die bis ins Kartoffelgrab hinuntertönte.

»Von mir aus!«, rief der Erwachsene. »Ich gehe! Für heute! Aber falls du doch irgendwo hier steckst … wenn Dirk zurückkommt, wirst du schön den Mund halten, hörst du? Das wollte ich dir noch sagen. Wenn du dem was sagst, über Karin und mich, dann machen wir dich noch ein bisschen früher fertig und noch ein bisschen gründlicher. Ach, Scheiße, hier is wirklich keiner.«

Es war kein Erwachsener aus einer Erinnerung, es war Kaminski, und nun entfernten sich seine Schritte auf eine endgültige Art. Siri war wieder in der Gegenwart angekommen, und in dieser Gegenwart presste Lenz sie einen Moment lang so fest an sich, dass sie keine Luft mehr bekam. Als der Moment vorüber war, verebbten die Bewegungen unter ihr, aber seine Hände, schwielig vom Graben, vom Pflanzen, zerstochen von Dornenranken, kehrten zurück an erstaunlich richtige Stellen, ohne Eile. Sie gewann das Nichtkinderspiel Sekunden nach ihm.

Und dann? Dann war alles vorüber und nichts vorbei.

Die Männer bisher, die nichtzahlreichen, nichtsanften, nichtinteressierten, nurhungrigen und im Übrigen auch nichtaufsiewartenden, waren hinterher aufgestanden und hatten andere Dinge getan. Nicht gerade geraucht, es war zu sehr Hollywood, zu rauchen. Aber doch andere Dinge.

Wer sich satt gegessen hat, kann wieder gehen, oder nicht? Siri hatte Sex immer als eine Art Drive-in betrachtet, in jedem Sinne.

In der Dunkelheit des Kartoffelgrabs ging niemand. Wohin auch, es gab keine Richtungen.

Sie enthedderten sich nach einer Weile, weil es zu unbequem war, genau so zu verharren, aber sie blieben nebeneinander, beieinander, aneinander. Man hätte sich waschen gehen sollen. Na und?

»Ich dachte nicht, dass …«, sagte Siri.

»Lass uns nicht darüber sprechen«, sagte Lenz. »Es nicht totreden.«

»Kann ich was Dummes fragen? Wenn es nichts mit … mit eben … zu tun hat?«

Er lehnte sein Gesicht an ihres. »Hm?«

»Kaminski … was er glaubt … was alle glauben. Du redest nicht wirklich mit den Toten, oder? Ich meine … kannst du sie rufen? Helfen sie dir?«

»Nein«, flüsterte Lenz mit einem leisen Lachen. »Unsinn. Natürlich nicht.«

»Sie sagen, du hättest immer schon da gesessen, auf dem Friedhof, und ins Leere gestarrt … und manchmal mit dir selbst geredet … schon als Kind.«

»Genau das. Ich habe ins Leere gestarrt und mit mir selbst geredet. Sie haben anfangen, etwas anderes draus zu machen. Bitte. Wenn sie dir Geld geben wollen, um dich milde zu stimmen, sagst du nicht Nein. Nicht als Kind, auf jeden Fall. Ich hätte Nein sagen sollen. Es ist zu spät.«

»Ja. Ich fürchte … aber … Lenz … Iris? Du sprichst mit Iris?«

Er ließ eine Weile verstreichen, ehe er antwortete. »Ich glaube«, sagte er schließlich, »sprechen kann jeder nur mit seinen eigenen Toten. Es hat nichts mit Geistern zu tun. Verstehst du? Iris ist kein Geist. Sie ist …«

»Eine Erinnerung.«

»Vielleicht.«

Siri griff nach oben, fand die Luke und schob sie auf, um das Licht auf seinem Gesicht zu sehen, wenn sie es ihm sagte. »Lenz«, sagte sie. »Ich sehe sie auch. Ich sehe Iris.«

Doch sie sah gar nichts, weder die Reaktion in seinen Augen noch sein Gesicht; das plötzliche Licht war zu grell. Als sie wieder etwas erkennen konnte, war Lenz bereits aus der Luke geklettert und reichte ihr eine Hand entgegen, um sie hochzuziehen. Er schien nicht gehört zu haben, was sie über Iris gesagt hatte.

»Wir sollten etwas anziehen«, murmelte er.

Siri bückte sich, fischte ihre Kleider und den geblümten Mantel aus dem dunklen Raum im Verborgenen.

»Bei Gelegenheit können wir es ja wieder ausziehen«, sagte sie.

Der Tag ging und die Nacht kam, und zwischen den Wolldecken lagen zwei, von denen niemand wusste, dicht an dicht wie schon einmal und doch ganz anders.

»Wir müssen aber nicht jedes Mal in den Kartoffelkeller kriechen, um das zu tun, oder?«, fragte Lenz mit einer neuen Art von Lächeln hinter der Stimme.

»Ich denke nicht …«, sagte Siri und streckte ihre Hand nach ihm aus.

Und später, viel später, als sich ihre Körper wieder voneinander lösten, flüsterte sie: »Lenz. Ich bin … jemand anderer, als du denkst. Ich bin … ich bin kein Farbfleck. Das ist alles nicht wahr. Ich bin auch nicht stark. Ich tue nur so. Für die Leute. Verstehst du das?«

Er legte einen Arm um sie und zog sie an sich, so nah es ging. »Ja«, wisperte er. »Ich … hatte mir so etwas gedacht.«

»Ich tue so, als wäre ich immer fröhlich und … und würde mich selbst wunderbar finden. Aber so ist es nicht. Ich bin immer noch genauso unsicher wie damals. Als Kind. Ich weiß, dass ich niemals schön sein werde oder …«

»Sch, sch«, sagte er. »Natürlich bist du schön.«

Sie ließ eine Weile verstreichen, damit seine Worte sich ausbreiten konnten. Sie klangen ehrlich. Es war erstaunlich.

»Lenz?«, wisperte sie schließlich. »Ich … werde nach Berlin fahren. Morgen früh.«

»Reisende«, flüsterte er, »soll man nicht aufhalten.«

»Es ist wegen der blauen Gläser, die dauernd brechen. Ein, zwei Tage, dann komme ich zurück.«

»Komm nicht«, sagte er. »Bleib dort. Besser für dich.«

Sie hörte nicht, was Lenz flüsterte, als der Mond draußen hoch und regentropfend in der Nacht hing und er noch immer keinen Schlaf gefunden hatte. In den Ecken träumten die Kaninchen.

»Siri Pechten«, flüsterte Lenz, »wer … wer bist du? Wirklich?«

12

Der Golf sprang nicht an. Siri stieg aus und streichelte die Motorhaube. Redete ihm gut zu. Es half nichts. Vielleicht fühlte er sich vernachlässigt, sie hatte lange nicht mehr mit ihm gesprochen.

Sie stieg wieder ein, legte die Stirn auf das uralte schwarze Lenkrad und schloss die Augen.

Sie würde Werter holen müssen, damit er den Wagen in Gang bekam, Werter oder Kaminski, je nachdem, wer in der Werkstatt war. Sie sah auf die Uhr und schimpfte sich eine Idiotin. Es war gar niemand in der Werkstatt. Es war fünf Uhr früh.

Die Sonne war lange aufgegangen, die Vögel konzertierten hoch in den Friedhofsbäumen. Aber die misstrauischen Duckhäuser schliefen noch.

Siri hatte sich aus der Datsche davongeschlichen, ohne Lenz zu wecken. Sie sah ihn noch vor sich, ein schlafender Riese, in der Ellenbeuge des ausgestreckten Arms ein Kaninchen, das irgendwann in der Nacht zwischen sie gekrochen war. Bekanntlich schliefen Kaninchen ja nur mit einem Auge. Mit dem anderen hatte es Siri angesehen.

Geh nur, hatte das andere Auge gesagt. *Du gehst, und ich bleibe. Denkst du denn, der schlafende Riese gehört dir? Er gehört uns, den Kaninchen. Und Frau Ammerland und Winfried und vielleicht dem ganzen Dorf, auch und vor allem Kaminski. Weil sie ihn brauchen. Sie brauchen ihn alle auf ihre Weise und als genau das, was er ist.*

Du – du versuchst, ihn zu ändern. Fahr in deine Stadt und lass uns in Ruhe.

Ich entwickle einen absurden Verfolgungswahn, dachte Siri, ich fühle mich zur Rechenschaft gezogen von … Kaninchen.

Sie hieb mit der Faust auf das Lenkrad. Sie konnte nicht warten, bis Werter die Werkstatt aufmachte. Sie musste weg. Jetzt. Sie ließ den Motor noch einmal aufheulen – nichts.

»Wenn du wartest, fährst du nicht mehr«, flüsterte sie sich selbst zu. »Du rennst zurück wie ein dummes Schulmädchen und kletterst wieder über das Tor der alten Datsche und schlüpfst zurück unter die Decken und erzählst ihm alles. Alles, was du niemals erzählen darfst.«

In diesem Moment klopfte jemand an die Scheibe, und sie erschrak so sehr, dass sie einen Satz in die Luft machte, von ihrem Autositz aus.

Es war Frau Ammerland. Sie trug einen leichten gelbgoldenen Sommermantel und eines ihrer glänzenden seidenen Halstücher, und in der Morgensonne wirkte sie mit ihrem weißen Haar wie eine Erscheinung des Lichts, geisterhafter als Iris es je gewesen war.

Siri öffnete die Wagentür. »Haben Sie ein Auto?«, fragte sie.

»Ich habe«, sagte Frau Ammerland. Sie lächelte. »Ich benutze es selten, aber ich habe eins. Und ich habe Kabel, um Ihnen Starthilfe zu geben. Das ist es, was Sie brauchen, oder?«

Siri nickte.

Eine Viertelstunde später lief der Motor des alten Golf 1, und Siri bedankte sich durchs heruntergekurbelte Fenster.

»Sie fahren also«, sagte Frau Ammerland.

»Ich komme wieder.«

Frau Ammerland steckte das Seidentuch um ihren Hals zurecht, fröstelnd im frühen Wind.

»Ich bin mir nicht sicher, ob ich Sie bitten soll, das zu tun oder es zu lassen«, sagte sie. »Als Iris im Auto ihrer Eltern wegfuhr und nachts wiederkam, ist sie nicht lange geblieben.« Sie schüttelte den Kopf. »Oder – wenn man es anders sieht – für immer. Die, die bis jetzt wiedergekommen sind, liegen alle bei der Kirche unter den Bäumen.«

»Die?«, fragte Siri. »Wer denn noch?«

Frau Ammerland musterte sie einen Moment lang durch das offene Wagenfenster. »Carla Berg?«

»Ach so, ja, ich … habe von ihr gehört«, murmelte Siri. Etwas stimmte nicht, aber sie konnte den Finger nicht darauf legen, was es war.

»Lassen Sie mir den Jungen am Leben«, sagte Frau Ammerland, und natürlich meinte sie das nicht wortwörtlich, aber der Satz brannte in Siris Kehle. Sie musterte Siri noch immer, und ihre Augen waren so klar und so eindringlich, dass Siri sich abwandte.

»Lassen Sie irgendetwas von ihm übrig«, sagte Frau Ammerland. »Wenn das jetzt noch möglich ist.«

»Sie hören sich an wie eines der Kaninchen«, murmelte Siri und kurbelte das Fenster hoch.

Sie sah Frau Ammerland im Rückspiegel neben ihrem Auto stehen; sah, wie sie ihr nachblickte.

Sie sah die geduckten Reetdächer und das blaue Haus auf dem Hügel hinter sich zurückbleiben, die Friedhofsbäume, die turmlose Kirche, in der einst ein kleines Mädchen auf einer Orgel gespielt hatte ... dann bog sie auf die Asphaltstraße ab.

Siri zog den Mantel erst aus, als sie die Autobahn erreichte, es war mühsam, sich aus dem geblümten Stoff zu winden und dennoch nicht die Kontrolle über den Wagen zu verlieren. Die Kontrolle ... hatte sie nicht längst die Kontrolle über eine ganze Menge Dinge verloren? Der helle, regenabweisende Stoff des Mantels leuchtete wie die Kreideklippen der Steilküste. Sie legte den Mantel auf die Rückbank. Und dort hinten war etwas.

Etwas Hartes. Etwas wie ... Bücher.

Sie drehte sich halb um und sah, dass es keine Bücher waren. Es waren Schokoladentafeln. Schokoladentafeln, die vorher nicht da gewesen waren. Keine schwarze Schokolade. Weiße.

Weiß wie »ich weiß«.

Es war ein Zeichen. Jemand, dachte sie, hatte etwas begriffen.

Weiß ... weiß wie die Blütenblätter eines Maiapfelbaums auf einem Friedhof, weiß wie ein Schneesturm. Weiß wie Kindersocken in schwarzen Lackschuhen.

Das Hupen drang erst zu ihr durch, als es so laut und so nah war, dass Siris Kopf beinahe zerbarst, und dann war es auch schon vorüber. Sie sah wieder nach vorne; merkte, dass sie auf der verkehrten Seite fuhr, riss das Lenkrad herum und kam kurz darauf am rechten Fahrbahnrand zum Stehen. Einen Moment saß sie einfach nur im Wagen, zitternd und leise fluchend.

»Es ist nichts passiert«, flüsterte sie. »Es ist gar nichts passiert.«

Sie drehte sich wieder um, suchte zwischen den Tafeln nach einem Zettel, einer Nachricht, einem winzigen Hinweis – nichts. Sie zählte zwanzig Tafeln weiße Schokolade. Eine Menge. Wer hatte ihr die Schokolade ins Auto gelegt? Wer hatte ihr diese Botschaft geschickt?

Sie merkte, dass sie zitterte. Es war nicht wegen des Fast-Unfalls, den sie verursacht hatte. Sie zitterte wegen der weißen Schokolade. Wegen der schwarzen Schokolade. Weil jemand etwas wusste, was niemand hätte wissen sollen. Weiß, weiß.

Siri Pechton und Iris Weiß.

Sie wischte sich die Tränen aus dem Gesicht, öffnete eine der hinteren Türen und schob die zwanzig Tafeln weißer Schokolade hinaus. Ließ sie auf den Seitenstreifen fallen, wo sie liegen blieben, zusammen mit einer nicht ganzen Wahrheit. Dann schlug sie die Tür wieder zu und fuhr weiter.

Und die Autobahn.

Der Berliner Ring, dieses äußere Band aus Asphalt und bewegtem Blech, der die aus den Fugen quellende Stadt zusammenzuhalten versuchte, begrüßte sie als alte Bekannte. Die Stadt winkte ihr und saugte sie ein, sie und den alten Golf, nahm sie in ihren Schoß auf wie ein Kind, dessen Geburt sich umkehrt. Sie kroch zurück in den Leib der Stadt. Berlin, Berlin. Aus dir ist alles gekommen, und in dir endet alles, du bist Gebärmutter und Leichenhalle in einem, Anfang und Ende.

Lenz hatte das Gleiche über das Meer gesagt.

Siri merkte, dass ihre Gedanken merkwürdige Bahnen zogen. Die Merkwürdigkeit kam vielleicht aus dem Dorf, kam von der Dunkelheit der geduckten Häuser, wo alles möglich erschien. Sie hatte das Dorf hinter sich gelassen, jene uralte Struktur, in der alles zwei Monate später geschah, oder, wenn man genau darüber nachdachte, zwei Jahrhunderte später, jenen Ort, an dem tote Kinder umgingen, weil niemand bezweifelte, dass sie es taten. Es war alles eine Frage des Betrachters …

Aber sie, sie war wieder da: im Licht. Unter Menschen. In der

Welt. Und alles, was es hier zu betrachten gab, waren die beleuchteten Schilder an den Autobahnausfahrten.

Pankow.

Sie bog ab.

Das Dorf – das Dorf war namenlos geblieben in ihrem Kopf, obwohl es natürlich einen Namen hatte, er stand auf dem Ortsschild, ordentlich aufgedruckt, aber es blieb namenlos, denn es war nicht nur ein Dorf, es war alle Dörfer der Welt, alle abgelegenen Dörfer an allen einsamen Küsten; es war ein Symbol. Hier hatten die Dinge Namen. Sie fuhr beim Kreuz Pankow raus und parkte eine Viertelstunde später in einem nichtssagenden grauvielstöckigen Neubaugebiet neben anderen nichtssagenden Autos. Suchte den Schlüssel in ihrer Tasche, befürchtete einen Moment lang mit leichter Panik und einem schmerzhaft ängstlichen Pochen hinter den Augen, dass sie ihn in Frau Hartwigs Kellerwohnung vergessen hatte – fand ihn, aufatmend, und drehte ihn im Schloss.

Ging fünf Treppen hoch. Es gab keinen Fahrstuhl. Die Wohnung war billig. Sie hatte damals Werkstatträume ein paar Straßen weiter gefunden, das war es, was zählte. Sie war jetzt seit fünf Jahren in der Stadt, davor war sie in anderen Städten gewesen, es hatte nie etwas bedeutet, man zog um, wenn die Zeit reif schien.

Es war eine Lüge, dass sie altes, geliebtes Teegeschirr besaß.

Hätte Frau Hartwig je genauer nachgesehen, hätte sie das neue Preisschild auf der bauchigen Kanne mit den blauen Streublümchen bemerkt und die Preisschilder auf allen Tassen: Sonderangebote aus dem Supermarkt an der Ausfahrtsstraße, neu und billig.

Einen Moment stand Siri im Flur und sog den Geruch der Wohnung ein. Der Flur roch nach etwas Abgestandenem, Saurem, aber sie hatte die Quelle des Geruchs nie gefunden. Vielleicht war es etwas, das aus früheren Zeiten in der Auslegeware saß.

Sie schlüpfte aus dem geblümten Mantel (ein Sonderangebot aus dem Kleiderdiscount um die Ecke, wenige Tage vor ihrem Weggang gekauft), legte ihn über ihren Arm und begann, durch die Wohnung zu wandern: durch den Flur, die winzige Küche, das Wohnzimmer mit seinem Fenster, vor dem sich die unendliche Stadt erstreckte.

Es war unnatürlich still.

»Siri«, sagte sie laut. »Ich bin. Ich bin Siri. Ich bin zu Hause.«

Aber als sie weiter durch die Wohnung wanderte, da fühlte es sich gar nicht an wie zu Hause. Nicht mehr. Sie fuhr mit dem Finger über ein Bücherregal und sah den Staubflocken zu, die durch die Luft segelten. Sie hob einen Stein hoch, den sie als Papiergewicht benutzt hatte und der auf dem kleinen Wohnzimmertisch lag, auf einem Stapel alter Rechnungen und Belege – wog ihn in der Hand, legte ihn wieder hin. Es war, als besuchte sie ein Museum. *Hier hat damals Siri Pechton gewohnt, ehe sie in ein Dorf ging, um den seltsamsten Auftrag ihres Lebens zu erfüllen.*

Auf dem Tisch stand ein Strauß Blumen, vertrocknet, schwarz, mumifiziert.

An der Wand neben dem Bücherregal hing der Kalender, noch immer aufgeschlagen beim Blatt »Mai«. Er zeigte das bunte Glasfenster eines Gartenhauses, vor dem der Flieder blühte. Siri trat vor den Kalender und legte den Finger unter die kleinen, ordentlichen Buchstaben; ihre eigenen, die schräg durch die ersten Tage von »Mai« liefen:

Beginn des Projekts ...

Sie ließ sich aufs Sofa fallen, das sie gleichzeitig als Bett benutzte – oder benutzt hatte? –, lag eine Weile flach auf dem Rücken und starrte an die Decke, die Straßenschuhe noch immer an den Füßen, den Regenmantel im Arm. Sie dachte an Frau Hartwigs Kellerwohnung.

In Frau Hartwigs Kellerwohnung hätte sie jetzt nach dem roten Telefon gegriffen. Sie war durcheinander, sie war erschöpft, sie brauchte jemanden, mit dem sie reden und der sie trösten konnte. Hier gab es kein rotes Telefon.

Es gab ein schnurloses Telefon auf dem Nachttisch.

»Ich bin in der Stadt«, sagte Siri, noch immer auf dem Rücken liegend, in das nicht-rote Telefon. »Ich bin in Berlin. Ich bin hier.«

Sie lauschte eine Weile in den Hörer, die Augen geschlossen. »Ja«, sagte sie dann. »Nein. Ich wollte ... ich wollte einfach nur mit dir sprechen. Die Wohnung ... es ist merkwürdig, aber ... denk dir, ich wohne hier nicht mehr. Ich habe nicht mehr das Gefühl, dass ich hier wohne.«

Sie lauschte wieder, es tat gut, zu lauschen, zu schweigen und ein Telefon festzuhalten.

»Ich werde mich mit meinem Vater treffen«, sagte Siri schließlich, sehr leise. »Er weiß nichts davon, dass ich überhaupt losgefahren bin, um diese Fenster zu machen und … wie? Ach so, zu dir? Nein, tut mir leid, das schaffe ich nicht. Rein zeitlich. Sei nicht böse auf mich … ich muss diese Sache mit den blauen Gläsern klären. Nächstes Mal, wenn ich hier bin, wir treffen uns nächstes Mal, und dann reden wir, ausführlich, über alles.«

Sie rollte sich auf den Bauch, das Telefon noch immer am Ohr.

»Vielleicht«, flüsterte sie. »Vielleicht hast du recht. Vielleicht kann ich nicht so weitermachen wie bisher. Ich dachte das. Dass ich einfach zurückkommen kann und alles weitergeht. Aber vielleicht geht es tatsächlich nicht. Vielleicht kann ich nicht wiederkommen. Nicht in diese Wohnung, nicht in dieses Leben. Vielleicht …« Sie zögerte. »Vielleicht kann ich nicht einmal zu dir zurückkommen.«

Sie schwieg lange nach diesem Satz, und auch das Telefon schwieg.

»Das Dorf«, sagte sie schließlich ins Telefon, »es verfolgt mich, weißt du. Ich habe heute darüber nachgedacht, ob es nicht vielmehr ein Symbol ist als eine Reihe von Häusern. Alle Menschen haben ein solches Dorf in ihren Köpfen. Es ist kein Ort, es ist ein Ordnungssystem. Stell dir … stell dir die Häuser als Regale vor, auf die man Gedanken stellt … das Alle-gegen-Einen und Jeder-gegen-Jeden. Und das Dennoch-Zusammenhalten, das einen davor rettet, unterzugehen. Jeder hat einen Winfried Fuhrmann in seinem System und einen Kaminski. Es ist verrückt … manchmal frage ich mich, ob das Dorf überhaupt existiert. Ob es nicht nur ein Gedankenkonstrukt ist. Und gleichzeitig … wenn es ein Ort ist, dann habe ich diesen Ort vielleicht immer gesucht. In allen Städten, in denen ich war, seit ich in dieses Land gekommen bin. Vielleicht war ich deshalb nie irgendwo wirklich zu Hause, seit ich vor fünfzehn Jahren aus einem Flugzeug gestiegen bin.«

Sie streckte ihre Hand nach dem Bild auf dem kleinen Beistelltisch aus. Das Bild war gerahmt wie ein Fenster, ein Fenster in eine andere Realität. Die Vergangenheit.

Siri fuhr mit dem Zeigefinger über das Glas, während sie unverständliche Hm-Hms ins Telefon murmelte, fuhr die Umrisse der Personen auf dem Foto nach. Es zeigte ein kleines Mädchen in einem blauen Kleid, auf einer Bank in einem Garten, zwischen ihren Eltern. Der Vater, links, sah in die Kamera und lächelte, in seinen Augen war Sommer; er hatte den Arm um seine Tochter gelegt. Die Mutter, rechts, lächelte auch, doch sie lächelte an der Kamera vorbei in eine Ferne, in der sie vielleicht etwas anderes sah. In der Hand hielt sie eine große Sonnenbrille, die sie offenbar eben erst abgesetzt hatte; sie kniff ihre Augen zusammen gegen das Licht und hatte eine Hand erhoben, als wollte sie sie an die Stirn legen. Als hätte sie Kopfschmerzen.

Das Mädchen lächelte nicht. Es sah in die Kamera, aber es sah ein wenig trotzig aus, als wäre es zu diesem Familienfoto gezwungen worden und hätte eigentlich gerade etwas anderes vorgehabt.

»Ja«, sagte sie zum Telefon. »Ich habe es gesucht. Das Dorf. Ich habe es immer gesucht, das Dorf, von dem mein Vater erzählt hat, dieses Dorf, das zugleich meine und seine private Hölle ist und unsere … Erfüllung? Ja. Ja, du hast recht. Das klingt geschwollen. Vergiss es.«

Sie legte das Telefon auf und starrte eine Weile das verschwommene Dämmerbild an.

Das kleine Mädchen mit ihren Eltern. In einem Sommerurlaub, in einem Dorf an der Ostsee, vor sehr langer Zeit.

Schließlich stand sie auf und ging zurück zum Kalender hinüber.

Beginn des Projekts, las sie noch einmal.

Beginn des Projekts Lenz Fuhrmann.

Sie flüsterte seinen Namen. »Lenz.« Er klang seltsam vertraut.

Vielleicht war es dumm gewesen, »Beginn des Projekts Lenz Fuhrmann« in den Kalender zu schreiben, jeder konnte es lesen. Aber wer sollte hier hereinkommen und sich den Kalender ansehen? Niemand wusste von dem Projekt »Lenz Fuhrmann«.

Siri erinnerte sich, wie sie den Namen des Dorfes im Internet gesucht hatte und wie sie auf die Ausschreibung gestoßen war – für die Kirchenfenster. Es war wie ein Zeichen gewesen. Sie hatte ihr Angebot für die Fenster so niedrig gehalten, dass sie sie nehmen mussten. Und sie hatten sie genommen; schon einen Tag später war der Auftrag der ihre gewesen. Sie wusste noch, wie sie hier gesessen und die Mail vom Kirchenverein gelesen hatte, sie spürte noch die seltsame kribbelnde Kälte, die sich in ihr ausgebreitet hatte. Sie wusste noch, wie sie ins Bad gegangen war und in den Spiegel gesehen hatte, um von Angesicht zu Angesicht mit sich zu sprechen.

»Du wirst also hinfahren«, hatte sie zu sich gesagt. »Zieh es durch. Zieh einmal etwas wirklich durch. Siri.«

Sie nahm den Kalender von der Wand, blätterte vor bis August und hängte ihn zurück. Das Augustbild zeigte das bunte Glas einer Tür in einem behaglichen alten Gutshaus. Sie sehnte sich einen Moment danach, in genau diesem Haus in einer behaglichen alten Küche zu sitzen und Tee zu trinken. Vielleicht gab es in der Welt mit ausschließlich Kaninchen ein solches Haus.

Da waren keine weiteren kleinen, ordentlichen Buchstaben im Kalender, das Blatt für August war bis auf die Zahlen leer. Siri hatte nie ein Ende des Lenz-Fuhrmann-Projekts verzeichnet. Sie hatte nicht gewusst, wann oder wie es enden würde. Sie wusste es immer noch nicht. Und der Beginn war auch verkehrt. Das Projekt hatte nicht im Mai begonnen.

Es hatte vor zweiunddreißig Jahren begonnen.

Es hatte sie ihr ganzes Leben lang begleitet.

»Komisch«, flüsterte sie. »Es war ganz leicht, weißt du, Lenz. Es war ganz leicht, im Dorf aufzutauchen und so zu tun, als wüsste ich deinen Namen nicht. Als wüsste ich niemandes Namen. Als hätte ich mit nichts etwas zu tun. Es war ganz leicht, die fröhliche, selbstbewusste junge Frau zu werden, die alle auf irgendeine Weise mögen. Es war ganz leicht, in das Dorf hineinzukommen.« Sie schüttelte den Kopf, lachte über sich selbst, aber nicht sehr froh. »Und nun«, flüsterte sie. »Komme ich nicht wieder heraus. Nicht mit dem Kopf.«

Sie nahm das Bild der lächelnden, nicht lächelnden Familie vom Nachttisch, zog es aus dem kleinen Rahmen und sah sich das andere an, das sich dahinter befand.

Dieses zweite Bild zeigte das gleiche kleine Mädchen im blauen Kleid, doch jetzt stand es an einem Geländer und sah hinunter. Siri kannte das Geländer inzwischen: Es war das Geländer einer Orgelempore in einer alten Backsteinkirche ohne Turm.

Das Bild war dämmerig und unscharf, man sah den Gesichtsausdruck des Mädchens nicht. Es hatte Orgel gespielt, man hörte die Töne auf dem Bild noch, aber jetzt wollte es fort. Es wollte auf die Bäume klettern und mit dem Wind durch das Hügelland rennen.

Jemand wartete draußen auf das kleine Mädchen. Auch das wusste Siri jetzt. Lenz.

Sie hatten ihr damals nur gesagt, dass Lenz Fuhrmann möglicherweise in der Nacht da gewesen war, in der das Mädchen im blauen Kleid verunglückt war. Dass er möglicherweise etwas damit zu tun gehabt hatte. Dass er möglicherweise schuld war an ihrem Unfall.

Und Siri hatte gedacht, er wäre erst in dieser Nacht ins Spiel gekommen; ein Dorfjunge, der ein kleines Mädchen vielleicht angehimmelt hatte, von ferne.

Nein, sie hatten ihr nie erzählt, dass die beiden wirklich ein Paar gewesen waren, Lenz und Iris, ein Kinderpaar, unzertrennlich.

Es stimmte ja nicht, dass er sie nicht hatte gehen lassen. Er hatte sie gehen lassen. Sie war gegangen. Sie war in ein Auto gestiegen und mit ihren Eltern weggefahren.

Aber sie war zurückgekommen.

Auf irgendeine Weise.

Allein.

Und dann? Was war geschehen, in jener Nacht, auf dem Meer? Was hatte Aljoscha gesehen? Was hatte er Siri sagen wollen?

Sie hielt das Bild nah an die Augen im Halbdämmer der Wohnung, doch Iris-auf-dem-Bild schwieg.

Siri legte sie zurück auf den Beistelltisch, mit der Bildseite nach unten. Sie wollte das blaue Kleid nicht mehr sehen.

»Lenz«, flüsterte sie noch einmal in die Stille der Wohnung. »Lenz.«

Als es draußen dunkel wurde, lag Siri mit geschlossenen Augen auf dem Bett.

Möglicherweise war ihr Gesicht nass.

Sie hatte den braunen Männerschal in den Schrank gelegt, wo sie ihn nicht sehen konnte, nicht einmal dann, wenn sie das Licht anmachte.

Sie dachte an eine andere Dunkelheit, die enge Dunkelheit eines Kartoffelkellers. Sie dachte an ein Kaninchen, das in der Armbeuge eines Riesen schlief. Sie dachte an geflüsterte Worte. Natürlich bist du schön …

Sie sah ihn vor sich; hinter ihren geschlossenen Lidern: den Totengräber, das Friedhofskind, sah ihn wieder von der Mauer springen, an jenem allerersten Tag. Sah ihn auf sich zukommen:

Der Riese in der dreckigen grauen Arbeitsjacke, mit dem verblichenen Halstuch, nichts als Abwehr im Blick. Er hatte sie erschreckt, seine schiere Größe hatte ihr Angst gemacht an jenem ersten Tag.

Und dann?

Dann hatte sich alles auf langsame und merkwürdige Weise geändert.

Siris Plan war besser aufgegangen, als sie gedacht hatte. Es war Teil des Plans gewesen, Lenz Fuhrmann nahezukommen, so nahe wie möglich, um die Wahrheit herauszufinden. Aber sie kannte die Wahrheit noch immer nicht. Sie wusste noch immer nicht, ob er ein Mörder war.

Und an einer entscheidenden Stelle war der Plan schiefgelaufen.

Sie hatte niemals geplant, zu lieben.

Die blauen Gläser waren kein Problem.

Man kannte Siri Pechton in der Fabrik, sie ging mit dem Verantwortlichen die Möglichkeiten durch, suchte aus, bekam einen Hänger geliehen, sah beim Verladen der Platten zu.

»Fahren Sie langsam«, sagte der Mann, der im Büro die Rechnung ausstellte.

»Sie haben mein Auto nicht gesehen«, sagte Siri. »Es ist das da vorne. Es kann nur langsam fahren.«

Der Mann nickte und lachte, er hatte grau gewelltes Haar, und für Sekunden erinnerte er Siri an Werter.

»Dann frohes Arbeiten«, sagte er. »Was sollte das noch mal gleich geben? Wo das Glas reinkommt?«

»Die Flucht nach Ägypten bei Schnee, die Vertreibung der Pharisäer vom Friedhof und Maria Magdalenas Kindheit«, antwortete Siri. »Die stürmische Ostsee zu Genezareth, die Auferweckung von Lazarus' Tochter Aschenputtel und die Kreuzigung.«

Der Mann sah sie an und schüttelte den Kopf. »Das Letzte ist klar, die Kreuzigung«, sagte er. »Aber der Rest …«

Er zuckte die Schultern, und Siri zuckte auch die Schultern.

»Mir geht es umgekehrt«, sagte sie. »Ich habe eigentlich alles verstanden bis auf das letzte Bild.«

Dann stieg sie in den alten Golf, tätschelte beruhigend sein Armaturenbrett und zog einen Anhänger voll Glasplatten vom Hof, Himmelsplatten mit scharfen Kanten.

Sie traf ihren Vater im selben Hotel, in das er sie ausgeführt hatte, als sie fünfzehn gewesen war, Internatsschülerin, und er noch in anderen Breitengeraden. Zweimal im Jahr war er hergeflogen, um seine stille Tochter aus dem Internat zu entführen und in die große Stadt mitzunehmen, die Stadt seiner Vergangenheit, und er hatte ihr Dinge gezeigt, ihr erzählt, welche Gebäude hier und welche dort gestanden hätten und eigentlich dorthin gehörten, nun aber nicht mehr da waren. Und wo eigentlich nichts hingehörte, nun aber etwas war. Nach '89 waren überall Bauwerke gewachsen, die seiner Meinung nach nichts in der Stadt zu suchen hatten, und er war nicht politisch, nie gewesen, nur sentimental.

Das Hotel sah auf eine lange Tradition zurück; die einzige Veränderung, die man dort zuließ, war eine rückwärtsgewandte: Die Räume hatten ihre an der Vernunft – oder einfach am Mangel – orientierte Kahlheit abgeworfen, um zu jenem üppigen Zustand zurückzukehren, in dem sie sich Mitte des 19. Jahrhunderts befunden hatten: dunkles Holz, Stuck an überraschenden Stellen wie der Decke der Damentoilette, bodenlange cremefarbene Vorhänge, die

Siri stets an Ballkleider erinnerten. Neben der Tür zum Restaurant stand ein beinahe kalbsgroßer Elefant aus schwarz glänzendem Holz mit perlmutternen Intarsien, ein Ding, das die Familie des Hoteliers während eines halben Jahrhunderts elefantenlosem Sozialismus im Verborgenen gehütet und dann wieder an seinen alten Platz gestellt hatte. An den Wänden hingen Tuschezeichnungen von Kaffeepflanzen, denn die Vorfahren besagten Hoteliers hatten (kurzzeitig) zu den wenigen deutschen Kolonialherren Afrikas gehört, bis die Hitze, die Malaria und die afrikanische Küche sie zurück in den Schoß deutschen Sauerkrauts getrieben hatten. Damals, so konnte man auf der Speisekarte lesen, hatte der jüngste Sohn der Familie beschlossen, in Deutschland ein Hotel zu eröffnen, was all das bot, was er unter der anderen Sonne vermisst hatte, aber, wie seltsam, es knisterte dennoch ein gewisses Heimweh nach der anderen Sonne in den Wänden, wenn Siri angestrengt lauschte. Das elefantöse Interieur jedenfalls kam dem alten Herrn entgegen; er wärmte sich noch immer gerne an einer gewissen kolonialen Noblesse.

Seine eigene Kolonialzeit war vorüber. Er war seit zehn Jahren wieder im Land, und er erklärte Siri gerne, dass das Wetter täglich schlechter wurde. Er spürte die Kälte und den ständigen Regen in jedem Knochen, und manchmal wünschte er sich zurück.

Er saß schon an seinem Tisch – es war immer derselbe Tisch, ganz hinten an der Fensterfront des Restaurants –, als sie eintrat. Sie begann, darüber nachzudenken, ob er älter oder jünger aussah, als er war, aber dann drehte er sich um und lächelte ihr entgegen.

Sie ging quer durch den Raum auf ihn zu, zwischen den Tischen anderer Gäste hindurch, und erinnerte sich daran, wie sie in anderen Jahren zwischen ebendiesen (oder ähnlichen) Tischen hindurchgegangen war und wie beobachtet sie sich stets gefühlt hatte, wie unsicher, wie ausgeliefert. Sie hatte jedes Mal dem Wunsch widerstehen müssen, sich am Rand des Raumes entlangzudrücken, statt mitten hindurch, und sie hatte sich wiederholt gefragt, ob ihr Vater den Tisch hinten am Fenster wählte, damit sie genau das tun musste. Damit sie lernte, mit ihrer Angst umzugehen.

Er war stets vor ihr hier gewesen, sodass er den Tisch wählen konnte.

Dreißig Jahre lang hatte er versucht, sie zu etwas zu machen, auf das er stolz sein konnte, zu einer furchtlosen Raumdurchquererin, einer Balletttänzerin, einer Pianistin, einer Schönheit oder, wenigstens, einer Hübschheit.

Es war ihm nicht geglückt.

Siri hasste die milde Enttäuschung in seinen Augen.

Erst in der Mitte des Raumes fiel ihr auf, dass sie keine Angst mehr hatte. Sie kam sich auch nicht mehr beobachtet vor. Die Leute an den anderen Tischen hatten ganz klar eigene und andere Interessen, als einer unauffälligen und nicht umwerfend hübschen jungen Frau nachzustarren, die durch ein Hotelrestaurant ging.

Und sie selbst hatte andere Dinge zu bedenken als die Frage, ob jemand sie anstarrte. Vielleicht war es das, dachte sie: Sie hatte nie sehr viele andere Dinge gehabt; all ihr Fühlen und Denken hatten sich darauf fokussiert, wie andere Menschen sie sahen und wie ihr Vater sie sah.

Für einen Wimpernschlag glaubte sie, noch jemanden neben ihrem Vater am Tisch sitzen zu sehen – eine hagere ältere Dame, die ihr Gesicht hinter den großen dunklen Gläsern einer Sonnenbrille verbarg, obwohl die Sonne nicht in den Raum schien. Siri schüttelte den Kopf. Die drei leeren Stühle am Tisch ihres Vaters waren nur das: leer.

Jeder sieht nur seine eigenen Geister …

Das fehlt auch noch, dachte Siri in plötzlichem kindlichen Aufbegehren, dass sich meine Mutter hier einschleicht, in einer gealterten Version ihrer selbst, einer Art Konjunktiv à la was-wäre-wenn-ich-heute-noch-leben-würde. Nein. Wenn sie hätte Teil irgendeiner Geschichte sein wollen, hätte sie sich das früher überlegen müssen.

Der alte Herr stand auf, als sie bei ihm ankam, deutete eine Verbeugung an und streckte den Arm aus, um sie zu dem Stuhl ihm gegenüber zu dirigieren.

»Siri. Schön, dich zu sehen.«

Er wartete, bis sie sich gesetzt und einen Tee bestellt hatte, bis der

Tee gekommen und der leise Ober verschwunden war. Sie hatten sich stets zum Tee hier getroffen, Tee und Kuchen, es war ein Ritual, auch das irgendwie kolonialistisch. Siri hatte ihm nie gesagt, dass sie Kuchen hasste.

Der alte Herr beugte sich jetzt ein wenig über den Tisch, und sein Haar leuchtete im schräg einfallenden Nachmittagslicht genauso weiß wie das von Frau Ammerland. Er war noch immer ein gut aussehender Mann, jedenfalls, soweit Siri es beurteilen konnte, womöglich gerade wegen seines weißen Haars. Er war immer fotogener gewesen als seine Tochter.

»Wo warst du?«, fragte er jetzt, nach vorn zu ihr gelehnt, als wäre die Frage dringend und geheim.

»Wie – wo war ich? Ich habe gearbeitet. Wie immer. An einer kleinen Kirche …«

»Siri. Erzähl mir nichts. Du hast dich noch nie so lange nicht gemeldet. Ich meine, ja, dieses eine Mal, aber da hat das, was du gesagt hast, wenig Sinn gemacht … ich habe versucht, dich anzurufen, aber das Handy ist ausgeschaltet.«

Sie nickte. »Ich habe es nicht mitgenommen. Dorthin, wo ich zurzeit arbeite. Es … es erschien mir besser so.«

Er lehnte sich noch weiter vor und sah ihr in die Augen. Seine Augen waren vom gleichen durchdringenden Blau wie ihre eigenen. Glasfensterblau.

Manche Farben brechen leicht, dachte Siri.

»Ich habe mir Sorgen gemacht«, flüsterte er. »Du beantwortest auch keine Mails, nichts. Ich war drauf und dran, die Polizei einzuschalten.«

Sie lachte auf, zu laut offenbar, denn er sah sich um; peinlich berührt. »Ich bin erwachsen!«, sagte sie, leiser: »Du trägst keinerlei Verantwortung für mich. Die hätten dich schön blöd angeguckt bei der Polizei, wenn du deine erwachsene Tochter vermisst gemeldet hättest, weil sie sich eine Weile nicht bei dir gemeldet hat.« Sie bereute ihren Ausbruch und legte eine Hand auf seine, die sie auf dem Tisch zwischen den Tassen fand. »Es ist alles in Ordnung, wirklich. Glaub mir.«

»Aber … ich verstehe nicht, warum du gerade jetzt gerade dort …«

»Du hast nie etwas verstanden«, sagte sie leise, aber nicht vorwurfsvoll. Es war nur eine Feststellung. »Denk mal über den Unterschied zwischen Singschwänen und Schneehühnern nach.«

Er musterte sie, fragend, verwirrt. Doch sie wich seinem Blick nicht aus, und es war, als sähe er etwas Neues in ihr. Er musterte sie, prüfend.

»Du warst nie jemand, der darauf bestand, sich nicht zu melden«, sagte er. »Nicht mal mit achtzehn. Sonst hätte ich mich nicht gesorgt. Es passt nur nicht zu dir. Es muss einen Grund geben dafür. Unser letztes Treffen … im März … es lief vielleicht nicht so, wie es hätte laufen sollen. Ich weiß noch, ich war furchtbar aufgewühlt von meinem Besuch in diesem Dorf auf der Insel. Ja, aufgewühlt ist das richtige Wort. Ich glaube, das war ein oder zwei Tage, nachdem ich dort gewesen war. Auf dem Friedhof. Nach so vielen Jahren, in denen ich es irgendwie nie gewagt hatte. Ich weiß noch, dass ich mich dafür schämte, als ich da stand, an dem Grab mit dem Schneehuhn. Ich hätte früher wiederkommen sollen. Plötzlich, weißt du, habe ich alles wieder vor mir gesehen; ich sah den Morgen wieder vor mir, an dem wir merkten, dass das Kinderbett im Hotelzimmer leer war, wir haben es erst morgens gemerkt … ich sah wieder vor mir, wie sie den kleinen Körper brachten. Es war einer der Fischer, der sie trug … ich sah auch das alte Hemd, das zerschlissene Jungenhemd, gegen das jemand ihr Kleid ausgetauscht hatte … und dann stand da dieser Mann auf dem Friedhof und fing an zu reden. Aber warum erzähle ich dir das noch mal? Ich habe es dir erzählt, im März, und das war vielleicht nicht gut. In mir ist damals alles wieder aufgebrochen, und dann hatte ich nichts Besseres zu tun, als hierherzukommen und es dir zu erzählen. Als du dich nicht gemeldet hast, dachte ich … vielleicht ist irgendetwas passiert. Weil wir über damals gesprochen haben.«

Siri lächelte.

»Dieser Mann, der angefangen hat, zu reden … der Mann auf dem Friedhof … weißt du seinen Namen noch?«

»Ich …« Er überlegte. »Nein. Er hat sich vorgestellt, aber ich erinnere mich nicht. Nur was er gesagt hat, das höre ich immer wieder. Auch jetzt noch. Ich habe all diese Monate darüber nachgedacht; die Worte waren immer da, im Hintergrund … Ihnen ist klar, dass er noch hier herumläuft, ja?, hat er gefragt. Der Mörder Ihrer Tochter? Es war ein Unfall, habe ich gesagt, ein Unfall, und er schüttelte den Kopf. Wir hier im Dorf wissen, dass es kein Unfall war, sagte er. Sie war nicht die Einzige. Da war noch eine. Und es passieren Unfälle. Er ist verrückt. Irgendwann wird er wieder jemanden um die Ecke bringen.

Unsinn, habe ich gesagt, das ist doch Unsinn, wenn es Beweise für so etwas gäbe, hätte die Polizei ihn längst … aber der Mann ließ mich nicht ausreden. Die Polizei, sagte er, hat keine Ahnung. Beweise gibt es eine Menge. Aber niemand traut sich, damit zu den Bullen zu gehen. Sie haben alle Angst vor dem Mörder. Er ist nicht wie andere Menschen. Wenn Sie verstehen.

Ich sagte ihm, ja, ich erinnere mich, dass er ein wenig seltsam war, der Junge. Und er sagte, seltsam sei ein schwacher Ausdruck. Er spreche, sagte er, mehr mit den Toten auf dem Friedhof als mit den Lebendigen.

Und über diesen Satz hätte ich gelacht, wenn sich nicht so viele andere Dinge in meinem Kopf überschlagen hätten. Ich meine, wir hatten immer gesagt, es war ein Unfall, vermutlich war es ein Unfall, wahrscheinlich war es ein Unfall … aber in diesem Moment wurde mir klar, dass ich nie daran geglaubt hatte. Dass ich immer gewusst hatte, dass dieser Junge schuld an allem war. Und mir wurde noch etwas klar. Mit wurde klar, dass die Sache nicht zu Ende war. Der Junge ist ein Teil meiner Vergangenheit, aber er existiert noch immer, er ist inzwischen ein Mann, und er ist noch immer ein Mörder. Man kann doch einen Mörder nicht einfach frei herumlaufen lassen …«

»Das hast du mir alles schon erzählt«, sagte Siri sanft. »Im März.«

»Ja. Und dass ich an die alte Pistole in meinem Schreibtisch dachte, die ich seit Jahrzehnten nicht angefasst habe.«

Sie nickte.

»Ich denke noch an sie. Manchmal, weißt du, Ir… Siri …« Er

schüttelte den Kopf und sah hinab auf seine Finger, die auf der Tischplatte lagen. »Manchmal setze ich mich hin und nehme diese Pistole in die Hand und sehe sie mir an, einfach so. Ich habe nie damit geschossen; es ist ein Erbstück, ich weiß nicht mal, ob es rechtmäßig ist, sie zu besitzen, wenn sie nirgendwo registriert ist. Ich sitze da und halte sie und frage mich, wie es wäre, jemanden zu erschießen. Wenn derjenige ein Mörder wäre. Wenn derjenige der Mörder meiner Tochter wäre. Als ich dich zum letzten Mal getroffen habe, dachte ich, es geht vorbei – dieses Gefühl, etwas tun zu müssen. Dieser plötzliche Hass, der drei Jahrzehnte lang geschlafen hat. Ich dachte, es ebbt ab, es verschwindet. Es ist nicht verschwunden. Du bist verschwunden. Und da habe ich angefangen, mir Sorgen zu machen.«

»Was dachtest du denn? Was sollte mir passiert sein?«

Er trank einen Schluck Tee, kalt geworden in der fleckenlos weißen Keramiktasse.

»Ich habe geträumt. In meinem Traum bist du in einem grauen Meer geschwommen. Bei Sturm. Und du bist darin untergegangen. Ich war so weit entfernt, am Ufer – ich streckte die Hand aus, aber ich erreichte dich nicht. Und dann wollte ich ins Wasser waten, aber jemand kam mir zuvor. Ich habe es nicht nur einmal geträumt, sondern sicher zwanzig Mal, immer dasselbe: Es ist ein Mann, den ich noch nie gesehen habe, aber ich weiß, dass *er* es ist; Iris' Mörder. Er klettert von der Orgelempore hinunter, auf der ich sie einmal fotografiert habe. In meinem Traum befindet sich die Orgelempore direkt am Ufer, ganz ohne Kirche … er klettert hinunter und springt ins Meer, ich sehe ihn hinausschwimmen, und ich weiß, wenn er dich erreicht, passiert das Gleiche wie vor dreißig Jahren. Er wird dich unter Wasser halten, bis du dich nicht mehr wehrst, und ich werde dich verlieren.« Er schüttelte den Kopf. »Und dann endet der Traum.«

»Träume sind Unsinn«, murmelte Siri.

»Natürlich«, sagte der alte Herr. »Aber … das Schneehuhn … ich erinnere mich jetzt, dass du am Telefon etwas über ein Schneehuhn gesagt hast. Ich fürchte, ich habe nicht richtig zugehört …«

»Nein«, sagte sie. »Ja. Es hätte ein Singschwan sein sollen. Du hast nicht zugehört. Der Siri von heute nicht und der Iris von damals nicht. Sie hat die Singschwäne geliebt. Schneehühner gibt es hier überhaupt nicht. Du hast dir nur gemerkt, dass es ein weißer Vogel war …«

Er lachte. »Ist das so wichtig?«

»Manchmal«, sagte Siri, »sind die kleinen und unwichtigen Dinge wichtig.«

»Aber woher weißt du das? Das mit den Singschwänen?« Er sah sie seltsam an, er schien sich zu fragen, ob sie Erinnerungen besaß, die ihr nicht gehörten.

»Weil es Leute gibt«, antwortete sie, »die besser zugehört haben und die sich erinnern. Ich war dort. Ich bin, eigentlich, immer noch dort. Dies ist nur eine Unterbrechung. Ich fahre morgen zurück.«

Er machte eine ausfahrende Bewegung mit der rechten Hand und stieß die Teetasse um. Und als er fragte: »Wohin?«, da war die Frage überflüssig, denn er wusste es natürlich.

»In das Dorf. Im März … alles, was du im März gesagt hast, war in Ordnung, du hättest dich nicht zu sorgen brauchen, weil du mir von deiner Begegnung auf dem Friedhof erzählt hast. Ich meine, ich dachte nie, dass das damals ein Unfall war. Wir haben so oft darüber gesprochen, schon, als ich ein Kind war … ich bin mit dem Gedanken aufgewachsen, dass es irgendwo einen Mörder gibt, der an allem schuld ist. Als kleines Kind habe ich ihm wirklich an allem die Schuld gegeben, nicht nur an der Sache mit Mama, sondern sogar daran, dass ich so war, wie ich war … so … du weißt … schüchtern, ungelenk … nein, es war völlig in Ordnung, dass du *mir* erzählt hast, was dieser Mann *dir* erzählt hat. Du hast nur einen einzigen Fehler gemacht. Du hast mir zum ersten Mal den Namen des Dorfes genannt.« Sie lachte. »Komisch, dabei ist gerade der Name so völlig unwichtig geworden, weil das Dorf jedes Dorf ist … aber das führt zu weit …«

Der alte Herr wischte die Teepfütze mit der Serviette auf und sah sie an. »Ich verstehe nicht«, sagte er, unsicher. »Siri … du sagst komische Dinge. Ich habe dich immer verstanden, aber jetzt habe ich damit aufgehört.«

»Du weißt, dass das nicht stimmt«, erwiderte sie leise. »In Wirklichkeit befürchtest du, dass du gerade damit angefangen hast, mich zu verstehen.«

»Siri.« Sie sah, dass er sich Mühe geben musste, nicht aufzuspringen, er sprach angestrengt leise.

»Was tust du in diesem Dorf?«

»Ich finde die Wahrheit heraus.« Sie lauschte dem Satz nach. Er hörte sich gut an, wie aus einem Film, aber er stimmte gar nicht. Ich verwickle mich, wäre richtiger gewesen. Ich verstricke mich in Sichtweisen, denn die Wahrheit gibt es vielleicht gar nicht. Es ist alles eine Frage des Betrachters.

»Ich meine, offiziell bin ich da, um neue Kirchenfenster zu entwerfen«, fügte sie hinzu. »Sie wissen nicht, wer ich bin.«

»Gott.«

»Ja … das ist der Einzige, den ich im Dorf bisher nicht getroffen habe«, sagte sie mit einem Grinsen.

»Und … den Jungen von damals? Lenz … Fuhrmann? Den hast du getroffen?«

Siri nickte und sah weg. »Man könnte so sagen.«

Er wollte mehr fragen, sie sah es, er wollte so vieles fragen, dass er nicht wusste, wo er anfangen sollte, aber sie ließ ihn nicht.

»Wenn ich es weiß«, sagte sie, »wenn ich alles weiß, sage ich es dir.«

»Aber du kannst nicht … das ist zu gefährlich …«

»Und ich bin erwachsen. Lass mich einmal erwachsen sein. Ich bin nicht mehr das Kind, das du vor dem Ertrinken bewahren musst. Es war übrigens immer ein ziemlich lächerlicher Gedanke, ein Kind in Angola vor dem Ertrinken schützen zu wollen. Weißt du … manchmal frage ich mich, wie alles wäre, wenn Maja noch da wäre. Stimmt es, dass sie immer eine Sonnenbrille trug? Ich erinnere mich so schlecht.«

»Doch. Es stimmt. Sie hatte dauernd diese Kopfschmerzen …«

»Sag mir eines.« Sie sah ihm in die Augen, die die gleichen waren wie ihre und doch alles anders sahen. »Sag mir: Siehst du sie?«

»Bitte?«

»Siehst du meine Mutter? Maja?«

»Ich fürchte, ich verstehe nicht ...«

»Sprichst du mit ihr?«

»Sie ... ist tot.« Er schüttelte den Kopf, und der Ausdruck in seinen Augen verwandelte sich in Besorgnis. Als er weitersprach, sprach er langsam und überdeutlich, wie zu einem kleinen Kind. »Deine Mutter, Siri ... sie ist seit dem Winter 1985 nicht mehr bei uns. Du ...« Er klang jetzt verunsichert. »Du weißt das. Sie hat eine Überdosis ihrer Kopfwehtabletten geschluckt.«

Siri lächelte ihn an. So also, dachte sie, fühlt es sich an, wenn man für merkwürdig gehalten wurde, für geistig ... nicht ganz normal. Sie ließ ihn einen Moment lang in dem Glauben, sie hätte den Tod ihrer Mutter vergessen. Sie hatte ihn nicht vergessen. Sie wusste genau, wann sie gestorben war, es war am zweiten Mai gewesen, an dem Tag, an dem ein ganzes Leben zuvor ein Kind zur Welt gekommen war und den Namen Iris erhalten hatte.

»Ich weiß«, sagte sie schließlich. »Die Tabletten ... es war meinetwegen, das weiß ich auch. Weil ich nicht das war, was sie sich gewünscht hat. Nach dem Unfall, der kein Unfall war, hat sie sich nie wieder erholt. Ich hätte ihr helfen sollen, sich zu erholen, aber ich konnte es nicht.«

»Nonsens«, sagte der alte Herr schroff, und sein Tonfall sagte das Gegenteil. »Sie war schon immer ... zerbrechlicher als andere Menschen. In sich zurückgezogen.«

»Sie war depressiv«, sagte Siri und machte das Wort in ihrem Mund zu einer Waffe.

Dann sah sie auf die Uhr und stand auf.

»Ich muss los. Ich habe noch eine Verabredung.«

»Mit wem? Nein, verzeih, es geht mich nichts an, es ist nur ... du hast selten Verabredungen ... es ist, als wärst du dabei, jemand anderer zu werden. Ich bin verwirrt.«

Sie lächelte ihn nur an. »Ich melde mich, wenn ich die Wahrheit herausgefunden habe. Tu nichts in der Zwischenzeit, ja? Lass die alte Pistole da, wo sie ist. Besser noch: Wirf sie weg.«

Sie ging um den Tisch herum zu ihm hinüber und gab ihm

einen Kuss auf die Wange, ehe sie ihn verließ. Auch das war ungewöhnlich. Sie war nie jemand gewesen, der Leute küsste, nicht einmal Verwandte, nicht einmal als Kind. Es fühlte sich an wie ein Abschiedskuss – und wie ein Abschied auf lange Zeit. Sie hatte sich ihr Leben lang nach Anerkennung von ihm gesehnt, so sehr gesehnt, dass es geschmerzt hatte. Jetzt fand sie den Schmerz nicht mehr.

»Du hast mir nicht geantwortet«, sagte sie. »Siehst du Maja?«

»Was soll diese Frage, Siri?«

»Siehst du Iris? Die Iris von damals?«

»Bitte … erkläre mir …«

»*Wir* sehen sie«, sagte sie. »Sie trägt noch immer das blaue Seidenkleid, das sie nie mochte und in dem sie begraben wurde. Es kommt ihr in die Quere, wenn sie auf die Bäume klettert. Manchmal macht mich das traurig.«

Sie hörte die Frage noch hinter sich, aber sie drehte sich nicht mehr um auf ihrem Weg zwischen den Tischen anderer Teetrinker hindurch, auf ihrem Weg, auf dem sie sich nicht mehr beobachtet vorkam, weil sie es jetzt war, die beobachtete.

»Wer«, fragte der alte Herr, »ist *wir*?«

Die Verabredung, die Siri hatte, befand sich in ihrer Wohnung.

Sie klappte den Laptop auf, den sie seit Monaten nicht benutzt hatte, und sah sich ein letztes Mal ihre Internetseite an. *Siri PechTon. Neu- und Umgestaltung von Glasfenstern. Preise, Termine, Referenzen …* Dann löschte sie die Seite. Der Name war immer dumm gewesen, kindisch.

War denn auch ein Teil von ihr für immer Kind geblieben, wie Lenz, für immer acht Jahre alt?

Sie öffnete das Fenster und ließ die abgestandene Stadtluft in die Wohnung strömen. Sie sehnte sich nach dem Wellenland, das sich sanft zwischen tief einschneidenden Sandwegen dahinwand, sie sehnte sich nach dem Grau und dem Blau und dem Grün der See. Sie sehnte sich nach einzelnen Dingen: einem Ast der großen Eiche, auf dem man sitzen konnte, wenn man hinaufkletterte, direkt neben der Kirche. Dem Muster der alten Planken im Steg, am Hafen. Dem Regenwasser in den Schlaglöchern auf der Straße. Dem Pfad zwischen den Büschen, an dessen Ende das Haus voller Dunkelheit stand. Dem Gartentor einer verlassenen Datsche.

Als die Sonne über der Stadt unterging und anstelle von Nacht eine diffuse Lichtmasse hinterließ, wählte sie die Nummer, die sie vor langer Zeit von Frau Hartwig bekommen hatte. Sie ließ es lange klingeln. Sehr, sehr lange.

»…rmann?«, knurrte eine Stimme am anderen Ende der Leitung.

»Ich bin es, Siri«, sagte Siri. »Ich wollte nur wissen … ist er wieder da?«

»Der Junge? Ja, sieht so aus. Scheint keine Lust mehr zu haben, was, zum Versteck spielen. Bin ja gespannt, ob sie ihn wirklich in Ruhe lassen, wie Werter sagt. Gut für mich, dass er da ist … ist doch einfacher mit ihm als allein …«

Siri atmete tief durch. Ihre Finger waren feucht vor Aufregung. Schulmädchen, Schulmädchen! »Kann ich ihn sprechen?«

»Was? Jetzt? Nein. Er ist noch mal weg. Irgendwas war, er war unruhig, ist hin und her gerannt wie ein Hund, ich hab ihn gehört, immer hin und her … dann ist er weg. Vielleicht war's Iris, vielleicht hat sie ihn gerufen.«

»Winfried«, sagte Siri, »kann ich Sie etwas fragen?«

»Hm?«

»Wer ist Carla Berg?«

»Niemand mehr«, sagte Winfried. »Sie ist tot.«

Und dann war da nur noch ein Tuten im Telefon.

Siri legte sich flach aufs Bett, ballte die Fäuste und presste ihr Gesicht in die Matratze.

»Ich bin mit dem Gedanken aufgewachsen«, wiederholte sie, ihre Stimme gedämpft und kaum hörbar, »dass es irgendwo einen Mörder gibt, der an allem schuld ist. Aber du bist es nicht. Du darfst es nicht sein, hörst du, Lenz? Du. Darfst. Es. Nicht. Sein. Wenn ich herausfinde, *warum* jemand Frau Henning und Aljoscha umgebracht hat … und Carla Berg … dann weiß ich auch, *wer* es war. Die

Lösung ist ganz nah, ich sehe sie nur nicht. Es ist alles eine Frage des Blickwinkels.«

✝✝✝

Er erwachte allein und frierend.

Es war, als hätte ihn alle Wärme des Sommers zusammen mit ihr verlassen. Eine Weile lag er unter der Decke und spürte sein eigenes Zittern, dann setzte er sich auf und schlang die Arme um die Knie.

Und beinahe erwartete er, Iris sagen zu hören: Du solltest was anziehen. Aber Iris war nicht da. Nur die Kaninchen waren in ihren Ecken dabei, ebenfalls langsam wach zu werden und sich aus den Fellknäueln zu einzelnen Individuen zu lösen. Einen Moment lang wünschte er sich, ein Kaninchen zu sein. Alles wäre einfach und warm, und irgendwann bekommst du das Genick gebrochen und die Sache ist vorbei, ohne größere Überlegungen.

Er zog sich an und trat hinaus auf die Wiese, die so lange schon ungemäht zwischen den Hecken lag, halb zur Steppe geworden, durchsetzt mit Holunderbüschen und hohen Disteln. Für Sekunden glaubte er, ein blaues Kleid zwischen den Disteln aufblitzen zu sehen, doch als er genauer hinsah, war niemand dort.

»Iris?«, rief er – leise, man wusste nicht, wer auf dem Weg vorbeiging. »Iris? Bist du hier?«

Er bekam keine Antwort. Das war ihm noch nie passiert. Noch nie. Iris war nie aufgetaucht und verschwunden. Er musste es sich eingebildet haben.

Aber es passierte wieder. Diesmal sah er das Blau vor dem Tor, und er rannte dorthin, quer durchs hohe Gras.

»Warte!«, rief er, »warte doch!« Er fand den Schlüssel zum Tor nicht so schnell, er machte einen Klimmzug und kletterte darüber, doch als seine Füße drüben den Weg erreichten, war da abermals niemand. Er atmete tief durch, schloss die Augen und öffnete sie wieder.

Da sah er einen Kinderarm aus dem Schilf winken, sie musste auf dem Steg stehen, an dem kleinen Hafen, halb verborgen. Er lief los, erreichte den Steg und fand sie nicht. Da war etwas wie ein blauer Wirbel, eine flüchtige Bewegung am Ende der hölzernen Planken, und dann war da nichts.

Er lief bis dorthin, blieb stehen, drehte sich um sich selbst, mit den Augen das Uferschilf absuchend.

»Hör auf damit!«, rief er. »Spielst du Verstecken mit mir? Hör auf! Komm raus!«

Er merkte zu spät, dass er beobachtet wurde. Alle drei Fischerboote lagen am Steg, und auf zwei von ihnen waren die Männer damit beschäftigt, ihre Netze zu säubern, sie waren schon draußen gewesen an diesem Morgen. Sie hatten beide in dem, was sie taten, innegehalten und starrten ihn an. Sie sagten nichts, starrten nur, und hinter ihren wettergefurchten Stirnen erkannte er, was sie sahen: ein baumlanges Kind in abgerissenen grauen Kleidern, das auf einen Steg hinausrannte und sinnlose Sätze brüllte, das jemanden suchte, der nicht da war; ein Verrückter.

Er steckte die Hände in die Taschen und ging über den Steg zurück, schlug den Weg ein in Richtung des Dorfes. Es war Zeit, zurückzukehren. Winfried wartete auf ihn. Und vielleicht würde er Iris auf dem Friedhof finden, vielleicht hatte sie in ein paar Stunden genug von diesem neuen Spiel und wartete in den Ästen der Eiche auf ihn.

Der Tag war schön, ein perfekter Sommertag; eine Menge Leute waren in ihren Gärten damit beschäftigt, Kraut und Unkraut voneinander zu trennen, Beete zu gießen, Gemüse zu ernten, und die Sonne schien auf das Dorf wie auf ein Bild in einem altmodischen Bilderbuch. Aber die Bilderbuchleute hörten alle auf, zu jäten und zu graben, wenn sie ihn sahen. Sie richteten sich auf, stützten sich auf ihre Harken oder Schaufeln und starrten ihn an wie die Fischer auf dem Steg. Er sah sie miteinander flüstern. Ihre Neugier und auch ihre Angst waren unverhohlener als je zuvor. Einer, der untergetaucht ist und wieder auftaucht, bestätigt alle Vorurteile.

Winfried saß am Küchentisch, als er das dunkle Haus betrat, die Hände auf dem Tischfriedhof, unablässig Vertiefungen, Ritzen und

Löcher betastend, und es wirkte, als säße er seit Stunden so oder seit Tagen. Vielleicht seit Wochen.

»Winfried«, sagte Lenz und räusperte sich. »Ich bin wieder da.«

Winfried hob den Kopf und hielt die Hände still. »Wurde Zeit«, sagte er. »Dachte schon, du wärst nach der Beerdigung von der Henning wieder abgetaucht. Dass du da kommst, das wusste ich. Ein Fuhrmann vernachlässigt seine Arbeit nicht.«

»Hm«, sagte Lenz und setzte sich neben ihn an den Tisch. Die Küche war noch dunkler, als er sie in Erinnerung gehabt hatte, sie war auf ihre Art sogar dunkler als die absolute Dunkelheit im Kartoffelkeller der alten Datsche. Dunkelheit, die man sehen kann, ist dunkler als Dunkelheit, die man nicht mehr sehen kann.

»Du bist ganz gut ohne mich klargekommen, was?«, sagte er.

»Nein«, sagte Winfried. »Bleib hier. Hier gehörst du her.«

»Ich bleibe. Aber nicht so wie früher. Falls Siri zurückkommt … sie ist nach Berlin gefahren, wegen der blauen Gläser … falls sie zurückkommt, werde ich anders sein. Zu zweit.«

»Ach was«, sagte Winfried und schnaubte. »Erzähl mir doch nichts. Du? Zu zweit? Und mit dieser Frau?«

»Sei still«, sagte Lenz.

»Du willst mir jetzt nicht erzählen, dass ihr ein Paar seid?« Er sprach das Wort »Paar« auf eine ekelhaft klebrige rosa Art aus wie ein Wort auf einer plüschigen Postkarte. »Für eine Nacht, kann ja sein, dafür reicht es, aber du bist nicht der Mensch für ein Paar, Junge. Und die Nacht würde mich auch wundern. Du bist ein Kind.«

Lenz stand auf. »Sei still.«

»Junge. Du hast doch nicht etwa vor, aus diesem Haus rauszu-wachsen und mir über den Kopf? Du wartest, was? Wartest drauf, dass ich sterbe. Ich bin mir da nicht mehr so sicher. Scheint doch noch mehr Leben im alten Fuhrmann zu sein, als ich dachte. Ein Weilchen wirst du ihn noch aushalten müssen, dieses blinde, kaputte Wrack.«

»Es wird Zeit, dass jemand hier sauber macht«, sagte Lenz und sah sich um. »Dass jemand deine Kleider wäscht. Du siehst fürchterlich aus. Aber glaub nicht, dass ich wiedergekommen bin, um hier bei dir rumzusitzen. Ich werde mich kümmern, aber nicht so wie früher.«

»Weiß der Teufel, was du damit meinst«, knurrte Winfried. »Hilf mir hoch. Ich sitze seit gestern Abend an diesem verdammten Tisch.«

»So«, sagte Kaminski. »Bist du also wieder da.«

Er lag unter einem Auto, das auf der Hebebühne nur ein Stück weit angehoben war, obwohl man es hätte weiter anheben können. Werter stand ein Stück abseits und sah zu ihnen herüber, und vielleicht war es Werter gewesen, der entschieden hatte, dass Kaminski auf dem Boden lag, eine kleine Übung darin, zu anderen Leuten aufzusehen. Werter hatte natürlich nicht gewusst, dass es gerade Lenz sein würde, der herkam, um mit Kaminski zu reden.

»Was willst du?«, fragte Kaminski zu Lenz hoch.

»Du bist rumgerannt und hast mit mir geredet, ohne mich zu sehen«, sagte Lenz.

»Du warst also da, hm?«

»Möglich«, sagte Lenz. »Ich wollte nur eines klären. Hör auf zu glauben, du müsstest Siri vor mir schützen. Ich kriege manche Dinge mit. Es ist lächerlich.«

Kaminski schob sich rückwärts unter dem Auto hervor. »Siri?«

»Frau Pechten, wenn dir das lieber ist.«

»Pech-Ton«, sagte Werter von dort, wo er mit verschränkten Armen stand und zuhörte. »Es ist der Name der Firma. Zwei Worte. Pech und Ton. Es ist nicht ihr Name.« Damit drehte er sich um und verschwand im Bürogebäude der Werkstatt, aber Lenz wusste, dass er sie weiter beobachtete.

»Ist das jetzt offiziell, dass ihr euch duzt, ja?«, fragte Kaminski. »Erzähl mir nicht, du hast sie gevögelt.«

»Halt die Klappe.«

»Ich glaube das auch nicht. Du weißt ja nicht mal, wie das geht.« Er trat einen Schritt auf Lenz zu, und Lenz fragte sich, ob Kaminski eigentlich nicht begriff, dass er einen Kopf kleiner war als er. »Soll ich's dir noch mal zeigen?«, flüsterte er. »Willst du noch eine Nachhilfestunde haben? Kannst du kriegen, solange du dem Dirk nichts sagst, wenn er zurückkommt. Versteck dich doch wieder unter dem Trampolin, bitte, wenn du das brauchst …«

Lenz streckte eine Hand aus und packte Kaminski im Nacken. Er packte ihn wie einen jungen Hund, und Kaminski zuckte zusammen vor Überraschung. Lenz ließ all seine Wut in den Griff in Kaminskis Nacken fließen, und es war eine Menge. Kaminski riss die Arme hoch, um ihn abzuschütteln, aber es gelang ihm nicht, und für einen Moment war Lenz selbst verwundert. Er wusste, dass er groß war, aber er hatte nie darüber nachgedacht, ob er mehr Kraft hatte als andere Leute. Es war eine gefährliche Offenbarung, *dass* er sie hatte. Wenn ich will, dachte er, kann ich jemanden umbringen, ohne ihn irgendwelche Klippen hinunterzustoßen, es ist möglich.

»Warte du, bis du mich mit meinen Leuten zusammen triffst, nicht allein«, knurrte Kaminski leise. »Irgendwann wird Werter dich nicht mehr schützen können. Irgendwann reicht seine Autorität nicht mehr. Ich sorge schon dafür, dass hier keine verrückten Mörder frei herumlaufen, glaub mir.«

»Es wäre interessant, zu erfahren, wo du warst, als Frau Henning diesen überaus tragischen Unfall hatte«, sagte Lenz und ließ ihn los. Kaminski taumelte rückwärts, und Lenz sah im Augenwinkel, dass Werter aus der Bürotür getreten war.

»Logisch, ich bin im Geheimen ein Mörder«, sagte Kaminski, schüttelte seinen Kopf, wie um die geschundene Nackenmuskulatur zu lockern, und lachte. »Und die kleine Iris hab ich damals auch um die Ecke gebracht. Nur, dass das mehr als zehn Jahre vor meiner Geburt war. Du vergisst das gerne, Fuhrmann. Du bist ein Kind, aber du bist alt. Ich bin fast zwanzig Jahre jünger als du. Wenn man mich nicht überraschend angreift, bin ich der Wendigere von uns. Der Schnellere. Und ich bin der mit mehr Freunden.«

»Warum?«, flüsterte Lenz. »Warum hast du es auf mich abgesehen? Ist es, weil du ein Held sein willst, der einen Mörder zur Strecke bringt?« Er schüttelte den Kopf. »Nein«, antwortete er sich selbst. »Das ist es nicht. Ich bin einfach nur anders. Und vor Dingen, die anders sind, hast du Angst. Deshalb musst du mich loswerden.«

»Lass ihn los, Fuhrmann«, sagte Werter laut und deutlich und ohne Widerspruch zu dulden.

Lenz hob beide Hände, um ihm zu zeigen, dass er Kaminski nicht mehr festhielt.

»Deine Augen«, sagte Werter. »Du hältst ihn mit deinen Augen.«

Lenz sah weg, blinzelte, schüttelte den Kopf und wandte sich zum Gehen.

»Die Kleine!«, rief Kaminski ihm nach. »Siri! Die ist weg, oder? Nach Berlin ist sie. Die siehst du nicht wieder. Also wozu das Ganze?«

Und dann wurde es Abend, und als Winfried im Bett lag, wurde es still und dunkel in Lenz, so still und dunkel, als wäre er das Haus. Als wäre er das Dorf. Als wäre er die Vergangenheit, die hier für immer andauerte. Vielleicht hatten sie alle recht, Siri würde nicht wiederkommen, aber auch Iris blieb verschwunden. War sie verschwunden, weil er Siri zu nahe gekommen war? War sie da gewesen, in der absoluten Schwärze des Kartoffelkellers, und später, in dem einen Zimmer der Datsche – hatte sie ihnen zugesehen und beschlossen, zu gehen? War dies das Ende seiner Kindheit, über dreißig Jahre aufgeschoben? Er hätte es weiter aufschieben können, auf ewig mit Iris über die Felder laufen; manchmal war er glücklich gewesen, dort auf den Feldern. Aber es war anders gekommen.

Er balancierte in der Dämmerung alleine auf der Friedhofsmauer entlang, sprang mit ausgebreiteten Armen über die Lücken: Niemand wird von heute auf morgen erwachsen.

Die Kirche war offen. Der Umbrich musste vergessen haben, sie abzuschließen. Jetzt, wo Frau Henning sich nicht mehr mit ihm darüber stritt, wer von ihnen als Küster das Sagen hatte, war es ihm vielleicht nicht mehr wichtig, sie abzuschließen. Es gab nichts darin zu stehlen als einen Gott, der ohnehin nie da gewesen war.

Lenz wanderte durch den Mittelgang zwischen den Bänken bis ganz nach vorne zum Altar, drehte sich um und blickte zur Orgelempore hinauf. Beinahe hoffte er trotz allem, Iris von der hölzernen Balustrade aus herunterwinken zu sehen wie damals, als ihr Vater gewollt hatte, dass sie, mangels Klaviers, auf der Orgel übte. Doch dort oben war niemand. Zwischen die groben Schrägbalken, die die Empore von unten hielten, hatten die Spinnen in jahrzehntelanger Kleinstarbeit ein kompliziert ineinander verwobenes Kunstwerk gehängt.

»Pech-Ton«, sagte er laut. Die beiden Worte hallten in der Kirche wider und schienen sich zu vervielfältigen. Und endlich zwang er sich, den Gedanken zu denken, den er immer von sich fortgeschoben hatte. Er dachte ihn laut.

»Pech und Ton«, sagte er in die Kirchenstille. »Der Ton von Pech. Der Farbton. Der Farbton von Pech ist schwarz. Siri Pechton. Siri Schwarz.«

Natürlich, natürlich, natürlich. Er drehte sich um, legte beide Hände auf den Altar und sah hinauf zu dem Fenster in der Wand, das nur aus durchsichtigem Glas bestand. Wenn er die Augen schloss, sah er das alte Fenster vor sich – die kleine Gestalt der sich entfernenden Maria Magdalena im blauen Kleid. So blau wie Iris' Kleid.

»Iris Weiß«, sagte er laut. »Und Siri Schwarz.«

Es war lächerlich. Ein Kinderspiel, ein Rätsel wie in einem Schulheft.

»Du bist sie«, flüsterte er. »Sie ist du. Aber wie kann das sein? Wie? Lag Iris denn nicht in einem blauen Kleid und schwarzen Schnürschuhen in einem Sarg? Wasserleichen ... bei Wasserleichen bleibt der Sargdeckel meist geschlossen ... aber sie lag ja nicht lange im Wasser ... stimmt meine Erinnerung nicht? Und Winfried? Ist seine Erinnerung auch falsch?«

Er öffnete die Augen. Das Fenster vor ihm war wieder aus Glas.

Er hatte Siri nie gesagt, an welchem Tag die Fenster kaputtgegangen waren, alle auf einmal. Es war ein Tag im Mai gewesen, der Tag, an dem der Wind die Blüten des Apfelbaums mitgenommen hatte, weiße Blüten, weiß wie Schnee. Er ging zurück durch den Mittelgang, unter der stillen Orgel hindurch, hinaus, und es war, als könnte er die Blüten am Apfelbaum in der Dämmerung wieder sehen, die Blüten von damals. Es war, als stünde er noch einmal hier und war neun Jahre alt. Dies war der erste Frühlingstag nach einem Winter, in dem er mit niemandem gesprochen hatte.

Einem Winter, in dem er gewusst hatte – jeden Tag und jede Stunde, jeden Herzschlag und jeden Atemzug lang –, dass Iris tot war, dass sie in dem Grab mit dem verkehrten Schneehuhn lag und nie, nie wieder kommen würde. Der längste Winter seines Lebens.

Er stand da und sah die Apfelblüten an, die durch die Luft segelten, und auf einmal wurde er so unglaublich wütend, es war kaum zu beschreiben. Und er drehte sich zur Kirche um, sah zu den Fenstern – und hasste sie, jede ihrer Farben. Sie waren schön, und er wollte nicht, dass sie schön waren, die Töne der Orgel waren durch diese Fenster nach draußen gedrungen, und die Orgel würde nie wieder Töne hervorbringen, sie durfte es nicht, weil Iris sie nie wieder spielen konnte.

Er ballte die Fäuste.

Und da barsten die Fenster.

Sie barsten mit einem unvorstellbaren Knall, als hätte ein Flugzeug die Schallmauer durchbrochen, und danach war alles sehr still. Die Erinnerung an die alten Bilder rieselte in winzigen Scherben hinunter auf die Erde, rieselte hinab wie Apfelblüten, wie Schneeflocken, glitzernd und hell. Als die letzten Scherben aus den Rahmen gefallen waren – und es war seltsam, dass sie alle fielen, wo sie doch mit so vielen kleinen schwarzen Stegen verbunden waren –, als die letzten Scherben gefallen waren, drehte Lenz sich zu dem Apfelbaum um.

Und in seinen blütenlosen, windgeschüttelten Frühjahrszweigen saß Iris in ihrem blauen Kleid.

Er ging langsam auf den Apfelbaum zu, wie im Traum. Da war niemand auf dem Friedhof außer ihm, es war heller Tag, nichts war unheimlich und alles durchflutet von Licht. Er streckte seine Hände aus, und sie lachte und kletterte vom Apfelbaum, um sie zu nehmen. Ihre eigenen Hände waren warm, und ihr Lachen war warm, und ihre Stimme war warm, und sie sagte: »Ich habe so lange gewartet. Jetzt bleibe ich, weißt du.«

»Ja«, sagte Lenz.

»Solange du willst«, sagte Iris. »Im Winter gehe ich vielleicht, ich habe so ein Gefühl, dass dann das Licht nicht reicht. Aber ich komme immer wieder, hörst du? Ich habe doch versprochen, dass ich wiederkomme, als das Auto abfuhr.«

»Nur hat es nicht geklappt«, sagte er leise, unsicher.

»Vielleicht ja doch«, sagte Iris. »Ich bin hier, oder? Für dich. Nur für dich.«

Und dann zog sie ihn mit sich zu der kleinen Hintertür in der Friedhofsmauer, und sie rannten zusammen ins Frühjahr hinein, auf den Sommer zu.

Er schüttelte den Kopf und blinzelte. Nein, dies war kein heller, lichtdurchfluteter Frühlingstag. Um ihn lag eine Spätsommernacht. In manchen Ecken, zwischen manchen Worten roch es schon ganz entfernt nach einer Ahnung von Herbst. Der Sommer würde zu Ende gehen, nicht gleich, aber irgendwann. Und als er an sich hinabsah, war er auch nicht neun, sondern wieder einundvierzig. Es war nur eine Erinnerung gewesen. Wann würde er sich an die Nacht erinnern, in der Iris, die lebendige Iris, zurückgekommen war? Würde er sich jemals erinnern?

Wenn man Winfried glaubte, gab es nichts zu erinnern, er hatte in seinem Bett gelegen und geschlafen. Aber er glaubte Winfried nicht.

Er wusste überhaupt nicht mehr, wem er glaubte.

»Iris«, sagte er laut. »Habe ich mir dich im blauen Kleid immer nur eingebildet? Warst du nie tot? War das Ganze ein Trick ... wozu auch immer? Bist du also anderswo, weit weg, in einem Land voller Veranden und Sonne, erwachsen geworden?«

Auf einmal packte ihn etwas, er wusste nicht, was, eine merkwürdige Aufregung, es war wie ein Fieber. Sein Kopf schwebte irgendwo über ihm, als er nach Hause ging, seine Schritte waren groß und rasch, er rannte nicht, er verbot sich, zu rennen.

Der Spaten stand im Hausflur, neben den Jacken und Stiefeln. Winfried stöhnte im Schlaf und wälzte sich oben in seinem Bett hin und her, und Lenz fragte sich, welche Gestalten durch seine Träume wanderten. Nur die Gestalten der Vergangenheit, denn für Winfried gab es keine Zukunft und auch keine Gegenwart mehr. Er hatte zu Ende gelebt, da kam nichts mehr, für das es sich lohnte, aber es gab auch keinen Schalter, den man umlegen konnte, um endgültig den Vorhang fallen zu lassen über dieses Leben. Es wäre beinahe gnädig, einen Schalter zu finden, dachte Lenz. Es wäre einfach, dem Tod ein wenig nachzuhelfen bei diesem alten, kaputten Körper, der da oben im Bett lag. Ein Kissen, eine Decke über einem Gesicht, es ginge ganz schnell, Winfried würde es kaum begreifen.

Lenz erschrak über seine eigenen Gedanken. Vielleicht war es weniger Gnade, die er spürte, sondern Ungeduld. Nie mehr dieses Wort zu hören: »Junge«.

Junge. Du wartest, was? Wartest drauf, dass ich sterbe. Ein Weilchen wirst du ihn noch aushalten müssen … Er nahm den Spaten und schloss die Haustür hinter sich.

Die Äste der Friedhofseiche waren jetzt mit Sternen besetzt wie mit Juwelen.

Der Mond hing als blass ovaler Halbedelstein zwischen ihnen, weder voll noch halb. Lenz brauchte den Mond nicht, er hätte den Weg vom Tor zu diesem einen Grab auch mit geschlossenen Augen gefunden.

Einen Augenblick lang stand er davor, sah den Stein an, dessen Inschrift nachts zu geheimnisvollen, unleserlichen Zeichen zerfloss, und dachte ihren Namen. Irisirisirisiris.

Vergib mir.

Dann begann er.

Das Erdreich gab nicht nach, es war durchsetzt von zu vielen Wurzeln; Gras und Blumen klammerten sich hartnäckig fest, und das Schneehuhn sah ihn mit seinen blinden Augen an und begriff nicht, was er tat. Er legte die Schaufel weg, hob es hoch und hielt es einen Moment in seinen Armen wie etwas Lebendiges. Es war groß, schwer und rund, und beinahe glaubte er, das Auf und Ab seines Atmens zu spüren. Er drehte sich um, und da schien die klobige Gestalt der Kirche sich auszudehnen und wieder zu schrumpfen, ganz leise nur, kaum wahrnehmbar, als atmete auch sie. Die Grabsteine, die Mauer, die Eiche, der Apfelbaum – sie alle atmeten. Iris hätte ihn verstanden, wenn er es ihr erzählt hätte.

Aber wo war Iris, und welche Version von Iris war wo?

Die atmende Kirche, die Grabsteine, die Mauer, … sie alle warteten stumm darauf, dass er den Spaten wieder aufhob. Dass er tat, was er tun musste, um Gewissheit zu haben.

Er hatte jetzt ein Viereck aus dem Wurzelwerk gestochen, hob es heraus, nicht ganz so behutsam wie sonst, wenn er mit Blumen und ihren Wurzeln umging, legte es neben sich, grub weiter. Immer rascher, immer tiefer, die schwarze Nachterde gab jetzt nach, krümelig und saftig wie der Sommer selbst, er drang tief in sie ein mit dem Spaten, sie wehrte sich nicht.

Irisirisirisiris.

Er sah das Blau ihrer Augen vor sich, während er weitergrub, das Blau ihres Kleides, das Blau der zerborstenen Kirchenfenster, das Blau des Himmels und des Meeres, die Farbe der Weite und der Freiheit. Eine Farbe, die ihm nie gehört hatte. Er warf den Spaten weg, fiel auf die Knie und grub mit bloßen Händen weiter. Da musste etwas sein, irgendetwas, irgendein Überrest, irgendetwas musste doch bleiben, auch nach zweiunddreißig Jahren, er würde etwas finden – oder eben nicht. Wenn nie ein Kind in dem Grab gelegen hatte, konnte er nichts finden. Oder doch?

Wie viele Gräber hatte es an dieser Stelle schon gegeben, wie viele Leben waren hier über die Jahrhunderte hinweg in die Erde gebettet worden? War es möglich, dass er die Reste eines anderen Kindes fand? Es schien unwahrscheinlich, dass hier vorher gerade ein Kind gelegen hatte … er lag vornübergebeugt, mit den Armen bis zur Schulter in der Erde, ließ sie durch seine Hände rieseln, siebte sie mit seinen Fingern, er arbeitete wie ein Besessener; wie im Rausch.

Und dann hielt er inne, denn da waren auf einmal Stimmen – ein Flüstern am Friedhofstor.

»Wetten, dass du dich doch nicht traust? Nachts auf den Friedhof? Huhu, vielleicht kommt gleich ein Gespenst angeschossen …«

»Ich trau mich wohl. Gespenster gibt es gar nicht. An die glauben nur die Erwachsenen.«

»Dann geh doch rein.«

»Tu ich auch, du wirst schon sehen.«

»Tust du nicht.«

»Wohl! Komm.«

Es waren Kinderstimmen, ein Junge und ein Mädchen, das Mädchen schien jünger, vielleicht sechs Jahre alt. Und Lenz begriff: Auch dies war eine Erinnerung. Iris und er mussten vor Unzeiten hier dieses Gespräch geführt haben, und er lächelte still bei dem Gedanken. Er hätte ihre Stimmen nicht erkannt, aber die Zeit und der Mondschein hatten sie wohl verwaschen, und als er genauer hinhören wollte, waren sie verstummt. Beim Tor konnte er niemanden entdecken.

Er streckte seine Hand noch ein wenig tiefer ins Erdreich, das er gelockert hatte – und dann stieß er auf etwas Hartes. Etwas, das zu groß war für einen Stein, zu … geformt. Er zog es hervor, schüttelte die Erde ab, putzte es mit seinem Ärmel: Es war ohne Zweifel ein Knochen, ein Röhrenknochen von einem Arm oder Bein.

Aber Lenz konnte nicht sagen, ob dieser Knochen von einem Kind stammte, von einem kleinen Erwachsenen oder von einem Tier. Er hatte genug Knochen gesehen in seinem Leben, aber er hatte sich nie näher mit ihnen beschäftigt. Er fand noch einen Knochen, ebenfalls länglich, dünner. Da musste irgendwo ein Schädel sein, an einem Schädel würde man am ehesten sehen, ob es ein Kind oder ein Erwachsener war, der hier lag … ein paar helle Madenleiber purzelten von irgendwoher in die Grube, die er gegraben hatte, einfache Erdbewohner, und doch schwappte auf einmal eine Welle der Übelkeit über Lenz.

»Was tue ich hier?«, flüsterte er. »Was? Tue? Ich? Hier?«

Die beiden schmalen, langen Knochen in seinen Händen schienen sich auf einmal regen zu wollen, schienen in Form zu springen, sich einzupassen in einen Kinderkörper. Diese Knochen waren einmal umgeben gewesen von Fleisch und Blutgefäßen und Haut und Nerven, die Schmerzen fühlten konnte, sie waren vielleicht einmal ein Stück von Iris gewesen.

Er kniete dort auf der Erde und übergab sich in die Grube, die er geschaffen hatte, so lange, bis sich nichts mehr in seinem Magen befand und nur noch ätzende Galle hochkam. Schließlich rupfte er eine Handvoll Gras ab, erdigem Gras neben dem Grab, und wischte sich notdürftig das Gesicht damit sauber, und dann schaufelte er das Grab wieder zu, erschöpft jetzt, trat die Erde fest, passte das Viereck aus Pflanzen und Erdreich wieder ein. Die beiden schmalen weißen Knochen lagen im Gras wie ein Mondzeichen. Er hob sie auf – er fühlte sich ausgelaugt und erschöpft und doch noch immer fiebrig – und rannte los, quer über den Friedhof, ein gehetztes Kind auf der Flucht. Auf der Flucht vor was? Vor sich selbst?

Er rannte die Straße entlang, auf den Hügel zu, auf dem das blaue Haus stand. Annelie, dachte er. Hilf mir. Noch einmal.

Die Nacht war dick und schwer wie das langsam gerinnende Blut in den Gefäßen eines toten Körpers. Der Nachgeschmack von Galle in seinem Mund war bitter, und auf den Knochen spiegelte sich das ödematös weiße Mondlicht.

Die Häuser schliefen. Alle. Oder nicht?

Er schlich lautlos durch den Garten.

Er duckte sich unter Büschen durch.

Er war wie eine Katze, verschmolz mit den Schatten, in der Hand seine seltsame Beute.

Er klopfte an das Glas der Veranda.

Er streckte ihr die Knochen entgegen, als sie die Verandatür öffnete, verschlafen, im Nachthemd, eine Taschenlampe in der zitternden Hand.

Er fand keine erklärenden Worte, nur eine Frage.

»Annelie. Sind das … sind das Knochen von einem Kind? Oder einem Tier? Oder einem Erwachsenen? Ich muss es wissen. Bitte …«

Sie zog ihn ins Haus, und er sah, wie sie sich umblickte, rasch und beinahe gehetzt, als könnte da noch jemand sein, der zusah und lauschte. Als täten sie etwas Verbotenes. Sie schloss die Verandatür hinter ihm und machte Licht. Er hielt die beiden länglichen, dünnen Röhrenknochen hoch, es klebte noch Erde daran.

»Sind das die Knochen eines sechsjährigen Mädchens?«

Sie hob eine Hand zum Mund, ihr Gesicht verfangen zwischen

Erstaunen, Entsetzen und Beschwichtigung. »Ich weiß es nicht«, sagte sie. »Woher soll ich das wissen?«

»Du weißt mehr als ich. Du bist klüger. Gebildeter. Du bist die Einzige, die ich fragen kann. Guck sie dir an. Guck sie dir genau an!« Er hielt die Knochen so nah an ihr Gesicht, dass sie beinahe ihre Wange berührten. Sie wich zurück, er sah aber, dass sie versuchte, es nicht zu tun.

»Lenz«, sagte sie. »Was ist passiert?«

»Nichts. Alles. Sie liegt nicht in dem Grab, Annelie, sie kann nicht darin liegen ... das Grab ist leer ... immer leer gewesen ...« Er hörte sich selbst beim Stottern zu und konnte nichts dagegen tun, er erbrach die Worte wie seinen Mageninhalt zuvor. »Sie ist nie ertrunken ... Annelie, aber wem ... wem gehören dann die Knochen ... sie sind so dünn, es kann kein Erwachsener sein, ich ... warum haben sie denn alle gelogen, und warum ist sie zurückgekommen, noch einmal zurückgekommen ... aber sie ist ja wieder fortgegangen ... Annelie, und ein drittes Mal wird sie nicht zurückkommen ... oder glaubst du, sie kommt? Und Iris ist fort ... mein Bild von Iris, die Iris von damals, sie ist fort ... Weiß und Schwarz ... es war nur ein Wortspiel ... und die Namen ... Spiegelbilder voneinander ... und die Fenster ... es ist ein Symbol ... und ich habe darüber nachgedacht, Winfried umzubringen, aber es war nicht ernst gemeint, bis ich merkte, was ich dachte. Da war ich mir nicht mehr sicher, ob es nicht doch ernst war ... ich weiß nicht, was in mir passiert ... und ich habe angefangen, mich zu erinnern ... daran, wie die Fenster zersprungen sind, alle zur gleichen Zeit, an dem Tag, an dem Iris in dem blauen Kleid zu mir kam ... und Siri und ich ... in der Datsche ... im Kartoffelkeller, gestern ... es war wie ein Grab ... sie war so nah, wie in einem Grab zu zweit ... und ...«

Er verstummte, da waren keine Worte mehr in ihm, nur noch die Galle, die zurückbleibt, wenn man alle Worte ausgespuckt hat.

Er ließ die Hand mit den blanken weißen Knochen sinken und sah Annelie an. Einen Moment lang war es sehr still auf der Veranda. Dann nahm Annelie ihn bei der freien Hand und zog ihn sanft mit sich, aber ihre eigene Hand zitterte stärker dabei als je zuvor. Sie zog ihn die Treppe hinauf, zog ihn ins Bad.

Sein Blick fiel in den Spiegel, und er erschrak. Das Gesicht dort war verschmiert mit Erde und Schlieren von Erbrochenem, die Augen starrten ihm groß und dunkel entgegen, entsetzte Spiegel seiner Verwirrung. Er sah das Kind, das achtjährige Kind, das vielleicht nur in den Dreck gefallen war, Kindern passiert so etwas … und er sah den Erwachsenen, der älter war, als er sein sollte. Ein Kind, gefangen in einem alten Körper – es war wie ein Sinnbild des Wahnsinns.

Annelie drehte den Hahn auf, und er hielt seinen Kopf darunter, nahm den Waschlappen, den sie ihm gab, und rieb die Erde und Flüssigkeit von seiner Haut, rieb und rieb, bis es schmerzte. Schließlich verbarg er sein Gesicht lange in einem weißen Frotteehandtuch, das nach einer vagen Erinnerung an Rosen duftete, und sackte auf dem Fußboden in sich zusammen. Die Knochen lagen vor ihm auf dem freundlich rotorange gestreiften Badezimmerteppich. Er wusste nicht mehr, ob er oder Annelie sie dort hingelegt hatte.

»Eigentlich«, antwortete er leise, »ist gar nichts passiert. Ich habe nur gegraben, das ist alles. Auf dem Friedhof. Das ist mein Job, oder? Nicht gerade nachts natürlich.«

»Was wolltest du finden?«

»Ich weiß es nicht«, sagte er. »Iris. Oder die Abwesenheit von Iris. Vielleicht ist sie gar nicht tot. Ich bin nicht schuld an ihrem Unfall, weil sie gar keinen Unfall hatte. Lebt sie? Ist sie Siri?«

Annelie wiegte den Kopf, nachdenklich, und es dauerte, bis sie antwortete. »Ich weiß es nicht, mein Junge«, sagte sie schließlich sehr leise.

»Aber wer … wer liegt dann in dem Grab? Vielleicht bin es ja ich«, sagte er plötzlich. »Ich liege dort. Sie lebt, und ich bin nur eine Erinnerung …« Er lachte, und Annelie zuckte bei dem Geräusch seines Lachens zusammen. War dies schon das Lachen eines Wahnsinnigen? Hatte er keine Kontrolle mehr darüber?

»Du solltest schlafen«, sagte Annelie, sanft und … vorsichtig. Als wäre es besser, ihn zu beruhigen, weil er sonst imstande wäre, merkwürdige Dinge zu tun. Sie hob die Knochen dennoch auf und kniff die Augen zusammen, konzentriert. »Ich würde sagen, entweder ein Kind oder ein wirklich sehr kleiner Erwachsener«, sagte sie leise. »Oder ein großes Tier. Ein Hund. Es könnten theoretisch die Knochen eines Hundes sein.«

»Warst du nicht da? Warst du nicht dabei, als sie sie beerdigt haben? Iris? Ich … ich war dabei, hat Winfried gesagt … aber meine Erinnerungen sind nicht die zuverlässigsten … es fehlen Teile …«

»Siri hat dunkles Haar«, sagte Annelie und fuhr mit einem Finger die glatte Fläche des schmaleren Knochens entlang.

»Haare … Haare kann man färben … und abschneiden natürlich, dann bemerkt keiner mehr die Locken … ihre Augen haben die richtige Farbe, und ich …«

»Ja«, sagte Annelie, und es klang auf einmal traurig. »Natürlich tust du das.«

Er hatte es nicht gesagt, dachte er. Er hatte nicht gesagt: Ich liebe sie. Aus einem Impuls heraus streckte er den Arm aus und berührte ihr Gesicht, drehte, ganz sanft, ihr Kinn zu sich. Er kniete immer noch auf dem Badezimmerfußboden, und sie hatte sich auf den Rand der Wanne gesetzt. Wenn sie hintenüber fiele, mit dem Kopf auf die harte Kante schlug, wäre das das Ende eines sehr langen Lebens.

Warum dachte er solche Dinge? Die Haut an ihrem Kinn war weich und übersät von winzigen, unsichtbaren, nur spürbaren Härchen. Er sah ihr in die Augen, in denen es immer Sommer gewesen war. Es hätte Herbst darin werden sollen, spätestens jetzt, doch er fand ein Blitzen wie Frühling. Als wäre ihr Blick jünger geworden, als säße hier ein junges Mädchen und sähe ihn an. Sie sah sehr tief in ihn hinein.

»Du weißt alles über mich«, flüsterte er.

Da streckte sie die Hand ebenfalls aus, ihre alte und nicht jungmädchenhafte Hand, und berührte sein Gesicht, ganz leicht nur, ein Spiegelbild seiner eigenen Berührung. Draußen erwachte der Wind und schlich durch die Büsche wie Kinderschritte.

»Lenz, mein Lenz«, wisperte Annelie. »Vielleicht weiß ich.«

»Aber ich, ich weiß nichts«, begann er, »nichts über dich.«

»Da gibt es nichts zu wissen«, sagte Annelie. »Ich bin eine alte

Frau in einem eigensinnig blauen Haus, die die Gelegenheit verpasst hat, von hier fortzugehen.«

Da fehlte ein Wort, dachte Lenz. Das Wort lautete »einsam«. Er zog seine Hand zurück und stand auf, und sie stand ebenfalls auf und legte die Knochen in die Schublade der Badezimmerkommode, als wären sie nichts als eine Bürste, ein Kamm, ein Schminkspiegelchen; harmlose, zufällig kinderknochenförmige Gegenstände.

»Du schläfst hier«, flüsterte Annelie. »Wäre nicht klug, wenn dich jemand so draußen sieht.«

Er sagte nicht: Ich habe mich doch gewaschen.

Er nickte. Er folgte ihr ins Schlafzimmer, ohne dass sie sich noch einmal berührten. Niemand sprach vom Sofa im Wohnzimmer. Sie legte sich zwischen ihre aprikotfarbenen Bettdecken, und er rollte sich auf dem Boden zusammen, obwohl er sah, dass sie protestieren wollte. Sie ließ ihre Hand vom Bett hängen und strich ihm durchs Haar, wie sie es all die Jahrzehnte hindurch getan hatte, immer dann, wenn etwas Schlimmes geschehen war. Und er schlief ein, und in seinem Kopf war eine Traurigkeit, die nach Annelies Parfum schmeckte.

In der stillen Mitte der Traurigkeit saß Siri, mit dem Rücken zu ihm. Der geblümte Mantel umgab ihre mageren Schultern, aber aus irgendeinem Grunde wusste er, dass sie darunter nackt war.

Er träumte. In seinen Träumen sprach Annelie mit einem Kind. Mit einem Jungen von ungefähr acht Jahren. Unten, vor dem Fenster.

»Das wirst du nicht tun«, hörte Lenz sie sagen. »Du wirst es niemandem sagen, hörst du? Vergiss, was du gesehen hast. Vergiss, was passiert ist. Vergiss alles. Das ist besser für dich.«

Er hörte die Stimme des Jungen nicht genau, er erkannte sie nicht. Dann vergaß er, was er gehört hatte, und träumte nicht mehr.

13

Siri ließ den alten Golf auf der Landkarte nordwärts kriechen.

Er kroch schon seit Stunden; er musste kriechen, sie hatte den Hänger mit dem Glas hinter sich. Damals hatte sie den Golf gekauft, weil er die Anhängerkupplung besaß. Und er kroch, und er kroch, und er kroch. Vielleicht würde er für immer kriechen, vielleicht würde sie nie über die Brücke auf die Insel zurückfahren, nie das Meer sehen, nie die Abbiegung bei der Bushaltestelle erreichen, wo der Sandweg mit Namen Hauptstraße in ein Dorf voller Duckhäuser führte. Es lag nicht nur am Glas, dass sie so langsam fuhr.

Solange sie nicht ankam, war alles gut. Solange sie nicht ankam, konnte sie das Happy End des letzten oder vorletzten Kapitels ihrer Geschichte im Kopf behalten, den träumenden Körper zwischen zerwühlten Decken im kahlen Raum der verlassenen Datsche. Ein friedliches, schlafendes Gesicht, das keinem bösen Menschen gehören konnte und auch keinem Verrückten. Wenn sie ankam, würden sich die Dinge vielleicht ändern. Sie war ihm jetzt näher als je zuvor, so nah, dass er irgendwann reden würde. Er würde sich erinnern. Und sie würde die Wahrheit erfahren über den Unfall damals. Es gab eine Chance, dass die Wahrheit gnädig war. Sie versuchte, daran zu glauben. Es war wie ein Münzwurf, Kopf oder Zahl, Glück oder Verderben. Sie wollte die Münze nicht werfen.

Sie dachte wieder an die Bushaltestelle, die sie nie erreichen würde, wenn sie nur langsam genug fuhr, und dann dachte sie an Aschenputtel und das Schultheater. Und an die älteren Jungen von der Bushaltestelle. Sie sah die kleine Gestalt in dem gelben Kleid vor sich, mitten auf der Landstraße, in dem ehemals gelben zerrissenen, dreckverschmierten Kleid; niemand wusste genau, was die älteren Jungen aus dem Bus genau getan hatten … sie sah den Haselnussstrauß beim Grab von Lotte Fuhrmann vor sich, den Lenz gepflanzt und auf dem sich nie ein Zaubervogel niedergelassen hatte. Und sie hörte sein Schweigen, in der Zeit nach Iris' Begräbnis, monatelang.

Sie sah ihn vor der Kirchentür stehen, erwachsen jetzt, die Hände ausgestreckt, als könnte er sich am Holz der geschlossenen Türflügel festhalten; sie sah Kaminski und seine Freunde auf ihn zutreten, ehe Werter sie aufhielt.

Warum fuhr der Golf so schnell? Viel zu schnell. Irgendjemand musste aufs Gaspedal getreten haben. Vielleicht Aschenputtel selbst.

»Ich komme«, flüsterte Siri, »ich komme. Dir ist nicht *noch* etwas Schreckliches passiert in der Zwischenzeit, oder? Es waren nur zwei Tage … in zwei Tagen kann man sich nicht schon wieder in Schwierigkeiten bringen.«

Und sie lächelte auf einmal, ein dummes und unpassend strahlendes Lächeln, sie sah es im Rückspiegel, befand es für krank und konnte nichts dagegen tun.

»Spring in meine Tasche«, flüsterte sie, »und ich rette dich vor allen bösen Dingen in der Welt … haha. Siri Weiß, was glaubst du denn, wer du bist? Deine Manteltaschen sind kein Aufenthaltsort für Kinder.«

Als sie auf die sandige Straße abbog, hing das Nachmittagslicht schon golden zwischen den Luftmolekülen, und die Spätaugustvögel, die natürlich Junivögel waren, sangen leiser in den Schatten. Sie parkte den Golf auf der Grenze zum Abend. Einen Moment blieb sie hinter dem Steuer sitzen, sah Frau Hartwig in ihrem Vorgarten ein Beet umgraben, kittelbeschürzt, rückengebeugt, scheinbar unbeteiligt – obwohl sie natürlich genau wusste, dass Siri da war. Sie lauschte und beobachtete mit jeder Faser des pink-türkis geblümten Schürzenstoffs.

Siri legte die Stirn aufs Lenkrad und atmete tief durch.

Ich muss jetzt eine gute Ausrede erfinden, dachte sie, um ihn zu treffen. Ich werde einen Spaziergang durchs Dorf machen, ich werde zum Friedhof gehen, um einen Blick auf die Fenster zu werfen … und wenn er dort nicht ist? Ich könnte zu Winfried gehen … Herr Fuhrmann, ich bin gerade aus Berlin zurück, und da dachte ich: Vielleicht haben Sie etwas Brot, das Sie mir leihen könnten? Ich habe nämlich ganz vergessen, etwas fürs Abendessen zu besorgen …

und, wenn Lenz da wäre, dachte sie, würde er die schmale Stiege herunterkommen, um mit ihr zu sprechen? Oder würde er oben bleiben, in seiner Kammer, wo vielleicht Iris auf dem Bett saß? Hatte er vielleicht über das, was im Kartoffelkeller der Datsche geschehen war, noch einmal nachgedacht, um es für schlecht zu befinden?

Sie richtete sich auf, rieb sich die Stirn, die vom harten Lederimitat des Lenkrades schmerzte, und schüttelte den Kopf. Warum musste sie ihn denn heute sehen? Es reichte vollkommen aus, morgen festzustellen, ob er sie sehen wollte oder nicht. Heute Abend hatte sie genug zu tun mit dem Ausladen der blauen Glasplatten.

Sie stieg aus dem Golf, nickte Frau Hartwig zu, die erstaunlicherweise in genau diesem Moment von ihrem Beet aufsah, und schleppte ihren Rucksack durch den hartwigschen Garten.

Lenz saß vor der Tür der Kellerwohnung.

Saß einfach da in der Sonne und blinzelte ihr entgegen.

Er hatte auf sie gewartet wie ein junger Hund, und sie lächelte, als er aufstand. Sie hätte sich nie Gedanken zu machen brauchen, wie man ihn zufällig treffen könnte.

Er machte einen Schritt auf sie zu, sah für Sekundenbruchteile zu ihr hinunter und schloss sie in seine Arme, und sie standen lange, lange so und hielten sich fest.

»Du bist wiedergekommen«, flüsterte er schließlich.

Sie nickte. Sie wollte etwas sagen wie: »Aber das habe ich dir gesagt« oder irgendetwas anderes, etwas Schlaues, Lustiges, das man gefahrlos sagen konnte, um alles etwas weniger ernst zu machen.

Sie sagte gar nichts.

Und schließlich ließen sie sich los, und er half ihr, die blauen Glasplatten hineinzutragen.

Frau Hartwigs Blicke klebten an jedem ihrer und jedem seiner Schritte wie neugierige feuchtfette Nacktschnecken. Als sie die Platten alle in die Werkstatt hinuntergebracht hatten, behutsam in ihren vielen Lagen Verpackung an die Wand gelehnt, kniete Siri sich davor und riss die Verpackung von der vordersten Platte. Das Blau war ein glänzender schwarzer Abgrund.

»Sie braucht Licht«, sagte Siri und zog die Platte von dem Stapel der anderen weg, um sie quer in den Raum zu stellen, wo die Reste des Tages durchs Kellerfenster fielen. Da leuchtete das Glas auf wie durch einen geheimen Zauber, es erwachte wie etwas Lebendiges, und die winzigen Luftblasen im Glas schwammen als Schatten über die Wände wie Schwärme von Traumfischen.

»Himmelsblau«, flüsterte Siri, immer noch am Boden kniend wie in einer seltsamen Andacht. »Meeresblau. Blau ist die durchsichtigste aller Farben. Die Farbe der Ferne.«

Lenz kniete sich neben sie.

»Jetzt werden die Fenster also fertig«, sagte er.

»Es dauert noch …«

»Es dauert, aber sie werden fertig. Irgendwann. Und dann wirst du weggehen und diesmal nicht mehr wiederkommen. Blau ist die Farbe der Ferne.«

Da ließ Siri die Glasplatte los, um ihn noch einmal zu umarmen, und die Glasplatte fiel und zerbrach auf dem Betonboden des Werkstattraumes in tausend Splitter; Blau, die zerbrechlichste aller Farben. Lenz erwiderte ihre Umarmung, aber nur für Sekunden, dann löste er sich von ihr und griff in den Scherbenhaufen, erschrocken, als wäre es seine Schuld.

»Ich wollte nicht …«, begann er. »Warum hast du …? Es sind noch ein paar größere Stücke da …«

»Es ist nur eine Platte«, sagte Siri leichthin. »Ich habe mehr. Und ich hätte sie sowieso zerschnitten.«

Als er seine Hand zurückzog, war sie blutig. Das Blau der Ferne war scharf. Quer über seine Handfläche liefen zwei tiefe Schnitte.

»Es ist nur eine Hand«, sagte Lenz und lachte. »Ich habe zwei.«

Und dann fuhr er ihr mit der blutigen Hand über die Wange, sie spürte die Feuchtigkeit dort, und es war wie eine Ahnung von etwas, das sie nicht wissen wollte. Sie küssten sich still inmitten der Scherben.

Irgendwann stand Siri auf und zog ihn mit sich hoch, an der zerschnittenen Hand.

»Ich will hier nicht bleiben«, sagte sie. »Nicht heute Nacht. Ich kümmere mich morgen um die Scherben. Und um alles andere. Ich arbeite morgen weiter an den Fenstern. Aber ich will nicht hier schlafen. Hier sitzt überall Frau Hartwig in den Wänden, in der Werkstatt und drüben im Schlafzimmer … überall. Können wir zu der alten Datsche gehen?«

Er zögerte, nur kurz. »Nein. Siri … es geht Winfried nicht gut. Ich wollte nicht gleich damit anfangen … er liegt seit gestern im Bett und fiebert und hustet, er hat sich irgendetwas eingefangen, was man nicht mehr so leicht loswird, wenn man so alt ist wie er und so … kaputt. Ich kann ihn nicht so lange allein lassen. Ich wäre also sowieso nicht lange hiergeblieben.«

Sie schluckte. »Kann ich … mitkommen? Zu euch? Kann ich bei euch übernachten?« Sie klang, sie merkte es, wie ein Kind.

»Wenn du die Dunkelheit aushältst. Du kennst das Haus. Ich weiß nicht, ob du dort schlafen möchtest.«

Sie nahm ihn an der Hand, der feuchten, zerschnittenen, und stieg mit ihm über die Scherben. »Komm.«

Sie gingen den Weg zwischen den Hecken Hand in Hand entlang, obwohl er beinahe zu schmal dafür war. Die Tür des dunklen Hauses erschien Siri noch niedriger als zuvor, und die Schatten darin begrüßten sie mit ihrem Geruch nach Schimmel in alten Möbeln und Kälte in alten Gedanken.

Die Nacht senkte sich über einen Vorgarten voller Kaninchen.

»Sieht aus, als würden sie mir folgen«, sagte Lenz und zuckte die Schultern. »Die alte Datsche ist jetzt vermutlich kaninchenfrei. Aber sie wollen nicht ins Haus. Nicht einmal, wenn ich sie bitte. Sie riechen den Tod.«

»Den Tod? Wessen …?«

»Den Tod im Allgemeinen. Den Friedhof auf dem Küchentisch. Der Tod ist überall hier. Er hängt in der Tapete wie eine … eine andere Sorte von Frau Hartwig, verstehst du? Er beobachtet uns.«

Siri schüttelte sich. Dann trat sie hinter Lenz in das dunkle Haus.

Die Stufen der alten Holztreppe knarzten unter ihren Füßen. In Winfrieds Schlafzimmer schien sich die Dunkelheit zu konzentrieren. Siri trat neben Lenz an sein Bett, und da lag er und starrte sie mit weit offenen Augen an, ohne sie zu sehen, die Decken bis ans Kinn gezogen. Die Luft im Zimmer war dick vom Geruch nach Urin, Zigaretten und Hustensaft, Staub und Mottenkugeln.

»Schläft er?«, flüsterte Siri.

»Nein«, knurrte Winfried. »Er schläft nicht. Wie soll einer schlafen, in diesen Zeiten? Unruhige Zeiten zwischen den Häusern … ihr denkt, ich bin blind, aber ich sehe ohne Augen mehr als ihr. Ich höre es im Dorf rumoren … es kocht, kocht unter der Oberfläche … brodelt …« Er versuchte, sich im Bett aufzusetzen, doch es gelang ihm nicht, und er ließ sich zurückfallen. Lenz half ihm nicht.

»Ist sie also wieder da, die kleine Iris«, flüsterte Winfried und streckte einen Arm aus, der Siri nicht erreichte. »Steht hier an meinem Bett und ist wiedergekommen … sind sie letzlich ohne dich da rübergefahren nach Afrika, was …«

»Ich bin Siri«, sagte Siri. »Sie verwechseln mich.«

»Sie kommen ja alle irgendwann wieder«, sagte Winfried, »der Junge hat was Spezielles, erst vertreibt er sie, und dann holt er sie zurück, so ist das, sie kommen wieder, sie können es nicht lassen … Lotte, Lotte ist auch wiedergekommen, aber zu spät … und ihr, ihr denkt, ich schlafe? Hat schon zu viel verschlafen, der alte Fuhrmann, jetzt bleibt er wach, bis es zu Ende geht! Aber lang ist es nicht mehr hin, lang nicht … sie sammeln sich da draußen, die Schatten, sie kommen, pass nur auf, mein Junge, sie stehen fast vor der Tür.«

»Er redet wirr«, sagte Lenz leise. »Seit heute Morgen.«

Siri trat einen Schritt vor und legte Winfried eine Hand auf die Stirn, auf der sein schütteres Haar im Fieberschweiß klebte. Er glühte.

»Hast du ihm irgendwas gegeben? Gegen das Fieber?«

»Ich habe es versucht. Er weigert sich.«

»Weigert sich, weigert sich!«, knurrte Winfried und hustete. »Zeit wird es, sich zu weigern! Alle wollen ständig was von dir, atmen sollst du und essen und trinken und rumlaufen und womöglich noch lachen. Singen und tanzen! Ha! Aber jetzt weigert er sich, der alte Fuhrmann, jetzt hat er genug!«

Und dann streckte er seinen Arm noch einmal aus, sehr plötzlich jetzt, und packte Siri. Seine mageren Finger krallten sich in ihre Schulter, und sie schnappte nach Luft vor Schmerz. Sein Griff war erstaunlich kräftig.

»Ich sag dir eins«, flüsterte er, heiser, wieder hustend. »Kleine Iris. Es kommt alles drauf an, wie man es sieht. Und was man sieht. Und was nicht. Ich weiß, was Aljoscha zu sagen hatte, viel war es nicht, aber ich weiß es. Warum bist du da rausgerudert, ganz allein? In der Nacht? Na, das weiß ich vielleicht auch. Und das Boot ... ich weiß, was er im Boot gefunden hat, ich weiß es, aber es geht niemanden etwas an.«

»Aljoscha?«, fragte Siri. »Aljoscha hat etwas im Boot gefunden?«

»Nicht Aljoscha«, sagte Winfried und hustete schon wieder. »Ha, nein, der nicht. Der hat ihn nur nach Hause kommen sehen. Unser feiner Direktor hat das Boot rausgezogen, aber dann hat er den Mund gehalten, er und ich, wir haben entschieden, wir halten den Mund; weiß nicht, ob es richtig war. Nur eins weiß ich, ich weiß, wer dafür gesorgt hat, dass Aljoscha da draußen absäuft, mit zu viel Alkohol im Blut. Ich weiß es. Ich weiß auch, wer die Henning die Klippe runtergeschickt hat.« Er lachte auf einmal. »Ich weiß! Ich weiß!«

»Wer denn?«, fragte Siri. »Wer?«

»Komm«, flüsterte Winfried. »Komm, mein Kind, dann sage ich es dir ...«

Er zog sie näher zu sich heran und trotz ihrer Abscheu vor dem alten, verbrauchten, übel riechenden Körper ließ sie sich ziehen, bis ihr Gesicht dem des Alten ganz nahe war. Und dann riss er sie mit einem letzten Ruck noch ein wenig näher und küsste sie. Seine Lippen waren wie altes Leder, das sich auf sie presste, um sie zu ersticken. Sie wich zurück, aber er hielt sie fest, und dann stieß er sie fort und lachte.

»Du glaubst«, flüsterte er, »gerade dir sagt der alte Fuhrmann, was er weiß? Nein, mein Kind, gerade dir mit deinem geblümten Mantel sagt er es ganz bestimmt nicht.«

Damit sank er zurück in die Kissen, schloss die blinden Augen und rührte sich nicht mehr. Siri sah, dass er atmete, aber er hatte nichts mehr zu sagen. Sie merkte, dass sie zitterte.

Ihre Beine rannten ohne sie die Stiege hinunter, sie fiel auf einen der Küchenstühle und legte den Kopf auf die Arme, unter sich die Kerben des Tisches, der ein Friedhof war. Sie weinte nicht, sie saß nur so da, das Gesicht in den Armen verborgen, und wartete, dass ihr Herz aufhörte zu rasen.

»Siri«, sagte Lenz hinter ihr. »Siri? Es tut mir leid, dass … er hat nicht mehr lange. Er dreht durch, weil er Angst vor dem Ende hat, er hat wahnsinnige Angst, du solltest ihn hören, wenn er nachts weint. Ich glaube auch nicht, dass er irgendetwas weiß. Er weiß gar nichts. Er will nur wichtig sein. Ein letztes Mal noch, bevor es zu Ende geht mit ihm.«

Siri nickte.

»Er hält mich für Iris.«

Lenz sagte nichts.

»Ich bin nicht Iris, Lenz.« Sie sah auf. »Glaubst du mir das? Glaubst du mir, dass ich nicht Iris bin?«

Er drehte sich um und öffnete einen der alten Hängeschränke, stellte eine Pfanne auf den Gasherd.

»Spiegeleier?«, fragte er. »Es ist kein richtiges Abendessen, aber besser als nichts … die Kaninchen haben die Eier gelegt …« Sein Lachen war hilflos, der Witz ein wenig zu bemüht.

Siri nickte, erschöpft. »Spiegeleier sind eine gute Idee.«

Die Blechteller hatten Rostflecken. Sie standen schlecht auf dem zerfurchten Tisch.

Sie saßen in ihrem eigenen Schweigen wie in einer zähen Masse und aßen und sahen sich nur manchmal an.

Und Siri stellte sich vor, wie es wäre, wenn es immer so wäre. Winfried würde weiter oben in seiner Kammer vor sich hin sterben, ohne wirklich den Absprung zu finden, und sie würde hier wohnen, zusammen mit ihm und Lenz, zwischen Blechtellern und Spiegeleiern. Und irgendwann würden die Schatten sich bis in sie hineingefressen haben.

»Wenn Winfried stirbt«, sagte Lenz unvermittelt, als hätte er ihre Gedanken gelesen, »zünde ich das Haus an.«

»Bitte?«

»Nichts. Es war nur so eine Idee.«

In dem winzigen Zimmer unter dem Dach stieß er mit dem Kopf beinahe an die Schräge.

Er wies auf das schmale Bett, auf das niedrige Fenster, zuckte die Schultern. »Und hier willst du schlafen?«

»Ja«, sagte sie.

Das Bett war zu schmal für zwei. Sie rollte den Regenmantel zusammen und legte ihn darunter.

Und endlich lagen sie da, auf dem Rücken, dicht nebeneinander, und blickten zur Decke.

»Hast du in Berlin den Mann getroffen, mit dem du telefonierst?«, flüsterte Lenz.

»Nein«, flüsterte Siri.

»Es … ergab sich nicht.«

Er nickte. »Iris ist verschwunden.«

»Das tut mir leid«, flüsterte sie, aber sie wusste nicht, ob es stimmte. Und dann rollte sie sich auf die Seite und küsste ihn, und das Bett war wirklich schmal, zu schmal, um weiter nur nebeneinanderzuliegen. Sie zog den Rest ihrer Sachen aus, um seine warme, atmende Haut dicht neben sich zu spüren, und etwas in ihr wollte Lenz die Wahrheit sagen, alle Wahrheiten, die sie besaß. Aber sie tat es nicht, weil sie nicht alle seine Wahrheiten wusste.

Sie rollte sich auf ihn und küsste ihn wieder, und die Dunkelheit im Raum wurde klein und unbedeutend, und Winfried war nicht mehr im Nebenraum, sondern meilenweit weg.

Ich habe dich sehr gern. Ich bin gekommen, um dich zu hassen, aber ich kannte dich nicht …

– sch, sch, sag es nicht.

Sie schwiegen.

Sie bewegten sich schweigend auf der alten, stockfleckigen Matratze, auf dem zu schmalen Bett, bewegten sich schweigend ineinander, schweigend und atmend, und die Welt war nur eine

Ableitung ihrer selbst, eine Funktion, ein abstraktes Ding, das sie nichts anging.

Siri hatte die Augen geschlossen. Einmal öffnete sie sie, einmal sah sie sich um, sie wusste nicht, warum, und da stand jemand in der Tür und sah ihnen zu, stumm und aufmerksam. Eine zierliche Gestalt, zerbrechlich; ein Schatten. Aber nicht unbedingt Iris.

Siri konnte sie nicht genau erkennen, es war zu dunkel, aber sie war sicher, dass sie da war.

»Lenz«, flüsterte sie, »Lenz …«

Aber er antwortete nicht, und sie schloss die Augen wieder, um die Gestalt nicht mehr zu sehen. Vielleicht musste sie dort sein, vielleicht gehörte sie zu dieser Geschichte, vielleicht war alles auf seltsame Weise richtig und Lenz wusste es.

Später, als sie gemeinsam versuchten, wieder zu Atem zu kommen, drehte sie sich noch einmal um. Da war niemand. Die Tür stand auch nicht mehr offen. Wer auch immer sie beobachtet hatte, hatte sie geschlossen und war lautlos gegangen.

Siri träumte in dieser Nacht. Sie träumte das erste Fenster der Kirche.

Sie träumte die Sterne hoch am Himmel zwischen Israel und Ägypten, sie träumte die Flucht.

Aber die Sterne wirbelten hinab und bedeckten die Erde in dicken weißen Wehen und waren Schneeflocken.

Dann war da nichts mehr bis auf das weiße Wirbeln. Nichts zu erkennen. Die Welt bestand aus weißem Chaos. Es war, als teilte sie die Erinnerung eines anderen wie einen Film.

Sie sah eine junge Frau mit einem Kinderwagen, zwischen den Flocken, gegen den Wind gestemmt. Er war längst zum Sturm geworden, ein Schneesturm, ein Dezembersturm, noch lange würden Schnee und Eis nicht tauen.

Die Bäume der Allee waren kaum auszumachen im Schneetreiben und boten keinen Windschatten, an ihrer rissigen, spröden Rinde klebte der Schnee wie ein Tarnmantel.

Die Frau schien zu wissen, dass sie keine Chance hatte. Dass der Sturm sie nicht entkommen lassen würde. Warum war sie losgegangen? Warum hatte sie die Wärme verlassen? War auch sie auf der Flucht? Wohin ging sie?

Sie duckte sich noch tiefer.

Die Frau konnte das Kind nicht sehen, aber vielleicht war der Schnee längst in die Ritzen zwischen den Decken gedrungen, vielleicht lag das Kind dort, steif wie ein Eisklumpen, die letzten Tränen in den winzigen Wimpern gefroren zu glitzernden, durchscheinenden Kristallen, die kleinen Fäuste für immer geöffnet in einem verzweifelten letzten Griff nach seiner Mutter.

Siri, träumend, wusste, dass es nicht so war. Dass das Kind lebte.

Und sie träumte weiter, träumte Lotte aus ihrem Traum fort, träumte jemanden, der wartete: Er stand unter der Tür des dunklen Hauses, unter dem niedrigen Reetdach, und sah ins Schneetreiben hinaus. Es war Winfried. Er hielt nach Lotte Ausschau, nach ihr und dem Wagen, vielleicht ahnte er, dass sie floh. Dass es Streit gegeben hatte, weil es immer Streit gab. In Siris Traum wusste er es. Aber Lotte kam nicht, kam nie, ließ den Wagen stehen und gab sich im Schneetreiben auf.

Siri sah sie fallen, aufstehen, im Sturm in irgendeine Richtung wanken, ein paar Schritte nur, zu mehr war sie nicht in der Lage … und dann hörte sie das Motorengeräusch eines Wagens, mühsam, röhrend, auch er in seinem Metallgehäuse kämpfte beinahe aussichtslos an gegen den Schnee.

Siri fuhr hoch und saß in der Dunkelheit aufrecht im Bett.

»Jemand hat sie mitgenommen«, flüsterte sie. »Sie ist nie da draußen erfroren. Jemand hat Charlotte Fuhrmann aus dem Schnee geholt. Sie ist nicht tot. Winfried hat gesagt, sie ist wiedergekommen … zu spät …« Dann wurde Siri gänzlich wach und schüttelte den Kopf über sich selbst. Unsinn. Es war nur ein Traum gewesen. Sie beugte sich hinab zu Lenz' schlafender Gestalt, die neben ihr unter der Decke lag. Im Schlaf sah er wieder aus wie ein Kind, klein und zusammengerollt … nein. Es war nur die Decke. Lenz war nicht da. Siri schnappte nach Luft.

Er wird ins Bad gegangen sein, dachte sie, auf die Toilette, es ist ganz normal, nachts zur Toilette zu gehen. Aber sie brachte es nicht fertig, sich einfach wieder hinzulegen. Leise stand sie auf, zitternd in der kühlen Nacht, und schlich barfuß hinaus in den Flur. Das Haus war dunkel, unter keiner Tür drang ein Licht hervor, auch nicht unter der Tür des Badezimmers. Sie glaubte, eine Bewegung neben sich wahrzunehmen, und zuckte zusammen, doch es war nur eine Ratte, die genauso erschrocken davonhuschte.

Siri bemühte sich, keinen Lärm zu machen, als sie die Tür zu Winfried Fuhrmanns Zimmer öffnete. Jetzt roch es nicht mehr nach Staub und abgestandenem Urin. Es roch nach der Nacht draußen, einer süßen und schweren Sommernacht. Ein Windhauch bewegte die zeitzerfressenen Spitzenvorhänge. Das Fenster stand weit offen, und draußen über dem Hügelland hing der Mond, der beinahe voll war.

Siri sah dem alten Fuhrmann eine Weile beim Atmen zu, sah, wie sich sein Brustkorb unter der Decke hob und senkte, hob und senkte, hörte das röchelnde Ein und Aus der Luft, die sich im Labyrinth seiner Lungen verfing und nicht mehr hinauswollte … Schließlich legte sie behutsam eine Hand auf seinen bloßen Arm. Sie hatte keine Angst, sie sagte sich, dass sie keine Angst hatte; sie hatte sich den geblümten Regenmantel umgelegt. Sie war nackt, bis auf den Mantel.

»Winfried«, flüsterte sie. »Ich bin es. Winfried … ich habe geträumt … und Lenz ist verschwunden … warum haben Sie gesagt, dass Lotte zurückgekommen ist? Lotte, Lenz' Mutter?«

»Ist denn schon Tag?«, wisperte Winfried zurück.

»Nein«, sagte Siri.

Der alte Fuhrmann seufzte. »Vielleicht wird es auch gar nicht mehr Tag«, knurrte er. »Was meinst du, kleine Iris?«

»Ich bin nicht Iris«, flüsterte Siri. »Es tut mir leid. Alle wollen so sehr, dass ich Iris bin. Aber ich bin es nicht.«

»Kleine Iris«, sagte der alte Fuhrmann. »Lotte ist zurückgekommen, aber ich habe sie zu spät erkannt. Sie kam mit einem anderen Namen, so wie du. Sie dachte, es wäre tot, ihr Baby, ihr Kind … sie dachte, sie wäre schuld und es wäre im Schneesturm geblieben. Hat sich mitnehmen lassen, weg, rüber in den Westen damals, und weiter, weg, weg … eine bildhübsche Frau, diese Charlotte Fuhrmann, wer will so eine Frau nicht mitnehmen … vorher, lange vor dem Sturm, waren wir mal ein Paar. Aber dann hat sie natürlich ihn geheiratet, nicht mich, weil er einen anständigen Beruf hatte. Totengräber – vergiss es. Keine Frau heiratet einen Totengräber. Jens war Schlosser, das war was anderes. Und jünger war er und sah besser aus. Na, sie hat es bereut. Dass der nichts taugt, hat sie schnell gemerkt, alleingelassen hat er sie mit dem Baby, war hier und dort, aber niemals greifbar, obwohl er behauptet hat, er würde sie ja so sehr lieben … besaß doch die Frechheit, das zu behaupten, mein kleiner Bruder. Ha. Aber sie ist wiedergekommen, durch den Sturm, Heiligabend war's, nur hat sie mich nie erreicht … ich hab umsonst gewartet, kleine Iris, ich hab immer umsonst gewartet. Und dann ist sie ein zweites Mal wiedergekommen … warum erzähle ich dir das alles? Mitten in der Nacht?«

»Bitte«, wisperte sie. »Erzählen Sie weiter!«

Und er war froh, dass er erzählen konnte, sie hörte die Erleichterung in seinem schweren Atem. Sie war vielleicht die Letzte, der er etwas erzählte.

»Ich habe ein Auto in den Schneesturm geträumt«, flüsterte sie. »War da eines?«

»Muss wohl«, flüsterte Winfried. »Muss wohl eins da gewesen sein. Weiß der Teufel, wie sie an die Papiere gekommen ist, später. Um noch mal zu heiraten, obwohl sie ja schon verheiratet war. Zurückgekommen ist sie erst viel, viel später. Zu spät. Zu spät für sie selbst, in jedem Fall. Weißt du, wann ich sie erkannt hab, kleine Iris? Das war, als sie schon unten in ihrer Grube lag. Ohne das ganze Drumherum des Lebens, die ganze Schauspielerei und das Make-up. Da wusste ich, wer sie war. Alles … alles, kleine Iris, passiert ständig zu spät. Merk dir das. Lotte ist zu spät gekommen, und ich habe es zu spät begriffen. Jemand hatte ihr damals wohl gesagt, dass Lenz am Leben ist … zu spät gesagt, dass er am Leben ist … und du bist auch zu spät gekommen, damals, bist zu spät in das Ruderboot gestiegen, spätnachts. Und zu spät wieder aufgetaucht, nachdem wir dich pflichtschuldigst in der Erde verscharrt hatten.

Einen ganzen Winter später; erst im Mai bist du gekommen … er hatte fast aufgegeben zu warten. Auch wenn ich ihm gesagt habe, dass du kommen würdest.«

»Aber … ich bin …«, begann Siri hilflos. »Ich bin nicht …«

»Sch, sch«, machte der alte Fuhrmann. »Setz dich noch ein wenig zu mir. Lass mich dir von Lotte erzählen. Was für eine wunderbare Person sie war. Lass mich dir erzählen … man kann nur einmal lieben, weißt du? Für mich war es Lotte. Sie war schön. Nicht alle haben das gesehen, für manche war sie nur gewöhnlich, braunes Haar, graue Augen, nichts Besonderes, weder dick noch dünn, weder groß noch klein … aber alles an ihr leuchtete, sogar das Braun ihres Haars, es leuchtete von innen heraus. Und ich dachte damals, sie wäre im Schneesturm erfroren, tatsächlich, das dachte ich; wir dachten es alle. Was blieb, war der Junge. Vier Monate alt. Ich habe ihn geliebt und gehasst, verstehst du das? Dafür, dass er überlebt hat und sie nicht. Weil ich dachte, dass es so war. Alles war falsch, falsch …«

Er zupfte an Siris Ärmel, und sie beugte sich zu ihm hinunter, obwohl sie Angst hatte, dass er sie wieder packen und zu sich heranzerren würde. Aber diesmal tat er es nicht.

»Jens«, flüsterte er, »mein kleiner Bruder … der verdammte Weichling, den Lotte geheiratet hat … er fühlte sich schuldig, weil sie sich gestritten hatten, ehe sie weg ist, raus in den Sturm … Weihnachten, hab ich das schon gesagt? Und dann ist er los, ein paar Tage später, um sich mit seiner Maschine um einen Baum zu wickeln. Feigling! Um seinen Sohn hat er sich keinen Deut gekümmert. Aber er hatte auch keinen.«

»Wie?«

»Jens Fuhrmann, Lottes Ehemann, der auf dem Friedhof liegt, hatte nie einen Sohn.«

»Sondern?«

»Na was? Was guckst du denn so? Ich kann es spüren, dass du guckst. Du kannst dir wohl denken, wer der Vater war. Ist.« Er lachte ein altes, raues Lachen, ein Lachen wie Schleifstein. »Lenz weiß es. Was denkst du, warum er bleibt? Hier, in diesem Loch, bei einem alten Mann, der nichts mehr alleine machen kann?« Der Husten, der ihn nach dem Lachen schüttelte, war vielleicht durchaus gewollt, denn er enthob Winfried einer näheren Erklärung.

»Lass mich jetzt in Frieden«, keuchte er schließlich, außer Atem. »Geh … geh zurück ins Bett.«

»Aber … wo ist …?«

»Was weiß ich, wo der Junge ist?«, knurrte Winfried, mit einem Mal ungeduldig. »Die eigenen Kinder kann man ja doch nicht verstehen. Geh.«

Wieder drüben, alleine in dem schmalen Bett, fragte Siri sich, ob sie das ganze Gespräch nur geträumt hatte. Für einen wie Winfried – und für einen Monolog mitten in der schwärzesten Nacht – waren die Worte beinahe zu klar gewesen. Klar und dennoch verworren. Er hatte versucht, ihr alles auf einmal zu erzählen, und die Fäden der Geschichten waren durcheinandergeraten, hatten sich in einen weißen undurchsichtigen Wirbel verwandelt, ein Schneechaos aus Teilwahrheiten … sie wollte darüber nachdenken, war aber mit einem Mal zu müde. Als sie die Augen schloss, war sie allein, und als sie sie wieder öffnete, lag ein schlafender Körper neben ihrem, Haut an Haut. Sie drehte sich um und sah ihn an; das vier Jahrzehnte alte Kindergesicht des schlafenden Riesen, die Augen fest geschlossen; hinter den kaum merklich zuckenden Lidern stumme Träume.

Draußen stieg die Sonne auf und malte goldrote Lichtkringel an die Wände der Schräge.

Es war sehr still im Haus.

Siri stand auf, suchte ihre Kleider zusammen und zog sich leise an. Nicht leise genug. Als sie in ihre Schuhe schlüpfte, legte sich eine Hand auf ihre Schulter.

»Warte«, sagte Lenz, seine Stimme noch die eines Schwimmers auf dem Meer des Schlafs. »Warte, was … wohin …« Er brach ab. »Es geht mich ja nichts an.«

»Die Glasfenster in Frau Hartwigs Keller rufen mich«, sagte Siri und lächelte. »Ich muss das Blau endlich ersetzen. Und das letzte Fenster existiert noch nicht mal in der Vorzeichnung … höchste

Zeit, anzufangen.« Sie drehte sich zu ihm um und sah in die grauen Steinaugen, die so ganz anders waren als zu Beginn, in das Gesicht, das nicht mehr grob und hässlich war. Alles war eine Frage des Betrachters.

»Es ist ein ganz normaler Tag«, sagte sie. »Ein Arbeitstag. Ich gehe die Fenster weitermachen und komme zurück hierher. Oder wir treffen uns irgendwo. Und heute Abend essen wir Spiegeleier in der Dunkelküche und schlafen in einem zu schmalen Bett. Es kann alle Tage so sein. Eine Weile.«

Lenz nickte langsam, zögernd. Er streifte Hemd und Hosen über und folgte ihr in den Flur. Die Tür zu Winfrieds Schlafzimmer stand halb offen.

»Verdammt«, sagte Lenz. »Ist er aufgestanden? Hoffentlich finden wir ihn nicht irgendwo im Haus, wo er sich hingeschleppt hat, er ist immer seltsamer geworden in den letzten beiden Tagen.«

Siri überlegte, ob sie es gewesen war, die die Tür offen gelassen hatte. Sie hatte gedacht, sie hätte sie geschlossen.

»Lenz?«, sagte sie leise. »Heute Nacht bin ich einmal aufgewacht ... und du warst nicht da ... du warst lange nicht da ... wo warst du?«

Er zuckte die Schultern. »Draußen. Manchmal kann ich nicht schlafen, dann gehe ich hinaus. Wenn die Luft im Haus zu eng wird. Es spielt keine Rolle, wohin. Aber, meistens ... natürlich zum Friedhof. Du hast mich einmal dort getroffen.«

»Ja«, sagte sie und dachte an den Schatten, vor dem sie geflohen war, den Schatten mit der Zigarette am Tor; Kaminski vermutlich, der sich in den Kopf gesetzt hatte, auf sie aufzupassen. Und an Lenz in der Dunkelheit und an ihren ersten Kuss. »Aber Winfried bist du heute Nacht nicht begegnet? Oder ... jemand anderem? Im Haus?«

»Jemand anderem?« Er sah sie an, verwirrt. Schüttelte den Kopf. »Nein. Wem?«

»Ich habe geträumt ... dass uns jemand beobachtet hat. Es war nur ein Traum, bestimmt, ich habe zu viel geträumt letzte Nacht. Auch von Winfried. Es war seltsam, er hat eine Art Rede gehalten in meinem Traum. Eine Abschiedsrede.«

Sie streckte die Hand nach der halb offenen Tür und öffnete sie ganz. Lenz trat hinter sie, und sie sahen gemeinsam in den winzigen Raum. Winfried war nicht aufgestanden. Er lag auf seinem Bett, auf dem Rücken, und starrte zur Decke. Siri war mit drei Schritten bei ihm.

Sein blindes Auge war starr, so starr wie das Glasauge, man konnte den Unterschied nicht mehr sehen. Sein Mund stand offen. Die Haut spannte um die Mundwinkel herum, sie glänzte seltsam wächsern. Seine Brust hob und senkte sich nicht, er war so still wie die Stille selbst, die an diesem Morgen das Haus füllte.

Lenz war hinter sie getreten und schlug die Decke zurück, und da lag er vor ihnen, der alte, verbrauchte Körper in seinem schmuddeligen Schlafanzug, reglos wie eine Gipsfigur, auf merkwürdige Weise kleiner als am Abend zuvor, unbedeutend, äschern.

Siri hatte das seltsame Gefühl, dass jemand sie beobachtete, und Winfried war es nicht. Sie drehte sich um.

Auf dem Schrank, dem einzigen Möbelstück im Raum, leuchtete ein blaues Kleid. Sie saß dort, geduckt unter der Dachschräge, die Arme um die Knie geschlungen, und sah zum Bett herüber. Ihre weißen Socken strahlten unpassend hell in dem dusteren Zimmer, ihre Schnürstiefel glänzten, doch ihr Haar hing ihr wirr ums Gesicht, und ihre Augen blickten traurig. Sie nickte Siri zu, eine kaum merkliche Bewegung des Kopfes, und sah weiter zum Bett hin.

Lenz kniete jetzt davor, er hatte Winfrieds Hand genommen und begonnen, sie zu streicheln, es war ein merkwürdiger Anblick, Siri war sich sicher, dass er nie zuvor Winfrieds Hand gestreichelt hatte.

Sie beugte sich vor und streckte die Hand aus, um ihm die Augen zu schließen, doch Lenz fing ihre Hand ab.

»Nein«, flüsterte er. »Lass ihn sehen. Lass ihn endlich etwas sehen.«

Und dann legte er sein Gesicht in die Wachshand des alten Fuhrmann, und sie sah seine Schultern zucken. Sie stand ganz steif da, sie wusste nicht, was man in solchen Situationen tut. Sie wollte ihm die Hand auf die Schulter legen. »Wein doch nicht«, wollte sie sagen, »wein doch nicht. Er war alt und krank. Es ist besser so.«

Leere Worte aus tausend Romanen. Sie sagte sic nicht.

Sie suchte ehrlichere Worte. »Warum weinst du? Warum? Ihr habt euch gehasst. Ein Leben lang. Du wolltest, dass er endlich geht, jetzt ist er gegangen.«

»Es war alles nicht so einfach«, sagte Lenz leise. »Natürlich haben wir uns gehasst. Aber auch geliebt. Beides zugleich. Er hat mich bei sich aufgenommen, er hat mich gerettet, später, als ich vier Jahre alt war, aus dem Schnee. Er hat mir alles beigebracht, was ich weiß. Er war immer da … er war mein Zuhause. Trotz seiner Dunkelheit. Wir haben die Dunkelheit geteilt. Er war der Einzige, der die Sache mit Iris verstanden hat.«

»Er hat dich immer nur Junge genannt. Er hat dafür gesorgt, dass du acht Jahre alt bleibst. Auch bei den Leuten.«

Lenz nickte. »Ich glaube, er hatte Angst, dass ich weggehe, wenn ich erwachsen werde. Also durfte ich nicht erwachsen werden. Aber ich … ich habe Angst. Es war immer in Ordnung, acht Jahre alt zu sein. Bis … vor Kurzem.« Und auf einmal stand er auf und schrie, wieder ein achtjähriges Kind: »Ich … ich will nicht, dass er tot ist! Ich will nicht, dass er weg ist und nie wiederkommt! Nicht … auf diese Weise! Ich will noch einmal mit ihm reden! Ich will …« Er hob die Hände, ließ sie sinken, weil er an die Schräge stieß, und sackte auf der Bettkante in sich zusammen.

Und Siri sah an ihm vorbei zu Winfrieds leerem Körper hin.

Das Kopfkissen, dachte sie. Es lag neben dem Kopf des alten Fuhrmann, der Kopf lag nicht darauf. Das Kopfkissen konnte Zufall sein. Oder eine Waffe. Der alte Fuhrmann, dachte Siri, hätte vielleicht noch ein paar Tage gehabt. Wochen sogar. Jemand hatte nachgeholfen. Er hatte gesagt, er würde den Mörder kennen, auch wenn es vielleicht nur Angeberei gewesen war. Jemand hatte ihn das sagen hören, jemand, dem es zu gefährlich schien.

Wer war nachts im Haus gewesen? *War* jemand da gewesen?

Oder hatte Lenz … nein, sagte sie sich. Ich will das jetzt nicht denken. Ich will nicht denken, dass du es warst.

Sie setzte sich zu Lenz auf die Bettkante und lehnte sich an seinen Rücken.

»Lenz«, flüsterte sie nach einer Weile. »Siehst du sie? Auf dem Schrank?«

Lenz hob den Kopf. Er wischte sich mit dem Ärmel seines grauen Hemdes übers Gesicht und blinzelte.

»Iris«, sagte er. Er sah sie.

Sie kletterte vom Schrank, wobei ihr der Saum des blauen Kleides in die Quere kam. Und dann stand sie vor ihnen, die Arme verschränkt, und lächelte die Traurigkeit aus ihren Augen weg. Und sie sahen sie beide, tatsächlich.

»Winfried ist gegangen«, sagte Lenz, »und du … du kommst zurück?«

Iris nickte. Ihre blonden Locken wippten auf und ab, wenn sie nickte, trotz ihrer Zerzaustheit noch postkartenschön. »Ich war die ganze Zeit über hier«, sagte sie. »Nur eine Weile hast du mich nicht gesehen. Ich dachte schon, du … ihr … braucht mich nicht mehr. Aber das war wohl falsch gedacht, was? Ihr beiden …« Sie warf den Blondkopf zurück und lachte. »Ihr habt ja so ein schlechtes Gewissen, dass es knirscht!« Sie nickte zu Winfried auf dem Bett hin. »Aber ihr könnt wieder aufhören, euch Sorgen zu machen. Jeder wird euch glauben, dass er einfach so gestorben ist. Mit einem Naturtod … wie heißt das?«

»Eines natürlichen Todes?«, fragte Siri.

Iris nickte. »Ganz genau.«

»Ist er das denn nicht?«, fragte Siri.

»Es ist Zeit, mit dem Heulen aufzuhören«, sagte Iris und streckte ihre kleine Hand aus, um Lenz mit ihrem Zeigefinger behutsam eine Träne vom Gesicht zu wischen. »Warum machen wir nicht mal die Fenster auf? Draußen ist doch mehr Licht. Es könnte reinkommen. Es wartet schon so lange darauf, dass es reinkommen darf, es hat sich da draußen jahrelang gestaut und gedrängelt …«

»Nein«, sagte Lenz. »Wir können die Fenster unten aufmachen, überall, aber nicht in diesem Zimmer. Die Dunkelheit gehört Winfried. Sie ist seine. Wartet –«

Während er fort war, sah Iris Siri an, und Siri sah Iris an.

»Sie glauben alle immer noch, dass ich du bin«, sagte Siri.

»Sie glauben ja auch, ich wäre du«, sagte Iris.

Dann nahm sie Siris Hand und drückte sie einen Moment. »Ich war furchtbar eifersüchtig«, sagte sie. »Aber es nützt gar nichts. Es ist jetzt in Ordnung.«

»Iris ... bitte ... wer hat nachgeholfen? Mit Winfried?«

Iris schüttelte den Kopf. »Ich dachte«, sagte sie, »das weißt du am besten.«

In diesem Moment kam Lenz wieder, und er trug zwei rote Grablichter. Er stellte sie links und rechts neben Winfrieds Bett, dann trat er zurück und nickte. Auch dies, dachte Siri, ist wie ein Kinderspiel – wir spielen Totsein.

Dann gingen sie nach unten und rissen alle Fenster auf. Sie streiften die Gardinen von den Gardinenstangen und legten sie auf einen Haufen in die Küche, und Lenz sagte, man könnte sie vielleicht verfeuern. Aber etwas war merkwürdig: Es half nichts. Das Licht kam trotzdem nicht herein. Es war, als hätte das Licht über die Jahrzehnte verlernt, dieses Haus zu bewohnen. Die staubige Dunkelheit klebte fest in den Ecken.

Und schließlich gaben sie auf und ließen Winfried mit der Dunkelheit allein. Draußen schien an einem ersten Septembertag eine schmale Sonne, aber natürlich war es hier erst Juli. Der Sommer empfing sie mit Blumenaugen und Kaninchenohren. Und die große, alles umfassende Erleichterung erreichte Siri in dem Moment, in dem sie vor die Tür des dunklen Hauses unter einen blauen Himmel trat. Sie umarmte Lenz einen Moment lang ganz fest.

»Die Datsche«, flüsterte sie. »Wir ziehen einfach in die leere Datsche. Das ist besser.«

Er nickte. »Ich muss mich darum kümmern, dass Winfried ein anständiges Begräbnis bekommt ...«

»Ja«, sagte Siri. »Ja. Tu das. Und ich gehe und kümmere mich darum, dass das blaue Glas einen anständigen Platz in den Bildern bekommt. Und dann finden wir uns irgendwo wieder und werden ein Teil des Sommers. Es ist ja noch etwas davon übrig. Wir sind ... wir sind frei, Lenz! Wir können machen, was wir wollen!«

Sie fasste ihn an den Händen und drehte ihn mit sich im Kreis herum, obwohl er sich sträubte.

»Ja, einen Rest vom Sommer haben wir noch«, sagte Iris neben ihnen. »Einen allerletzten Rest. Ihr solltet vielleicht das Ruderboot finden.«

Sie begruben Winfried an einem Sonntag eine Woche später.

Als Lenz die Grube aushob, stand Siri neben ihm und hielt den Eimer, in dem die Blumen darauf warteten, auf das frische Grab gepflanzt zu werden. Das Leben war in eine seltsame Art von seifenblasigem, zerbrechlichem Alltag hinübergerutscht. Er konnte jeden Moment zerplatzen, sie spielten ihn nur, sie spielten Wir-sind-ein-Paar-und-alles-ist-gut.

Die Leute aus dem Dorf sahen sie mit einer neuen Sorte von Misstrauen an, mit einem beinahe begeisterten Hab-ich's-doch-gewusst-Misstrauen, mit einem freudig gespannten Die-beiden-werden-ein-schlimmes-Ende-nehmen-Misstrauen und mit unverhohlener Die-möchte-ich-mal-im-Bett-beobachten-Neugier.

Sie waren in die alte Datsche gezogen, mehr oder weniger, wie zwei Kinder, die sich eine Höhle im Wald gebaut haben und dort übernachten. Siri arbeitete noch in Frau Hartwigs Kellerwerkstatt, aber sie schlief nicht mehr in der Ferienwohnung.

Der Sommer breitete einen grünen Schleier über alle Wahrheiten und Unwahrheiten, und wenn sie zusammen über die Felder gingen, sprachen sie wenig. Manchmal war Iris bei ihnen. Sie bauten ihre Schiffchen am Wasser zu dritt, und sie kletterten zu dritt auf die Bäume. Manchmal ließ Siri ihn mit Iris allein, weil auch das sein musste. Die Fenster wuchsen jeden Tag. Siri trug Schmelzfarben auf, kratzte Muster hinein, brannte Glas um Glas in dem kleinen Ofen; ätzte Wahrheiten aus dem Blau. Noch hielt das blaue Glas, man durfte es nur nicht zu sehr unter Druck setzen.

Als die vier Männer sich nach den Seilen bückten – Lenz, Kaminski, Werter und der Tapirhundemann –, als sie sich bückten, um den Sarg des alten Fuhrmann in seine Grube hinabzulassen, spürte Siri die Spannung in der lauen Luft, aber sie spürte auch den Waffenstillstand; diese Tage waren eine Art Auszeit. Tage zum Atmen.

Der Pfarrer hielt seine Ansprache, ohne dass jemand ihm zuhörte, und die Kuchenfraktion der Frauen stritt sich wegen der Platzierung der Kuchen auf dem langen Tisch. Die weißen Papierservietten wurden vom Wind fortgetragen, und über die Bäume des Friedhofs zogen die weißen Tauben, die Kaminski gehörten. Sie saßen alle gemeinsam am Tisch, es war die gleiche Szene wie jedes Mal. Siri spürte den Schmutz hinter den polierten Kulissen, und einmal drückte sie Lenz' Hand unter dem Tisch, ganz kurz, denn er saß mit ihnen dort, saß ihr gegenüber an einem der Klapptische, die zu einer so langen wie wackeligen Tafel zusammengestellt waren. Keiner von ihnen rührte den Klaren an, den der Umbrich herumreichte.

»So wie ihr dasitzt, könnten wir ja bald mal was anderes feiern in dieser Kirche, was?«, sagte der Umbrich, selbst nicht mehr ganz nüchtern, und gab Siri einen freundlichen Knuff in die Seite. »Immer nur Beerdigungen … das ist auf die Dauer nichts … aber wenn man euch so sieht, könnte man ja drauf kommen, dass wir hier mal 'ne Hochzeit feiern.«

»Um Gottes willen, Herr Umbrich«, sagte Frau Hartwig und reichte Siri ein schmallippiges Lächeln über den Tisch. »Sie reden von Dingen, die Sie gar nichts angehen. Frau Pechten ist doch bereits verheiratet, oder nicht? Sie hat einen Mann in Berlin.«

»Nein«, sagte Siri erstaunt.

»Aber telefonieren tun Sie mit einem. Ständig.«

»Nicht mehr in letzter Zeit«, sagte Siri. »Der Aprikosenkuchen ist sehr gut. Wie viele Eier haben Sie in den Teig für den Boden getan?«

Die Kinder der Katzenfrau, deren Mann noch immer nicht von seiner Montagereise zurückgekehrt war, spielten Verstecken unter dem Tisch und hinter den Grabsteinen. Amy und Jackie. Iris saß auf der Eiche, Siri konnte das Blau ihres Kleides durch das Grün der Blätter lugen sehen, und sie wusste, wie gern Iris mit Amy und Jackie gerannt wäre. Sie konnte ihr Sehnen beinahe spüren. Aber die Kinder sahen sie nicht. Irgendwann rutschte der Junge genau neben Siri aus und fiel der Länge nach hin. Aber es schien nicht ganz unabsichtlich geschehen zu sein, und als er sich aufrappelte und ihr einen Moment lang ganz nahe war, flüsterte er: »Du! Ich weiß was, das du nicht weißt. Über den jungen Fuhrmann. Amy, die weiß es auch, aber wir dürfen's nicht sagen. Es ist was Gruseliges. Ich sag's dir vielleicht trotzdem, weil ich dich mag. Kostet aber was.«

»Vergiss es«, sagte Siri.

Da streckte er ihr die Zunge raus und rannte weiter hinter seiner Schwester her, um sie zu fangen.

Der Nächste, der versuchte, mit ihr zu reden, war Werter. Er kam herüber und bat sie um die Thermoskanne mit dem Kaffee, die bei ihr stand, obwohl eine zweite genau dort stand, wo er zuvor gesessen hatte.

»Sie wissen, was Sie tun, ja?«, fragte er.

»Ich denke«, sagte Siri.

»Und ich weiß, wer Sie sind«, sagte Werter leise. »Konnten Sie was anfangen mit der weißen Schokolade?«

Sie schluckte. Es war also nicht Lenz gewesen.

»Frau Weiß«, sagte Werter leise. »Ich frage mich ein paar Dinge.«

»Dann antworten Sie sich doch«, sagte Siri. »Hier ist die Thermoskanne.«

Frau Ammerland war die Erste, die die Kuchenesser verließ, genau wie immer, diese Dinge schienen nach einem strengen Schema abzulaufen, die Kuchentafeln auf dem Friedhof waren ein Spiegel der Dorfseele. Vielleicht, dachte Siri, war das das wahre letzte Bild: keine Kreuzigung. Eine Kuchentafel.

Lenz sah Frau Ammerland nach, und Siri folgte seinem Blick. Sie ging sehr aufrecht, pfirsichfarben, das violette Tuch wie eine Blüte um den Hals geschlungen, den Kopf mit den weißen Locken hoch erhoben. Sie ging, als wollte sie sagen: Ich weiß schon, dass ihr mir nachseht.

Sie hatte die ganze Zeit über weder mit Siri noch mit Lenz gesprochen, es fiel Siri erst jetzt auf, sie hatte Frau Ammerland eine Weile vergessen. Als sie durchs Friedhofstor ging, stand Lenz auf und ging ihr nach. Siri blieb sitzen. Er musste allein mit ihr reden.

Er holte sie vor dem Tor ein, Siri sah, wie er seinen zu langen Körper zu der kleinen, zarten Gestalt hinunterbeugte; sie war wie eine Elfe, schwerelos und luftig, eine gealterte Elfe mit der Weisheit des Universums in ihren unsichtbaren Flügeln.

Und zum ersten Mal fragte sich Siri, weshalb Lenz nie in das blaue Haus auf dem Hügel gezogen war. Warum hatte Frau Ammerland ihn als Kind nicht zu sich geholt? Bei einer der Gelegenheiten, bei denen wieder irgendetwas schiefgegangen und er bei ihr gelandet war? Sie war stets die Retterin, die Trösterin, die Pflasterkleberin gewesen … wäre nicht alles anders gewesen, wenn sie eine Mutter geworden wäre? Hätte sie Lenz erwachsen werden lassen?

Sie wollte aufstehen, zu den beiden gehen, doch dann blieb sie sitzen. Nein. Sie würde ihn später treffen. Er musste allein mit der alten Dame reden, so wie er manchmal allein sein musste mit Iris.

Es war jemand anderer, der sich vom Tisch erhob, der durch die Luft fuchtelte, als wollte er eine Ansprache halten. Jemand, der nicht mehr nüchtern war. Kaminski.

»Die Ammerland, die alte Hexe«, sagte er. »Guckt euch die an! Hält sich auch für was Besseres. Irgendwann gibt's keinen von denen mehr hier, überhaupt keinen. Keine Leute, die glauben, dass für sie die … die Regeln nicht gelten. Keine Mörder, die frei herumlaufen, und keine Leute, die auf … auf Hügeln sitzen, während alle anderen unten wohnen. Die Ammerland, ha, sie weiß es nicht, aber die ist die Nächste auf seiner Liste. Irgendwann bringt er die auch um die Ecke, er bringt jede Frau um die Ecke, die mal was mit ihm zu tun hatte.«

Manche am Tisch lachten angestrengt über Kaminski, andere schüttelten die Köpfe.

»Ich finde es sehr interessant, dass Sie wissen, wer noch umgebracht wird«, sagte Siri.

Sie spürte, wie sich die Blicke der Kuchenesser, die jetzt keinen Kuchen mehr aßen, an ihr festsogen.

»Was … was soll das heißen?«, fragte Kaminski.

»Nichts«, antwortete Siri. »Nur das, was ich gesagt habe. Dass es interessant ist. Wer kann denn wissen, was geschieht? Ob noch jemand umgebracht wird? Eigentlich nur der Mörder.«

Kaminski kam um den Tisch herum zu ihr herüber, baute sich vor ihr auf und sah auf sie hinab, die Arme verschränkt, breitbeinig.

»Du«, sagte er, beugte sich dann zu ihr hinunter und wiederholte leiser: »Du. Ich würde dich immer noch schützen. Vor was auch immer. Ich kann dich gut leiden, bist ein hübsches Mädchen.« Siri verkniff sich das Lachen, sie war ungefähr zehn Jahre älter als Kaminski. »Aber das willst du ja nicht«, fuhr er fort. »Willst lieber leichtsinnig sein, willst lieber mit dem Fuhrmann zusammen rumhängen, wie zwei Jugendliche auf der Straße, lächerlich … der Moment kommt noch, Mädchen, da wirst du sehen, wie dringend du meinen Schutz brauchst.«

Werter packte ihn an den Schultern. »Es ist gut, Kaminski«, sagte er ganz leise. »Es reicht. Setz dich.«

»Guck dir das Grab mit dem Vogel drauf an, dem Steinvogel«, sagte Kaminski, während er umständlich seinen Campingklappstuhl zurechtschob. »Guck dir das mal genau an, Mädchen.«

Sie ging erst, als alle gingen, es wäre einer Kapitulation gleichgekommen, früher zu gehen. Sie lobte alle Kuchen und schenkte jedem ein Lächeln, sogar Kaminski, der begriff, dass ihr Lächeln ein Angriff war. Vor dir, mein Kleiner, sagte sie ihm mit Glassplitterschärfe in den Augen, vor dir habe ich keine Angst. Du bist nur laut und nicht gefährlich; ein Kläffer. Und ich glaube nicht wirklich, dass du dazu fähig wärst, jemanden eine Klippe hinunterzustoßen; du bist viel zu feige, um irgendetwas dergleichen allein zu tun.

Sie wanderte um die Kirche, während die Kuchenfraktionsfrauen die Kuchenreste in Kuchenschachteln packten. Die Kinder lauerten noch immer in den Friedhofsbüschen, aber sie beachtete sie nicht. Sie wollte ihnen keine Informationen abkaufen, die sie sich vermutlich ausgedacht hatten.

Das Grab mit dem Schneehuhn sah auf den ersten Blick unverändert aus. Sie hätte es sich nicht näher angesehen, wenn Kaminski sie beobachtet hätte, aber er hatte sie schon wieder vergessen. Sie war allein auf diesem Teil des Friedhofs. Sie kniete sich hin und fuhr mit der Hand über das Schneehuhn. Und dann sah sie, dass die Erde aufgebrochen worden war. Da waren dunkle Ränder wie von Spatenstichen; jemand hatte die Grasnarbe entfernt und hinterher wieder auf das Grab gelegt, es musste eine Weile her sein, das Gras war grün bis auf eine schmale braunmatte Grenze genau dort, wo der Spaten seine Wurzeln zerstört hatte. Jemand hatte das Grab geöffnet.

Sie spürte die stille Anwesenheit hinter sich und drehte sich um. Sah an einem blauen Kleid empor.

Das lockenumrahmte Kindergesicht musterte sie nachdenklich.

»Warum?«, flüsterte sie. »Warum hat jemand hier gegraben? War das am Ende Kaminski selber? Oder war *er* es? Lenz … ich will das gar nicht fragen … ist Lenz verrückt?«

»Das«, antwortete Iris leise, »kommt auf den Standpunkt des Betrachters an.«

Diesmal war der Pfarrer geblieben. Er stand am Tor und schüttelte Siri die Hand, so wie er allen die Hand schüttelte, die gingen – ohne, dass er Teil von irgendetwas war.

»Warum tun Sie das?«, fragte Siri. Seine Hand war kühl und glatt in ihrer, angenehm und unverstrickt in alles.

»Warum ich geblieben bin? Ich … mache mir Sorgen. Ich kenne dieses Dorf nicht. Ich kenne keines der Dörfer wirklich … aber hier geschehen Dinge. Dinge. Das sind ein bisschen viele Beerdigungen in letzter Zeit …« Er sah sie aufmerksam an, wie ein Lehrer eine Schülerin ansieht, und sie sah zu Boden, wie eine Schülerin, die sich ertappt fühlt. »Sie sind von außerhalb«, sagte er. »Wie ich. Sie machen die Fenster … wie sehen Sie das Dorf? Warum passiert hier so viel?«

Siri zuckte die Schultern. »Hören Sie das Ticken?«, fragte sie und sah ihn wieder an.

»Wie bitte?«

»Das Dorf tickt«, sagte sie und lächelte über sein verwirrtes Gesicht. »Es ist eine Zeitbombe. Aber momentan haben wir eine Auszeit. Einen Waffenstillstand. Ich weiß noch nicht, was danach geschieht.«

»Wir? Gehören Sie denn dazu? Sind Sie ein Teil des Dorfes?«

»Ja und nein«, sagte Siri. »Es kommt auf den Standpunkt des Betrachters an.«

†††

Es war seltsam, frei zu sein. Frei von Winfried. Nicht darauf lauschen zu müssen, ob jemand einen rief. Niemandem zu helfen und niemanden zu fragen. Es war eine Freiheit, die Lenz beinahe betrunken machte und in manchen Augenblicken Angst einjagte.

Es war auch seltsam, dass es Siri gab. Dass sie einfach existierte. Egal, wer sie war oder gewesen war. Wenn er aufwachte und sie neben ihm lag, in der alten Datsche auf der beinahe genauso alten Matratze, schloss er manchmal wieder die Augen, nur um sie noch einmal zu öffnen und den Moment ein zweites Mal zu erleben.

Ich bin nicht allein.

Ich bin nicht allein.

Ich bin nicht allein.

Er erinnerte sich nicht, wie es anfangs mit Iris gewesen war. Es war zu lange her. Hatte er das Gleiche gedacht, wenn sie in jenem Sommer den Sandweg entlanggerannt kam, um ihn zu treffen? Er war nie neben ihr aufgewacht. Es hätte so sein sollen, etwas sagte ihm, dass er an dem Morgen nach ihrem Unfall neben ihr hätte aufwachen sollen, in der geheimen Bucht, die nur ihnen gehörte.

Es nützte nichts, sie danach zu fragen, sie antwortete nicht.

Das war auch seltsam: dass Siri Iris sah. Dass sie manchmal zu dritt Dinge taten. Wie eine sehr skurrile Familie. Sie mochten sich, Siri und Iris, auf eine ihm unerklärliche Weise. Vielleicht war es seine Liebe, die sie verband, ohne dass sie etwas dagegen tun konnten.

Tagsüber arbeitete Siri in Frau Hartwigs Kellerwohnung, und er arbeitete auf dem Friedhof, grub Beete um, hielt Hecken in Ordnung, fuhr mit dem Rad zu den anderen Friedhöfen, wenn sie ihn brauchten. Spätestens wenn die Sonne in Schlieren aus Septemberpulver in einem glutgrauen Himmel versank, trafen sie sich. Alles war, als lebte man. Als lebte man wie andere Leute auch.

Ab und zu ging er zu dem alten Haus, um nachzusehen, ob die Dunkelheit gewichen war. Sie hatten die Fenster offen gelassen. Er hatte erwartet, die Dunkelheit würde langsam, aber kontinuierlich verschwinden, die Dunkelheit jedoch blieb. Er schleppte Dinge in die Datsche: Töpfe und Pfannen, Decken, seine wenigen Kleider. Das Haus wurde leerer, aber nicht heller.

Er besuchte Winfrieds Grab nie, er machte einen Bogen darum.

Stattdessen schaltete er in der alten Küche manchmal den Fernseher an und saß eine Zeit lang davor, und das war, als spräche er mit Winfried. Oder eigentlich, als schwiege er mit Winfried. Sie hatten häufiger zusammen geschwiegen.

An dem Tag, an dem Siri das erste Fenster in der Kirche einbaute, stand er am Küchenfenster und sah hinaus, das Geräusch des Fernsehers im Hintergrund. Er dachte an das Fenster, Schneesturm vor Ägypten, und lächelte und war merkwürdig stolz auf Siri, die dieses Fenster gemacht hatte, durch das von nun an alle Menschen sehen würden, die die Kirche betraten. Sie würden durch Siris Augen sehen, sie würden, ohne es zu wissen, seinen Schneesturm sehen und Lotte, die ganz gewöhnliche und unvergleichlich schöne Charlotte Fuhrmann, mitten darin.

In dem Moment, in dem er das dachte, machte jemand den Fernseher aus.

Die Staubkörner zitterten im Licht der Stille, als hielten sie ihren Flug mitten in der Luft an. Lenz drehte sich nicht um. Da war eine unerklärliche Spannung in der Luft.

»Kaminski?«, fragte Lenz. »Werter?«

»Nein«, sagte Annelie. »Nein, nein. Nur ich.«

Da drehte er sich doch um. Sie stand in der Küchentür, klein und hell; sie war das einzig Helle zwischen den Schatten des Hauses. Sie sah sehr klein aus, obwohl die Tür niedrig war; er musste sich bücken, wenn er hindurchging.

»Ich gucke mir ab und zu die Dunkelheit an«, erklärte Lenz mit einem hilflosen Schulterzucken. »Ich dachte, sie würde das Haus verlassen.«

Annelie schüttelte langsam den Kopf. »Diese Dunkelheit nicht«, sagte sie. »Sie hat sich über zu viele Jahre angesammelt. Ich weiß noch, wie oft ich hier stand, als du ein Baby warst … wie oft ich versucht war, dich einfach mitzunehmen. Nicht nur zu helfen, unbemerkt … sondern dich mitzunehmen zu mir, dich zu stehlen, jemand anderen aus dir zu machen.«

»Aber du hast es nicht getan.«

»Nein. Es wäre nicht richtig gewesen.«

Er ging zu ihr hinüber und nahm ihren zerbrechlichen, winzigen Körper in die Arme.

»Ich war immer allein«, flüsterte sie. »Aber jetzt bin ich alleiner als irgendwann zuvor. Du brauchst mich nicht mehr. Du hast die Fensterfrau. Du brauchst mich nicht mehr, so wie du Winfried nicht mehr gebraucht hast. Vielleicht, Lenz … vielleicht wird es Zeit für mich, zu gehen. So wie er gegangen ist.«

»Du bist ja verrückt.« Er flüsterte die Worte in ihr duftendes weißes Haar wie in Schnee. Wie in Blüten. Wie in die Wellengischt einer stürmischen Nacht. »Winfried hat überhaupt mich gebraucht, nicht ich ihn …«

»Und wenn es bei mir genauso ist? Wenn ich dich brauche?«

Er lachte und ließ sie los. »Du? Du bist die stärkste Person, die ich kenne. Du hast immer meine Reste aufgesammelt, mich wieder zusammengeflickt, wenn ich auseinandergebrochen war, auf irgendeine Weise. Ich bin auch nicht aus der Welt. Wir schlafen nur draußen in der Datsche, das ist alles. Wegen der Dunkelheit. Ich kann zum Tee kommen. Morgen. Oder übermorgen. Wenn du willst. Einfach so.«

Sie schüttelte den Kopf. »Du kommst nur, wenn ich dich zusammenflicken muss.« Und, ehe er widersprechen konnte, sah sie sich um und fuhr fort. »In der Dunkelheit wohnt die Erinnerung an deine Mutter, weißt du das? Sie ist es, die sie so dunkel macht. Charlotte. In der Dunkelheit wohnt immer irgendeine fehlgeschlagene Liebesgeschichte.«

Damit drehte sie sich um und ging, sie winkte noch einmal über die Schulter, ihre Hand blass und klein, ehe sie das Haus verließ.

»Ich weiß«, sagte er leise, aber sie hörte ihn trotzdem, sie hörte immer alles trotzdem, sie kannte ihn vielleicht so gut, dass sie seine Gedanken hörte.

»Ich weiß, Annelie. Winfried hat geglaubt, dass er mein Vater war. Ich weiß. Aber ich bin mir nicht sicher. Es ist nichts, was wir je herausfinden können.«

Als sie fort war, fragte er sich, wer in der Dunkelheit in den Ecken in dem blauen Haus wohnte. Es gab in diesem Dorf Geschichten, Geschichten, die zu Geschichten gehörten und Geschichten bedingten – Geschichten, die er nach all den Jahren noch immer nicht kannte. Womöglich hatten die Geschichten hinter den Geschichten nichts mit den Morden zu tun.

Womöglich aber doch.

Lena und der Direktor tauchten auf, als Siri das zweite Fenster einbaute. Sie standen eine Weile auf dem Friedhof herum und sahen zu, der Direktor mit dem Baby auf dem Arm. Sie sahen aus, als gefiele ihnen, was sie sahen. Die Vertreibung der Händler aus dem Tempel.

»Ich wusste nicht, dass sie so viel Kuchen verkauft haben in diesem Tempel«, sagte der Direktor und grinste, und das Baby grinste unter seiner zu großen Nase mit ihm, und Siri lachte.

»Ich wusste auch nicht, dass sie weiße Tauben hatten«, sagte Lena.

»Der Tempel sieht eigentlich mehr aus wie ein Garten«, sagte der Direktor. »Oder wie ein Friedhof.«

Siri zuckte mit den Schultern. »Es kommt auf den Standpunkt des Betrachters an.«

Gegen Nachmittag versammelten sich Frau Hartwig, Herr Umbrich, Werter, Kaminski und die Katzenfrau mit ihren beiden Kindern ebenfalls auf dem Friedhof. Lena und der Direktor saßen auf der Bank am Tor und fütterten das Baby.

Es war interessant, dachte Lenz, diese beiden Parteien zu beobachten: die von außen, die Studierten auf der einen Seite – die zum Dorf Gehörigen auf der anderen. Sie sahen die Fenster gar nicht an und auch nicht Siri, die auf einer Leiter stand und ganz alleine arbeitete. Sie sahen sich an, sich gegenseitig, sie beschnupperten sich auf die Entfernung wie Hunde, nicht recht wissend, ob sie knurren sollten oder besser mit dem Schwanz wedeln.

Der Direktor hatte so lange hier gelebt, ab und zu hier gelebt – er war schon da gewesen, als Lenz ein Kind gewesen war, er erinnerte sich. Und doch war er nie auch nur annähernd ein Teil des Dorfes geworden, nicht wie Siri, bei der sie alle das unerklärliche Bedürfnis spürten, sie zu schützen.

Schließlich sagte der Direktor: »Es wird dämmerig. Wir gehen besser. Sehen Sie überhaupt noch etwas da auf Ihrer Leiter?«

»Nein«, sagte Siri und stieg hinunter. »Wird Zeit, Schluss zu machen.« Lenz klappte die Leiter für sie zusammen.

»Wir haben den gleichen Weg«, sagte Lena und schenkte Lenz ein Lächeln, das er in dem spärlichen Licht nicht einordnen konnte – war es ein bemühtes oder ein ehrliches Lächeln?

»Kommt.«

Der Direktor ging voran durch das Tor, und die Dörfler wichen zurück, als hätten sie Angst vor seinen langen Schritten. Lena, Lenz und Siri folgten ihm.

»Hast du die jetzt auf deiner Seite, was?«, sagte Kaminski leise, als Lenz an ihm vorbeiging. »Die Scheißintellektuellen aus ihrer Scheißferienidylle? Freundeste dich demnächst noch mit dem Professor an? Schade, dass der so selten da ist, sonst könntet ihr da draußen direkt 'nen Club aufmachen.«

Lenz drehte sich nach ihm um und sah zu ihm hinunter, Kaminski war erstaunlich viel kleiner als er. Er sagte nichts, sah ihn nur an. Kaminski drehte sich um, und offenbar wurde ihm klar, dass keiner seiner engeren Freunde da war, weder der Tapirmann noch die anderen. Nicht mal die Fischer.

»Geh schon weiter, Friedhofskind«, zischte er. »Geh mit deinen Freunden. Aber die fliegen irgendwann hochkant hier raus, das sag ich dir. Ich mach hier noch mal reinen Tisch. Arbeiter und Bauern, hieß doch mal so, und was anderes brauchen wir auch nicht. Keine Mörder und keine Ferienfaulenzer. Direktoren, Professoren, sonst was.« Er hatte die Fäuste geballt, und der Umbrich legte ihm eine Hand auf die Schulter.

Siri zog Lenz am Ärmel seiner Arbeitsjacke durch das Tor.

Sie sprachen über Belangloses auf dem Weg durch die Hügel zum Wasser hinunter. Aber Lenz schwieg, er hatte nie gelernt, über Belangloses zu sprechen. Entweder sagte man etwas oder man ließ es, hatte Winfried gesagt. In der Gegenwart von Lena, dem Direktor und dem Baby, die sich mit Siri über das Wetter in Berlin unterhielten, vermisste er ihn auf einmal. Es war wie ein Stich in der Brust.

Er vermisste ihr Schweigen in der Küche, er vermisste den abgestandenen Geruch des alten Hauses, den zerfurchten Tisch, dessen Narben nur Winfried und er hatten deuten können; er vermisste sogar die Dunkelheit. Und er vermisste die Hintertür von Annelies Veranda, die er seit Wochen nicht geöffnet hatte.

»Lenz?«, sagte Siri. Sie hatte ihn untergehakt, und er hatte es nicht mal gemerkt. »Du träumst ... wir sind zum Abendessen eingeladen, ist das nicht nett von ihnen?«

Er nickte. »Ja. Sehr. Aber ich fürchte ...« Er zögerte. »Ich fürchte, du musst allein hingehen. Ich bin verdammt müde. Heute war eine Menge zu tun ... ich werde mich hinlegen.«

Sie blieb stehen, ließ Lena und den Direktor vorausgehen. Sie waren beinahe bei den Datschen angekommen. »Was ist los?«, flüsterte sie.

Er wich ihrem suchenden Blick aus. »Ich ... du und Lena und ihr Schwiegervater ... ich gehöre nicht dazu. Ich glaube, vielleicht ... vielleicht kann ich das gar nicht werden ... jemand, der glücklich ist und normal. Ich ...« Er schüttelte den Kopf. »Ich rede wirr. Lass mich heute Abend allein sein. Nur eine Weile.«

»Natürlich«, sagte sie und ließ ihn los. »Ich wollte dich nicht ... nerven. Wenn ich zu viel da bin, musst du es nur sagen ... natürlich, natürlich.« Sie ging rückwärts, Schritt um Schritt weiter weg, und er wollte ihr nachrufen: »Nein, warte! Es war doch nicht so gemeint ...«

Doch er wusste selbst nicht, wie es gemeint war.

»Wir sehen uns später«, sagte er, und sie nickte. Dann drehte sie sich um und folgte Lena und dem Direktor, und er sah sie mit ihnen sprechen, erklären vermutlich, dass Lenz sich hinlegen würde.

Er setzte sich auf die alte Matratze und versuchte zu begreifen, was er fühlte. Es war eine Art Heimweh – ein Heimweh nach all dem, was er abgelegt hatte. Die Einsamkeit, die Verzweiflung, die Aussichtslosigkeit – das achtjährige naive Kind.

»Iris?«, flüsterte er in die Nacht. »Iris, bist du hier?«

»Natürlich bin ich hier«, wisperte sie. »Du brauchst nicht so zu schreien.«

Sie lag neben ihm, ganz dicht. Es war schön, jemanden neben sich zu haben, nach dem man, da man acht war, keinerlei sexuelles Verlangen spürte. Es war einfach und entspannend.

»Ich bin dabei, mich zu verändern«, flüsterte er. »Ich glaube, ich will es gar nicht. Ich habe Angst davor. Aber ich kann nicht zurück. Und Winfried wird nicht mehr lebendig. Und Annelie wird nicht ewig leben. Was sie gesagt hat … dass sie gehen wird, irgendwann … das macht mir auch Angst. Wenn bei Winfried jemand nachgeholfen hat … vielleicht hilft bei Annelie auch jemand nach.«

»Armer Junge«, wisperte Iris und streichelte sein Haar, als wäre sie selbst Jahrmillionen alt. »Armer Junge. Sag mir eins … wegen dieser Morde … auf eine Person bist du nicht gekommen, oder?«

»Bitte?«

»Eine Person war immer dabei, oder hatte auf jeden Fall immer eine … wie sagt man das? Eine Gelegenheit. Es … fiel mir nur gerade so ein.« Sie gähnte und schmiegte sich in seinen Arm, und er lag mit offenen Augen da und starrte in die Dunkelheit.

»Eine Person?«, flüsterte er. »Wer denn?«

Doch sie schlief bereits tief und fest. Er roch die Mischung aus Backpulver und Seife in ihrem Lockenhaar. Auf eine Person war er nicht gekommen … auf wen?

Als er erwachte, war es Siri, die in seinem Arm lag, als hätte sich Iris in den unsichtbaren Stunden der Nacht verwandelt. Er sah sie eine Weile im ersten Licht des Morgens an, während die Kaninchen sich schläfrig in ihren Ecken regten. Die Sonne ließ die winzigen Härchen auf Siris Wangen weiß leuchten, und er fühlte sich auf merkwürdige Weise an Annelies weißes Haar erinnert.

Eines der Kaninchen kam herübergehoppelt und beschloss, in Siris Ellenbeuge weiterzudösen.

Auf ihrer Wange, zwischen den winzigen leuchtenden Morgenhärchen, fand Lenz eine Tränenspur.

Er wusste nicht einmal, wann sie wiedergekommen war, er hatte zu fest geschlafen.

Etwas in ihm tat weh.

Auf eine Person, dachte er, bin ich nicht gekommen ... eine Person war immer dabei ...

»Siri«, flüsterte er.

Sie hatten alle gedacht, Frau Henning wäre versehentlich die Klippen hinuntergestoßen worden – er hatte nie geglaubt, dass sie von selbst gefallen war, egal, was Lena sagte. Frau Henning hatte eine Daunenjacke mit Blumen getragen, und er hatte gedacht, jemand hätte sie mit Siri verwechselt. Siri war am selben Morgen dort entlanggegangen, Frau Henning war ihr gefolgt, neugierig, um sie auszufragen ... Siri war allein mit Winfried im Haus gewesen, während Lenz draußen herumgelaufen war. Aljoscha hatte etwas gewusst, hatte sich mit Siri treffen wollen ... vielleicht war er nicht vorher ertrunken. Vielleicht *hatte* er sich mit Siri getroffen und ihr gesagt, was er zu sagen hatte. Vielleicht hatte sie gefunden, er sollte es für immer für sich behalten.

Unsinn.

Aber warum war Siri hier? Nicht wegen der Fenster. Er glaubte ihr die Fenster nicht mehr. Sicher, sie hatte den Auftrag, aber es gab einen Grund dahinter, darunter, dazwischen. Einen wahren Grund.

Sie schlug die Augen auf und sah ihn an, mit diesem Blau, das er jahrelang in Iris' Kinderaugen hatte blitzen sehen, diesem Kleiderblau, und er versuchte, hindurchzusehen, aber es war ein ganz und gar undurchsichtiges Blau.

»Guten Morgen«, flüsterte sie. »Lenz ... streiten wir noch?«

»Streiten?«, fragte er, perplex. »Wir haben nicht gestritten.«

»Ich hatte das Gefühl«, sagte sie und setzte sich auf. Er bemerkte erst jetzt, dass sie vollständig angezogen war. »Ich habe nicht verstanden, warum. Was war verkehrt?«

Ihre Frage klang so ehrlich, dass er all seine kruden Theorien in einem Atemzug verwarf und sie stattdessen in die Arme schloss.

»Tut mir leid«, flüsterte er. »Tut mir leid. Es ist nur … verstehst du … du redest mit Lena und dem Direktor, mit den Menschen von außerhalb, die die Welt kennen … die Städte … alles … und … die studiert haben, und für dich ist es … so einfach. Für mich nicht. Ich dachte immer, es wäre schön, dazuzugehören. Zu jemandem zum Abendessen eingeladen zu werden. Und gestern ist mir klar geworden, dass ich das gar nicht will. Dass ich das gar nicht kann. Ich habe es nie gelernt, zu irgendetwas dazuzugehören. Außer vielleicht … zu Winfried. Und ein bisschen zu Annelie. Nein, nicht einmal zu Annelie. Nein.«

Sie legte ihr Gesicht an seine Schulter. »Du könntest es lernen, zu mir zu gehören.«

Er lachte. »Nein.«

»Aber … Iris …«

»Das ist etwas anderes. Iris ist … ein Teil von mir. Etwas Inneres.«

»Und ich sehe sie auch«, sagte sie, triumphierend, als wäre sie selbst ein Kind. Sie ließ ihn los, um ihn anzusehen. »Siehst du. Iris ist ein Teil von dir und ein Teil von mir, und also könnten wir zusammengehören. Ich meine, ich habe auch nie zu irgendetwas gehört. Du hast die Tragik nicht gepachtet.«

»Du hattest Eltern …«

»Eine Weile. Bis meine Mutter sich umgebracht hat. Meinetwegen, auch wenn keiner es jemals laut gesagt hat. Bitte sehr, da hast du deine blöde, überflüssige Tragik. Danach hatte ich nur einen Vater. Und wenn Winfried recht hatte, hattest du den auch.«

Er sah sie an, unsicher. »Siri … streiten wir *jetzt*?«

»Nein«, sagte sie, »jetzt frühstücken wir, und dann fahren wir mit dem Ruderboot des Direktors aufs Wasser hinaus und haben einfach einen schönen Tag.«

»Keine Fenster heute?«

»Keine Fenster. Morgen, morgen kommt Maria Magdalena Iris dran. Sie kann wohl noch einen Tag warten nach so vielen Jahren.«

Das Wasser glänzte in der Sonne wie tausend blaue Scherben, als sie das Boot vom Steg aus zu Wasser ließen. Lena stand daneben, in Jeans und Turnschuhen, mädchenhaft, das Baby im Arm, das unaufhörlich und sehr begeistert mit beiden Ärmchen winkte. Ihr sorgfältig geschnittener dunkler Pagenkopf wippte mit jedem Winken des Babys leise auf und ab, und auf ihren weichen Gesichtszügen spiegelte sich der Sommer. Sie war an diesem Morgen sehr jung.

Der Direktor stand hinter den beiden und machte ein Spätseptembergesicht, als wäre er selbst schon in der Echtzeit angekommen, dem verspäteten Dorf zwei Monate voraus, ein Herbstgesicht, leise besorgt. Er wirkte an diesem Morgen sehr alt.

Lenz sah die beiden vom Boot aus, sah sie dort oben auf dem Steg stehen und spürte Siris Anwesenheit neben sich. Aber das Boot war nicht das Boot des Direktors. Er ahnte, was für ein Boot es war. Das alte Holz schien unter ihm zu vibrieren, schien vollgesogen mit einer seltsamen Anspannung. Mit Erinnerungen.

»Das Boot liegt schon viel zu lange bei uns im Schuppen«, sagte Lena. »Ich dachte immer, dass man es mal benutzen sollte. Wir haben das andere. Die Jolle. Zum Segeln. Ich weiß noch, wie mein Mann und ich damals damit draußen waren … das war schön … auf die sportliche Art schön …« Sie lachte. »Aber manchmal denke ich, das Ruderboot ist romantischer. Und als ich gestern im Schuppen war und es sah, da dachte ich, dass es genau das Richtige wäre für Siri und … Sie.«

Sie schien unsicher, ob sie ihn duzen sollte oder nicht.

»Schade, dass Sie sich gestern Abend nicht … nicht wohlgefühlt haben«, fügte sie hinzu und bog ihre sanften Lippen zu einem kleinen Lächeln. »Ich hätte Sie gerne kennengelernt.«

»Da gibt es nicht viel kennenzulernen«, erwiderte Lenz und legte die Ruder zurecht. »Ich bin Totengräber. Das wissen Sie. Kein sehr interessanter Lebenslauf.«

Der Direktor kniete sich auf den Steg und löste die Leine. »Das Wetter soll ruhig bleiben«, sagte er. »Trotzdem … passen Sie auf sich auf. Beide.«

»Das werden sie tun«, sagte Lena mit einem breiteren Lächeln. »Gegenseitig.«

Auf ihrem Gesicht strahlte die Romantik eines Bootsausfluges, den nicht sie selbst machte. Vielleicht war es noch romantischer, jemand anderen auf einen romantischen Ausflug zu schicken, Lena war die wohlmeinende, allmächtige Regisseurin einer Geschichte, die sie selbst nicht erleben konnte. Die Kupplerin, Cupido, Amor, der schützend seine Hand über sie hielt. Er verbiss sich das Grinsen.

»Wir werden uns bemühen, nicht in einen Sturm zu geraten«, sagte Siri, und der Himmel war blau und klar, und dann ruderten sie los. Lenz ruderte. Am Ufer wurden Lena und der Direktor und das noch immer winkende Baby kleiner und unbedeutender. Das Letzte, was er von ihnen sah, war, wie der Direktor einen Arm um Lena legte.

»Ihr Mann ist nie hier«, sagte Siri.

Lenz nickte. »Sie scheint aber nicht sehr allein zu sein. Sie war so … glücklich.«

»Ja«, sagte Siri. »Für den Moment. Ich frage mich, was daraus wird. Du hättest sie sehen sollen, gestern Abend … sie sind sehr höflich miteinander. Man erwartet beinahe, dass sie sich siezen. Aber natürlich ist da mehr. Das uns nichts angeht.«

»Nein«, sagte Lenz, »das uns nichts angeht.«

Weiter draußen hingen die Boote der beiden Fischer auf dem Wasser, und Lenz ahnte stille Blicke von dort. Er zog die Ruder erst ein, als es keine Geräusche mehr gab vom Land, als sie nicht einmal mehr die Vögel hörten. Das Meer war still, die Wellen schwappten in langen, langsamen Bögen unter dem Boot in Richtung Ufer.

»So«, sagte er. »Warum sind wir hier? Warum in diesem Boot?«

Siri zuckte die Schultern unter dem geblümten Mantel. »Entzauberungen.«

Eine Weile sah er sie still an, dann schüttelte er den Kopf. »Ich weiß nicht, ob das gut ist. Lag das Boot die ganze Zeit über im Schuppen?«

Sie nickte. »Der Direktor hat es geborgen. Aber es war wirklich Lenas Idee, dass wir damit rausfahren sollen. Lena weiß nicht, was das für ein Boot ist. Der Direktor hat kurz mit mir gesprochen, als sie mit dem Baby draußen war. Er hat das Boot aus dem Wasser gefischt und in seinen Schuppen gebracht, damals, und aus irgendeinem Grund hat nie jemand danach gefragt. Natürlich nicht, Iris' Familie war in Angola, was sollten sie mit einem Ruderboot?«

»Hoffst du, dass ich mich erinnere, wenn ich in diesem Boot sitze?«

»Ich weiß nicht. Vielleicht. Aber eigentlich ... Lenz ... wir könnten einen ganzen Tag lang hier draußen auf dem Wasser sein und überhaupt nicht an die Vergangenheit denken. Ich habe etwas zu essen und zu trinken eingepackt ... wir könnten so tun, als wäre es wirklich ein ganz gewöhnlicher Ausflug. Irgendwo anlegen. Was weiß ich? Erst abends wiederkommen.«

»Wir spielen«, sagte er und lächelte auf einmal. »Schön, dann spielen wir. Wir spielen, dass wir auswandern, irgendwohin, zusammen.«

Und sie spielten.

Und der Tag war blau.

Und alles war gut.

Sie waren weit weg vom Dorf und dennoch beinahe dort, das Wasser war eine andere Art Wirklichkeit, in der man allein sein konnte, ohne fortgehen zu müssen. Sie waren auf einer Insel, die nur ihnen allein gehörte, und waren doch nicht miteinander allein, nicht auf die Art, wie man in einem dunklen Raum allein ist, nicht so eng und aufeinander angewiesen, sich nicht ausgeliefert. Das Wasser war warm, das Wasser stellte keine Gefahr da, es war ein Weg zurück an Land, den man im Notfall nutzen konnte.

Sie sprachen nicht von Belanglosem wie Siri mit Lena und dem Direktor. Sie sprachen von Träumen. Sie sprachen wenig. Sie lagen auf dem Boden des Ruderbootes und küssten sich und holten sich blaue Flecken an den Ruderbänken, zwei Teenager, die keinen Ort haben als die Rückbank des Autos oder eben ein Ruderboot ... sie sprangen ins Wasser und schwammen neben dem Boot her und lachten, weil sie es beinahe nicht schafften, wieder hineinzukommen, sie trockneten sich mit ihren Kleidern ab und spürten die Sonne auf der Haut und schliefen miteinander, was zu noch mehr blauen Flecken führte, und Lenz fragte sich, wie dies jemals hatte nicht funktionieren können, es war so leicht, kinderleicht. Und er spürte die ganze Erstaunlichkeit des Tages und des Sommers in sich.

Sie legten nicht in der geheimen Bucht an, obwohl er erst geglaubt hatte, sie müssten es tun. Aber Siri schien vergessen zu haben, dass sie auf der Suche nach seiner Erinnerung war. Sie machten das Boot für eine Weile an den Pfählen eines Stellnetzes fest, das war alles.

Irgendwann begann die Sonne, auf den Horizont zuzusinken, rot und groß.

»Stell dir vor«, sagte Siri, »wir würden einfach immer weiter rudern, bis zur anderen Seite dieses Meeres, bis nach … ich weiß nicht … was kommt denn da?«

»Schweden«, sagte Lenz.

»Bis nach Schweden und dort aussteigen und jemand anderer sein.«

»Sie haben das gemacht«, sagte Lenz. »Viele. Damals. Vor '89. Nicht gerade von unserem Hafen aus, aber in der Nähe. Es ist nicht immer gut ausgegangen.«

»Komisch«, sagte Siri. »Ich denke oft, dass es eigentlich egal ist, ob man vor oder nach '89 lebt. Die Menschen bleiben die gleichen. Das Dorf hat sich sicher nicht geändert, und die Dunkelheit, die die Leute sich privat irgendwo anhäufen, genauso wenig. Es war im Mittelalter so und wird in tausend Jahren noch so sein. Die Menschen, ihre Hackordnungen, ihr Misstrauen … die Außen- und die Innenseiter … alles das bleibt.«

Sie stand auf und schüttelte den geblümten Regenmantel aus, der auf dem Boden des Ruderbootes gelegen hatte. Auf einmal schien sie zu frieren, sie machte eine Bewegung, als wollte sie sich den Mantel um die Schultern legen – aber er entglitt ihr, das glatte Material rutschte durch ihre Finger und landete im Wasser. Einen Moment lang stand sie ganz steif da, reglos, und starrte dem Mantel hinterher.

Er breitete sich als große, hell-bunte Qualle unter der Oberfläche aus wie schon einmal, damals, als Lenz sie durchs Wasser geschleppt hatte mit ihrer Wunde am Bein. Der Mantel schien tatsächlich zu leben; schien die Schwimmbewegungen eines Meerestieres nachzuahmen. Aber irgendetwas Schweres musste in einer der Taschen stecken, denn jetzt begann er zu sinken.

Lenz merkte, dass er ebenfalls aufgestanden war. Sie standen nebeneinander und sahen Siris Mantel tiefer und tiefer ins Wasser hinabgleiten, unwiederbringlich verloren – ihre Schutzhülle, ihr Versteck, ihr Sicherheitsnetz, in dem sie ihren Körper so lange vor ihm und der Welt versteckt hatte.

Und dann, ganz plötzlich, erwachte Siri aus ihrer Versteinerung.

»Nein!«, rief sie und sprang, in Hosen und T-Shirt, über die Reling, schwamm, hetzte, tauchte dem Mantel nach: der geblümten Qualle. Er sah sie unter den Wellen verschwinden und krallte seine Hände in die Handflächen. Ach was, sagte er sich, sie konnte schwimmen, sie waren zusammen geschwommen, gerade erst; sie würde schon wieder auftauchen, er machte sich unnötig Sorgen. Aber das Meer dort unten, wo die irgendwie künstlich rote Sonne nichts mehr beschien, war mit einem Mal dunkel, trüb, undurchsichtig, und er sah Siri nicht mehr, sah den Mantel nicht mehr, sah nur noch die Wellen. Wind war aufgekommen, der winzige Schaumkronen malte.

Lenz begann er, die Sekunden zu zählen. Wenn sie bei dreißig nicht wieder da ist, springe ich ihr nach ... achtundzwanzig ... neunundzwanzig ... das Wasser war jetzt eiskalt. Er tauchte in die Undurchsichtigkeit hinein, und dann geschah es. Er tauchte wieder auf, nur Sekunden später, ohne Siri gefunden zu haben, und es war Nacht. Schwärzeste dickste Nacht. Und über das Wasser fegte ein Sturm. Der Himmel über ihm war bedeckt mit zerfetzten Mondwolken, die Sterne hatten ihr Licht zurückgezogen, und das Ruderboot neben Lenz schaukelte umgekippt auf den Wellen.

Er tauchte wieder, tauchte diesmal unter das Boot und streckte die Hand aus, fand etwas, einen Arm, einen Körper, zog – doch der Körper löste sich nicht, etwas hielt ihn dort unter dem Boot fest. Der Sturm und die Nacht vermengten sich mit seinem Blut und sausten in seinen Ohren, es war vielleicht das dunkle Meer selbst, dass anstelle von Blut durch seine Adern floss, es war eiskalt.

Dies war kein Sommermeer, auch kein Septembermeer, dies war ein unerbittliches Winterherbstmeer, zu kalt, um darin zu schwimmen. Der Arm, an dem er zog, war ein Kinderarm.

Er tauchte wieder auf, hörte sich keuchen, hörte sich schreien.

Iris!

Iris!

Er schluckte Wasser, hustete, tauchte wieder.

Jemand zerrte an ihm, riss ihn zurück, er kämpfte gegen diesen Jemand, er musste Iris unter dem Boot hervorholen, er wusste, dass alles irgendwie schiefgelaufen war, dass er etwas getan hatte, was er nicht hätte tun dürfen, dass er schuld an allem war – wer kämpfte da mit ihm? Er wand sich, versuchte, sich aus dem Griff zu befreien – und spürte einen jähen, brennenden Schmerz im Gesicht, als hätte ihn jemand geohrfeigt.

Und dann war alles vorbei.

Er blinzelte. Er befand sich neben dem Boot im Wasser, das Boot schwamm aufrecht, die rote Sonne versank eben am Horizont in der See. Vor ihm, im Boot, saß Siri, sehr nass, sehr weiß im Gesicht, und hatte offenbar bis eben versucht, ihn über die Reling zu ziehen.

Jetzt sah sie in seine Augen, forschend und zugleich verwirrt.

»Lenz? Lenz, kannst du mich hören?«

Er nickte lahm. Dann kletterte er mühsam ins Boot.

Siri wrang den Mantel aus, was bei einem Regenmantel wenig sinnvoll schien, und sagte lange Zeit nichts. Das Boot dümpelte auf den Wellen, da war kein Sturm, keine Nacht, kein Kind. Lenz merkte, dass er zitterte.

»Was ist passiert?«, fragte er schließlich. »Eben?«

Sie schüttelte den Kopf. »Ich weiß nicht. Du hast mit mir gekämpft. Zuerst dachte ich, es ist eine Art Spaß, du hast mich unter Wasser gedrückt … aber dann hatte ich Angst. Du warst gar nicht wirklich da. Du warst ein anderer. Ich bin ins Boot geklettert und wollte dich rausziehen, aber du hast dich gesträubt. Weißt du das denn alles nicht mehr? Es ist nur ein paar Minuten her.«

Er wickelte das graue Halstuch ab und presste das Wasser heraus.

»Du wolltest, dass ich mich erinnere«, sagte er schließlich leise.

»Ich habe mich erinnert. Ich hatte Angst, weil du nicht wieder aufgetaucht bist, mit dem Mantel ... Gott, warum ist der verdammte
Mantel so wichtig?«

Sie zuckte die Schultern. »Ich mag ihn. Aber ich bin wieder aufgetaucht. Es hat nur gedauert. Und dann warst du da und hast dich
aufgeführt wie ein Verrückter.«

»Ich war ... dort. Nein. Ich war ... damals. In der Nacht. Iris ...«
Er brach ab. Wie sollte er erklären, was er selbst nicht begriffen
hatte? »Ich war in dieser Nacht im Wasser«, sagte er leise. »Es ist
nicht wahr, was Winfried gesagt hat. Dass ich die ganze Nacht in
meinem Bett geschlafen habe. Ich war da. Das Boot war umgekippt,
und Iris war darunter. Aber ich konnte sie nicht herausziehen. Ich
weiß nicht, warum. Irgendetwas war furchtbar schiefgelaufen. Ich
weiß nur, was ich gefühlt habe. Ich war schuld. Ich. War. Schuld.«

Er sah sie an, und das Wasser in seinem Gesicht, das seinen Blick
verschleierte, war nicht nur Meerwasser. Er heulte. Er konnte nichts
dagegen tun, er heulte hemmungslos wie ein Kind. Er war ein Kind.

»Du weißt es wirklich nicht?«, fragte er, Tränen schluckend. »Was
geschehen ist? Du erinnerst dich tatsächlich auch nicht?«

»Ich war nicht dabei«, sagte Siri und schlang ihre Arme um ihn.
»Lenz, ich war nicht dabei. Ich bin sieben Jahre jünger als Iris.«

Er sah auf, er konnte die Tränen noch immer nicht stoppen. »Du
bist wirklich nicht sie«, flüsterte er. »Sie ist tot, ja? Sie war immer
tot. Ich habe so gehofft, dass es nicht so ist ... dass alles ein großes
Rätsel ist, ein großes Missverständnis ... dass sie nur wollten, wir
sollten glauben, sie wäre tot ...«

»Lenz«, flüsterte Siri. »Lenz, Lenz.«

Sie hielt ihn lange im Arm, sie war so viel jünger als er und schien
jetzt wieder älter, und er ertrank in seinen Tränen. »Ich weiß nicht,
was ich getan habe«, wisperte er. »Ich weiß es immer noch nicht,
ich werde es vielleicht nie wissen, aber sie haben alle recht. Es war
meine Schuld.«

Als er wieder klar sehen konnte, hatte die Dämmerung alle Farben
geschluckt. Nur das Blau von Siris Augen war noch da, ganz nah.
Das Blau von Iris' Augen.

Sie hielt seine Hände, sie zitterte mit ihm in der Abendkälte.

Das Boot war noch immer eine Insel, ihre Insel.

»Du weißt es ja längst«, flüsterte Siri. »Oder nicht? Iris wäre …
wenn wir uns gekannt hätten … sie wäre meine Schwester gewesen.
Sie haben immer alle gehofft, dass ich werden würde wie sie. So
wunderbar. So schön. So selbstsicher, so unbeschwert. So … alles.
Ich habe sie enttäuscht. Ich habe ihre Erwartungen nie erfüllt. Ich
sollte das Ersatzkind sein. Aber das hat nicht funktioniert.«

14

Es war beinahe dunkel, als sie das Ruderboot am Steg festmachten. Es war beinahe dunkel, aber auf Aljoschas Fischerboot leuchtete eine Lampe.

Lenz erschrak, als er es sah. Aljoscha war tot. Ertrunken. Begraben. Er hatte mit ihm gesprochen, seit er unter der Erde war, aber Aljoscha hatte, wie es sich für Tote gehörte, nie geantwortet. Er konnte sie nicht rufen. Er konnte sie nicht sehen. Nicht die, die ihm nicht gehörten. Als er die Lampe an Deck des Fischerkahns flackern sah, fragte er sich, ob das Dorf recht hatte. Ob sie ihm doch folgte, diese Armee aus Schatten, ob Aljoscha jetzt an der Reling auftauchen und ihn zu sich herüberwinken würde und was er ihm zu sagen hatte.

Er wusste es nicht. Er wusste nicht, was Aljoscha Siri hatte sagen wollen, ehe er ertrunken war. Das ganze Dorf hatte darüber spekuliert, aber Lenz wusste es nicht.

Er streckte die Hand aus und zog Siri zu sich auf den Steg. Siri, nicht Iris. Es war schwer zu begreifen, dass sie nicht ein und dieselbe waren. Und es war, als wäre sie einen Schritt von ihm abgerückt, seitdem er es wusste.

»Da drüben«, flüsterte er. »Jemand ist auf dem Boot …«

Das Licht bewegte sich. Es war nicht Aljoscha. Es war der Direktor.

»Ich habe gewartet«, sagte er. »Sie waren lange weg.«

»Ja, es … es war ein so schöner, sonniger Tag«, sagte Siri.

Der Direktor musterte sie. »Sie sind klatschnass. Was ist passiert?«

»Warum haben Sie hier gewartet?«, fragte Siri. »An Bord von Aljoschas Boot?«

Der Direktor zuckte die Schultern. »Aljoscha hat mich ab und zu morgens mit zum Fischen rausgenommen. Manchmal komme ich an Bord, um mich zu erinnern. An die Morgen ganz allein mit ihm da draußen. Wir haben nie geredet. Kein Wort. Das war gut.«

»Haben Sie gesehen, wie er die Fische getötet hat?«, fragte Siri, und Lenz hörte, wie wenig sie Aljoscha gemocht hatte. Der Direktor zuckte wieder die Schultern.

»Die Leute hier sind nicht empfindsam, wenn es um Fische geht. Empfindsamkeit gegenüber Fischen kann man sich vielleicht nur in der Großstadt leisten.«

Sie gingen gemeinsam den Steg entlang, und da war etwas Seltsames im Blick des Direktors, als er Lenz von der Seite ansah. Etwas, das am Morgen noch nicht da gewesen war. Es war wie ein Riss, durch den etwas hereingesickert war. Das Misstrauen, dachte Lenz. Die Dunkelheit und das Misstrauen des Dorfes hatten einen Weg in den Blick dieses Mannes gefunden, der doch auf keine Weise zum Dorf gehörte. Als hätte sich der Direktor – aber wie konnte das sein? –, als hätte er sich da draußen mit ihm zusammen erinnert. Als hätte er gesehen, wie Lenz unter das umgekippte Boot getaucht war, wie er versucht hatte, Iris herauszuziehen, wie er gewusst hatte, dass er es nicht schaffen würde. Aus einem unheimlichen und unbekannten Grund. Wegen einer noch nicht näher bezeichneten Tatsache, die er selbst verschuldet hatte.

Aber natürlich war es nur seine eigene Erinnerung gewesen, die ihn da draußen im Wasser eingeholt hatte. Niemand anderer konnte sie sehen, Erinnerungen waren kein Film, den man anderen Leuten zeigen konnte. Er bildete sich das Misstrauen des Direktors ein, es war auch zu dämmerig, um überhaupt Blicke deuten zu können.

Sie verabschiedeten sich ein wenig steif, ein wenig förmlich.

»Lena wartet«, sagte der Direktor.

Und sie wartete, sie sahen sie am Fenster stehen, im Licht, das Baby im Arm.

»Diese drei«, sagte Siri leise. »Wenn sie hier sind, außerhalb ihrer normalen Stadtwelt, sind sie glücklich zusammen. Auf eine so absolute Weise. Ich frage mich, ob ich ... ob wir ... irgendwann auf diese Weise glücklich sein können.«

In der winzigen Küche der Datsche kochte er Tee. »Wir müssen die nassen Kleider loswerden«, sagte Lenz. Sie nickte. »Wir scheinen immer mit nassen Kleidern zu enden, egal, was wir tun.«

Sie streiften die Kleider ab und tranken ihren Tee in der Küche, wobei Kleidung ohnehin nicht notwendig war. Er hatte ihre Frage nach dem Glück nicht beantwortet.

Sie hatten wenig gesprochen, seit sie gesagt hatte: *Du weißt es ja längst.*

Er hatte es nicht gewusst. Er sagte sich jetzt, dass er dumm gewesen war, aber er hatte es nicht wissen wollen, er hatte glauben wollen, dass sie Iris war und dass er Iris nie … dass er nie schuld an Iris' Tod gewesen war, weil Iris nie gestorben war.

Er sah Siri an, wie sie neben ihm stand, nackt, eine Tasse Tee in der Hand, an der sie sich wärmte. Sie war nicht auf die Art nackt, die bedeutet: Sieh mich an, ich bin schön. Oder auf die Art, die bedeutet: Es ist ja einerlei, wir sind uns vertraut. Oder auf die Art, die bedeutet: Wenn der Tee getrunken ist, haben wir anderes vor. Ihre Nacktheit war eine besiegte, gleichgültige. Es gab nichts mehr zu bewahren, nichts mehr zu schützen. Ihre Nacktheit sprach zu ihm, sie wisperte: *Ich bin nicht schön, und ich bin nicht sie, bin nicht Iris, nicht einmal heimlich, jetzt weißt du es.* Der geblümte Mantel lag über die Anrichte gebreitet, um zu trocknen. Er war griffbereit, aber er schützte sie nicht mehr. Es gab nichts mehr zu schützen. Sie war nackt wie ein neugeborenes, hilfloses Wesen, ausgeliefert, unbeholfen.

Eine Gänsehaut bedeckte ihren Körper, als würden ihr wirklich Federn wachsen, und er wünschte, es könnte geschehen, er wünschte, sie könnte davonfliegen und frei sein. Frei von Erwartungen.

Sie sah ihn nicht an, sie sah die Teetasse an.

Und mit einem Mal merkte er, dass sie jünger geworden war. In diesem Moment war sie jünger als er. Er war nicht mehr das Kind, sie nicht mehr die Erwachsene, alles hatte sich umgekehrt.

»Siri?«

Sie setzte sich auf die Anrichte, zog die Beine an, stellte die Teetasse auf ihre Knie. Eine unmögliche und unbequeme Haltung, die doch noch einen Rest von Selbstschutz enthielt. Schutz vor der Kälte.

»Hm?«

»Wir müssen jetzt reden … irgendwie … sonst erfrieren wir. Verstehst du? Erzähl … erzähl mir. Vom Ersatzkind. Und, warum du das hier … warum du das gemacht hast. Warum bist du hergekommen und hast einen anderen Nachnamen benutzt und hast keinem gesagt, wer du bist?«

»Ich wäre doch wieder nur ein Schatten gewesen«, sagte sie zu ihrer Teetasse. »Ein Schatten, weiter nichts. Die Schwester von Iris, die alle geliebt haben. Ein Ding ohne Namen, nur mit einer Funktion: Schwester. Dann schon lieber ganz jemand anderer sein. Ich meine, allein diese Idee unserer Eltern. Iris und Siri. Ich bitte dich. Lächerlich. Ich war immer nur ein Lückenfüller. Sie haben gehofft, sie könnten vergessen. Sie haben gehofft, es wäre mit Kindern wie mit … Kleidungsstücken … man könnte sie einfach nachkaufen … es ging natürlich schief. Mir ihren Namen zu geben, rückwärts, war viel zu symbolisch. Ich war in allem und immer das Gegenteil von ihr. Ich war nicht grazil, ich wurde mit dieser Schwäche in meinen Beinen geboren … ich war nicht selbstsicher und lustig, ich war das schüchterne, unbeholfene, magere Ding, das überall am Rand stand … und es war nicht leichter dadurch, dass wir in Angola waren. Meine Mutter hat die Tabletten an Iris' zehntem Todestag geschluckt. Weil ich Iris nie ersetzt hatte. Ihr Tod war nichts als ein Vorwurf. Ich habe sie gehasst dafür. Meinen Vater konnte ich nie hassen, ich wollte ihm immer gefallen, verstehst du, ihn irgendwie beeindrucken … er war ja der einzige Mensch, den ich hatte … ich fürchte, ich will ihn immer noch beeindrucken. Ich wollte Iris hassen. Aber es ist mir nicht gelungen. Sie konnte nichts dafür. Und dann habe ich den Namen des Dorfes erfahren, es ist gar nicht so lange her, und die Ausschreibung für die Fenster gesehen. Ich war neugierig, nur neugierig, das war alles.«

Sie sah ihn plötzlich an, es war bereits dunkel, er nahm ihren weißen Körper nur schemenhaft wahr.

»Und jetzt?«, wisperte sie. »Was ist denn jetzt mit uns?«

Er nahm ihr die Tasse aus den Händen und nahm diese Hände in seine, wo sie winzig und verloren wirkten. »Wie meinst du das – mit uns?«

»Das meine ich, wie ich es sage. Du wolltest, dass ich Iris war, wie alle anderen. Und ich bin es nicht, und das bedeutet ein Ende, oder nicht?«

»Ja«, sagte er. »Ja.«

Und er begriff in diesem Moment, dass es jetzt an ihm war, jemanden zu schützen, der verletzlicher war als er. Er hatte gehofft, sie wäre Iris. Ja. Und? Und sie war es nicht. Und es war völlig gleichgültig.

»Ein Ende«, fügte er mit einem Lächeln hinzu, »des Rätselratens.«

Dann zog er sie an sich, was schwierig war, weil sie noch immer auf der Kommode saß, und umarmte sie, obwohl sie noch immer die Knie angezogen hatte, er umarmte ein kaltes, mageres Bündel aus Abwehr. Er umarmte Siri, nicht Iris. Sie war eine andere Person. Etwas Eigenes.

»Du bist du, und das reicht«, flüsterte er. »Und ich bin ich, verstehst du? Ich bin nicht … dein Vater. Du bist kein Ersatz, ich kann nichts für diese ganze Ersatzgeschichte. Ich kann mit der echten Iris reden, wenn ich will. Aber das warst du, die Winfried mit mir durch die Kirche geschleift hat, als keiner helfen wollte. Das warst du, die im Kartoffelkeller mit mir … und die im Regen zu der alten Datsche kam … das warst immer du.«

Da erwiderte sie seine Umarmung, sehr zögerlich, und beinahe fiel sie dabei von der Anrichte.

»Ich liebe dich«, flüsterte er.

»Gott, ist das kitschig«, flüsterte Siri. »Bist du sicher, dass es stimmt?«

»Sicher«, sagte er, »ist man nie.«

Und dann knarrte die Außentür der Datsche. Sie sahen sich an. Sie sahen an sich hinab. Sie waren noch immer nicht angezogener als zuvor. Die nassen Kleider lagen in dem leeren Raum, und dort gab es auch trockene, aber es hätte zu lange gedauert, sie zu holen. Es war Siri, die die Klappe zum Kartoffelkeller öffnete. Sekunden später saßen sie in der schimmeligen Dunkelheit des winzigen Kellerraums, die Köpfe eingezogen, ganz dicht beieinander wie junge Füchse in einer Höhle.

»Der Mantel«, flüsterte Siri. »Der Mantel ist noch da oben.«
Über ihnen fielen Schritte in die Nacht. Langsame, zögernde, vielleicht suchende Schritte. Sie atmeten lautlos in ihrem Versteck. Und dann sprach der Besitzer der Schritte, er sprach mit sich selbst, und Siri zuckte neben Lenz zusammen, als hätte sie einen Stromschlag bekommen.

»Sie hatten also recht«, sagte der über ihnen. »Sie hatten recht im Dorf. Wenn der Mantel hier ist, ist sie auch hier. Sie hatten recht. Hätte nie gedacht, dass sie recht haben mit irgendetwas. Sieht ja so aus, jetzt, als hätten sie mit vielen Dingen recht. Gott. Wo kommen all diese Kaninchen her? Warum haben sie die Datsche nie abgerissen? Wüsste nicht mal, wem sie jetzt gehört. Gehört sie mir? Ich seh dich noch, hier, ich sehe dich in diesen Räumen … ich sehe dich mit deiner Mutter am Fenster sitzen … in dem gleichen blauen Kleid, in dem wir dich beerdigt haben …«

Lenz wusste natürlich, wem die Stimme gehörte. Er hatte sie das letzte Mal vor zweiunddreißig Jahren gehört. Sie war älter geworden, brüchiger, weniger selbstsicher.

Er spürte Siri neben sich, und er suchte nach ihrer Hand und drückte sie. Ihr Vater war zurückgekommen, zum ersten Mal nach so langer Zeit betrat er die winzige Küche – dort über ihnen, und die Person, zu der er sprach, war nicht Siri. Es war, noch immer, Iris. Er sprach nur in Gedanken zu ihr. Sie war nicht da, er wusste es.

»Sie sagen, im Dorf, deine Schwester wäre hier«, fuhr er fort. »Sie sagen, sie lebt mit ihm hier. Mit … ich kann diesen Namen nicht aussprechen … mit deinem Mörder, Iris. Ich bin gekommen, um sie zurückzuholen. Sie hat mir gesagt, sie ist hier, um Dinge herauszufinden, und dass es vielleicht gefährlich ist, Dinge herauszufinden. Und jetzt komme ich her, und sie sagen mir, dass sie mit ihm … was hat der Mann an sich, dass er meinen Töchtern so den Kopf verdreht? Ich werde …«

Aber ehe er den Satz beenden konnte, entfernten sich die Schritte wieder in Richtung des kahlen Wohnraums, die Stimme verschwamm. Und dann rief sie, plötzlich, sehr laut, sich beinahe überschlagend: »Hallo? Siri? Bist du irgendwo hier? Wenn du mich hörst … mein Kind, mein kleines Mädchen! Komm zurück zu mir! Komm! Zurück! Zu mir!«

Er murmelte noch etwas, etwas Unverständliches. Und dann fiel die Haustür ins Schloss.

Lenz spürte Siri neben sich stärker zittern. Nein, es war kein Zittern. Ihre Schultern zuckten.

»Siri?«

»Ja«, sagte sie, ihre Stimme erstickt und seltsam. »Ich …«

»Weinst du?«

»Ich bin nicht sicher«, flüsterte sie, und da hörte er, dass sie lachte. »Ich … weine und ich lache. Es ist alles durcheinander. Es ist so verrückt. Mein Vater … er hat den Kartoffelkeller vergessen, ein Glück … er muss ihn doch kennen, von damals … stell dir vor, er hätte die Luke angehoben!«

Sie brach ab, ihre Worte ertränkt in einem Meer aus unterdrücktem Kichern und anfallsartigem Schluchzen. Lenz stemmte die Luke hoch, und sie krochen hinaus.

Dann standen sie zusammen am Küchenfenster. Siris Vater war dabei, über das Eisentor zu klettern. Er war zu alt, um über Eisentore zu klettern, und er trug die falschen Sachen, er trug ein Jackett und eine zu feine Stoffhose. Und Siri lachte wieder, aber zugleich lief eine Träne über ihre Wange.

»Er ist wirklich gekommen, um mich zu suchen«, sagte sie leise. »Das hat er noch nie getan.«

»Du kannst immer noch zu ihm gehen. Zieh dich an und renn. Du holst ihn ein.«

Sie schüttelte den Kopf. »Nein. Er kann mich nicht finden. Ich bin ihm längst verloren gegangen.«

Und auf einmal hing sie an seinem Hals wie ein Kind.

»Was hat der Mann an sich, dass er meinen Töchtern den Kopf verdreht?«, flüsterte sie. Und jetzt lachte sie wieder. »Lenz Fuhrmann. Der große Weiberheld, was?«

Sie zog ihn mit sich in den leeren Raum, in dem die Kaninchen sie fragend ansahen: Was war das für merkwürdiger Besuch? Er kniete nieder und streichelte zwei von ihnen, und Siri sagte: »Jetzt lass doch mal die Kaninchen«, und zog ihn weiter, zu der Matratze. Sie ließ sich darauffallen und lachte noch immer.

»Lass uns nur noch lachen«, sagte sie. »Über alles. Es ist zu … zu abstrus. Mein Vater … verdammt … ich habe ihn immer bewundert, ich wollte ihm immer gefallen, immer von ihm … gesehen werden. Wie alt er geworden ist! Wie alt und wie lächerlich in seinem Jackett! Er versucht noch immer, wichtig zu sein, dabei ist er seit der Wende nicht mehr wichtig. Und er war es nie so richtig, ich meine, was hat er schon gemacht? Den Holzhandel mit irgendeinem afrikanischen Land beaufsichtigt … haha … er war nicht mal politisch. Und er versteht wirklich nichts davon, über Gartentore zu klettern! Ein Clown im Stadtanzug. Ich meine, natürlich ist alles tragisch … er sieht nicht nur Iris hier, in seiner Erinnerung, er sieht vermutlich auch unsere Mutter … wie sie da draußen im Liegestuhl liegt und hinter ihrer Sonnenbrille liest und in ihre eigene Welt versunken ist … er hat das nie verwunden, dass sie ihn verlassen hat …« Sie lachte noch immer. »Schau dich um! Tote Kinder, tote Mütter, tote Fischer, tote Väter … Schneestürme und Friedhöfe …« Sie schüttelte den Kopf und wischte sich die Tränen aus dem Gesicht, aber jetzt waren es Lachtränen.

»Wenn die Tragik einen gewissen Punkt erreicht«, sagte sie, »kann man gar nichts anderes mehr tun, als zu lachen.«

»Ja«, sagte er ernst, neben ihr auf der Matratze. »Lass uns lachen. Lass uns lachen, bis der Sommer vorbei ist. Denn dann gehst du.«

»Komm her«, flüsterte sie. »Komm zu mir. Es ist viel zu kalt ohne Kleider.«

†††

Der alte Herr Weiß fuhr nach zwei Tagen unverrichteter Dinge wieder ab.

Er hatte in Frau Hartwigs Ferienwohnung geschlafen, in Siris Bett.

Er hatte sich über die Muscheln auf den Fensterbrettern gewundert. Seine Tochter hatte nie Muscheln gesammelt. Die Muscheln waren auch alle gleich, alle gleich weiß und makellos. In der obersten Schublade der Kommode fand er die Packung aus dem Dekorationsartikelgeschäft, die die Muscheln enthalten hatte. Es gab auch eine Vase, untypisch kitschig für Siri, auf deren Boden noch das Preisschild klebte, genau wir auf dem Teeservice. Was hatte Siri hier nur für ein Spiel gespielt?

Er hinterließ seiner Tochter einen Zettel, auf dem er sie bat, sich bei ihm zu melden.

Er mache sich, stand auf dem Zettel, noch immer Sorgen.

Es war nicht einmal schwer gewesen, dachte Lenz später, Siris Vater nicht zu begegnen.

Es hatte völlig ausgereicht, ausgedehnte Spaziergänge im Wald zu machen und erst spätabends zur Datsche zurückzukehren. Sich nicht im Dorf blicken zu lassen.

Und obwohl Lenz froh darüber war, dass Siris Vater wieder fort war, nahm er es ihm doch auf eine gewisse grundlegende Weise übel. Ein Vater, der glaubt, seine Tochter wäre mit einem Mörder liiert, sollte so lange nach ihr suchen, bis er sie fand, sollte so lange in einer Kellerwohnung warten, bis sie wiederkam. Hätte er länger gewartet, wenn es Iris gewesen wäre?

»Lass doch«, sagte Siri. »Wir sind ihn los. Das ist gut so. Ich werde ihn anrufen und ihm sagen, dass er sich nicht einzumischen hat. Er kann mich nicht zwingen, nach Berlin zurückzukommen. Es ist lächerlich. Ich bin nicht mehr das schwache kleine Mädchen, das nichts alleine hinbekommt. Das am Rand sitzt, während die anderen auf dem Fußballfeld spielen.«

»Nein«, sagte Lenz und lächelte. »Wir haben am Rand unser eigenes Spiel erfunden. Was sollen wir auf dem Feld?«

Und dann glitten sie zurück in ihren merkwürdigen Alltag, Siri baute die Fenster nach und nach ein, und Lenz ließ den Herbst ein, der schon vor dem Friedhofstor wartete, und half ihm, Beete und Sträucher neu zu färben. Sie klebten enger aneinander als zuvor, jetzt, da er wusste, wer sie war.

Und der Umbrich und Frau Hartwig und all die anderen sahen sie mit mehr Distanz in den Augen an als je zuvor. Sie stellten sich manchmal neben die Leiter, auf der Siri arbeitete, wenn sie die einzelnen Teile der Fenster einfügte, versuchten, ein Gespräch anzufangen – über Siris Vater, über die Tatsache, dass er auch Iris' Vater war, sie erinnerten sich … Siri nickte nur und beschäftigte sich weiter mit Glas und Blei und Rahmen. Manchmal stand Kaminski eine Weile zwischen den Gräbern herum, mit verschränkten Armen und zusammengekniffenen Augen, und starrte Siri an, als könnte er sie durch seine Blicke dazu bringen, sich zu ihm umzudrehen. Sie wandte sich nur einmal um, und zwar, um ihn nach der Uhrzeit zu fragen – und er war so perplex, dass er sie ihr sagte, sich umdrehte und ging.

Lenz lachte drüben bei seinen Rosenbüschen leise in sich hinein.

Sie lachten viel in diesen Tagen.

Sie machten ein Spiel daraus, durch die Wälder und Wiesen zu wandern, sich gegenseitig von ihrer Kindheit am Rande des Spielfelds zu erzählen, von all den kleinen und kleinsten unglücklichen Begebenheiten, und darüber zu lachen. Je trauriger ihre Geschichten waren, desto mehr lachten sie. Es war kein bitteres Lachen, es war laut und hell.

Iris rannte neben ihnen her, wenn sie spazieren gingen.

Als Lenz ihr erzählt hatte, wer Siri war, hatte sie nur genickt. »Natürlich«, hatte sie gesagt. »Natürlich ist sie meine Schwester. Wussten das denn nicht alle?«

Sie wären auch wieder mit dem alten Ruderboot hinausgefahren, zu zweit oder zu dritt, aber Lena hatte gesagt, es habe ein Leck und der Direktor müsse es erst flicken. Es lag jetzt neben dem Hafen an Land, auf dem Bauch. Lenz konnte kein Leck in seinem hölzernen Körper entdecken.

Der Direktor und Lena luden sie auch nicht mehr zum Abendessen ein, obwohl Lena jedes Mal winkte, wenn sie sie sah.

Manchmal saßen sie zu dritt in der Kellerwohnung, Siri arbeitete an den Fenstern, und Lenz und Iris sahen ihr zu, sie hatten zwei Kissen vom Bett herübergeholt, als Sitzgelegenheiten zwischen dem Durcheinander aus Messern und Zangen und Scheren und Gläsern und Bleistücken, und wenn Frau Hartwig durchs Kellerfenster sah, winkte Lenz ihr, was sie dazu brachte, den Kopf zu schütteln und sich zurückzuziehen.

Es war einer der sonnigeren, noch sommerwarmen Tage, als Lenz alleine zur hartwigschen Wohnung kam und Siri nicht dort war. Er setzte sich auf die Bettkante und wartete auf sie, und es war reiner Zufall, dass die tief stehende Herbstsonne durchs Fenster auf das alte rote Telefon fiel.

Lenz stand auf und streckte die Hand danach aus, ohne es eigentlich zu beabsichtigen; es geschah von selbst. Er fragte sich, ob er eine Wahlwiederholungstaste finden konnte, um herauszufinden, mit wem Siri so häufig telefonierte. Oder telefoniert *hatte*, denn sie schien es nicht mehr zu tun.

Es gab einen Mann, einen Mann, mit dem sie entweder verheiratet oder nur liiert war, einen Mann in der Stadt.

Es gab einen Mann, aber es gab keine Wahlwiederholungstaste. Es gab überhaupt keine Tasten, das Telefon war so alt, dass es eine Wählscheibe besaß. Er hob den Hörer, nur probeweise, und hielt ihn ans Ohr. Der Hörer war leicht konkav, er hörte etwas rauschen und verstand erst nach einer Weile, dass es sein eigenes Blut war – er hörte sein Blut wie in einer Muschel, in der angeblich das Meer rauscht. Er wählte eine zufällige Nummer, irgendeine: 11 27. Das Rauschen veränderte sich nicht. Und dann folgte er dem Kabel des Telefons. Es hing auf den Boden hinunter und schlängelte sich unters Bett, als wollte es sich vor ihm verstecken. Er kniete sich hin und fand das Ende des Kabels. Es lag lose vor der hinteren Wand. Lose? Lenz zog daran und hielt den Stecker in der Hand, der niemals eingesteckt gewesen war. Da war keine Telefondose unter dem Bett. Er ging zurück zum dem roten Telefon, nahm den Hörer wieder ab und lauschte hinein.

Nichts.

»Das rote Telefon«, sagte er laut, »ist tot. Das rote Telefon war immer schon tot. Sie hat nie mit irgendwem telefoniert.«

»Was hast du denn gedacht?«, fragte Iris neben ihm, strich ihr blaues Kleid glatt und baumelte mit den Beinen. Sie saß auf dem

Bett. Er zuckte zusammen, er hatte sie, wie meist, nicht kommen gehört.

»Es gibt keinen Mann in Berlin, mit dem sie telefoniert hat«, sagte sie und grinste.

»Aber Frau Hartwig hat überall herumerzählt, sie hätte gehört …«

»Sicher«, sagte Iris. »Das hat sie. Sie hat mit dem Telefon gesprochen. Es gab nur nie eine Antwort am anderen Ende der Leitung. Frau Hartwig wird gedacht haben, sie spricht in ihr Handy.«

»Woher weißt du das?«, fragte Lenz misstrauisch.

Iris grinste. »Ich denke bisweilen mit«, sagte sie und sprang vom Bett.

»Und warum … warum hat sie das getan? Mit einem toten Telefon gesprochen?«

Iris stellte sich ganz dicht vor ihn, so dicht, dass ihre Nasen sich beinahe berührten und ihr Gesicht vor seinen Augen verschwamm.

»Warum sprichst du mit mir?«, flüsterte sie. »Warum sprichst du mit den Toten auf dem Friedhof, die nie antworten? Warum spricht Annelie mit ihren Blumen? Das tut sie, ich habe sie gehört. Warum spricht irgendwer überhaupt mit irgendwem?«

In diesem Moment öffnete sich die Tür, und Lenz fühlte sich ertappt, er saß noch immer auf dem Boden neben dem Kabel, das nirgendwohin führte, zwischen den letzten unbenutzten blauen Glasplatten. Iris war fort.

Einen Augenblick lang starrte Siri ihn an, dann wanderte ihr Blick zu dem Telefon und dem unter dem Bett hervorgezogenen Kabel, und sie zuckte die mageren Schultern.

»Wir versuchen alle nur«, sagte sie, »ein bisschen weniger allein zu sein.«

†††

Und dort oder dann, in jenen Herbsttagen, hätte die Geschichte enden sollen.

Die letzte Seite wäre geschrieben, der Ausgang könnte offen

bleiben. Der Versuch, weniger allein zu sein, würde vollkommen ausreichen, um einen Schluss zu bilden.

Vielleicht, dachte Siri, während sie am Fenster der Datsche stand, vielleicht ließe sich noch ein Sonnenuntergang einfügen, ein nebliger, nicht roter Sonnenuntergang, vielleicht ein letzter Kuss, eine letzte private Dunkelheit, eine letzte Bemerkung über die Kaninchen. Ein letzter Traum mit möglicherweise wegweisender Bedeutung, ein letzter leiser melancholischer und dennoch hoffnungsfroher Satz – oder keiner.

Romane enden so. Romane für Frauen wie Iris' Mutter, Frauen mit Sonnenbrillen, Frauen mit einer Neigung zu Kopfweh und französischen Kinofilmen, was eventuell auf dasselbe hinauskommt.

Sie hätte enden können, die Geschichte, und es mag empfohlen werden, sie enden zu lassen. Das Buch zu schließen. Den Rest dem Regal anzuvertrauen. Regale sind geduldig.

Aber natürlich waren all diese Gedanken Unsinn. Nichts endet im Leben, auch nach dem Tod nicht, alles geht immerzu und gnadenlos weiter.

Das Glück des Nicht-allein-Seins war, Siri wusste es, ein vorübergehendes. Die Frage nach der Wahrheit oder der Vergangenheit war in den Hintergrund gerückt, war, im Grunde, im Hintergrund verschwunden, zwischen Wellen und Hügelland, zwischen Wald und Sonne auf Friedhofsmauersteinen, irgendwo in der schattigen Erde unter den neuen Kirchenfenstern, irgendwo zwischen den Tönen der alten Orgel auf ihrer holzwurmstichigen Empore. Aber sie würde wieder auftauchen, diese Frage.

Manchmal wachte Siri nachts auf und spürte Lenz neben sich, und ihr wurde schwindelig vor Hoffnung, alles könnte doch so bleiben, und zugleich schwindelig vor Angst vor dem Moment, in dem es zerbrechen würde. Manchmal sah sie den Regenmantel an, den sie nicht mehr trug, obwohl es kälter wurde.

Manchmal sah der Regenmantel sie an.

Und dann lehnte der Direktor am Tor zwischen den Hecken, als sie alleine im Garten der Datsche im Gras saß und auf einem Block

Skizzen für das allerletzte Fenster machte, das sie noch immer nicht in Angriff genommen hatte. Lenz lärmte irgendwo drinnen, er hatte gesagt, die Datsche müsse einmal geputzt werden nach all der Zeit und all dem Staub.

Siri winkte dem Direktor. Sie hatte lange nicht mit ihm oder mit Lena gesprochen, nicht mehr als ein paar Worte der Begrüßung, und in diesem Moment tat es ihr plötzlich leid. Sie hätte Lena besuchen sollen, ab und an, der Direktor war nicht immer da, er war mal hier und mal in seiner Klinik, aber Lena schien überhaupt nicht mehr nach Hause in die Stadtwohnung zu fahren, die sie – theoretisch – mit ihrem Mann teilte. Auch Lena versuchte vermutlich nur, weniger allein zu sein. Und Siri hatte sie beiseitegeschoben, vergessen, verdrängt.

Sie stand auf und trat zögernd ans Tor.

Aber der Direktor sagte nichts über Lena. Er sagte leise: »Man sieht Sie ja kaum noch ohne den jungen Fuhrmann, seit Sie mit dem Ruderboot draußen waren, damals. Immer nur zu zweit …«

»Ja«, sagte Siri.

Der Direktor beugte sich ein wenig weiter über das Tor, und Siri trat unwillkürlich näher; es war eine seltsame Szene. »Ich würde gerne allein mit Ihnen sprechen«, sagte er. »Ich habe auf eine Gelegenheit gewartet … aber es kommt keine. Morgen bin ich für länger in der Stadt, diesmal für ein paar Wochen. Ich hätte gerne vorher …«

Siri glaubte zu spüren, dass jemand sie von der Datsche aus beobachtete, und fuhr herum. Doch es war niemand zu sehen.

»Was ist denn?«, wisperte sie und kam sich lächerlich vor, weil sie nicht lauter sprach.

»Ich habe etwas gefunden, an dem Tag, an dem ich auf Aljoschas Boot war …«

»Er wollte mir etwas sagen, aber ich dachte, er hätte sich nur wichtiggemacht. Hat es etwas mit Iris zu tun?«

Statt einer Antwort griff der Direktor in seine Jackentasche, doch in diesem Augenblick knarrte die alte Tür der Datsche, und Lenz kam über die Wiese, noch verstaubter und grauer als sonst. Sie wollte über ihn lachen, doch es gelang ihr in diesem Augenblick nicht.

»Heute Abend?«, fragte sie sehr leise. »Bei Frau Hartwig, in der Kellerwohnung? Ich muss sowieso weiterkommen mit den Fenstern. Wenn Sie mit mir sprechen wollen …«

Der Direktor nickte. »Wenn Lena und die Kleine schlafen«, sagte er. »Ich möchte ihr nichts erklären müssen, es wäre zu kompliziert. Würde sie nur beunruhigen, und das muss nicht sein. Neun?«

Siri nickte. »Ich werde da sein und warten. Hat es etwas mit Iris zu tun?«

»Nein«, sagte der Direktor. »Mit Carla Berg.«

Carla Berg.

Siri hatte ihre Existenz vollkommen vergessen. Sie versuchte, sich an die Geschichte von Carla Berg zu erinnern, aber ihr blieb keine Zeit dazu; Lenz stand jetzt neben ihr und legte einen Arm um sie. Sie sahen gemeinsam dem Direktor nach, der in seinen Anglerstiefeln davonging.

»Was wollte er?«, fragte Lenz und schüttelte sich, und der Staub stieg in einer Art Wolke von ihm auf.

»Er … er hat nur gesagt, dass er morgen für länger in die Stadt fährt«, antwortete Siri. »Ich glaube, er will, dass ich ein bisschen nach Lena sehe. Ich habe lange nicht mit ihr gesprochen.«

Lenz nickte. »Dann solltest du es tun. Niemand sollte mehr allein sein als unbedingt notwendig.«

Er ließ sich ins Gras der leicht abschüssigen Wiese fallen, und Siri ließ sich neben ihn fallen. Das Gras war weich und duftete nach dem Heu, zu dem es bald werden würde. Der Himmel über ihnen war weiß und an den Rändern brombeerfarben und zerfranst. Die Moleküle der Luft klangen nach Herbst, wenn sie aneinanderstießen.

»Bist du mit dem letzten Fenster schon weiter?«, fragte Lenz.

»Mit der Skizze … ein wenig«, sagte Siri.

»Das ist gut«, sagte er. »Ich meine, dass du nur ein wenig weiter bist. Wie lange … wie lange wirst du noch brauchen?«

»Ich weiß nicht … es kommt darauf an, was ich entscheide. Für das letzte Fenster. Zwei Wochen? Drei?«

»Entscheide langsam«, bat er und griff nach ihrer Hand, die neben seiner im Gras lag. Das Himmelsweiß über ihnen zog langsam vorüber, und Siri spürte den Druck der Hand in ihrer.

»An dem Tag, nachdem das letzte Fenster eingebaut ist, werde ich«, begann er, aber sie zog ihre Hand weg und rollte sich auf den Bauch, um ihm einen Finger auf die Lippen zu legen.

»Sei still.« Sie betrachtete ihn lange, mit ihrem Finger auf den Lippen, sein nicht vielleicht doch schönes Gesicht mit den Steinaugen, sie fand ein paar winzige Sommersprossen über seinen Wangenknochen und ein paar weiße Haare in seinen Augenbrauen und das Kind in seinem Blick, das sich dort versteckte, unsicher, ob es noch gebraucht wurde. Sie wollte vieles und Rationales denken. *Wer war Carla Berg?* zum Beispiel und: *Ist alles anders, als ich hoffe?*

Aber es gelang ihr nicht. Sie dachte nur: Bitte, bitte halt doch die Zeit an, damit es niemals Abend wird, niemals neun Uhr und niemals Winter. Schließlich nahm er ihren Finger von seinen Lippen.

»Geh nicht«, sagte er. »Nie.«

»Wenn ich sterbe«, sagte sie gedankenverloren, »irgendwann einmal, später. Irgendwo. Holst du mich? Begräbst du mich? Auf dem Friedhof hier, bei der alten Kirche? Ich habe eine Notiz gemacht, in meinen Unterlagen für den Kirchenverein. Dass ich das möchte. Irgendwann dort begraben werden …« Sie lachte leise.

Er lachte nicht. Er setzte sich abrupt auf und packte sie an den Schultern, beinahe grob, schüttelte sie wie eine Schlafende, die er wecken wollte.

»Sag das nicht!«, flüsterte er. »Sag das nie wieder! Du hast das nie gesagt, verstanden? Ich habe es nie gehört. Wir haben nie über das Sterben gesprochen, nicht über dein Sterben, nie.«

»Was … was ist denn los?«, fragte Siri verwundert. Er hielt sie noch immer fest, obwohl er jetzt aufgehört hatte, sie zu schütteln.

Dann ließ er sie los und sah weg, sah in Richtung Meer.

»Das haben die anderen beiden auch gesagt«, murmelte er. »Und dann waren sie auf einmal tot. Iris. Und die Frau, die keiner wirklich kannte. Ein Badeunfall, haben sie gesagt. Ich erinnere mich nicht.«

»Frau Berg«, flüsterte Siri.

Lenz nickte, stand auf und klopfte sich das trockene Gras von der grauen Arbeitshose.

Sie stand ebenfalls auf.

»Heute Abend«, sagte sie ganz leise, »werde ich in Frau Hartwigs Kellerwohnung an der Skizze arbeiten. Ich komme später her. Nachts. Oder morgens. Ich denke, morgens … wir können zusammen frühstücken.«

»Gerade heute Abend? Du musst gerade heute Abend an dieser Skizze arbeiten? Ich verstehe nicht … du kannst es morgen früh tun, bei Licht … ist es denn plötzlich so eilig?«

»Nein. Nein, eilig ist es nicht. Ich denke nur … ich muss ein wenig allein sein.«

»Ich dachte«, murmelte er, »wir versuchen alle, *weniger* allein zu sein.«

Die Schatten in der hartwigschen Kellerwohnung waren kühl und herbstlich. Siri stand lange an dem kleinen Fenster, fröstelnd, den zu dünnen Regenmantel um die Schultern gelegt.

»Ich habe keine Uhr«, sagte sie laut zu sich selbst. »Ich weiß überhaupt nicht, wann es neun sein wird.«

Die Minuten fielen auf den dunklen nadelbaumbestandenen, ordentlichen Garten hinab wie Schnee. Irgendwann würde es neun werden, egal, ob man eine Uhr hatte oder nicht, und dann würde sie erfahren, was Aljoscha ihr hatte sagen wollen und was sie nicht wissen wollte.

Sie kochte Tee auf dem Gasherd in der Ecke, hockte sich auf den Boden vor die Skizze des letzten Kirchenfensters.

Es war auch, dachte sie, der Direktor gewesen, der ihr gesagt hatte, was auf dem letzten Fenster zu sehen war, die Kreuzigung. Siri mochte die Geschichte nicht, und alles in ihr sträubte sich dagegen, ein Kreuz zu zeichnen. Es war ein zu oft gezeichneter Gegenstand, eine zu oft gezeichnete Szene, der sterbende Jesus, in Millionen, Milliarden von Kirchen war er zu sehen, mit oder ohne Wunden, real oder abstrakt, leidend, vergebend, zuversichtlich, verzweifelt. Es gab keine Variante, die es nicht gab. Sie konnte das Kreuz auf den

Kopf stellen, aber auch das hatte vermutlich schon jemand getan, Baselitz höchstwahrscheinlich. Und die Verbindung zum Dorf, die ihr bei den übrigen Bildern so leicht gefallen war, wollte sich in ihrem Kopf nicht ziehen lassen. Vielleicht, dachte sie, weil sie Angst vor ihr hatte. Es gab genug Tode in diesem Dorf.

Da war ein Körper auf ihrer Skizze, ein unbestimmter Körper, und er hing an etwas, aber es schien kein Kreuz zu sein. Sie nahm den Stift in die Hand und sah zu, wie vor ihr Striche entstanden, hastig hingeworfen, ohne nachzudenken jetzt, sie zeichnete frei, was sich zeichnen ließ, und es war, sie merkte es jetzt, die Kirche. Nicht die Kirche von außen. Es war die Kirche, die selten besuchte Kirche, von innen.

Sie erkannte die Orgelempore, auf der Iris gestanden hatte. Die Orgelempore, von wo aus man das ganze Dorf sehen konnte, wenn es sich denn eines Tages in seiner Gesamtheit in der Kirche versammeln sollte. Auf der Skizze waren sie da, sahen von den Bänken empor, streckten ihre Hände nach den schwebenden Tönen der Orgel, die das kleine Mädchen dem Instrument entlockte, jenes kleine blondlockige Mädchen, das sie alle geliebt hatten, ohne es auszusprechen. Sie sah die Gesichter unter ihren Fingern entstehen: Herrn Umbrich mit seiner blauen Glasscherbe in der Hand, Frau Hartwig, den Kopf lauschend schief gelegt, Werter, Kaminski, den Tapirhundemann und seine Frau, die Kinder und ihre hysterische Mutter, die beiden Fischer – sie alle standen dort und streckten die Hände aus, auf der Suche nach Erlösung. Manche fehlten. Die Toten. Man sah ihre Schatten, nur ihre Schatten, auch sie streckten sich nach der Orgelempore.

Und das Kreuz, an dem der Körper hing, war im Grunde nichts als einer der Schrägbalken, der die Orgelempore hielt. Das Gesicht des Gekreuzigten lag im Schatten. Er hatte kein Gesicht. Er war sie alle. Er vereinigte ihre Ängste und ihre Hoffnungen, ihre Ziele, ihre Saatkartoffelzüchtungen und ihre Kuchenrezepte. Ihre Gerüchte, ihre Unterstellungen, ihr geheimes Begehren und ihre oberflächliche Sachlichkeit. Ihre Ohnmacht einer Welt draußen gegenüber, die nicht hereinkonnte und zu der sie nicht hinauskonnten.

Das Dorf, auf seiner Suche nach einem Ende der ewigen Schatten – das Dorf kreuzigte sich selbst. Zur Linken und Rechten gab es zwei weitere Figuren, eine kleine und eine große, ein Mädchen und eine Frau, Schwestern, die alldem nur zusahen … oder vielleicht mehr Teil des Ganzen waren, als sie ahnten.

Siri ließ sich zurück auf die Knie fallen, den Bleistift in der zitternden Hand, und merkte, dass sie keuchte, als wäre sie gerannt.

Sie war ganz nah, in ihren Gedanken ganz nah an Iris' Tod und Carla Bergs Tod und an dem Beinahetod von Siri Weiß, die jemand hatte loswerden wollen, nur um sie dann mit Frau Henning zu verwechseln. Ganz nahe, ganz nahe … sie musste nur noch ein wenig weiterdenken, das Bild, das ihre eigenen Hände geschaffen hatten, ein wenig näher ansehen … es gab etwas, das sie übersah, sie wusste es. Aber solange sie die Bleistiftstriche auch anstarrte, sie fand es nicht. Nur ihre Augen begannen zu tränen.

Schließlich schob sie den Skizzenblock weg und stand auf. Ihre Knie schmerzten.

»Ich werde dieses Fenster machen«, flüsterte sie. »Ich werde es machen und es einbauen, und danach werde ich wissen, was es bedeutet. Wenn ich in der Kirche stehe und es ansehe.«

Sie sprang auf, und der Stift zerbrach in ihren Händen. Sie ließ die Stücke fallen, unachtsam – ihre ganze Kunst bestand aus zerbrochenen Stücken: Glasstücken, Bleistücken, Stücken von Licht, die durch fehlende Stücke in Mauern fielen.

Draußen war es jetzt vollkommen dunkel. War es schon neun? Auf einmal konnte Siri nicht länger warten.

»Er kommt nicht«, sagte sie laut. »Der Direktor kommt nicht. Es ist etwas dazwischengekommen, etwas mit Lena und der Kleinen, oder er hat es sich anders überlegt, er hat eingesehen, dass es besser ist, wenn ich nicht erfahre, was Aljoscha mir sagen wollte.«

Sie nahm ihren Mantel, doch die Tür zur Kellerwohnung ließ sie unverschlossen. Wenn er doch noch kam, dachte sie, konnte er hineingehen. Draußen war es kalt, ein Herbstwind pfiff um alle Ecken und brachte die Büsche dazu, sich zu ducken und zu sträuben wie ruppige Straßenkatzen.

Sie heftete ein Stück Papier an die Tür. Es besaß keinen Adressaten, aber das schien gleichgültig zu sein, niemand außer dem Direktor würde in dieser windigen Nacht vor der Tür zur Kellerwohnung stehen.

Falls Sie noch kommen. Ich bin nur spazieren. Warten Sie drinnen, wo es warm ist. Siri Weiß.

Es zog sie zur Kirche.

Sie wollte den Ort sehen, an den das sechste und letzte Fenster gehörte. Sie wollte die Steine unter ihren Händen spüren, die das Fenster begrenzten, sie wollte das Schneehuhn auf Iris' Grab um Rat fragen. Sie wollte Carla Berg suchen und Jens und Charlotte Fuhrmann, und vielleicht, dachte sie, spräche ja einer mit ihnen, einer aus der Armee der Schatten.

Diesmal hatte sie keine Angst, als sie durch das Friedhofstor trat. Es war nur ein Tor, und niemand war da; sogar Kaminski hatte es aufgegeben, ihr nachzuschleichen – das Spiel war nicht mehr neu und nicht mehr aufregend; auch er war nichts als ein kleiner Junge.

Sie ließ sich den Wind in den Kragen wehen und atmete die frische Nachtluft tief ein.

Sie würde noch kälter werden, diese Luft, und der Wind noch schärfer, und dann –

»Dann wird Winter sein«, flüsterte sie. »Das Meer wird zufrieren, und die Häuser werden in den Schneewehen ertrinken …«

Sie drückte die Klinke der winzigen alten Kirche herunter und erschrak. Die Tür war offen. Der Umbrich hatte einmal mehr vergessen, sie abzuschließen. Siri trat leise ein und blieb einen Moment lang in der Schwärze stehen. Aber vielleicht war es gar nicht der Umbrich gewesen, der die Tür aufgeschlossen hatte …

»Hallo?«, fragte sie leise. »Ist hier jemand?«

Das Echo ihrer Stimme glitt an den Steinwänden ab und fiel leblos zu Boden. Siris Augen gewöhnten sich an die Dunkelheit; sie konnte jetzt die Schemen der Kirchenbänke und eines Postkartenständers erkennen, ein paar aufgeschlagene Liederbücher mit Lesebändchen lagen auf den Bänken.

Siri ging durch den Gang bis in die Mitte, drehte sich dort um und sah zur Nachtgestalt der Orgel empor. Ja, sie war genau so, wie sie sie in Erinnerung hatte: die Schrägbalken, das Geländer, alles. Sie erinnerte sich genau daran, wie Winfried Fuhrmann diesen Gang entlanggetaumelt war, verletzt, blind, verzweifelt – wie Lenz aufgestanden war, um ihn hinauszuführen. Sie erinnerte sich an die Blicke der anderen, die Blicke, die auch ihr galten, als sie aufstand und half.

War da nicht eine Bewegung auf der Orgelempore?

Siri stand ganz still.

Und das, was sich bewegt hatte, begann Konturen anzunehmen. Sie hatte Angst, es könnte zu dem Körper werden, den sie gezeichnet hatte, dem gesichtslosen, dem Ding, das das Dorf war und vom Dorf gehasst wurde.

Aber es war nicht der Körper eines Erwachsenen. Es war der Umriss eines Kindes.

»Iris?«, flüsterte Siri.

»Möglich«, erwiderte Iris' Stimme leise. »Möglich, dass ich es bin. Aber wer bist du? Hast du dich entschieden?«

»Wieso – es gibt keine Rätsel mehr. Ich bin deine Schwester, und das weißt du. Das wissen alle.«

»Das meine ich nicht«, sagte Iris. »Ich meine: Als was bist du hier?«

»Als … jemand, der die Wahrheit sucht und … der wieder gehen wird, wenn er sie kennt.«

»Ohne etwas … etwas zu tun? Bist du jetzt jemand, der nur zusieht? Ich weiß, was in der Manteltasche ist.«

»Woher …?«

Iris lachte. »Ziemlich einfach. Ich habe hineingesehen.«

»Du weißt nichts. Gar nichts.«

Sie tastete sich voran, setzte sich in eine der dunklen Bänke und spürte etwas Weiches, Warmes neben sich. Ihr Schreckensschrei verjagte es, ehe sie begriff: Es war ein Kaninchen gewesen. Ein zweites drückte sich gegen ihre Füße. Sie kamen also jetzt schon bis in die Kirche, die Kaninchen …

»Wollt ihr mir etwas sagen?«, flüsterte Siri. »Ihr habt Aljoscha gehört …«

Sie kraulte das Kaninchen zu ihren Füßen, und als sie aufsah, war die Orgelempore dunkel und leer.

Da hob sie das Kaninchen hoch und setzte es auf ihre Brust, wo es sich ein wenig zurechtruckelte wie in einem Nest und in Kaninchenträume hinüberglitt. Draußen heulte der Wind, der ständig wachsende Wind, heulte sich zu einem Orkan heran, der für Vorzwei-Monaten vorausgesagt worden war, hier aber erst jetzt ankam.

Siri hörte ihn nicht mehr heulen. Sie schlief.

Sie erwachte davon, dass draußen etwas krachend zu Boden stürzte, und fuhr hoch. Ein Baum; es musste ein Baum gewesen sein. Sie sah, wie sich die Äste der übrigen Bäume in der blassen Morgendämmerung bogen, wie sie sich krümmten unter dem Sturm, sie sah eine Plane vorbeisegeln, vielleicht die Plane eines Bootes, sie sah den Sturm Hände voll frisch gemähtem Herbstheu in der Luft verteilen.

Die Fenster der Kirche, die drei neuen und die drei alten, klirrten gegen die Steinwände, und die Tür klapperte in ihren Angeln. Siri brauchte einen Moment, um zu begreifen, dass dies kein Traum war.

Der Sturm, der Orkan da draußen, war wirklich.

Und zugleich fiel ihr der Direktor ein. Sie hatte ihn völlig vergessen.

Wenn er da gewesen war, war er längst wieder gegangen, *Warten Sie*, hatte sie auf den Zettel geschrieben, *Warten Sie*, aber kein Mensch wartete die ganze Nacht. An diesem Morgen würde er zurückfahren in die Stadt, zu seiner Musik – vermutlich saß er längst im Auto, vermutlich hatte er das Dorf längst hinter sich gelassen. Sie würde Lena fragen, ihn anrufen … aber er hatte ihr etwas geben wollen … und wenn er noch da war?

Sie würde hingehen, an der größten der Datschen klopfen. Sie wollte nicht. Es war so einfach, zu sagen: Oh, jetzt haben wir uns verpasst. Pech …

Viel zu einfach. Sie musste es versuchen.

Die Kirchentür klemmte, und für einen panischen Moment war Siri nicht sicher, ob jemand sie in der Nacht abgeschlossen hatte. Sie stemmte sich mit ihrem ganzen Gewicht dagegen, leider keine beeindruckende Masse, und zwang das alte Holz durch ihren schieren Willen, nachzugeben. Es gab nach. Aber nicht mit einem Ruck, wie sie geglaubt hatte, sondern langsam, allmählich, als hielte jemand die Tür von außen zu, als kämpfte jemand gegen sie. Aber da war niemand. Und endlich begriff sie: Es war der Wind, der die Tür zudrückte. Es gelang ihr, sie weit genug aufzustemmen, um hindurchzuschlüpfen, die Tür schloss sich mit einem Knall hinter Siri –

Sie stand im Sturm.

Im Chaos.

Das Grün des Friedhofs hatte sich in rauschende, schwankende Schlieren verwandelt, das Ächzen der Bäume erfüllte die Luft, und Siri duckte sich unwillkürlich unter den Windböen. Sie zog ihren Mantel enger um sich. Der Sturm war kalt, eiskalt, vereinzelte Regentropfen schlugen ihr ins Gesicht wie kleine Steine. Sie hatte noch nie einen solchen Sturm erlebt, es war, als schwankte selbst die Erde.

Nichts stand still, alles war Bewegung. Sie kämpfte sich geduckt zum Friedhofstor, konnte sich kaum auf den Füßen halten, der Wind drohte sie aufzuheben und mitzunehmen wie ein Blatt.

Ich bin nichts, dachte Siri. Ich bin belanglos. Ich bin ein kleines Ding auf der Erdoberfläche, das die großen Dinge nicht kümmert, all dies – das Dorf, die Morde, die Schatten hinter den Häusern –, es kümmert die Großen nicht. Es ist ein winziges, unwichtiges Detail. Ein Punkt auf einer Karte. Beinahe lachte sie.

Sie warf die Arme hoch und drehte sich im Sturm, ließ den geblümten Mantel fliegen, verlor das Gleichgewicht, zog sich am Friedhofstor wieder auf die Beine und sah den grau zerrissenen Himmel über sich – alles kam immer nur darauf an, von wo aus man es betrachtete, und von dort oben betrachtet war nichts hier unten wichtig.

Aber wenn nichts wichtig war, war sie frei. Wenn nichts zählte, konnte jeder neu anfangen.

Wenn nichts von Belang war, gab es das Dorf vielleicht nicht einmal. Es war unwichtig, ob es das Dorf gab. Es war unwichtig, ob es Iris gab, ob sie wirklich in einem blauen Kleid durch die Felder lief, es war unwichtig, ob und wie sie gestorben war. Von dort oben aus dem zerrissenen Grau betrachtet machten Einbildung und Wirklichkeit keinen Unterschied.

Sie rannte jetzt, oder versuchte zu rennen, sie fiel und rannte weiter, sie taumelte den Sandweg entlang wie ein großer grüner Schmetterling, ein betrunkener oder verletzter Schmetterling, auch das machte aus der Entfernung betrachtet keinen Unterschied. Sie wusste, dass sie es nicht schaffen würde, die Datschen und das Meer zu erreichen.

Alles fühlte sich sehr nach Ende an.

Reet flog durch die Luft, der Sturm griff mit großen Händen in die dunklen Dächer und löste Halme und Moos, er kümmerte sich nicht um den Draht, der die Dächer zusammenhielt, er jagte seine Krallen in Vorgartenhecken und Gemüsebeete, in Obstbäume und Zäune und nahm mit, was lose war.

Siri hörte Rufe im Sturm, sie sah den Umbrich hinter seinem Zaun auf dem Boden knien und an der Leine seines Hundes ziehen, der sich in einer Ecke unter den Büschen verkrochen hatte und nicht mehr herauskommen wollte. Sie sah die Katzenfrau in weiß wehendem Nachthemd außen an ihrem Haus Fenster verbarrikadieren, Läden schließen, die sich nicht schließen ließen, Kaminski war bei ihr und versuchte zu helfen, und selbst Kaminski wirkte im Sturm abstrakt, wie eine Figur aus einem Film. Das Riesentrampolin war umgefallen und lag im Garten wie ein gestrandetes Urtier. Blätter und abgerissene Zweige füllten die brodelnde Luft, Äpfel, die niemals geerntet werden würden, Büschel von Blumen, die auf Gräbern gelegen hatten, Hände voll Sand.

Siri erreichte Frau Hartwigs Garten, der nicht mehr zu erkennen war – ein Gewirr von zerstörtem, umgestürztem, gesplittertem Vorgartennadelgehölz. Sie musste einen großen Ast zur Seite schieben, um die Tür zu öffnen. Ein Windstoß fuhr in den Flur, fegte in die Werkstatt, deren Tür einen Spaltbreit offen stand, warf eine der noch unbenutzten blauen Glasplatten um und ließ sie splitternd auf dem Boden zerbrechen, er wirbelte Skizzenpapier, Pinsel, Stahlfedern,

Spachtel, Handschuhe und Bücher durcheinander – Siri schloss die Tür.

Und stand in der Stille.

Sie hörte den Sturm jetzt nur schwach jenseits des kleinen Fensters heulen.

Es roch seltsam. Sie lehnte sich gegen die Tür und versuchte, zu Atem zu kommen – ihre Gedanken zu sammeln. Wonach roch es? Sie sah sich um. Der Boden des kleinen Flurs war ein Durcheinander aus Papier und Stiften, die der Wind aus der Werkstatt gewirbelt hatte, Sekunden hatten genügt. Siri öffnete die Tür zum Schlafzimmer, um dem Chaos zu entkommen, sich einen Moment aufs Bett zu setzen, ehe sie Ordnung in die Werkstatt brachte – und erschrak. Auf dem Bett lag jemand, die Decke halb über sich geworfen.

»Lenz?«, fragte sie und machte einen Schritt ins Zimmer hinein.

Mir ist kalt. Ich habe in der Kirche geschlafen. Nimm mich in den Arm. Draußen geht die Welt unter. Wie gut, dass du da bist.

Nein, das auf dem Bett war nicht Lenz. Die Gestalt war kleiner als Lenz. Kleiner und zierlicher.

Und dann stand sie vor dem Bett. Es war jemand, der vielleicht gewartet hatte und darüber eingeschlafen war. Der Direktor. Er hatte ihr etwas geben wollen. Doch seine Hände waren leer. Sie sah sich im Zimmer nach einem Gegenstand – einer winzigen Kleinigkeit – um, die vorher noch nicht da gewesen war, etwas, das er mitgebracht und irgendwo hingelegt hatte. Doch sie fand nichts.

Sie streckte die Hand aus, um ihn zu wecken. Er reagierte nicht. Sie war selbst müde, sie merkte, dass sie Kopfweh hatte, sie setzte sich neben den Direktor, merkwürdig erschöpft.

»Guten Morgen«, sagte sie leise. Er reagierte noch immer nicht. Sie fasste seine Schulter, schüttelte sie sacht – schüttelte stärker. Sie legte die Hand an seine Wange. Seine Haut war sehr kalt. Der Schmerz in ihrem Kopf tickte.

Sie wollte rufen, den Direktor rufen: Stehen Sie auf, stehen Sie doch auf, es ist längst Tag, und draußen geht die Welt unter! Aber die Worte wollten sich nicht in ihrem Mund formen lassen.

Sie drehte ihren schweren Kopf und sah sich um, und dann begriff sie. Und zwang sich, aufzuspringen. Sie war mit zwei Schritten beim Fenster, riss es auf, ließ den Sturm herein, der Sauerstoff mitbrachte, war mit zwei weiteren Schritten beim Herd neben der Tür. Sie wusste, dass sie das Gas ausgestellt hatte, als sie gegangen war.

Und nun stellte sie es wieder aus.

Aber es gab nichts mehr auszustellen. Das Gas hatte lange aufgehört, aus den Düsen zu strömen. Die Kartusche war leer.

Siri weinte nicht. Sie sagte sich, dass sie hätte weinen sollen, dort an dem Bett, in dem der Direktor lag und nicht mehr lag, weil er, als Mensch, nicht mehr existierte. Sie hätte um das Klavier weinen sollen, das er nie für Lena in die Datsche bringen würde. Um die Musik oben im Wald, die er nie gefunden hatte. Aber sie konnte nicht weinen. Sie saß da, den Kopf in die Hände gestützt, und hinter ihrer Stirn rasten die Gedanken.

Eine Gestalt unter einer Decke. Nicht zu erkennen von der Tür aus.

Der Herd – der Herd an der Wand neben der Tür.

Jemand, der hereinkam, um den Herd anzustellen, musste die Gestalt auf dem Bett nicht näher ansehen. Vergaß vielleicht, das zu tun, sah nur, dass dort jemand Schmales und nicht besonders Großes lag. Der Direktor war nicht groß gewesen.

»Er hatte … er hatte keinen schlimmen Tod«, flüsterte Siri. »Es war mein Tod, der Tod, der für mich bestimmt war. Es wäre gar nicht schlecht gewesen. Langsam einschlafen. Gar nicht schlecht.«

Und sie erinnerte sich an die Worte, die sie gesagt hatte, auf dem Rücken im Gras liegend, nur den weißen Herbsthimmel über sich.

Wenn ich sterbe, irgendwann … begräbst du mich? Auf dem Friedhof hier, bei der alten Kirche? Ich habe eine Notiz gemacht, in meinen Unterlagen für den Kirchenverein. Dass ich das möchte.

Und seine Antwort: Sag das nicht … das haben die anderen beiden auch gesagt.

Geh nicht. Nie. Geh nicht. Nie. Geh nicht. Nie.

»Ich wäre also nie gegangen«, flüsterte sie. »Ist es das? Du hättest mich dort begraben, bei den anderen, und ewig mit mir sprechen können. Wäre ich zurückgekommen, in deiner Vorstellung, wie Iris? Zurückgekommen, um ewig zweiunddreißig Jahre alt zu bleiben, zurückgekommen als Idee, als Ideal, jenseits von Alter und Makel?«

Aber sie wollte es nicht glauben. Sie konnte es nicht glauben, es gelang ihr einfach nicht.

Sie rutschte auf Händen und Knien über den Boden, um die letzte Skizze im Chaos zu finden, und sie fand sie, den Körper des Dorfs, das sich selbst kreuzigte. Sie hatte den Direktor vergessen. Sie fand einen Stift, zeichnete hektische Striche, zeichnete den Direktor als Schatten, zeichnete Lena mit dem Kind im Arm. Aber Lena war kein Schatten. Sie lebte. Und jemand würde ihr sagen müssen, dass der Direktor es nicht mehr tat.

Als sie das dachte, merkte Siri, dass sie doch weinte. Sie weinte Lenas Tränen. Sie wischte sie weg, legte die Skizze unter einen fertigen Teil des vorletzten gläsernen Bildes – die Totenerweckung – und schloss das Fenster. Sie musste jemandem sagen, was geschehen war. Sie musste die Kfz-Werkstatt erreichen, wo es ein Telefon gab. Sie wickelte ihren Regenmantel fest um sich, öffnete die Tür und kehrte zurück in den Sturm.

Die Böen hatten nicht nachgelassen. Die Minuten, die Siri in der Kellerwohnung von Frau Hartwig verbracht hatten, erschienen ihr mit einem Mal unwirklich. Der Wind knickte weiter Bäume, der Himmel zerriss sich selbst weiter in graue Fetzen. Siri musste sich am Zaun festhalten, um nicht von den Füßen gerissen zu werden. Der Sturm hatte noch zugenommen.

Die düstere Morgendämmerung dauerte an, doch in keinem der Fenster sah Siri Licht. Der Strom, dachte sie, natürlich, der Strom ist ausgefallen. Sie konnte gar niemanden anrufen, nicht einmal, wenn sie es bis zu Werters Werkstatt schaffte.

Sie hangelte sich weiter am Zaun entlang. Sie wusste nicht mehr, wohin sie wollte.

Und dann sah sie *ihn*. Er hockte auf dem Dach des dunklen Hauses und versuchte, die Schilfbüschel dort festzuzurren, die der Wind fortzureißen drohte. Das Schilf war alt, alt und schadhaft, und Siri sah, dass der Sturm an zwei Stellen bereits Löcher hineingerissen hatte. Dort bot ihm das Dach mehr Angriffsfläche, er griff mit seinen unsichtbaren, heulenden Fingern in die Lücken und riss mehr und mehr Schilf aus ... und Lenz kniete auf der Schräge und arbeitete wie ein Besessener dagegen an. Sie sah ihn schwanken, sich wieder fangen, weiter mit Draht, Schilf und Wind ringen. Er wird fallen, dachte sie. Er wird fallen und sich da unten das Genick brechen ... aber natürlich war das Dach für solch endgültige Dramatik nicht hoch genug.

Sie ließ den Zaun los und begann, sich vorwärtszukämpfen, gegen den Wind an. Es ging nicht ... es musste gehen ... es ging. Sie erreichte den schmalen Pfad, der zwischen den Büschen und Hecken zu dem dunklen Haus der Fuhrmanns führte. Doch den Pfad gab es nicht mehr. Abgebrochene Äste versperrten ihn und machten das Durchkommen schwierig; die Sträucher schlugen mit ihren langen Zweigen um sich, schützende Hecken schienen sich selbst zu zerfetzen, Blätter peitschten Siri ins Gesicht, Dornen und Äste hinterließen schmerzende Striemen auf ihren Armen und in ihrem Gesicht. Sie kümmerte sich nicht darum.

Sie schaffte es bis zum Haus, bis in den Garten. Wo waren die Kaninchen? Allesamt davongeweht in ein neues, kaninchenfreundlicheres Leben?

»Lenz!«, schrie sie, so laut sie konnte, gegen den Sturm an. »Lenz!«

Er sah hinab, den Draht in der Hand. »Siri! Geh rein! Geh irgendwo rein!«

Sie schüttelte den Kopf. »Was tust du da?«

»Ich versuche, etwas zu retten!«

»Du wolltest es anzünden!«, schrie Siri. »Das Haus! Weil nie Licht hereinkommt! Und jetzt rettest du es?«

Er hielt inne, zögerte. »Ja!«, rief er dann. »Man rettet doch immer alles, was zu retten ist!«

Und dann arbeitete er weiter, dort oben, schwankend, sinnlos. Der Sturm war schneller als Lenz, er riss das Schilf rascher mit sich fort, als Lenz es festzurren konnte. Und dann verlor er dort oben das

Gleichgewicht. Er schlitterte das Dach herunter und landete neben ihr im Gras, und der Sturm heulte noch immer, triumphierend jetzt.

Lenz fluchte und stand auf, und einen Moment lang standen sie so, beide an den Vorgartenzaun geklammert, und sahen zum Dach hinauf. Das Schilf löste sich jetzt rascher und rascher und flog auf unsichtbaren Windflügeln davon, die Halme Schwärme winziger Vögel, die nach Jahren endlich ihre Freiheit erlangten.

»Lass es fliegen!«, rief Siri. »Lass es fliegen, das Dach!«

Lenz nickte. »Vielleicht kommt das Licht dann endlich durch.«

Er sah Siri an und lächelte plötzlich, und dann ließ er den Zaun los und zog sie an sich, und die nächste Windbö packte sie beide und warf sie zu Boden.

»Alles endet«, keuchte Siri. »Alles.«

»Tut es das?«

Sie nickte, sie klammerte sich an ihm fest, als könnte der Wind auch sie jetzt noch aufheben und davontragen, und trennte sich dann plötzlich von ihm.

»Nein. Nein!«, rief sie gegen den Sturm an. »Es endet nicht! Ich habe vor, noch eine Weile weiterzuleben!«

»Natürlich –«

Sie wollte ihn anschreien, ihm Fragen stellen, ihn beschuldigen, aber die Fragen blieben in ihrer Kehle stecken. Und Lenz zog sie mit sich auf die Beine.

»Wir müssen nach Annelie sehen!«, rief er. »Ich weiß nicht, ob sie allein zurechtkommt im Sturm … ihr Garten … sie würde alles für ihren Garten tun … komm!«

Er nahm Siri an der Hand, er merkte nicht, wie sie sich sträubte, und sie hatte auch nicht viel Zeit, sich zu sträuben, denn nun nahm der Wind sie mit, nun bewegten sie sich in seine Richtung; sie mussten kaum die Füße bewegen, um vorwärtszukommen. Es war wie Fliegen, ein kindisches Glücksgefühl. Die Gefühle schienen in diesem Sturm in Sekunden zu kommen und zu gehen, und der Orkan bündelte sie wie ein Brennglas: Übermut, Entsetzen, Trauer, Wut, Misstrauen, Glück.

Sie wehten den Hügel zu dem blauen Haus hinauf wie zwei Federn. Einmal glaubte Siri, vor ihnen das blaue Kleid zu sehen, das auf dem Wind schwebte, aufgebläht wie ein Ballon. Der Wind spürte Iris' Gewicht nicht, sie flog. Aber als Siri genauer hinsehen wollte, war sie verschwunden.

Sie fanden Annelie hinter ihrem Haus im Garten, und Siri erschrak: Annelie versuchte wirklich, ganz allein einen Topf mit einem Oleander darin über die Wiese zu zerren, um ihn vor dem Sturm zu retten. Ihr weiter heller Rock schlug um sie wie ein Segel, der Sturm hatte ihr weißes Haar zerzaust, sodass man die kahlen Stellen darin sah, ihr Mantel war an einer Seite zerrissen und umgab sie wie ein Stofffetzen, den ein Kind um eine Puppenstubenpuppe gewickelt hat, Annelie war eine Puppe, so winzig und belanglos im Sturm wie alles andere. Sie sah auf, als Lenz und Siri sie beinahe erreicht hatten, und da war etwas wie Erstaunen in ihrem Blick. Als könnte sie nicht begreifen, was der Sturm mit ihrem Garten tat, diesem Paradies, dem einzigen Rückzugsort vor der Dunkelheit, den es im Dorf gab. Sie verlor das Gleichgewicht und fiel, zusammen mit dem Oleander und seinem Topf, und Lenz hob sie auf. Unter ihrem rechten Auge breitete sich ein dunkelroter Bluterguss aus, man sah die einzelnen Äderchen darin.

»Lenz«, sagte Annelie – man hörte sie kaum im Wind –, »Lenz. Ich fürchte, ich falle nicht zum ersten Mal …« Dann sah sie Siri an, erstaunt, als könnte sie nicht begreifen, dass auch Siri in diesem Sturm den Weg zum blauen Haus heraufgekommen war, um nach ihr zu sehen.

»Vergiss den Oleander!«, rief Lenz. »Du musst ins Haus. Annelie, es wird vielleicht noch schlimmer!«

»Dann lass es doch schlimmer werden!«, rief Annelie. »Ich rette meine Pflanzen. Man rettet immer, was zu retten ist!«

Lenz schüttelte den Kopf, packte sie unter den Achseln und zog sie in Richtung des Hauses. Siri öffnete die Wintergartentür, beinahe musste Lenz Annelie hindurchtragen. Drinnen setzte er sie auf einen der beiden Schaukelstühle. Auch hier war es still. Es war still inmitten von Töpfen. Annelie musste schon ein Dutzend von ihnen ins Haus geschleift haben.

»Du bleibst jetzt hier sitzen«, sagte Lenz. »Wir holen den Rest.«
Annelie sah zu ihm auf, erschöpft, und lächelte. »Ja«, sagte sie.
»Ja, vielleicht.«

Es schien Siri Stunden zu dauern, bis sie Annelies Töpfe mit den
exotischen Pflanzen in Sicherheit gebracht hatten, es war eine unsinnige und gefährliche Aufgabe, der Garten warf mit brechenden
Ästen. Aber Lenz stellte nicht eine Sekunde in Frage, was sie taten.
Es war so unsinnig, dass sie lachten.

Und schließlich schlossen sie die Verandatür zum letzten Mal
hinter sich und standen schwer atmend in der Stille hinter den gläsernen Wänden. Es gab noch einen Schaukelstuhl. Lenz zog sich
einen Hocker heran.

Einen Moment sprach niemand. Sie saßen da, in einem Urwald
aus Töpfen mit Oleander, Hibiskus, Trompetenblumen … der Sturm
hatte die Blüten der kleinen Bäume mitgerissen, und viele von ihnen
waren geknickt; ein Bild des Jammers, und doch alles, was man hatte
retten können. Die übrigen Bäume und Sträucher in Annelies Garten
zerbrach der Sturm noch immer wie Porzellan.

Lenz fand eine einzige, letzte rote Hibiskusblüte auf der Erde,
hob sie auf und legte sie in Annelies Hand.

Sie war so rot wie der Bluterguss unter ihrem Auge.

Annelie hielt Lenz' Hand einen Moment fest, einen kurzen Moment nur, und drückte sie, doch da war keine Kraft mehr in ihrem
Händedruck.

»Alles endet«, sagte sie. »Mein Junge. Alles endet.« Und zum
ersten Mal war ihre Stimme wirklich achtzig Jahre alt.

»Ich … ich werde Tee machen … wir müssen den Sturm abwar-
ten … Tee …«

»Lass nur, wir machen das«, sagte Lenz. »Ich möchte nur einen
Augenblick atmen.« Er schüttelte den Kopf. »Ich bin nicht einmal
ganz wach«, sagte er dann, leiser. »Ich habe nicht geschlafen, fürchte
ich. Ich war zu allein, in der Datsche draußen. Hast du geschlafen?«

Siri nickte. Dann schüttelte sie den Kopf. »Ich hätte beinahe sehr,
sehr gut geschlafen«, sagte sie. »Für immer.«

Er hob eine Augenbraue. »Was –?«

»Gas«, sagte Siri. »In der Kellerwohnung. Ich war nur nicht dort.« Sie sah ihm in die Augen, grau, grau, grabsteingrau.

»Ein Glück«, sagte Lenz.

»Ein Glück?«

»Ja, sicher, ein Glück … wo warst du denn?«

Sie zuckte die Schultern. »Das ist unwichtig. Aber jemand anderer war da.«

War da etwas wie Erschrecken in seinem Blick? Sie konnte das Grau nicht deuten. Steine sprechen selten.

»Der Direktor«, sagte Siri. »Er wollte mit mir reden. Er wollte mir etwas sagen. Ich habe ihn gefunden. Auf meinem Bett. Er ist tot.«

Lenz schüttelte langsam den Kopf. »Nein … nein … du denkst … du denkst, ich … nein.« Er sprang auf. »Siri, das ist nicht wahr! Ich lag alleine auf unserer Matratze in der alten Datsche, die ganze verdammte Nacht!«

Siri nickte. »Und wer kann das bestätigen?«, fragt sie müde.

Er zuckte die Schultern. »Bist du die Polizei? Glaubst du mir nicht? Bestätigen … die … die Kaninchen.«

»Tee«, sagte Annelie, abwesend, als hätte sie das Gespräch nicht einmal mitbekommen – als hätte sie begonnen, in eine eigene, nicht-mehr-zuhörende Welt zu rutschen, in der sie nicht einmal mehr Lenz schützte, nicht einmal mit Worten. Vielleicht wusste sie, dass es keinen Zweck mehr hatte. »Tee … ich komme schlecht hoch … wollt ihr nicht in die Küche gehen und Tee kochen? Es ist so kalt, seit es stürmt.«

15

Der Tee in seiner Tasse war längst kalt.

Er sah sein Spiegelbild darin, es war müde und verzerrt, und er erschlug es mit einem Stück Zucker und rührte es mit einem Löffel weg, nur, um etwas zu tun. Sie saßen seit Stunden hier, gelähmt, gefesselt, eingesperrt vom Sturm.

Annelie war in ihrem Korbstuhl eingeschlafen. Sie schlief so still, dass Lenz erschrak, doch dann sah er, wie sich ihre Brust beim Atmen sachte hob und senkte, und das beruhigte ihn wieder.

Er hatte genug vom Tod. So sehr genug, dass er schreien und mit Gegenständen werfen wollte, aber er war zu müde. Er hatte genug vom Tod, und er war unendlich müde – widersprach sich das nicht?

»Ich gehe«, sagte Siri. »Telefonieren. Der Wind hat sich gelegt, schau.«

Sie hatten lange nicht gesprochen, nur gesessen und aus dem Fenster in den Sturm hineingesehen.

Draußen sanken die letzten Blätter zu Boden wie die letzten Konfettiflocken auf einer Feier, nachdem die Gäste gegangen sind und die Musik abgestellt ist.

»Ja«, sagte Lenz, »geh.«

Er sagte nicht: Bleib. Er sagte nicht: Ich komme mit. Er war so müde, so müde. Sie hätte ihn nicht dabeihaben wollen, sie hätte nicht bleiben wollen, sie hatten eine durchsichtige Wand in den Raum geschwiegen, Stunde um Stunde war sie gewachsen, und jetzt war sie eigentlich nicht einmal mehr durchsichtig. Er sah Siri nur sehr verschwommen, als sie aufstand und tatsächlich ging.

Er sah sie verschwommen die Tür öffnen und über den Rasen davonwandern, zwischen den Resten des Sturms, sah sie über große, abgebrochene Äste steigen und um einen umgestürzten Kirschbaum herumgehen. Ein Trümmerfeld, dachte er, Annelies Garten war ein Trümmerfeld – lauter Trümmer eines langen Lebens voller Licht und Blumenerde und hoffendem Grün. Die Zeit, die sie noch hatte, würde nicht reichen, all dies wieder aufzubauen, neu zu pflanzen, wachsen zu sehen.

In den kalten Tee fiel etwas wie ein Regentropfen, es musste aus seinen Augen gekommen sein. Er wischte es weg.

»Alles endet«, flüsterte er. »Annelie, alles endet. Dir kann ich es sagen, denn du schläfst, und wenn alles endet, kann man ohnehin alles sagen ... da ist eine Lücke. In der Nacht, in der letzten Nacht. Ich weiß, dass ich wach lag, weil ich allein war. Nicht einmal Iris war da. Ich weiß, dass ich aufgestanden bin, dass ich draußen herumgelaufen bin, um mich müde zu laufen, mir die Gedanken aus dem Kopf zu laufen ... und irgendwann lag ich wieder auf der Matratze, unter der Decke, und hörte die Kaninchen in den Ecken träumen. Dazwischen ist die Lücke. Siri vertraut mir nicht mehr. Man kann keinem vertrauen, der eine Erinnerung voller Lücken hat. Habe ich das getan, Annelie? Habe ich das Gas in Frau Hartwigs Kellerwohnung aufgedreht? Wollte ich sie auf diese Weise halten, als Erinnerung auf meinem Friedhof? Und Iris? Und die Frau, die keiner kannte und die so viel mit mir gesprochen hat und die so schön war, auf ihre eigene Weise ... Carla Berg? Es ist so lange her ... aber auch da ist eine Lücke, glaube ich. Ich weiß nicht, was ich getan habe, während sie ertrunken ist. Ob ich dabei war. Ein Badeunfall, haben sie gesagt ... wir waren oft zusammen schwimmen, Frau Berg und ich ... sie war schön. Und eine gute Schwimmerin. Und da war kein Unwetter, oder? Ein Badeunfall ... die Polizei hat es letztlich aufgegeben, etwas anderes zu beweisen, sie waren doch hier, oder? Sie haben alle gefragt, und keiner wusste etwas, keiner hat geantwortet ... aber das kommt vielleicht daher, dass niemand die Polizei mag«

»Doch, jemand hat geantwortet«, sagte Annelie und öffnete die Augen. Sie setzte sich ein wenig gerader hin in ihrem Korbstuhl, und ihr Blick war klar, nicht wie der Blick einer Person, die eben erst aufgewacht ist. Sie sah ihn an mit diesem klaren Blick, und in ihren Augen lag etwas allumfassend Zärtliches, dass ihn schaudern ließ. »Ich habe geantwortet. Ich habe ihnen gesagt, wo du warst, in der Zeit des Unfalls. Hier, du warst hier, hier bei mir.«

»Aber das ist nicht wahr.«

»Nein«, sagte Annelie und lächelte. »Natürlich nicht. Spielt das eine Rolle?«

»Warum … warum hilfst du mir?«, flüsterte Lenz. »Immer schon? Ich wünschte fast, du hättest mir nie geholfen, vielleicht wäre es besser gewesen …«

Annelie streckte ihre Hand nach ihm aus, komm her, bat ihre Hand, und er kam, er kniete sich neben ihren Stuhl und ließ die Hand über sein Haar streichen.

»Warum hilft man jemandem?«, wisperte Annelie. »Es gibt wenig Gründe. Und viele … ich erinnere mich genau, wir saßen im Garten, es war ein früher Sommermorgen, neblig. Man hörte die Vögel beinahe nicht durch den Nebel. Du warst achtzehn und ich war achtundfünfzig. Du hast mir von der Lücke erzählt, schon damals. Sie hatten die Berg noch nicht gefunden, aber von der Lücke wusste ich schon, und ich ahnte. Ihr hattet, sagtest du, über das Bleiben und Gehen gesprochen, am Tag zuvor, sie würde natürlich nicht bleiben, hast du zu mir gesagt, niemand bleibt hier … und da saßt du, achtzehn Jahre alt, das ganze Leben vor dir, und Carla Berg war tot, ich wusste ja, dass sie tot war. Sie würde bei dir bleiben. Ich konnte der Polizei nicht von Lücken erzählen. Ich wollte nicht, dass sie dich einsperrten wie ein Tier und dieses Leben einfach durchstreichen wie einen Punkt auf einer unwichtigen Liste. Ich wollte, dass du eine Chance hast, verstehst du … warum hilft man jemandem? Man liebt, nehme ich an.«

»Ich bin das Kind, das du nie hattest«, sagte Lenz, leise. »Ich weiß das. Aber –«

»Aber du hattest eine Mutter, Lenz. Und du wusstest es nicht. Du wusstest nicht, was es hieß, dass ihr über das Bleiben und Gehen gesprochen habt. Es hieß nicht, dass sie gehen würde. Sie hätte dich mitgenommen.«

Er kniete ganz still dort auf dem Verandafußboden, zwischen den Töpfen mit den Resten der Bäume, kniete neben Annelies Stuhl und begriff ganz langsam, als wäre das Begreifen eine Art Pegel, der stieg und stieg, bis er den oberen Rand eines Gefäßes erreicht hatte und überschwappte, und als das geschah, sah er zu Annelie auf.

»Nein«, sagte er.

»Doch«, sagte sie. »Natürlich. Charlotte und Carla. Charlotte Fuhrmann und Carla Berg. Es war ein und dieselbe Person.«

»Nein.«

»Niemand hat sie erkannt. Doch, Winfried, aber zu spät. Ein Mensch kann sich verändern, wenn er will. Lotte Fuhrmann war ein junges Mädchen aus dem Dorf, Carla Berg war die Frau eines Arztes aus der Stadt. Sie hatte eine Menge Schminke im Gesicht, abgesehen von allem anderen. Die Haare anders. Andere Kleidung … sie sprach anders. Das war vielleicht das, was am meisten ausmachte, ihre Sprache. Sie war eine kluge Frau, viel klüger, als ich es Lotte je zugetraut hätte. Aber sie war es. Ich war die Einzige, die es wusste. Ich wusste es, als ich sie mit dir sprechen sah. Sie hatte gedacht, du wärst erfroren, damals, im Schneesturm. Sie hat den Kinderwagen stehen lassen und ist losgewandert, und jemand hat sie mitgenommen. Der Mann, den sie geheiratet hat.«

»Woher weißt du das?«, fragte er, misstrauisch.

Er wollte nicht, dass es wahr war. Er wollte, er merkte es voll Erstaunen, dass Lotte im Schnee geblieben und dass Carla Berg eine andere Person gewesen war. Er wollte die Ordnung in seinem Kopf erhalten. Und er wollte nicht, dass Lotte das getan hatte – ihn zurückgelassen. Es war nicht fair.

»Woher ich das weiß …« Annelies Stimme verlor sich in Gedanken. »Sie hat es mir erzählt«, sagte sie dann plötzlich. »Sie brauchte jemanden, einen Menschen, mit dem sie sprechen konnte. Ich war dieser Mensch.«

»Aber … warum hast du mir nicht erzählt, wer sie war?«

»Weil sie mich gebeten hat, es nicht zu tun. Sie wollte es selbst tun, später. Sie wollte dich erst kennenlernen, sagte sie, sie wollte herausfinden, wer du bist.«

»Schade«, murmelte Lenz bitter, »dass ihr das nicht gelungen ist. Dann hätte sie es mir sagen können.«

»Was auch immer in der Lücke deiner Erinnerung geschehen ist … wir haben dieselbe Person zweimal auf demselben Friedhof begraben.« Annelie lachte leise, und Lenz sprang auf.

»Hör auf damit!«, sagte er. »Hör auf, zu lachen. Es ist nicht lustig. Und es stimmt auch nicht. Du denkst dir das alles aus.«

»Ich fürchte, nein.« Sie strich durch ihr weißes Haar, und er sah, dass sich das Licht wieder darin verfangen hatte. Das Licht war zurückgekehrt, der Himmel draußen war glasblau.

»Lassen wir die Töpfe hier drinnen stehen?«, fragte er.

Sie nickte. »Fürs Erste …«

»Kommst du zurecht? Allein?«

»Fürs Erste.«

Er sah den Bluterguss unter ihrem Auge an, der sich dunkel zu verfärben begann.

»Dann«, sagte er, öffnete die Verandatür und trat hinaus, auf das Trümmerfeld. Die Luft war reingefegt vom Sturm. Als wollte jemand sagen: Dies ist kein Ende. Dies ist ein Anfang.

Alles ist zerstört, es kann jetzt neu beginnen.

Aber das stimmte nicht. Noch war kein Neubeginn möglich; noch war nicht alles zerstört. Lenz Fuhrmann stand auf der Wiese vor einem blauen Haus und lebte. Wenn es neu beginnen würde, dachte er, dann ohne ihn. Das absolute Ende und der absolute Anfang brauchten noch ein wenig Zeit.

»Tut mir leid«, sagte Werter. »Der Strom ist immer noch weg. Muss irgendwo ein Baum auf die Hauptleitung gefallen sein. Wir hatten lange keinen solchen Sturm mehr.« Er schloss die Tür der Werkstatt ab. Kaminski war nirgendwo zu sehen. »Kommen Sie. Zeigen Sie mir, was Sie gefunden haben.«

Er schien das Wort »Leiche« nicht aussprechen zu wollen.

Siri war ihm dankbar, dass er mitging, sie hätte es nicht über sich gebracht, die Kellerwohnung noch einmal allein zu betreten.

»Er ist für mich gestorben«, sagte sie, während sie an den zerknickten Hecken und den verwüsteten Vorgärten vorübergingen. »Ich meine: an meiner Stelle. Ich hätte die tote Person auf dem Bett sein sollen. Bestimmt.«

»Warum hat er Sie besucht? Nachts?«

»Er wollte mir etwas geben. Etwas, das Aljoscha mir schon geben wollte. als er es gefunden hatte. Er wollte allein mit mir sprechen, hat er gesagt ...« Sie sah Werter an. »Sie glauben mir nicht. Sie glauben, ich hatte etwas mit ... dem Direktor?«

Werter lächelte und schüttelte langsam den Kopf. »Nein. Nein, das glaube ich nicht. Aber wenn die Polizei ins Dorf kommt, werden die eine Menge Fragen stellen.«

»Ich wünschte, ich müsste sie nicht rufen«, sagte Siri leise. »Ich wünschte ... ich wünschte, alles wäre anders! Ich wünschte, er wäre nie gekommen, um mit mir zu sprechen, oder ich wäre nie spazieren gegangen und zu spät zurückgekommen, oder ...«

Sie ging voraus, die wenigen Stufen hinab, und schloss die Tür zur hartwigschen Kellerwohnung auf. Frau Hartwig stand ganz hinten im Garten zwischen ihren zerstörten Bäumen und beobachtete Siri und Werter.

»Gehen Sie voraus«, bat Siri.

Werter betrat die schattige Einraumwohnung zögernd, tat drei Schritte hinein und blieb stehen. Dann drehte er sich zu Siri um.

»Da ist niemand«, sagte er. »Auf dem Bett.«

»Was?« Siri trat neben ihn. Das Bett war leer. Nur die Bettdecke lag darauf, ordentlich gefaltet.

Sie spürte, wie der Raum um sie leicht zu wanken begann. »Aber ...«, begann sie. »Aber ich habe ihn doch ... ich habe ihn doch gesehen! Er lag hier ...« Sie zeigte. »Genau hier, er war beim Warten eingeschlafen. Ich habe seinen Puls gefühlt, da war kein Puls, er war tot, ganz bestimmt ...«

Werter ging zum Gasherd und drehte an den Knöpfen.

»Nichts«, sagte er. »Die Gasflasche ist leer. Das jedenfalls stimmt.«

»Glauben Sie mir denn nicht?«, rief Siri. »Glauben Sie, ich habe mir das ausgedacht? Das kann doch nicht sein ...«

»Wir könnten einfach bei der Datsche des Direktors klingeln.«

»Er wird nicht da sein. Er hat gesagt, er muss in die Stadt, in die Klinik, wo er arbeitet, heute früh, für länger.«

Werter zuckte die Schultern. »Dann wird er dort sein«, sagte er und sah Siri an, musterte sie von oben bis unten.

»Sie ... Sie glauben, ich spinne.«

»Nein«, sagte er. »Ich glaube … ich glaube, Sie haben eine sehr rege Phantasie. Und Sie träumen manchmal. Wir alle träumen manchmal. Man sieht sich.«

Damit tippte er an einen nicht vorhandenen Mützenschirm und ließ Siri in der leeren Kellerwohnung allein. Sie kniete sich hin und begann, die Unordnung aufzuräumen, die der Sturm angerichtet hatte, als er durchs geöffnete Fenster gekommen war.

»Er ist nicht tot, er ist nicht tot, der Direktor ist nicht tot«, sagte sie vor sich hin, und sie versuchte, dabei erleichtert und fröhlich zu klingen, sie versuchte sogar, über sich selbst zu lachen, aber es gelang ihr nicht.

Die nächsten Tage waren seltsam. Die Wirklichkeit hatte sich in den herbstlichen Frühnebeln verfangen und war ganz nah, hinter der nächsten oder übernächsten weißen Schliere verborgen, aber doch niemals da. Siri arbeitete an den Fenstern wie eine Besessene.

Wenn sie auf dem Friedhof war, um neue fertige Teile einzubauen, wenn sie dort auf der Leiter stand, stand Lenz noch immer unten und sah ihr zu. Er sah ihr jetzt anders zu als zuvor, das Grau in seinen Augen war durchsichtig geworden, als finge dahinter etwas Neues an, das noch nicht ganz angekommen war. Etwas, das voraussetzte, dass das Alte zuerst zu einem Schlusspunkt kam.

Sie hatte Lenz erzählt, dass sie den Direktor nicht mehr gefunden hatte. An dem Abend des ersten Tages nach dem Sturm. Sie hatten zusammen auf der Friedhofsbank gesessen, inmitten der Verwüstung.

»Glaubst du mir?«, hatte Siri gefragt. »Glaubst du mir, dass er dort war? Dass er tot ist? Tot und nicht in der Stadt?«

»Ja«, hatte er gesagt. Zwischen ihnen auf der Bank waren zehn Zentimeter Platz frei gewesen.

»Aber wer hat ihn weggeschafft?«, hatte sie gefragt. »Und wohin? Und warum?«

»Ich kann es, zur Abwechslung, nicht gewesen sein«, hatte er geantwortet, sein Lachen trocken und schmerzhaft. »Ich war mit dir bei Annelie.«

Sie hatte seine Hand genommen und gedrückt, über zehn Zentimeter hinweg. Sie verbrachte die Nächte wieder in der Datsche bei ihm, sie konnte nicht in dem Bett schlafen, auf dem – vielleicht – der Direktor gelegen hatte, aber die Nebel waren zwischen sie gerückt. Selbst, wenn sie miteinander schliefen, waren die Nebel da. Manchmal dachte sie: Wenn ich jetzt einschlafe, wache ich am nächsten Morgen nicht auf. Etwas wird geschehen. Sie hatte die Gasflasche des Herdes in der Datsche leer brennen lassen, als Lenz draußen unterwegs gewesen war. Aber das war unsinnig, es gab andere Methoden.

Manchmal lag sie nachts wach und spürte ihr Herz rasen und hatte Angst.

Warum gehe ich nicht?, dachte sie. Warum lasse ich nicht Fenster Fenster sein und fahre zurück nach Berlin und vergesse alles? Weil ich Beweise brauche, antwortete sie sich im Stillen. Ich brauche einen endgültigen, absoluten, unumstößlichen Beweis dafür, dass Lenz Fuhrmann ein Mörder ist. Und weil ich ihn immer noch … aber dieses Wort verbot sie sich.

Wenn ich einen Beweis habe, dachte sie, kann ich das letzte Fenster einbauen und tun, wozu ich gekommen bin. Dann kann ich gehen. Und er schlief neben ihr, ruhig atmend, ein oder zwei Kaninchen vertrauensvoll an seinen Hals geschmiegt.

Sie sah Lena alleine mit dem Baby spazieren gehen und wünschte, sie hätte mit ihr sprechen können. Aber es war unmöglich. Sie konnte Lena nicht sagen, was am Morgen des Sturms auf ihrem Bett gelegen hatte. Niemals. Lena glaubte noch immer, der Direktor sei in der Stadt. Während Siri arbeitete, leuchtete das rote Telefon in ihrem Augenwinkel, und sie war versucht, den Hörer abzunehmen, um irgendjemandem von ihrer Verwirrung und ihren Zweifeln zu erzählen. Aber das rote Telefon war tot, es war immer tot gewesen, es hatte nie jemanden gegeben, der ihr am anderen Ende der Leitung zuhörte.

Und schließlich ging sie zu Werters Werkstatt und benutzte wieder das Werkstatttelefon.

»Sie rufen jetzt nicht nachträglich noch die Polizei«, sagte Werter.

Siri schüttelte den Kopf. »Ich muss mit meinem Vater sprechen.«

»Ja«, sagte Werter. »Ja, das ist eine gute Idee. Er hat sieben Mal hier angerufen, seit er hier war, um Sie zu finden. Dies scheint das einzige Telefon des Dorfes zu sein, das im Telefonbuch steht.«

»Er hat angerufen? Warum haben Sie mir nichts davon gesagt?« Werter strich sich nachdenklich durch das silberweiße Haar. »Ich weiß nicht ... ich nehme an, ich dachte, wenn Sie mit ihrem Vater reden wollen, tun Sie das schon von allein. Sie sind eine erwachsene Frau. Er hat eine Menge Theater hier veranstaltet, als er Sie zurückholen wollte. Ich ... mag ihn nicht.«

»Da sind wir schon zwei«, murmelte Siri und merkte in dem Moment, in dem sie es sagte, dass das eine Lüge war.

Sie liebte ihren Vater. Natürlich und noch immer. Sie hasste ihn, und sie liebte ihn, beides gehörte unzertrennlich zusammen. Sie wollte immer noch, dass er sie ernst nahm – sie war nur hierhergekommen, *damit* er sie ernst nahm. Ihr Plan war gewesen, ihm zu beweisen, dass sie jemand war, den man ernst nehmen musste – und ihn danach nie wiederzusehen.

»Ich bin es«, sagte sie ins Telefon der Kfz-Werkstatt. »Siri.«

Am anderen Ende der Leitung atmete es schweigend.

»Siri«, wiederholte ihr Vater schließlich.

»Ja. Du warst hier.«

»Und du wolltest nicht mit mir reden. Hat sich das geändert? Bist du jetzt bereit zu reden?«

»Ja.«

»Dann sag mir, ob es stimmt, was sie im Dorf erzählen. Bist du mit diesem Mann zusammen?«

»Diesem Mann?«

»Du weißt, wen ich meine. Fuhrmann.«

»Ich bin gekommen, um Dinge herauszufinden, das habe ich dir gesagt. Es ist nicht einmal klar, dass er ... etwas mit der Sache damals zu tun hatte. Wenn ich es weiß, komme ich zurück.«

»Bist du mit ihm zusammen?«

»Woher hast du überhaupt eine so moderne Ausdrucksweise?«, fragte Siri. »Was wäre denn, wenn? Wenn ich mit ihm ... zusammen ... wäre?«

»Mit dem Mörder deiner Schwester«, sagte ihr Vater leise. »Ja, dann … dann habe ich wohl keine Tochter mehr.«

Das Telefon triefte vor unnötigem Pathos, und Siri schüttelte sich.

»Jetzt mach einen Punkt«, sagte sie ungeduldig. »Du weißt nicht einmal, wie die Dinge zusammenhängen. Ich werde es dir erklären, im Winter, wenn ich wieder in der Stadt bin. Nur tu mir den Gefallen und versuch nicht noch einmal, mich zurückzuholen.«

»Ich habe keine Tochter mehr«, wiederholte ihr Vater, der offenbar nicht zugehört hatte. »Eine hat er umgebracht, und die andere wirft sich ihm an den Hals. Ich habe keine Tochter.«

Dann zerbrach die Verbindung mit einem kleinen Klicken wie blaues Glas.

Siri feuerte den Hörer auf die Gabel des alten Werkstatttelefons.

»Läuft alles nicht so, was?«, fragte Kaminski hinter ihr.

Sie sah ihn an, noch immer wütend. Er blickte zu ihr hinab, grinsend. Aber als sie ihn wortlos anstarrte, wurde er verlegen und kratzte sich am Hals wie ein Hund. Und plötzlich war es ihr unbegreiflich, wie sie jemals Angst vor ihm hatte haben können.

Er war so jung und so dumm.

»Es läuft prima«, sagte sie. »Die Fenster sind fast fertig. Da ist nur noch das letzte, das ich einbauen muss.«

»Schön«, sagte Kaminski und fischte eine Zigarette hinter seinem Ohr hervor. »Sehr schön.«

Dann trat er einen Schritt näher, und sie wich nicht einmal zurück. Die Augen, die in ihre sahen, waren von einem beinahe kitschig vergissmeinichtfarbenen Hellblau.

»Es dauert jetzt nicht mehr lange«, sagte Kaminski leise, »bis wir wissen, was hier im Dorf passiert. Wer Frau Henning und Aljoscha und vielleicht auch den alten Fuhrmann umgebracht hat. Ich werde es beweisen. Bald. Dann ist es wieder sicher auf den Straßen. Wenn es wieder sicher ist, können Sie von mir aus bleiben.«

»Ich dachte, Sie sind der Meinung, Sie wüssten sowieso, wer es ist?«, fragte Siri. »Und ich dachte, Sie wissen, mit wem ich hier gewissermaßen zusammenlebe?«

Der vergissmeinnichtblaue Blick sprang hektisch in ihrem Gesicht hin und her, forschend. »Sie werden's noch begreifen«, flüsterte er. »Sie werden begreifen, dass ich recht habe. Ich sollte Ihnen eine Menge Dinge übel nehmen. Ich sollte sauer auf Sie sein, was? Richtig sauer. Aber ich kann es nicht. Nicht auf eine so hübsche Frau wie Sie.«

Siri lachte. »Da werden Sie aber nicht viele Leute finden, die Ihrer Meinung sind.«

Er zuckte die Schultern. »Mir egal«, sagte er. »Dann sind die anderen eben blind. Kommen Sie zu mir, wenn Sie's irgendwann begriffen haben.« Damit wandte er sich ab und sammelte irgendwelche Werkzeuge ein, um unter ein Auto zu kriechen.

»Junge«, flüsterte Siri, als sie ging und er sie nicht mehr hören konnte, »du bist zehn Jahre jünger als ich. Du bist ein zehn Jahre jüngeres rechtes Arschloch. Glaubst du wirklich, ich verfalle am Ende deinem unglaublichen Charme?«

An diesem Abend wurde der letzte Teil des letzten Fensters fertig. Jedes Fenster bestand aus acht Teilen, von denen je zwei übereinander angebracht wurden, und acht letzte, allerletzte fertige Teile standen ordentlich gestapelt an der Wand in Frau Hartwigs Kellerwohnung.

Siri stand lange allein auf dem Steg und sah aufs Meer hinaus, das jetzt am Abend still dalag. Jemand stellte sich neben sie, und sie erschrak. Aber es war nur Iris.

»Wir haben lange nicht mehr zusammen Schiffchen schwimmen lassen«, sagte sie. »Vier Tage, mindestens.«

»Ja«, sagte Siri.

»Seit dem Sturm nicht.«

»Nein«, sagte Siri.

»Ich finde das nicht gut, dass du ihm wehtust«, sagte Iris unvermittelt, ließ Siris Hand los und kickte einen winzigen Stein ins Wasser.

»Bitte?«

»Lenz. Du tust ihm weh. Ich dachte, du machst, dass er froh ist, aber es stimmt nicht. Du bist hergekommen, um ihm wehzutun. Bevor du gekommen bist, war alles … irgendwie geordnet. Du hast alles … zerwühlt, er war zwischendurch wirklich glücklich … aber seit dem Sturm ist er nicht mehr glücklich, weil du komisch zu ihm bist, und jetzt kann es nie wieder so werden wie vorher. Ich wollte dich erst nicht mögen, weißt du. Aber ich habe damit angefangen. Und jetzt bin ich mir überhaupt nicht mehr sicher.«

Siri wollte etwas erwidern, versuchen, etwas zu erklären, aber Iris drehte sich um, sah offenbar jemanden und verschwand. Sie verschwand einfach so, als könnte sie sich jetzt, da alles zerwühlt und zu Ende war, ruhig auch benehmen wie ein Geist.

Es war jemand anderer, der an ihre Stelle trat, dort ganz vorne am Steg. Es war Lena.

Eine Weile sahen die beiden gemeinsam zum Horizont hinaus.

»Die Kleine schläft«, sagte Lena dann.

»Ah«, sagte Siri.

»Und ich weiß jetzt«, fuhr Lena fort, »warum er nicht ans Telefon geht. Der Direktor. Ich weiß jetzt alles. Du weißt es auch, nicht wahr?«

Siri drehte den Kopf zur Seite und sah Lena an. Ihr junges Gesicht war weiß wie der Herbsthimmel. Unter ihren Augen lagen dunkle Ringe.

»Ich weiß es seit heute früh. Ich war bei ihm.«

»Lena«, sagte Siri vorsichtig, »ich verstehe nicht …«

»Doch«, sagte Lena und nickte ein paarmal, beinahe, als könnte sie nicht wieder aufhören damit. »Doch, du verstehst. Sehr gut sogar. Er lag auf deinem Bett.«

»Aber –«

»Er lag auf deinem Bett und war tot.«

Siri atmete langsam aus, es war, als hätte sie vier Tage lang die Luft angehalten.

»Wo – ist er? Ich habe ihn nicht weggeschafft, verstehst du, Lena? Er war da, und dann war er weg. Ich wollte die Polizei rufen, Lena, aber plötzlich war ich mir nicht mehr sicher, ob ich nicht geträumt hatte … ich habe gehofft, ich hätte geträumt.«

»Was hat er da gemacht, bei dir in der Wohnung? Nicht, dass es mich etwas anginge ...«

»Doch, das tut es«, erwiderte Siri. »Er hat dir gehört und nur dir. Der Direktor. Ich war gar nicht da, als er da war, ich bin spazieren gegangen. Wir haben uns verpasst. Er hat gesagt, er will vorbeikommen, um mir etwas zu geben. Um mit mir zu reden. Allein. Ich hätte warten sollen, warten, bis er kommt ... sie wollten nicht ihn umbringen, Lena. Sie wollten mich umbringen.«

»Sie?«, fragte Lena und fuhr sich durch ihren dunklen Pagenkopf, der an diesem Tag verfilzt und struppig wirkte. »Wer sind *sie*?«

»Ich weiß es nicht«, sagte Siri. »Sie oder er oder wer auch immer. Aber was bedeutet Du-warst-bei-ihm, Lena?«

»Er liegt im Keller der Kfz-Werkstatt«, antwortete Lena und sah jetzt wieder starr geradeaus, aufs Meer hinaus. »Es ist kühl dort. Eiskalt. Kaminski hat mich hingeführt. Er hat gesagt, es wäre besser, wenn ich es wüsste.«

Siri öffnete den Mund, aber sie wusste nicht, was sie sagen sollte.

»Sie wollten keine Polizei im Dorf«, fuhr Lena fort, leiser jetzt. »Deshalb haben sie ihn in den Keller gebracht. Frau Hartwig hat Kaminski geholt. Es ist besser so, sagen sie. Sie nehmen die Sache selbst in die Hand. Jetzt tun sie es wirklich.«

»Sie?«, fragte Siri. »Wer sind *sie*?«

Doch Lena starrte nur weiter aufs Meer hinaus.

»Lena«, sagte Siri. »Es tut mir ...« Sie legte einen Arm um Lena, doch Lena war steif, versteinert, und Siri nahm den Arm wieder weg. »Das Baby ... musst du nicht zurück zu deinem Baby?«

»Ja«, sagte Lena vage. »Ja. Wahrscheinlich. Ich ... ich habe dir gesagt, dass ich in meinem Innersten romantisch veranlagt bin. Der Direktor ...«

»Ich weiß«, sagte Siri, »ich weiß.«

»Und ich ... ich wollte so gerne, dass alles gut wird«, flüsterte Lena. »Für uns und für euch. Ich wollte deinen Lenz mögen. Ich wollte, dass der Direktor ihn mochte. Jetzt –«

Sie brach ab. »Ich bin nicht gut darin, zu hassen«, wisperte sie schließlich, kaum hörbar. »Aber ich lerne es vielleicht.«

Damit drehte sie sich um und ging über den Steg zurück, ließ Siri allein mit der Herbstdämmerung. Zwei Enten flogen auf und flohen über das braun werdende Schilf. Ein Graureiher erhob sich in der Ferne und teilte den violettgrauen Himmel mit seinen schweren Flügelschlägen, ein Scherenschnittreiher vor dem allerletzten Licht.

Die Natur, dachte Siri, kannte kein Mitleid. Egal, was geschah, die Natur war gnadenlos schön. Sie pflückte einen Schilfhalm und zerbrach ihn, zerquetschte ihn zwischen ihren Fingern.

Dann kehrte sie zurück zu ihrem merkwürdigen Schlafplatz in der alten Datsche.

Lenz schnitt Brot in der Küche. »Übrigens brauchen wir eine neue Gasflasche«, sagte er. »Ich will schon seit Tagen daran denken und vergesse es immer.«

Sie nickte und schlang ihre Arme um ihn, trotz aller Zweifel. Plötzlich fror sie so sehr, dass sie glaubte, in dieser Küche erfrieren zu müssen, hier und jetzt, wenn sie sich nicht dicht an ihn presste und seine Körperwärme spürte. Vielleicht war dies die letzte Nacht.

»Morgen«, sagte sie, »baue ich das sechste Fenster ein. Die Kreuzigung.«

Sie hatte vergessen, die Ankündigungen im Schaukasten zu lesen.

Am Tag des letzten Fensters gab es in der Kirche einen Gottesdienst. Siri hatte nicht einmal gemerkt, dass es ein Sonntag war. Seit dem Sturm war der Schaukasten nicht mehr da, aber sie hätte die Ankündigung früher lesen können. Sie erfuhr es am Morgen von Frau Hartwig, die sie fragte, ob sie käme. Frau Hartwig sprach auf seltsame Weise mit ihr, es war eine Mischung aus Vorwurf und Wohlwollen, aus Neugier und Misstrauen, aus Ach-mein-armes-Mädchen und Diese-Person-aus-der-Stadt.

»Ach, mein armes Mädchen«, sagte sie an diesem Morgen. »Zeit, dass es ein Ende hat mit den Fenstern, was? So viel Arbeit … da wird sich der Herr Pfarrer aber freuen, dass die Fenster alle drin sind, wenn er kommt.«

Siri beeilte sich, damit sich der Herr Pfarrer freuen konnte. Sie mochte das sechste Fenster nicht, vielleicht befestigte sie seine Scheiben ein wenig nachlässiger als die der anderen Fenster, vielleicht war das der Grund dafür, was später geschah. Oder vielleicht lag es daran, dass ihre Hände an diesem Tag weniger zuverlässig arbeiteten als an anderen, ihre Bewegungen waren fahriger, nervöser.

Das Dorf tickt, dachte sie, es tickt und tickt und tickt … sie sah das Bild nicht einmal an, während sie die Scheiben in ihren Rahmen verankerte. Zuerst hatte die Idee mit dem Dorf, das sich selbst kreuzigte, ihr gefallen, aber inzwischen schien sie ihr eine notwendige Abscheulichkeit zu sein. Nicht einmal die Farben waren schön.

Und sie hatte das seltsame Gefühl, dass in dem Moment, in dem alle Fenster fertig waren, die lang gesuchte, ersehnte, gefürchtete Wahrheit aus einer geheimen Spalte kriechen und ans Licht kommen würde.

In dem Moment, in dem alle Fenster fertig waren, geschah nur eine einzige Sache: Lenz, der unten stand, klatschte langsam mit seinen großen, groben Händen Applaus. Und dann, Minuten später, hielt der Wagen des Pfarrers auf dem Parkplatz vor der Kirche.

»Zeit für einen letzten Gottesdienst hier«, sagte Siri, als sie ihm die Hand schüttelte.

»Zeit für einen ersten Gottesdienst mit neuen Farben zum Hindurchsehen«, sagte Lenz, und der Stolz auf Siri, der in seiner Stimme lag, ließ sie rot werden wie ein Schulmädchen. Auch wenn die Fenster ein Vorwand und das letzte von ihnen hässlich war, auch wenn alles verkehrt war.

Jemand, der so kindlich stolz auf ein paar Fenster ist, sagte sie sich, kann schließlich kein Mörder sein, und daher wird in logischer Schlussfolge doch noch alles auf erstaunliche Weise gut.

Es war der unsinnigste Satz des Jahrtausends.

†††

Sie waren alle da:

Frau Hartwig und die Kuchenfraktion aus identisch aussehenden Frauen, der Umbrich, die beiden Fischer, Amy und Jackie, die links und rechts der Katzenfrau saßen – sie hatte schützend einen Arm um jedes Kind gelegt –, Werter und Kaminski, sogar die Professorenfamilie, die vermutlich aus der Stadt gekommen war, um die Sturmschäden in ihrer Datsche aufzuräumen, obwohl sie nichts von der eigentlichen Seltsamkeit des Sturms gemerkt hatten. Das glückliche Kind aß Kekse.

Die anderen lauschten den Worten des Pfarrers. Sie saßen in den alten, unbequemen Holzbänken, manche von ihnen zum ersten Mal, und hörten zu, wie er über Stürme und Zerstörung sprach, über Sintfluten und Prüfungen. Lenz hörte die Unsicherheit in seiner Stimme, die Unsicherheit hinter den großen Katastrophen der Welt.

Siri war, mit dem Pfarrer in ein Gespräch über Fensterfarben verwickelt, neben ihm nach vorn gegangen, und da saß sie jetzt, ganz allein in der ersten Reihe, er sah ihre schmalen Schultern unter dem geblümten Mantel und ihr kurzes braunes Haar. Ihr Gesicht sah er nicht. Er selbst war hinten geblieben, es erschien ihm richtiger, hinten zu bleiben. Die Bänke in der ersten Reihe waren auch nicht bequemer als die in der letzten. Auf der anderen Seite der letzten Reihe, ganz rechts, saß Annelie. Beinahe genau über ihr befand sich das sechste Fenster.

Er nickte ihr kaum merklich zu, aber sie sah sein Nicken nicht, sie sah den Pfarrer an, der mit ausgebreiteten Armen vor seinem Altar stand und den Regen in seinen Handflächen zu spüren schien.

»Vierzig Tage und vierzig Nächte«, sagte er. »Vierzig Tage und vierzig Nächte regnete es ohne Unterlass ... vielleicht stürmte es auch, ähnlich wie hier. Die Bäume zerbrachen und fielen ins Meer, und nur die Arche schwamm. Auf der Arche ...«, er warf einen Blick in die Runde, »auf der Arche mussten alle zusammenhalten. Freund und Feind, Löwe und Kaninchen. Alle zusammen gegen die Gewalten der Natur.« Er ließ die Hände sinken und sah sich um. »Dieses Dorf«, sagte er, »ist verletzt vom Sturm. Wie eine Sintflut hat der Sturm gewütet ... viele unter Ihnen haben lange ihre Gärten gepflegt, Orte der Erholung, Orte des Friedens. Orte mit ...«

»Kartoffeln«, sagte jemand laut und ohne jede Ironie, und der Pfarrer verstummte für einen Moment, irritiert.

»Ja«, fuhr er fort und begriff, dass er von Praktischerem sprechen musste. »Kartoffeln. Die Kartoffeln sind natürlich noch in der Erde, aber der Sturm hat die Obstbäume geknickt, Äpfel, Birnen, Pflaumen, eine ganze Ernte ist dahin. Und wir sehen uns an und fragen: Woher kam der Sturm? So, wie Noah gefragt hat: Woher kam all das Wasser bei der Sintflut? Hat Gott den Sturm geschickt, um Böses zu zerstören oder um uns zu prüfen? Aber es ist nicht an uns, Fragen zu stellen. Stattdessen sollte alle Zerstörung, alles Unglück uns als Gruppe fester zusammenschweißen, wir müssen Seite an Seite stehen, zueinander halten, wie Noah und die Tiere auf dem Schiff … die Gemeinschaft wird am Ende gestärkt hervorgehen aus den Schatten von Gottes Prüfungen.«

Lenz sah von einem zum anderen, während der Pfarrer weitersprach, und obwohl er nur ihre Rücken sah, wusste er, was sie dachten: Der Pfarrer sprach nicht vom Sturm. Er hatte gemerkt, dass etwas nicht stimmte in diesem Dorf. Ihm war klar, dass es zu viele Beerdigungen gab. Er spürte die Schatten. Aber dort endete sein Verständnis. Er war jung und wollte etwas tun, etwas ändern, seinen Gott in die dunklen Ecken der Welt tragen, damit er dort leuchtete. Aber es gab Orte, dachte Lenz, da erstickte selbst ein Gott am staubigen alten Misstrauen, das mit den Nebeln aus den Gemüsebeeten stieg, er verpuffte und hörte ganz einfach auf zu existieren. Und alle guten Intentionen verwandelten sich in Kuchenrezepte. Und alle Segnungen in Schlaglöcher. Und alle Gebete in lauschende Ohren und flüsternde Münder.

Lenz sah zu Siri hin. Er wünschte, er hätte mir ihr über den Pfarrer lachen und über den nicht existenten Gott sprechen können, aber sie war sehr weit weg, und sie drehte sich kein einziges Mal zu ihm um.

Es ist merkwürdig, dachte er, zuerst sind wir langsam aufeinander zugeglitten, unaufhaltbar … und nun gleiten wir genauso langsam und unaufhaltbar auseinander. Wir sind schon wieder an dem Punkt, an dem wir uns nicht mehr wirklich kennen.

Du versuchst, langsam zu gehen. Wegzusickern, sodass ich es gar nicht merke, wenn der Winter kommt und du eines Tages überhaupt nicht mehr da bist. Aber ich bin älter geworden. Ich bin nicht mehr acht. Ich werde es merken.

Die Einsamkeit überfiel ihn in der harten Kirchenbank plötzlich mit aller Macht, denn die dort, in den anderen Bänken, befanden sich auf der Arche Noah, man musste sie nicht bitten, zusammenzuhalten, sie waren bereits eins miteinander. Er sah sich um, er wusste selbst nicht, wieso, und da entdeckte er über sich, auf dem Geländer der Orgelempore, zwei blasse Kinderhände. Iris.

Ich bin hier, sagten ihre Hände. Nur für dich.

Lass sie doch gehen. Ich bleibe.

Als er den Blick wieder von der Orgelempore abwandte, sah er, wie Annelie aufstand oder aufzustehen versuchte, sich durch die Bank hinaustastete, mühsam. Sie war sehr blass. Es dauerte keine zwei Sekunden, bis er bei ihr war.

»Was …?«, flüsterte er.

»Nichts«, wisperte sie. »Ich …« Sie presste eine ihrer fleckigen Hände auf ihre linke Brust. Dorthin, wo sich ihr Herz befand. »Lenz … du hast … du hast das schwache Herz erfunden, es war ja nie schwach … du hast das zu Siri gesagt, weißt du noch … dass sie mich nicht aufregen soll … jetzt … jetzt ist es doch ein schwaches Herz. Ich muss … ich muss hier raus.«

Er nickte, obwohl sich alles in ihm sträubte, die Kirche zu verlassen, ohne noch einmal mit Siri zu sprechen. Ihr wenigstens zu sagen, wo er hinging. Sie hatte sich noch immer nicht umgedreht.

Entglitten, entglitten.

»Komm, Annelie«, sagte er. »Ich bringe dich nach Hause.«

✝✝✝

Irgendwann mitten in der etwas merkwürdigen Predigt über Stürme und Kartoffelbeete hörte Siri die Kirchentür klappen. Sie zwang sich, sich nicht umzudrehen, aus reiner Höflichkeit. Der Pfarrer tat ihr leid, weil er so wenig verstand; wenn sie seinen Blick auffing, lächelte sie ihm zu. Er glaubte vielleicht wirklich an Dinge wie Paradies oder Erlösung. Er war sehr viel jünger als sie.

Sie zwang sich, zu singen, wenn er versuchte, die Gemeinde – die Gemeinde, die keine war – zum Singen zu bringen. Die Stimmen der Kuchenfraktion bohrten sich von hinten hoch und dünn in ihre Ohren, alle Rechtschaffenheit der Welt schwang in ihnen mit und machte sie unharmonisch. Die Fischer brummten Unverständliches in ihre Bärte, in der Stimme der Katzenfrau schwangen unterdrückte Tränen einer irgendwie gefälschten Rührung mit. Kaminski sang gar nicht; nur Werters Bass klang laut und sicher durch die Kirche.

Mitten im letzten Lied klappte die Kirchentür noch einmal, und diesmal drehte Siri sich doch um. Sie hatte den Mann, der in der Tür stand, noch nie gesehen. Er war weißblond und sonnenverbrannt, aber nicht auf die gute Art – sein ganzes Gesicht war fleckig, es schälte sich auf ungesunde Weise, und er blinzelte mit kleinen, entzündeten Augen ins Zwielicht der Kirche, verwirrt. Dann ging er durch den Mittelgang bis zu der Bank, in der die Katzenfrau mit ihren Kindern saß, schüttelte mehrmals den Kopf, wie um zu signalisieren, dass er wirklich nichts begriff, und setzte sich neben sie.

Und da begriff wenigstens Siri.

Der Mann, der ständig auf Montage war, der Vater der Kinder, war zurückgekehrt. Er umarmte seine Frau nicht, er drückte nicht einmal ihre Hand, er saß nur da, neben ihr und den Kindern, und blinzelte. Auf der anderen Seite, neben dem Jungen, saß Kaminski. Und alle sangen weiter.

Da wollte Siri weinen für den Mann auf Montage.

Seine Heimkehr war nicht wichtig genug, um mit dem Singen aufzuhören, seine Geschichte Nebensache. Er war der Einzige, der das Dorf je verlassen hatte, aber auch er konnte es nicht verlassen – sie kommen alle wieder, hatte Winfried gesagt, sie kommen alle wieder. Auch der Mann-auf-Montage würde wieder gehen und wieder lange nicht zurückkommen, wieder und wieder, aber es kümmerte sie nicht, die Leute im Dorf. Sie hatten etwas anderes zu erledigen. Sie hatten einen Mörder zu fangen, und sie waren, vermutete Siri, an diesem Tag nur in die Kirche gekommen, um herauszufinden, was der Pfarrer wusste und was nicht.

Als sie alle hinausgingen, versuchte sie, Lenz zu finden, aber Lenz war nicht mehr da.

Stattdessen stand plötzlich Lena neben ihr, kalkweiß und jetzt sehr gefasst. Sie hatte das Baby im Tuch vor den Bauch gebunden und streichelte sein schlafendes Köpfchen, während sie sprach. Sie sah Siri nicht an.

»Ich denke, ich weiß, was er dir bringen wollte«, sagte sie leise und ohne Einleitung. Dann zog sie Siri in eine Ecke, die Ecke beim sechsten Fenster. Siri erwartete, das Lena etwas aus der Tasche zog, aber sie streichelte nur weiter das weiche Haar des Babys.

»Es war ein Strick«, sagte sie. »Ein einfaches Tau. Er hat mal gesagt, dass er es dir bei Gelegenheit zeigen muss. Er hatte es damals in dem Ruderboot gefunden. Das eine Ende war im Boot festgebunden, an der vorderen Ruderbank, hat er gesagt. Der Strick lag ewig bei uns im Schuppen herum, aber er ist nicht mehr dort.«

»Er … ist auch nicht in Frau Hartwigs Kellerwohnung.«

»Natürlich nicht«, sagte Lena. »Er war dort, ganz sicher, aber jemand hat ihn mitgenommen. Jemand hofft, dass du nie erfährst, dass es diesen Strick gab.«

»Aber was hat der Strick mit Aljoscha zu tun? Der Direktor hat gesagt, er hätte etwas in Aljoschas Fischerboot gefunden. Nicht in dem alten Ruderboot.«

Lena nickte, pustete das Haar des Babys durcheinander und strich es wieder glatt.

»Das? Das war nur ein Zettel. Er hätte ihn dir zusammen mit dem Strick gegeben, nehme ich an.«

»Was stand darauf?«

»Das hat er mir nicht erzählt. Nur, dass Aljoscha einen Zettel geschrieben hat, der in seiner Kajüte an die Wand gepinnt war, zwischen tausend anderen Sachen. Niemand hat ihn vorher bemerkt, denke ich … der Direktor hat gesagt, dass darauf dein Name steht. Er hat gesagt, den Rest kann er nicht lesen, aber er hat sich irgendwie darum gedrückt, mir den Zettel zu zeigen. Ich glaube, er hat sich geärgert, dass er mir überhaupt davon erzählt hat. Und von dem Tau. Er wollte nicht mit mir darüber reden. Er … er wollte mich immer beschützen. Vor irgendwelchen unschönen Wahrheiten. Später, hat er gesagt. Später erzähle ich dir, was ich denke. Aber jetzt haben wir andere Themen. Die Kleine ... wir haben immer über die Kleine gesprochen und darüber, was sie schon alles kann und ... wie es später wird, wenn sie läuft und spricht und irgendwann zur Schule geht ... der Direktor wird es nicht mehr sehen. Noch etwas ... Siri ... ich habe gesagt, Frau Henning wäre die Klippen von selbst hinuntergefallen. Das stimmt. Sie hat einen Schritt rückwärts gemacht, einen seltsamen Schritt ... ich habe noch einmal darüber nachgedacht. Jemand muss da gewesen sein, Kaminski hat recht. Jemand stand im Wald, sodass ich ihn nicht sehen konnte. Jemand hat sie gezwungen, diesen Schritt rückwärts zu machen. Genauso, wie jemand Aljoscha gezwungen hat, zu trinken und ins Wasser zu gehen. Es ist leicht, wenn man eine Waffe hat. Irgendwer hier hat eine. Irgendwer ...«

Ihre Stimme verebbte, die Worte flossen durch das bunte Glas des Fensters davon, und Lena schwieg. Dann drehte sie sich um und ging aus der Kirche, noch immer den Flaumhaarkopf ihres schlafenden Babys streichelnd.

Siri folgte ihr langsam.

Draußen stand der Pfarrer und schien auf sie gewartet zu haben.

»Was stimmt nicht?«, fragte er, während er ihr die Hand zum Abschied schüttelte. Er deutete auf Lenas Gestalt, die durch das Tor verschwand. »Was stimmt nicht mit ihr? Mit ... allen diesen Leuten hier?«

»Gehen Sie nach Hause«, sagte Siri und bemühte sich, ihn anzulächeln. »Sie können hier nichts tun. Gehen Sie und nehmen Sie Ihren Gott mit. Er erkältet sich sonst.«

Warum war Lenz gegangen? Und wohin? Sie stand eine Weile unschlüssig vor dem Friedhofstor, sah den Pfarrer in sein Auto steigen, sein verwirrtes Gesicht einpacken und losfahren. Sah den Wind über die zerstörten Gärten streichen. Sah das Licht auf dem Sandweg liegen, in gelben Pfützen – Herbstlicht. Der Himmel war klar.

»Das Licht«, murmelte Siri leise vor sich hin. »Jetzt muss es den

Weg ins Haus doch gefunden haben ... jetzt, wo das Dach abgedeckt ist ...«

Sie war nicht dort gewesen seit dem Sturm. Und auf einmal beschloss sie, hinzugehen und nachzusehen. Sie wollte das Licht finden. Sie wollte, dass es das Haus durchflutete wie goldenes Wasser und alles auf einmal schön war. Vielleicht hatte Lenz das Gleiche gedacht. Vielleicht – nein, bestimmt war er dort. Und sie würde im goldenen Licht eine Antwort finden, eine Erklärung für alles, einen Beweis, dass er mit nichts etwas zu tun hatte; sie würden auf dem schmalen Bett in seinem Zimmer sitzen und sich umarmen und ein verspätetes Happy End dort finden. Und sie würde ihn und das Happy End mitnehmen in dem alten Golf, fort aus dem Dorf, fort, fort, fort. Sie sehnte sich mit einem Mal so sehr nach einem Happy End und nach einer Umarmung und nach Licht, das durch kahle Dachbalken fiel, dass ihr ganz warm wurde davon.

Sie rannte den Pfad zwischen den Hecken entlang wie ein kleines Mädchen. Die zerbrochenen Äste, die im Weg lagen, störten sie nicht länger, sie machten den Pfad zu einem Hüpfspiel, zu einer Bahn aus Gummitwist, denn an seinem Ende lag ein Ziel; ein Haus, das ganz bestimmt nicht länger dunkel war. Im Vorgarten saß ein Dutzend Kaninchen und sah sie an. Sie bückte sich, um eines von ihnen zu streicheln.

»Er ist hier«, flüsterte sie. »Er ist hier, oder? Ihr seid immer da, wo er ist.«

Die Tür stand offen.

»Lenz?«, fragte sie in den Flur dahinter. Der Flur war so dunkel wie immer, aber das war nur natürlich, über den Räumen unten gab es die Zwischendecke, das Licht konnte nur in die oberen Räume fallen, und dort würde sie es finden.

»Lenz?«

Sie stand in der Küche, doch der alte Holztisch mit seinen Kerben, seinen eingeritzten Jahreszahlen und Namen schwieg. Die Küchenregale schwiegen, das Fenster, von dem sie gemeinsam die Gardinen abgenommen hatten, schwieg. Es weigerte sich noch immer, das Licht hereinzulassen.

»Lenz? Bist du da oben?«

Sie stieg die schmale Treppe hinauf, ihre Schritte leicht, ihre Hand auf dem Geländer wie ein Schmetterling.

»Lenz?«

Sie spürte ihn, sie wusste, dass er da war. Sie spürte die Anwesenheit von jemandem dort oben. Jemandem, der auf sie wartete. Und das Licht war da. Es war wirklich da. Einen Augenblick lang stand Siri am Kopf der Treppe, in einem Korridor ohne Dach, unter dem Himmel. Da waren nur die rohen Holzbalken. Hoch oben flog ein Schwarm Gänse in einem vollendeten V nach Süden. Das Licht fiel wie ein hellgelber Wasserfall auf die alten Bohlen zu ihren Füßen, es machte die Tapeten an den Wänden zur glänzend glatten, senkrechten Oberfläche eines stillen Meeres, das wartete und schwieg.

»Lenz!«, sagte sie, sie rief nicht mehr, er war ganz nah, sie wusste es.

Auch die Tür des winzigen Schlafzimmers war nur angelehnt; sie trat ein und schloss sie behutsam hinter sich. Ein Schlafzimmer mit einer Decke aus blauer Luft.

Das Bett war ordentlich gemacht und unberührt. Das Licht malte Pfützen und Flecken auf die ausgeblichene Bettwäsche. Ein Windstoß wirbelte eine Handvoll trockenes Laub auf, das sich auf dem Boden niedergelassen hatte, rote zackenfingrige Blätter von wildem Wein, braune eingerollte Buchenblätter, die mit ihren Adersegmenten wirkten wie übergroße Kellerasseln.

»Aber du bist hier«, sagte Siri. »Ich kann es fühlen. Ich weiß, dass du hier bist. Du wartest. Ist das ein Spiel? Ein Kinderspiel? Von Iris und dir? Versteckst du dich? Versteckt ihr euch beide?«

Sie bückte sich und sah unters Bett. Da war nichts, nur ein Teil der alten Schatten, die vor dem Licht geflohen waren. Mehr Blätter. Ein paar Äste. Siri stand wieder auf und ging durchs Zimmer auf das einzig andere mögliche Versteck zu, das einzig andere Möbelstück. Es war ein großer, alter Kleiderschrank an der gegenüberliegenden Wand, groß genug für die Kleider einer ganzen Familie. Sie lachte beinahe, weil ein Kleiderschrank solch ein Klischee war als Kinderversteck.

»Gefunden«, sagte sie und zog die Schranktüren mit beiden Armen auf.

Und blieb sehr still stehen.

Es war kalt im ersten Stock ohne das Dach, der Wind fegte hindurch und machte die Sonnenstrahlen zu Eis. Siri hatte selten so gefroren. Sie schloss den Reißverschluss des Regenmantels. Ihre Finger zitterten unkontrollierbar, sie fand ihr Zittern lächerlich, hielt eine Hand mit der anderen fest, um es zu unterbinden.

Dann zwang sie sich, hinzusehen.

Der Schrank vor ihr war durch eingefügte Bretter sorgsam in mehrere Etagen unterteilt worden. Und in all diesen Etagen lagen, ebenso sorgsam gestapelt, Knochen. Es waren keine Tierknochen, denn dazwischen standen ganze Schädel, ordentlich beschriftet mit kleinen weißen Zetteln, die von Reiszwecken an den Regalbrettern gehalten wurden. Die meisten Beschriftungen waren zu verblichen, um noch lesbar zu sein. Einen Namen erkannte Siri: Jens Fuhrmann. Die Skelette waren nicht vollständig, es gab zu jedem Schädel nur eine Handvoll Knochen, lange Röhrenknochen, manchmal Hüftknochen, keine kleineren Teile.

Der Schrank war tief, da waren mehrere Reihen von Schädeln und Knochen hintereinander, sie konnte nur erahnen, wie viele. Die penible Beschriftung, die Art, all diese Überreste aufzustapeln, beinahe schon zwanghaft ordentlich, gab dem Ganzen eine so makabre Note, dass sie einen Moment die Augen schloss und hoffte, nur zu träumen. Sie träumte nicht. Als sie die Augen wieder öffnete, war die Sammlung menschlicher Knochen vor ihr noch immer am gleichen Fleck.

Dies mussten all die Toten sein, die keinen Platz mehr auf dem Friedhof hatten, deren Gräber eingeebnet worden waren, deren Grabplatten jetzt an der Mauer lehnten. Es war kein Verbrechen, sie auszugraben und in einem Schrank zu stapeln. Aber allein der Wunsch, das zu tun, erzählte die Geschichte eines kranken Gehirns.

Und dann sah sie, dass sich da noch etwas im Schrank befand, im untersten Regalfach, das noch nicht so überfüllt war wie die übrigen.

Hier gab es ganz vorne noch Platz für Neues; in der sozusagen ersten Reihe lagen nur zwei ungewöhnlich zierliche, dünne kleine Knochen. Sie kniete sich davor und streckte die Hand aus, um sie zu berühren.

Nein. Sie brachte es nicht über sich. Sie zog die Hand zurück.

Es waren die Knochen eines Kindes.

»Iris«, flüsterte sie.

Der Name vervielfältigte sich und ließ sich vom wispernden Wind in alle Richtungen des Dorfes tragen, bis hinaus zum Meer.

Neben den Kinderknochen lag der Strick, sorgfältig zusammengerollt. Alles hier war mit dem Adjektiv *sorgfältig* zu bezeichnen. Sogar der Umschlag neben dem Strick war sorgfältig in einem perfekten rechten Winkel zur Schrankwand ausgerichtet: ein weißer neuer Umschlag.

Siri nahm ihn und las ihren Namen darauf, der in steiler, gestochen scharfer Füllerschrift geschrieben, jedoch schwer lesbar war. Direktorenschrift. Der Zettel in dem Umschlag war nicht neu oder nicht so neu und mit verschmiertem Kugelschreiber in einer anderen Schrift beschrieben.

netz 5 meter
1 neue wanne, weiss, sonderangeb. nachfragen ob noch gilt?
3 euro stück
mit frau pechten reden
ihr sagen, damals carla berg war kein unfall beim baden, weil
ich gesehn hab wie er sie runtergehalten hat unter wasser erst hat
sie sich gewehrt aber dann nicht mehr, sie ist ganz still geworden
war ja demmerlicht abends genau hatte ich es auch nicht gesehen
aber da waren 2 leute im wasser und ich hab nichts erzählt weil
ich immer angst hatte aber jetzt ist besser wenn ich frau pechten
das doch sage
geld von ihr nehm für die infomation? ja
größeres netz 10 m auch angebot – dringend nachfragen
kaninchen schlachten für frau Henning 10 euro

Siri legte den Zettel in den weißen Umschlag zurück, holte ihn wieder heraus und las ihn noch einmal

weil ich gesehen hab wie er sie runtergehalten hat unter wasser.

Sie steckte den Umschlag in die Manteltasche und nahm das Seil aus dem Schrank. Es war rau und hart unter ihren Fingern. Ein Seil, ein Strick, in einem Boot. An einer Seite an die Ruderbank geknotet. Was bedeutete der Strick? Ein Strick bedeutete, dass jemand etwas damit festgebunden hatte. Etwas … oder jemanden. Jemand, der nicht ganz normal war, der in seinem Schrank die Knochen des Friedhofs stapelte, der die Toten bei sich brauchte, ganz nah, weil sie seine einzigen Freunde waren.

Sie schloss die Augen. Sie sah es vor sich, obwohl sie es nicht sehen wollte, sah die Nacht, sah das heraufziehende Unwetter, sah, was geschehen war. Wenn man Erinnerungen teilen könnte, jemand anderem zeigen wie einen Film! Ihre Finger krallten sich um den Strick, und in ihrem Kopf spielte sich der Film ab, der Film jener Nacht.

Siehst du sie?, fragte die Stimme im Film. Siehst du sie aus dem Auto steigen, mit dem sie mitgefahren ist, mit einem nicht-genug-denkenden jungen Menschen, der nicht genug gefragt hat, der ihre Geschichte vom Verloren-gegangen-sein und Zurück-zu-meiner-Mutter geglaubt hatte. Siehst du, wie die Autotür hinter ihr zuschlägt? Da kommt sie, Iris, sechs Jahre alt, sie rennt von der Bushaltestelle her den Sandweg entlang, in der Dämmerung, rennt zwischen den geduckten Häusern hindurch, biegt ab in einen Pfad, den auch du heute entlanggerannt bist, so übermütig wie sie. Sie klopft nicht an die Haustür, klingelt nicht, sie will den alten Fuhrmann nicht wecken, sie wirft einen Stein an das Fenster unter dem Dach.

Einen Stein mit einem Zettel daran. Und das Fenster öffnet sich, und der Junge, der dort wach gelegen hat, kommt herunter.

»Ich bin wieder da«, sagt sie. »Und jetzt bleibe ich.«

»Sie werden dich finden«, sagt er.

»Nein«, sagt sie. »Nicht, wenn wir zusammen weglaufen. Wir haben unsere Bucht, die nur vom Meer aus zu erreichen ist …«

Sie sah die beiden rennen, zusammen, Hand in Hand, zum Wasser. Aber er weiß, dass man sich in keiner Bucht ewig verstecken kann. Sie erreichen das Wasser, schieben das alte Ruderboot hinein, dort neben dem Steg, wo das Schilf beginnt.

Sie rudern hinaus, und da ist ein Strick im Boot, wer weiß, wozu, und das Wasser ist unruhig, und er sagt: »Es ist besser, siehst du, ich binde dich fest. Weil das Wasser so unruhig ist. Es soll Sturm geben. Er ist schon fast da. Wenn das Boot zu sehr schaukelt …«

Und Siri sah das Erstaunen auf Iris' Kindergesicht. »Aber ich kann doch schwimmen! Genau wie du! Wir sind so oft zusammen geschwommen …«

»Es ist besser«, sagt er, und sie wehrt sich nicht, und er bindet das eine Ende des Stricks an die Ruderbank und das andere an ihre Hände, und der Sturm kommt, aber das Boot kippt nicht.

»Iris«, sagt er. »Iris, du wirst bleiben. Für immer. Niemand wird uns trennen können, niemand. In der Bucht würden sie uns finden, irgendwann. Wir brauchen die Bucht nicht.«

»Wieso nicht?«, fragt sie. »Was hast du vor?«

»Iris«, sagt er. »Iris.«

Und er lehnt sich zur Seite, weit, weit hinaus mit all seinem Gewicht, und mit der nächsten anrollenden Welle kippt er das kleine Boot. Sie ist darunter, festgebunden, er weiß es, er kommt hoch und schnappt nach Luft. Er sieht sie nicht kämpfen, die Nacht ist schwarz.

Er schwimmt vom Boot weg, schwimmt an Land. Wringt seine Kleider aus. Rennt. Niemand darf ihn sehen. Er rennt zu dem blauen Haus auf dem Hügel, seinem einzigen Zufluchtsort. Dort gibt es keine Fragen. Sie ist fort, Iris ist fort, aber sie wird zu ihm zurückkehren, sobald sie in der Erde des Friedhofs liegt, und sie wird bleiben. Für immer.

Und Siri sah den Morgennebel kommen und mit weißen Herbstfingern über das Wasser greifen, wo sich der Sturm längst gelegt hatte. Am Ufer stand der Direktor, der noch kein Direktor war, ein junger Musiker voller Pläne, der eine Datsche am Hafen hatte, noch nicht lange, eine Datsche nahe einem idyllischen Dorf, wo er im Wald, im Wasser, auf den Klippen neue Töne finden würde. Er zog das Boot an Land, er löste die Knoten im Strick.

Er erzählte niemandem von dem Strick, er begriff seinen Zweck nicht und wollte nicht darüber nachdenken. Ein Unfall, sagte er sich, es musste ein Unfall gewesen sein. Sie hatte sich selbst festgebunden, um nicht aus dem Boot zu fallen, es waren die dumme Idee und die unlösbar verworrenen Knoten eines kleinen Mädchens, ganz sicher. Sie hatte nicht damit gerechnet, dass der Sturm das Boot umkippte.

Iris, sechs Jahre alt. Für immer.

Siri öffnete die Augen. Draußen floss eine rotviolette Herbstdämmerung aus dem Himmel.

Sie musste aus der Zeit gefallen sein, sie musste Stunden hier gesessen zu haben, ohne es zu merken. Sie kniete noch immer vor dem offenen Schrank, in dem die Überreste von erloschenem Leben sich stapelten wie alte Akten. Und jetzt berührte sie die beiden schmalen Kinderknochen doch, strich darüber wie über eine Wange.

»Iris«, wisperte sie. »Wann hat er angefangen, dich wieder auszugraben? Und wozu? Wir hätten Schwestern sein können, weißt du. Wir hätten zusammen unter der Sonne herumlaufen und lachen können, da draußen in Angola. Zusammen auf der Veranda sitzen und Bücher lesen. Wir wären nie allein gewesen, du nicht und ich nicht. Aber jetzt … alles, was es von dir noch gibt, ist diese Vorstellung, diese Erscheinung im Seidenkleid. Das bist gar nicht du. Das ist etwas, das Lenz sich zusammengesponnen hat. Ein ideales Wesen, das nur ihn liebt …«

Sie sah sich um, doch es war niemand mit ihr im Raum, kein kleines Mädchen mit schwarzen Lackschuhen, kein blauer Wirbel, kein Aufblitzen von Sonnenlicht auf blonden Kinderlocken.

Sie würde Lenz' ausgedachte Iris nie mehr sehen, dachte Siri.

Sie war zerplatzt wie eine Seifenblase.

Alles, alles war zerplatzt.

Sie schloss den Schrank, hielt aber auch seinen geschlossenen Anblick nicht aus und lief zurück nach unten, in die Dunkelheit der Küche, wo sie merkte, dass sie den Strick noch immer festhielt. Sie legte ihn auf den Tisch. Doch der Tisch stand wie ein stummer

Vorwurf im Raum: Ist es denn normal, schien er zu fragen, einen Friedhofsplan in eine Tischplatte zu schnitzen? Hättest du es nicht längst begreifen sollen, dass hier nichts normal ist?

Sie setzte sich auf einen der Stühle und legte die Hände vors Gesicht, um nichts mehr zu sehen: keine Dunkelheit, keinen Tisch, keine Küche, keinen Strick.

Sie hatte sich so getäuscht. Sie hatte die ganze Zeit über geglaubt, dass sie zweifelte. Aber sie hatte nie gezweifelt, jetzt erst merkte sie es. Sie war sich immer sicher gewesen, dass Lenz Fuhrmann unschuldig war. Unschuldig und naiv wie ein Kind – Friedhofskind. Sie hatte begonnen, seine Geschichte zu verstehen, und sie verstand sie jetzt, nicht ganz, aber zum Teil, sie verstand, warum seine Gedanken keine normalen Wege gingen. Aber es nützte nichts, ihn zu verstehen.

Er war kein liebenswerter, gutmütiger Riese, dem die falschen Gerüchte folgten.

Er war ein Mörder.

Und sie glaubte auch nicht, dass er es selbst nicht wusste – dass seine Erinnerung ihn im Stich ließ, dass er vergessen hatte, was in jener Nacht geschehen war oder später, auf den Klippen oder in der Kellerwohnung, wo er den Gasherd aufgedreht hatte.

Sie nahm die Hände vom Gesicht und fuhr mit den Fingern die Kerben im Tisch nach. Lotte Fuhrmann, Jens Fuhrmann … da war eine neue Kerbe, neue beunruhigend ordentliche Schrift: Winfried Fuhrmann … die Schrift auf dem Tisch unterschied sich von der Beschriftung der Knochen im Schlafzimmerschrank, aber vermutlich lag es daran, dass die Namen hier winzig waren, damit alle auf die Tischplatte passten. Iris Weiß, das war es, er hatte sogar das Schneehuhn als winziges Relief aus dem Tisch herausgearbeitet, es war kaum so groß wie der Nagel ihres kleinen Fingers.

Und plötzlich stand sie auf, streifte Regenmantel und Pullover ab, sodass sie nur noch im Unterhemd dasaß, und wickelte den Strick um einen Arm. Dann um den anderen – obwohl das schwierig war mit nur einer freien Hand. Sie wollte ihn auf ihrer bloßen Haut fühlen. Spüren, wie es war, an ein Boot gefesselt zu sein. Spüren, was Iris gespürt hatte. Sie hob die Arme, versuchte, sie auseinanderzuziehen, und fühlte den Widerstand; der Strick war rau genug, dass sich seine Schlaufen gegenseitig beklemmten … so also war es für Iris gewesen, als sie gekämpft hatte, unter Wasser, ohne Luft zu bekommen.

Sie ließ die Arme sinken, wollte den Strick abschütteln – jetzt, da sie nicht mehr zog, würde er sich von alleine lösen. Er löste sich nicht, und sie löste ihn ebenso wenig, denn in diesem Moment entdeckte sie eine neue Kerbe im Tisch, wo das Holz noch hell war: heller sogar als das in der Kerbe, die das Grab des alten Fuhrmann symbolisierte. Sie beugte sich darüber.

SIRI WEISS, stand unter dieser Kerbe, diesmal in großen Druckbuchstaben, so als wollte jemand sichergehen, dass es für jeden gut lesbar war. *SIRI WEISS, 1980–2012.*

Sie blinzelte, las die Zeile noch einmal und noch einmal und sprang auf. Wo war der geblümte Mantel?

Mit einem Mal zitterte sie in ihrem dünnen Unterhemd. Draußen strich der Abendwind durch die zerbrochenen Büsche.

Es war wirklich sehr kalt im Haus.

Sie hörte das Klopfen erst beim zweiten oder dritten Mal, sie hatte reglos vor dem Tisch gestanden, reglos und eingefroren. Vor dem Fenster ging noch immer die Sonne unter. Es klopfte ein weiteres Mal. Die Schatten in der Küche waren dick und zäh wie Pech.

Pech-Ton. Schwarz. Das Gegenteil von Weiß.

Im Flur gab es jetzt Schritte, schwere Schritte, Stiefelschritte, die vor der Küchentür stehen blieben und zu zögern schienen. Sie drehte sich um, starrte die Tür an. Sie wusste, dass sie längst den geblümten Mantel hätte aufheben müssen. Es war zu spät.

Die Tür öffnete sich, und Siri sah im Dämmerlicht in ein Gesicht, auf dem sich etwas wie Sorge in Verwirrung verwandelte. Dann lächelte das Gesicht.

»Was ist das?«, fragte Kaminski. »Fesselspielchen?«

Siri sah an sich hinab. Das Seil war noch immer um ihre bloßen Unterarme geschlungen.

»Ich –«, begann sie und brach ab.

»Was dagegen, wenn ich reinkomme?«

Sie schüttelte den Kopf, stumm. Er schloss die Tür hinter sich und trat näher, ganz nahe, sah sie an – er war größer als sie, nicht annähernd so groß wie Lenz, aber groß genug, um zu ihr hinabsehen zu können. Seine Augen waren im Dämmerlicht noch immer vergissmeinnichtblau.

»Ich habe mir Sorgen gemacht«, sagte er. »Ich habe Sie hierhergehen sehen, nach der Kirche. Und Sie sind nicht wiedergekommen. Ich wollte nur nachsehen, ob alles in Ordnung ist.« Er strich über die blonden Haarstoppeln auf seinem Kopf als streichelte er ein Tier, eine Übersprungshandlung, er war verlegen. Seine Augen sprangen unstet von dem Seil, das um ihre nackten Arme lag, zu ihrem Oberkörper in dem leichten Hemd, das sie statt eines BHs trug und das wenig verbarg, zu den Schatten in der Küche, vielleicht, um festzustellen, ob noch jemand hier war.

»Was … was soll das?«, fragte er und nickte zu dem Seil hin.

»Ich … ich habe es gefunden. Ich bin hergekommen, um … um nachzudenken, und das Seil … es bedeutet nichts, es lag nur so herum …« Hatte sie den Schrank oben im Schlafzimmer geschlossen? Doch, doch. Kaminski durfte seine Türen nicht öffnen. Er durfte die Treppe nicht hochgehen.

Aber warum, warum tue ich das?, fragte sie sich im Stillen. Warum sage ich ihm nicht die Wahrheit? Warum schütze ich Lenz noch immer? Er hat es geschafft, sich in mich hineinzufressen, in meinen Kopf, in meine Seele, es ist ihm irgendwie gelungen, einen Platz in mir zu finden, von dem ich ihn nicht mehr vertreiben kann …

Sie drehte sich um und sah ins Licht, das da draußen über dem Wellenland hing, sie drehte sich aus keinem bestimmten Grund um, und dann sah sie, dass sich dort in der Ferne etwas bewegte; etwas in ihr hatte gespürt, dass sich dort jemand näherte. Er kam über die Wiesen, er ging auf das Haus zu, er würde über den Gartenzaun steigen. Er war noch weit weg, eine schemenhafte Gestalt nur, grau und groß.

Sie ging hinüber zum Fenster, es waren nur drei Schritte, und hier fiel das Licht auf sie, ganz plötzlich, das goldrote Herbstabendlicht; es stach beinahe in ihren Augen. Sie öffnete das Fenster, weit, weit.

Kälter konnte ihr ohnehin nicht mehr werden. Kaminski trat hinter sie, sie spürte seinen Atem in ihrem Haar. Sie spürte die Nähe seines Körpers, ohne dass er sie berührte. Er roch nach Benzin und Aftershave, nicht einmal unangenehm.

Lenz blieb stehen.

Er hatte sie gesehen, ihren Körper am Fenster, im unerwarteten Licht. Er hob den Arm und winkte. Sie winkte nicht zurück, sie sah ihn nur an.

»Was ist denn da draußen?«, fragte Kaminski hinter ihr.

Er hatte Lenz noch nicht entdeckt, seine Gestalt verschmolz beinahe mit den grauen Abendsilhouetten der verwilderten Stauden und Sträucher.

»Nichts«, erwiderte Siri. »Nur die Abendsonne.«

Sie sah Lenz' Augen nicht, er war viel zu weit weg. Sie fragte sich, ob er die Waffe bei sich trug. Ob er wusste, dass sie *wusste*. Weil sie hier war. Und weil sie nicht winkte.

Aber er würde nichts tun, dachte sie dann, natürlich nicht, er würde niemanden einfach so erschießen. Es waren immer Unfälle gewesen – die Ostsee, die Klippen, das Gas. Es musste aussehen wie ein Unfall, und dazu musste er erst ins Haus kommen. Die Tatsache, dass Kaminski hinter ihr stand, rettete sie vielleicht in diesem Moment.

Siri Weiß. 1980–2012.

Seltsam, sie konnte ihn noch immer nicht hassen. Er stand da in der grauen Abendnatur und war unhassbar.

Und auf einmal verspürte sie das unsinnige Bedürfnis, ihn zu verletzen. Das Bedürfnis war so stark, dass es in ihr riss, es zerquetschte sie, wie die Sehnsucht nach dem Nicht-mehr-Alleinsein es getan hatte.

»Ja«, sagte sie und spreizte ihre Arme, sodass das Seil sich spannte. »Fesselspielchen.«

Dann hob sie die Arme über den Kopf, sie konnte sie weit genug auseinanderhalten, um sie um Kaminskis Hals zu legen. Sie hörte seinen Atem schneller gehen.

»Aber –«, sagte er.

»Nichts aber«, sagte sie.

»Hast du es dir überlegt, ja?«, flüsterte er. »Hast du …«

»Sch, sch«, sagte sie. »Sch, sch.«

Und er gehorchte ihr, er schwieg, er kuschte wie ein Hund. Er legte seinen Kopf auf ihre Schulter, und für einen Moment war da nur sein rascher Atem nahe bei ihrem Ohr. Sie fühlte die abrasierten Haarstoppeln, als er seinen Kopf an ihrem Hals rieb. Schließlich schoben seine Hände ihr Unterhemd hoch und seine Finger legten sich auf ihre kaum vorhandenen Brüste. Sie war immer zu dünn gewesen, um wirklich weiblich zu sein, aber Kaminski schien gerade diese Art von Unweiblichkeit zu gefallen. Er löste ihre Arme von seinem Hals, löste die Knoten, die nicht einmal wirklich Knoten waren, streifte das Unterhemd über ihren Kopf. Dann schlang er das Seil um ihren Oberkörper, beugte ihre Arme und band ihre Handgelenke sorgfältig vor ihrer Brust zusammen wie in einem merkwürdigen Gebet. Sie ließ es geschehen. Beinahe lachte sie.

Seine Knoten waren so locker wie ihre.

»Ich hätte nie gedacht …«, flüsterte er.

»Sch, sch.«

Sie schmiegte sich an den Körper hinter ihrem, es war, als wäre sie betrunken, betrunken vor Verzweiflung. Sie hatte alle Hemmungen verloren. Nicht, dass das, was Kaminski tat, sie in irgendeiner Weise erregte, was sie tat und ihn tun ließ, war nichts als ein Mittel zum Zweck.

Sie sah Lenz an, und er sah sie an, er stand wie erstarrt.

Jetzt. Jetzt tue ich dir wirklich weh. Jetzt wirst du spüren, wie das ist, wenn man vertraut und merkt, dass es nichts zu vertrauen gibt. Den ganzen Schmerz. Er ist unendlich groß und unaushaltbar. Jetzt.

Vielleicht hatte sie das letzte Wort geflüstert, denn Kaminski nahm es auf wie einen Befehl, und auf einmal wich alle Behutsamkeit aus seinen Bewegungen, auf einmal hatte er es eilig.

Er riss am Gürtel ihrer Jeans, schaffte es, ihn zu lösen, streifte die Hosen über ihre Hüften hinunter, es war nicht notwendig, sie ganz auszuziehen, nicht hierfür, sie spürte hinter sich, wie er einen kurzen Augenblick lang mit seiner eigenen Hose kämpfte, und dann fühlte sie seine Hände zwischen ihren Beinen, tastend, seine Finger in ihr, er tat ihr weh auf seiner Suche nach größeren Tiefen, aber sie ließ auch das geschehen, es war in Ordnung, es war nichts im Vergleich zu dem Schmerz, den sie Lenz zufügte.

Kaminski zog seine Hand weg, umfasste stattdessen ihre gefesselten Handgelenke mit seinen feuchten Fingern und presste sich an sie, aber es war nur die eine Hand, mit der anderen spreizte er ihre Pobacken, und der Schmerz kehrte scharf und schneidend zurück, als er in sie eindrang. Das war nicht der Plan gewesen. Du hättest fragen können, kleines Arschloch, dachte sie, das ist garantiert die eine Sache, die dir die hysterische Mutter mit ihren Trampolinkindern nicht gestattet hat. Sie biss die Zähne zusammen, sie hatte Tränen in den Augen, sie hörte ihn atmen und hasste ihn. Es war viel einfacher, Kaminski zu hassen als Lenz.

Sie versuchte, sich mit ihm zu bewegen, um den Schmerz zu minimieren, sie wollte dies jetzt nicht unterbrechen, sie musste es irgendwie durchziehen. Sie wandte ihren Blick nicht von Lenz ab, keine Sekunde.

Der Junge dort hinter ihr, er war nur ein Junge, er war nicht älter als Anfang zwanzig – er war wie ein Tier in allem, was er jetzt tat, rücksichtslos, nicht mehr zu halten. Sie sah Lenz an und dachte an seine Zärtlichkeit, die Zärtlichkeit eines Menschen, der aus Liebe tötete.

Sie wollte die Augen schließen und die Welt vergessen. Warum war alles so verkehrt?

Aber sie zwang sich, den Blickkontakt nicht zu unterbrechen.

Den Schmerz, seinen Schmerz, zu maximieren.

Ich werde gehen, dachte sie, ich werde gehen, und ich weiß nicht, ob ich tun kann, wozu ich gekommen bin; ich werde gehen, morgen schon, dies ist der dissonante Schlussakkord.

Siri Weiß wird länger leben als bis 2012, ohne zu lieben vielleicht, aber sie wird leben.

Kaminski gab einen Laut von sich, der wieder mehr einem Tier glich als einem Menschen, etwas zwischen einem Schrei und einem erstickten Gurgeln, dann ließ er sie los, taumelte einen Schritt zur Seite und stützte sich mit beiden Armen auf das Fensterbrett neben ihr, den Kopf gebeugt, stand einen Moment nur da und rang nach Atem. Sie sah die Muskeln auf seinen Oberarmen spielen. Auf den linken hatte er eine Rune tätowiert, deren Bedeutung sie nicht kannte und auch nicht kennen wollte.

»Das ...«, keuchte er, ohne den Kopf zu heben. »Das war ... wow.«

»Arschloch«, sagte Siri, und da sah er auf und grinste, ein wenig wie ein Junge, der bei einem Streich erwischt worden ist.

Sie blickte wieder aus dem Fenster, und in diesem Moment kam Bewegung in Lenz.

Er hatte sich die ganze Zeit über nicht gerührt, aber jetzt lief er, er lief zwischen Stauden und hohem Herbstgras auf das Haus zu, und er war schnell. Siri zog ihre Hose hoch und streifte das Seil von ihren Händen. Dann trat sie vom Fenster zurück.

»Hey«, sagte Kaminski, der immer noch auf das Fensterbrett gestützt dastand. »Was ...?«

Er reagierte verlangsamt, richtete sich auf und versuchte, sich wieder anzuziehen, aber die Zeit reichte nicht. Lenz war mit einem Satz auf dem Fensterbrett, er sprang in den Raum wie eine graue steinerne Katze und stürzte sich auf Kaminski, und dann rollten sie über den Boden.

Stühle fielen um, Siri zuckte bei dem Krachen zusammen. Der Kampf war kein Kampf und dauerte nur Sekunden. Lenz war mehr als einen Kopf größer als Kaminski. Er lag jetzt auf ihm, nagelte ihn mit seinen Knien an den Boden und holte aus – Siri hatte ihn noch nie so außer Kontrolle gesehen. Das einzige Mal, dass sie ihn außer Kontrolle gesehen hatte, war der Tag gewesen, an dem er sie auf dem Friedhof geohrfeigt hatte – lange, lange her.

Er schlug nicht zu, diesmal nicht. Er überlegte es sich anders und zog Kaminski wieder hoch, presste seinen Oberkörper gegen die Wand der Küche. Kaminski versuchte, etwas zu sagen, doch seine Worte gingen in einem unkenntlichen Gurgeln unter. Lenz' große Hände hatte sich um seine Kehle geschlossen und drückten zu.

†††

431

Annelie hatte ihm verboten, den Arzt zu rufen, er hatte sie letztendlich auf ihr Bett gelegt und sich neben sie gesetzt, mehr konnte er nicht tun. Er erzählte ihr vom nächsten Frühling, um sie von dem Schmerz in ihrer Brust abzulenken, vom wunderbaren nächsten Frühling, in dem er ihr helfen würde, ihren Garten wieder aufzubauen, Neues zu pflanzen, alle Wunden zu heilen, die der Sturm gerissen hatte.

Und schließlich, gegen Abend, schlief sie ein, eine Hand auf ihr Herz gepresst. Zwischendurch hatte sie geglaubt, zu ersticken, aber jetzt atmete sie wieder ruhig und gleichmäßig.

Es fiel ihm schwer, sie zu verlassen. Er streichelte ihr weißes Haar, ehe er ging.

»Ich würde bleiben«, flüsterte er, obwohl sie ihn nicht hörte im Schlaf. »Und ich komme wieder, Annelie. Bald. Aber ich habe ein komisches Gefühl ... ich muss Siri finden. Ich habe ihr nicht gesagt, wo ich bin, sie hat vielleicht nicht mitbekommen, dass ich bei dir bin. Und sie fragt sich, warum ich plötzlich weg war ... ich habe das Gefühl, dass irgendetwas schiefgegangen ist. Auf furchtbare Weise schief. Ich weiß nicht, was. Es ist nur so ein Gefühl. Das letzte Fenster ist fertig und eingebaut, und ... nichts mehr hält sie hier ...«

Sie war nicht in der Kellerwohnung von Frau Hartwig, aber das Auto stand noch da, und er atmete auf. Sie war nicht einfach nach Berlin zurückgefahren, nicht, ohne sich zu verabschieden.

Er suchte sie auf dem Friedhof und in der Kirche, doch auch dort war sie nicht.

Auf der großen Eiche saß Iris und baumelte mit den Beinen.

»Wo ist sie?«, fragte er. »Wo ist Siri?«

Iris zuckte die Schultern.

»Nein«, sagte Lenz. »Bitte. Du weißt es. Ich sehe dir an, dass du es weißt.«

»Muss ich dir alles sagen?«

»Iris, es ist wichtig! Ich muss sie finden!«

»Das musst du nicht. Komm. Kletter zu mir rauf. Man kann die Sonne untergehen sehen von hier. Es ist schön.«

Er schüttelte den Kopf. »Wo? Ist? Siri?«

»Du bist ... du bist ein Dickkopf! Wo ist Siri? Wo wird sie schon sein? Im dunklen Haus.«

»Warum? Es hat nicht einmal mehr ein Dach ...«

»Vielleicht sucht sie ja etwas. Einen Zettel von Aljoscha zum Beispiel, einen Umschlag vom Direktor«, sagte Iris sauer, stand auf und balancierte über den Ast hinein ins Blättergewirr.

»Einen Zettel?«, wiederholte Lenz. »Erklär mir ...«

Aber sie war verschwunden.

Er nahm nicht den Pfad, er ging hinten herum, über die Wiesen.

Er war noch gut hundert Meter vom Haus entfernt, als jemand das Küchenfenster öffnete. Siri.

Sie stand dort im Abendlicht, und es übergoss sie rot und golden, es war, dachte er, das erste Mal, dass Licht auf etwas oder jemanden fiel, der sich im Haus befand. Er blieb stehen. Sie trug nur ein Unterhemd, das war seltsam, und, seltsamer noch, um ihre Arme war ein Strick gewickelt. Etwas in ihm bäumte sich auf, als er den Strick sah. Er merkte, wie er zu schwitzen begann, aber zugleich war ihm eiskalt.

Da war noch jemand; jemand stand direkt hinter Siri, jemand, der ihn nicht gesehen hatte. Kaminski. Er sah ihn den Strick lösen, Siri das Unterhemd ausziehen und den Strick auf merkwürdige Weise wieder festbinden, er wollte etwas tun, doch er konnte sich nicht bewegen. Siri sah ihn die ganze Zeit über an, und in ihrem Blick lag etwas wie kalter Triumph. Er begriff nichts. Er sah, was sie dort mit Kaminski am Fenster tat, er sah es deutlich, und in ihm zerbrach ein großes, gläsernes Etwas zu tausend Scherben.

Er trat erst aus dem Scherbenhaufen hervor, als alles vorüber war und Kaminski sich aufs Fensterbrett stützte wie ein Sportler nach einem Langstreckenlauf. Da schüttelte Lenz die letzten Stücke des Glases ab – es war vermutlich blaues Glas gewesen, blaues Glas ist brüchig – und war nicht länger erstarrt. Er wusste nicht, wie er zum Fenster gekommen war, er war auf einmal dort, er sah seine Arme, die Kaminski packten, sah ihn auf dem Küchenfußboden liegen, riss ihn hoch und drückte ihn gegen die Wand.

Die Augen in dem Gesicht vor ihm waren blau wie die von Iris und Siri und doch ganz anders. Er verspürte nur einen Wunsch, und dieser Wunsch schoss in seine Hände und begann, dem Körper vor ihm die Luft abzudrücken. Im Augenwinkel sah er Siri, die in ihre Manteltasche griff. Kaminski wehrte sich, er wehrte sich mit Händen und Füßen, panisch. Dann verließ ihn die Kraft, seine Versuche, sich zu befreien, wurden schwächer.

Ich bringe ihn um, dachte Lenz mit seltsamer Klarheit. Hier hocke ich auf dem Küchenfußboden, wo ich so oft mit Winfried gesessen und geschwiegen habe, und bringe jemanden um. Es ist ja ganz leicht. Kaminski schloss die blauen Augen, ergeben. Er hatte begriffen, dass es keinen Sinn hatte, sich zu sträuben.

Da spürte Lenz kaltes Metall an seiner Schläfe.

»Lass ihn los«, sagte Siri, und ihre Stimme war kalt wie das Metall.

Lenz sah auf. Er erwachte aus seiner Wut wie aus einem Traum. Er lockerte seinen Griff.

»Lass ihn los«, wiederholte Siri.

Er gehorchte, löste seine Hände wie aus einem Krampf. Sie trat einen Schritt zurück, und jetzt sah er die Waffe in ihrer Hand. Es war die kleinste Pistole, die er je gesehen hatte. Sie hatte sie auf sein Gesicht gerichtet, und sie sah nicht aus, als würde sie lange zögern, sie zu benutzen.

Er stand auf, hob die Hände und ging einen Schritt rückwärts, auf die Küchentür zu.

Der Lauf der Waffe folgte ihm. Kaminski saß noch immer auf dem Boden, die Augen noch immer geschlossen, noch immer kraftlos. Aber er atmete, Lenz sah ihn atmen.

»Geh«, sagte Siri.

Und er ging.

16

»Wie …?«, fragte Kaminski, als er wieder sprechen konnte. »Wie hast du …? Ich meine … er hat auf dich gehört.«

»Ja«, sagte Siri einfach.

Er hatte die Waffe nicht gesehen, sie lag längst wieder in der kleinen Blechkiste in der Tasche des geblümten Regenmantels.

Kaminski stand auf und kämpfte sich endlich in seine Sachen. Im Vergissmeinnichthellblau seines Blicks waren deutlich die Spuren von Lenz' Kraft zu lesen.

»Er hätte mich umgebracht«, sagte er, und seine Stimme war ganz fremd, klein und beinahe wie die eines Kindes.

»Ja«, sagte Siri wieder.

Kaminski richtete sich auf, versuchte, den Schrecken abzuschütteln und wieder stark und selbstbewusst auszusehen, aber noch gelang es ihm nicht.

»Ich werde es beweisen. Alle diese Morde. Werter will Beweise … Werter ist noch nicht überzeugt. Aber ich bin mir sicher, dass er es ist. Was ist mit dir? Was denkst du? Du bist nicht mehr mit ihm zusammen, oder? Seit wann?«

Sie schüttelte langsam den Kopf. Zusammen, nicht zusammen. Willst du mit mir gehen? Kreuz an: ja, nein, vielleicht. Haha.

»Was mit mir und Lenz Fuhrmann ist, geht dich nichts an«, sagte sie. »Aber wenn du wissen willst, ob er ein Mörder ist …« Sie zuckte die Schultern. »Dann kann ich dir nicht helfen. Das musst du selbst herausfinden. Komm jetzt. Es wird zu dunkel.«

Am Ende des Pfades, wo sich ihre Wege trennten, blieben sie noch einmal stehen. Sie sah, dass Kaminski den Strick mitgenommen hatte wie ein makaberes Andenken.

»Wie lange bleibst du noch?«, fragte er. Seine Stimme klang wieder mehr wie seine eigene. »Wir könnten das wiederholen, ich meine, was wir am Fenster gemacht haben, bei Gelegenheit …«

Siri sah ihn nur an, und er verstummte. »Wohl kaum«, sagte sie.

»Ich meine, wenn du das nicht magst, wir können es anders machen, ich könnte …«

»Halt den Mund«, sagte Siri hart. »Ich fahre. Morgen früh. Geh die Frau deines Freundes ficken, wenn er wieder auf Montage ist.«

Die Worte, dachte sie, waren nicht ihre eigenen; waren keine, die sie sonst benutzte. Aber vielleicht war sie auch gar nicht mehr sie selbst. Sie hatte vergessen, wer sie war.

††††

»Iris?«, flüsterte Lenz. »Bist du da?«

»Natürlich bin ich da«, flüsterte sie zurück. Und dann spürte er ihre Hand in der Dunkelheit, die sich in seine eigene schob. Sie saß auf dem Steg, ganz vorn, und er setzte sich zu ihr. Sie sahen gemeinsam aufs schwarze Meer hinaus, wo ab und an die Positionslichter eines Frachtschiffs auftauchten und wieder verschwanden. Der Himmel hatte alle Sterne abgeschüttelt und den Mond an eine andere Welt verschenkt.

»War es sehr schlau, dass du hingegangen bist?«, flüsterte Iris und rückte ein wenig näher an ihn heran. »Zu Winfrieds Haus?«

»Nein«, sagte er.

Sie schwiegen eine lange Zeit.

»Was hast du gesagt über einen Zettel von Aljoscha?«, fragte Lenz dann. »In einem Umschlag?«

»Der Direktor hat den Zettel gefunden«, flüsterte Iris. »Er wollte ihn ihr geben. Er hat ihn mit in die Kellerwohnung genommen. Aber Siri hat ihn anderswo gefunden.«

»Ich fürchte, ich verstehe nichts.«

»Das ist so mit Erwachsenen«, sagte Iris und seufzte.

»Ich bin nicht erwachsen.«

»Doch«, sagte sie. »Doch, Lenz. Du bist es geworden. In diesem Sommer. Es kann nie wieder so sein wie früher. Auch wenn Siri geht.«

Er drückte ihre kleine Hand so fest, dass sie die Luft scharf durch die Zähne einsog.

»Entschuldige«, sagte er. »Ich wollte selten überhaupt irgendjemandem wehtun … Kaminski, Kaminski wollte ich wehtun. Vorhin. Ich hätte ihn umgebracht.«

»Na klasse. Einer mehr.«

»Einer mehr?«

»Einer mehr zum Begraben. Der Friedhof wird langsam ziemlich voll, was? Aber … du hast ihn nicht umgebracht.«

»Nein. Siri hat mich gestoppt. Iris. Sie hat eine Waffe.«

»Ich weiß. In einer Blechdose wie für Bonbons. In ihrer Manteltasche.«

»Du weißt das? Und hast es mir nie gesagt?«

Sie antwortete nicht. Es war ganz still, nur das Meer schlug in kleinen Wellen an die Flanken der drei Fischerboote und die Pfähle, auf denen der Steg ruhte.

»Lenz«, wisperte Iris schließlich. »Verstehst du, warum Siri hergekommen ist? Siri, meine Schwester? Ich meine, ich wusste es lange nicht … aber jetzt bin ich mir ziemlich sicher, dass ich es weiß.«

»Um die Wahrheit herauszufinden. Über damals. Über dich und deinen Tod.«

»Das auch. Aber was glaubst du, warum sie eine Waffe in der Tasche hat? Was glaubst du, warum sie dir so nahegekommen ist? Warum sie angefangen hat, etwas zu werden wie … deine Freundin?«

»Ich weiß nicht.«

»Doch«, sagte Iris, »doch, das weißt du.«

†††

Siri saß auf dem Bett in der hartwigschen Kellerwohnung, die Decke um sich geschlungen, und starrte in die Dunkelheit. Die Tür war abgeschlossen. Sie hatte geduscht und ihre Sachen gepackt. Sie war bereit, das Dorf für immer zu verlassen.

Noch nicht ganz bereit.

Über die Bettdecke hatte sie den geblümten Mantel gebreitet, der sie so lange geschützt hatte, weil sie wusste, was in seiner Tasche ruhte. Sie hielt die Waffe jetzt in der Hand wie einen Teddybären, den man als Kind umklammert. Es war eine lange Geschichte, wie sie an die Waffe gekommen war, eine Geschichte, die nichts mit dieser Geschichte zu tun hatte und im Grunde auch uninteressant war.

»Ich kann es nicht«, flüsterte sie in die Dunkelheit. »Ich kann es nicht, ich kann es nicht.«

Sie hätte zufrieden sein sollen. Sie hatte alles – beinahe alles – erledigt, was sie hatte erledigen wollen.

Sie hatte die Fenster fertiggestellt. Aber das war unwichtig.

Sie war zum ersten Mal in ihrem Leben nicht zu zurückhaltend und schüchtern gewesen, sie hatte sich selbst alles bewiesen, was man beweisen konnte, sie war eine andere geworden. Eine Person, auf die ihr Vater stolz sein konnte.

Und sie hatte herausgefunden, was sie hatte herausfinden wollen. Sie kannte den Mörder ihrer Schwester.

Es gab nur noch eine letzte Sache zu tun.

Eine letzte Sache, von der sie ihrem Vater berichten wollte, wenn sie zurückkam – ehe sie ihm für immer den Rücken zukehren würde. Ich bin nicht das Ersatzkind, würde sie sagen. Ich bin viel stärker, als du gedacht hast. Und ich habe sie gerächt. Ich habe Iris gerächt. Was für ein altmodisches Wort! Es gab kein moderneres.

»Ich kann es nicht«, flüsterte sie wieder. »Ich kann nicht.«

Das ganze Dorf, dachte sie, würde sie decken. Niemand würde etwas zur Polizei sagen, niemand würde die Waffe in ihren Händen gesehen haben, sie würden zusammenhalten, dichthalten, sie waren auf ihrer Seite. Nur sie selbst war nicht auf ihrer Seite.

Lenz Fuhrmann war ein Mörder, und er war krank. Aber sie liebte ihn.

Sie konnte nicht tun, was sie damals geplant hatte, ehe sie ihn gekannt hatte.

Sie konnte ihn nicht erschießen.

Am Morgen hatte der Wind wieder aufgefrischt.

»Der Sturm kommt zurück«, sagte Frau Hartwig, als Siri ihre Sachen in den Golf einlud. »Der ist noch nicht fertig mit uns … ja …

die Rechnungen sind alle beglichen … dann wünsch ich Ihnen noch eine gute Heimreise …«

»Danke«, sagte Siri und lächelte sie an. Ihr war nicht unbedingt nach Lächeln zumute. »Ich werde ein letztes Mal durchs Dorf gehen«, sagte sie. »Mich verabschieden von … von der Landschaft und allem.«

»Warten Sie«, sagte Frau Hartwig. »Ich hole nur meinen Schal. Ich komme mit. Wollte sowieso zum Friedhof, meinem Mann ein paar Blumen aufs Grab legen … bald ist sein Todestag, da backe ich Makronenkuchen, den hat er immer so geliebt. Kennen Sie den Trick, um Makronenkuchen zum Aufgehen zu bringen …?«

Der Friedhof war weder so leer noch so still wie sonst, und Siri schüttelte sich, als sie durch das Tor trat. Es war wie ein Déjà-vu: Auf der Bank saß das kleine Mädchen, Amy, mit ihrer hysterischen Mutter und ihrem Bruder, und um sie herum hatten sich eine Menge Leute versammelte. Die hellen Kinderstimmen erzählten irgendetwas, und die tiefen Stimmen der Erwachsenen stellten Zwischenfragen. Frau Hartwig tauchte in die Gruppe der Menschen ein wie in ein Element, aber Siri wollte nicht hören, worüber sie sprachen.

Sie ging einmal um die Kirche herum, an allen Fenstern vorbei: Mutter mit Kind im Schneesturm.

Vertreibung der Saatkartoffelgespräche vom Friedhof.

Flucht der Iris-Maria-Magdalena. Fischer auf dem Wasser. Auferweckung des Toten.

Vor dem letzten Fenster blieb sie stehen.

Und zum ersten Mal fiel ihr auf, dass da kein blaues Glas war in diesem letzten Bild. Vermutlich war es deshalb hässlich. Sie sah die Menschen aus dem Dorf ihre Hände zu dem abstrakten Körper recken, der gekreuzigt wurde, nach Erlösung ausstrecken … und dann merkte sie, dass eine Person fehlte. Lenz. Wo war Lenz – auf diesem Bild?

Sie sah sich um. Wo war Lenz in der Realität? War er hier, auf dem Friedhof, seinem Friedhof? Saß er dort oben in der Eiche, verborgen im Herbstlaub? Verbarg er sich in den Schatten eines Grabsteins, irgendwo, wo sie ihn nicht sah? Würde sie ihn noch einmal sehen, ehe sie ging?

Sie sah wieder das Bild an. Nein, es waren zwei Personen, die fehlten. Da gab es noch jemanden, der nie zum Dorf gehört hatte und der nicht in der Gruppe stand. Annelie. Frau Ammerland. Warum hatte Siris Stift sie nicht auf die Skizze gezeichnet, nicht ins farbige Glas gebannt? Streckte sie denn ihre Hände nicht nach Erlösung aus?

»Und warum habt ihr das bis jetzt nicht erzählt?«, fragte jemand in der Gruppe der Leute, sie hörte die Frage deutlich. Es war Werters ruhig-tiefe Stimme, die sie stellte. »Es ist doch jetzt schon eine Weile her.«

»Weil die Ammerland uns Geld gegeben hat, wenn wir's nicht sagen«, antwortete die Jungenstimme des kleinen Jacky. »Aber jetzt geht's ihr nicht gut, wir war'n heute Morgen da, die gibt uns kein Geld mehr, die nicht, die liegt im Bett, die stirbt bald, bestimmt.«

Siri ging die paar Schritte hinüber, die Neugier trieb sie beinahe gegen ihren Willen zu den Leuten, auch sie war nicht besser als die Kuchenfraktion, sie war ein Mensch.

»Erzählt noch mal der Reihe nach«, sagte der Vater der Kinder, der hinter der Bank stand. Er wirkte so verwirrt wie in der Kirche, er war noch immer nicht ganz im Dorf angekommen, er begriff nicht, in welches Muster, in welche Geschichte die Erzählung seiner Kinder gehörte. Sie waren nur zu glücklich, noch einmal von vorne anzufangen – sicher nicht erst zum zweiten Mal, dachte Siri.

»Na, er hat gegraben, hier, mit der Schaufel«, sagte Amy. In ihrem blonden Haar leuchteten die gleichen frisch gefärbten rot-rosa Strähnen wie im Haar ihrer Mutter. »Bei dem Grab von dem kleinen Mädchen. Iris. Und dann hat er die Schaufel weggelegt und hat mit den Händen weitergegraben. Jacky und ich, wir hatten diese Wette am Laufen, irgendwie wer sich traut, nachts auf den Friedhof zu gehen, oder so …«

»Und als er aufgestanden ist, hatte er Knochen in der Hand, ganz viele«, fuhr Jacky fort. »Mädchenknochen. Und an seinem Mund war Erde. Er sah ganz wahnsinnig aus, und dann ist er weggerannt.«

»Die Knochen waren auch ganz blank, wie abgenagt«, fügte Amy hinzu. »Weil er die nämlich frisst wie ein Hund, weil er spinnt, das hat Jacky gesagt ...«

»Und das stimmt auch«, sagte Jacky. »Ihr hättet ihn mal sehen sollen, in der Nacht ... seine Augen haben im Dunkeln geleuchtet, echt, wie bei einem total Irren, und wir hatten bloß Glück, dass er uns nicht bemerkt hat, sonst hätte er uns sicher was getan.«

Siri machte einen Schritt rückwärts, dann noch einen. Sie wollte das nicht mehr hören, nichts davon. Sie wusste natürlich, warum er gegraben hatte, er hatte wissen wollen, ob jemand in dem Grab lag, es musste in der Zeit gewesen sein, in der sie ihn in dem Glauben gelassen hatte, sie wäre Iris und Iris wäre nie gestorben. Sie wusste auch nicht, was stimmte und was frei erfunden war von der Erzählung der Kinder.

Es war nicht wichtig.

Sie würde gehen, die Schatten und den Wahnsinn verlassen, der hier in jedem Detail wohnte, nicht nur in Lenz Fuhrmanns Kopf – den Wahnsinn der Kuchenrezepte und der weißen Tauben, den Wahnsinn der ewig am Ort Bleibenden, Eingesperrten, sich selbst eingesperrt Habenden, den Wahnsinn der lauschenden Wände und der kalten Kirchensteine und der schwarzen Kartoffelerde, Heimaterde, Friedhofserde.

Sie schüttelte keinem die Hand, sie sahen sie nicht gehen, zu beschäftigt waren sie mit dem Bericht der Kinder. Das Friedhofstor schloss sich nahezu lautlos hinter ihr.

Ehe sie in ihr Auto stieg, warf sie einen letzten Blick zurück. Sie sah das Blau des Meeres in der Ferne hinter dem Wellenland blitzen, aber es war schon dunkel, schon beinahe schwarz und voller giftiger Schaumkronen, der Sturm kam zurück, Frau Hartwig hatte recht.

Sie fuhr an, vorsichtig, sie hatte immer noch den Hänger am Auto, mit den Resten des blauen Glases. Im Handschuhfach war keine Schokolade, weder schwarze noch weiße.

Sie brauchte keine Schokolade mehr, um das Leben auszuhalten, weil sie wusste, dass Schokolade nichts nützte.

Die geduckten Häuser blieben im Rückspiegel zurück, auf immer.

In ihrer Manteltasche lag noch immer, klein und schwer und unbenutzt, die Waffe.

Das Dorf, dachte Siri, würde sich selbst um seinen Mörder kümmern.

✝✝✝

»Wetten«, sagte der Junge. »Wetten, du traust dich nicht …«

Er stand am Fenster und sah hinaus.

Für eine goldene Stunde waren sie der Mittelpunkt des Dorfes gewesen, seine kleine Schwester und er – der Mittelpunkt im Leben ihrer Eltern und aller anderen. Eine goldene Stunde des Erzählens und Ausschmückens und Dazuerfindens. Aber jetzt kam der Sturm zurück, und die Erwachsenen waren damit beschäftigt, Dinge draußen im Garten und am Haus festzuzurren und Fenster zu sichern und was-auch-immer. Sie hatten die Kinder schon halb wieder vergessen, und es würde sich erst nach dem Sturm lohnen, sie an die Geschichte vom Friedhofsmörder zu erinnern. Überhaupt, ein Sturm! Schon wieder ein Sturm! Als hätte der letzte nicht genug Aufmerksamkeit bekommen! Himmel, es war Herbst! Da musste man wohl mit Stürmen rechnen.

Stürme begannen den Jungen zu langweilen. Er musste etwas Neues finden, etwas wirklich Gutes … wie damals die Wette mit dem Friedhof, nachts, das war gut gewesen, viel besser, als er gedacht hatte. Er brauchte etwas Gefährliches, etwas, das sich lohnte – etwas, das ihren Vater auf den Plan rief. Am besten eine Sache, bei der er sie retten musste, und vielleicht würde er versprechen, nie wieder fortzugehen. Vermutlich nicht, aber auf einen Versuch kam es an.

»Wetten«, begann er noch einmal, »du traust dich nicht, bei Sturm auf den Steg am Hafen rauszugehen?«

Das Mädchen schüttelte sich. »Warum sollte ich das tun?«

»Natürlich tust du es nicht«, sagte er. »Weil du ein Angsthase bist. Amy ist ein Angsthase! Amy ist ein Angsthase!«

»Bin ich nicht«, sagte sie und zog trotzig die Nase hoch.

»Bist du doch!«

»Nicht!«

»Doch!«

Sie zogen sich an, ohne dass die Erwachsenen etwas davon bemerkten, die Erwachsenen waren irgendwo mit sich selbst oder dem aufmerksamkeitsheischenden Sturm beschäftigt. Mit ihren eigenen Fenstergriffen und ihren eigenen Schuppentüren und ihrer eigenen Zukunft. Er hörte seinen Vater irgendwo etwas schreien, vielleicht, weil der Wind so laut heulte, beinahe wie ein Mensch.

Er öffnete die Vordertür und schloss sie hinter seiner Schwester wieder.

Der Sturm griff nach ihnen wie nach zwei Federn und drohte sie davonzutragen, aber sie duckten sich, wild entschlossen in ihren Gummistiefeln, und da sah der Sturm ein, dass sie starke Kinder waren, selbstständige und selbstbewusste Kinder, und er beschloss, in ihre Richtung zu blasen. Er nahm sie mit sich und trug sie den Weg entlang, oder er trug sie fast, ihre Sohlen berührten den Sandweg gerade noch.

»Wir werden schneller am Steg sein als irgendwann!«, rief der Junge.

Das Mädchen verstand ihn nicht, es zeigte nur auf ihre Ohren und zuckte die Schultern. Sie juchzten im Sturm zusammen und hörten einander nicht, sie brauchten vielleicht doch keine Erwachsenen, um im Mittelpunkt zu stehen – sie befanden sich im Mittelpunkt des Sturms, und das war viel besser.

Am Steg war das Wasser verschwunden, der Wind hatte es hinaus ins Meer gedrückt.

»Wetten, du traust dich nicht, durch den Schlick zu gehen?«, schrie der Junge. »Bis dahin, wo das Wasser ist?«

»Waaas?«, schrie das Mädchen.

Er ging voraus, und sie verstand, und sie fanden das Wasser da draußen wieder, wohin es geflohen war, und lachten mit rotkalten Gesichtern. Sie brauchten die Erwachsenen nicht, die sich nur um sich selbst kümmerten, nein. Da riss der Sturm dem Mädchen den Schal vom Hals und wirbelte ihn mit sich hinaus aufs Wasser, hinaus auf die gischtsabbernden Wellen, und Amy stand starr vor Schreck.

Den Schal zu verlieren war keine gute Idee. Sie sah das enttäuschte Gesicht ihrer Mutter vor sich. Sie würde schimpfen, sicher würde sie schimpfen. Der Schal war fast neu.

Sie würde nur eben ins Wasser waten, dachte Amy, und ihn holen. Aber der Sturm nahm den Schal weiter und weiter mit, und das Wasser reichte ihr jetzt bis zu den Knien, ihre Hose war nass, auch darüber würde ihre Mutter schimpfen, sie musste jetzt wenigstens den Schal einholen, sie streckte die Arme aus und rannte, rannte, rannte ins Wasser hinein –

Der Junge blieb hinter ihr zurück.

»Nein!«, rief er, etwas lahm, weil er wusste, dass sie ihn sowieso nicht hörte. »Amy! Nicht! Komm zurück!«

Er sah, wie die Welle kam. Er sah, wie sie von den Füßen gerissen wurde und fiel, die Arme noch immer nach dem unerreichbaren Schal ausgestreckt. Er sah ihren Kopf auf den Wellen und sah, wie die Strömung des Wassers sie mit sich hinaustrug, hinaus, hinaus, hinaus, unerreichbar, unwiederbringlich wie den Schal.

Er ging langsam rückwärts, zurück ans Ufer. In ihm breitete sich ein brennendes, schmerzendes, quälendes schlechtes Gewissen aus, und er erstickte es, indem er sich umdrehte und sich gegen den Sturm zurückkämpfte. Er wäre gerannt, wenn er gekonnt hätte, aber der Wind war zu stark.

Dennoch – vielleicht, dachte der Junge, würde er es schaffen. Er würde zu Hause ankommen, ohne dass sie sein Fehlen überhaupt bemerkt hatten. Er würde sich trockene Kleider anziehen und wäre nie fort gewesen und hätte nie die dumme Idee mit der Wette gehabt.

Er wüsste nicht, wo Amy war. Wenn man ihn fragen würde, würde er nur die Achseln zucken.

»Vielleicht in ihrem Zimmer?«, würde er sagen, gleichgültig. »Spielt bestimmt mit ihren hässlichen rosa Barbiepferden, die sie mich nie anfassen lässt …«

†††

Der Sturm erreichte das Dorf gegen Mittag.

Der Himmel verdunkelte sich in Minuten, die Nacht brach in den Tag ein, die Wolken hatten die schwarzen Ränder eines Kirchenfensterbildes. Ein Weltuntergang, dachte Lenz, was da nahte, war ein Weltuntergang. Endgültiger noch als beim letzten Mal.

Er sah ihm entgegen, er wartete an der Steilküste auf ihn, dort oben, über der Bucht, die einmal ein Kindergeheimnis gewesen war und ein Zufluchtsort und in der er später versucht hatte, Siri aufzufangen, die auf ihn zufiel. Komm nur, sagte er still, komm nur.

Es ist in Ordnung.

Er hatte beobachtet, wie Siri abgefahren war. Sie hatte ihn nicht gesehen, er war mit den Schatten des Dorfes verschmolzen, grau wie stets. Er hatte den alten Golf mit dem Anhänger bis ans Ende des holprigen Sandweges fahren und dann auf die asphaltierte Straße abbiegen sehen, dort, wo die Bushaltestelle war. Er hatte nur dagestanden und ihr nachgestarrt, und er hatte sich gewünscht, sie würde umkehren, trotz allem. Trotz dem, was sie mit Kaminski in der alten Küche des dunklen Hauses getan hatte, trotz der Waffe in ihrer Manteltasche, trotz der Tatsache, dass sie vielleicht die ganze Zeit über nur gespielt hatte – eine Person gespielt, die sie nicht war. Er hatte sie sich zurückgewünscht und nichts dagegen tun können.

Auf dem Friedhof waren eine Menge Leute gewesen, er hatte sie reden hören und einen Umweg gemacht, einen langen, langen Spaziergang, allein, über die trockenen Felder, durch die roten Ausläufer des Herbstwaldes. Als er die alte Datsche betreten hatte, hatte er den Zettel gefunden. Eine Botschaft von Kaminski.

Er musste da gewesen sein, während Lenz noch über die Felder gewandert war.

Wart nur, stand darauf. *Der Mörder wird büßen.* Und seine Unterschrift. Mehr nicht.

Er hatte alle Kaninchen getötet.

Das einzige, kahle Zimmer der Datsche war ein Blutbad gewesen, die Körper hatten überall gelegen, an den Wänden, deren Weiß beschmiert war mit dem Rot, in achtlos hingeworfenen Haufen in den Ecken, auf der Matratze, auf der er mit Siri geschlafen hatte, auf den Fliesen der Küche, selbst auf den Küchenregalen. Eines hatte Kaminski in die Pfanne gelegt und sie auf den Herd gestellt, dessen Gasflasche leer war – ein etwas bemühter Witz.

Er hatte ihnen das Genick gebrochen und ihnen die Bäuche aufgeschnitten, und Lenz blieb nichts zu tun, als zu hoffen, dass es in dieser Reihenfolge geschehen war.

Iris hatte zwischen den kleinen, pelzigen Körpern auf dem Boden gesessen, eines der Kaninchen im Arm, und ihre Hände waren klebrig, ihr Gesicht verschmiert gewesen von dem Rot. Sie hatte zu ihm aufgesehen und die Schultern gezuckt, und im Rot auf ihren Wangen hatte er Spuren von Tränen gefunden.

»Ich konnte nichts tun«, hatte sie geflüstert. »Es tut mir leid, Lenz. Ich konnte nichts tun.«

»Gehen wir dich waschen«, hatte er gesagt. Mehr nicht.

Jetzt stand sie neben ihm am hölzernen Geländer der Klippe, das niemanden davor bewahrte, hinunterzufallen. Sie sah mit ihm zusammen hinaus in die Mittagsnacht, hinaus zum Horizont, von wo der Weltuntergang kam.

Er drehte den Kopf und sah sie an, und da, zum allererste Mal, sah er sie durchsichtig werden, für Bruchteile von Sekunden, ehe sie wieder fest neben ihm auf beiden Beinen stand. Es war, als flackerte sie wie eine Flamme, die zu verlöschen droht. Er dachte an Frau Henning, die hier hinuntergestürzt war, vielleicht, weil jemand im Wald jenseits des Pfades gestanden und sie gezwungen hatte, diesen einen letzten Schritt rückwärtszugehen. Frau Henning mit ihrer verhängnisvoll bunt gefleckten Jacke. Aber vielleicht hatte die gefleckte Jacke ja gar nichts damit zu tun? Wenn es doch wahr war, wenn es Siri gewesen war, die im Wald gestanden hatte? Siri besaß eine Waffe, sie war die einzige Person, die er kannte, die eine Waffe besaß.

Er hatte schon einmal darüber nachgedacht – sie war bei allen Morden in der Nähe gewesen, und das musste nicht daran liegen, dass jemand eigentlich sie hatte umbringen wollen. Alles konnte anders gewesen sein.

Dann schüttelte er den Kopf und lachte über sich selbst.

Nein, nein. Natürlich war sie es nicht gewesen. Sie hatte vielleicht vorgehabt, ihn zu töten, ihn, den Mörder ihrer Schwester. Aber niemand anderen.

»Sie ist jetzt auf der Autobahn«, sagte er laut. Der Sturm schickte seine ersten Vorboten, Lenz hörte seine eigenen Worte kaum. »Auf der Autobahn kurz vor Berlin …«

»Lass sie doch gehen«, sagte Iris. »Vergiss sie.« Sie sah ihn an, flehend beinahe, und nahm seine Hände. »Kannst du das?«

»Kann ich das?«, rief er, er schrie, gegen den Sturm an, gegen das Brausen, gegen die ersten Regentropfen. »Ich weiß es nicht!«

Und dann geschah etwas. Etwas, womit Lenz nicht gerechnet hatte. Iris zeigte hinunter in die Wellen und schrie noch etwas, das er nicht mehr verstand. Aber er sah, was sie sah. Da trieb etwas auf den Wellen, etwas wie ein Kopf mit blondem Haar, und die Person, der er gehörte, wurde von der Strömung der Wellen immer weiter hinausgesogen. Ein Kind, dachte er, es ist ein Kind.

Der Kopf ging unter, tauchte wieder auf, da waren zwei Arme … ein Kind, das mit der Brandung kämpft, dachte Lenz. Er tauchte unter dem Geländer durch und begann, den Steilhang halb hinabzuklettern, halb zu schlittern – an exakt der Stelle, an der Siri es versucht hatte.

Er fiel, so wie Siri gefallen war, aber *er* hatte damit gerechnet. Es gelang ihm, abzurollen und sich nicht zu verletzen; nichts als ein paar Prellungen und Abschürfungen von den Steinen. Das Wasser war kalt. Natürlich, es war Herbst. Und das Meer rechnete die Zeit richtig; es war ein Oktobermeer, seine Kälte kam nicht zu spät, schon gar nicht zwei Monate.

Lenz sah im Augenwinkel Iris' blaues Kleid, ehe er in die Wellen tauchte. Sie stand dort am Ufer und wartete auf ihn. Hilf mir, bat er im Stillen, hilf mir … lass sie mich finden in diesem Labyrinth aus Wogen und Schaum. Lass sie mich nicht verfehlen, bitte. Wer immer sie ist.

Einen wahnsinnigen Moment lang dachte er: Siri. Siri ist zurückgekommen, so wie damals Iris. Ich habe mich getäuscht, und es ist gar kein Kind … aber warum sollte Siri zurückgekommen sein, um sich in das Sturmmeer zu stürzen? Es ergab keinen Sinn.

Hatte es denn damals Sinn ergeben? Bei Iris?

Er fand das Kind nicht, er durchschwamm das Wellenchaos umsonst, er sah von hier unten nicht so viel wie oben … wenn Iris ihn hätte lotsen können! Aber sie war nur eine Erinnerung, kein guter Geist. Er musste alleine klarkommen.

Klarkommen, dachte er, während er weiterschwamm … wann war er denn klargekommen? Klar war eigentlich nie etwas gewesen, alles hatte sich immer vage und nebelig und verschwommen angefühlt … ein ganzes Leben voller Halbwahrheiten und verschwommener, schattenhafter Erinnerungen!

Jetzt! Jetzt sah er den Kopf wieder, den Kopf auf den Wellen, ganz nah. Doch, es war ein Kind. Der Sturm wollte ihn nicht an es heranlassen, aber das kümmerte ihn nicht. Er tauchte unter den Wellen hindurch. Mit zwei, drei Stößen unter Wasser war er bei ihr, er tauchte auf und legte einen Arm um ihren Hals, sie wehrte sich nicht, sie war schon zu schwach von ihrem Kampf gegen das Meer.

Er erkannte sie in dem Moment, in dem er sie festhielt: Amy, das Kind mit den rosa Haarsträhnen, die Tochter der Katzenfrau, die Kaminski auf diesem Trampolin … die Kinder, dachte Lenz, können nichts dafür. Für gar nichts.

Was tat sie hier draußen? Wie war sie ins Wasser gekommen? Er spürte nicht, ob sie atmete, er hoffte es nur, und er begann, sie durchs Wasser aufs Ufer zuzuschleppen wie damals Siri mit ihrem verletzten Bein. Und doch ganz anders.

Dieser kleine Körper hier bewegte sich nicht, sprach nicht mit ihm, gab kein Zeichen des Lebens von sich. Und die Angst, es könnte kein Leben mehr in ihm sein, war schlimmer als der Sturm, gegen den er jetzt anschwimmen musste.

Die Anstrengung sang in seinen Ohren, immer wieder warfen die Wellen ihn zurück, er wusste nicht, wie viel Zeit vergangen war, seit er Amy aus dem Griff der Wogen gepflückt hatte. Er wusste nicht, ob sie eine Chance hatte – ob sie eine Chance hatten, sie beide. Er wusste nur, dass er es versuchen musste.

Und dann – an dem Punkt, an dem er glaubte, aufgeben zu müssen –, dann erinnerte er sich.

Die Erinnerung kam zu ihm wie eine weitere Welle, sie war die natürliche Fortsetzung des Weltuntergangs. Und sie war glasklar.

Er lag in der Nacht, lag auf seinem Bett und schlief nicht.

Iris war fort, er war so allein wie nie zuvor – wie sollte er schlafen? Als Winfried nach ihm gesehen hatte, hatte er die Augen geschlossen und sich bemüht, ruhig zu atmen. Er wollte nicht, dass Winfried mit ihm über Iris sprach. Obwohl es ohnehin nicht sehr wahrscheinlich war, dass Winfried mit ihm über irgendetwas sprechen wollte.

Und dann schlug etwas gegen sein Fenster. Ein Vogel, dachte er, ein Vogel musste gegen die Scheibe geflogen sein. Es kam vor; die Schwalben nisteten im Sommer unter dem Dach bei seinem Fenster. Aber jetzt war nicht Sommer, sondern Herbst, und Herbst war keine Zeit für brütende Schwalben. Er stand auf und trat ans Fenster. Öffnete es.

Da lag etwas, unten, vor dem Haus. Etwas Helles. Er schlich die Treppe hinunter, an der Küche vorbei, in der Winfried vor dem Fernseher vermutlich eingeschlafen war, hinaus in die kühle Nacht. Ein Zettel. Es war ein Zettel, um einen Stein gewickelt. Er nahm ihn mit ins Haus, um ihn im Licht zu lesen, das durch die angelehnte Küchentür in den Flur fiel.

Es war Iris' große Kinderschrift, und sein Herz begann zu rasen. *Lenz! Ich bin zurück. Und diesmal bleibe ich. Du musst mich nicht suchen, nicht jetzt. Ich wollte nur, dass du das weißt! Dass ich da bin! Wir treffen uns morgen. Du weißt schon, wo. Wo wir immer waren. Sag keinem was. Bis bald. Iris.*

Eine Minute lang überlegte er. Eine halbe, eher. Dann schlich er die Treppe wieder hoch, zog sich leise an und verließ das Haus. Du musst mich nicht suchen. Wir treffen uns morgen, du weißt schon, wo. Wo wir immer waren. Was sollte das? Was war ihr Plan?

Die Bucht, dachte er. Ihre geheime Bucht.

Aber wenn sie hier war, warum sollte er sie nicht jetzt sehen, jetzt gleich? Er *musste* sie sehen, er sehnte sich nach ihr.

Wie war sie ihren Eltern entwischt? Und, wichtiger: Wie wollte sie zur Bucht kommen? Man konnte sie nur vom Wasser aus erreichen, schwimmend oder mit dem Boot. Sie waren oft hinausgerudert, im Boot von Iris' Vater. War es das, was sie vorhatte? Jetzt, nachts, ganz allein?

Der Wind hatte aufgefrischt, sie hatten Sturmböen angesagt im Radio. Aber Iris hatte noch nie auf Dinge wie das Radio geachtet. Er rannte. Er kam nicht voran, der Wind kam von der Seite und warf ihn ein paarmal fast von den Füßen, Herbstlaub und Äste wirbelten um ihn herum wie böse braune Nachtwolken, die ihm das Gehen schwer machten.

Als er am Steg ankam, beleuchtete das Mondlicht zwischen den zerrissenen Wolken eine Landschaft aus Gischt und Wasserzacken wie den schuppigen Rücken eines Drachen. Der Sturm zauste die Bäume am Ufer und brach ihnen die Arme. Lenz sah das Boot. Es tanzte da draußen auf den Wellen, noch nicht weit entfernt. Er hatte sich also nicht getäuscht. Sie wollte zu der Bucht.

»Iris!«, schrie er. »Iris!«

Und dann sprang er ins Wasser. Das Wasser war Chaos, war eine Unterwelt aus schwarzen feindlichen Strömungen, es nahm ihm den Atem – aber er erreichte das Boot.

Es schaukelte jetzt umgekippt auf den Wellen, hin und her geworfen von Gischt und Wind. Er war sich nicht sicher, ob es eben noch richtig herum im Wasser gelegen hatte. Und Iris – Iris war nicht da, nirgendwo. Da tauchte er, gepackt von einer plötzlichen schrecklichen Ahnung, tauchte unter das Boot und streckte die Hand aus, fand etwas, einen Arm, einen Körper, zog – doch der Körper löste sich nicht, etwas hielt ihn dort unter dem Boot fest.

Er tauchte auf, schnappte nach Luft, tauchte wieder. Ein Seil. Da war ein Seil. Natürlich, sie hatten immer ein Seil im Boot gehabt, um das Boot irgendwo festzumachen; am Steg, an einem Ast am Ufer, am Pfahl eines Stellnetzes weiter draußen, wenn sie allein sein wollten auf der Welt und auf dem Wasser ein Picknick machten. Die harmlosen, fröhlichen Bilder ihres gemeinsamen Sommers überfielen ihn mit aller Macht, und er zerrte an dem Seil, fand Knoten darin und versuchte, sie zu lösen. Es ging nicht. Er versuchte, das Boot umzudrehen, um Iris mit dem Boot nach oben zu bringen, aber auch das gelang ihm nicht, der Sturm und die Wellen waren zu stark für ihn, er war nicht älter als acht Jahre. Er schaffte es, beim dritten oder vierten Anlauf, einen der Knoten zu lösen. Und dann den nächsten. Und den nächsten. Er zog sie unter dem Boot hervor, hievte sie auf den umgekippten Holzrumpf.

Er schrie, obwohl er nicht mehr schreien konnte:

Iris!

Iris!

Sie hörte ihn nicht. Das Mondlicht kehrte von irgendwoher zurück, und er sah sie da liegen, blass und still. Sie trug das alte Hemd, das er ihr mitgegeben hatte, damit sie sich an ihn erinnerte. Was auch immer sie sonst getragen hatte, die Wellen hatten es ihr vom Leib gezerrt und davongespült, er sah nur ihre bloßen weißen Kinderbeine, nackt und hilflos wie die Beine eines großes Insekts.

Er kletterte zu ihr auf das Boot, versuchte, sie zu wecken, sie zu sich zu bringen, drückte mit beiden Händen auf ihre Brust, immer wieder, weil er in Winfrieds Fernseher gesehen hatte, dass man das tut, um Leute wiederzubeleben. Iris rührte sich nicht, atmete nicht, lag nur da, weiß und seltsam fremd.

Er saß lange so neben ihr. Es dauerte, bis er begriff, dass alles so bleiben würde. Dass sie sich nie mehr aufrichten und mit ihm sprechen wollte. Da schüttelte er sie und schrie irgendetwas, das nichts bedeutete und nichts nützte.

Warum hatte sie das getan? Warum hatte sie sich mit dem Seil im Boot angebunden?

Damit sie im Sturm nicht herausfiel?

Es war ein typischer unpraktischer Irisplan, beinahe lachte er darüber, du hast Ideen! Das ist genauso praktisch wie das Versteck im Kartoffelkeller, weißt du noch – dann fiel ihm ein, dass er nicht mehr mit ihr darüber lachen konnte, und er lachte nicht. Alles, was ihm geblieben war, waren die Worte auf ihrem Zettel, der jetzt irgendwo im Meer schwamm, er hatte ihn verloren.

Du musst mich nicht suchen, nicht jetzt. Ich wollte nur, dass du das weißt! Dass ich da bin! Wir treffen uns morgen. Du weißt schon, wo. Wo wir immer waren …

Und eine schreckliche Ahnung stieg in ihm auf. Hatte sie es gewollt? Das hier? Wo wir immer waren … es war vielleicht nicht die Bucht. Es war der Friedhof, auf dem sie gespielt hatten. Nein, sagte er sich, nein, Unsinn, es war ein Unfall, nur ein Unfall … aber wer ist schuld? Wer ist schuld daran, dass Iris zurückgekommen und mit dem Ruderboot hinausgefahren ist? Zu wem wollte sie zurück, sich mit wem treffen? Wer ist schuld?

Ich bin schuld, ich allein, ich, ich.

Er ließ sich vom Holzkörper des Bootes gleiten, der Sturm war dabei, sich zu legen. Es war einfacher, zurückzuschwimmen; es kam ihm schrecklich vor, wie einfach es war.

Wohin würde er gehen, klitschnass, verräterisch nass – *sag keinem etwas* – wohin würde er gehen, der Schuldige – *ich wollte nur, dass du das weißt! Dass ich da bin* – wohin konnte er sich wenden – *Lenz! Ich bin zurück* – wohin? Annelie war die Einzige, die ihm einfiel. Aber er würde ihr nichts sagen, gar nichts.

Er konnte mit keinem über das sprechen, was geschehen war. Nie.

✝✝✝

Er spürte Grund unter den Füßen, er stand.

Er hatte es geschafft.

Dieses Mädchen in seinen Armen würde kein Kindergrab auf dem Friedhof bekommen. Es würde leben. Er watete mit ihr auf den Armen aus dem Wasser, legte sie auf den Steg, um den der Sturm noch immer heulte, und beugte sich über sie. Sie atmete, sie atmete noch immer, alles war gut.

»Amy«, sagte er. »Kannst du mich hören?«

Ich habe mich erinnert, wollte er sagen, eben jetzt, an alles – er wollte ihr erzählen, was er gerade gesehen und gefühlt hatte, einfach, weil sie da war. Ich bin schuld, wollte er sagen, aber ich bin nicht schuld. Ich bin kein Mörder, verstehst du? Ich habe Iris nicht umgebracht.

Und habe sie doch umgebracht. Dadurch, dass ich existierte. Dadurch, dass sie zu mir zurückwollte. Sie war verrückt, die kleine Iris, auf ihre eigene kindliche Art und Weise.

Er sagte nichts von all dem. Er wiederholte nur ihren Namen, lauter, und schüttelte sie sacht.

»Amy?«

Da öffnete sie die Augen.

»Ja«, sagte sie.

Er hörte sie kaum, aber es war ein Ja, sie sah ihn an, es ging ihr gut, und er zog sie in seine Arme und drückte sie einen Moment lang an sich. Sie sträubte sich. Auch das war gut.

»Was hast du da gemacht – im Wasser?«, rief er. Der Wind war ein wenig leiser geworden, man brauchte jetzt nicht mehr ganz so laut zu brüllen. »Wie zum Teufel bist du da reingekommen?«

»Mein Bruder«, sagte sie. »Es war eine ... eine Wette und ich ...«

Dann fiel ihr Kopf zur Seite, und sie schloss die Augen wieder. Als wäre sie, dachte er, einfach vor Erschöpfung eingeschlafen nach ihrem Kampf mit dem Meer. Vielleicht war es genau das. Sie atmete weiter, und das sollte fürs Erste genug sein. Der Sturm verebbte langsam. Die Nacht zog weg, es war gar nicht Nacht, es war Nachmittag. Ein seltsam blank gewaschener Nachmittag, ausgebleicht, als hätte der Sturm ihm die Farbe entrissen.

Im Schilf hinter den drei Fischerbooten sangen die Herbstvögel.

Lenz hob das Mädchen wieder auf und ging mit ihm den Sandweg entlang, durch das Hügelland, auf das Dorf zu. Er trug sie wie ein Baby, und ihr Körper wärmte ihn im kühlen Herbstwind. Sie war der Ersatz für alle Dinge, die schiefgegangen waren. Sie war das eine Leben, das er gerettet hatte.

»Ich bringe dich nach Hause«, flüsterte er. »Hörst du, kleine Amy? Ich bringe dich nach Hause.«

✝✝✝

Die Luft in dem alten Golf war ein einziger Eisblock, eine gefrorene Masse aus Siris nicht gedachten Gedanken und nicht den Gefühlen, die sie nicht fühlen wollte. Man hätte das Metall des Autos herunterschneiden können, und das Eis hätte blau glitzernd alleine da gestanden, blau wie übrig gebliebene Glasplatten, es hätte die exakte negative Form des Autos-von-innen gehabt.

Siri saß inmitten des Eises, ihre Hände am Lenkrad festgefroren. Sie war es, von der die Kälte ausging. Sie hatte alles, was in diesem Sommer geschehen war, in sich verschlossen und versiegelt, und die Kälte war notwendig, um nichts aufbrechen zu lassen.

Kein Bedauern, keine Verzweiflung und vor allem nicht die Erinnerung an das Sonnenlicht auf einem Ruderbootausflug oder die Wärme zweier atmender lebender Menschen auf einer alten Matratze.

Sie fuhr langsam, der Anhänger hinderte sie daran, schneller zu fahren, und zwischendurch fluchte sie über ihn. Es stürmte jetzt draußen wieder, der Wind warf das kleine Auto hin und her, und sie musste das Lenkrad mit beiden Händen festhalten. Sie war zwei und eine halbe Stunde vom Sommer entfernt, als sie an die Stelle kam, an der sie beim letzten Mal auf den Seitenstreifen gefahren war.

Da taute ihre rechte Hand.

Sie lenkte den Golf wie von selbst an die alte Stelle zurück, kuppelte aus, stellte den Motor ab.

Es war sehr still.

Das Rauschen der vorbeirasenden Autos machte die Stille nur noch stiller. Ein rotes Herbstblatt wurde von einem Windstoß über die Fahrbahn getragen, tanzte auf Siris Frontscheibe und wirbelte wieder davon. Sie merkte, dass der ganze rechte Arm aufgetaut war, und er griff, beinahe ohne ihr Zutun, nach hinten, ihre Hand tastete auf der Rückbank, wo beim letzten Mal die weiße Schokolade gelegen hatte, tafelweise. Sie spürte ihren Rucksack und den glatten Stoff des Regenmantels. Das war alles.

Natürlich war das alles.

Worauf hoffte sie?

Sie griff ins Handschuhfach; früher hatte sie einen Teil der schwarzen Schokolade dort aufbewahrt, vielleicht war eine Tafel vergessen worden. Es wäre schön, dachte sie, wenn man eine Tafel Schokolade hätte, es würde nichts nützen, aber es wäre schön.

Im Handschuhfach war keine Schokolade.

Dort lagen nur die Autopapiere, die man natürlich niemals im Handschuhfach lassen sollte, ein alter Strafzettel, ein paar zerknüllte Tankstellenbelege, ein mehrfach gefaltetes Stück Papier, der Eiskratzer … ein mehrfach gefaltetes Stück Papier? Vermutlich ein weiterer Beleg, eine Rechnung von irgendetwas … aber es war nicht Siris Art, solche Dinge sorgfältig mehrfach zu falten.

Sie nahm das Papier heraus und strich es glatt, und natürlich war es nichts, gar nichts, es war der Durchschlag einer sehr alten Gasrechnung. Sie starrte die Zahlen eine Weile an, bis sie begriff.

»Ich habe kein Gas«, sagte sie laut. »Ich wohne in einer Wohnung mit Zentralheizung.«

Sie drehte das Papier um.

Auf der Rückseite der Rechnung standen Worte. Handgeschriebene Worte, Worte in einer großen, krakeligen, kindlichen Schrift, einer Jungenschrift. Aber hier und da gab es Wörter, deren Linienverlauf beinahe erwachsen wirkte. Eine Schrift im Stimmbruch.

Das erste Wort hieß: *Abschiedsbrief.*

Siris linker Arm taute auf. Der Eisklotz, der das Auto füllte, begann, langsam, kaum merklich, zu schmelzen und aus den Türritzen auf den Seitenstreifen der Autobahn zu tropfen.

Abschiedsbrief – wenn man sich verabschiedet, schreibt man einen Abschiedsbrief.

Aber wir haben uns nicht verabschiedet. Du gehst morgen, sagen sie.

Ich wollte dir nur sagen:

Ich habe das nicht verstanden.

Ich habe die Sache mit Kaminski nicht verstanden.

Ich habe nicht verstanden, warum du mich angesehen hast, am Fenster.

Ich habe verstanden, was du in deiner Manteltasche hast und wozu du es hast.

Aber ich habe nicht verstanden, warum du es nicht benutzt hast.

Ich bin der Mörder deiner Schwester, und du hasst mich.

Warum hast du nicht abgedrückt? Und was war vorher?
Als wir zusammen in der Datsche gewohnt haben, war das alles
nur ein Theaterstück?
Hast du nur darauf gewartet, alles herauszufinden? Eine Gele-
genheit zu finden, die Pistole zu benutzen?
Aber was war dein letzter Beweis? Warum hast du so plötzlich
entschieden, mich zu hassen? Vor der Kirche haben wir noch
miteinander gesprochen. Ich habe Annelie nach Hause gebracht,
weil es ihr nicht gut ging … und dann war alles anders. Was
hast du gefunden oder gesehen oder gehört, während ich in dem
blauen Haus auf dem Hügel war?
Ich weiß schon, du wirst mir nie antworten, weil du nicht wie-
derkommst.
Sie kommen alle wieder, hat Winfried gesagt. Er hat sich geirrt.
Übrigens habe ich Winfried nicht umgebracht. Er ist, denke ich,
von allein gestorben.
Lenz.

Ja, alles taute, das Tauwasser lief Siri übers Gesicht und ihren Hals
hinunter, tropfte in ihren Pullover und machte ihn dunkel und nass.
Der letzte Beweis – die Dinge im Schrank, der Strick, die Knochen –,
er wusste es doch, er musste es begriffen haben, oder nicht?
    »Nein«, flüsterte sie dann. »Die Schrift. Die Schrift ist eine andere.
Es ist nicht die Schrift auf den Schildchen im Schrank. Die Schrift
bei den Schädeln war … erwachsener. Und auch die Schrift auf dem
Tisch, Siri Weiß, 1980 bis 2012, diese Schrift war genauso erwachsen.« Sie schloss die Augen und sah die Worte wieder vor sich, die
mit Kugelschreiber auf die Tischoberfläche geschrieben waren,
neben der Kerbe für ein neues Grab. Es waren drei verschiedene
Schriften, dachte sie:
    Der Brief von Lenz – die sorgfältige Betitelung der Knochen – die
Schrift auf dem Tisch.
    Fuhrmann.
    Der alte Fuhrmann.
    Die Schildchen im Schrank konnten genauso gut vom alten Fuhr-

mann stammen. Er war lange genug Totengräber gewesen. Er hatte genug Gräber eingeebnet in seinem Leben, mehr als Lenz. Und er war definitiv nicht ganz normal gewesen.

Aber wer hatte ihren eigenen Namen und ihr Todesdatum auf den Tisch geschrieben? Nicht Lenz. Nicht der alte Fuhrmann. Eine dritte Person. Eine dritte Person hatte ihren Namen geschrieben, um sie einzuschüchtern. Der Strick … und der Umschlag vom Professor … jeder konnte diese Dinge in den Schrank gelegt haben. Beinahe kam es ihr auf einmal so vor, als wären sie absichtlich dorthin gelegt worden, leicht zu entdecken. Als hätte jemand gewollt, dass sie sie fand. Jemand. Die dritte Person.

Was war dein letzter Beweis?

»Ich habe keinen«, sagte sie laut. »Ich habe keinen. Und die Bilder, die ich gesehen habe … aus der Nacht, in der Iris ertrunken ist … das war nur meine eigene Vorstellung. Sie bedeuten nichts, diese Bilder.«

»Natürlich nicht«, sagte jemand hinter ihr, und sie fuhr herum, starr vor Schreck.

Auf der Rückbank, zwischen ihrem Rucksack und dem geblümten Regenmantel, saß Iris. Sie sah ein wenig zerzaust aus, als hätte sie sich auf dem Boden des Autos versteckt und wäre dabei eingeschlafen und eben erst aufgewacht. Oder so, als käme sie direkt aus dem Sturm.

»Iris«, flüsterte Siri. »Wie kommst du hierher?«

»Ich bin schon eine Weile hier«, antwortete Iris und strich sich die blonden Locken aus dem Gesicht. »Aber ich konnte nicht mit dir reden, weil du es nicht wolltest. Dreh um.«

»Was?«

»Dreh um. Jetzt. Etwas geschieht, im Dorf, Siri. Etwas, das nicht gut ist. Ich habe ein schlechtes Gefühl.«

Siri öffnete die Autotür und stieg aus, trat mitten hinein in den Sturm, der mehr Blätter vorbeiwirbelte, alte Plastiktüten, zerknüllte Papiere. Sie sah, wie Iris auf der anderen Seite aus dem Auto krabbelte.

»Ich fahre nicht zurück!«, rief Siri gegen den Wind an. »Es …

geht nicht! Nein! Sicher, es … es gibt keine Beweise, aber … Lenz ist ein Mörder! Ich weiß es! Es spricht zu viel dafür!«

»Nein!«, schrie Iris. »Du hast dich mit allem geirrt!« Sie stampfte mit einem ihrer Füße in den schwarzen Lackschnürstiefeln auf. »Du hast etwas übersehen! Jemanden übersehen! Die ganze Zeit über!«

»Wen?«, schrie Siri.

Sie hatte begonnen, auf und ab zu gehen, denn jetzt, wo sie getaut war, fror sie draußen im Sturm. Der Mantel lag noch immer auf der Rückbank.

»Wen habe ich übersehen?«

»Das kann ich dir nicht sagen!«, schrie Iris. »Wie denn auch? Hast du denn gar nichts verstanden? Ich bin nur ein Teil von dir, ein Bild in deinem Kopf, eine Vorstellung! Was glaubst du, weshalb ich manchmal überhaupt nicht rede wie ein Kind? Weil ich deine Vorstellung bin. Wie soll ich dir Dinge sagen, die du nicht weißt? Du musst schon selber darauf kommen!«

»Du bist nicht meine Vorstellung, du bist Lenz' Vorstellung!«, schrie Siri, wütend jetzt.

»Und? Was bedeutet es wohl, dass du mich auch siehst? Was sagt dir das über euch beide?«

»Nichts, gar nichts!«, schrie Siri. »Höchstens, dass wir sie beide nicht mehr alle haben!«

»Dreh um!«

»Nein! Ich habe mich entschieden, es war schwer genug … du solltest mir dankbar sein. Ich habe ihn nicht erschossen, obwohl ich gekommen bin, um genau das zu tun. Sei doch froh, dass er lebt, dein perfekter, wahnsinniger, kindischer Lenz!«

Iris hatte ebenfalls begonnen, neben dem Auto auf und ab zu gehen, während sie sich anschrien, und es war ein seltsames Bild: das blaue Kleid im Sturm, die weißen Socken und die altmodischen schwarzen Schnürschuhe, die über den modernen Asphalt stapften, zornig, hin und her und hin und her.

Die vorbeirasenden Autofahrer sahen natürlich nur eine Frau, die auf dem Seitenstreifen herumlief und wild gestikulierte, mit sich selbst sprechend, merkwürdig. Eine Frau, ganz allein.

»Und du!«, schrie Siri. »Du willst ja überhaupt nicht, dass ich zurückgehe! Warum sagst du dann, ich soll es tun?«

»Natürlich will ich das nicht!«, schrie Iris. »Natürlich nicht! Er gehört *mir*. Du tust ihm weh. Er ist *mein* Freund! Aber etwas geschieht im Dorf, und ich kann nichts tun, weil ich nicht *bin*! Du, du kannst etwas tun!«

»Ich kann gar nichts tun«, sagte Siri und blieb stehen, mit hängenden Armen. »Ich konnte noch nie etwas tun. Ich war immer die, die nur am Rand stand und sich die Augen zuhielt, wenn etwas Schreckliches geschah.«

»Aber die … die bist du doch gar nicht mehr!«, rief Iris. »Und jetzt denk mal nach! Denk endlich nach, wer versucht hat, dich zu beseitigen! Auf den Klippen und in der Kellerwohnung. Denk nach, wer Winfrieds Leben beendet hat! Wer gehört hat, was Winfried gesagt hat …«

»Was … was hat er denn gesagt?«

»Denk! Nach!«, brüllte Iris und stampfte wieder mit dem Fuß auf. Sie war, für eine bloße Vorstellung, doch sehr energisch.

»Er hat gesagt … er weiß, wer der Mörder ist«, murmelte Siri. »Ich glaube nicht mal, dass das stimmte … aber … du meinst, jemand hat es gehört? Jemand außer Lenz und mir?«

»Wer war denn da? Wer? War? Denn? Da? Wer war im Haus?«

»Niemand«, antwortete Siri, und sie sah, dass Iris sie am liebsten gebissen hätte für ihre Dummheit.

Siri stützte sich mit beiden Händen aufs Wagendach, schloss die Augen und versuchte, den Verkehrslärm und den Sturm auszublenden. Sie erinnerte sich an Winfrieds letzten Abend. An das winzige Zimmer unter dem Dach, in dem er gestorben war.

Da war das schmale Bett … sie war wieder dort, sie befand sich wieder in ihrer Erinnerung, sie spürte Lenz neben sich, über sich. Sie bewegten sich schweigend auf der alten, stockfleckigen Matratze, auf dem zu schmalen Bett, bewegten sich schweigend ineinander, schweigend und atmend.

Einmal öffnete Siri die Augen, einmal sah sie sich um, und da stand jemand in der Tür und sah ihnen zu, stumm und aufmerksam.

Eine zierliche Gestalt, zerbrechlich; ein Schatten. Es war zu dunkel, aber sie war sicher, dass da jemand war.

»Lenz«, flüsterte sie, »Lenz …«

Aber er antwortete nicht, und sie schloss die Augen wieder, um die Gestalt nicht mehr zu sehen. Später, viel später, drehte sie sich noch einmal um. Da war niemand. Die Tür stand auch nicht mehr offen. Wer auch immer sie beobachtet hatte, hatte sie geschlossen und war lautlos gegangen.

Siri öffnete die Augen, in der Realität jetzt, und starrte das Blechdach des Autos an.

Und dann wusste sie es.

»Nein«, sagte sie.

»Doch«, sagte Iris, die jetzt neben ihr stand.

»Steig ein«, sagte Siri knapp.

Sie kuppelte den Hänger ab. Sie würde ihn stehen lassen. Er war unwichtig. Sie setzte sich wieder hinters Steuer und beschleunigte, um die nächste Autobahnausfahrt zu suchen und zu drehen. Das Auto fuhr maximal neunzig.

»Was ist es, was im Dorf geschieht?«, fragte sie.

Iris saß jetzt auf dem Beifahrersitz und sah aus wie ein ganz gewöhnliches Kind, dem der Gurt zu groß ist und das trotzdem unbedingt vorne sitzen will.

»Nicht fragen«, sagte sie und strich ihre Locken ungeduldig hinter die Ohren. »Fahren.«

†††

Der Himmel war wieder blau, und da stand er also, unter einem blauen Himmel. Mitten auf dem Sandweg, mitten im Dorf, genau neben dem Friedhofstor. Der Riese in den schmutzig grauen Arbeitskleidern, die jetzt schwarz waren vom Wasser.

Das Friedhofskind.

Da stand er, das Mädchen auf den Armen, Amy. Das Wasser rann aus seinen Haaren und aus ihren Haaren, die rosa Strähnen waren im feuchtdunklen Blond kaum noch zu sehen. Sie waren beide klatschnass; man sah ihnen an, dass sie lange im Wasser gewesen waren. Das Wasser hatte Dinge mitgenommen, das Wasser nimmt gerne Dinge mit: Kleider. Schuhe. Amy trug nur noch ihr T-Shirt, zerfetzt an der Schulter von der Gewalt der Wellen.

Sie hatten sie gesucht. Seit Stunden, schon im Sturm, und jetzt, da der Sturm vorbei war, waren die Letzten aus ihren Häusern gekommen, um zu helfen. Das Dorf hielt zusammen, kein jungdynamischer Pfarrer von außerhalb brauchte die Leute daran zu erinnern. Wenn ein kleines Mädchen verschwand, wurde jeder Sucher gebraucht.

Jackie, ihr Bruder, hatte gesagt, sie wäre in Richtung Wasser gelaufen, er wüsste auch nicht, weshalb, er hätte versucht, sie aufzuhalten, aber sie hätte nicht auf ihn gehört. Vielleicht, hatte er gesagt, wollte sie die Schaumkronen sehen, vom Steg aus, wer weiß …

Der Erste, der Lenz sah, war Werter.

Er kam von dem Pfad zwischen den Hecken, er war bei Fuhrmanns Haus gewesen und hatte auch dort gesucht, man wusste nie, man musste alles in Betracht ziehen. Und als er auf den breiten Sandweg abbog, stand das Friedhofskind da, die kleine Amy in den Armen, kaum bekleidet, klitschnass, die Augen geschlossen.

Werter bewegte sich einen Moment lang nicht. Er wartete ruhig ab, bis das Begreifen von seinen Augen durch seinen ganzen Körper geflossen war. Die Zweite, die dazukam, war Amys Mutter. Die Katzenfrau. Und kurz darauf der Vater. Und auf einmal kamen die Leute des Dorfes aus allen Ecken, es war, als zöge ein großer Magnet sie zu jenem zentralen Ort, dem Sandweg vor dem Friedhofstor, all die Sucher-und-nicht-Finder, all die Besorgten. Selbst Lena war da, das Baby in der Trage vor den Bauch geschnallt, unter ihrer Windjacke. Oder vielleicht war es die Windjacke des Direktors, die sie trug. Sie hatte im Dorf Zuflucht gesucht vor dem Sturm, sie hatte nicht allein sein wollen mit dem Heulen des Windes, sie war zu Frau Hartwig geflohen und hatte Kaffee und Kekse bekommen, armes Mädchen, armes, armes Mädchen … erzähl mir vom Direktor, ich kannte ihn kaum, erzähl … selbst Lena hatte mitgesucht, als sie erfahren hatten, dass Amy fort war.

Nur der Professor fehlte, da er ausschließlich am Wochenende existierte. Der Professor und die glückliche Familie. Ihr Leben gehörte in eine Welt außerhalb der Schatten.

Lena aber wartete mit den anderen vor dem Friedhofstor und sah zusammen mit ihnen den Riesen an, der da stand und das, was sie gesucht hatten, auf den Armen hielt.

Er hielt ihnen den erschöpften kleinen Körper wortlos entgegen. Eine leuchtend rote Schramme lief quer über Amys Wange. Sie hing schlaff und leblos in den großen Armen.

Die Leute starrten ihn an, starrten das Kind an – und dann schrie jemand. Es war Amys Mutter. Die Katzenfrau.

Ihr Schrei war unartikuliert und schrecklich, und sie stürzte vor, die Arme nach ihrer Tochter ausgestreckt, aber ihr Mann hinderte sie daran, er wollte nicht, dass sie das tote Kind anfasste, es war zu schrecklich. Sie rangen kurz miteinander, dann sackte sie in seinen Armen zusammen, und er hielt sie fest, sie und ihr Unglück, hielt sie, weil sie sich nicht mehr auf den Beinen halten konnte.

»Er hat sie umgebracht«, sagte Frau Hartwig. »Er hat die kleine Amy umgebracht. Und.«

»Er hat sie ertränkt, wie die anderen«, sagte die Tapirhundefrau. »Unten am Steg. Wie Iris und Frau Berg. Er hat sie ertränkt. Und.«

»Er hat sie getötet wie Frau Henning und Aljoscha und … und den Direktor«, sagte Lena leise. »Er hat Amy getötet. Und.«

Da erst reagierte das Friedhofskind, der Riese, der Träger des Todes.

Er ging einen Schritt rückwärts und begann, den Kopf zu schütteln.

»Nein«, sagte er, »nein.« Mehr Worte schien er nicht zu haben. »Nein. Nein.«

In diesem Moment schlug Amy die Augen auf.

Die Katzenfrau riss sich von Amys Vater los, stürzte auf sie zu und pflückte sie aus den Armen des Riesen, ehe sie mit ihr zurückkehrte in die schützende Masse der Dörfler, sie hielt sie fest, klammerte sich an ihre Tochter, als wäre sie es, die beinahe ertrank.

»Was«, sagte Kaminskis Stimme laut und deutlich. »Was hast du mit ihr gemacht?«

Doch es gab keine Antwort. Nur das Kopfschütteln. Ein Wahnsinniger ohne Worte. Er hatte jetzt Angst, Angst vor ihnen, dem Dorf, sie sahen es. Sie spürten es. Sie rochen es. Seine Angst und ihre Wut vibrierten in der Luft und in ihren Adern.

»Da steht er«, sagte einer der Fischer. »Da steht er, unser Mörder. Warum steht er noch da?«

Jemand öffnete das Tor zum Friedhof.

Sie waren wie Jagdhunde. Sie trieben ihre Beute hinein.

††††

Siri fuhr den Hügel hinauf und sprang aus dem Auto. Das blaue Haus lag friedlich im frisch gewaschenen Herbstsonnenschein, der Sturm war vorüber.

Sie rüttelte an der Haustür, fand sie verschlossen und lief außen um das Haus herum, durch den zerstörten Garten, zur Veranda.

Die Verandatür war offen.

Die Schaukelstühle standen leer an dem kleinen Tisch. Ein einzelner Zweig, abgebrochen vom letzten Sturm, stand in einer Vase. Seine Blüten waren braun und verwelkt, seine Blätter, die ins Wasser der Vase gefallen waren, begannen zu verrotten.

Siri sah sich um, doch Iris war ihr nicht gefolgt.

Sie musste alleine weitergehen.

Sie ging.

Sie ging durch die Küche, in der es nach den Keksblechen vergangener Jahrzehnte roch, sie ging die Treppe hinauf, die Kaminski mit seinen Leuten heraufgekommen war, vor hundert Jahren, auf der Suche nach Lenz. Die Erinnerung an seine schweren suchenden Schritte ließ Siri noch rascher die Stufen hinauflaufen. Sie stieß die Tür zum Schlafzimmer auf.

Das Licht war freundlich darin, gefiltert von roten und gelben Mustern in den Vorhängen, es fiel auf helle Farben im Teppich und auf den Tapeten, auf orangerote Bettwäsche und weiß gestrichene Bettpfosten, warm, einladend, ganz anders als die Schatten im Dorf unten.

Annelie lag im Bett oder saß viel mehr darin, die Augen geschlossen, den Oberkörper gestützt von einem Berg aus Kissen in freundlich violetten und rosafarbenen Bezügen, frisch gewaschen oder frisch aufgeschüttelt. Es roch nach dem entfernten Duft unaufdringlicher Schnittblumen, aber in den Geruch mischte sich der Geruch von zu stark riechender Seife, eine Art Krankenhausgeruch.

Einen Augenblick lang fürchtete Siri, auch Annelie wäre tot. Aber sie sah sie atmen, mühsam, in kurzen, angestrengten Stößen, die beim Luftholen zwei symmetrische Gruben seitlich an ihrem Hals entstehen ließen.

Sie trat ans Bett, ganz leise, und schob ihre Hand unter den Berg aus Kissen und lachte beinahe, als die Hand einen kleinen, kalten Gegenstand fand. Es war so ein Klischee. Unter dem Kopfkissen. Ha.

»Annelie«, sagte Siri. Sie sprach sie zum ersten Mal mit dem Vornamen an.

Annelie öffnete die Augen. Wenn sie erschrak, merkte man es ihr nicht an.

»Siri«, sagte sie. »Sie sind …« Das Sprechen bereitete ihr Mühe, sie bekam nicht genug Luft zum Sprechen. Siri sah jetzt, dass ihr Gesicht eine seltsame violette Färbung angenommen hatte. »… nicht mehr da. Sie sind … weggefahren.«

Siri nickte. »Aber wir kommen alle zurück«, sagte sie. »Auch ich. Der alte Fuhrmann hatte doch recht.«

Sie zog sich einen Stuhl heran, einen weiß gestrichenen Stuhl, und sah Annelie an. Ihr Haar, das das Licht einfing, ihre filigranen Hände mit den noch filigraneren Adern, die auf der Bettdecke lagen. Die feinen geplatzten Äderchen über ihren Wangenknochen.

»Warum Aljoscha?«, fragte sie.

»Aljoscha?«

»Hören Sie auf zu spielen.«

Annelie sah weg, sah zum Fenster hin, aus dem man aus ihrer Perspektive, vom Bett aus, vermutlich nur ein Stück blauen Himmels sah.

Siri legte den Gegenstand, den sie unter den Kissen gefunden hatte, auf die Bettdecke. Es war eine Pistole, größer, effektiver als ihre eigene, kein Kinderspielzeug. Eine alte Pistole. Der Himmel wusste, woher Frau Ammerland sie hatte. Es war unwichtig, eine eigene Geschichte vermutlich, wie die von Siris Waffe.

»Ja«, sagte sie. »Ja, Sie haben recht. Ich bin diejenige, welche. Natürlich ... natürlich.« Sie lächelte trotz ihrer Luftnot, mitten im erschreckenden Blauviolett ihrer Gesichtshaut.

»Aljoscha ... Aljoscha war ... eine Warnung. An Sie. Abgesehen davon, dass ich ihn nicht leiden konnte ... er wollte Ihnen etwas sagen ... er starb ... ich dachte, Sie verstehen es und gehen.«

»Aber ich bin nicht gegangen.«

»Nein.« Annelie seufzte. »Ich konnte ihn ... sowieso nie leiden. Ich habe im Grunde ... im Grunde nur die ... Kaninchen befreit. Lenz mochten sie. Die ... Kaninchen. Schon komisch ... wie sie ihm ... hinterhergelaufen sind. Aber ich ... ich werde Ihnen was sagen. Wir laufen ihm alle hinterher. Wir alle. Winfried ... und Sie ... und ich ... und seine Iris, die gar nicht ... existiert ... er war ein hübscher Junge, damals. Wirklich. Er hat nie ... nie verstanden ...«

Sie schüttelte den Kopf, eine Übung, die ihr große Mühe zu bereiten schien. »Oder er wollte ... wollte es nicht verstehen. Vierzig Jahre ... vierzig Jahre sind zu viel. Ich bin vierzig Jahre älter als er. Ein hübscher Junge. Er kam immer nur her, wenn wieder etwas ... etwas Schreckliches passiert war. Wie damals, als er versucht hatte, Iris aus dem Wasser zu ziehen. Ich habe ihn hier schlafen lassen, seine Kleider getrocknet, ihn am nächsten Morgen nach Hause geschickt, ehe jemand aufgewacht war. Er hat in meinen Armen geschlafen, das war, ehe er ein paar Monate lang mit keinem von uns sprach ... Mitleid schafft Nähe ...« Sie brach ab. »Und dann tauchte Carla Berg auf. Charlotte Fuhrmann. Seine Mutter. Sie hat ... sie hat ihn im Schnee gelassen und einfach ... praktischerweise angenommen, er wäre nicht mehr am Leben ... und dann hat sie sich achtzehn Jahre lang nicht gekümmert. Aber plötzlich stand sie da ... plötzlich ... und wollte ihn kennenlernen. Sie war hier, verstehen Sie ... hier ... und hat mit mir gesprochen ... sie wollte ihn mitnehmen. Tja.«

Sie schwieg eine Weile, atmete nur, es kostete sie all ihre Kraft.

»Sie *hat* ihn nicht mitgenommen«, sagte Siri.

Annelie schwieg.

»Und dann mussten Sie mich loswerden. Sie hatten Angst, dass ich ihn mitnehmen könnte. Ihnen wegnehmen. Sie … Sie haben den Strick und den Zettel von Aljoscha in den Schrank gelegt, ja? In den Schrank mit der Knochensammlung?«

»Winfrieds Knochensammlung.« Sie gab ein leises, ersticktes Lachen von sich. »Ha. Er hat … immer gesagt, er bewahrt … bewahrt ihr Andenken auf seine Weise … wenn sie keine Gräber mehr haben … Winfried … er war immer … merkwürdig.«

»Den Strick jedenfalls, den Strick aus dem Ruderboot, und den Zettel, den der Direktor mir geben wollte, haben Sie dort hingelegt? Und in den Tisch unten ein Grab für mich geritzt?«

Annelie zuckte mit den Schultern, die Bewegung kaum merklich, hilflos.

»Würden Sie es immer noch tun?«, flüsterte Siri und sah auf die Pistole, die auf der Bettdecke lag. »Mich umbringen? Wenn Sie noch könnten?«

»Es ist zu spät«, flüsterte Annelie und streckte ihre Hand aus – nicht nach der Pistole, sondern nach Siris Gesicht, um ihre Wange zu streicheln. »Ich … ich hab es nicht eingesehen … aber es ist zu spät. Ich sterbe, Siri. Lenz gehört mir nicht mehr. Er hat mir … nie gehört. Mein Herz macht es nicht mehr, und ich ersticke hier jämmerlich … jämmerlich in meinem eigenen Bett. Nicht einmal schnell und … würdevoll.«

»Wenn Sie mich jetzt bitten, Sie zu erschießen, werde ich das nicht tun.«

»Nein.« Annelie schloss die Augen. »Das … das hatte ich … befürchtet.«

»Aber … damals … Annelie … warten Sie! Iris! Der Strick! Wer hat sie im Boot festgebunden?«

»Ich weiß es nicht«, flüsterte Annelie. »Niemand weiß es. In der Nacht, damals … er hat im Schlaf gesagt, er hätte sie so gefunden. Festgebunden, unter dem Boot. Wir werden nie herausfinden, ob es wahr ist.«

Ihr Kopf sackte zur Seite, und Siri schüttelte sie.

»Nicht einschlafen!«, rief sie. »Sie müssen ... Sie müssen dem Dorf sagen, wie es wirklich ist ... dass Lenz kein Mörder ist! Dass ... Sie müssen ...«

Doch Annelie antwortete nicht mehr. Sie atmete noch immer, hektisch und mühsam, aber das war alles. Siri wusste nicht, ob sie sich weigerte oder ob sie tatsächlich nicht mehr antworten konnte.

Da tippte jemand ihr auf die Schulter.

Es war Iris.

Sie zog sie wortlos vom Stuhl hoch, zog sie mit sich die Treppe hinunter. Sie rannte, und Siri rannte mit ihr.

»Wohin ...?«, keuchte sie.

Aber sie kannte die Antwort. Zum Friedhof. Etwas war dort im Gange. Sie spürte es.

Das Dorf, hatte sie gedacht, wird sich selbst um seinen Mörder kümmern –

Sie schnappte sich nur den Mantel aus dem Auto. In seiner Tasche lag noch immer die Waffe.

✝✝✝

Die Masse, die auf ihn zukam, war wie ein Tier. Lenz sah ihre Augen und hörte ihren Atem, und es waren keine Menschen, es war ein vielarmiges, vielbeiniges Wesen. Er wollte etwas sagen, ihnen etwas erklären, aber er konnte nicht. Er fand die richtigen Worte nicht, er fand gar keine Worte in sich. Bis auf das eine, unsinnige, nichtsnutzige: Nein.

Er ging rückwärts zwischen den Gräbern durch, die er ausgehoben und bepflanzt und gepflegt hatte, jahrelang, für sie, für die Leute. Er ging über seinen Friedhof, der war wie ein Garten, sein Garten, doch der Friedhof bot ihm keinen Schutz mehr; er ging an dem Schneehuhn vorbei, an der Eiche, auf der er mit Iris gesessen hatte ... so oft ... und etwas in ihm wisperte: nie wieder. Du wirst nie wieder mit Iris dort sitzen. Es ist vorbei, jetzt ist es vorbei. Da drehte er sich um und rannte.

Sie ließen ihn nicht weit kommen.

Kaminski packte ihn kurz vor der Kirchentür und hielt ihn fest – nicht allein, allein wäre er nicht stark genug gewesen, der Tapirmann und seine beiden Freunde halfen ihm.

Der Umbrich fand den Schlüssel zur Kirche in seiner Tasche.

Die Stille war vielleicht das Schlimmste. Die Leute handelten in einem stummen Einverständnis, sie brauchten nicht zu reden, alles war einfach, alles war klar.

Lenz wand sich, er schlug um sich, schrie sein Wort jetzt heraus, so laut er konnte:

NEIN! NEIN!

NEIN!

Und manche seiner Schläge trafen, er spürte das Zurückzucken von Körpern. Aber sie waren zu viele, die ihn hielten, ihre gesammelte Kraft, ihre Wut war übermächtig.

Sie schoben ihn in die Kirche, zerrten ihn in den Mittelgang, wo mehr Platz war, und dann waren sie über ihm mit all ihren Fäusten und all ihrer Dunkelheit. Und er konnte den Schlägen nicht ausweichen. Der erste kam von Kaminski und machte sein linkes Auge für Momente blind, der Schmerz sang hinter der Augenhöhle und nahm ihm den Atem, aber sie ließen ihm keine Zeit, um nach Luft zu schnappen. Der zweite Schlag kam von dem Tapirmann und brach seine Nase, Lenz hörte das Splittern des Knochens. Ihm wurde übel, aber sie ließen ihm keine Zeit für Übelkeit. Der dritte Schlag kam von der Katzenfrau, er sah ihr hassverzerrtes Gesicht für Momente über sich, ehe ihre Faust ihn traf, sie schlug zu wie ein Mann, vielleicht zielgerichteter als ein Mann, und er fühlte, wie seine Lippe aufplatzte und Blut seinen Mund füllte, er würgte an dem Blut, doch sie ließen ihm keine Zeit für das Blut.

Er rollte sich zur Seite, krümmte sich auf dem Boden zusammen und versuchte, seinen Kopf, seinen Magen, seine Eingeweide mit den Armen zu schützen, aber er hatte keine Chance gegen sie, er spürte ihre Tritte – die der Fischerstiefel, der Ordnungshüter-Turnschuhe, die von Damenabsätzen. Er fragte sich für Sekunden, ob auch die Tritte von Kinderschuhen dabei waren, und als er sich das fragte, potenzierte sich der Schmerz, den sie ihm zufügten, auf undenkbar grausame Weise.

Er übergab sich, aber er wurde den Schmerz nicht los dadurch.

Es ging alles sehr rasch. Und da waren noch immer keine Worte, alles, was Lenz hörte, war das Geräusch der Schläge und Tritte, wenn sie trafen, und den Atem der Masse über ihm – und sein eigenes Keuchen. Er hörte nicht mehr so gut, allerdings, da war auch Blut in seinen Ohren.

Und in seinem Kopf stand sehr klar ein Wunsch:

Lass es vorbei sein.

Es ist in Ordnung, es gibt jetzt kein Zurück mehr, aber LASS ES VORBEI SEIN.

Schließlich zog ihn jemand auf die Beine, und das verwirrte ihn für einen Moment, für einen Moment atmete er auf. Eine Pause, sie gönnten ihm eine Pause.

Aber dann sah er das Fenster vor sich, das letzte Fenster, das ohne blaues Glas.

Die Kreuzigung.

Er sah – verschwommen, das Blut in seinem heilen Auge wegblinzelnd –, dass auch Frau Hartwig neben ihm dorthin sah – dass eine Menge Leute zu diesem Fensterbild sahen, nach wie vor schweigend.

Es war Kaminski, der das Schweigen endlich brach.

»So«, sagte er. »Man wird also bald wieder ohne Angst herumlaufen können im Dorf. Jemand muss dieses Land säubern von Mördern und Kinderschändern. Das Gesetz hilft den kleinen Leuten nicht dabei. Manche Dinge muss man selbst in die Hand nehmen.«

Sie hielten ihn noch immer zu mehreren fest, zu dritt oder viert, er war nicht sicher, das Blinzeln half nicht mehr, da war zu viel Blut in seinem Gesicht. Er sträubte sich nicht mehr.

Er dachte an Siri.

Seltsam, es war ganz leicht, in all dem, was jetzt geschah, an sie zu denken, die Bilder tauchten ganz von selbst in ihm auf: Er erinnerte sich an den Tag auf dem Wasser, im Ruderboot, bei Sonnenschein. Ein wunderschöner Sommertag. Der Schmerz schoss mit jedem Atemzug durch ihn hindurch, er wurde nicht geringer, aber die

Gedanken an jenen Sonnentag gaben ihm eine neue Qualität, eine Klarheit und Schärfe – als wäre der Schmerz nicht länger sinnlos. *Es hat sich gelohnt. Alles hat sich am Ende, unter dem Strich, doch irgendwie gelohnt.*

Und beinahe lachte er, denn das war etwas, das sie ihm nicht nehmen konnten; diese Gedanken, diese Erinnerung, es war etwas, an das sie nicht herankamen. Sie waren lächerlich, sie waren ja lächerlich in ihrem Versuch, ihn zu zerstören.

Es war Kaminski, der den Strick in der Hand hatte. Lenz nickte im Geiste. Natürlich, natürlich, der Strick. Auch das letzte Kirchenfenster zeigte einen Strick. Lenz hatte es zuerst für einen Lichtreflex gehalten, aber es war ein Strick. Er sah genauso aus wie der, mit dem Iris sich damals selbst im Boot festgebunden hatte.

»Wir haben dich gewarnt«, sagte der Tapirmann.

Nein, die Kreuzigung auf dem Fensterbild war keine Kreuzigung.

Der Körper ohne Gesicht war anders mit dem Balken der Orgelempore verbunden.

Hinten in der Kirche stand ein großer, klobiger alter Holztisch, es lagen irgendwelche Prospekte darauf über die Restaurierung des Dachgebälks. Kaminski wischte sie mit einer einzigen Handbewegung hinunter, das Geräusch des Papiers, als es zu Boden fiel, war winzig und merkwürdig bedeutsam. Sie trugen den Tisch bis unter den niedrigsten Schrägbalken der Orgelempore. Und in diesem Moment hörte Lenz etwas anderes in der Stille: Er hörte Musik. Die Erinnerung an Iris' Musik. Sie schäumte von der Orgelempore herab, ergoss sich in den Kirchenraum und füllte ihn wie Wasser.

Er hob das Gesicht, sah die leere Empore an und lächelte.

Iris war nicht da, es war nur seine Erinnerung, aber das reichte vollkommen aus.

Sie zerrten ihn auf den Tisch.

Er stand ganz ruhig dort oben, noch immer von zwei der Männer festgehalten; blickte zu den Leuten hinunter und lächelte vielleicht noch immer. Sie wussten ohnehin, dass er verrückt war, es gab keinen Grund, nicht zu lächeln.

Er sah die Frauen da unten stehen, er sah Lena mit dem Baby.

Ihr Gesicht war hart wie Metall. Das Baby schlief in ihren Armen. Lenz merkte, wie zwischen dem Blut eine dumme Träne über sein Gesicht lief, die nicht alleine bleiben wollte. Hätte das Baby nicht so friedlich geschlafen, hätte er vielleicht nicht geweint. Kaminski hob den Strick; die Schlinge darin war bereits geknüpft. Und dann gab es einen Moment des Innehaltens.

»Werter«, sagte Kaminski.

Das Dorf teilte sich, machte eine Gasse frei für Werter. Die letzte Instanz. Er stand nur da und sah zu Lenz hinauf und zu Kaminski und seinen beiden Freunden.

Sein Gesicht war alt, älter als zuvor, und traurig.

Er nickte.

»Schuldig«, sagte er, leise, aber sehr deutlich.

Die Orgelmusik begann, die Kirche langsam zu füllen, zu steigen wie ein Meer. Einer der Fischer stieg auf einen Stuhl und band das Ende des Stricks an den Schrägbalken, der die Empore stützte.

Da machte Lenz einen letzten Versuch, sich zu wehren. Er zwang alle Gedanken und Erinnerungen in den Hintergrund und bäumte sich noch einmal auf, warf sich herum, ließ das ganze Gewicht seines zu großen Körpers gegen die Männer fallen, die ihn festhielten, aber sie waren zu dritt – ein Wunder, dass der Tisch das mitmachte –, sie ließen ihn nicht los, es war zwecklos, er kassierte nur noch mehr Schläge ins Gesicht, bis er gar nichts mehr sah.

Sie hatten einen zweiten Strick, keinen Strick eigentlich, sondern ein Stück von etwas anderem, Wäscheleine vermutlich, damit banden sie ihm die Hände auf den Rücken.

Kaminski wischte ihm das Blut aus den Augen.

»Musst dich doch verabschieden können«, flüsterte er. Dann legte er ihm die Schlinge um den Hals und sprang vom Tisch, leichtfüßig, athletisch, jung. Seine Freunde sprangen mit ihm. Sie ließen Lenz alleine oben auf der glatten Fläche zurück.

Er sah ein letztes Mal über das Dorf, das sich da zu seinen Füßen versammelt hatte:

Dieleute. Eine zitternde, bebende, wogende Masse, in deren Augen er Saatkartoffelpreise und Kuchenrezepte las, Autoreparaturtipps,

Bau-Discount-Angebote und eine dumpf schwelende grau glühende Gier. Die Gier nach Strafe, Schmerz und Leiden, dem Leiden eines anderen. Die Gier nach dem Tod. Ganz hinten stand die Katzenfrau mit Amy auf dem Arm. Amy hatte die Augen weit offen, sie sah ihn an, stumm. Sie würde leben, er hatte sie gerettet, sie würde überleben. Er wollte noch einmal lächeln, aber er war jetzt zu erschöpft.

Die Töne der Orgelmusik stiegen weiter, stiegen und stiegen. Ihre zitternde Oberfläche erreichte seine Füße, seine Knie, seine Hüfte, seine Brust …

Kaminski stieß den Tisch mit einem Fußtritt um.

»Ade«, sagte er.

Es war ein würdeloser Abgang. Lenz war noch immer klitschnass, sein Haar jetzt verklebt von Angstschweiß und Blut, sein Hemd dunkel von Erbrochenem, die Hose nass von anderen Flüssigkeiten der Angst. Es gibt keine gut aussehenden, sauberen sterbenden Helden. Es gibt überhaupt keine Helden.

Die Orgeltöne erreichten seinen Hals. Er würde, dachte er, in der Orgelmusik ersticken, ertrinken, so wie Iris im Meer ertrunken war, und was sie hielt und was sie tötete, war derselbe Strick.

Er spürte, wie die Luft aus seinen Lungen wich. Der Sauerstoff reichte nicht mehr aus, und er wurde seltsam leicht. Die Gesichter des Dorfs unter ihm flackerten, das Licht von Siris Fenstern war wunderschön.

So also ist es, dachte er. Zu sterben.

So also ist es.

†††

Der Friedhof war leer.

Aber das Tor stand weit offen. Jemand war hier. Es war merkwürdig still.

Sie rannten Hand in Hand, Siri und Iris, die große und die kleine Schwester, oder die kleine und die große, je nachdem.

Sie stießen die Türen zur Kirche gemeinsam auf, und zuerst sah Siri nur die Masse der Leute im Gang zwischen den Bänken, die Leute blickten zu etwas empor, das sich in einer der hinteren Ecken befand … in ihren Augen stand eine dumpfe, schwelende Zufriedenheit, und sie hörte sie atmen; sie spürte die Wärme, die von ihren Körpern ausging, eine unangenehme Wärme, die Wärme einer schwitzenden Meute, die müde und träge wird nach zu großer Aufregung. Die Stille war unerträglich schwer.

Siri sah auf ihre Hand hinunter.

Sie war allein.

Iris war verschwunden. In der Kirche hing ein saurer Geruch nach Blut und Erbrochenem. Siri machte zwei Schritte vorwärts, auf die Masse der Leute zu, und drehte sich um, blickte in die Richtung, in die auch sie blickten: nach oben.

Und sie sah.

Sie sah ihr Glasfenster, das hässliche letzte Fenster. Es war zum Leben erwacht.

Und sie begriff, dass die Figur darauf nie gekreuzigt worden war; was sie auf ihrem eigenen Bild für einen Sonnenstrahl gehalten hatte, war immer ein Strick gewesen – und sie begriff, dass alle ihre Fenster wahr waren, jedes einzelne, und dass sie dem Dorf mit diesem letzten gezeigt hatte, was zu tun war. Das Begreifen dauerte nicht einmal eine Sekunde.

Sie sah Lenz' Körper von dem Schrägbalken baumeln, das Gesicht bläulich wie das von Annelie in ihrem blauen Haus, unpassend blau. Da war Blut in seinem Gesicht, an seinem Mund, Blut in seinem Haar. Seine grauen Kleider waren nass und dreckverklebt.

Siri wollte die Hände vors Gesicht schlagen, wie sie es so oft getan hatte, weglaufen, nicht mehr hinsehen. Sie tat es nicht.

Sie schrie.

Sie schrie nichts Unartikuliertes, Dramatisches; sie versuchte, in kurzer Abfolge alle Wahrheiten hinauszuschreien. »Er war es nicht!«, schrie sie. »Er ist nicht euer Mörder! Eure Mörderin sitzt oben in dem blauen Haus und stirbt ganz für sich alleine! Er hat nie jemanden umgebracht! Er hat …«

Sie starrten sie an, stumm, fischgleich.

Nichts war mehr eilig.

Ihre Ruhe lähmte Siri wie ein Gift.

»Für die Beerdigung«, sagte Frau Hartwig sehr sanft, »werde ich einen Aprikosenkuchen backen.«

Und die anderen Frauen nickten, freundlich, geduldig. Mit Eindringlingen musste man geduldig sein, stand in ihren Gesichtern; jungen, unwissenden Frauen, die in Gottesdienste hereinplatzten, Dinge eben erklären. Ganz hinten sah Siri die Katzenfrau, an deren Hals sich die kleine Amy klammerte, und Lena mit ihrem Baby. Am Ärmel der Katzenfrau war Blut. Lena sah weg, als Siri ihren Blick suchte.

»Ihr seid ja verrückt!«, schrie Siri. »Ihr seid alle wahnsinnig! Er war der Einzige, der nicht wahnsinnig war!«

Und in diesem Moment sah sie, dass einer der Fischer ein Messer hatte, ein gewöhnliches Taschenmesser, es hing an seinem Gürtel, vielleicht, um Knoten in Netzen zu durchtrennen – sie wusste nicht, ob es scharf genug war. Sie griff danach, und dann rannte sie. Sie wusste, dass sie früher hätte rennen müssen.

Augenblicke später war sie oben auf der Orgelempore.

Sie griff durch die alten verzierten Balken der Balustrade hindurch, erreichte den Schrägbalken, an dem das Seil befestigt war. Das Messer war scharf genug, es durchtrennte die ersten Fasern des alten Stricks mühelos –

Aber jemand war ihr nachgerannt, jemand hielt sie jetzt fest. Kaminski.

»Das lässt du schön bleiben«, knurrte er.

Sie fuhr herum; sie hatte noch etwas in der anderen Hand, wovon er nichts wusste, sie hatte geahnt, dass er kommen würde. Sie schoss nicht auf ihn, sie schoss in den leeren Raum, sie schoss zum ersten Mal in ihrem Leben.

Kaminski zuckte zusammen und ließ sie los, und sie setzte das Messer ein zweites Mal an und durchtrennte den Strick.

Und der Körper fiel.

Gleichzeitig fielen die Scherben von sechs bunten Glasfenstern in farbigen Splitterkaskaden draußen ins Gras. Der Knall des Schusses hatte sie springen lassen, alle Scheiben zugleich. Natürlich war das unmöglich, aber es geschah trotzdem.

Das Klirren weckte die Leute des Dorfes aus ihrer Erstarrung, sie merkten, dass etwas geschah, das größer und selbstständiger war als sie und stärker als ihre Schatten. Sie merkten vielleicht erst jetzt, was sie getan hatten – und sie rannten, sie fielen im Rennen übereinander, sie flohen aus der Kirche vor etwas Unsichtbarem, vor der Rache eines Gottes, den es gar nicht gab. Oder vor ihrem eigenen, plötzlich erwachten Gewissen.

Siri rannte ebenfalls, sie rannte die Stufen wieder hinunter, schlüpfte zwischen den fliehenden Leuten durch, und dann kniete sie auf dem kalten Kirchenboden neben Lenz und zerschnitt die Schlaufe an seinem Hals mit zitternden Fingern.

Es tut mir leid, wollte sie sagen, ich habe alles falsch verstanden. Ich habe nichts verstanden. Ich verstehe es jetzt. Ich bin da, hier, bei dir, wach doch auf, bitte, bitte, wach auf!

Sie ahnte, dass es keinen Sinn hatte. Dass sie hier niemanden retten konnte. Dass sie zu spät gekommen war.

Aber sie wollte es nicht wahrhaben.

Sie bettete seinen Kopf in ihren Schoß, eine Maria auf einem alten Bild, sie strich ihm das Haar aus der Stirn und wischte das Blut weg, was noch weniger nützte als gar nichts, aber sie konnte ihren Händen nicht befehlen, es nicht zu tun.

Was ist das Letzte, das du gedacht hast?

Als du keine Luft mehr bekommen hast, als die letzte Konsequenz ihres Hasses deine Lungen gefüllt hat, ganz zum Schluss? Als die Schwärze kam, als deine Augen nichts mehr sehen konnten, als die Welt aufhörte zu existieren? Weil niemand kam, der half? Es war niemand da. Ich war nicht da. Nicht rechtzeitig.

Was war das Letzte, das du gedacht hast?

Er lag still und schwer in ihren Armen, und sie wusste, dass sie nie wieder aufstehen konnte, sie würde bis in alle Ewigkeit hier auf diesem Kirchenboden sitzen bleiben, mitten in den Scherben zersprungener Wahrheiten, in den Scherben des Blaus, bis ans Ende der Zeit.

0

Er sah Iris.

Sie stand da, auf einem der Hügelfelder, und winkte ihm.

»Komm«, sagte ihr Winken. »Komm. Du bist frei.«

Und er wiederholte ihre Worte leise, für sich: »Ich bin frei.«

Er selbst stand auf dem Sandweg, den er so oft entlanggegangen war, mit Iris, mit Siri, mit Carla Berg, mit Annelie. Iris' Kleid strahlte ihm entgegen wie ein Fleck reinen Lichts.

Er streckte die Hand aus.

Ich komme, ich komme.

Jetzt, endlich, gibt es keine Winter mehr. Ich werde nie mehr allein sein, nie mehr auf dich warten müssen. Wir werden für immer zusammenbleiben, für immer und jeden Tag und jede Stunde; für immer über diese Felder laufen, für immer am Wasser Schiffchen bauen, weit außerhalb der Schatten. Außerhalb der Wirklichkeit. Ich werde so unsichtbar sein wie du, das wird lustig, nur wir beide …

Aber dann hörte er seinen Namen, jemand rief ihn. Lenz, Lenz. Er drehte sich um.

Es war Siri. Sie stand dort, wo das Dorf begann, neben ihrem Auto, dem uralten Golf. Der Wind zerzauste ihr kurzes braunes Haar, das ein wenig länger geworden war in diesem Sommer, es hatte eine unkleidsame, unregelmäßige, zerzauste Länge wie das Gefieder eines nassen Vogels, und sie war noch immer zu dünn. Sie streckte die Hände nach ihm aus, und aus irgendeinem Grund wusste er, dass sie nicht zu ihm kommen konnte, sie konnte nur dort stehen und die Hände ausstrecken. Er war es, der sich entscheiden musste.

Er wandte sich wieder um, zu Iris.

Er hatte immer zu Iris gehört, von Anbeginn der Zeit.

Er machte einen Schritt in ihre Richtung.

Aber sie winkte nicht mehr. Sie drehte eine Strähne ihres blonden Lockenhaars um ihren Finger und sah ihn nur an, und obwohl sie so weit weg war, sah er etwas wie Traurigkeit in ihrem Blick. Dann hob sie die Hand – aber nicht zu einem Winken. Sie zeigte. Sie zeigte dorthin, wo Siri stand.

Er schüttelte den Kopf. Nein, nein, du bist es, du, mit der ich gehen werde.

Es war sicherer, dachte er, auf jeden Fall war es sicherer. Er würde hier bleiben, hier in diesem Land, an dieser Küste, die er so gut kannte, in diesen Wäldern, bei diesem Dorf.

Wenn er mit Siri ging, war alles unsicher. Er konnte es nicht. Er konnte das Dorf nicht verlassen. Es war unmöglich, das Dorf war Teil von ihm, und er war Teil des Dorfes. Sie hatten ihn immer gebraucht, als Schuldigen, als Träger ihrer Schatten, als das ewige Kind. Sie brauchten ihn, auch jetzt, als Erinnerung, als Geschichte, als einen, der hier gelebt hatte.

Iris schüttelte den Kopf. Sie zeigte noch immer.

Und er spürte in sich ein Ziehen und Sehnen. Sie hatte recht. Alles in ihm wollte sich umdrehen und rennen, auf Siri und den alten Golf zurennen, vergessen, wo er gebraucht wurde.

»Du bist frei«, hatte Iris gesagt – oder hatte er das nur gedacht? Du bist frei.

Als er das dachte, machte sie einen Schritt zurück. Und noch einen. Und noch einen. Und begann wieder, sich aufzulösen, wie auf den Klippen.

»Geh«, hörte er sie sagen, in seinem Kopf, ganz nah. »Geh, Lenz. Ich werde dich vermissen. Ich werde allein sein. Aber es macht nichts. Ich höre auf, überhaupt zu sein, wenn du gehst. Geh.«

»Nein!«, rief er. »Nein! Bleib doch! Ich will nicht, dass du verschwindest! Ich habe dich so lange am Leben gehalten! NEIN!«

Das Letzte, was er von Iris sah, war das blaue Leuchten des Kleides, das ihr beim Klettern auf Bäume immer hinderlich gewesen war.

Er öffnete die Augen, blinzelte durch einen feinen Film aus Überresten von Blut und Schmutz und blickte in Siris Gesicht.

Er lag auf dem Boden der Kirche, den Kopf auf Siris Knien. Der geblümte Mantel lag neben ihm.

Sie fing an zu heulen, als er sie ansah, völlig hemmungslos. Es machte ihr Gesicht nicht schöner.

Es war schön genug.

»Du bist …«, sagte er, aber die Worte ließen sich nicht richtig aussprechen, seine Stimme klang heiser und zerquetscht, und es tat weh, zu sprechen.

»Zurückgekommen«, sagte Siri zwischen ihren Tränen. »Wir kommen alle zurück. Winfried hat es gewusst. Und du … bist auch zurückgekommen. Ich dachte, du wärst … ich war mir sicher … ich habe alles falsch verstanden, aber jetzt, jetzt habe ich ein paar Dinge erfahren … von Annelie …«

Sie zog ihn auf die Beine, ohne dass mehr gesagt wurde.

Annelie, dachte er vage; die ganze Welt war noch vage um ihn. Er sah sie vor sich, Annelie in ihrem Schaukelstuhl, auf der Veranda, er spürte die Erinnerung an ihre schmetterlingsleichte Hand in seinem Haar … was hatte sie Siri gesagt? Annelie hätte alles gesagt, um ihn zu schützen. Alles. Sie hatte ihn immer zu sehr geliebt. Aber im Grunde hatte er sie nie wirklich gekannt.

Er sah, dass die Fenster zerbrochen waren, draußen im Gras mussten die Stücke liegen. Siri sagte nichts dazu.

Sie führte ihn mit sich aus der Kirche, er war nicht sehr sicher auf den Beinen, und er war auch unsicher, was geschehen war. Er wusste, er würde sich erinnern, wenn die Zeit gekommen war. Siri schien genauso unsicher auf den Beinen zu sein, sie zitterte ein wenig. Sie stützten sich gegenseitig, sie wankten über den Friedhof, ein ungleiches, nicht schönes, nicht heldenhaftes Paar, ein Riese in nassen, dreckigen Kleidern und eine kleine, magere Frau mit zerzaustem Haar.

Merkwürdig, das steinerne Schneehuhn auf Iris' Grab war nicht mehr da. Als wäre es fortgeflogen.

Der Golf stand vor dem eisernen Friedhofstor.

Niemand war da, niemand, das ganze Dorf hatte sich in seine Schatten zurückgezogen wie ein Hund, der den Schwanz einzieht. Es würde dort verharren, in seinen eigenen Schatten vergären. Er würde nicht bleiben, um ihm dabei zuzusehen.

Iris hatte recht.

Auf dem Hügel stand das blaue Haus.

Er dachte, dass er sich von Annelie verabschieden sollte. Aber etwas sagte ihm, dass es nicht mehr nötig war.

Sie war fort, wie Winfried, wie Iris, unwiederbringlich fort. Und es nützte nichts, die Toten aufzuhalten. Leben endeten.

Siri hielt ihm die Beifahrertür auf.

»Du hast deinen Regenmantel vergessen«, flüsterte er. »In der Kirche.«

»Ja. Ich brauche ihn nicht mehr.«

Dann stieg sie auf der Fahrerseite ein, schloss die Tür und startete den alten, stotternden Motor.

Er sah sie von der Seite an.

»Ich habe Angst«, sagte er, noch immer heiser, kaum hörbar, »vor der Welt … draußen.«

Sie nickte.

»In Ordnung«, sagte sie.